U0116878

银领工程——计算机项目案例与技能实训丛书

CorelDRAW 平面设计

（第2版）

（累计第12次印刷，总印数44000册）

九州书源　编著

清华大学出版社

北　京

内 容 简 介

本书介绍了 CorelDRAW X3 的基本操作和进行图形设计的方法与技巧，内容包括 CorelDRAW X3 概述、文件和页面辅助操作、绘制和编辑基本图形、绘制和编辑曲线、编辑多个对象、设置图形的轮廓和样式、处理文本、为矢量图添加特殊效果、处理位图、输出及打印图像等知识。

本书采用了基础知识、应用实例、项目案例、上机实训、练习提高的编写模式，力求循序渐进、学以致用，并切实通过项目案例和上机实训等方式提高应用技能，适应工作需求。

本书提供了配套的实例素材与效果文件、教学课件、电子教案、视频教学演示和考试试卷等相关教学资源，读者可以登录 http://www.tup.com.cn 网站下载。

本书适合作为职业院校、培训学校、应用型院校的教材，也是非常好的自学用书。

本书封面贴有清华大学出版社防伪标签，无标签者不得销售。
版权所有，侵权必究。侵权举报电话：010-62782989　13701121933

图书在版编目（CIP）数据

CorelDRAW 平面设计/九州书源编著. —2 版. —北京：清华大学出版社，2011.12
银领工程——计算机项目案例与技能实训丛书
ISBN 978-7-302-26937-3

I. ①C…　II. ①九…　III. ①图形软件，CorelDRAW　IV. ①TP391.41

中国版本图书馆 CIP 数据核字（2011）第 196524 号

责任编辑：赵洛育
版式设计：文森时代
责任校对：王国星
责任印制：何　芊
出版发行：清华大学出版社　　**地　　址**：北京清华大学学研大厦 A 座
http://www.tup.com.cn　　**邮　　编**：100084
社　总　机：010-62770175　　**邮　　购**：010-62786544
投稿与读者服务：010-62776969，c-service@tup.tsinghua.edu.cn
质 量 反 馈：010-62772015，zhiliang@tup.tsinghua.edu.cn
印 装 者：清华大学印刷厂
经　　销：全国新华书店
开　　本：185×260　**印　张**：19.25　**字　数**：445 千字
版　　次：2011 年 12 月第 2 版　　**印　　次**：2011 年 12 月第1 次印刷
印　　数：1～6000
定　　价：36.80 元

产品编号：042586-01

丛书序

Series Preface

本丛书的前身是“电脑基础·实例·上机系列教程”。该丛书于 2005 年出版，陆续推出了 34 个品种，先后被 500 多所职业院校和培训学校作为教材，累计发行 **100 余万册**，部分品种销售在 50000 册以上，多个品种获得**“全国高校出版社优秀畅销书”一等奖**。

众所周知，社会培训机构通常没有任何社会资助，完全依靠市场而生存，他们必须选择最实用、最先进的教学模式，才能获得生存和发展。因此，他们的很多教学模式更加适合社会需求。本丛书就是在总结当前社会培训的教学模式的基础上编写而成的，而且是被广大职业院校所采用的、最具代表性的丛书之一。

很多学校和读者对本丛书耳熟能详。应广大读者要求，我们对该丛书进行了改版，主要变化如下：

- 建立完善的立体化教学服务。
- 更加突出“应用实例”、“项目案例”和“上机实训”。
- 完善学习中出现的问题，更加方便学生自学。

一、本丛书的主要特点

1．围绕工作和就业，把握“必需”和“够用”的原则，精选教学内容

本丛书不同于传统的教科书，与工作无关的、理论性的东西较少，而是精选了实际工作中确实常用的、必需的内容，在深度上也把握了以工作够用的原则，另外，本丛书的应用实例、上机实训、项目案例、练习提高都经过多次挑选。

2．注重“应用实例”、“项目案例”和“上机实训”，将学习和实际应用相结合

实例、案例学习是广大读者最喜爱的学习方式之一，也是最快的学习方式之一，更是最能激发读者学习兴趣的方式之一，我们通过与知识点贴近或者综合应用的实例，让读者多从应用中学习、从案例中学习，并通过上机实训进一步加强练习和动手操作。

3．注重循序渐进，边学边用

我们深入调查了许多职业院校和培训学校的教学方式，研究了许多学生的学习习惯，采用了基础知识、应用实例、项目案例、上机实训、练习提高的编写模式，力求循序渐进、学以致用，并切实通过项目案例和上机实训等方式提高应用技能，适应工作需求。唯有学以致用，边学边用，才能激发学习兴趣，把被动学习变成主动学习。

二、立体化教学服务

为了方便教学，丛书提供了立体化教学网络资源，放在清华大学出版社网站上。读者登录 http://www.tup.com.cn 后，在页面右上角的搜索文本框中输入书名，搜索到该书后，单击“立体化教学”链接下载即可。“立体化教学”内容如下。

- **素材与效果文件**：收集了当前图书中所有实例使用到的素材以及制作后的最终效果。读者可直接调用，非常方便。
- **教学课件**：以章为单位，精心制作了该书的 PowerPoint 教学课件，课件的结构与书本上的讲解相符，包括本章导读、知识讲解、上机及项目实训等。
- **电子教案**：综合多个学校对于教学大纲的要求和格式，编写了当前课程的教案，内容详细，稍加修改即可直接应用于教学。
- **视频教学演示**：将项目实训和习题中较难、不易于操作和实现的内容，以录屏文件的方式再现操作过程，使学习和练习变得简单、轻松。
- **考试试卷**：完全模拟真正的考试试卷，包含填空题、选择题和上机操作题等多种题型，并且按不同的学习阶段提供了不同的试卷内容。

三、读者对象

本丛书可以作为职业院校、培训学校的教材使用，也可作为应用型本科院校的选修教材，还可作为即将步入社会的求职者、白领阶层的自学参考书。

我们的目标是让起点为零的读者能胜任基本工作！

欢迎读者使用本书，祝大家早日适应工作需求！

九州书源

前 言

Preface

越来越多的企事业单位需要将产品或企业形象对外宣传，CorelDRAW 在这种趋势下应运而生，而且起到了极大的推动作用。CorelDRAW 在平面广告、画册、VI 设计、书籍封面设计和折页等广告作品制作方面具有广泛运用，是目前运用最广泛，也是最优秀的图形处理软件之一，并已成为许多人热切期望学习的平面软件。

我们编写的这本《CorelDRAW 平面设计》按照图像处理的要求，结合行业应用的特点，采用“基础+实例+上机”的一体化教学方式，讲解用户最需要掌握的知识和技能，使用户能运用这些知识点制作出实用的作品或实现图像处理目的，全面提升运用 CorelDRAW 软件进行图像绘制与设计的能力。

本书的内容

本书共 11 章，可分为 8 个部分，各部分具体内容如下：

章　节	内　容	目　的
第 1 部分(第 1～2 章)	工作界面介绍、文件的基本操作及标尺、网格和辅助线的设置方法	了解 CorelDRAW 的基本知识，掌握 CorelDRAW 的基本操作
第 2 部分(第 3～5 章)	线条和图形的绘制，结合、拆分、焊接、修剪、相交图形等编辑方法	掌握简单图形的绘制、多个对象的编辑，能制作出简单的图像
第 3 部分（第 6 章）	编辑轮廓颜色、设置轮廓的线端和箭头样式、设置轮廓的线型和线宽等方法	掌握为图形填充颜色、为轮廓设置样式的方法，能美化绘制的形状
第 4 部分（第 7 章）	输入文本和为文本添加效果等操作	掌握处理文本的方法，学会使用文本美化作品
第 5 部分（第 8 章）	为图形创建调和、轮廓图、封套变形、阴影和透视等效果	掌握为矢量图添加特殊效果的方法，通过实践学会让图像变得更加自然
第 6 部分（第 9 章）	裁剪位图、调整位图颜色、创建位图的特殊效果等位图的处理技巧	掌握处理位图的方法，使用效果命令使图像更加夺目
第 7 部分（第 10 章）	基本印前技术、如何控制图像质量以满足印刷要求、打印的一般设置等	掌握打印相关的基础知识，学习后能完成图像的打印输出操作
第 8 部分（第 11 章）	以两个综合性的项目设计案例为例，讲解作品的制作方法和过程	巩固 CorelDRAW 中的工具和知识点

本书的写作特点

本书图文并茂、条理清晰、通俗易懂、内容翔实，在读者难于理解和掌握的地方给出了提示或注意，并加入了许多 CorelDRAW 使用技巧，使读者能快速提高软件的使用能力。另外，本书中配置了大量的实例和练习，让读者在不断的实际操作中强化书中讲解的内容。

本书每章按“学习目标+目标任务&项目案例+基础知识与应用实例+上机及项目实训+练习与提高”结构进行讲解。

- **学习目标**：以简练的语言列出本章知识要点和实例目标，使读者对本章将要讲解的内容做到心中有数。
- **目标任务&项目案例**：给出本章部分实例和案例结果，让读者对本章的学习有一个具体的、看得见的目标，不至于感觉学了很多却不知道干什么用，以至于失去学习兴趣和动力。
- **基础知识与应用实例**：将实例贯穿于知识点中讲解，使知识点和实例融为一体，让读者加深理解思路、概念和方法，并模仿实例的制作，通过应用举例强化巩固小节知识点。
- **上机及项目实训**：上机实训为一个综合性实例，用于贯穿全章内容，并给出具体的制作思路和制作步骤，完成后给出一个项目实训，用于进行拓展练习，还提供实训目标、视频演示路径和关键步骤，以便于读者进一步巩固。
- **项目案例**：为了更加贴近实际应用，本书给出了一些项目案例，希望读者能完整了解整个制作过程。
- **练习与提高**：本书给出了不同类型的习题，以巩固和提高读者的实际动手能力。

另外，本书还提供有素材与效果文件、教学课件、电子教案、视频教学演示和考试试卷等相关立体化教学资源，立体化教学资源放置在清华大学出版社网站（http://www.tup.com.cn），进入网站后，在页面右上角的搜索引擎中输入书名，搜索到该书，单击“立体化教学”链接即可。

☺ 本书的读者对象

本书主要适用于 CorelDRAW 初学者和与平面设计、图像处理、广告制作等相关的工作人员，尤其适合各大中专院校及社会培训班作为 CorelDRAW 的培训教程使用。

✉ 本书的编者

本书由九州书源编著，参与本书资料收集、整理、编著、校对及排版的人员有：羊清忠、陈良、杨学林、卢炜、夏帮贵、刘凡馨、张良军、杨颖、王君、张永雄、向萍、曾福全、简超、李伟、黄沄、穆仁龙、陆小平、余洪、赵云、袁松涛、艾琳、杨明宇、廖宵、牟俊、陈晓颖、宋晓均、朱非、刘斌、丛威、何周、张笑、常开忠、唐青、骆源、宋玉霞、向利、付琦、范晶晶、赵华君、徐云江、李显进等。

由于作者水平有限，书中疏漏和不足之处在所难免，欢迎读者朋友不吝赐教。如果您在学习的过程中遇到什么困难或疑惑，可以联系我们，我们会尽快为您解答。联系方式是：

E-mail：book@jzbooks.com。

网　址：http://www.jzbooks.com。

编　者

导 读

Introduction

章 名	操作技能	课时安排
第 1 章 CorelDRAW X3 概述	1. 了解平面设计的基础概念 2. 掌握 CorelDRAW X3 的启动和关闭方法以及熟悉操作界面	1 学时
第 2 章 文件和页面辅助操作	1. 掌握新建、打开、保存图形文件以及导入和导出图形文件的方法 2. 掌握设置标尺、网格和辅助线的方法	2 学时
第 3 章 绘制和编辑基本图形	1. 学会使用工具绘制图形 2. 掌握编辑图形的方法	2 学时
第 4 章 绘制和编辑曲线	1. 掌握使用手绘、贝塞尔和钢笔等工具绘制曲线的方法 2. 了解使用艺术笔工具绘制预设图形的方法	3 学时
第 5 章 编辑多个对象	1. 学会对齐和排列对象 2. 掌握焊接、修剪与相交图形的方法 3. 学会锁定和解锁图形对象的方法	2 学时
第 6 章 设置图形的轮廓和样式	1. 掌握为图像填充颜色、渐变、位图和底纹的方法 2. 掌握设置图形的轮廓和样式的方法	3 学时
第 7 章 处理文本	1. 掌握使用文本工具输入美术字文本和段落文本的方法 2. 学会设置文本格式、插入符号和图形的方法 3. 学会设置首字下沉和项目符号以及内置文本等的方法	3 学时
第 8 章 为矢量图添加特殊效果	1. 掌握为图形创建调和效果的方法 2. 掌握为图形创建轮廓图效果的方法 3. 掌握为图形创建封套变形效果的方法 4. 掌握为图形创建阴影效果的方法 5. 掌握为图形创建透明对象效果的方法 6. 掌握为图形创建立体化效果的方法 7. 掌握为图形创建扭曲变形效果的方法 8. 掌握为图形创建透视效果的方法	4 学时
第 9 章 处理位图	1. 学会将矢量图转换为位图和裁剪位图的方法 2. 掌握调整位图颜色的方法 3. 了解创建位图的特殊效果的方法	4 学时
第 10 章 输出及打印图像	1. 了解印刷的相关知识 2. 掌握图像打印输出的方法	2 学时
第 11 章 项目设计案例	1. 制作挂历 2. 制作时尚手机招贴	4 学时

目录

Contents

第 1 章　CorelDRAW X3 概述

学习目标

- ☑ 了解矢量图、位图、分辨率的概念
- ☑ 理解文件格式、色彩模式和平面设计流程
- ☑ 学会启动、关闭 CorelDRAW X3 的方法
- ☑ 熟悉 CorelDRAW X3 的操作界面
- ☑ 使用快捷菜单定义工作界面
- ☑ 使用星形工具、选取工具及调色板绘制并填充星形

目标任务&项目案例

矢量图

位图

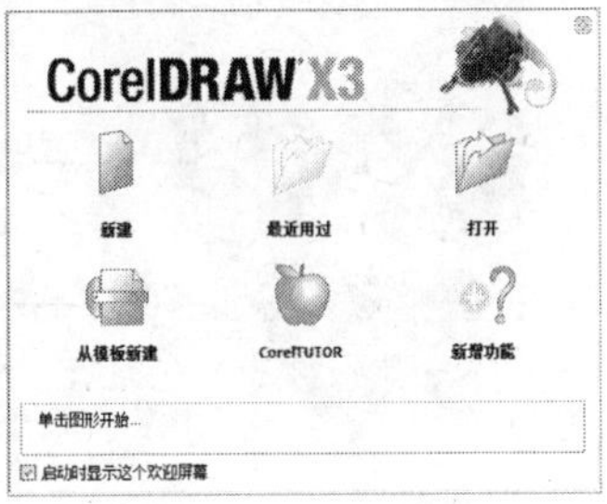

CorelDRAW X3 的启动窗口

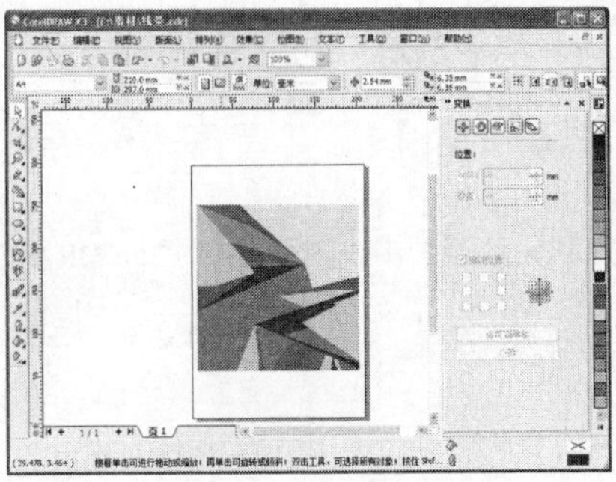

CorelDRAW X3 的工作界面

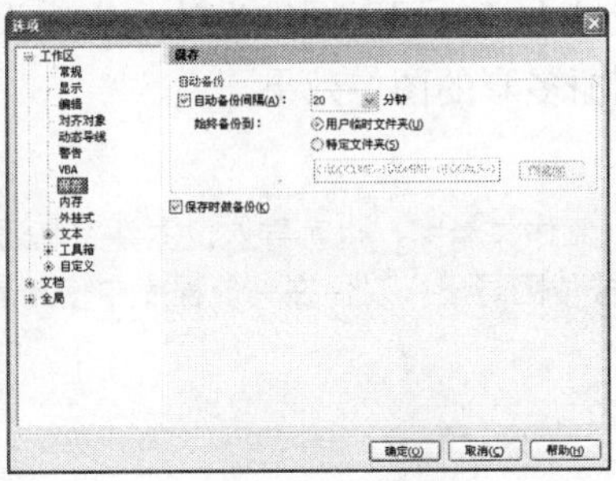

“选项”对话框

绘制并填充星形

本章将主要讲解使用 CorelDRAW X3 绘图时的相关概念以及基础操作，将分别对矢量图、位图、分辨率、文件格式和色彩模式等绘制图像的基础概念进行介绍。此外，为了使用户更好地学习 CorelDRAW X3，还将介绍其工作界面以及启动和关闭软件的方法。

1.1　平面设计的基础概念

CorelDRAW X3 是目前应用最广泛的平面图形设计软件之一，具有专业、实用和功能强大等特点，现已被应用于广告设计、印刷、企业标志设计、工业造型设计、建筑装潢布置等诸多领域。为了更好地使用 CorelDRAW X3 进行平面设计，首先需掌握一些平面设计的基础概念，下面将对这些概念进行详细讲解。

1.1.1　矢量图

在平面图像中，图像大致可以分为两种，即矢量图和位图。矢量图又称为向量图像，它以数学的矢量方式来记录图像内容。矢量图无法通过扫描或从一张 PhotoCD 中获得，它主要是在矢量设计软件中生成，如 CorelDRAW 和 Adobe Illustrator 等软件。矢量图像中图形的组成元素称为对象，无论将矢量图放大或缩小多少倍都不会产生失真现象。如图 1-1 所示即为矢量图缩放前后的对比效果。

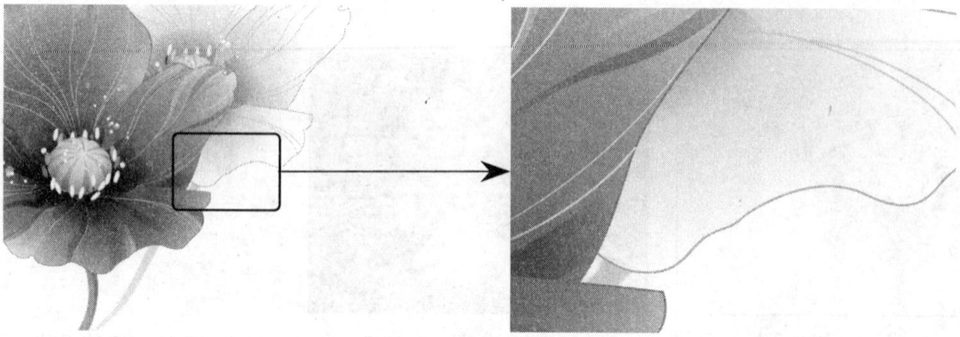

图 1-1　矢量图缩放前后对比效果

矢量图所占的容量较小，常用于图案设计、文字设计、标志设计和版式设计等情况，但矢量图不能体现出绚丽多彩的图像效果。

提示：

CorelDRAW 不仅可以制作矢量图，也可导入位图并将其添加到矢量绘图中，还可将在 CorelDRAW 中创建的矢量图转换成位图导出，以便在其他程序中使用。

1.1.2　位图

位图是相对于矢量图而言的，又称点阵图。位图可通过扫描、数码相机获得，也可通过如 Photoshop 之类的设计软件生成。位图由许多像素组成，每个像素都能记录一种色彩信息，因此位图图像能表现出色彩绚丽的效果。另外，位图的色彩越丰富，图像的像素就越多，分辨率也就越高，文件也就越大。由于位图由多个像素点组成，因此将位图放大到一定倍数时就会看到像素点，产生失真现象。如图 1-2 所示即为位图缩放前后的对比效果。

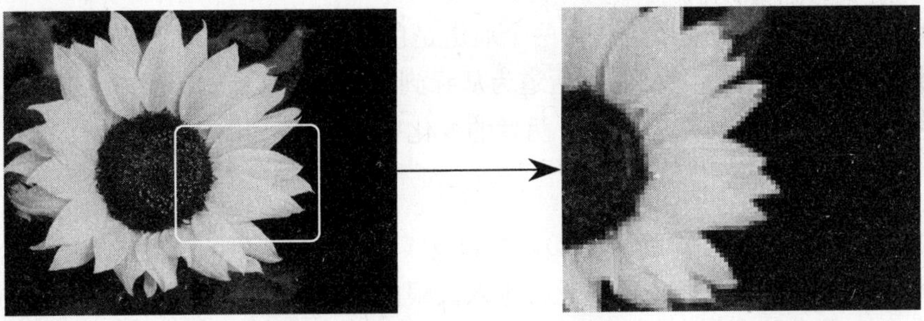

图 1-2　位图缩放前后对比效果

1.1.3　分辨率

分辨率是指图像单位长度上像素的多少。像素越多，图像越清晰。像素/英寸是分辨率的度量单位，它是描述在水平和垂直方向上，每英寸距离的图像包含的像素数目。分辨率可指图像或文件中的细节和信息量，也可指输入、输出或者显示设备能够产生的清晰度等级。在处理位图时，分辨率的大小会影响最终输出文件的质量和大小。

1.1.4　色彩模式

色彩模式是将色彩用数据来表示的一种方式，正确的色彩模式可以使图形图像在屏幕或印刷品上正确地显现。CorelDRAW 常用的色彩模式有 RGB、CMYK、Lab、HSB、索引、黑白和灰度等，而且各个色彩模式之间可以互换。

1. RGB 模式

RGB 模式是一种加色模式，由 Red（红）、Green（绿）、Blue（蓝）3 种颜色组成，通过这 3 种色光的组合可以形成更多其他的颜色。用户可按不同的比例混合这 3 种色光，获得可见光谱中绝大部分种类的颜色。

由于 3 种颜色各自都有 256 个亮度水平级，3 种颜色相叠加就有 256×256×256=1670 万种颜色的可能，完全可以表现出这绚丽多彩的世界，所以 RGB 模式也称真彩色模式。该色彩模式在生活中被广泛的采用，如我们每天接触到的电脑显示屏即采用 RGB 色彩模式。

2. CMYK 模式

CorelDRAW 调色板中默认的色彩模式为 CMYK 模式，分别表示 Cyan（青）、Magenta（品红）、Yellow（黄）和 Black（黑）。相对于 RGB 模式的加色混合模式，CMYK 的混合模式是一种减色叠加模式，它通过反射某些颜色的光并吸取另外一些颜色的光来产生不同的颜色。如果将四色油墨中的两种或两种以上的颜色相叠加，叠加的种类和次数越多，所得到的颜色就越暗，反射回的白色就越少，因此称为减色法混合。

CMYK 模式也称印刷色模式，是印刷时最常用的一种色彩模式，因为在印刷中通常都要进行四色分色再进行印刷。

3. Lab 模式

Lab 模式是一种国际色彩标准模式，该模式将图像的亮度与色彩分开。Lab 模式由 3

个通道组成，L 通道是透明度，其他两个通道是色彩通道，即色相（a）和饱和度（b）。其中，L 通道的范围为 0%～100%；a 通道为从绿到灰，再到红；b 通道为从蓝到灰，再到黄，这些颜色混合后将产生明亮的色彩，两者的变化范围均为-120～+120。

4．HSB 模式

HSB 模式是根据颜色的色相（H）、饱和度（S）和亮度（B）来定义颜色的。其中，色相是物体的本身颜色，是指从物体反射进入人眼的波长光度，不同波长的光，显示为不同的颜色；饱和度又称为纯度，指颜色的鲜艳程度；亮度是指颜色的明暗程度。

5．索引模式

索引色彩也称为映射色彩，它只能通过间接的方式创建，而不能直接获得。由于其图像是 256 色以下的图像，在整幅图像中最多只有 256 种颜色，一般只可当作特殊效果及专用，而不能用于常规的印刷。

6．黑白模式

黑白模式中只有黑和白两种色值，常见黑白模式的转换方式有 50% Threshold（以 50%为界限，将图像中大于 50%的亮度像素全变成黑色，小于 50%的亮度像素全变成白色）、抖动图像（将灰色变为黑白相间的几何图案）和误差扩散抖动（转换图像时，产生颗粒状的效果）3 种。只有灰度模式和带有通道的图像才能直接转为黑白模式。

7．灰度模式

灰度模式又叫 8 比特深度图，它能产生 256 级的灰色调，将一个彩色文件转换为灰度模式后，所有的信息将从文件中消失，不能将原来的颜色完全还原，所以在转换时一定要谨慎。

和黑白模式一样，灰度模式的图像中只有明暗值，没有色相和饱和度这两种颜色信息，由它与黑白模式组成的图像就构成了精彩的黑白世界。黑白模式只有黑白两种色质，而灰度模式则由 0～255 个灰度级组成。

1.1.5 文件格式

文件格式代表了一个文件的类型，通常可以通过其扩展名来进行区别，如扩展名为.cdr 的文件表示是 CorelDRAW 格式的文件，而扩展名为.doc 的文件表示是 Word 格式的文件。

注意：

> 如果要生成各种不同格式的文件，需要用户在保存文件时选择所需的文件类型，程序将自动生成相应的文件格式，并为其添加相应的扩展名。

CorelDRAW 是平面图形设计软件，在遇到要制作位图效果的图形文件时，就需要结合其他的设计软件来制作出更加精美的图像效果。在 CorelDRAW 中保存文件时，可以生成多种不同格式的文件。

1．CDR 格式

CDR 格式是 CorelDRAW 软件的默认文件格式，它只能在 CorelDRAW 软件中打开。

2．TIFF（.tif）格式

TIFF 图像文件格式可在多个图像软件之间进行数据交换，该格式支持 RGB、CMYK、Lab 和灰度等色彩模式，而且在 RGB、CMYK 以及灰度等模式中支持 Alpha 通道的使用。

3．JPEG（.jpg、.jpe）格式

JPEG 通常简称 JPG，是一种较常用的有损压缩技术，它主要用于图像预览及超文本文档，如 HTML 文档。在压缩过程中丢失的信息并不会严重影响图像质量，但会丢失部分肉眼不易察觉的数据，所以不宜使用此格式进行印刷。

4．GIF 格式

GIF 图像文件格式可进行 LZW 压缩，使图像文件占用较少的磁盘空间。该格式可以支持 RGB、灰度和索引等色彩模式。

5．BMP（.bmp、.rle）格式

BMP 图像文件格式是一种标准的点阵式图像文件格式，它支持 RGB、索引色、灰度和位图色彩模式，但不支持 Alpha 通道。以 BMP 格式保存的文件通常比较大。

1.1.6　平面设计工作流程

了解平面设计工作流程，能使用户更好地使用 CorelDRAW 制作出符合客户要求的作品。平面设计工作流程如图 1-3 所示。

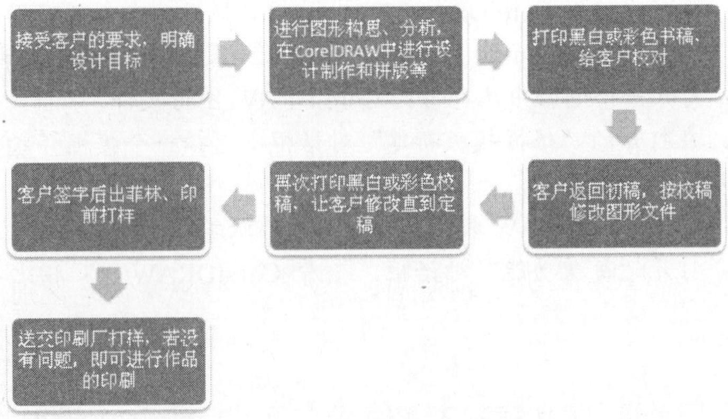

图 1-3　平面设计工作流程示意图

1.2　CorelDRAW X3 入门

在学习 CorelDRAW X3 之前，为了尽快熟练使用软件，需熟知 CorelDRAW X3 的启动与退出方法以及操作界面，下面将分别进行讲解。

1.2.1 CorelDRAW X3 的启动

启动 CorelDRAW X3 的方法有如下两种：

- 单击桌面左下方的 开始 按钮，在弹出的菜单中选择“所有程序/CorelDRAW Graphics Suite X3/CorelDRAW X3”命令。
- 双击桌面上 CorelDRAW X3 的快捷图标。

启动 CorelDRAW X3 后，将会出现如图 1-4 所示的欢迎窗口。当将鼠标指向窗口上的各个图标按钮时，将会出现相应的注释文字。

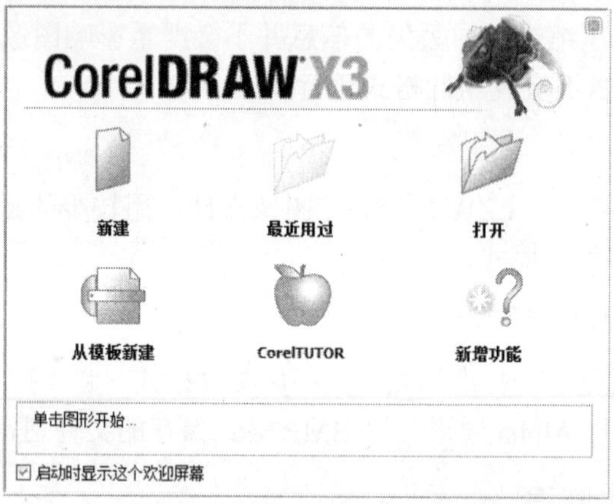

图 1-4 CorelDRAW X3 的启动窗口

各按钮的作用如下。

- 按钮：用当前软件默认的模板来新建一个图形文件。
- 按钮：第一次使用 CorelDRAW X3 时该按钮显示为灰色不可用，当用户编辑过文件后下次启动时将显示这些文件名，单击此按钮便可快速地打开编辑过的文件。
- 按钮：打开一个电脑中已存储的 CorelDRAW 图形文件。
- 按钮：在打开的“根据模板新建”对话框中选择一个模板样式，以方便用户在该模板基础上进行设计。
- 按钮：打开 CorelDRAW 教程窗口，从中可以学习 CorelDRAW X3 的使用方法。
- 按钮：打开“新增功能”对话框，查看 CorelDRAW X3 相比之前版本的新增功能。

提示：

在图 1-4 中，若取消选中☑启动时显示这个欢迎屏幕复选框，在下次启动 CorelDRAW X3 时将不再显示该窗口，同时将自动建立一个新文件窗口。

1.2.2 CorelDRAW X3 的退出

退出 CorelDRAW X3 的方法有以下几种：

- 单击 CorelDRAW X3 工作界面中标题栏右上角的“关闭”按钮。
- 选择“文件/退出”命令，或按 Alt+F4 键。

提示：

如果编辑的文件没有保存过，用户进行关闭操作时将打开如图 1-5 所示的保存询问对话框，单击 是(Y) 按钮将保存文件并退出 CorelDRAW X3；单击 否(N) 按钮将不保存文件并退出 CorelDRAW X3；单击 取消 按钮，将放弃退出软件操作，可继续对图形进行编辑。

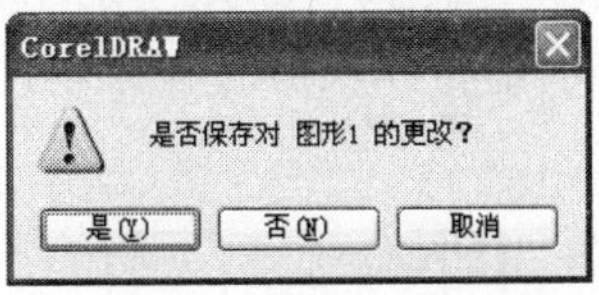

图 1-5 保存询问对话框

1.2.3 CorelDRAW X3 工作界面的各个组成部分

熟悉 CorelDRAW X3 的工作界面对以后熟练地操作 CorelDRAW X3 有很大帮助，可以有效提高工作效率。下面将介绍 CorelDRAW X3 的工作界面并对其进行定制。

CorelDRAW X3 的工作界面如图 1-6 所示，主要由标题栏、菜单栏、标准工具栏、属性栏、工具箱、标尺、调色板、状态栏、滚动条、页面控制栏、绘图页面和泊坞窗等部分组成。

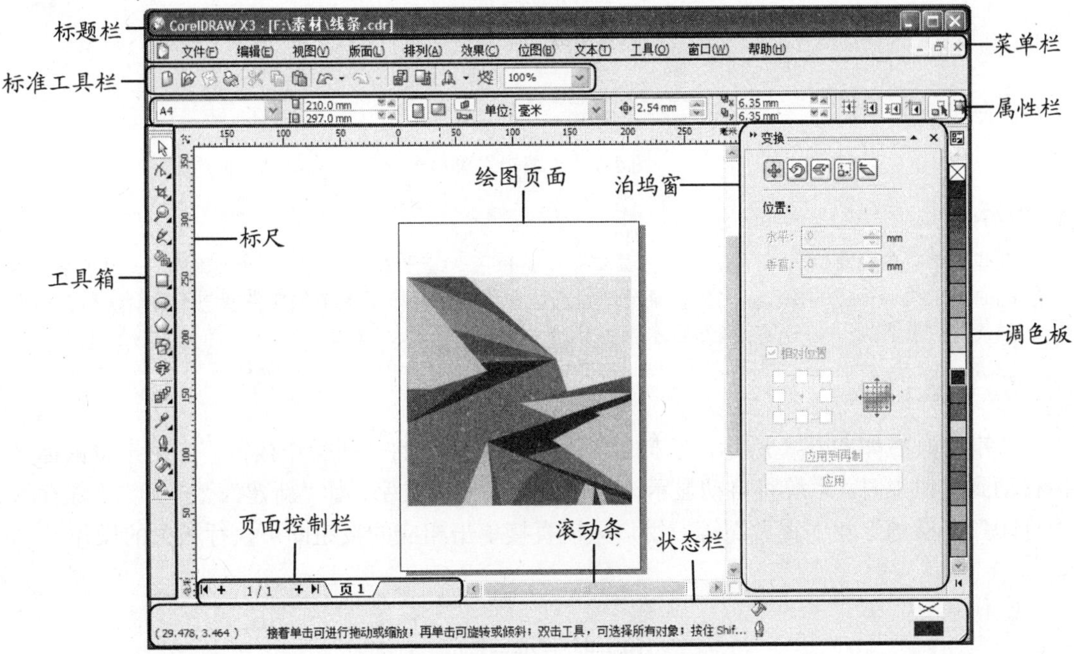

图 1-6 CorelDRAW X3 的工作界面

1. 标题栏

标题栏用于显示 CorelDRAW 程序的名称和当前打开文件的名称以及所在路径。当 CorelDRAW 窗口处于最大化状态时，单击标题栏右端的 3 个按钮可以分别对 CorelDRAW 窗口进行最小化、还原和关闭操作。

2．菜单栏

菜单栏包含了 CorelDRAW X3 的所有操作命令，包括“文件”、“编辑”、“视图”、“版面”、“排列”、“效果”、“位图”、“文本”、“工具”、“窗口”和“帮助”等菜单项，熟练地使用菜单栏是掌握 CorelDRAW X3 的最基本要求。用户可以通过选择菜单栏中的相应命令执行相关的操作。单击某一菜单项都将弹出其下拉菜单，如单击“编辑”菜单项，将弹出如图 1-7 所示的下拉菜单。

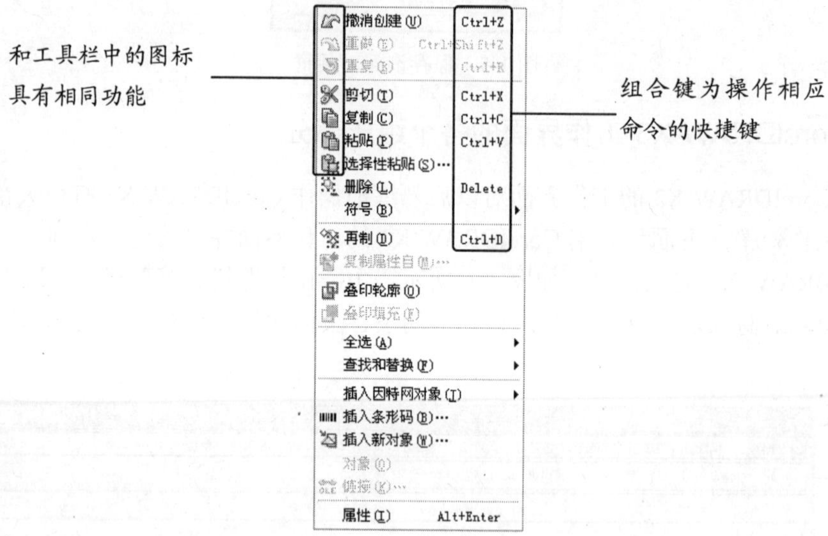

图 1-7　“编辑”菜单

提示：

某些菜单命令后面标有▸符号，表示该菜单命令还有下一级子菜单，用户可以选择其下一级子菜单中的命令来执行相应的操作。另外，菜单中呈灰色显示的命令表示当前的文件状态不符合执行该命令的条件，需要执行一些相应操作后才能使用。

3．标准工具栏

标准工具栏如图 1-8 所示，它提供了用户经常使用的一些操作按钮。当用户将鼠标光标移动到按钮上时，系统将自动显示该按钮对应的注释文字，如“新建”、“打开”、“保存”、“打印”、“撤销”和“重做”等，用户只需直接单击相应的按钮即可执行相关的操作。

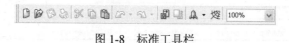

图 1-8　标准工具栏

4．属性栏

属性栏用于显示所编辑图形的属性信息和可编辑图形的按钮选项，而且属性栏的内容会根据所选对象或当前选择工具的不同而出现差异。用户可以通过单击其中的按钮对图形进行修改编辑。

5．工具箱

工具箱用于放置 CorelDRAW X3 中的各种绘图或编辑工具，其中的每一个铵钮表示一种工具。将鼠标光标静放在工具按钮上时会显示该工具的名称，从而方便用户认识各个工具。单击其中一个工具按钮，即可进行相应工具的操作。某些工具按钮右下角带有◢符号，则表示该工具包含有子工具，单击◢符号或使用鼠标左键按住显示的工具不放，即可弹出其展开的工具条，如按住工具箱中的手绘工具不放，将弹出其展开工具条。

6．调色板

CorelDRAW X3 中的调色板在默认状态下位于工作界面的右侧，用于对选定图形的内部或轮廓进行颜色填充。在调色板中的一种颜色块上按住鼠标左键，将打开一列由该颜色延伸的其他颜色选择框，如图 1-9 所示。用户可以从中选择所需的颜色。

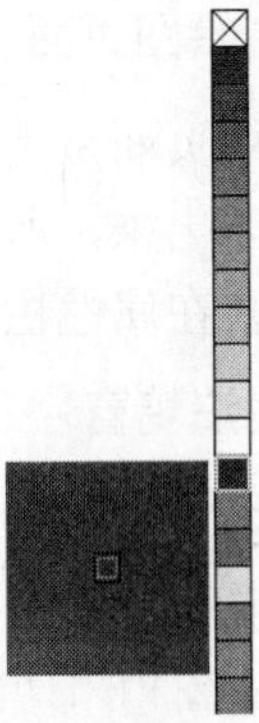

图 1-9　调色板

使用调色板填充图形的方法是：先选择图形对象，再用鼠标左键单击调色板中所需的颜色块即可为图形填充上相应的颜色；如果要将选中图形的轮廓颜色填充为其他颜色，则使用鼠标右键单击调色板中所需的颜色即可。关于颜色的填充将在后面的章节中详细讲解。

技巧：

若要取消图形对象内部的填充，则选中图形对象，再用鼠标左键单击调色板中的☒按钮；若要取消图形对象轮廓的颜色填充，则使用鼠标右键单击☒按钮即可。

【例 1-1】　选择一个矩形，用鼠标单击调色板中的红色颜色块，将矩形填充为红色。

（1）选择工具箱中的矩形工具，将鼠标光标移到页面中，此时鼠标光标变为形状，按住鼠标并拖动即可绘制出一个矩形。

（2）选择工具箱中的选取工具，在页面中选中矩形，如图 1-10 所示。

（3）将鼠标移到调色板中并单击红色色块，如图 1-11 所示，将矩形填充为红色，效果如图 1-12 所示。

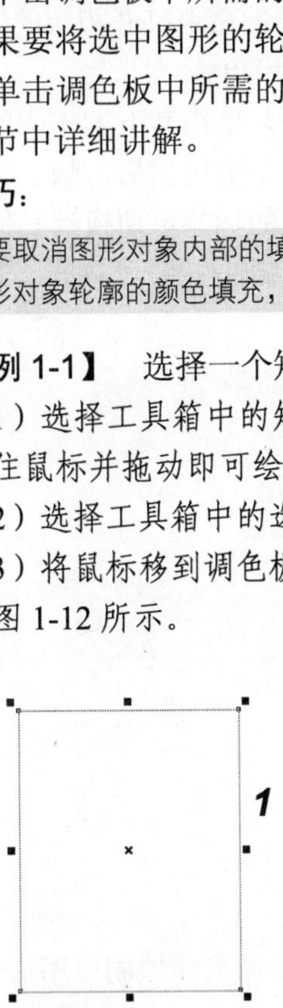

图 1-10　选中矩形

图 1-11　单击红色色块

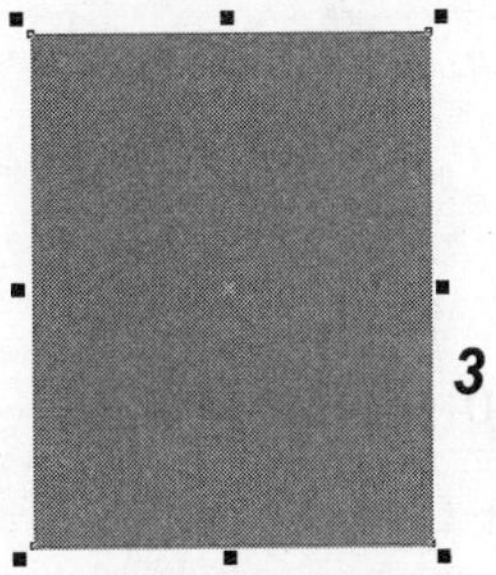

图 1-12　矩形的填充效果

◁»提示：

单击调色板下方的 ✓ 按钮，可以将调色板向下滚动，以便显示出其他更多的颜色块；若单击其下方的 ◂ 按钮，则可以显示出调色板中的所有颜色块。

7．标尺

当用户需要将图形放置在精确的位置或缩放成固定的大小时，就会使用到标尺，它是精确制作图形的一个非常重要的辅助工具，由水平标尺和垂直标尺组成。在标尺上按住鼠标左键不放，并向绘图页面拖动，还可以拖出一条辅助线，关于辅助线的使用将在后面的章节中详细介绍。

8．绘图页面

绘图页面是指 CorelDRAW 工作窗口中带有矩形边缘的区域。只有此区域内的图形才能被打印出来，所以用户如果要打印所制作的作品，便要将其移到该区域内。用户也可以根据需要在属性栏中设置绘图页面的大小和方向。

9．泊坞窗

泊坞窗是 CorelDRAW X3 中最有特色的部分，它提供了许多常用的功能，在默认状态下其停靠在屏幕的右边。在"窗口/泊坞窗"子菜单中选择不同的命令打开相应的泊坞窗，如选择"窗口/泊坞窗/造形"命令，将打开如图 1-13 所示的泊坞窗。

在泊坞窗中进行操作的同时，用户可在页面中预览到效果，单击其下方相应的执行按钮可以执行操作，极大地方便了用户进行制作。当用户打开多个泊坞窗后，除了当前泊坞窗外，其他泊坞窗将以标签的形式显示在其右边缘，单击相应的标签可切换到其他的泊坞窗。另外，单击泊坞窗左上角的 ⏵⏵ 按钮可以将泊坞窗收缩，再单击 ⏴⏴ 按钮可将其展开，单击右上角的 ✕ 按钮可以关闭该泊坞窗。

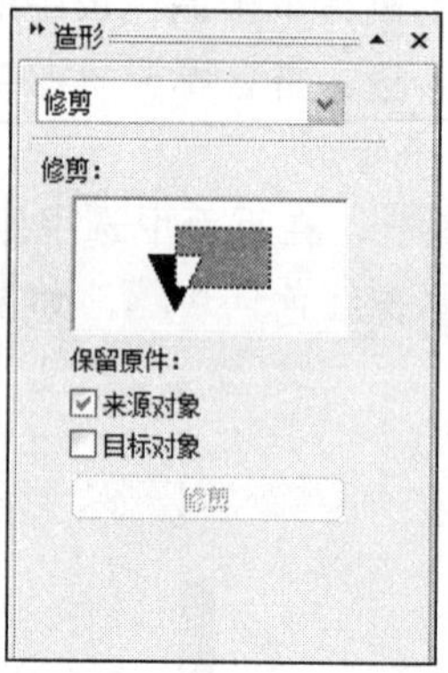

图 1-13 "造形"泊坞窗

10．页面控制栏

在 CorelDRAW 中，一个文件可以存在多个页面。用户可通过页面控制栏添加新页面，也可删除不需要的页面，并可观察每个页面的内容。

11. 状态栏

状态栏用于显示当前操作或操作提示信息，它会随操作的变化而变化，其中左边括号内的数据表示鼠标光标所在位置的坐标。

12. 滚动条

当放大显示页面后，有时页面将无法显示所有的对象，通过拖动滚动条可以显示被隐藏的图形部分。滚动条分为水平滚动条和垂直滚动条。

1.2.4　自定义工作界面

启动 CorelDRAW 后的工作界面是系统默认的界面，用户可以根据需要通过鼠标右键和菜单命令两种方法，来自定义工作界面中各工具栏的位置、状态和按钮的大小、隐藏和显示等。

1. 通过鼠标右键

在任意工具栏上单击鼠标右键，在弹出的快捷菜单中可以选择需要隐藏或显示的工具栏，这样可以让用户最大限度地使用绘图空间。

【例 1-2】　使用鼠标右键将标准工具栏进行隐藏和显示。

（1）在工作界面的标准工具栏上单击鼠标右键，在弹出的快捷菜单中取消选择“标准”命令，如图 1-14 所示。此时工作界面中的标准工具栏将隐藏。

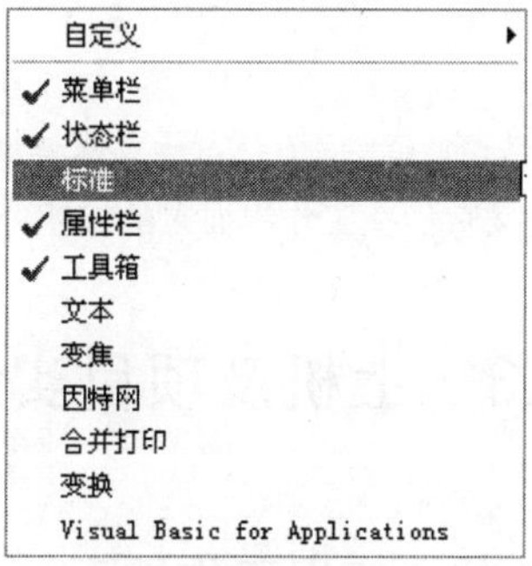

图 1-14　隐藏和显示工具栏

（2）在工作界面上方的空白处单击鼠标右键，在弹出的快捷菜单中再次选择“标准”命令，则标准工具栏将显示出来。

提示：

在 CorelDRAW X3 中，凡是在各工具栏前端出现控制柄时，都可对其进行拖动操作，从而将各工具栏放置在方便使用的位置。

2. 通过菜单命令

通过菜单命令也可以更加细致地设置 CorelDRAW 的各选项，选择“工具/选项”命令，打开“选项”对话框，如图 1-15 所示。该对话框左侧为列表框，在其中可选择所需的选项，单击按钮可以展开下一级选项，在对话框右侧可设置该选项相应的参数。

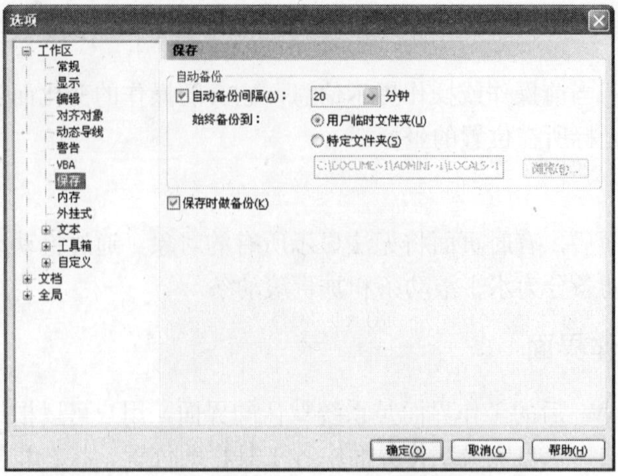

图 1-15 “选项”对话框

【例 1-3】 在“选项”对话框中选择“保存”选项，在右侧“自动备份”栏的下拉列表框中将自动备份间隔时间设置为 20 分钟并选中 用户临时文件夹(U) 单选按钮。

（1）选择“工具/选项”命令，打开“选项”对话框，选择左侧列表框中的“保存”选项，然后选中 自动备份间隔(A)： 复选框，在其右侧的下拉列表框中输入“20”。

（2）选中 用户临时文件夹(U) 单选按钮，然后单击 确定(O) 按钮。这样用户以后在制作图形的过程中，系统将每隔 20 分钟自动备份一次文件到临时文件夹中，以免发生意外事件而丢失图形文件。

提示：

用同样的方法，用户还可以选中左侧列表框中“自定义”选项下的“命令”、“调色板”和“应用程序”选项，然后在右侧分别自定义它们在工作界面上的按钮外观。

1.3 上机及项目实训

1.3.1 运行 CorelDRAW X3 并自定义工作界面

本次实训将练习启动 CorelDRAW、自定义工作界面和退出 CorelDRAW，为以后更好地学习 CorelDRAW 奠定坚实的基础。

操作步骤如下：

（1）单击 开始 按钮，在打开的菜单中选择“所有程序/CorelDRAW Graphics Suite X3/CorelDRAW X3”命令，系统将自动运行 CorelDRAW X3。

（2）在打开的欢迎窗口中单击 按钮，将新建一个图形文件并进入 CorelDRAW X3 的工作界面，如图 1-16 所示。

（3）将鼠标光标移至工具箱上方空白处并单击鼠标右键，在弹出的快捷菜单中取消选择“状态栏”命令，如图 1-17 所示，工作界面下方的状态栏将隐藏。

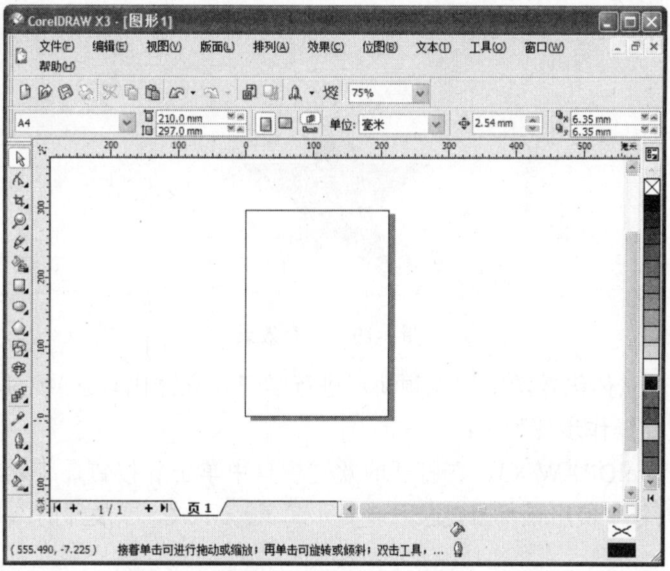

图 1-16　进入 CorelDRAW X3 的工作界面

（4）使用相同的方法，在弹出的快捷菜单中再依次取消选择“标准”、“属性栏”和“菜单栏”命令，依次隐藏标准工具栏、属性栏和菜单栏，此时工作界面如图 1-18 所示。

图 1-17　选择命令

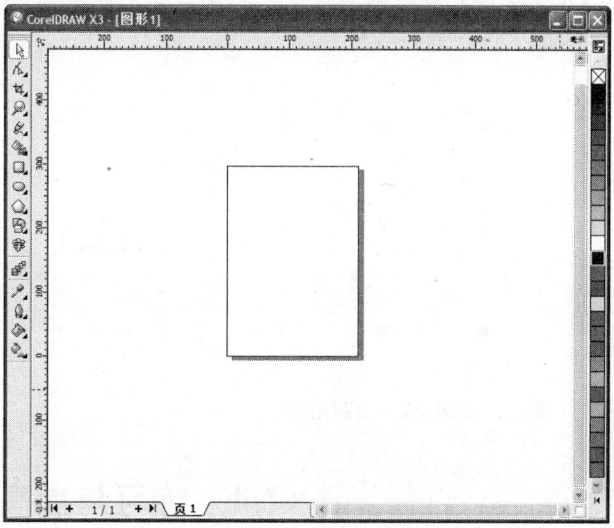

图 1-18　自定义工作界面

（5）单击 CorelDRAW X3 工作界面右上角的☒按钮，退出 CorelDRAW。

提示：

对于其中有些本章未涉及的知识，如新建图形文件，在后面章节中将详细讲解。

1.3.2　使用调色板

综合利用本章所学知识，选择工具绘制图形，并使用调色板进行填充，完成后的最终效果如图 1-19 所示。

图 1-19　填充效果

本练习可结合立体化教学中的视频演示进行学习（立体化教学:\视频演示\第 1 章\使用调色板.swf）。主要操作步骤如下：

（1）启动 CorelDRAW X3，在打开的欢迎窗口中单击按钮，将新建一个图形文件。

（2）在工具箱中使用鼠标左键按住多边形工具不放，在展开的工具条中选择星形工具。

（3）将鼠标光标移到页面中，此时鼠标光标变为形状，按住鼠标左键并拖动即可绘制出一个星形。

（4）选择工具箱中的选取工具，在页面中选中星形，如图 1-20 所示。

（5）将鼠标光标移到调色板中并单击蓝色色块，将星形填充为蓝色，效果如图 1-21 所示。

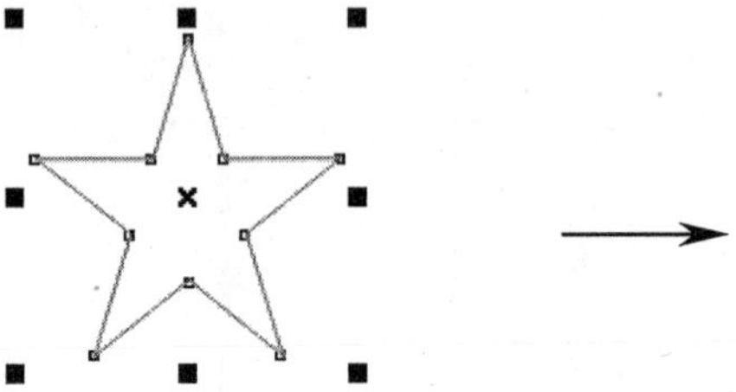

图 1-20　绘制星形

图 1-21　填充图形

1.4　练习与提高

（1）练习从“开始”菜单中启动 CorelDRAW X3 的方法。

提示：单击按钮，在打开的菜单中选择“所有程序/CorelDRAW Graphics Suite X3/CorelDRAW X3”命令，系统稍后将自动运行 CorelDRAW X3。

（2）自定义设置 CorelDRAW X3 的撤销步骤。

提示：选择“窗口/选项”命令，打开“选项”对话框，在左侧的列表框中选择“常规”选项，然后在右侧“撤销级别”栏下方的“普通”数值框中输入“40”。

（3）练习通过菜单命令退出 CorelDRAW X3 的方法。

提示：在打开的 CorelDRAW 工作界面中选择“文件/退出”命令。

经验技巧 总结 CorelDRAW X3 有关的基础概念和相关信息

本章主要介绍了进行图形图像处理时会遇到的基础概念问题，以及 CorelDRAW X3 的启动和关闭方法，这里总结在设计过程中可能会遇到的几点问题供读者参考和探索：

- 多看一些设计作品，以增强对作品的鉴赏能力、开阔眼界、拓展想象空间、丰富创作层面和内涵深度。
- 在网上看到好的素材或设计作品时应及时保存，以备不时之需。
- 对很多效果需要耐心调试才能得到最终效果，不要怕麻烦而制作出半成品随意交差。
- 在制作图像前，一定要明白其设计目的和创作意图是什么。只有在思路清晰的情况下，才可能制作出优秀的作品。
- 在制作图像的过程中，若遇到瓶颈没有解决办法时，可以请教其他人，有时他人的一个小小的提示可能就成为解开问题的钥匙。

第 2 章　文件和页面辅助操作

学习目标

☑ 掌握新建、保存和打开文件的方法
☑ 使用导入和导出图形以美化和编辑图像
☑ 使用辅助工具协助完成图像的编辑
☑ 使用新建文件和导入页面设置等知识制作日历
☑ 综合利用图像的打开、导入、导出和页面设置等知识制作艺术节节目单封面

目标任务&项目案例

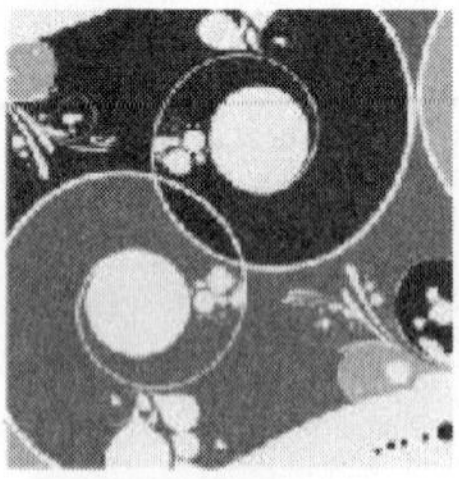

导入时尚线条

设置网格

编辑商品标志图像

制作日历文件

制作艺术节节目单封面

在 CorelDRAW 中编辑文件和页面是进行图像处理时必不可少的操作，制作上述实例主要使用到了文件的编辑、页面的设置和辅助工具的使用等知识。本章将具体讲解文件的新建、保存、打开、导入、导出、页面设置等操作方法，以及使用标尺、辅助线、网格对图形进行绘制和修饰的方法。

2.1　管理图形文件

管理图形文件包括对图形文件进行新建、打开、保存、导入和导出等操作，下面将分别讲解。

2.1.1　新建图形文件

若要在 CorelDRAW 中绘制图形，前提是要新建一个文件或者打开已有的文件。新建图形文件有以下几种方法：

- 在启动 CorelDRAW X3 时出现的欢迎窗口中单击按钮。
- 在 CorelDRAW X3 工作界面中按 Ctrl+N 键。
- 单击标准工具栏中的“新建”按钮。
- 在 CorelDRAW X3 工作界面中选择“文件/新建”命令。

提示：

执行新建操作后，程序将会为新建的图像文件命名“图形 1”。执行多步操作后，CorelDRAW 在被编辑图像的同一文件夹中会生成一个备份文件。

2.1.2　打开图形文件

要编辑已有的 CorelDRAW 文件，首先需打开该图形文件。在 CorelDRAW X3 中打开图形文件的方法较多，主要有以下几种：

- 启动 CorelDRAW X3，在出现的欢迎窗口中单击按钮上方显示的名称，可以打开最近编辑过的图形文件。
- 启动 CorelDRAW X3，在出现的欢迎窗口中单击按钮。
- 在 CorelDRAW X3 工作界面中按 Ctrl+O 键。
- 单击标准工具栏中的按钮。
- 在 CorelDRAW X3 工作界面中选择“文件/打开”命令。
- 直接双击一个 CorelDRAW 文件。

【例 2-1】　启动 CorelDRAW X3，在出现的欢迎窗口中单击按钮，在打开的“打开绘图”对话框中选择本地计算机中后缀名为.cdr 的文件。

（1）启动 CorelDRAW X3，在出现的欢迎窗口中单击按钮，打开“打开绘图”对话框，如图 2-1 所示。

（2）在“查找范围”下拉列表框中选择图形文件所在的路径，然后在下方的列表框中选中需要打开的图形文件，如 3.cdr。选中对话框右侧的☑预览(P)复选框，可以预览图形文件的内容。

（3）单击 打开 按钮，将在 CorelDRAW 工作界面中打开 3.cdr 图形文件，效果如图 2-2 所示。

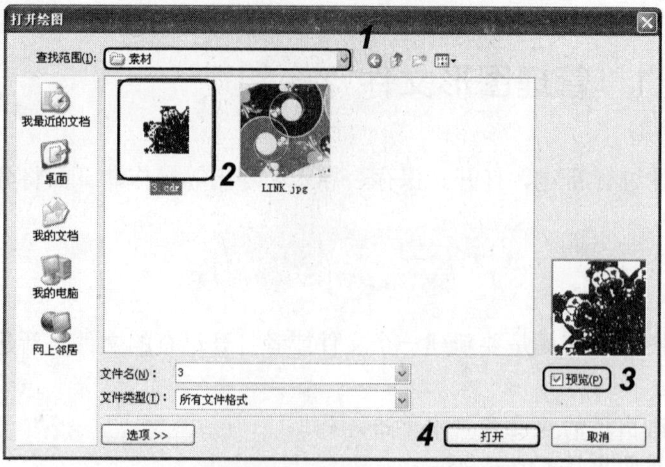

图 2-1　打开“打开绘图”对话框

图 2-2　打开的图像文件

提示：

在打开图形文件时，可在“打开绘图”对话框中单击▦▾按钮，在弹出的下拉菜单中选择“缩略图”命令，在下方的列表框中将显示图形文件的缩略图，便于选择。

2.1.3　保存图形文件

用户在完成图形文件的编辑后，需将其进行保存。保存图形文件主要有以下几种方法：

- 选择“文件/保存”命令、按 Ctrl+S 键或单击标准工具栏中的“保存”按钮，可将对图形文件的修改直接保存在原文件中。
- 选择“文件/另存为”命令，在打开的“保存绘图”对话框中可以改变图形文件的名称和存储位置等，但原文件不会改变。

注意：

执行保存操作后，若没有再次进行编辑操作，“保存”按钮和“保存”命令都呈灰色状态，用户无法执行保存操作。

【例 2-2】　将如图 2-2 所示的图形文件另存在 C 盘的“新图”文件夹下，并命名为“花儿”。

（1）打开如图 2-2 所示的文件后，选择“文件/另存为”命令，打开“保存绘图”对话框。

（2）在“保存在”下拉列表框中选择 C 盘，再打开其中的“新图”文件夹，然后在“文件名”下拉列表框中输入文件的名称“花儿”，如图 2-3 所示。

（3）单击［保存］按钮即可将文件保存。

2.1.4　导入图形文件

CorelDRAW 默认的文件格式为 CDR 格式，为了满足在不同软件之间可以相互转换图形图像文件，CorelDRAW 提供了导入与导出文件功能，这样 CorelDRAW X3 就可以和其他应用程序交换文件，也能让 CorelDRAW 中的文件在其他应用程序中使用。

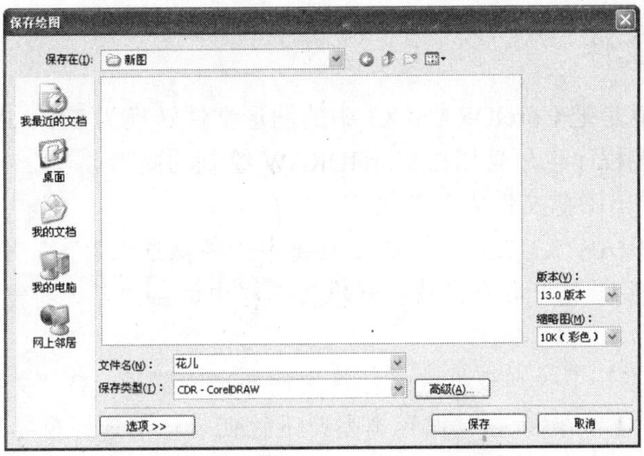

图 2-3　将图形另存为一个绘图文件

导入图形文件是指将非 CDR 格式的图形文件导入到 CorelDRAW 中使用，如 JPG、TIF、PSD 和 BMP 格式文件。方法是选择“文件/导入”命令，在打开的“导入”对话框中指定需要导入文件所在的路径和文件名即可。

【例 2-3】　导入本地电脑中任意非.cdr 格式的图像文件。

（1）选择“文件/导入”命令或单击标准工具栏中的按钮，打开如图 2-4 所示的“导入”对话框。

（2）在“查找范围”下拉列表框中选择导入文件所在的路径，再在“文件类型”下拉列表框中选择导入的文件格式，这里选择“所有文件格式”选项，然后选中需要导入的图像文件。

（3）单击导入按钮，此时光标将变成，在绘图区中单击鼠标即可导入该图形文件，效果如图 2-5 所示。

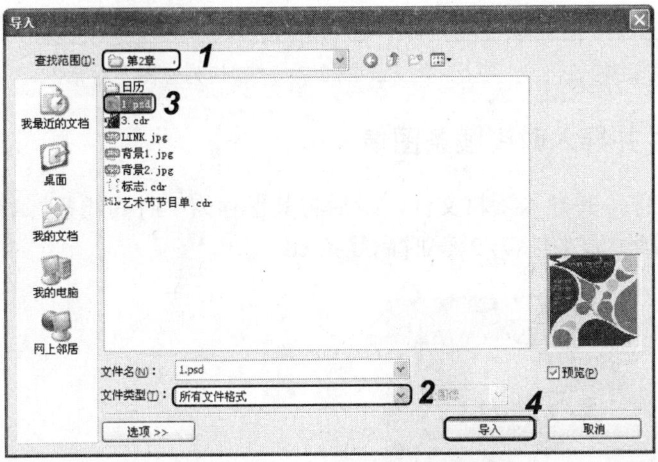

图 2-4　“导入”对话框

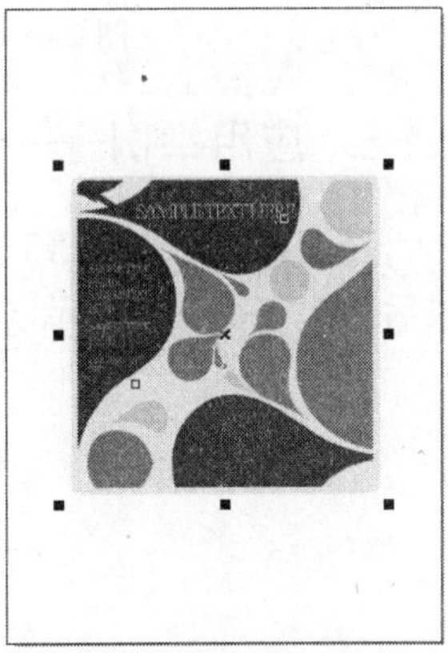

图 2-5　导入的图像

提示：

用户可以同时导入多个图像文件，方法是在“导入”对话框中按住 Ctrl 键不放并单击需要导入的文件，然后单击导入按钮，在绘图区中依次单击鼠标即可分别导入所选的图像文件。

2.1.5 导出图形文件

导出图形文件就是把 CorelDRAW X3 中的图形文件转换为 TIF、JPG、GIF、BMP 等其他文件格式，让其他程序也可使用由 CorelDRAW 绘制的图形。

【例 2-4】 导出图像文件为 TIF 格式。

（1）在 CorelDRAW X3 工作界面的工具箱中选择挑选工具，选择要导出的图形。

（2）选择“文件/导出”命令或单击标准工具栏中的按钮，打开如图 2-6 所示的“导出”对话框。

（3）在“保存在”下拉列表框中选择将文件导出的路径，在“文件名”下拉列表框中输入导出的文件名“1”，然后在“保存类型”下拉列表框中选择需要导出的文件格式，如选择 TIF-TIFF Bitmap 格式。

（4）单击 导出 按钮，将打开如图 2-7 所示“转换为位图”对话框。根据用户的需要，可以在“分辨率”数值框中设置导出文件的分辨率大小，在“颜色模式”下拉列表框中选择所需的颜色模式，单击 确定 按钮即可导出图形文件。

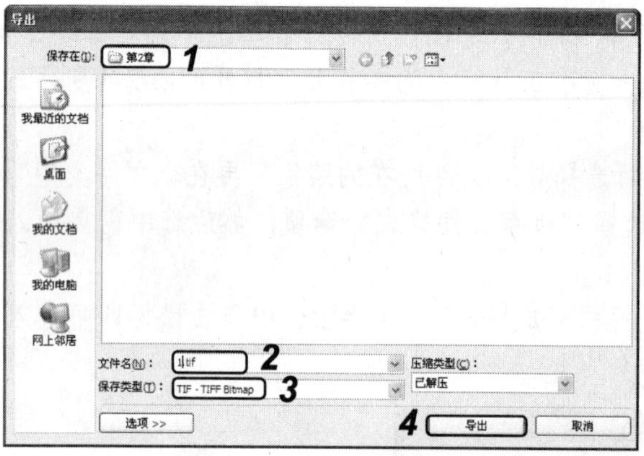

图 2-6 “导出”对话框

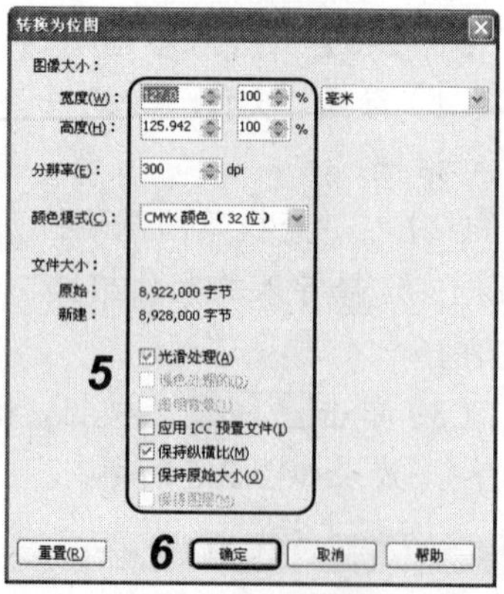

图 2-7 “转换为位图”对话框

2.1.6 应用举例——新建文件并导入时尚线条图像

在 CorelDRAW X3 中新建文件，并导入素材文件，最后将其保存为“时尚线条”。完成后效果如图 2-8 所示（立体化教学:\源文件\第 2 章\时尚线条.cdr）。

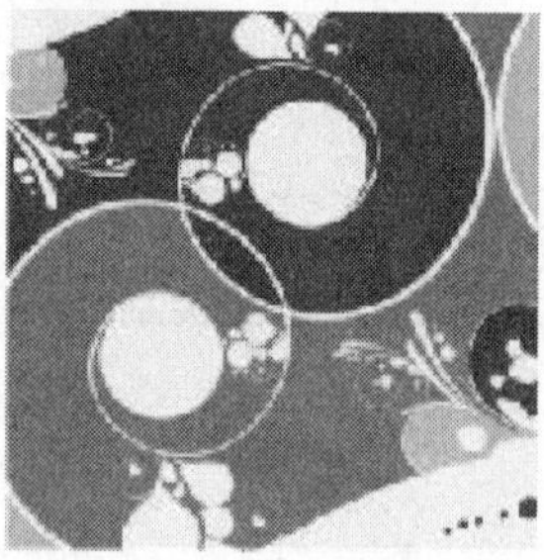

图 2-8 时尚线条效果图

操作步骤如下：

（1）启动 CorelDRAW X3，在打开的欢迎窗口中单击按钮，新建一个文件。

（2）选择“文件/导入”命令，打开“导入”对话框，选择 LINK.jpg 图像文件（立体化教学:\实例素材\第 2 章\LINK.jpg），单击导入按钮，如图 2-9 所示。

（3）当光标变成时，在绘图区中单击鼠标导入图形文件，如图 2-10 所示。

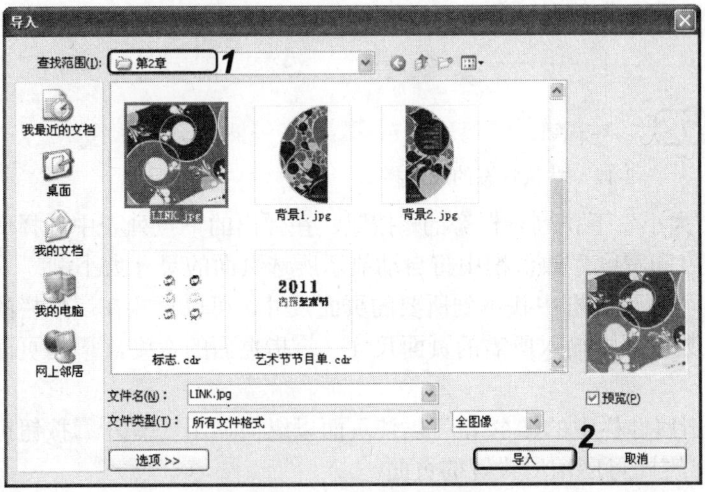

图 2-9　“导入”对话框

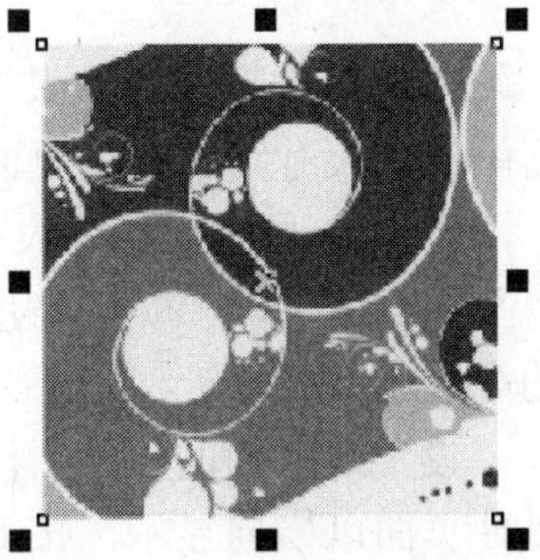

图 2-10　被导入的图像

（4）选择“文件/另存为”命令，打开“保存绘图”对话框，在“保存在”下拉列表框中选择文件需保存的位置，再在“文件名”下拉列表框中输入文件名“时尚线条”，单击保存按钮，如图 2-11 所示。

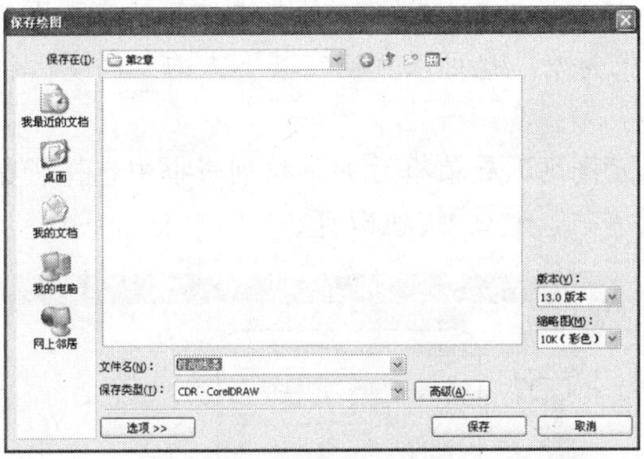

图 2-11　保存图像

2.2　设置标尺、网格和辅助线

用户在绘制图形的过程中常常需要使用一些辅助工具来帮助图形定位、确定图形大小与尺寸等。合理并恰当地使用标尺、网格和辅助线等辅助工具可提高绘图的精确度和工作效率。

2.2.1 设置页面大小和方向

在 CorelDRAW 中新建一个图形文件后，用户可以根据需要设置页面的大小、方向以及添加页面等。可以通过属性栏和“选项”对话框两种方法进行设置。

1. 通过属性栏设置

通过属性栏可以设置页面的大小和方向。新建一个图形文件后，默认状态下的属性栏如图 2-12 所示。

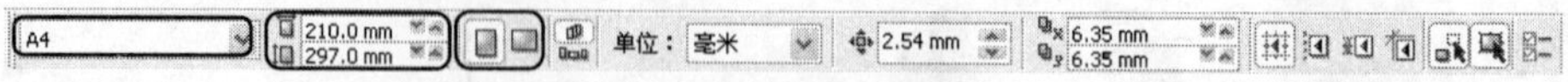

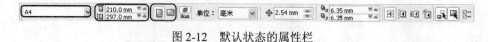

图 2-12　默认状态的属性栏

单击属性栏中“纸张类型/大小”下拉列表框旁的按钮，在弹出的下拉列表中选择所需的纸张尺寸后，在“页面高度和宽度”数值框中将自动显示所选页面的尺寸大小。

如果在“纸张类型/大小”下拉列表框中找不到所要的页面尺寸，可以直接在属性栏的“页面高度”和“页面宽度”数值框中输入所需的页面尺寸（指页面的宽度，指页面的高度）。

设置好页面的尺寸后，单击属性栏中的按钮可以使页面以纵向显示，单击按钮可以使页面以横向显示，按 Enter 键即可应用所设置的页面。

2. 通过“选项”对话框设置

用户也可通过“选项”对话框来设置页面的大小和方向。

【例 2-5】 通过“选项”对话框设置页面的大小和方向。

（1）选择“版面/页面设置”命令，打开如图 2-13 所示的“选项”对话框。

（2）在“大小”栏选中纵向(P)或横向(D)单选按钮确定页面的方向，在“纸张”下拉列表框中选择预设的纸张类型，也可以直接在其下方的“高度”和“宽度”数值框中输入所需的数值。

（3）在“宽度”和“高度”数值框后的下拉列表框中选择所需的单位，默认状态下的单位为“毫米”，完成后单击确定(O)按钮即可。

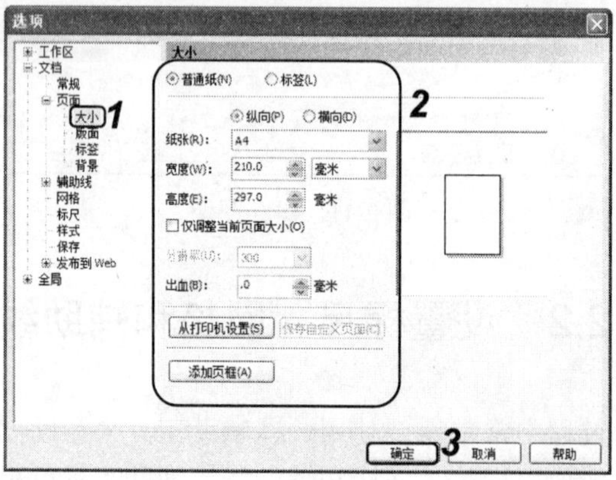

图 2-13　设置页面大小和方向时的“选项”对话框

2.2.2　设置背景

在默认的状态中，CorelDRAW 的页面是透明无背景的。CorelDRAW 提供了为作品添加背景的功能，而且添加的背景不会因为其他的操作而受影响。用户可以通过“选项”对话框将页面设置成纯色或位图背景，改变后的背景能够被打印或输出。

【例 2-6】　通过“选项”对话框将页面背景设置成位图。

（1）打开“选项”对话框，在其左侧列表框中选择“背景”选项。

（2）在右侧“背景”栏中选中◎位图(B)单选按钮，然后单击旁边的浏览(W)...按钮，如图 2-14 所示。

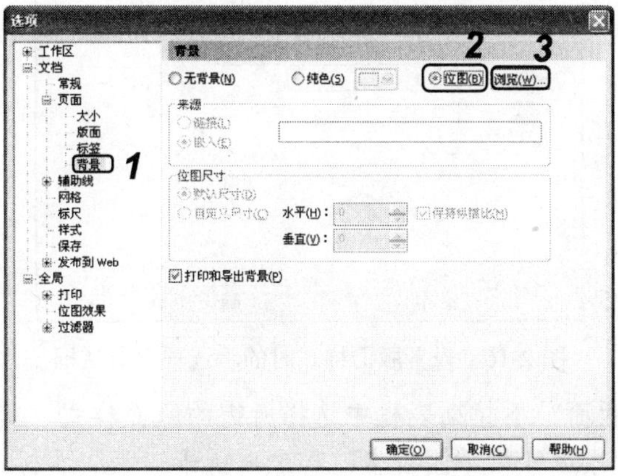

图 2-14　设置页面背景时的“选项”对话框

（3）打开“导入”对话框，如图 2-15 所示，从中选择一个位图文件。单击导入按钮返回“选项”对话框。

（4）单击确定(O)按钮，将所设置的背景颜色或位图显示在整个绘图页面上。

图 2-15　“导入”对话框

技巧：

如果需要设置纯色的背景，则选中◎纯色(S)单选按钮，然后单击旁边的按钮，在弹出的颜色下拉列表中选择一种颜色作为页面背景即可。

2.2.3 设置版面样式

CorelDRAW X3 还提供了其他更多预设的版面样式，可用于书籍、折卡和小册子等标准出版物的版面，还可以设置对开页。

【例 2-7】 为 CorelDRAW 设置版面样式。

（1）选择“视图/页面设置”命令，打开“选项”对话框，选中左边列表框中的“版面”选项，如图 2-16 所示。

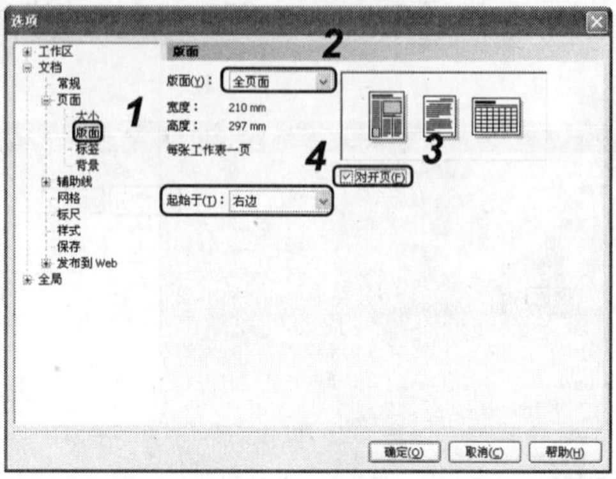

图 2-16 设置版面样式时的“选项”对话框

（2）在右侧的“版面”下拉列表框中选择所需的版面样式，其中提供了“全页面”、“活页”、“屏风卡”、“帐篷卡”、“侧折卡”和“顶折卡”等版面样式。

（3）如果要设置活页的对开页，则选中☑对开页(F)复选框，然后在“起始于”下拉列表框中选择对开页的方向，如选择“右边”选项，则可以由右边开始设置多页文档的第 1 页。设置完成后单击确定(O)按钮。

提示：

选中☑对开页(F)复选框后，“起始于”下拉列表框才可用。

2.2.4 设置多页面文件

用户在制作多页的作品时，可以在同一个 CorelDRAW 文件中设置多个不同的页面，并可以通过切换页面随时访问并编辑其中任何一个页面上的内容。

1. 添加和删除页面

在 CorelDRAW 工作界面中，页面控制栏中显示的是页面总数、当前页和页面的标签等信息，如图 2-17 所示。其中，“页 1”是每个新图形文件的默认页面。用户可根据需要添加和删除页面。

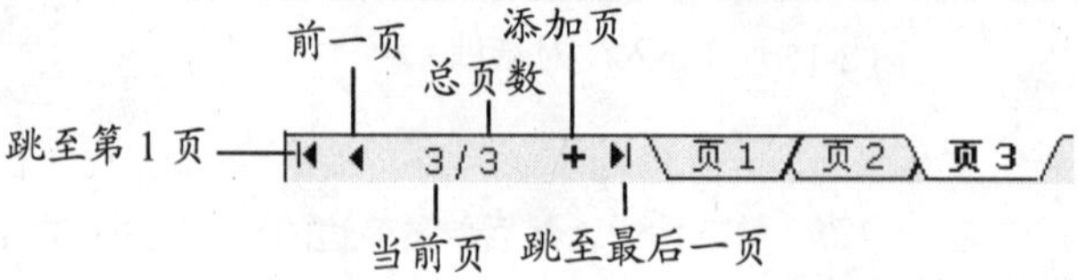

图 2-17 页面控制栏

【例 2-8】　新建文件，使用菜单命令在文件中添加页面。

（1）新建文件，选择“版面/插入页”命令，打开如图 2-18 所示的“插入页面”对话框。

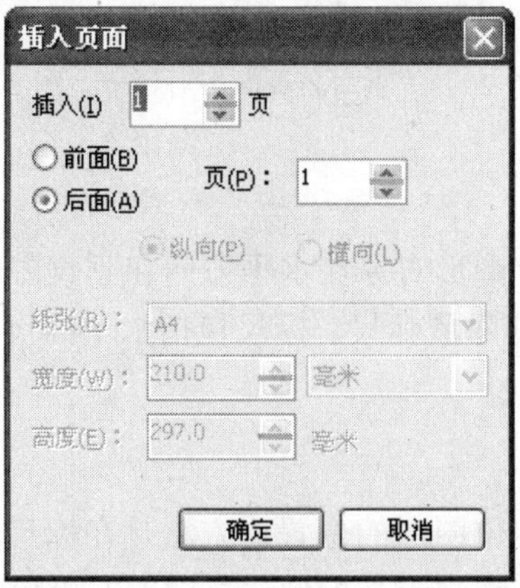

图 2-18　“插入页面”对话框

（2）在“插入”数值框中单击▲或▼按钮来确定需要添加的页数，也可以手动输入。选中⊙前面(B)或⊙后面(A)单选按钮，可以确定添加的页面是在基准页前面或后面。在“页”数值框中输入数值确定添加的基准页的位置。

（3）设置完成后单击[确定]按钮即可。

技巧：

单击页面控制栏中的 + 按钮，可以在当前页的后面添加一个页面。

删除页面最简便的方法是在页面控制栏中需要删除的页面标签上单击鼠标右键，在弹出的快捷菜单中选择“删除页面”命令即可。

2．切换和重命名页面

在操作过程中，常常需要进行切换页面和重命名页面的操作。当有多个页面文件时，若要切换到所需的页面，可单击页面控制栏中的◀按钮切换到第一页，单击▶按钮切换到最后一页；如果要切换到具体的某一个页面，可直接单击该页面的标签，如单击标签“页 3”即可切换到页面 3 中。

通过“转到某页”命令也可以切换到需要的页面中。其方法是选择“版面/转到某页”命令，打开如图 2-19 所示的“定位页面”对话框，在“定位页面”数值框中输入需要转到的页面的页数，然后单击[确定]按钮即可。

有时制作的文件太大以至于浏览页面的速度比较慢，用户可以将不同页面的标签进行重新命名，以便直接查看所需页面的内容。其方法是在页面控制栏中用鼠标右键单击需要重命名的页面，在弹出的快捷菜单中选择“重命名页面”命令，打开如图 2-20 所示的“重命名页面”对话框，在“页名”文本框中输入新的名称，然后单击[确定]按钮即可。如图 2-21 所示即为将页面 2 重命名为“天空”后的页面控制栏。

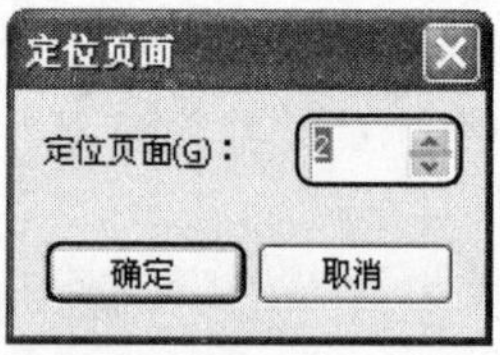

图 2-19 “定位页面”对话框

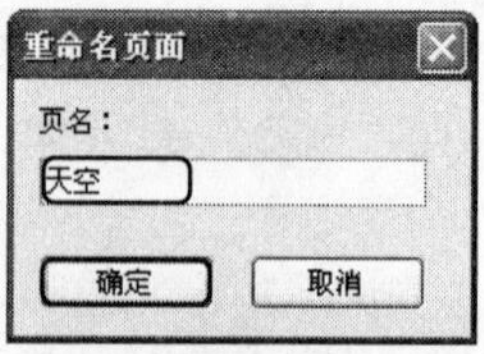

图 2-20 “重命名页面”对话框

图 2-21 将页面 2 重命名为“天空”

2.2.5 使用标尺

标尺可帮助用户精确定位图形对象在水平方向和垂直方向上的尺寸大小和位置。选择“视图/标尺”命令可以显示或隐藏标尺，标尺包括水平标尺和垂直标尺两种。下面将讲解使用标尺的方法。

1. 精确定位图形

标尺可以帮助用户精确定位图形的位置，方法是在标尺左上角的图标上按住鼠标左键不放，再向页面的左上角拖动，当光标到达页面的左上角时释放鼠标，此时的页面坐标为（0，0），可以帮助用户在设计作品时设置一个测量的起点。

2. 移动标尺位置

标尺不仅可以设置，还可以将其移动到工作界面的任意位置，方法是按住 Shift 键的同时用鼠标拖动标尺，即可移动水平或垂直标尺。如果需要标尺回到默认状态，可以在按住 Shift 键的同时双击标尺。

3. 设置标尺

用户可通过“选项”对话框来设置标尺的原点、位置和单位等。双击水平或垂直标尺上的任意一点，将打开如图 2-22 所示的“选项”对话框。在对话框右侧的“微调”栏中可以设置移动鼠标时标尺移动的位置；在“单位”栏中可以设置标尺的单位；取消选中☐水平和垂直标尺的单位相同(U)复选框，可以设置不同单位的水平和垂直标尺；在“原点”栏中可以设置标尺原点的位置，设置完成后单击 确定(O) 按钮即可应用标尺的设置。

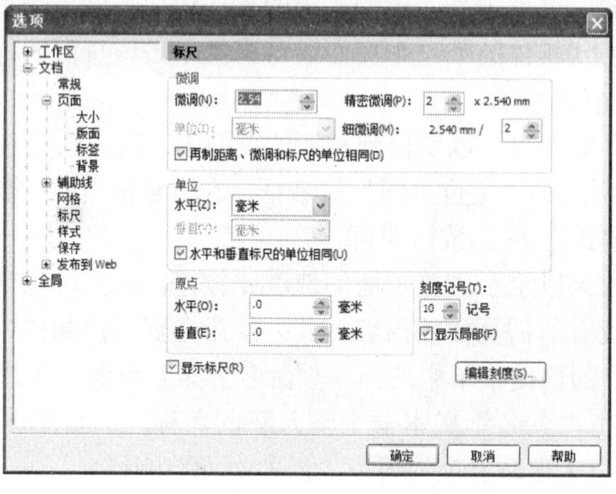

图 2-22 设置标尺时的“选项”对话框

2.2.6　使用网格

网格可以使图形与网格对齐，方便用户在绘图时查看图形四周的距离，使绘图更加精确。网格在默认状态下是不可见的，所以不会被打印出来。在图像被导出时网格也同样不会被导出。

1. 显示网格

默认情况下，CorelDRAW 没有显示网格。根据需要用户可通过选择“视图/网格”命令将其显示出来，如图 2-23 所示，再次选择该命令可以隐藏网格。

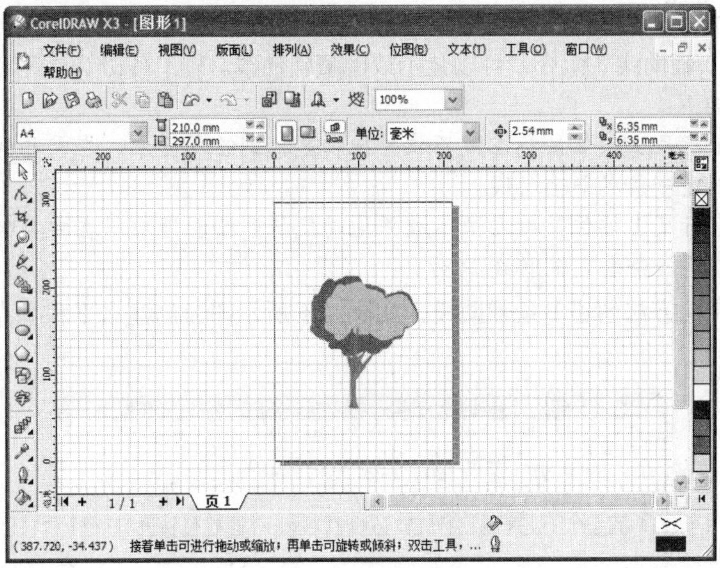

图 2-23　显示网格

2. 对齐网格

在默认状态下，图形不一定能与网格对齐，如果要将图形对齐到网格的边缘，需要手动设置。选择“视图/对齐网格”命令或单击属性栏中的按钮，然后在移动图形的过程中图形将自动对齐到网格上。如图 2-24 所示即为将图形对齐网格的前后对比效果。该功能在需要将多个对象对齐同一水平或垂直边时非常有用，可以极大地提高用户的工作效率。

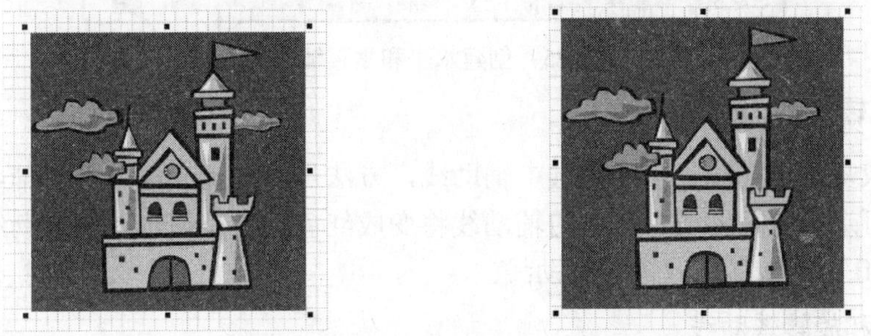

图 2-24　将图形对齐网格的前后对比效果

提示：

用户还可以通过“选项”对话框来设置网格的大小、间距和对齐方式，方法是选择“视图/网格和标尺设置”命令，在打开的“选项”对话框中进行设置即可。

2.2.7 使用辅助线

辅助线同标尺和网格一样，都是用来帮助用户定位图形位置的。辅助线经常与标尺一起配合使用，在用户绘制图形时起辅助作用，而且它的使用比较灵活，可以进行旋转、微调、复制和删除操作。

1．创建辅助线

选择“视图/辅助线”命令，可以显示或隐藏辅助线。辅助线分为水平和垂直两种，其创建方法分别如下：

- 在水平标尺上按住鼠标左键不放并拖动鼠标到绘图区中，在需要的位置释放鼠标即可创建一条水平辅助线。
- 在垂直标尺上按住鼠标左键不放并拖动鼠标到绘图区中，在需要的位置释放鼠标即可创建一条垂直辅助线。

用户可以用此方法创建多条辅助线。如图 2-25 所示即为创建水平和垂直辅助线后的绘图页面。

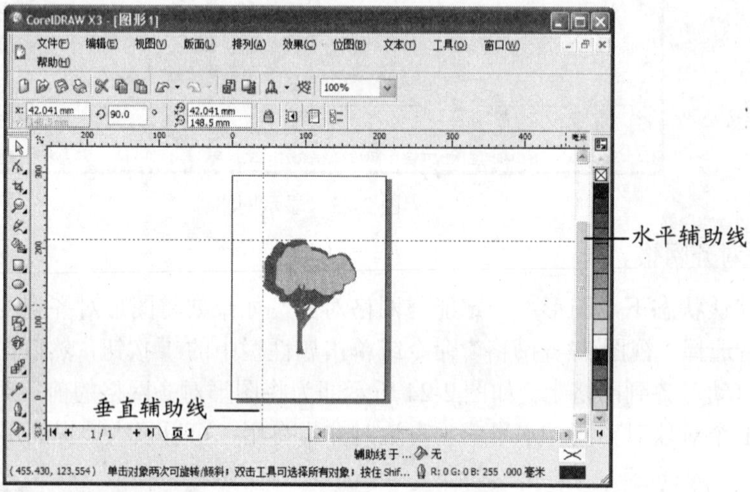

图 2-25　创建水平和垂直辅助线

2．选中辅助线

要移动或复制辅助线，必须先选中辅助线，方法是将鼠标光标放置在辅助线上，单击鼠标左键即可选中该辅助线。选中的辅助线将变成红色，没有被选中的辅助线为蓝色。另外，按住 Shift 键不放可选取多条辅助线。

3．移动和旋转辅助线

根据需要用户可以对辅助线进行移动和旋转操作，方法如下。

- **移动辅助线**：选中辅助线后其变成红色，当鼠标光标变成↕形状时，拖动鼠标即可移动辅助线。
- **旋转辅助线**：选中辅助线后其变成红色，再次单击辅助线，这时辅助线上将出现旋转符号和旋转中心符号⊙，然后将鼠标光标移到两端的任意一个旋转手柄上并拖动，即可旋转辅助线，如图 2-26 所示。

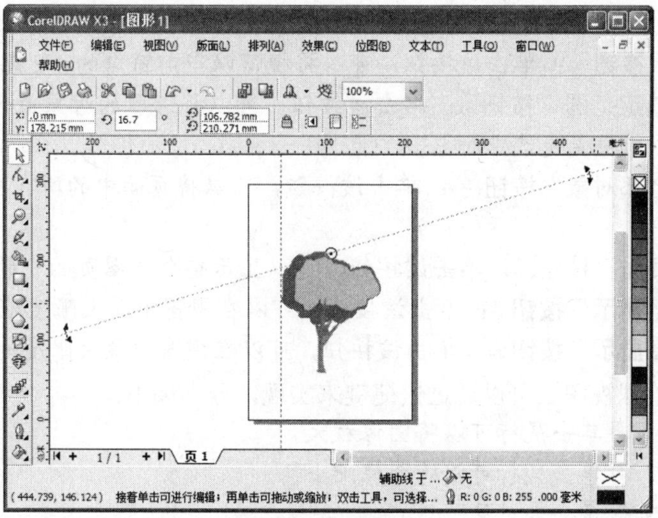

图 2-26　旋转辅助线

4．复制和删除辅助线

当一条辅助线不能满足用户的需要时，还可以复制辅助线；对于多余的辅助线也可以将其删除。其具体操作方法分别如下。

- **复制辅助线**：将鼠标光标移至辅助线上，按住鼠标右键并拖动至合适位置后释放鼠标，将会弹出快捷菜单，选择“复制”命令，即完成复制。
- **删除辅助线**：选中不需要的辅助线，再按 Delete 键即可。

技巧：

辅助线在制作作品的过程中非常实用，选择“视图/对齐辅助线”命令或单击属性栏中的按钮，可以在移动图形的过程中自动对齐相邻的辅助线，避免手工对齐的麻烦。

2.2.8　管理视图

在 CorelDRAW X3 中，用户可以将图形以合适的范围或模式进行显示。可以将视图进行放大、缩小和平移以及选择视图的显示模式等，这即是对视图的管理。管理视图的方法有使用缩放工具、视图管理器和视图显示模式命令等方法。下面将介绍其中主要的两种方法。

1．用缩放工具管理视图

在绘图过程中，用户可以利用缩放工具来改变视窗及图形的显示比例。选择工具箱中的缩放工具，将打开如图 2-27 所示的缩放工具属性栏。

图 2-27　缩放工具属性栏

缩放工具属性栏中各个缩放工具的功能如下。

- **“缩放级别”下拉列表框**：在该下拉列表框中可以选择多种缩放比例选项，用户也可自己设置缩放的数值。
- **“放大”按钮**：单击该按钮，可以将视窗以当前窗口的两倍比例进行放大。
- **“缩小”按钮**：单击该按钮，可以将视窗以当前窗口的 1/2 比例进行缩小。
- **“缩放选定范围”按钮**：单击该按钮，可以将选取的对象最大限度地显示在页面窗口，前提是先选中对象。
- **“缩放全部对象”按钮**：单击该按钮，可以将页面中的所有图形对象全部显示在窗口中。
- **“显示页面”按钮**：单击该按钮，可以显示整个绘图页面中的所有图形。
- **“按页宽显示”按钮**：单击该按钮，可以在视窗中最大限度地显示页面宽度。
- **“按页高显示”按钮**：单击该按钮，可以在视窗中最大限度地显示页面高度。

用缩放工具管理视图还可以通过快捷键来实现，分别如下：

- 按 F2 键，再单击鼠标可以将图像放大。
- 按 F3 键，再单击鼠标可以将图像缩小。
- 按 F4 键可显示全部对象。
- 按 Shift+F4 键可显示整个页面。
- 按 F9 键可进行全屏预览。

2．使用不同模式查看视图

有时遇到较复杂的图形，不易查看到其各颜色或轮廓线相交处是否重叠，这时可以使用其他模式进行查看。“视图”菜单中提供了 6 种查看绘图的模式，如图 2-28 所示。

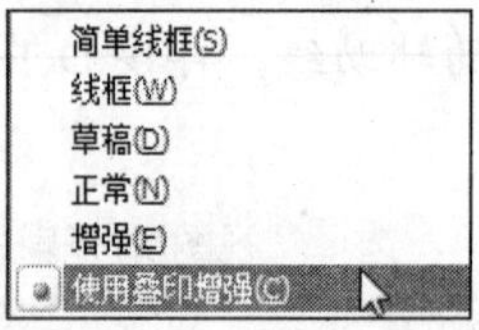

图 2-28　“视图”菜单中的 6 种模式

各个模式的效果介绍如下。

- **简单线框**：该模式只显示对象的轮廓，不显示图形中的填充、立体等效果，可以更方便地查看图形轮廓的显示效果。如图 2-29 所示为将正常的图形文件转换为该模式的显示效果。
- **线框**：该模式只显示单色位图图像、立体透视图、轮廓图和调和形状对象，其显示效果与简单线框模式类似。
- **草稿**：该模式可以显示标准填充和低分辨率位图，它将透视和渐变填充显示为纯色，渐变填充则用起始颜色和终止颜色的调和来显示，若用户需要快速刷新复杂图像就可以使用该模式，其效果如图 2-30 所示。

- **正常**：该模式可以显示 PostScript 填充外的所有填充图形及高分辨率的位图，它既能保证图形的显示质量，又不影响刷新速度。
- **增强**：该模式使用两倍超取样来达到最好效果的显示，该模式对电脑的性能要求较高，其效果如图 2-31 所示。
- **使用叠印增强**：该模式最大的还原了叠印印刷时的效果，使用该模式预览图像比较占用系统资源。

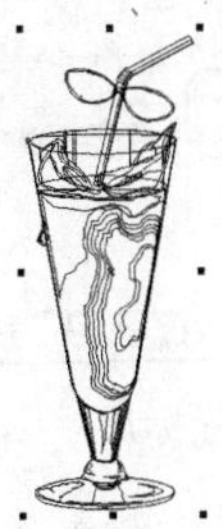

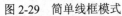

图 2-29　简单线框模式

图 2-30　草稿模式

图 2-31　增强模式

注意：

上述 6 种显示模式只是图形的显示方式，不会对绘图产生任何影响。

2.2.9　应用举例——为商品标志设置页面并添加辅助线

在 CorelDRAW X3 中打开文件，设置文件的页面方向、显示网格并为图像添加辅助线，以便下一次对图像进行编辑。完成后效果如图 2-32 所示（立体化教学:\源文件\第 2 章\标志.cdr）。

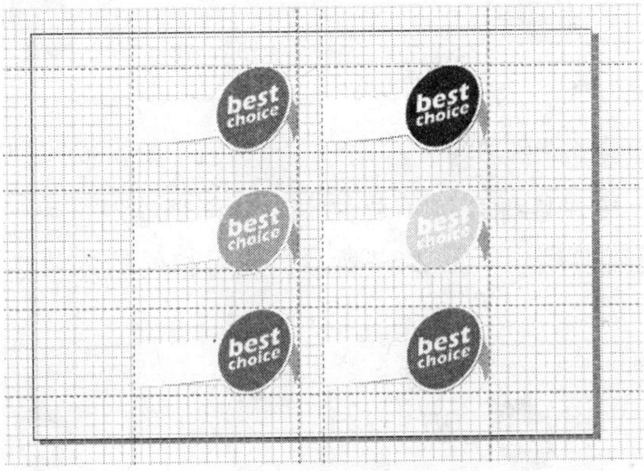

图 2-32　标志效果图

操作步骤如下：

（1）双击“标志.cdr”图像文件（立体化教学:\实例素材\第 2 章\标志.cdr），启动 CorelDRAW X3。

（2）在标准工具栏中单击按钮，将页面从纵向变为横向，如图 2-33 所示。

（3）选择“视图/网格”命令，显示网格。

（4）选择“视图/页面设置”命令，打开“选项”对话框，在左侧的列表框中选择“标尺”选项，在右侧的“原点”栏中设置“水平”、“垂直”分别为“2.0 毫米”，然后单击 确定按钮，如图 2-34 所示。

图 2-33　改变页面方向

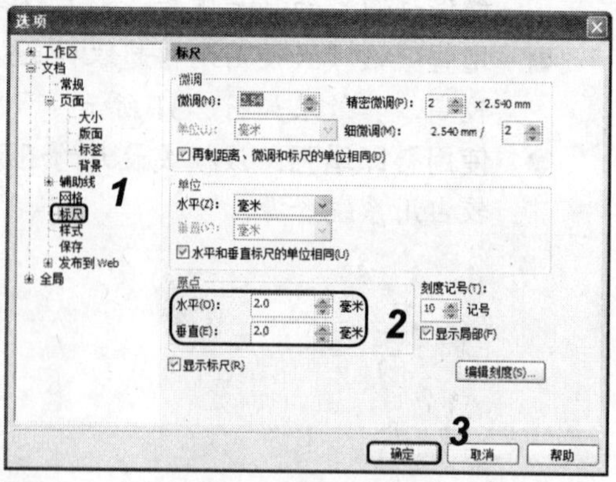

图 2-34　设置标尺

（5）在水平标尺上按住鼠标左键不放并拖动鼠标到绘图区中，在第一排标志上方释放鼠标即可创建一条水平辅助线，如图 2-35 所示。使用相同的方法在图像上再绘制 5 条水平辅助线，如图 2-36 所示。

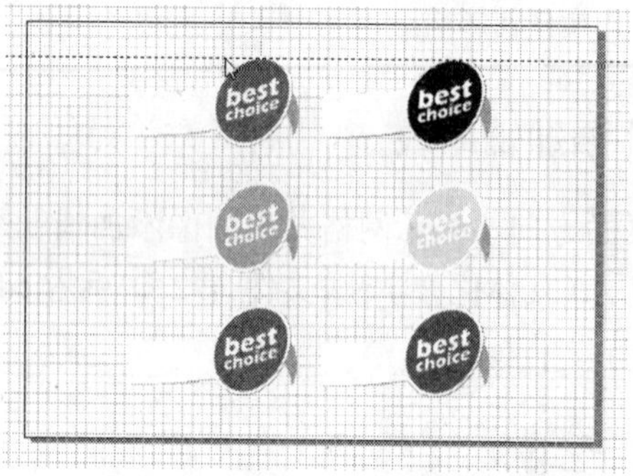

图 2-35　绘制第一条水平辅助线

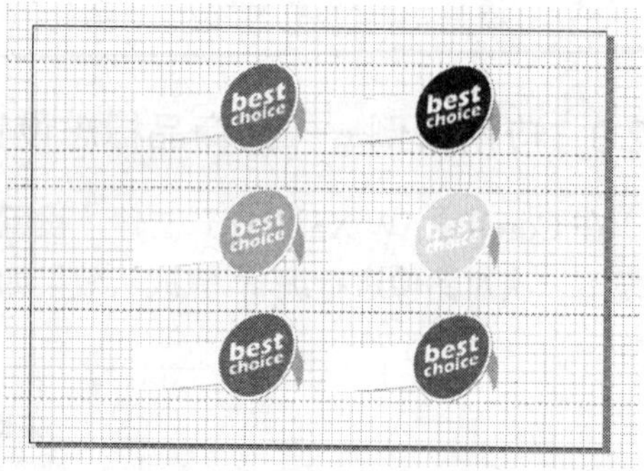

图 2-36　绘制其余水平辅助线

（6）在垂直标尺上按住鼠标左键不放并拖动鼠标到绘图区中，在第一列标志左边释放鼠标即可创建一条垂直辅助线，如图 2-37 所示。使用相同的方法在图像上再绘制 3 条垂直辅助线，如图 2-38 所示。

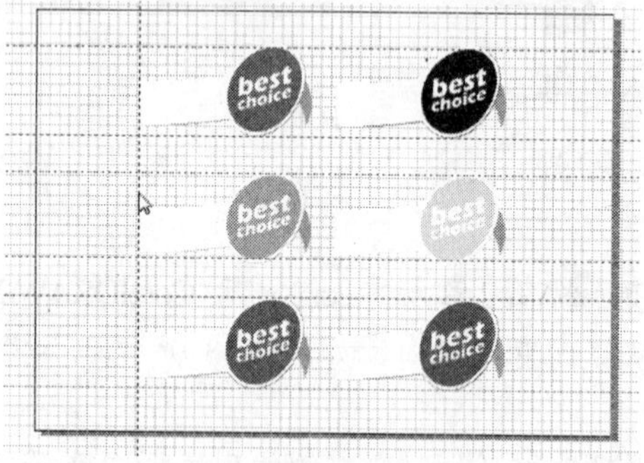

图 2-37　绘制第一条垂直辅助线图

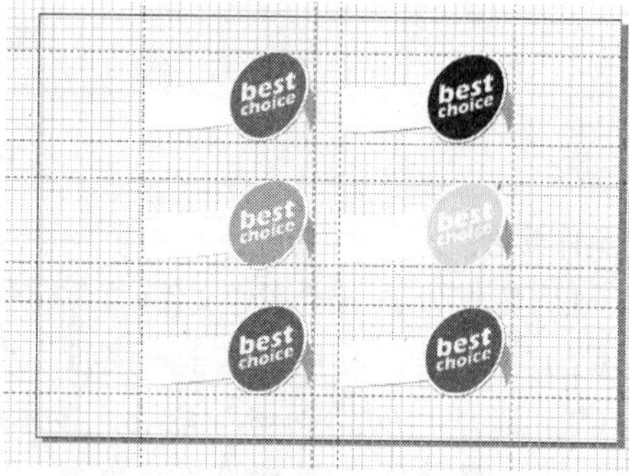

图 2-38　绘制其余垂直辅助线

2.3　上机及项目实训

2.3.1　创建日历文件并对其进行设置

本实训将创建日历文件，其最终效果如图 2-39 所示（立体化教学:\源文件\第 2 章\日历.cdr）。在这个练习中将巩固新建文件、设置标尺、设置页面大小、添加辅助线、导入图像以及设置背景等操作。

图 2-39　日历文件

1．设置页面

使用辅助工具设置页面，操作步骤如下：

（1）启动 CorelDRAW X3，选择“文件/新建”命令新建文件，在标准工具栏中单击按钮，将页面从纵向变为横向。

（2）在标准工具栏的 A4 下拉列表框中选择 A5 选项。

（3）选择“版面/页面设置”命令，在打开的“选项”对话框左侧的列表框中选择“标尺”选项，在右侧的“单位”栏中设置“水平”为“厘米”，如图 2-40 所示。

（4）在“选项”对话框左侧的列表框中选择“背景”选项，在右侧的“背景”栏中选中 纯色(S) 单选按钮。再单击其后颜色下拉列表框的下拉按钮，在弹出的下拉列表中选择黄色，然后单击 确定 按钮，如图 2-41 所示。

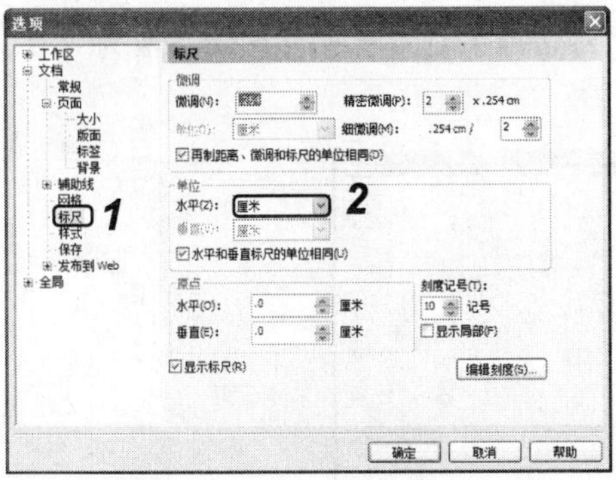

图 2-40　设置标尺

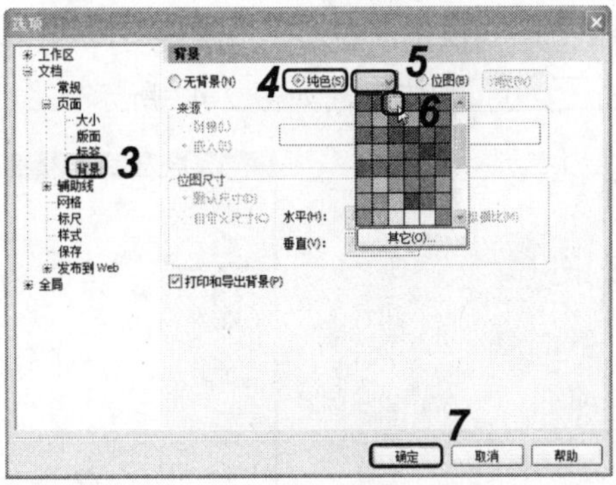

图 2-41　设置背景

（5）在垂直标尺上按住鼠标左键不放，将其拖动到标尺 0 和标尺 5 中间后再释放鼠标，在页面中绘制一条垂直方向的辅助线，如图 2-42 所示。

（6）在页面控制区单击两次+按钮，新建两个页面。在页面控制区中的“页面”标签上单击鼠标右键，在弹出的快捷菜单中选择“重命名页面”命令，如图 2-43 所示。

（7）在弹出的“重命名页面”对话框中，设置“页名”为“日历 1”，然后单击[确定]按钮，如图 2-44 所示。使用相同的方法将“页 2”和“页 3”重命名为“日历 2”和“日历 3”。

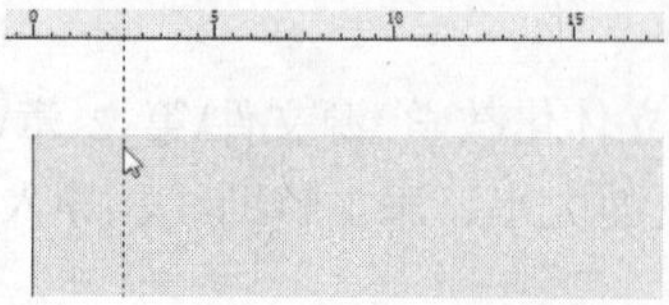

图 2-42　添加辅助线

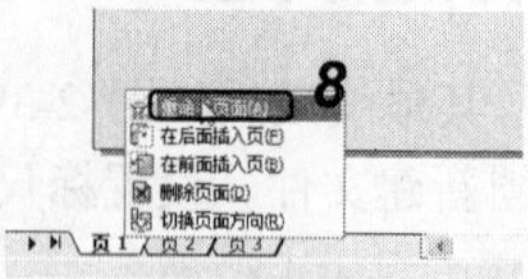

图 2-43　选择“重命名页面”命令

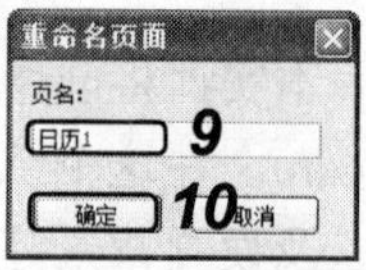

图 2-44　设置页面名称

2．导入图像

导入图像并保存文件，操作步骤如下：

（1）选择“文件/导入”命令，在打开的“导入”对话框中选择“日历 1.jpg”图像文件（立体化教学:\实例素材\第 2 章\日历\日历 1.jpg），单击[导入]按钮，如图 2-45 所示。

（2）光标将变成形状，在绘图区中单击鼠标导入该图形文件，并使用鼠标将图像右边缘拖动到辅助线上，效果如图 2-46 所示。

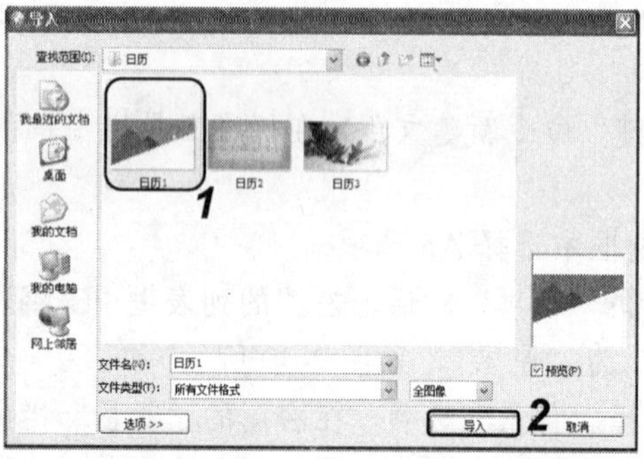

图 2-45　选择导入图像

图 2-46　导入图像

（3）使用相同的方法，将“日历 2”和“日历 3”分别导入到“页 2”和“页 3”中。选择“文件/保存”命令，在打开的“保存绘图”对话框中，设置文件的保存名为“日历”，单击[保存]按钮，如图 2-47 所示。

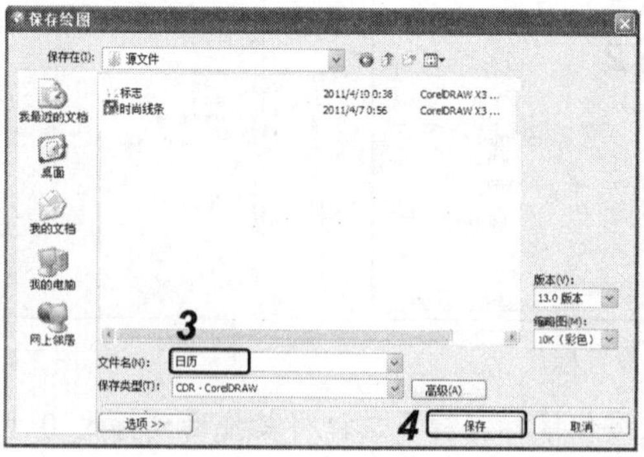

图 2-47　保存文件

2.3.2 制作艺术节节目单封面

综合利用本章和前面所学知识，制作一份艺术节节目单封面，制作后的最终效果如图 2-48 所示（立体化教学:\源文件\第 2 章\艺术节节目单.cdr）。

图 2-48　艺术节节目单封面

本练习可结合立体化教学中的视频演示进行学习（立体化教学:\视频演示\第 2 章\制作艺术节节目单封面.swf）。主要操作步骤如下：

（1）启动 CorelDRAW X3，选择“文件/打开”命令，在打开的“打开绘图”对话框中选择“艺术节节目单.cdr”图像文件（立体化教学:\实例素材\第 2 章\艺术节节目单.cdr），单击 打开 按钮，打开如图 2-49 所示的页面。

（2）选择“视图/背景设置”命令，在打开的“选项”对话框的“背景”栏中选中 ⊙纯色(S) 单选按钮，再单击其后颜色下拉列表框的下拉按钮，在弹出的下拉列表中选择红色。

（3）选择“文件/导入”命令，在打开的“导入”对话框中选择“背景 1.jpg”图像文件（立体化教学:\实例素材\第 2 章\背景 1.jpg），单击 导入 按钮。

（4）光标将变成形状，在绘图区中单击鼠标导入该图形文件，并将导入的图像移动到页面左上角。使用相同的方法导入“背景 2.jpg”图像文件（立体化教学:\实例素材\第 2 章\背景 2.jpg），并将其移动到页面右边中间位置，如图 2-50 所示。

（5）选择“图像/导出”命令，在打开的“导出”对话框的“保存在”下拉列表框中选择图像保存的位置，设置“文件名”为“艺术节节目单”，将“保存类型”设置为 JPG，最后单击 导出 按钮，在打开的“转换为位图”对话框中直接单击 确定 按钮，完成操作。

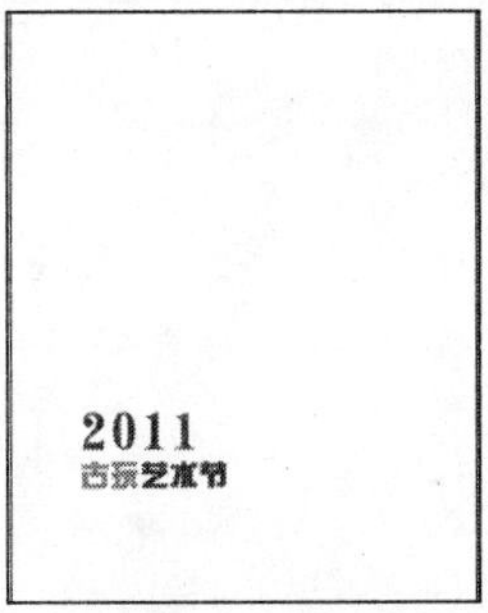

图 2-49　打开文件

图 2-50　编辑图形

2.4 练习与提高

（1）练习在 CorelDRAW X3 中添加 4 个页面并分别重命名为“春天”、“夏天”、“秋天”和“冬天”，如图 2-51 所示。

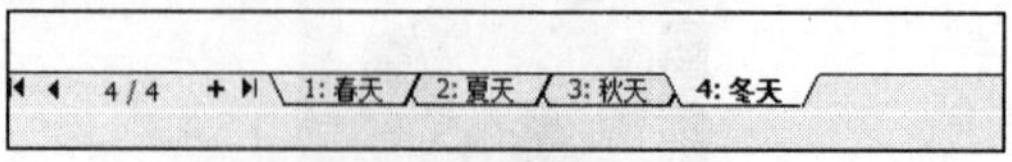

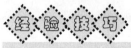

图 2-51　设置后的效果

（2）在 CorelDRAW 工作界面中导入一幅位图图像，并从标尺中拖出水平和垂直辅助线，使其对齐图像的上边缘和左边缘。

提示：在创建辅助线时，将鼠标光标放置在图像边缘更容易使辅助线对齐图像。

经验技巧 总结 CorelDRAW X3 中提高绘图效率的方法

本章主要介绍了文件和页面的辅助操作。要想更好更快地完成页面和文件的操作，课后还必须学习和总结一些提高绘图效率的方法。这里总结以下几点供读者参考和探索：

- 在对文件进行新建、打开等操作时，使用 CorelDRAW X3 的欢迎窗口中的工具和标准工具栏中的工具按钮可快速地完成操作。
- 在对多个相关的图形进行编辑时，最好在一个文件中建立多个页面，然后再进行编辑。与此同时，建立多页面文件后一定要为页面重命名，以方便下一次对图形进行查看、修改。
- 在制作比较规则的图形时，可依靠辅助线对图形进行对齐。对于多余的辅助线最好及时删除，以免影响对图像的编辑。

第 3 章　绘制和编辑基本图形

学习目标

- ☑ 使用矩形、椭圆、多边形、星形、图纸和螺纹工具绘制图形
- ☑ 使用预设形状、裁剪和智能填充工具绘制图形
- ☑ 学会选中、移动、缩放、旋转、倾斜和镜像图形
- ☑ 使用星形和椭圆工具绘制商品标志
- ☑ 使用倾斜图形制作酒包装图形
- ☑ 综合利用箭头工具和“变换”泊坞窗绘制箭头图形

目标任务&项目案例

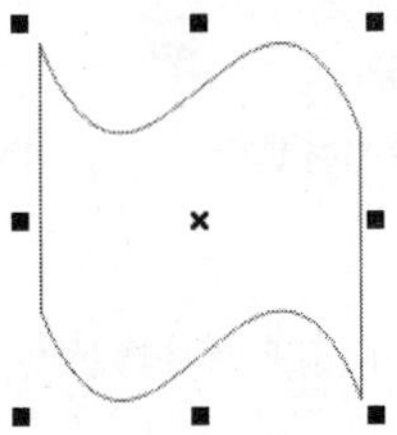

绘制的流程图

商品标志

选中图像

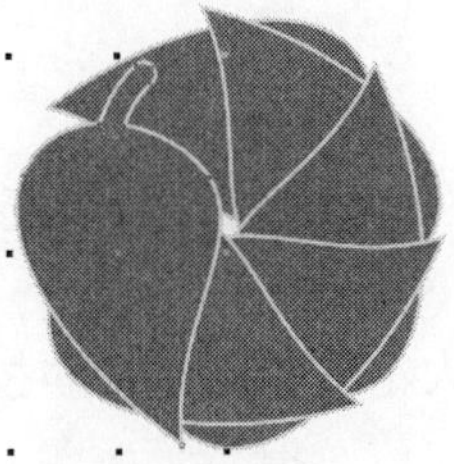

复制旋转图形

制作酒包装图形

绘制箭头图形

在 CorelDRAW 中绘制和编辑基本图形是进行图像处理时必不可少的操作，制作上述实例主要用到了椭圆工具、矩形工具和箭头工具。本章将具体讲解使用矩形、椭圆、多边形、星形、图纸、螺纹、预设形状、裁剪和智能填充工具绘制图形的方法，以及选中、移动、缩放、旋转、倾斜和镜像图形的方法。

3.1 使用工具绘制图形

3.1.1 使用矩形工具绘制图形

在实际操作中，用户经常需要自己绘制图像。在 CorelDRAW 中，通过矩形工具可以绘制出矩形和正方形，还可以将绘制的矩形转换为圆角矩形。下面就对它们的绘制方法进行讲解。

1．绘制矩形

使用矩形工具可快速地绘制矩形，用户只需在工具箱中选择矩形工具，将鼠标光标移到页面中，此时鼠标光标呈形状显示，按住鼠标左键不放，再向斜下或斜上方拖动鼠标，如图 3-1 所示，达到所需大小后释放鼠标，即可绘制一个矩形，效果如图 3-2 所示。

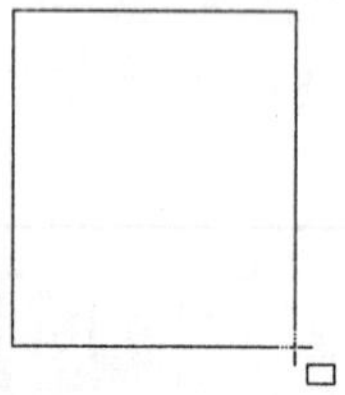

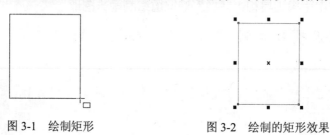

图 3-1 绘制矩形

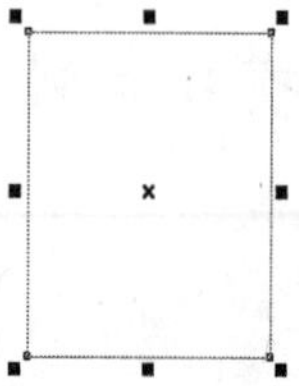

图 3-2 绘制的矩形效果

提示：

绘制矩形时，若按住 Shift 键不放，可以从中心绘制矩形，绘制的起始点就是矩形对角线的交点。另外，按 F6 键可快速切换到矩形工具。

2．绘制正方形

在需要时用户可使用 CorelDRAW 绘制正方形。和绘制矩形相似，绘制正方形也是使用矩形工具。

【例 3-1】 使用矩形工具绘制一个正方形。

（1）在工具箱中选择矩形工具，将鼠标光标移动到页面中，此时鼠标光标将变成形状。

（2）按住 Ctrl 键不放并拖动鼠标，如图 3-3 所示，达到所需大小后释放鼠标和按键，即可绘制一个正方形，效果如图 3-4 所示。

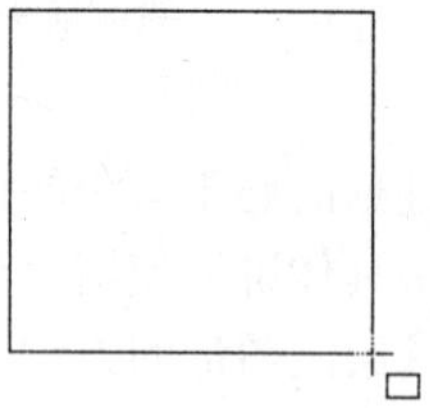

图 3-3 拖动鼠标

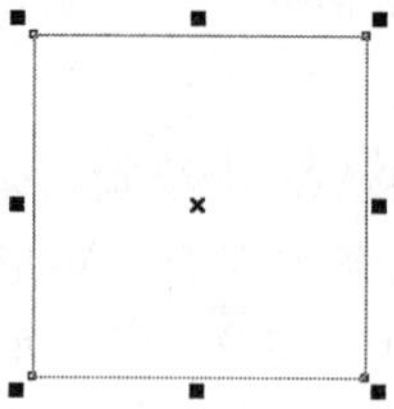

图 3-4 绘制的正方形效果

3．绘制圆角矩形

为使图像更加柔和，可使用矩形工具先绘制出矩形，然后对其进行圆角操作。在 CorelDRAW 中绘制圆角矩形可通过矩形工具属性栏、形状工具和快捷菜单等3种方法实现。

1）使用矩形工具属性栏

使用矩形工具属性栏绘制圆角矩形，其方法是：使用矩形工具在页面中绘制一个矩形，再在其属性栏中设置角的圆滑度值，使其变成圆角矩形。

【例 3-2】　使用矩形工具在页面中绘制一个矩形，在其属性栏中分别将其 4 个角和单个右下角进行圆角操作。

（1）在工具箱中选择矩形工具 ▢，在页面中绘制一个矩形并将其选中，如图 3-5 所示。

（2）在其属性栏的"边角圆滑度"4 个数值框中设置矩形的圆滑度为 29，如图 3-6 所示。其中每个数值框控制矩形的一个角，用户在任意数值框中直接输入数字或单击 ▲/▼ 按钮（▲表示增加，▼表示减少），即可将矩形的直角变成圆角。

（3）右侧的 ▣ 按钮表示全部圆角，即当在其中任意一个框中输入数值时，其他 3 个角的圆角度数将相同，如在一个数值框中输入"30"，然后用鼠标单击页面中的任意位置或按 Enter 键，其矩形效果如图 3-7 所示。

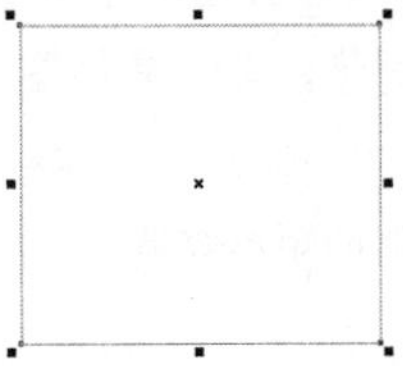

图 3-5　绘制一个矩形　　　　　　　　图 3-6　矩形工具属性栏

（4）若单击右侧的"全部圆角"按钮，使按钮呈 ▣ 状态显示，这时可对矩形进行单个圆角设置，如在右下数值框中输入"50"，此时的矩形效果如图 3-8 所示。

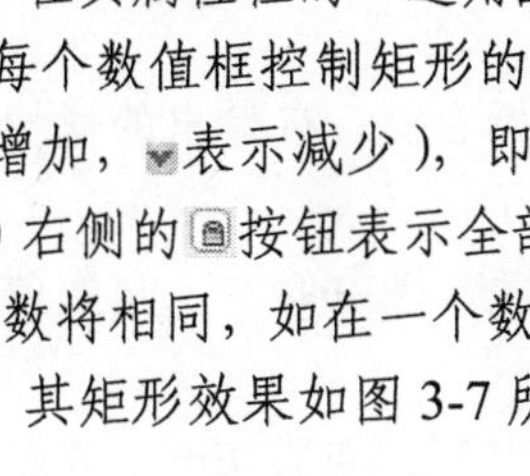

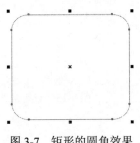

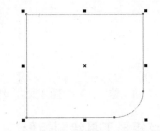

图 3-7　矩形的圆角效果　　　　　　　图 3-8　矩形右下角的圆角效果

2）使用形状工具

使用形状工具可以快速调整所需的圆角矩形。其方法是：使用矩形工具绘制一个矩形，再在工具箱中选择形状工具 ▱，将鼠标光标移到矩形的任意角上按住鼠标左键并向矩形内拖动，如图 3-9 所示，在到达适当位置时释放鼠标即可，其效果如图 3-10 所示。

3）使用快捷菜单

使用快捷菜单也是常用的创建圆角矩形的方法。其方法是：绘制一个矩形，在矩形上

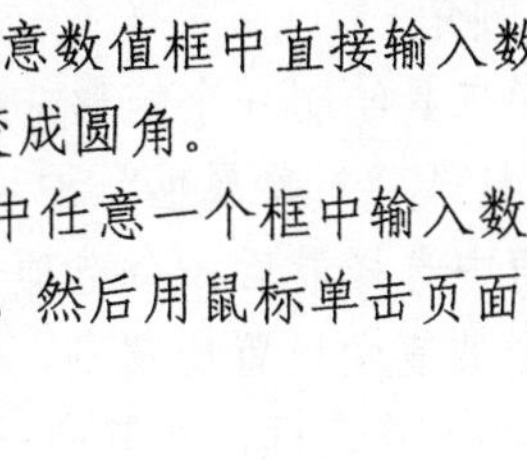

单击鼠标右键，在弹出的快捷菜单中选择“属性”命令，打开“对象属性”泊坞窗，在其中的“边角圆滑度”栏中设置其圆角。

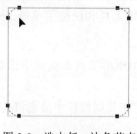

图 3-9　选中任一边角节点

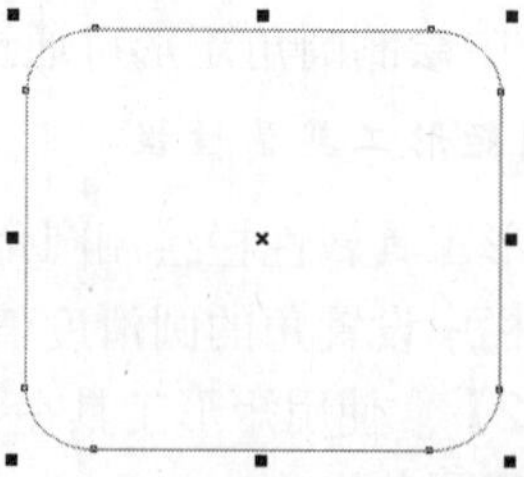

图 3-10　完成后的圆角矩形

【例 3-3】　使用矩形工具绘制一个矩形并打开“对象属性”泊坞窗，在其中的“边角圆滑度”栏中设置其圆角。

（1）使用矩形工具绘制一个矩形并将其选中，单击鼠标右键，在弹出的快捷菜单中选择“属性”命令，打开“对象属性”泊坞窗，如图 3-11 所示。

（2）在泊坞窗中选择最后一个选项卡，在“边角圆滑度”栏中的左上角数值框中输入“30”，即可将矩形的直角设置成圆角，如图 3-12 所示。

（3）选中☑全部圆角(R)复选框，在其中一个数值框中输入“45”，再按 Enter 键或单击页面中的任意处，即可看见对一个角进行了修改，其他 3 个角将一起变化，其效果如图 3-13 所示。

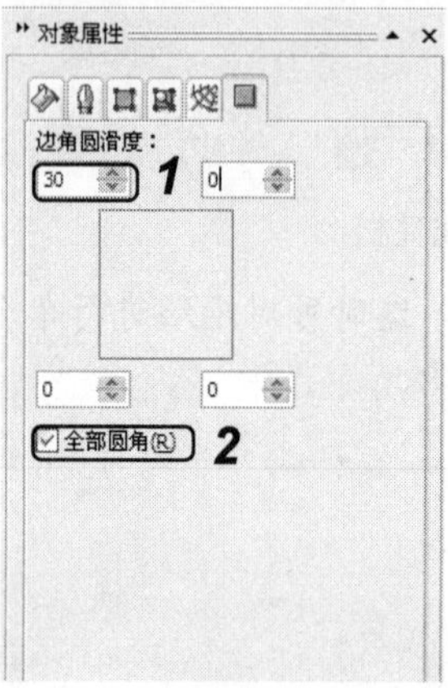

图 3-11　“对象属性”泊坞窗

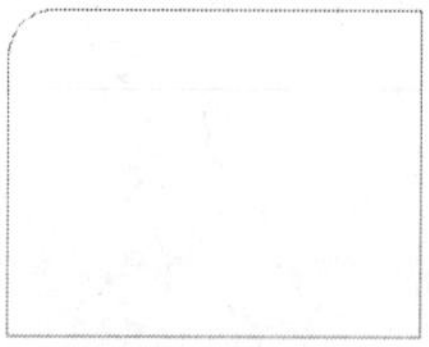

图 3-12　设置圆角效果

图 3-13　设置全部圆角效果

3.1.2　使用 3 点矩形工具绘制矩形

CorelDRAW 支持使用 3 个点快捷地绘制矩形。使用 3 点矩形工具绘制矩形的方法比较特殊，它通过先确定矩形的一条边的位置，再确定矩形的其他 3 边的位置进行绘制。

【例 3-4】　使用 3 点矩形工具绘制一个矩形。

（1）选择工具箱中的 3 点矩形工具，在页面中按住鼠标左键不放并拖动鼠标到所需的位置，可以拖出一条线段作为矩形的一边，如图 3-14 所示。

（2）释放鼠标，再拖动鼠标确定其他 3 边位置，如图 3-15 所示。当达到所需大小后单击鼠标，即可绘制出一个矩形，效果如图 3-16 所示。

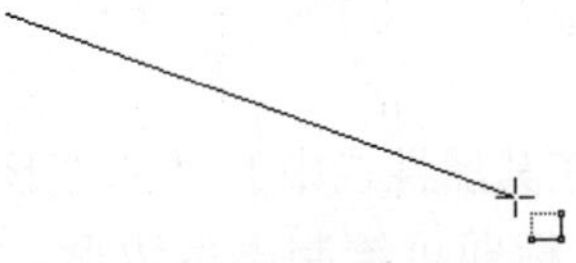

图 3-14 拖绘出一条线段

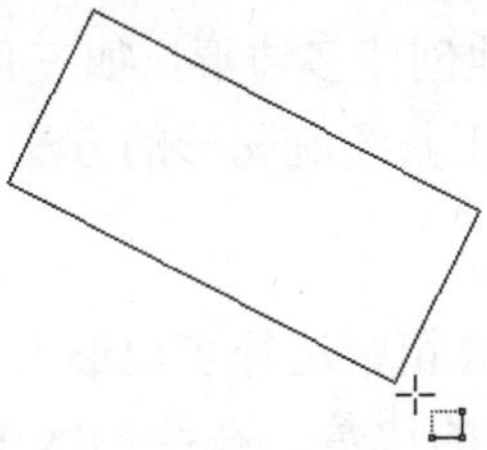

图 3-15 确定矩形的另 3 边位置

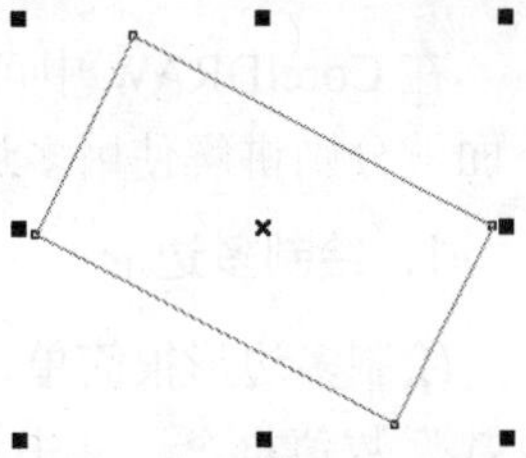

图 3-16 绘制的矩形效果

3.1.3 使用椭圆工具绘制图形

椭圆是使用 CorelDRAW 制图经常使用到的元素。绘制椭圆的方法也有两种，即使用椭圆工具绘制或 3 点椭圆工具绘制。下面将分别进行介绍。

1. 使用椭圆工具绘制椭圆

椭圆工具可通过拖动鼠标的方法来绘制椭圆，其方法和使用矩形工具绘制矩形相同。选择工具箱中的椭圆工具，在绘图区中按住鼠标拖动后，再释放鼠标即可绘制好一个椭圆，如图 3-17 所示。

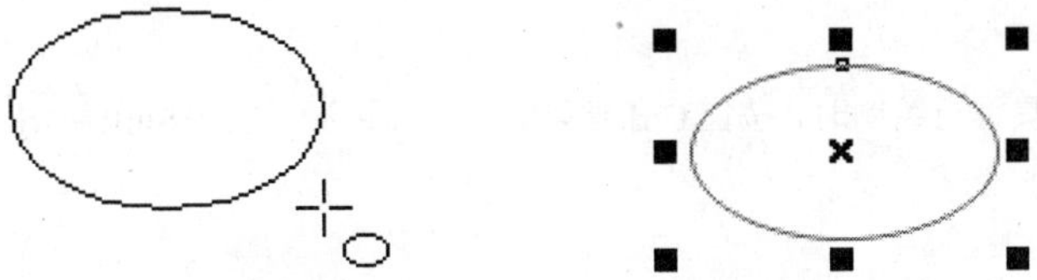

图 3-17 使用椭圆工具绘制椭圆

2. 使用 3 点椭圆工具绘制椭圆

用户除使用椭圆工具绘制椭圆外，还可使用 3 点椭圆工具通过拖动鼠标的方法确定椭圆其中一个轴的长度和方向，然后在轴任意一侧单击鼠标确定另一个轴的长度。

【例 3-5】 使用 3 点椭圆工具绘制一个椭圆。

(1) 在工具箱中选择 3 点椭圆工具，在绘图区中按住鼠标绘制出一条线段，作为椭圆的轴线，如图 3-18 所示。

(2) 释放鼠标后移动鼠标光标至线段一侧，在适当位置单击鼠标即可，如图 3-19 所示。

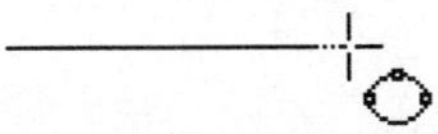

图 3-18 绘制轴线

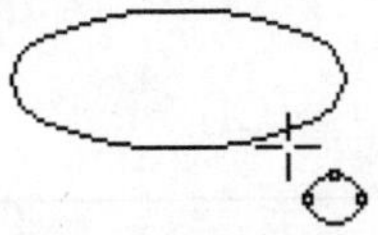

图 3-19 绘制椭圆

提示：

若想绘制正圆，只需选择椭圆工具后，按住 Ctrl 键拖动鼠标即可。

3.1.4 使用多边形和星形工具绘制图形

在 CorelDRAW 中可以很方便地创建多边形，如三角形、菱形、五边形和十六边形等。下面就分别讲解使用多边形和星形工具绘制图形的方法。

1．绘制多边形

绘制多边形很简单，只需在工具箱中选择多边形工具，在其属性栏中的“多边形的点数”数值框中设置多边形的边数，在绘图区中拖动鼠标即可绘制出多边形。如图 3-20 所示为在“多边形的点数”数值框中输入“3”绘制出的三角形，如图 3-21 所示为在“多边形的点数”数值框中输入“6”绘制出的六边形。

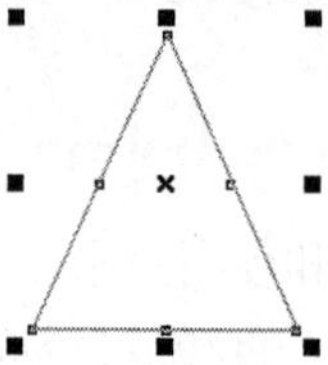

图 3-20　绘制三角形

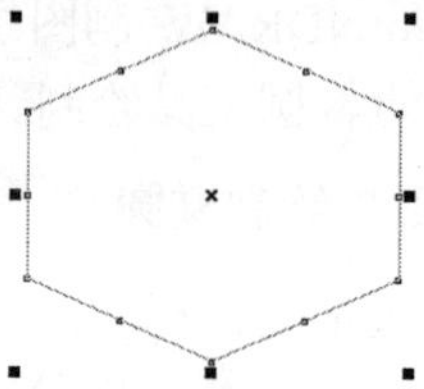

图 3-21　绘制六边形

技巧：

在使用多边形工具进行绘制时，按住 Ctrl 键可绘制正多边形，按住 Shift+Ctrl 键可从拖动的起点处绘制正多边形。

2．绘制星形

在制作一些图像时，往往需要绘制一些星形，但使用一般绘制多边形的方法不能满足需要。此时用户可使用星形工具来进行绘制，其方法是：在工具箱中选择星形工具，在其属性栏中设置角数，设置完成后使用鼠标拖动即可。

【例 3-6】　使用星形工具绘制五角星图形。

（1）在工具箱中选择星形工具，在其属性栏的“多边形、星形和复杂星形的点数或边数”数值框中输入“5”，在“星形和复杂的星形锐度”数值框中输入“60”，如图 3-22 所示。

（2）将鼠标光标移动到绘图区，拖动鼠标即可绘制出星形，如图 3-23 所示。

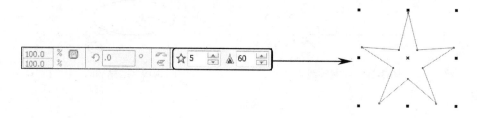

图 3-22　设置工具属性栏

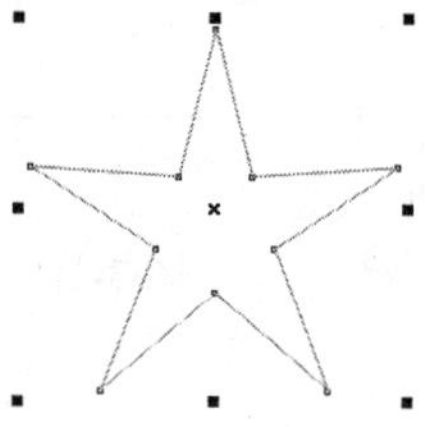

图 3-23　绘制星形

提示：

使用复杂星形工具绘制图形的方法和使用星形工具绘制图形的方法基本相同，只需在工具箱中选择复杂星状工具，再在其属性栏中设置边数和锐度后，使用鼠标绘制即可。

3.1.5　使用图纸工具绘制图形

当需对图像进行精确定位时，可使用图纸工具。CorelDRAW 中的网格图纸是将多个矩形进行连续排列。

使用图纸工具绘制图形的方法是：在工具箱中选择图纸工具，在其属性栏中的“图纸行数”和“图纸列数”数值框中输入行数和列数后，在绘图区中拖动鼠标即可绘制出网格图纸。如图 3-24 所示为绘制 3 行 4 列的网格图纸。

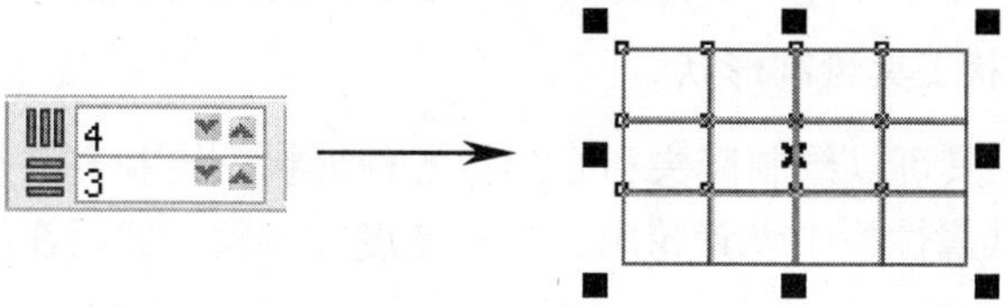

图 3-24　绘制图纸

3.1.6　使用螺纹工具绘制图形

为了增加图形的趣味，有时需要在图形中使用螺纹工具绘制螺纹。在 CorelDRAW 中有两种绘制螺纹的方式，下面将进行介绍。

1. 绘制对称式螺纹

使用对称式螺纹可以绘制纹理比较规整的螺纹，制作一些充满童趣的图形。绘制方法是：在工具箱中选择螺纹工具，在其属性栏中单击“对称式螺旋”按钮，在“螺纹回圈”数值框中输入圈数，再将鼠标移动到绘图区进行绘制。如图 3-25 所示为螺纹回圈为 4 的对称式螺纹。

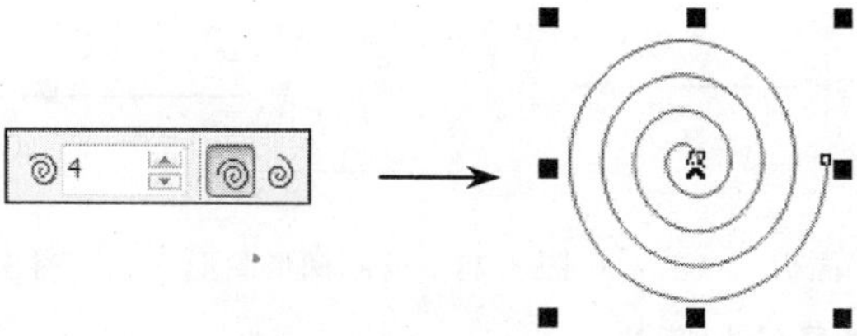

图 3-25　绘制对称式螺纹

2. 绘制对数式螺纹

对数式螺纹也是由许多圈曲线环绕形成的图形，与对称式螺纹不同的是对数式螺纹的间距可以等量增加。在选择螺纹形工具的状态下，在其属性栏中单击“对数式螺旋”按钮，在“螺纹扩展参数”数值框中输入扩展数，然后在绘图区中按住鼠标左键并拖动鼠标即可绘制出对数式螺纹。如图 3-26 所示为扩展数为 80 的对数式螺纹。

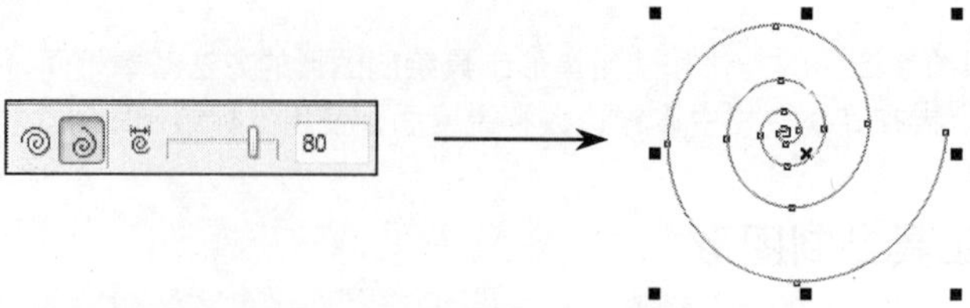

图 3-26　绘制扩展数为 80 的对数式螺纹

3.1.7　使用预设形状工具绘制图形

CorelDRAW X3 提供了多种预设形状，通过它们可以绘制出各种常见的基本形状，如心形、箭头、星形和标注等。下面就将讲解这些形状的绘制方法。

1．使用基本形状工具绘制形状

使用基本形状工具可以绘制箭头和心形等各种形状。绘制方法是：在工具箱中选择基本形状工具，在其属性栏中设置轮廓样式和宽度等参数，然后在绘图区中按住鼠标左键并拖动。

【例 3-7】　使用基本形状工具在页面中绘制一个梯形图形，在属性栏中设置其线型和线宽等。

（1）选择工具箱中的基本形状工具，在其属性栏中单击按钮，弹出如图 3-27 所示的“自选图形”面板。

（2）选择所需的形状图标，如梯形图标，然后在页面中按住鼠标左键并拖动，即可绘制相应的梯形图形，效果如图 3-28 所示。

（3）在其属性栏中的“轮廓样式”下拉列表框中设置轮廓线型样式，在“轮廓宽度”下拉列表框 .176 mm 中设置图形的轮廓宽度，如输入“1.411”，效果如图 3-29 所示。

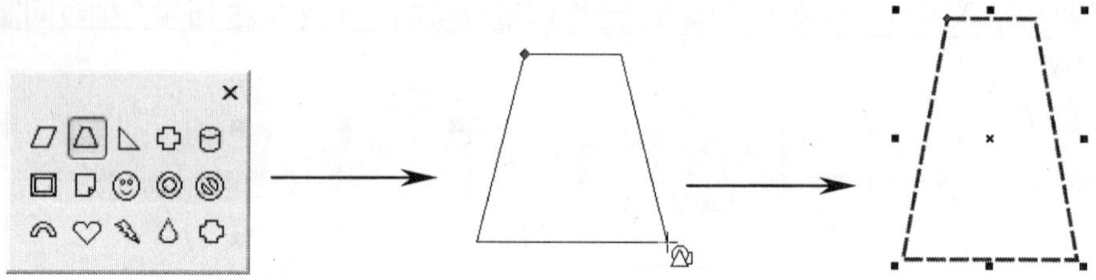

图 3-27　“自选图形”面板　　图 3-28　绘制梯形图形　　图 3-29　梯形的轮廓线效果

2．使用箭头形状工具绘制箭头

利用箭头形状工具可以快速地绘制各式各样的箭头图形，以提高用户的工作效率。绘制方法是：在工具箱中选择箭头形状工具，在其属性栏中设置轮廓样式和宽度等参数。再在绘图区中按住鼠标左键并拖动。

【例 3-8】　使用箭头形状工具在页面中绘制一个双箭头，在属性栏中设置其线型、线宽等。

（1）选择工具箱中的箭头形状工具，在其属性栏中单击按钮，弹出如图 3-30 所示的“箭头图形”面板。

（2）选择箭头样式，在页面中按住鼠标左键并拖动，当箭头的大小达到合适时释放鼠标，即可绘制箭头图形，效果如图 3-31 所示。

（3）在属性栏中设置轮廓线型样式和轮廓宽度，在调色板中单击橘红色色块，将其填充为橘红色，效果如图 3-32 所示。

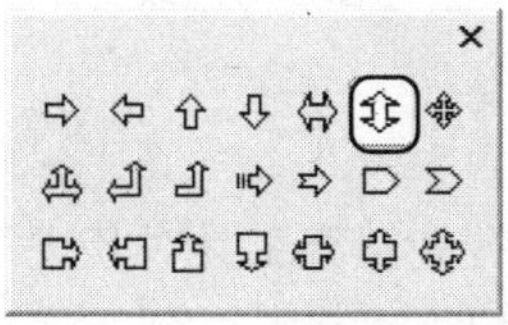

图 3-30　“箭头图形”面板

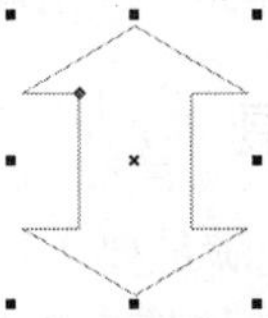

图 3-31　绘制箭头图形

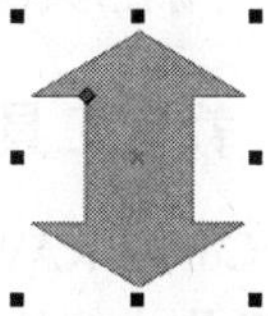

图 3-32　填充箭头颜色

3．使用流程图形状工具绘制流程图

使用流程图形状工具可以快速绘制各种流程图。绘制方法是：在工具箱中选择流程图形状工具，在其属性栏中单击按钮，弹出如图 3-33 所示的“流程图”面板，选择要绘制的流程图样式，再设置轮廓样式和宽度等参数，然后在绘图区中按住鼠标左键并拖动，到所需形状及大小后释放鼠标，即可绘制出流程图，效果如图 3-34 所示。

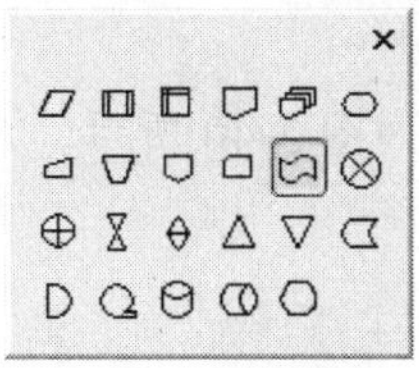

图 3-33　“流程图”面板

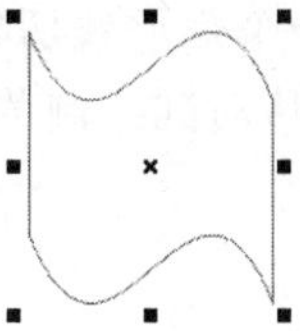

图 3-34　绘制的流程图

提示：

在绘制形状时，按住 Shift+Ctrl 键可等比例绘制形状。

4．使用标注形状工具绘制标注

使用标注形状工具可以绘制标注形状图形。绘制方法是：在工具箱中选择标注形状工具，在其属性栏中设置轮廓样式和宽度等参数，在绘图区中按住鼠标左键并拖动。

【例 3-9】　使用标注形状工具在页面中绘制一个标注框，在属性栏中设置其线型、线宽等。

（1）选择工具箱中的标注形状工具，在其属性栏中单击按钮，弹出如图 3-35 所示的“标注形状”面板。

（2）选择标注形状图标，在页面中按住鼠标左键并拖动，当达到所需大小后释放鼠标，即可绘制出标注形状图形，效果如图 3-36 所示。

（3）绘制标注形状图形后，拖动标注形状图形中的红色节点，可以改变标注的方向，效果如图 3-37 所示。

（4）用同样的方法可以绘制其他形状的标注形状图形，并可分别为其填充颜色或在其属性栏中的下拉列表框中设置轮廓线型样式，在下拉列表框中设置轮廓宽度。

图 3-35 “标注形状”面板

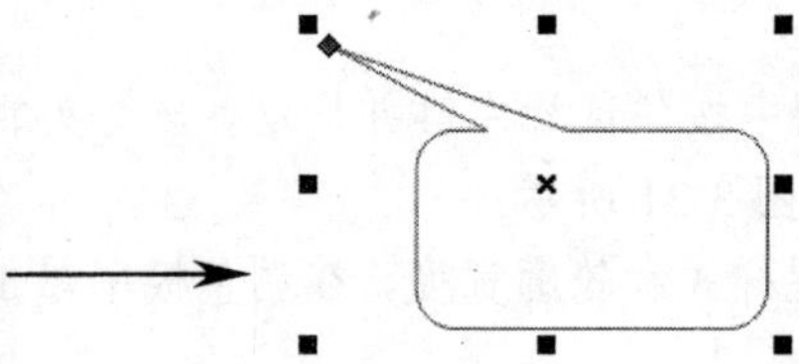

图 3-36 绘制标注形状图形

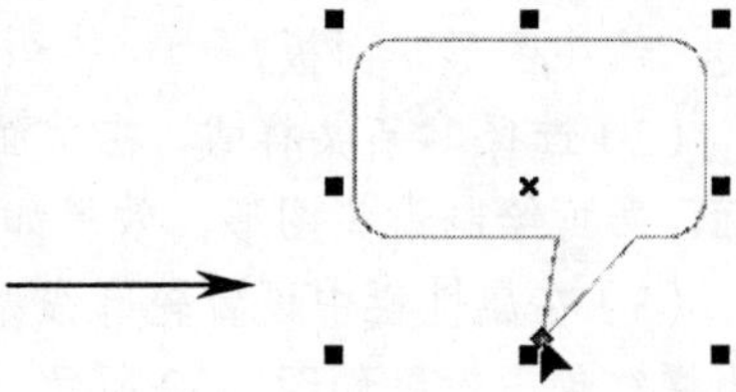

图 3-37 改变标注的方向

3.1.8 裁剪工具和智能填充工具

若 CorelDRAW 提供的图像不能满足要求，可使用裁剪和智能填充工具对其进行修改。下面就分别讲解使用裁剪工具和智能填充工具编辑图形的方法。

1. 裁剪工具

裁剪工具是 CorelDRAW X3 提供的新工具，其使用方法也很简单，只需在工具箱中选择裁剪工具，再使用鼠标框住需要的图形部分后，双击鼠标即可。

【例 3-10】 使用裁剪工具将绘制的椭圆裁剪一部分。

（1）使用椭圆工具在页面上绘制一个椭圆，如图 3-38 所示。

（2）在工具箱中选择裁剪工具，将鼠标移动到图形上，在需要的位置上按住鼠标左键并拖动绘制一个矩形裁切框，如图 3-39 所示。

（3）将鼠标移动到绘制的裁剪框中双击，完成后如图 3-40 所示。

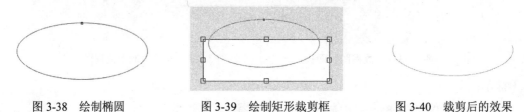

图 3-38 绘制椭圆

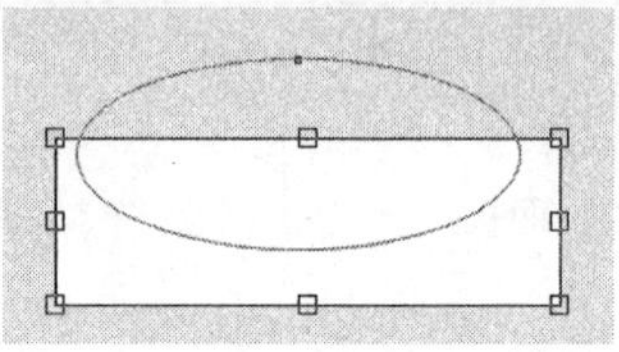

图 3-39 绘制矩形裁剪框

图 3-40 裁剪后的效果

技巧：

在绘制出矩形裁剪框后，可使用鼠标调整矩形框上的 6 个控制点，以调整裁剪框大小。

2. 智能填充工具

智能填充工具也是 CorelDRAW X3 提供的新工具，使用它能为图形或两个相切图形填充颜色。其使用方法是：绘制好图形后，在工具箱中选择智能填充工具，再使用鼠标单击需要填充的地方，如图 3-41 所示。

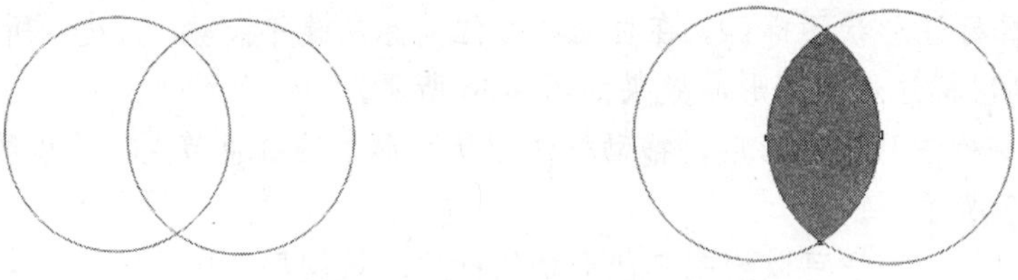

图 3-41 使用智能填充工具填充图像

3.1.9　应用举例——绘制商品标志

下面使用椭圆工具和星形工具绘制一个商品标志，其效果如图 3-42 所示（立体化教学:\源文件\第 3 章\商品标志.cdr）。

图 3-42　商品标志

操作步骤如下：

（1）选择工具箱中的椭圆工具，将鼠标光标移到绘图区中，按住 Ctrl 键和鼠标左键不放并拖动鼠标，绘制一个大正圆，如图 3-43 所示。

（2）在按 Ctrl 键的同时按住鼠标左键进行拖动，在正圆中绘制一个小一些的同心圆，如图 3-44 所示。

（3）在工具箱中选择星形工具，在其属性栏中的“多边形、星形和复杂星形的点数或边数”数值框中输入“5”，在“星形和复杂星形的锐度”数值框中输入“60”。

（4）将鼠标光标移动到正圆中间，按住鼠标左键绘制一个五角星，如图 3-45 所示。

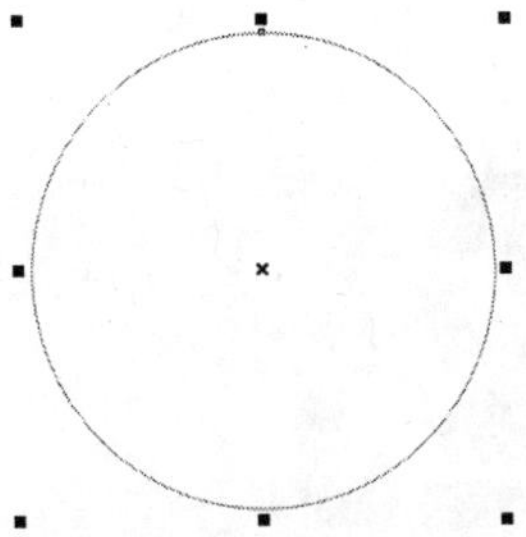

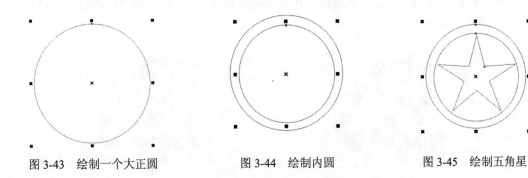

图 3-43　绘制一个大正圆

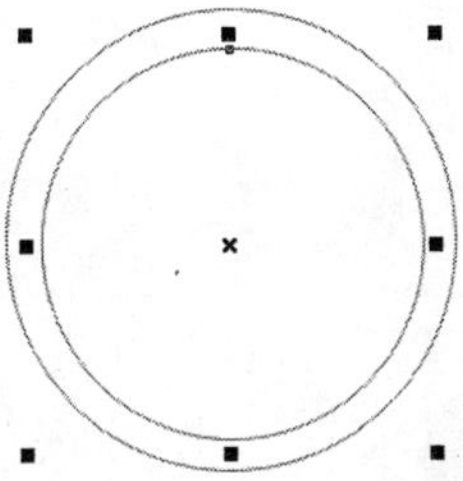

图 3-44　绘制内圆

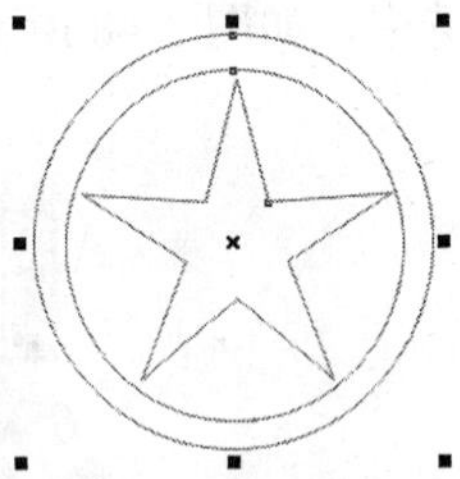

图 3-45　绘制五角星

3.2　编 辑 图 形

在绘制完图形后，为了使图形更加美观，可对其进行编辑。常用的编辑方法有移动、缩放、旋转、倾斜和镜像等。下面将分别对这些操作方法进行讲解。

3.2.1　选中对象

在对一个对象进行编辑操作之前，都需要选中该对象，挑选工具可以选中 CorelDRAW

中的所有对象。

1．单击选中对象

选择工具箱中的挑选工具，然后单击需编辑的图形对象即可，如图 3-46 所示。

若要选中多个对象，可以按住 Shift 键不放，再连续单击需选中的对象即可，如图 3-47 所示。

选中对象后只需单击绘图页面的空白处或按 Esc 键即可取消对象的选中状态。

技巧：

在使用其他工具编辑图形对象的过程中，按空格键可以直接挑选工具并选中图形对象。另外，当选中了多个对象后，按住 Shift 键单击对象便可取消对象的选中状态。

图 3-46　选中单个对象

图 3-47　选中多个对象

2．框选对象

框选对象时只有被完全框住的对象才能被选中。在图形比较多的情况下，使用挑选工具可对其中所需的图形对象进行框选，其方法是：使用挑选工具在需要选中的图形外按住鼠标左键不放并向图形拖动，当出现的蓝色选框完全框住需要的对象时释放鼠标即可将图形选中，如图 3-48 所示。

图 3-48　框选对象

提示：

若要同时选中多个被部分圈住的对象，则在拖动鼠标的同时按住 Alt 键不放。另外，选择“编辑/全选”命令或按 Ctrl+A 键可以选中当前页面中的所有对象。

3．选中隐藏对象

如果需将被遮盖或被隐藏的对象选中，其方法是：在工具箱中选择挑选工具，按住 Alt 键不放，单击所需图形上面的一个图形对象。每次单击鼠标时，选中的都是前一个对象下面的对象，当选定到最后一层后，最上层的对象又被选中，并依次循环下去。

提示：

在图形比较多的情况下，可先用挑选工具选中一个对象，然后依次按 Tab 键，CorelDRAW 将按从绘图页面的上方向下方依次选择每一个对象。

3.2.2　移动对象

在选中图形对象之后，就可以对图形进行移动操作。移动对象的方法有多种，下面将介绍通过挑选工具、属性栏和“变换”泊坞窗 3 种方法移动对象的操作。

1．使用挑选工具移动对象

使用挑选工具移动对象是最常使用的移动对象的方法。其方法是：选中需要移动的对象，再拖动鼠标将其移动到所需的位置即可。

【例 3-11】　使用挑选工具移动矩形中的椭圆图形，将其从矩形的左下角移到矩形的右上角。

（1）选择工具箱中的挑选工具，选中需要移动的对象，并将鼠标光标移动到该对象上，如图 3-49 所示。

（2）当鼠标光标呈形状显示时，按住鼠标左键并拖动，在将图形对象移到所需的位置后释放鼠标，即可将其移动，移动后的效果如图 3-50 所示。

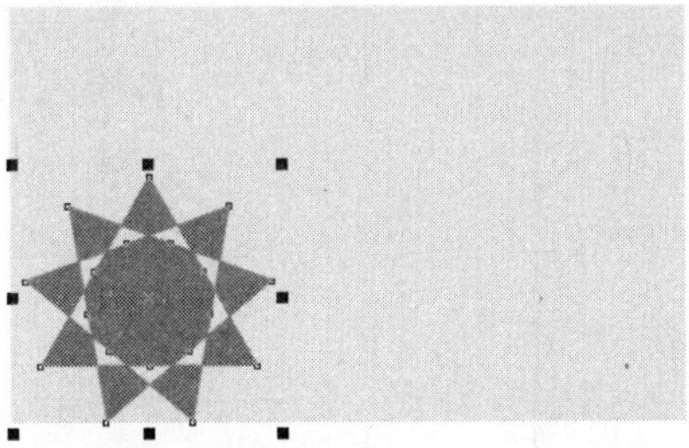

图 3-49　将鼠标光标移动到该对象上

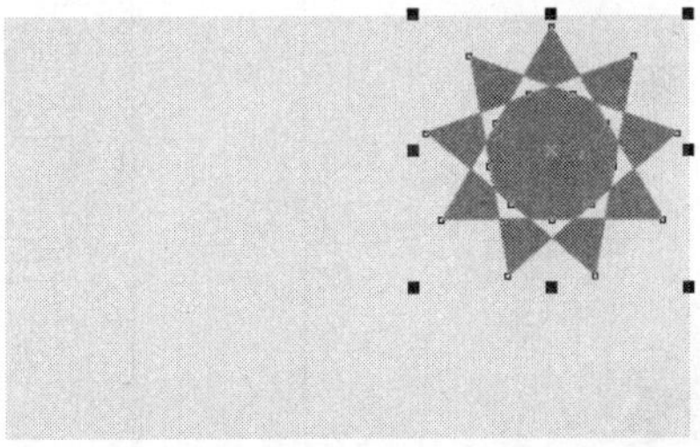

图 3-50　移动图形后的效果

提示：

用户也可在选中对象后，使用键盘上的方向键对图形位置进行移动。

2．使用属性栏移动对象

在实际操作中经常会遇到需要精确移动对象的情况，此时可使用属性栏移动对象。其方法是：选中对象后，在属性栏的 X 和 Y 数值框中输入移动的数值。其中 X 数值框可设置对象水平移动；Y 数值框可设置对象垂直移动。

【例 3-12】　使用属性栏将图像中对象向右移动 55mm。

（1）选择工具箱中的挑选工具，选中要移动的图像，如图 3-51 所示。

（2）在属性栏中的 X 数值框中将 45mm 修改为“100mm”，如图 3-52 所示。

（3）再按 Enter 键执行操作，效果如图 3-53 所示。

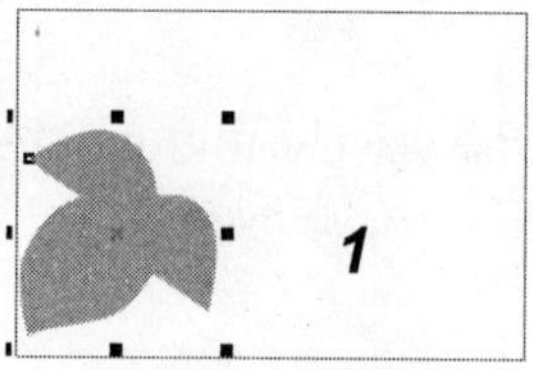

图 3-51　选中要移动的图形

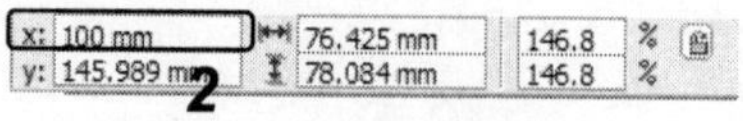

图 3-52　挑选工具属性栏

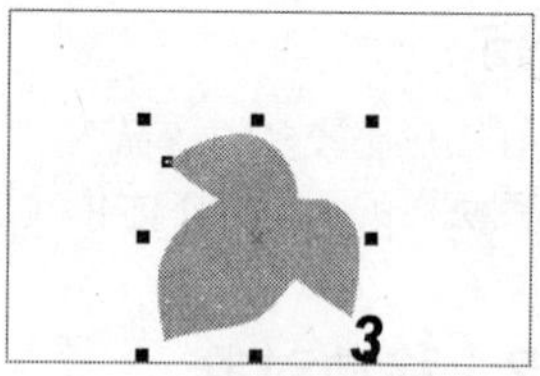

图 3-53　移动对象的效果

3．使用“变换”泊坞窗移动对象

除使用以上方法外，用户还可使用“变换”泊坞窗移动对象。其方法是：选中要移动的对象，再打开“变换”泊坞窗，在其中设置移动的位置和相对位置。

【例 3-13】　使用“变换”泊坞窗移动选中图像的位置。

（1）使用挑选工具选中需要移动的对象，如图 3-54 所示。再选择“排列/变换/位置”命令，打开“变换”泊坞窗。

（2）在“变换”泊坞窗的“水平”数值框中输入“70.0”，“垂直”数值框中输入“150.0”，选中☑相对位置复选框，对象将相对于原位置的中心进行移动，如图 3-55 所示。

（3）单击 应用 按钮，效果如图 3-56 所示。

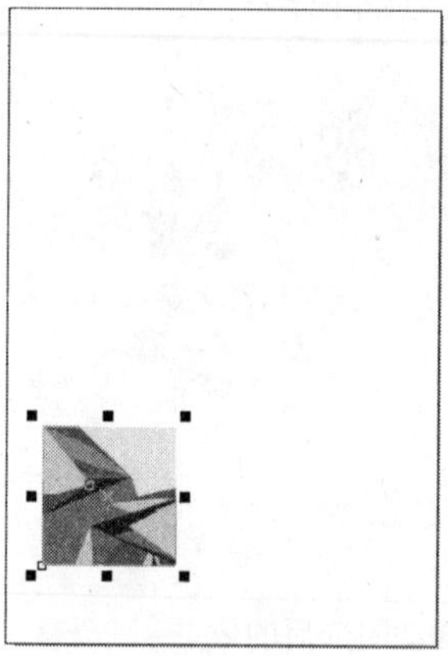

图 3-54　选中对象

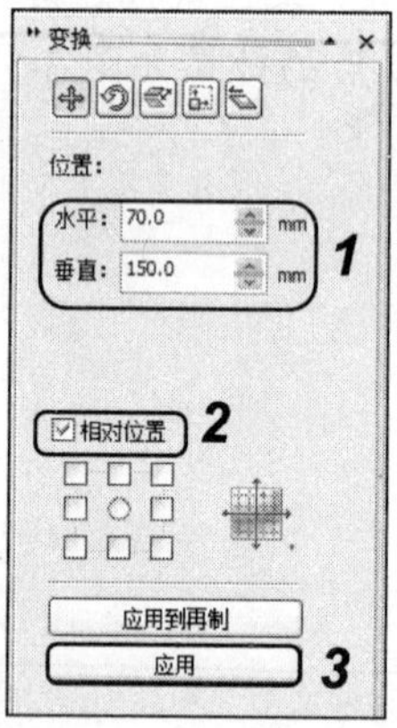

图 3-55　“变换”泊坞窗

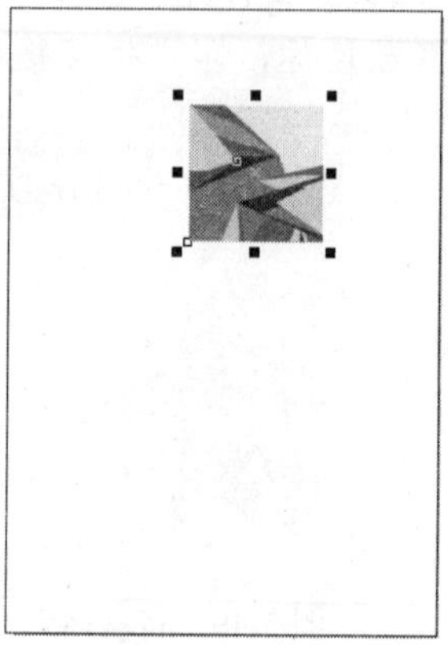

图 3-56　移动后的效果

提示：

单击“变换”泊坞窗中的 应用 按钮，可以将对象进行移动操作；若单击 应用到再制 按钮，对象将被复制一个并移动位置。

3.2.3　缩放对象

缩放对象是指将图形对象的大小随意放大或缩小，但图形对象的形状和属性不变。用户可以通过以下 3 种方法来实现对象的缩放操作。

1．使用鼠标缩放对象

使用挑选工具缩放对象是最常用的缩放方法。其方法是：在工具箱中选择挑选工具，选中需要缩放的对象，如图 3-57 所示；图形对象的四周将出现控制柄，将鼠标光标移到对象的任意角上，当鼠标光标呈↗形状时拖动鼠标，可将图形进行等比例缩放，效果如图 3-58 所示；将鼠标光标移到图形对象的控制柄的中间任意点上，当鼠标光标变为↔形状时拖动鼠标，可将图形进行不等比例的缩放。如图 3-59 所示为将鼠标向图形内部拖动的效果。

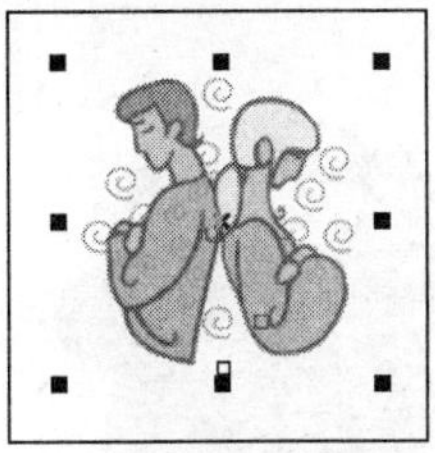

图 3-57　选中需要缩放的对象

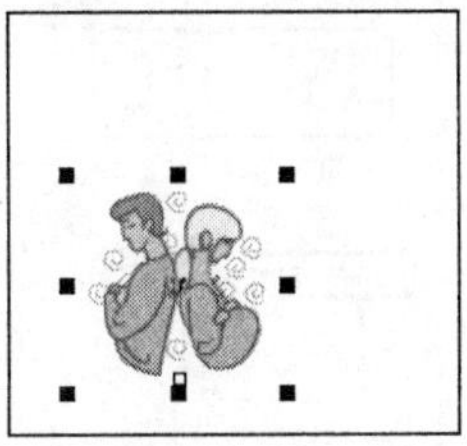

图 3-58　等比例缩放对象

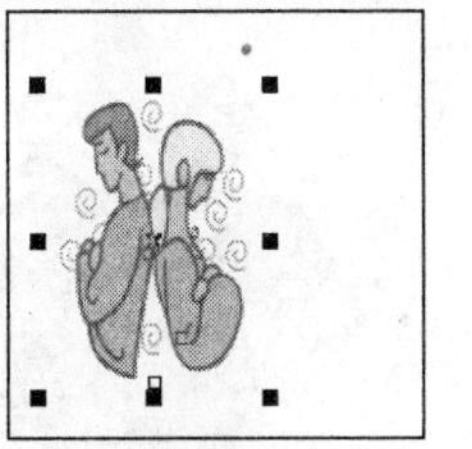

图 3-59　不等比例缩放对象

2. 使用属性栏缩放对象

在挑选工具、椭圆工具和矩形工具等属性栏中也可以缩放对象。其方法是：使用绘图工具绘制图形后，在其属性栏中设置其对象的大小。

【例 3-14】　使用挑选工具选中对象，再使用自由变换工具结合其属性栏将其宽度和高度分别设置为 50 和 40。

（1）使用挑选工具选中要缩放的对象，如图 3-60 所示。

（2）在工具箱中选择自由变换工具，在其属性栏中单击按钮，在“宽度”和“高度”数值框中分别输入“50”和“100”，效果如图 3-61 所示。设置完成后按 Enter 键，效果如图 3-62 所示。

图 3-60　选中要移动的对象

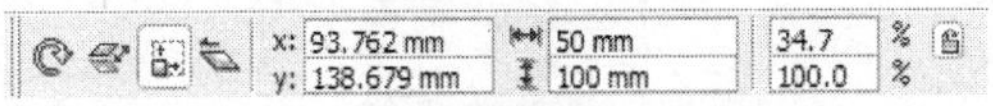

图 3-61　自由变换工具属性栏

图 3-62　对象的缩放效果

技巧：

单击 31.62 31.62 % % 后面的图标，使其处于“关闭”状态，然后只要改变宽度和高度中的一个数值，另一个数值将会自动调整其比例，按 Enter 键即可将图形按比例进行缩放。

3. 使用“变换”泊坞窗缩放对象

使用“变换”泊坞窗缩放对象的操作与移动对象的操作方法类似，其中相同选项的功能也相同，这里不再赘述。

【例 3-15】　选中要移动的对象，使用“变换”泊坞窗缩放对象。

（1）选中要移动的对象，选择“排列/变换/大小”命令，打开“变换”泊坞窗。

（2）分别在“水平”和“垂直”数值框中输入该对象新的宽度值“60.0”和高度值“50.0”，选中☑不按比例复选框，单击 应用 按钮应用缩放效果。如图 3-63 所示为缩放对象前后的对比效果。

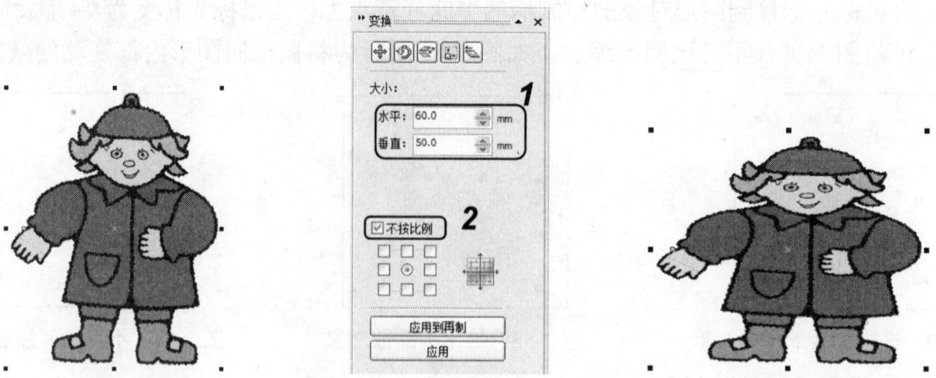

图 3-63　缩放对象前后的对比效果

3.2.4　旋转对象

用户可以将图形对象围绕一个中心将其旋转一定的角度，以使图像更加美观。下面将讲解几种旋转对象的方法。

1. 使用挑选工具旋转对象

使用挑选工具旋转对象是最为常用的一种旋转方式。其方法是：在工具箱中选择挑选工具，选中要旋转的对象，再次单击对象，此时图形四周将出现旋转控制手柄和，如图 3-64 所示；将鼠标光标移到旋转控制手柄上，当鼠标光标呈形状显示时，按住鼠标左键不放并向顺时针或逆时针方向拖动鼠标，出现的蓝色虚线框表示旋转的方向和角度，如图 3-65 所示；如图 3-66 所示为按顺时针方向拖动鼠标，达到所需效果后释放鼠标的效果。

图 3-64　出现控制手柄

图 3-65　旋转对象

图 3-66　旋转图形效果

此外，在旋转对象时，对象是围绕对象的默认旋转中心进行旋转的，若要改变对象的旋转中心，可用鼠标将旋转中心⊙拖动到所需的位置，再进行旋转。如图 3-67 所示为选中图形后将旋转中心移到其左下角的效果。

将鼠标光标移到图形的右上角并顺时针旋转图形，如图 3-68 所示。达到所需效果时释放鼠标，效果如图 3-69 所示。

图 3-67　移动旋转中心

图 3-68　顺时针旋转图形

图 3-69　旋转图形效果

技巧：

在挑选工具属性栏中的“旋转角度”数值框 .0 °中直接输入旋转的角度，按 Enter 键即可实现图形的旋转操作。

2. 使用自由变换工具旋转对象

使用自由变换工具可以自由旋转对象。其方法是：选中要旋转的对象，如图 3-70 所示；再在工具箱中选择自由变换工具，然后在属性栏中单击按钮，使用鼠标在对象上按住不放并拖动，此时出现的蓝色虚线框是旋转的方向，如图 3-71 所示；当旋转对象至合适位置后释放鼠标，效果如图 3-72 所示。

图 3-70　选中要旋转的对象

图 3-71　旋转对象

图 3-72　对象的旋转效果

提示：

若用户觉得自动生成的旋转中心节点不太准确，可以在属性栏中的“旋转角度”数值框 75.0 °中输入旋转的角度，按 Enter 键即可。

3. 使用“变换”泊坞窗旋转对象

使用“变换”泊坞窗旋转对象，可以制作出环形的图形效果。其方法是：使用挑选工具选中要旋转的对象，在打开的“变换”泊坞窗中单击按钮，再在“旋转”栏中的“角度”数值框中输入需要旋转的角度，并选择相对中心。

【例 3-16】　使用“变换”泊坞窗用一个树叶图形制作出环形图像。

（1）使用挑选工具选中树叶图像，如图 3-73 所示。

（2）选择“排列/变换/旋转”命令，打开“变换”泊坞窗。

（3）在“旋转”栏的“角度”数值框中输入旋转的角度（正值表示逆时针旋转，负值表示顺时针旋转）“-50.0”。

（4）在“中心”栏的“水平”和“垂直”数值框中设置旋转中心的坐标位置，选中 ☑相对中心 复选框，并在其下方选中最下面一排正中的复选框，如图 3-74 所示。

（5）单击 应用到再制 按钮 5 次，应用椭圆的旋转效果，形成一个环形图像，效果如图 3-75 所示。

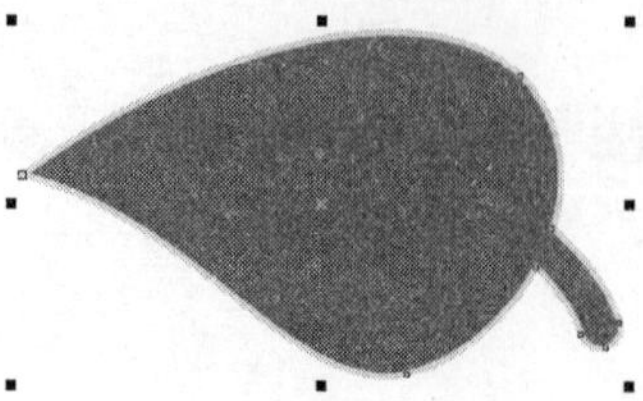
图 3-73　选择对象

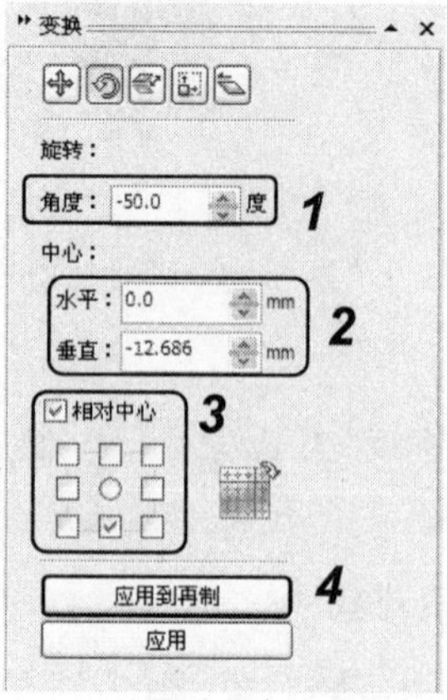

图 3-74　设置旋转角度和中心点

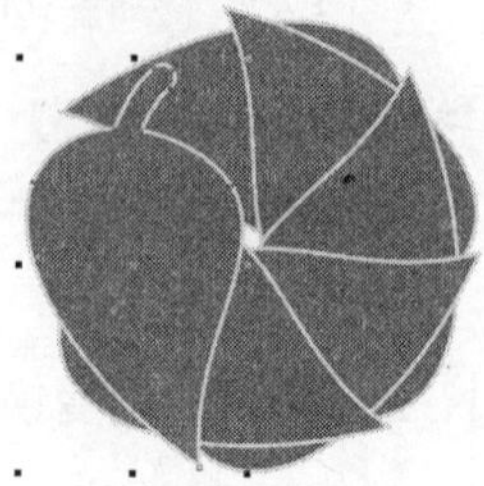
图 3-75　最终效果

3.2.5　倾斜对象

对选中的图形对象，可以将其倾斜变形，在实际生活中常见的各种包装图像，即可以通过倾斜对象来实现。倾斜对象有以下几种方法。

1．使用挑选工具倾斜对象

用挑选工具倾斜对象是比较常用的方式。其方法是：使用挑选工具单击图形两次，当其四周出现旋转控制手柄以及倾斜控制手柄 ↔ 和 ↕ 时，将鼠标光标移动到倾斜控制手柄 ↔ 上，如图 3-76 所示；此时鼠标光标呈 ⇄ 形状显示，按住鼠标左键不放并向右拖动，出现的蓝色虚线框表示倾斜方向，如图 3-77 所示；得到所需效果后释放鼠标即可，效果如图 3-78 所示。

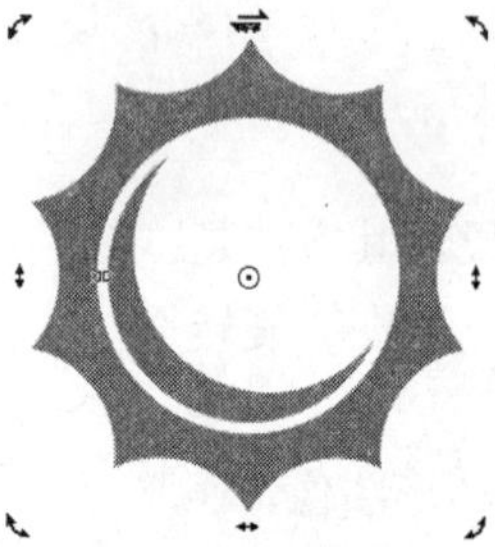
图 3-76　将鼠标光标移到控制手柄上

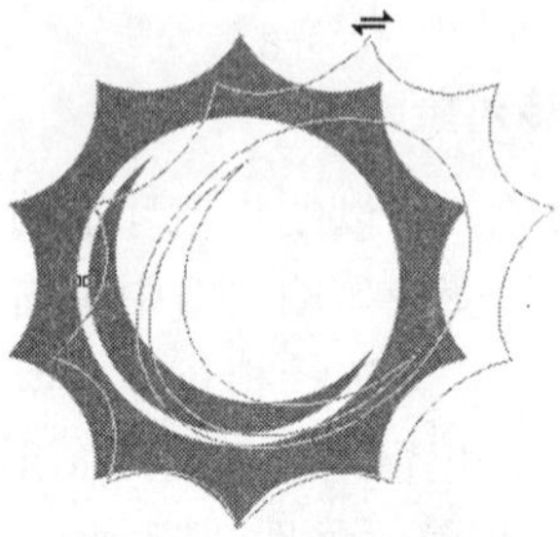
图 3-77　向右倾斜图形

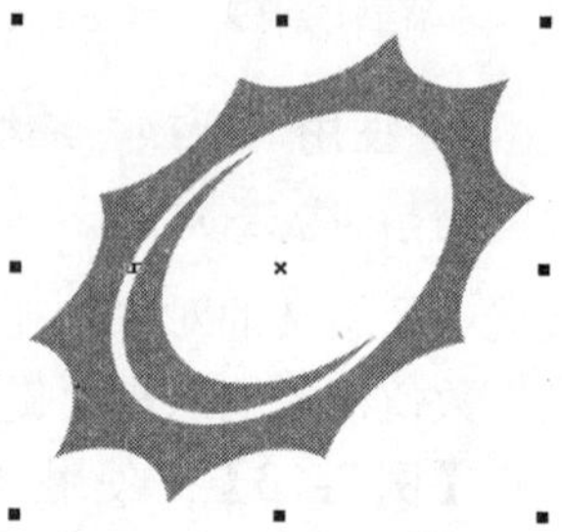
图 3-78　倾斜图形效果

2．使用自由变换工具倾斜对象

使用自由变换工具也可以倾斜对象。其方法是：选中要倾斜的对象，选择工具箱中的自由变换工具，在其属性栏中单击按钮；将鼠标光标移到图形上并按住鼠标左键不放，如图 3-79 所示；再向右拖动鼠标，此时将出现蓝色的虚线框，如图 3-80 所示；当倾斜对象至合适位置后释放鼠标，效果如图 3-81 所示。

图 3-79　将鼠标光标移到图形上

图 3-80　倾斜图形

图 3-81　图形的倾斜效果

技巧：

若觉得手动倾斜图形不太精确，可在属性栏的“旋转中心位置”数值框中直接输入倾斜值，然后再拖动鼠标进行倾斜。另外，单击属性栏中的按钮，在倾斜图形的过程中会复制出新的倾斜图形。

3．使用“变换”泊坞窗倾斜对象

使用“变换”泊坞窗倾斜对象的方法是：使用挑选工具选中要倾斜的对象，如图 3-82 所示；选择“排列/变换/倾斜”命令，打开“变换”泊坞窗，单击“倾斜”按钮，在“倾斜”栏的“水平”和“垂直”数值框中设置倾斜的角度，如分别输入“45.0”和“10.0”，如图 3-83 所示；单击 应用 按钮应用倾斜，效果如图 3-84 所示。

图 3-82　选中要倾斜的对象

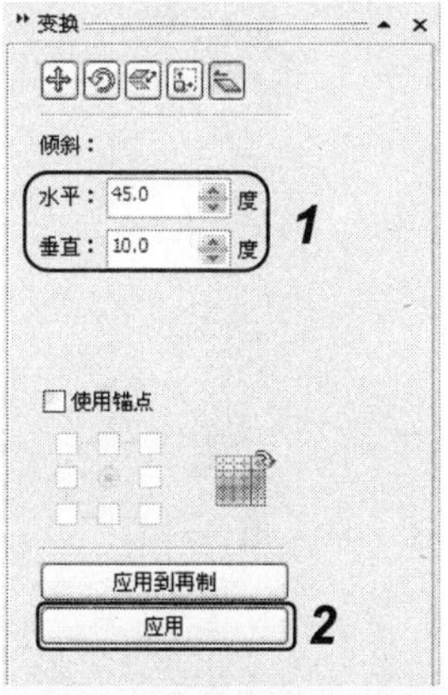

图 3-83　“变换”泊坞窗

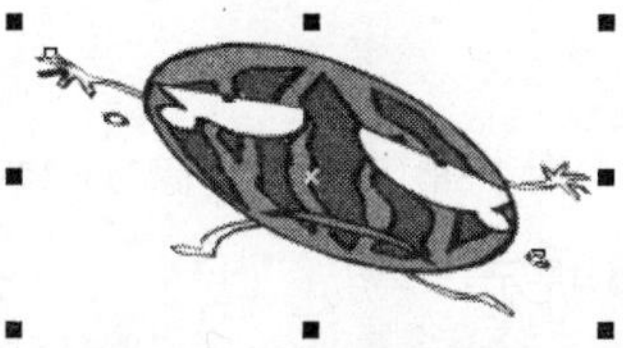

图 3-84　倾斜对象效果

3.2.6　镜像对象

镜像对象可以将图形对象沿水平、垂直或对角线翻转。用户可以通过以下几种方法来实现对象的镜像操作。

1．使用挑选工具镜像对象

使用挑选工具镜像对象的方法是：使用挑选工具选中要镜像的对象，将鼠标光标移到左侧的控制柄上，如图 3-85 所示；按住鼠标左键不放并向右拖动，当蓝色虚线框到达所需位置时，如图 3-86 所示；释放鼠标，效果如图 3-87 所示。

图 3-85　将鼠标光标移到控制柄上　　　图 3-86　向右拖动鼠标　　　图 3-87　水平镜像效果

提示：

使用挑选工具选中图形时，单击属性栏中的“水平镜像”按钮，可以将对象沿水平方向镜像，单击“垂直镜像”按钮，可以将对象沿垂直方向镜像。

2．使用自由变换工具镜像对象

使用自由变换工具也可以镜像对象。其方法是：使用挑选工具选中要镜像的对象，如图 3-88 所示；再选择工具箱中的自由变换工具，在属性栏中单击按钮，再单击按钮，在图形上按住鼠标左键不放并拖动，将出现蓝色镜像线，如图 3-89 所示；当对象镜像至合适位置后释放鼠标，效果如图 3-90 所示。

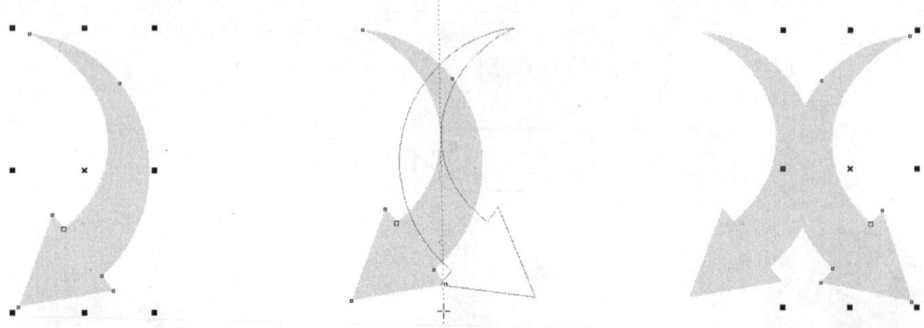

图 3-88　选中要镜像的对象　　　图 3-89　镜像对象　　　图 3-90　对象的镜像效果

提示：

若用户觉得自动生成的镜像控制节点不太准确，可以在属性栏的“旋转中心位置”数值框中输入旋转中心的坐标值，然后再拖动鼠标进行镜像。

3．使用“变换”泊坞窗镜像对象

使用“变换”泊坞窗镜像对象的方法是：使用挑选工具选中要镜像的对象，如图 3-91 所示；选择“排列/变换/比例”命令，打开“变换”泊坞窗，单击按钮，在“缩放”栏的“水平”和“垂直”数值框中设置镜像的比例，单击按钮，表示将对图形进行垂直镜像，选中☑不按比例复选框，在下方选择对象的镜像基点，如图 3-92 所示；单击应用到再制按钮应用镜像设置，效果如图 3-93 所示。

图 3-91　选中要移动的对象

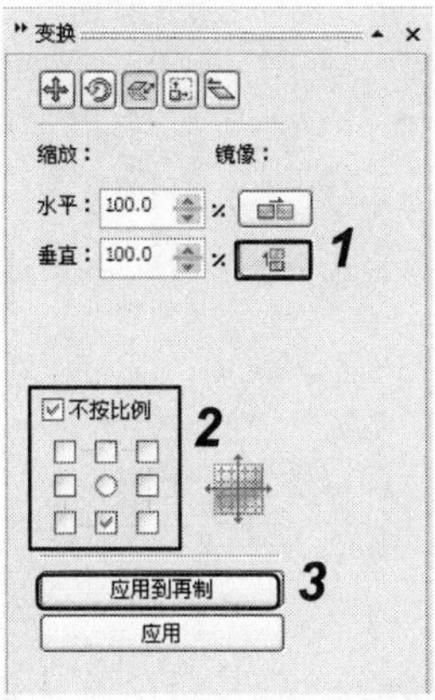

图 3-92　“变换”泊坞窗

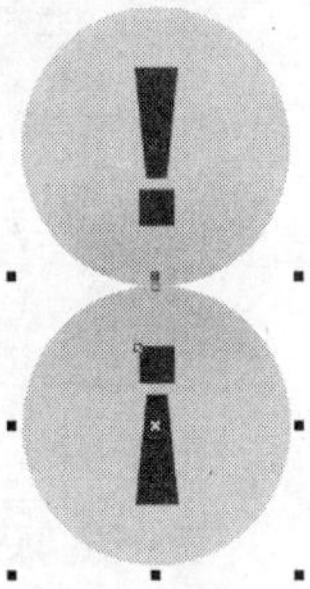

图 3-93　对象的镜像效果

提示：

在“变换”泊坞窗中，单击按钮，可将图形进行水平镜像。

3.2.7　应用举例——制作酒包装图形

下面练习使用挑选工具将一个平面的酒包装图形转换成一个立体图形，其效果如图 3-94 所示（立体化教学:\源文件\第 3 章\酒包装图形.cdr）。

图 3-94　酒包装效果

操作步骤如下：

（1）打开“绘制酒包装图形.cdr”图像文件（立体化教学:\实例素材\第 3 章\绘制酒包装图形.cdr），如图 3-95 所示。

（2）在工具箱中选择挑选工具，选中左侧的包装图形，再单击其一次，将鼠标光标移到左侧倾斜符号↕上并向上拖动鼠标，倾斜左侧的包装图形，如图 3-96 所示。

图 3-95　打开酒包装的平面图形文件

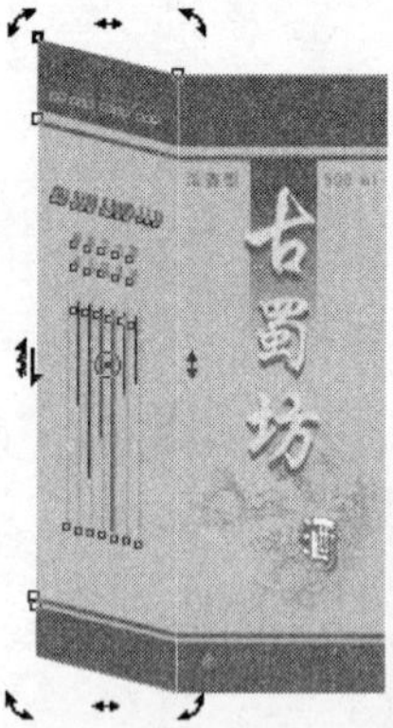

图 3-96　倾斜左侧的包装图形

（3）使用挑选工具选中正面包装图形，再单击其一次，然后将鼠标光标移到右侧的倾斜符号‡上并向上拖动，倾斜正面包装图形，效果如图 3-97 所示。

（4）在工具箱中选择矩形工具，绘制一个矩形并使用鼠标在调色板中单击红色，对其填充。使用相同的方法倾斜矩形，使各边与边缘重叠，如图 3-98 所示。

图 3-97　倾斜正面包装图形

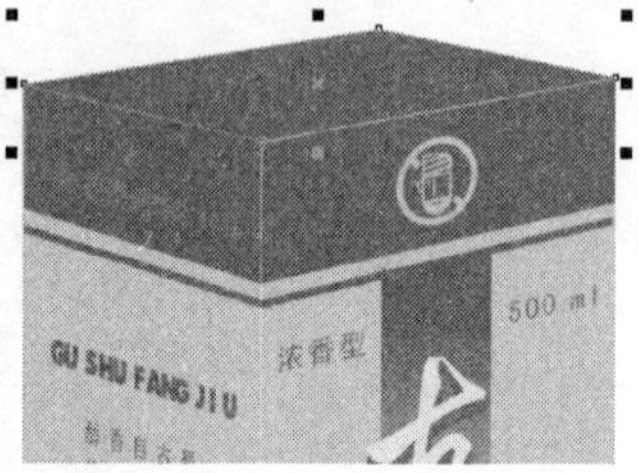

图 3-98　填充包装盒盖

（5）单击属性栏中的按钮，在打开的“导入”对话框中选择“标志.wmf”图像文件（立体化教学:\实例素材\第 3 章\标志.wmf），如图 3-99 所示。再使用挑选工具将其选中并移到包装盒盖上，如图 3-100 所示。

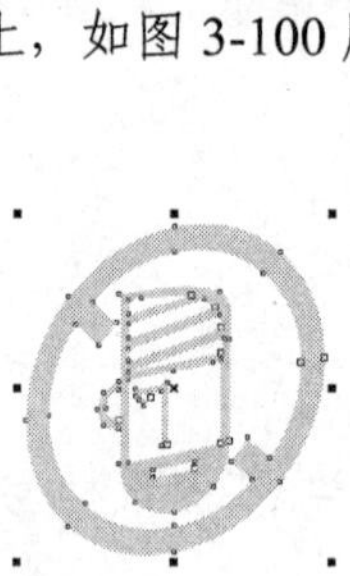

图 3-99　导入一个标志

图 3-100　将标志移到包装盒盖上

（6）再次单击标志，出现倾斜符号时，将鼠标光标移到其上方中点上，当鼠标光标变成⇌形状时，向右拖动鼠标使其与封盖重合，达到所需效果后，再单击任意空白处，取消标志的选中状态，如图 3-101 所示。

（7）使用挑选工具选中标志，将鼠标光标移到其上方中点上，当鼠标光标变成⇄形状时，向下拖动鼠标，将标志向下拉窄后释放鼠标，完成酒包装图形的制作，如图 3-102 所示。

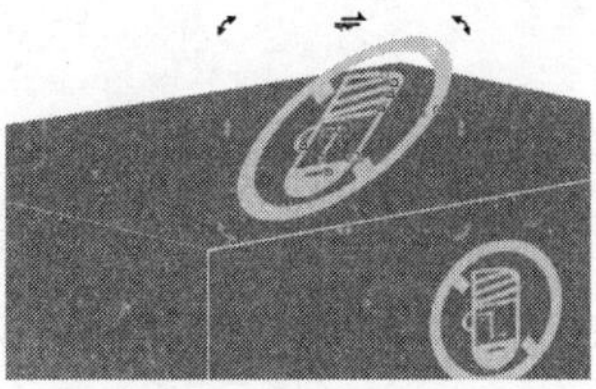

图 3-101　倾斜标志

图 3-102　将标志向下拉窄

3.3　上机及项目实训

3.3.1　绘制提示标志

本实训将绘制提示标志，其最终效果如图 3-103 所示（立体化教学:\源文件\第 3 章\提示标志.cdr）。在本练习中将使用矩形工具绘制图形并使用调色板为图像上色。

图 3-103　提示标志

1．绘制标志背景

使用矩形工具绘制标志背景图像。操作步骤如下：

（1）新建文件，在工具箱中选择矩形工具□，使用鼠标在页面中绘制一个矩形，使用鼠标在调色板中单击黑色色块，效果如图 3-104 所示。

（2）在矩形上单击鼠标右键，在弹出的快捷菜单中选择“属性”命令，打开“对象属性”泊坞窗，选中☑全部圆角(R)复选框。

（3）在“边角圆滑度”4 个数值框中均输入“30”，如图 3-105 所示。效果如图 3-106 所示。

（4）再在工具箱中选择矩形工具□，在页面中绘制一个稍小的矩形，使用鼠标在调色板中单击白色色块，使用挑选工具选中白色矩形并将其移动到黑色矩形中心，如图 3-107

所示。

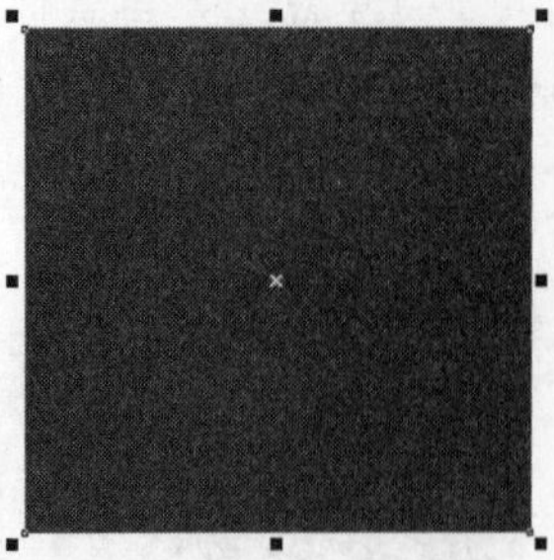

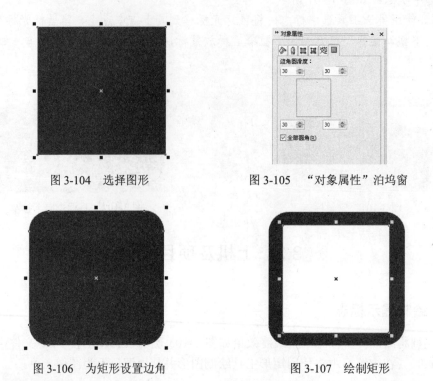

图 3-104　选择图形

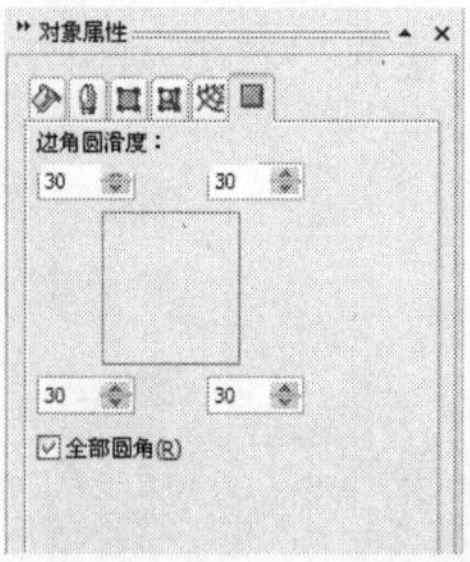

图 3-105　“对象属性”泊坞窗

图 3-106　为矩形设置边角

图 3-107　绘制矩形

2. 绘制标志内部

使用椭圆工具和矩形工具绘制标志内部。操作步骤如下：

（1）在工具箱中选择矩形工具，在页面中绘制一个长矩形，使用鼠标单击调色板中的黄色色块，使用挑选工具将其移动到矩形中间，如图 3-108 所示。

（2）在工具箱中选择椭圆工具，按住 Ctrl 键的同时拖动鼠标绘制一个正圆，使用鼠标单击调色板中的黄色色块，使用挑选工具将其移动到矩形中间，如图 3-109 所示。

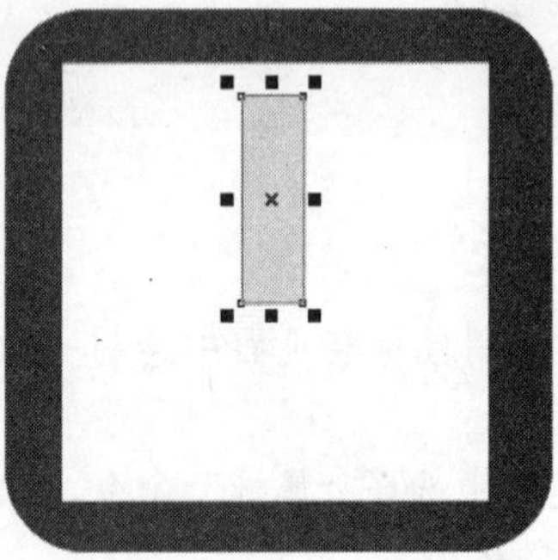

图 3-108　绘制矩形

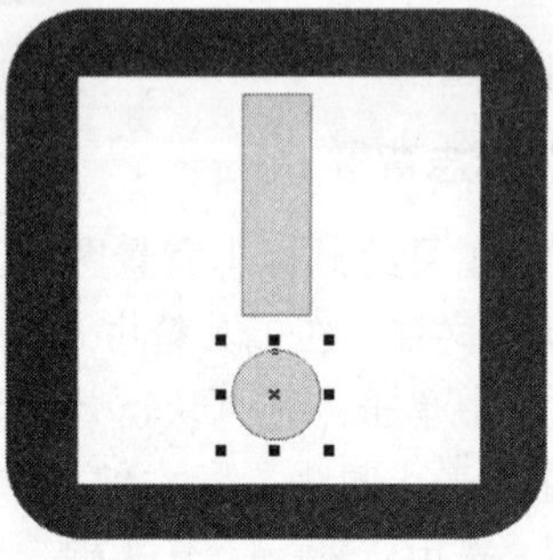

图 3-109　绘制正圆

3.3.2　绘制箭头图形

综合利用本章所学知识，为“枫叶”图像添加箭头符号，完成后的最终效果如图 3-110

所示（立体化教学:\源文件\第 3 章\枫叶.cdr）。

图 3-110　最终效果

本练习可结合立体化教学中的视频演示进行学习（立体化教学:\视频演示\第 3 章\绘制箭头符号.swf）。主要操作步骤如下：

（1）打开“枫叶.cdr”图像文件（立体化教学:\实例素材\第 3 章\枫叶.cdr），如图 3-111 所示。

（2）在工具箱中选择箭头形状工具，在其属性栏中单击按钮，在弹出的选择面板中选择第一个选项，使用鼠标在页面中绘制一个箭头。使用鼠标单击调色板中的绿色色块，使用挑选工具将箭头移动到枫叶图形旁边，如图 3-112 所示。

（3）在属性栏中单击按钮，镜像箭头。

（4）选择“排列/变换/旋转”命令，打开“变换”泊坞窗，单击按钮，再在“角度”数值框中输入“20.0”，在“水平”数值框中输入“150.0”。

（5）在其下方选中最下面一排最左边的复选框，单击 17 次 应用到再制 按钮，为图像添加箭头符号，效果如图 3-113 所示。

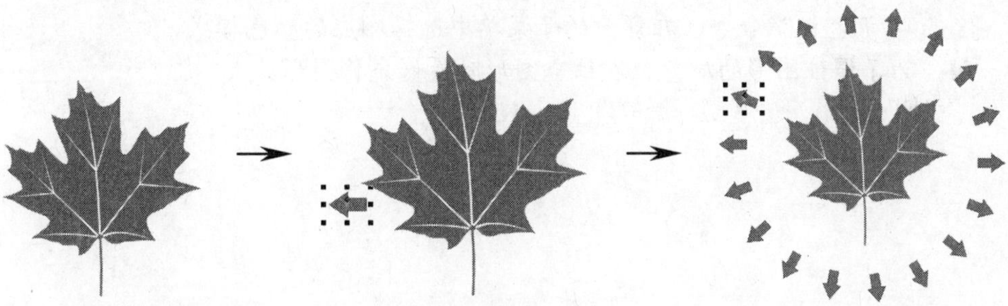

图 3-111　打开图像　　图 3-112　要镜像的箭头　　图 3-113　复制旋转箭头

3.4　练习与提高

（1）　使用椭圆工具绘制一个笑脸，如图 3-114 所示（立体化教学:\源文件\第 3 章\笑脸.cdr）。

提示：先使用椭圆工具绘制 3 个正圆，并分别填充黄色和黑色，再使用椭圆工具绘制一个椭圆，使用裁剪工具裁剪椭圆。

（2）使用矩形工具、预设形状工具和星形工具绘制一个礼物盒（立体化教学:\源文件\第 3 章\礼物盒.cdr)，如图 3-115 所示。

提示：使用矩形工具绘制盒身；使用星形工具绘制盒身上的花纹；再使用矩形工具绘制彩带；使用预设形状工具绘制一个波浪图形，打开“变换”泊坞窗转换波浪图形绘制一朵花。本练习可结合立体化教学中的视频演示进行学习（立体化教学:\视频演示\第 3 章\礼物盒.swf)。

图 3-114　绘制笑脸

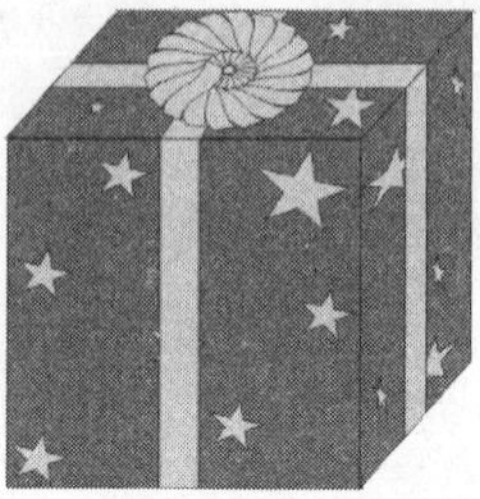

图 3-115　绘制礼物盒

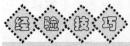

经验技巧　图形编辑经验之谈

本章主要介绍了绘制和编辑基本图形的方法，要想在作品中绘制出更漂亮和更丰富的图形效果，课后还必须学习和总结一些编辑图形的方法和技巧。这里总结以下几点供读者参考和探索：

- 许多复杂的图形都是通过将简单图形进行反复复制和旋转得到的。
- 在 CorelDRAW 中默认情况下，调色板中的颜色是 CMYK，用户也可以选择“窗口/调色板”命令，在弹出的子菜单中选择相应的颜色模式。
- 为了保证图形的质量，在结合图形时最好先将图形放大。

第 4 章　绘制和编辑曲线

学习目标

☑ 使用贝塞尔工具、钢笔工具和 3 点曲线工具等绘制曲线
☑ 使用交互式连线工具和度量工具等连接和标注图形
☑ 使用艺术笔工具绘制图形
☑ 使用贝塞尔工具绘制房屋
☑ 综合利用贝塞尔工具和艺术笔工具绘制鲜花

目标任务&项目案例

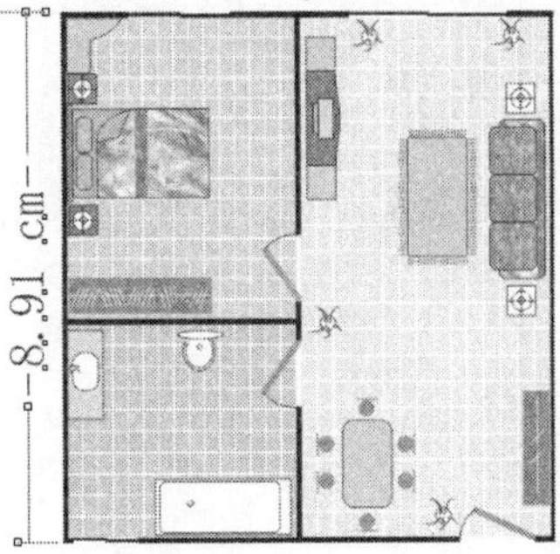

标注图形

为人物上色

绘制小鸡

绘制花园

绘制房屋

绘制鲜花

在 CorelDRAW 中经常会使用曲线编辑图形，制作上述实例主要用到了贝塞尔、艺术笔和度量工具。本章将具体讲解使用手绘、钢笔、贝塞尔、3 点曲线、交互式连线、度量和艺术笔等工具来绘制和修饰图像的方法。

4.1 绘制曲线

除了在 CorelDRAW 中绘制一些固定的图形外，用户还可根据实际需要绘制一些形状独特的线条。CorelDRAW X3 为用户提供的几种绘制线条的工具，包括手绘工具、贝塞尔工具、钢笔工具、多点折线工具、3 点曲线工具和艺术笔工具等。下面将对它们的使用方法进行详细讲解。

4.1.1 曲线基础

在 CorelDRAW 中，线条是构成矢量图形最基本的元素，它可以是直线，也可以是曲线。用户可以使用绘图工具绘制曲线，也可以将几何图形转换成曲线。曲线又由直线段、曲线段、节点和控制柄等组成，如图 4-1 所示。

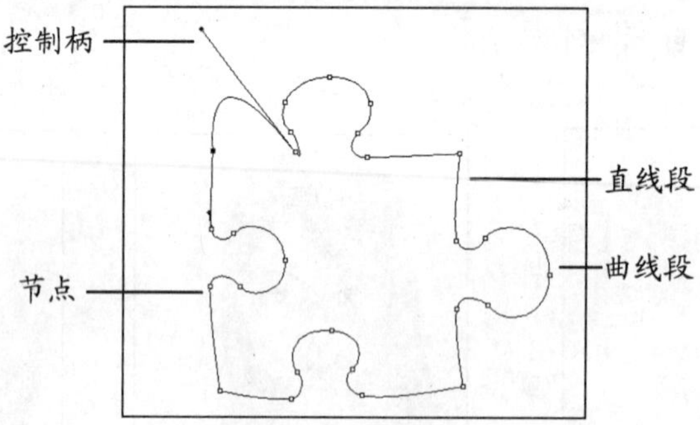

图 4-1　曲线的组成部分

各组成部分的作用如下。

- **节点**：是组成曲线的基本元素，是一条曲线的端点，曲线可以由一个端点或多个端点组成，单击节点可以显示出控制柄。
- **线段**：线段包括曲线段和直线段，用于连接曲线上两个节点，曲线段和直线段可以相互转换。
- **控制柄**：是指在绘图的过程中，节点两端出现的蓝色虚线。在绘图完成后，使用工具箱中的基本形状工具选中节点，可以通过拖动控制柄来调整图形的形状。

4.1.2 使用手绘工具绘制线条

使用手绘工具可以绘制曲线、直线和折线，也可用于连接两个断开的节点。若想绘制封闭的曲线，则可按住鼠标左键不放从起点拖动绘制出任意形状的线条，然后回到起点。下面将分别介绍使用手绘工具绘制曲线、直线和折线的方法。

1. 绘制曲线

使用手绘工具可以绘制出简单的曲线。在绘制过程中，如果要单击多个节点，则要在每个节点上单击一次才能继续下一步。

【例 4-1】　使用手绘工具绘制一朵小花，然后在调色板中将其填充为红色。

（1）在工具箱中选择手绘工具，在绘图页面中单击鼠标确定曲线的起点，按住鼠标左键不放并拖动至适当位置，再释放鼠标，即可绘制出一个花瓣，如图 4-2 所示。

（2）若要绘制封闭的花朵，则将鼠标移到曲线的终点上，当鼠标光标变成形状时单击节点，再继续拖动鼠标，当与曲线的起点位置重合时单击起点，即可生成一个封闭的小花，如图 4-3 所示。

（3）在工具箱中选择挑选工具，单击刚绘制的小花，在调色板中单击红色色块，为其填充颜色，效果如图 4-4 所示。

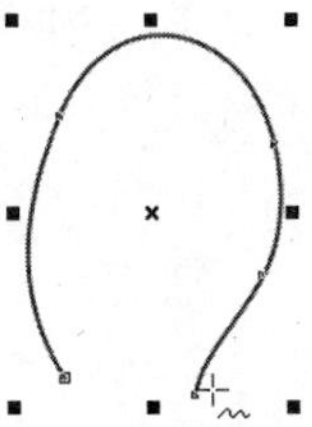

图 4-2　绘制曲线

图 4-3　绘制封闭的花朵

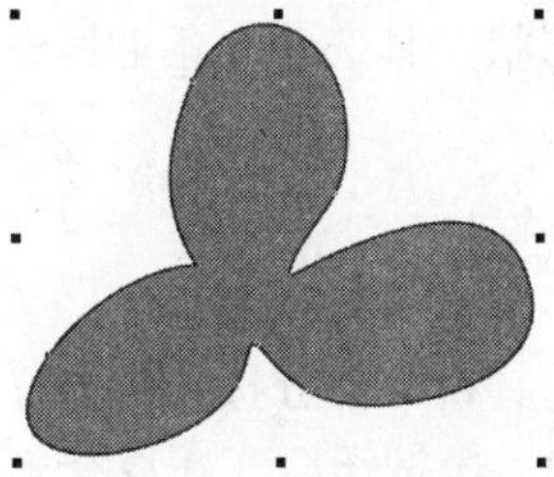

图 4-4　填充小花为红色

2. 绘制直线和折线

使用手绘工具绘制直线和折线的方法相似，下面将分别进行讲解。

1）绘制直线

使用手绘工具绘制直线的方法是：选择工具箱中的手绘工具，在页面上按住 Ctrl 键不放并拖动鼠标，如图 4-5 所示；在直线的起点和终点处单击鼠标，即可绘制出一条直线，效果如图 4-6 所示。

图 4-5　拖动鼠标

图 4-6　直线效果

2）绘制折线

使用手绘工具绘制折线的方法是：在工具箱中选择手绘工具，在页面中拖动鼠标绘制一条直线，如图 4-7 所示；在折点处双击鼠标，继续单击鼠标确定终点位置，完成折线的绘制，效果如图 4-8 所示。

图 4-7　绘制直线

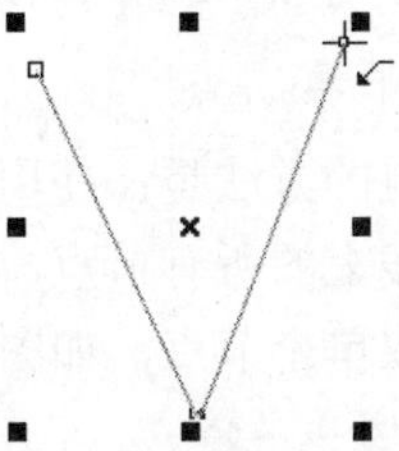

图 4-8　折线效果

4.1.3 修改曲线的样式

对于绘制的图形，一般不会一次就达到满意的效果，需要对其进行修改编辑。用户可以先来认识节点的类型及相互的转换操作，再通过它编辑图形上线条的形状，以达到修改图形形状的目的。

1. 认识节点类型

节点是构成对象的基本元素，编辑节点通常使用工具箱中的形状工具来实现。CorelDRAW X3 中的节点包括尖突、平滑和对称等类型，根据需要可在它们之间进行转换。使用形状工具选中一条曲线，其属性栏如图 4-9 所示。

图 4-9 形状工具属性栏

工具栏中部分按钮的含义如下。

- 按钮：可在线条上增加一个节点。
- 按钮：可在线条上减少一个节点。
- 按钮：单击该按钮后，拖动节点上一边的控制柄时，另一边也将随着变化，并生成平滑的曲线。
- 按钮：将曲线上的一个节点分为两个节点，将原曲线断开为两段曲线，与按钮的作用相反。
- 按钮：可将曲线段转换为直线。
- 按钮：可将断开的两曲线节点由一条线段连接起来。
- 按钮：单击该按钮后，当拖动节点一边的控制柄时，另外一边的曲线将不会发生变化。
- 按钮：单击该按钮后，当移动节点一边的控制柄时，另外一边的线条也跟着移动，它们之间的线段将产生平滑的过渡。
- 按钮：单击该按钮后，当对节点一边的控制柄进行编辑时，另一边的线条也作相同频率的变化。

2. 编辑节点

在对曲线进行编辑前，首先要选取需要编辑的节点，然后再修改曲线的形状。下面将讲解节点的选取、增加、删除、移动、对齐、结合和断开等操作。

1）选取单个节点

选取单个节点的方法是：使用手绘工具绘制一条曲线，选择工具箱中的形状工具，这时将显示出曲线上的所有节点，如图 4-10 所示；再将形状工具移到曲线上并单击曲线上的节点，即可选取单个节点，如图 4-11 所示。

注意：

选取节点后，实心节点表示的是曲线段；空心节点表示的是直线段。

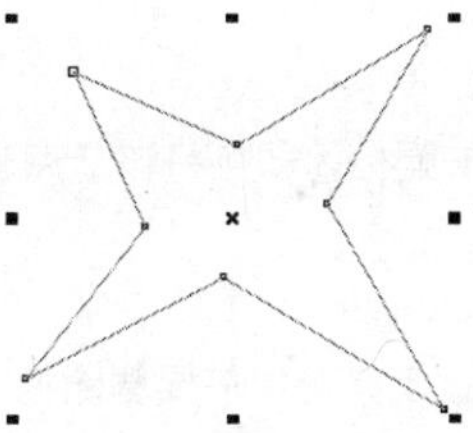

图 4-10　显示曲线上的节点

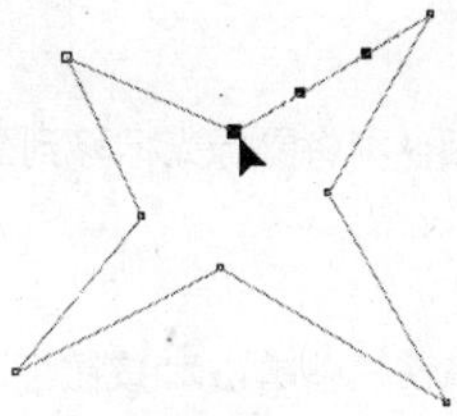

图 4-11　选取的节点

2）选取多个节点

有时需要对多个节点进行相同的编辑操作，这时就可使用形状工具选取多个节点。其选取方法主要有以下几种：

- 按住 Shift 键不放，依次单击需要选取的节点。
- 按住鼠标左键不放并拖动鼠标，此时将出现一个蓝色虚线框，使其框选住要选取的节点，如图 4-12 所示；再释放鼠标即可选取多个节点，如图 4-13 所示。

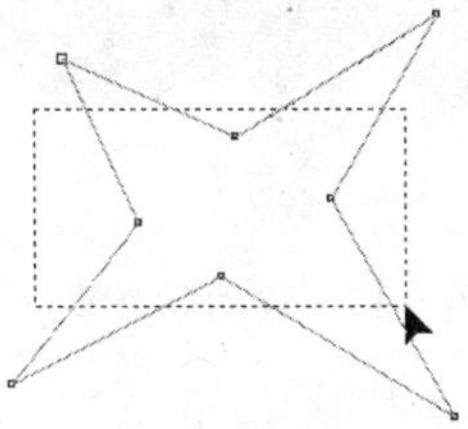

图 4-12　框选要选取的节点

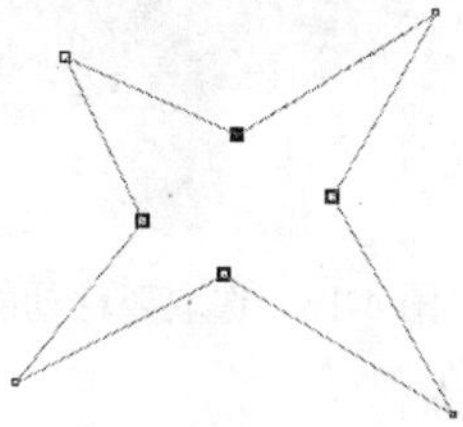

图 4-13　选取的多个节点

技巧：

单击形状工具属性栏中的按钮，即可选取曲线上的全部节点。另外，选取节点后，用鼠标单击曲线外的任意处，即可取消节点的选取。

3）增加和删除节点

当线条上的节点相隔较远达不到细微的调整时，可以在线条上增加节点；若是节点太多影响了图形的形状，则可将其删除。

【例 4-2】　使用手绘工具绘制一条曲线，再使用形状工具在曲线上增加和删除节点。

（1）新建一个图形文件，使用手绘工具绘制一条封闭曲线并单击调色板中的黄色色块，再选择工具箱中的形状工具。

（2）将鼠标光标移到需要增加节点的位置，如图 4-14 所示；再双击鼠标，即可增加一个节点，如图 4-15 所示。

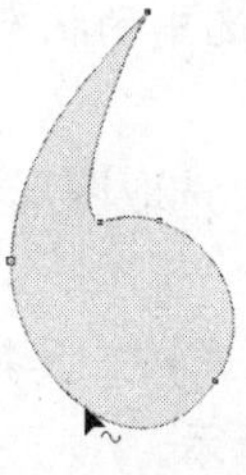

图 4-14　将鼠标光标移到需要增加节点的位置

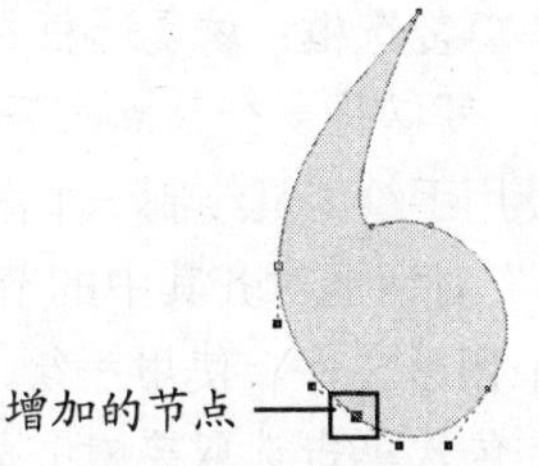

图 4-15　增加节点后的曲线

提示：

若要删除节点，则将鼠标光标移到需要删除的节点上并双击鼠标，即可将该节点删除。

提示：

在形状工具属性栏中单击按钮可以添加一个节点，用形状工具选中需要删除的节点，然后单击属性栏中的按钮可将其删除。

4）移动节点

通过移动节点可以移动线段，从而达到调整图形形状的目的。其方法是使用形状工具选取需要移动的节点，如图 4-16 所示；再将其移到所需的位置，如图 4-17 所示。

图 4-16　选取要移动的节点

图 4-17　移动单个节点

5）对齐节点

有时需要将多个节点放在一个水平或垂直面上，而手动对齐又不精确，此时就可以使用“节点对齐”对话框来实现。在形状工具属性栏中单击按钮，可打开如图 4-18 所示的“节点对齐”对话框。

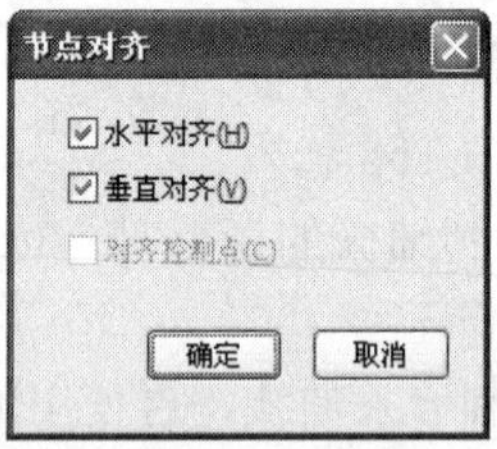

图 4-18　“节点对齐”对话框

“节点对齐”对话框中各选项含义如下。

- ☑水平对齐(H) **复选框**：选中该复选框，所选取的多个节点将在同一水平线上排列。
- ☑垂直对齐(V) **复选框**：选中该复选框，所选取的多个节点将在同一垂直线上排列。
- ☑对齐控制点(C) **复选框**：该复选框在前面两个复选框都选中的状态下才能使用，选中该复选框，可以将多个节点对齐到一个节点。

【例 4-3】　使用手绘工具绘制一个图形，再使用形状工具选取图形上需要对齐的节点，再打开“节点对齐”对话框对齐其中的节点。

（1）新建一个图形文件，使用手绘工具绘制一个图形，选择工具箱中的形状工具，按住 Shift 键不放，依次单击选取要对齐的节点，如图 4-19 所示。

（2）单击形状工具属性栏中的按钮，打开“对齐节点”对话框，在其中选中☑水平对齐(H)

复选框，单击确定按钮，效果如图 4-20 所示。

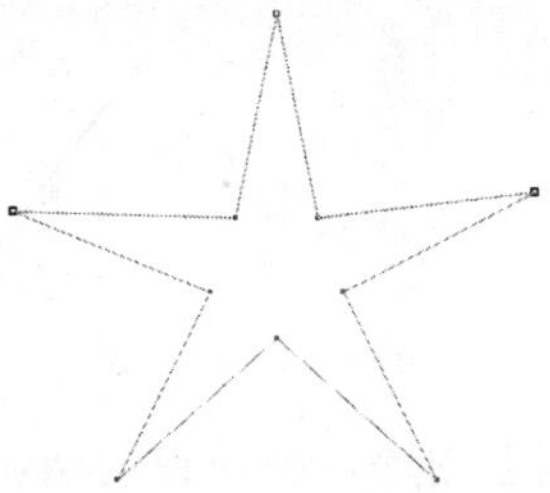

图 4-19　选取要对齐的节点

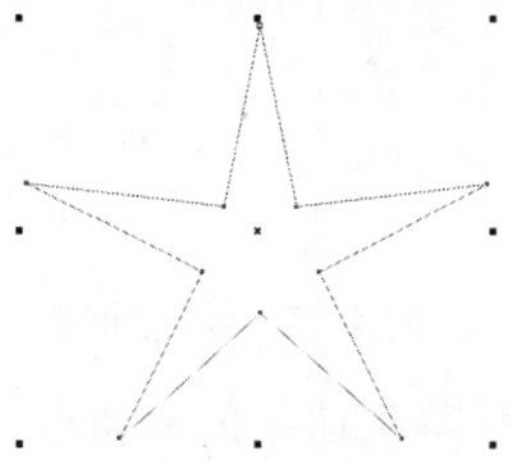

图 4-20　水平对齐节点

6）结合节点

用户可以根据需要将图形中的节点进行结合。由于只有封闭的图形才能填充上颜色，所以如果要填充所绘制的图形，就必须将曲线中分开的节点结合起来。需要注意的是，连接节点后的曲线形状会发生相应的变化。

【例 4-4】　使用手绘工具绘制一条没有闭合的曲线，再使用形状工具将节点结合。

（1）新建一个图形文件，用手绘工具绘制一条没有封闭的曲线，再选择工具箱中的形状工具，选取需要结合的两个节点，如图 4-21 所示。

（2）单击形状工具属性栏中的按钮即可连接两个节点，效果如图 4-22 所示。

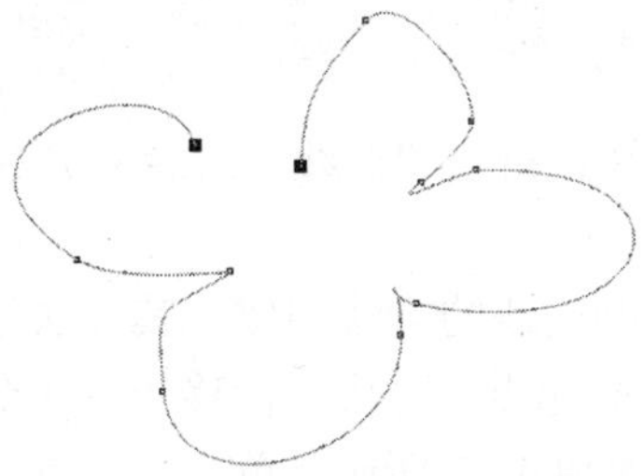

图 4-21　选取两个节点

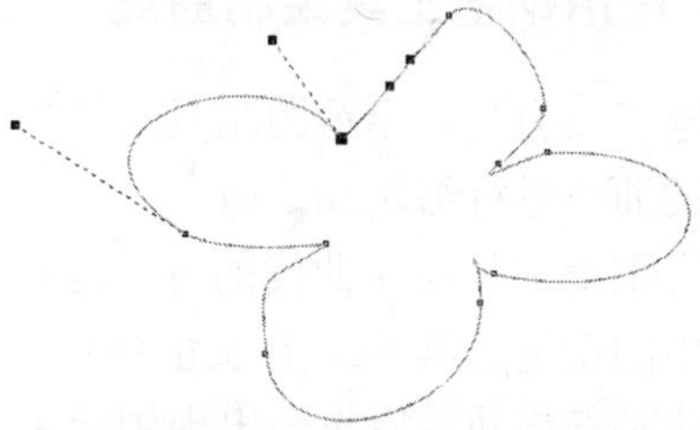

图 4-22　结合两个节点

4.1.4　使用贝赛尔工具绘制曲线

贝塞尔工具是绘制线条的主要工具，它具有灵活、精确的优点。使用贝塞尔工具可以绘制直线、折线和曲线。

贝塞尔工具经常被用于绘制曲线，与手绘工具一样，可通过使用形状工具来调整曲线的节点和控制柄自由调整曲线的弧度，达到用户所需的图形形状。

【例 4-5】　使用贝塞尔工具绘制一个桃形，再使用形状工具调整其形状，然后在调色板中将其填充为洋红色。

（1）新建一个图形文件，在工具箱中选择贝塞尔工具，在页面中单击鼠标，确定曲线的起点，在下一点按住鼠标左键不放并拖动以确定桃形的弧度，节点的两侧将出现蓝色的控制线，如图 4-23 所示。

（2）单击下一点确定下一个节点的位置，继续单击下一个位置并按住鼠标左键拖动调整曲线的形状，如图 4-24 所示。

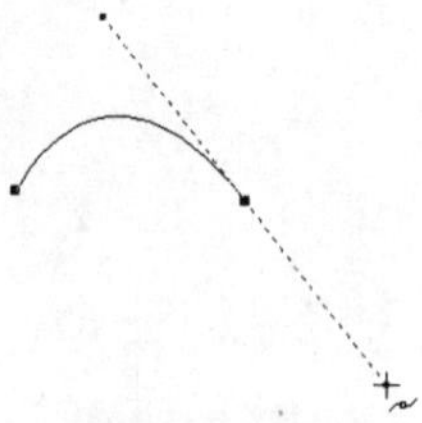

图 4-23　绘制曲线

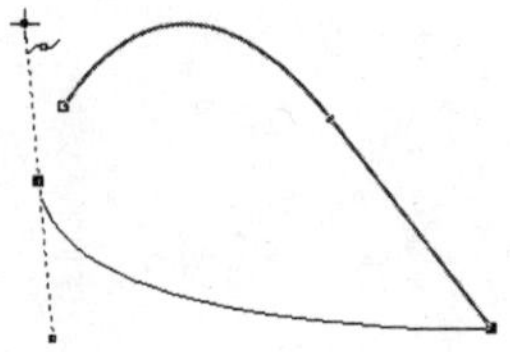

图 4-24　继续单击鼠标

（3）将光标移到曲线的起始节点上单击鼠标闭合图形，拖动控制柄调整图形的形状，如图 4-25 所示。

（4）在工具箱中选择挑选工具，单击选中桃形，再单击调色板中的洋红色色块，将其填充为洋红色，效果如图 4-26 所示。

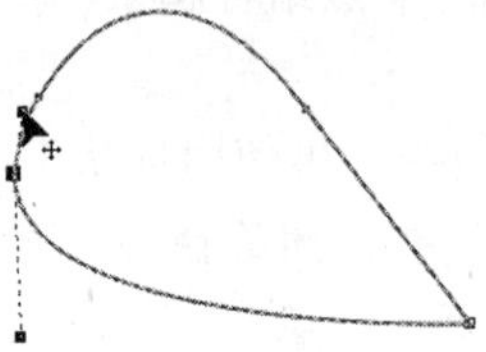

图 4-25　闭合图形

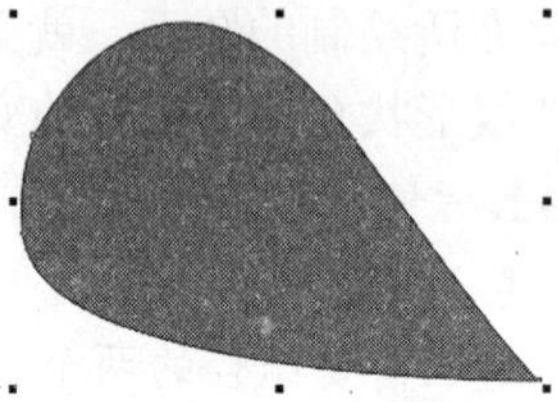

图 4-26　填充桃形颜色

4.1.5　使用钢笔工具绘制曲线

钢笔工具也是一个绘图工具，通过它可绘制出直线、折线和曲线，配合 Ctrl 键还可以对绘制的曲线进行编辑和修改。

使用钢笔工具绘制曲线的方法与用贝塞尔工具绘制曲线的方法相似。其方法是：选择工具箱中的钢笔工具，在页面中单击鼠标确定曲线的起点，再将鼠标移到下一个位置并单击，此时若移动鼠标将会出现钢笔工具的控制柄，如图 4-27 所示；单击下一点继续绘制曲线，若要绘制封闭的曲线，将光标移到曲线起点的节点上，当鼠标光标呈形状显示时单击鼠标，按 Enter 键即可完成曲线的绘制，效果如图 4-28 所示。

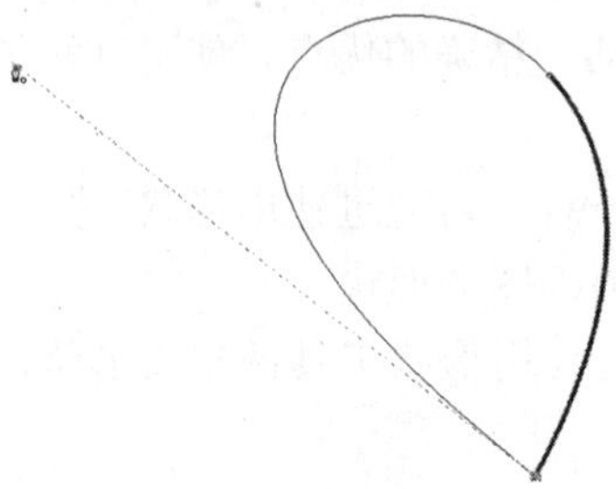

图 4-27　移动鼠标出现的控制柄

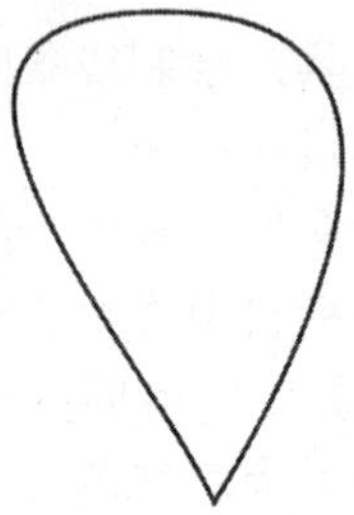

图 4-28　绘制的曲线效果

4.1.6　使用多点折线工具绘制曲线

多点折线工具常用于绘制直线和曲线图形。其方法是：在工具箱中选择多点折线工具，按住鼠标左键不放并拖动鼠标绘制曲线形状，在达到所需效果后双击鼠标结束曲线的绘制，效果如图 4-29 所示；再将鼠标光标移至曲线的起点处，待光标变成形状时单击鼠标，闭合曲线，如图 4-30 所示。

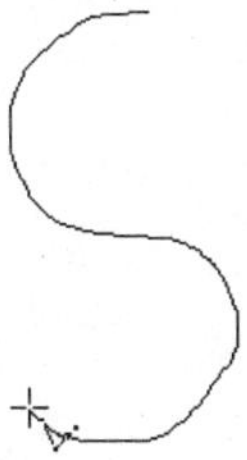

图 4-29　绘制曲线

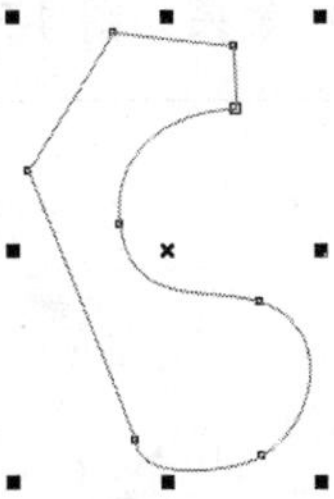

图 4-30　绘制封闭的曲线图形

提示：

若需使用多点折线工具绘制直线，只需在工具箱中选择多点折线工具，将鼠标光标移到页面中，此时鼠标光标呈形状显示，单击鼠标确定直线的起点，再将鼠标光标移到下一个位置并单击形成一条直线，再将鼠标光标移到另一个位置并单击即可绘制出一条折线。

4.1.7　使用 3 点曲线工具绘制曲线

3 点曲线工具可以利用 3 点定位来绘制有弧度的曲线。其方法是：在工具箱中选择 3 点曲线工具，在页面中按住鼠标左键不放拖动到下一个位置，此时出现一条线段，作为曲线的一个轴，如图 4-31 所示；确定曲线的距离后单击鼠标，再向所需方向拖动鼠标来确定曲线的方向和弧度，如图 4-32 所示；当达到所需的弧度时单击鼠标左键，完成曲线的绘制，效果如图 4-33 所示。

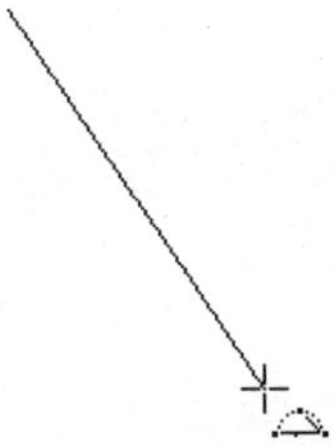

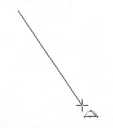

图 4-31　绘制曲线的轴

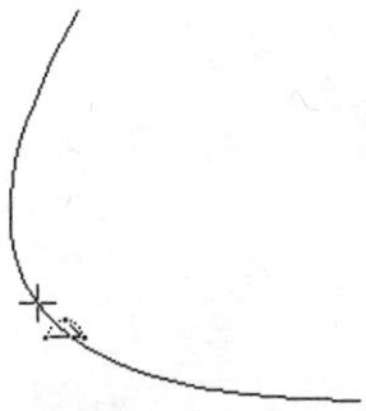

图 4-32　确定曲线的弧度

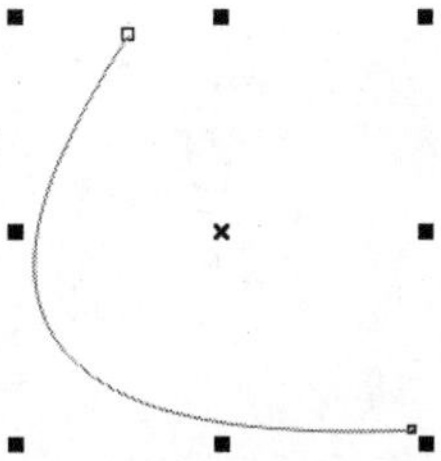

图 4-33　绘制的曲线效果

4.1.8　使用交互式连线工具

交互式连线工具包括成角连接器和直线连接器两种连接模式，它们的作用是通过绘制直线或折线来连接多个图形。

1．用成角连接器连接图形

成角连接器可以用来绘制折线，通过它可以方便地用折线来连接各个图形对象。

【例 4-6】　使用交互式连线工具为图像建立连接线。

（1）放置好图形的位置，在工具箱中选择交互式连线工具，再单击其属性栏中的按钮。

（2）在需要连接的对象处单击鼠标确定连接的起点，再按住鼠标左键不放，拖动鼠标到另一个对象的连接终点处，同时折线的形状将随着鼠标的移动而发生变化，如图 4-34 所示。释放鼠标，连接效果如图 4-35 所示。

图 4-34　绘制折线

图 4-35　用成角连接器连接对象

技巧：

在使用成角连接器连接图形时，可以先绘制好折线，再将各个图形对象移动到相应位置。还可以使用形状工具编辑其折线上的节点，使折线更加精确地连接图形。另外，交互式连线工具也可用于在流程图和组织结构图中绘制流程线。

2．用直线连接器连接图形

直线连接器可以用来绘制直线，通过它可以方便地用直线来连接各个图形对象。其方法是：放置好图形的位置，在工具箱中选择交互式连线工具，再单击其属性栏中的按钮，在需要连接的对象处按住鼠标确定连接的起点，拖动鼠标到另一个对象处再释放鼠标确定连接终点。如图 4-36 所示的连接图形即是使用直线连接器绘制的两条连接线。

图 4-36　用直线连接器连接图形

4.1.9　使用度量工具标注图形

使用度量工具标注图形的距离或角度是 CorelDRAW 中一个强大的度量功能，在制作平面效果图或工程平面图时都可以使用。

1．标注类型

选择工具箱中的度量工具，其属性栏中包括了 CorelDRAW 提供的 6 种标注类型和度量单位，如图 4-37 所示。

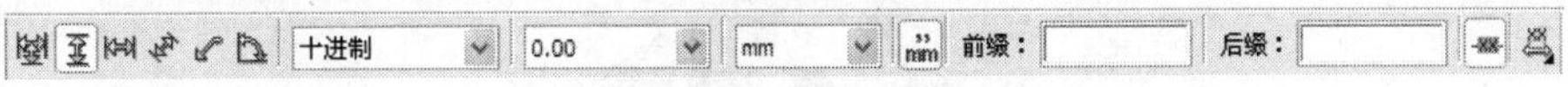

图 4-37　度量工具属性栏

其中各项含义如下。

- “自动度量工具”按钮：可随鼠标的移动创建水平或垂直的尺度线，按 Tab 键可以在水平、垂直和倾斜度量工具之间进行切换。
- “垂直度量工具”按钮：可标注对象的纵向尺寸。
- “水平度量工具”按钮：可标注对象的横向尺寸。
- “倾斜度量工具”按钮：可标注对象的倾斜距离的角度。
- “标注工具”按钮：可通过绘制旁引线来为对象添加注解。
- “角度量工具”按钮：可标注对象的角度。

2．标注方法

每种度量工具的使用方法都基本相同，下面以其中的自动度量工具为例讲解标注的方法。其方法是：打开一个房屋图形，如图 4-38 所示；选择工具箱中的度量工具，然后单击属性栏中的“自动度量工具”按钮，在“尺寸单位”下拉列表框中选择 cm 选项；将鼠标光标移动到房屋图形的左上角，单击并按住鼠标不放，拖动鼠标到房屋下方再单击，如图 4-39 所示；将鼠标光标移到房屋的中间位置并单击即可标注出房屋的高度，如图 4-40 所示。

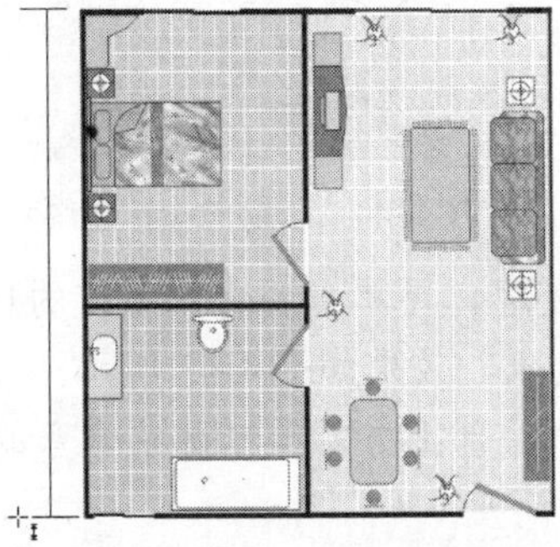

图 4-38　打开一个房屋图形

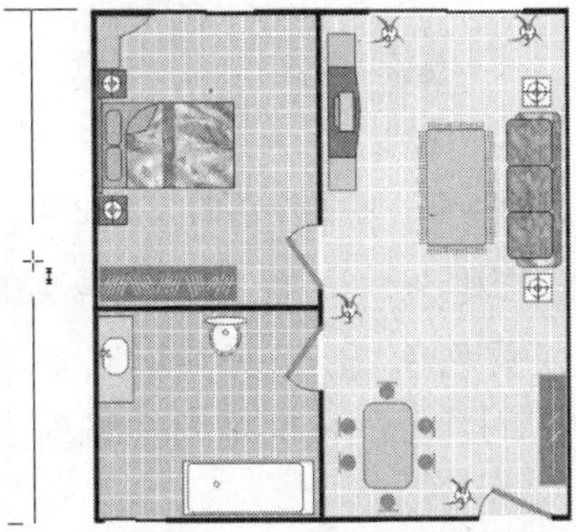

图 4-39　自动标注效果

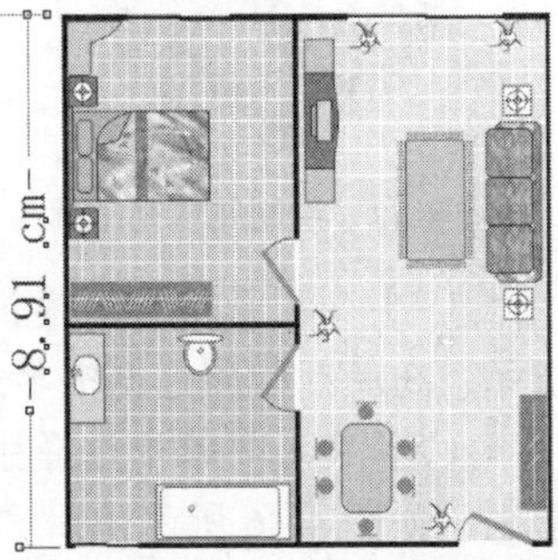

图 4-40　标注出房屋的高度

注意：

若要对标注尺寸进行修改，可以通过选择“排列/拆分线性尺寸”命令将数值和标注线分离。

4.1.10　应用举例——绘制一只小鸡

使用绘图工具绘制图形以及使用形状工具调整图形形状的方法绘制一只小鸡，然后使用调色板为其各部分填充不同的颜色，最终效果如图 4-41 所示（立体化教学:\源文件\第 4 章\小鸡.cdr）。

图 4-41　小鸡图形效果

操作步骤如下：

（1）新建一个图形文件，在工具箱中选择椭圆工具，将鼠标光标移到页面中，按住 Ctrl 键不放并拖动鼠标，即可绘制一个正圆，在调色板中单击橘红色色块进行填充，效果如图 4-42 所示。

（2）在工具箱中选择贝塞尔工具，在正圆上单击鼠标开始绘制小鸡的头部轮廓，如图 4-43 所示。

（3）继续单击鼠标绘制小鸡的头部轮廓并使用形状工具进行调整，如图 4-44 所示。

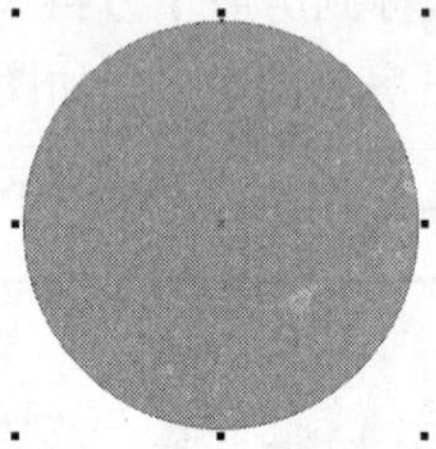

图 4-42　绘制并填充正圆

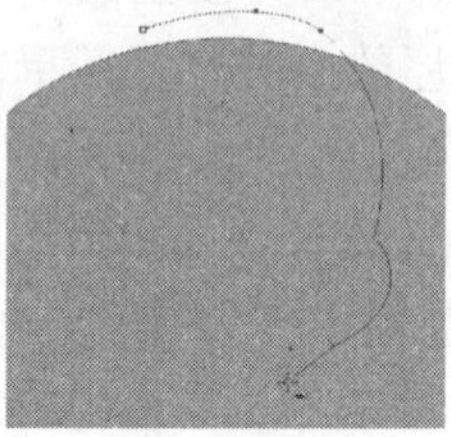

图 4-43　绘制小鸡的头部轮廓

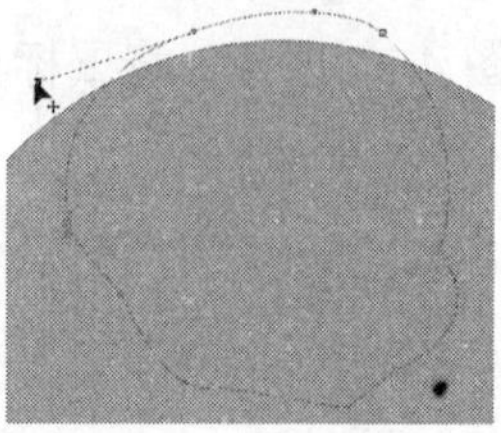

图 4-44　绘制的头部轮廓

（4）在工具箱中选择挑选工具，单击选中小鸡头部轮廓，再单击调色板下方的按钮，在展开的颜色框中单击淡黄色色块，将其填充为淡黄色，效果如图 4-45 所示。

（5）在工具箱中选择手绘工具，将鼠标光标移到小鸡头部上方，绘制两条弯弯的眉毛，如图 4-46 所示。

（6）使用贝塞尔工具在眉毛的下方绘制小鸡的两个眼眶，在调色板中单击黑色色块，并使用形状工具调整其形状，效果如图 4-47 所示。

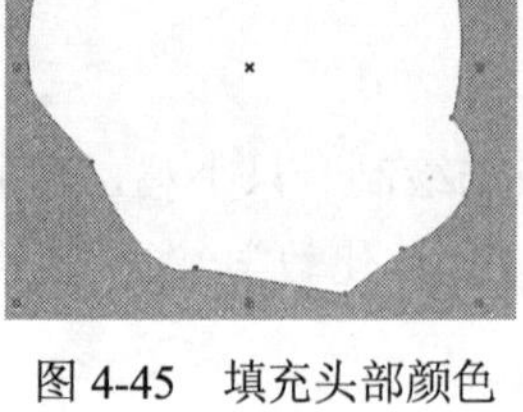

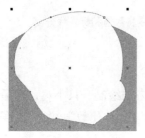

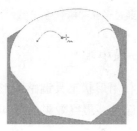

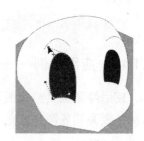

图 4-45　填充头部颜色

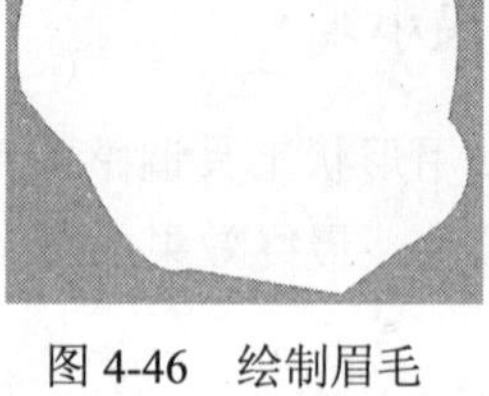

图 4-46　绘制眉毛

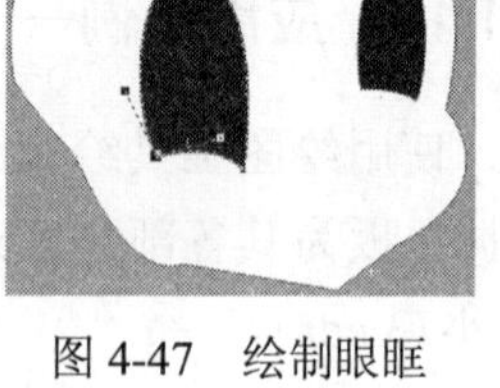

图 4-47　绘制眼眶

（7）使用椭圆工具分别在眼眶中绘制 3 个大小不一的椭圆，并填充为白色作为高光，如图 4-48 所示。

（8）使用贝塞尔工具在小鸡左眼眶下方绘制一条曲线作为脸颊，并使用形状工具调整其弧度，如图 4-49 所示。

（9）选择工具箱中的钢笔工具，在眼眶的下方绘制下嘴轮廓，在调色板中单击热带粉色块，并使用形状工具调整其形状，效果如图 4-50 所示。

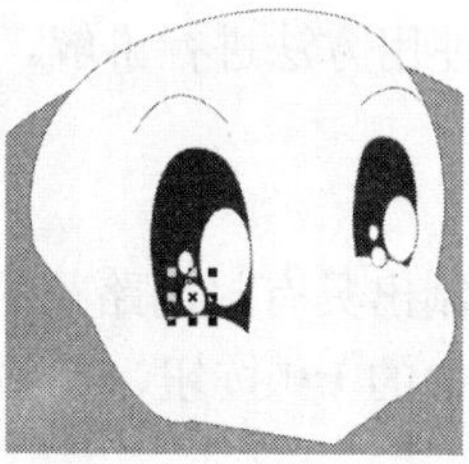
图 4-48　绘制高光部分

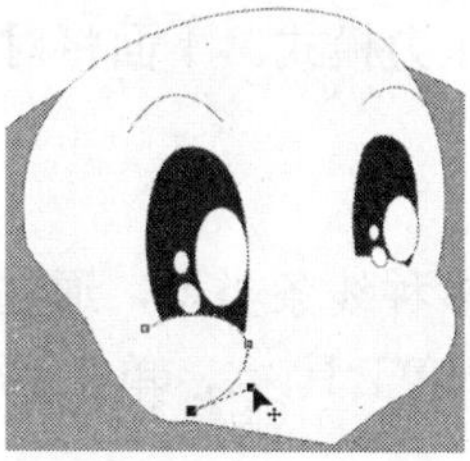
图 4-49　绘制脸颊

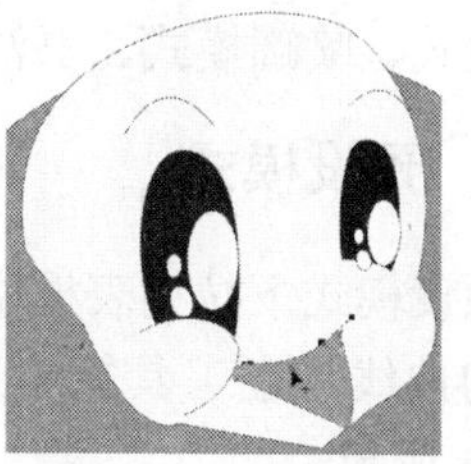
图 4-50　绘制下嘴

（10）使用钢笔工具在下嘴上绘制一个舌头并填充为红色，再使用形状工具调整其形状，如图 4-51 所示。

（11）使用贝塞尔工具在舌头上绘制一个尖尖的上嘴，并在调色板中单击沙黄色色块，再使用形状工具调整其形状，效果如图 4-52 所示。

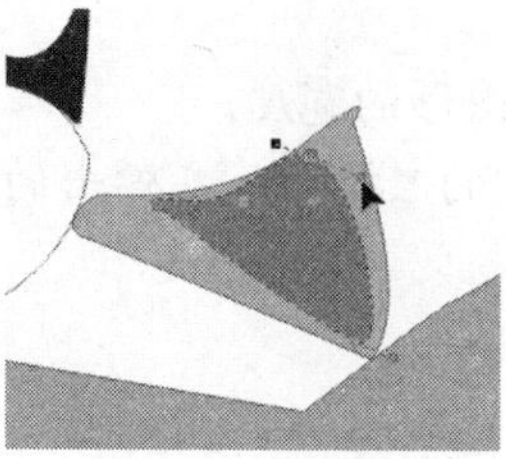
图 4-51　绘制舌头

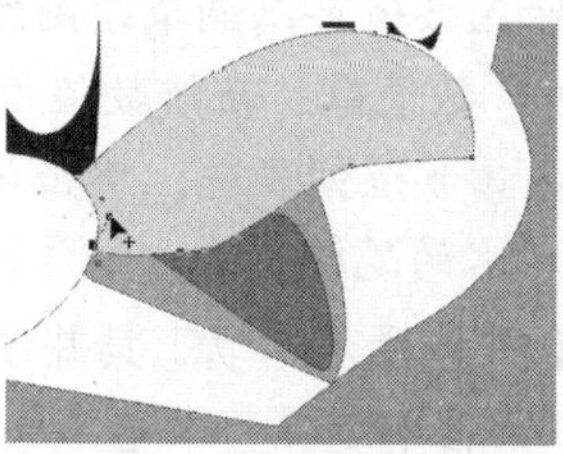
图 4-52　绘制上嘴

（12）使用贝塞尔工具在小鸡头部下方绘制一个领结，并在调色板中单击红色色块，再使用形状工具调整其形状，效果如图 4-53 所示。

（13）使用贝塞尔工具在小鸡的头部上方绘制一个鸡冠并填充为红色，再使用形状工具调整其形状，效果如图 4-54 所示。

（14）使用铅笔工具在小鸡的头部下方绘制一个鸡身并填充为黄色，再使用形状工具调整其形状，完成小鸡的绘制与颜色填充。最终效果如图 4-41 所示。

图 4-53　绘制领结

图 4-54　绘制鸡冠

4.2　使用艺术笔工具绘制预设图形

有时用户需要为绘制的图形添加预设的特殊效果，就需要用到艺术笔工具，它提供了各种精美的线条和图形特殊效果。

在工具箱中选择艺术笔工具，其属性栏中提供了 5 种艺术笔模式，包括预设模式、画笔模式、喷罐模式、书法模式和压力模式。下面将对它们的使用方法进行讲解。

4.2.1　预设模式

预设模式下拉列表框中提供了多种线条类型，通过它可绘制出具有封闭路径的、宽窄不同的曲线。在工具箱中选择艺术笔工具，单击其属性栏中的按钮，其属性栏如图 4-55 所示。

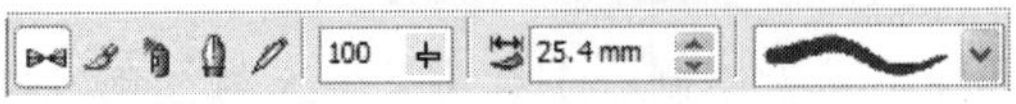

图 4-55　预设模式属性栏

预设模式属性栏中的各项含义如下。

- 100 数值框：单击该数值框右侧的按钮，将弹出滑块，拖动滑块或在数值框中直接输入数值可以调节绘图线条的平滑度。
- 25.4 mm 数值框：在该数值框中可以设置所绘图形的宽度。
- 下拉列表框：单击该下拉列表框右侧的按钮，在弹出的下拉列表中可选择所需的笔触样式。

【例 4-7】　选择艺术笔工具并使用预设模式绘制图形。

（1）在工具箱中选择艺术笔工具，单击其属性栏中的按钮。

（2）在下拉列表框中选择选项，如图 4-56 所示。将鼠标光标移到页面中，当鼠标光标呈形状显示时，按住鼠标左键并拖动鼠标绘制一条直线，释放鼠标即可绘制出封闭的图形，效果如图 4-57 所示。

（3）选中绘制的图形，单击调色板中的绿色色块，效果如图 4-58 所示。

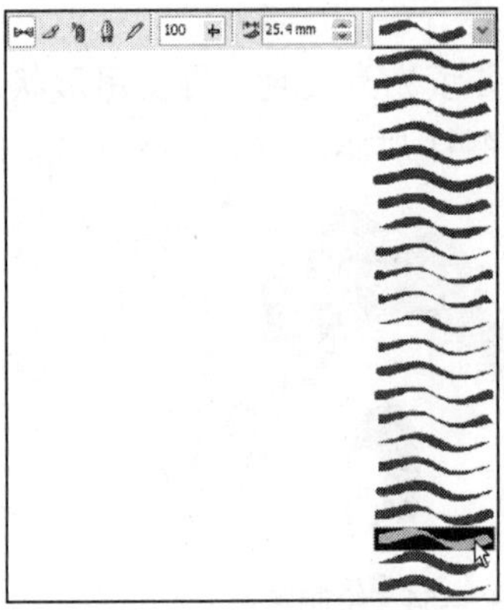

图 4-56　选择画笔样式

图 4-57　绘制的曲线

图 4-58　填充曲线

4.2.2　画笔模式

画笔模式提供了多种样式的艺术笔，同预设模式一样，也可以在属性栏中改变画笔曲线的宽度和平滑度。其方法是：在艺术笔工具属性栏中单击按钮，其属性栏如图 4-59 所示（其中各项的含义与预设模式相似），设置画笔笔触宽度和平滑度，再将鼠标光标移到页面中，按住鼠标左键并拖动鼠标绘制一个弧形再释放鼠标，即可绘制出画笔模式的图形，效果如图 4-60 所示。

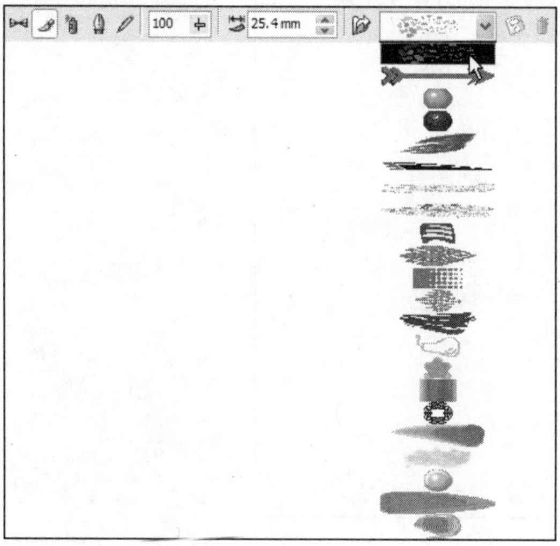

图 4-59　画笔模式属性栏

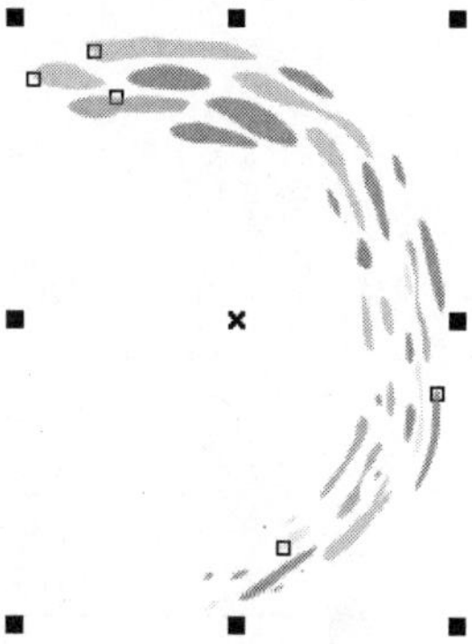

图 4-60　画笔图形效果

4.2.3　喷罐模式

喷罐模式中的艺术效果最多且最丰富，是艺术笔中的精髓部分。其使用方法是：在艺术笔工具属性栏中单击按钮，其属性栏如图 4-61 所示。

图 4-61　喷灌模式属性栏

其中部分选项含义如下。

- 随机 **下拉列表框**：单击该下拉列表框右侧的按钮，在弹出的下拉列表中可选择喷出图形的顺序。其中“随机”选项表示喷出的图形将随机分布；“顺序”选项表示喷出的图形将会以方形区域分布；“方向”选项表示喷出的图形会随鼠标拖动的路径分布。
- 104 99 **数值框**：在该数值框中可以设置喷罐图形的间距，其上方的数值框用于调整每个图形中间距点的距离，下方的数值框用于调整各个对象之间的距离。
- **按钮**：单击该按钮右下角的黑色三角形，在打开的面板中可以设置喷罐图形的旋转角度。
- **按钮**：单击该按钮右下角的黑色三角形，在打开的面板中可以重新设置喷罐图形在路径上偏移的值，在“偏移方向”下拉列表框中可以选择偏移方式。

【例 4-8】 选择艺术笔工具并使用喷罐模式绘制图形。

（1）在工具箱中选择艺术笔工具，单击其属性栏中的按钮。

（2）在“喷涂样式”下拉列表框中选择 选项，如图 4-62 所示。再将鼠标光标移到页面中，按住鼠标左键并拖动鼠标绘制一个 Z 形，达到所需效果时释放鼠标，即可绘制出喷罐模式的图形，效果如图 4-63 所示。

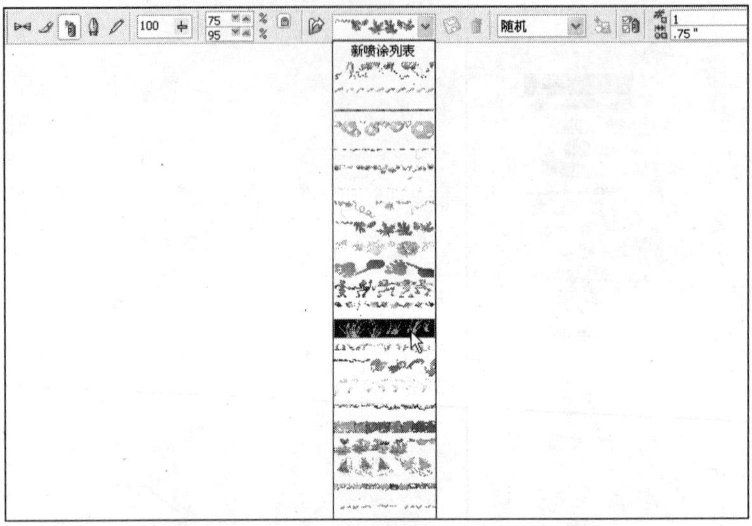

图 4-62 选择喷涂样式

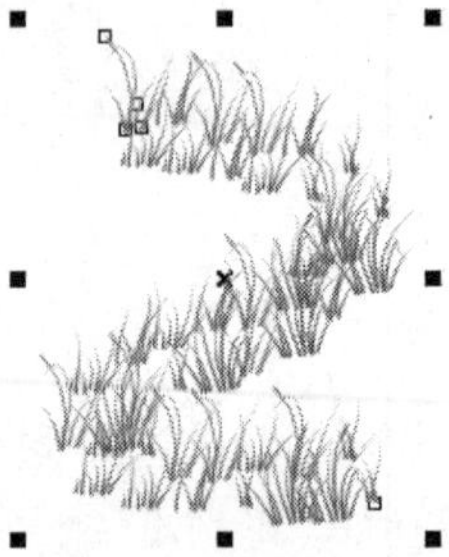

图 4-63 喷罐图形效果

提示：

若想编辑该模式下绘制的单个图形，可以拆分艺术笔群组。其方法是：选中一个带有艺术笔笔触的图形，选择“排列/拆分艺术笔群组”命令，再按 Ctrl+U 键即可。

4.2.4 书法模式

使用书法模式艺术笔可绘制出类似于书法笔图形的效果，可以在属性栏中设置笔触和笔尖的角度来确定书法模式的样式，常用于制作标志。

【例 4-9】 选择艺术笔工具并使用书法模式书写文字。

（1）在工具箱中选择艺术笔工具，单击其属性栏中的按钮。

（2）在 .0 ° 数值框中输入“20.0”，如图 4-64 所示，再将鼠标光标移到页面中，按住鼠标左键并拖动鼠标写“天”字的前两画，如图 4-65 所示。

图 4-64 设置书法角度

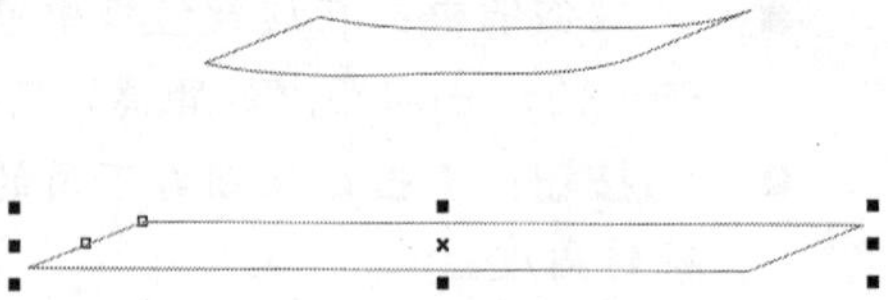

图 4-65 “天”字前两画

（3）再在数值框中输入“2.0”，将鼠标光标移到页面中，按住鼠标左键并拖动鼠标写“天”字其余的部分，如图 4-66 所示。

（4）在工具箱中选择挑选工具，将“天”字的全部笔画框选中，再将其填充为黑色，效果如图 4-67 所示。

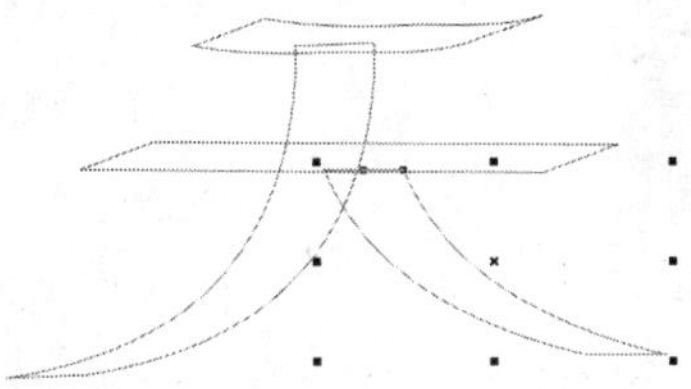

图 4-66　书写的“天”字效果

图 4-67　填充书写的“天”字

4.2.5　压力模式

使用压力模式绘制的笔触效果可以通过用手的压力或键盘输入的方式来控制线条的粗细，达到所需的图形效果。

【例 4-10】　选择艺术笔工具并使用压力模式书写文字。

（1）在工具箱中选择艺术笔工具，单击其属性栏中的按钮，在数值框中设置平滑度为 70，在数值框中设置压力的宽度为 5.0，如图 4-68 所示。

（2）将鼠标光标移到页面中，按住鼠标左键并拖动鼠标。在拖动鼠标绘制的过程中可以通过按向上方向键来增加压力效果，按向下方向键来减小压力效果。

（3）达到所需效果时释放鼠标即可绘制出设置的压力模式图形，效果如图 4-69 所示。

图 4-68　压力模式属性栏

图 4-69　绘制的图形效果

提示：

在相同的艺术笔模式中，当绘制一条曲线后，若想查看其他艺术笔模式在该曲线上的效果，则可以直接选择其他模式，曲线将自动生成当前选取的模式。

4.2.6　应用举例——绘制花园

下面将绘制一头奶牛在花园里休息的场景，如图 4-70 所示（立体化教学:\源文件\第 4 章\花园.cdr）。其中将使用贝塞尔工具、形状工具、挑选工具、“导入”对话框以及艺术笔工具来绘制花园。

图 4-70　最终效果

操作步骤如下：

（1）新建一个图形文件，在工具箱中选择贝塞尔工具，将鼠标光标移到页面中绘制一个矩形，并单击调色板中的淡黄色色块，作为花园的背景，如图 4-71 所示。

（2）使用贝塞尔工具在矩形上绘制曲线，再在工具箱中选择形状工具，调整曲线的形状，如图 4-72 所示。

（3）在工具箱中选择挑选工具，选中曲线并在调色板中单击月光绿色块，将其作为远处树林，效果如图 4-73 所示。

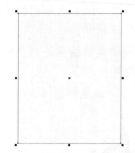

图 4-71　绘制花园的背景

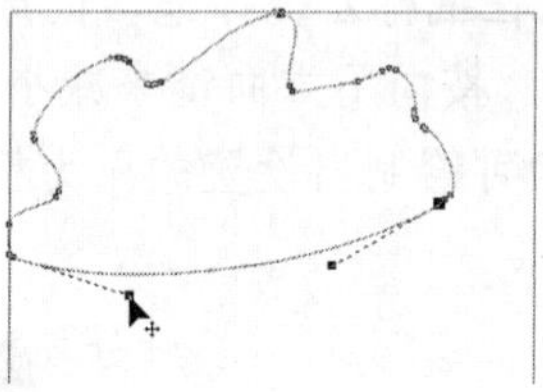

图 4-72　调整曲线形状

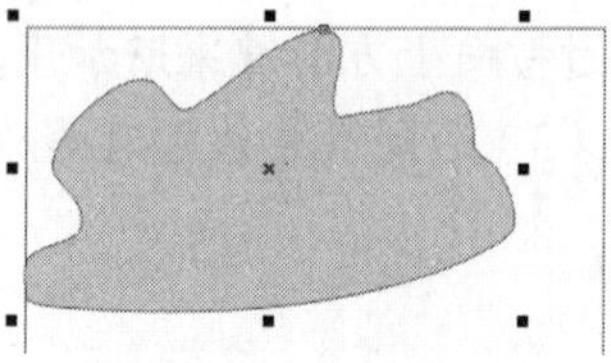

图 4-73　填充远处树林颜色

（4）使用贝塞尔工具和形状工具在远处树林上绘制曲线，并单击调色板中的酒绿色色块，将其作为近处树林，效果如图 4-74 所示。

（5）使用贝塞尔工具和形状工具在近处树林下方绘制曲线，再单击调色板中的酒绿色色块，将其作为草地，效果如图 4-75 所示。

（6）使用贝塞尔工具结合形状工具在草地上绘制木栅，并填充为月光绿，如图 4-76 所示。

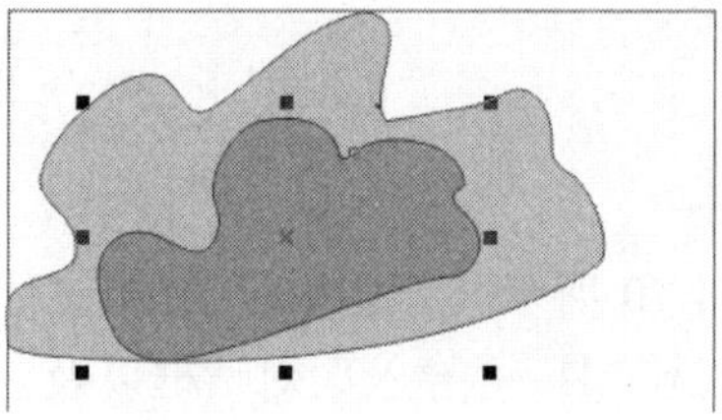

图 4-74　绘制近处树林

图 4-75　绘制草地

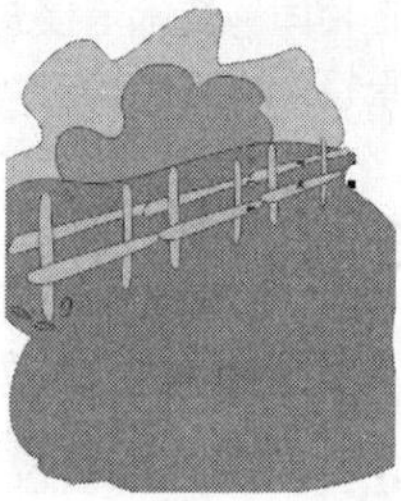

图 4-76　绘制木栅

（7）单击属性栏中的按钮，在打开的“导入”对话框中选中“奶牛.wmf”图像文件（立体化教学:\实例素材\第 4 章\奶牛.wmf），如图 4-77 所示，再单击导入按钮导入奶牛图形，如图 4-78 所示。

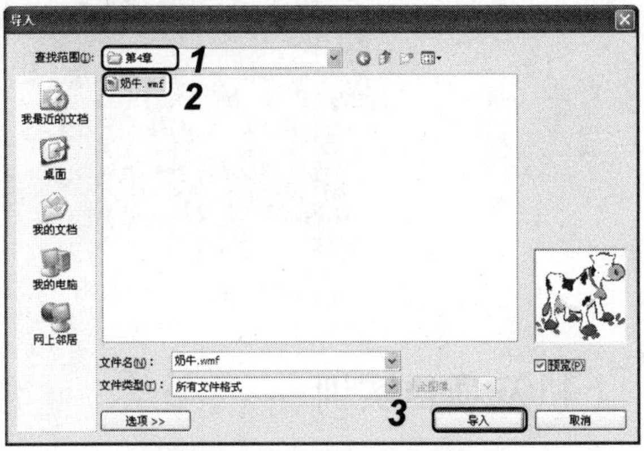

图 4-77 “导入”对话框

图 4-78 导入奶牛图形

（8）使用挑选工具将奶牛图形移到草地上，如图 4-79 所示。

（9）在工具箱中选择艺术笔工具，再单击其属性栏中的按钮，然后在“喷涂样式”下拉列表框中选择选项，将鼠标光标移到奶牛图形的前面拖动一条曲线，绘制出一排草丛，如图 4-80 所示。

图 4-79 将奶牛图形移到草地上

图 4-80 绘制一排草丛

（10）在草丛上单击鼠标右键，在弹出的快捷菜单中选择“拆分艺术笔群组”命令，再按 Ctrl+U 键，然后选中不需要的草丛，按 Delete 键将其删除。

（11）在“喷涂样式”下拉列表框中选择选项，并在草地的不同位置拖动鼠标，绘制 3 撮蘑菇图形，并拆分艺术笔群组，如图 4-81 所示。

（12）使用贝塞尔工具结合形状工具在背景右上方绘制一个太阳，在调色板中将太阳的边缘填充为橘黄色，中心填充为黄色，如图 4-82 所示。

（13）使用挑选工具将所绘制的花园图形框选中，再使用鼠标右键单击调色板中的按钮，去除所有图形的轮廓（此知识点将在第 6 章中讲解），完成花园的绘制。

图 4-81　绘制蘑菇图形

图 4-82　绘制一个太阳

4.3　上机及项目实训

4.3.1　绘制房屋

本实训将绘制一个房屋，并使用调色板为其填充颜色，其最终效果如图 4-83 所示（立体化教学:\源文件\第 4 章\房屋.cdr）。在这个练习中将使用贝塞尔工具和形状工具绘制房屋、树和草地图形，再使用调色板对绘制的各个图形进行颜色填充。

图 4-83　房屋效果

1．绘制房屋

使用贝塞尔工具绘制房屋，操作步骤如下：

（1）新建一个图形文件，选择工具箱中的贝塞尔工具，在页面中绘制房屋的正面墙壁，并在调色板中单击深黄色色块，将其填充为深黄色，再单击调色板中的按钮，去除其轮廓线，效果如图 4-84 所示。

（2）使用贝塞尔工具在墙壁的上方绘制屋顶和烟囱，再单击调色板中的金色色块，将其填充为金色，并去除其轮廓线，效果如图 4-85 所示。

（3）使用贝塞尔工具在屋顶的左下方绘制房屋的侧面墙壁，再单击调色板中的橘红色色块，然后去除其轮廓线，效果如图 4-86 所示。

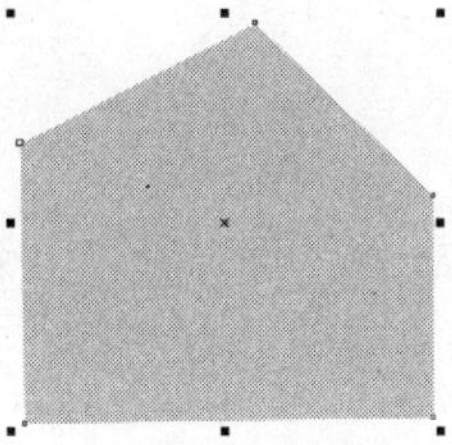

图 4-84　绘制并填充正面墙壁

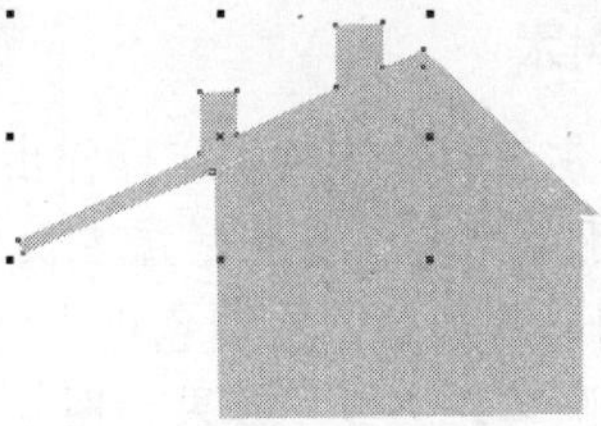

图 4-85　绘制并填充屋顶和烟囱

（4）使用贝塞尔工具在烟囱上绘制正面和侧面的光照效果，假设光照从右侧射来，将左侧的颜色填充为红色，将右侧的颜色填充为橘红色，然后去除其轮廓线，效果如图 4-87 所示。

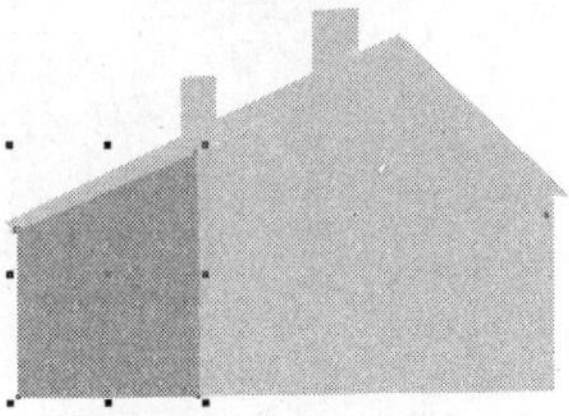

图 4-86　绘制侧面墙壁

图 4-87　绘制烟囱的光照面

（5）使用贝塞尔工具在屋顶上绘制两个受光面，并将其填充为白色，再去除其轮廓线，效果如图 4-88 所示。

（6）使用贝塞尔工具在侧面墙壁上绘制 5 个大小不一的色块并填充为金色，作为窗户，再去除其轮廓线，效果如图 4-89 所示。

图 4-88　绘制两个受光面

图 4-89　绘制窗户

（7）使用贝塞尔工具在正面墙壁上绘制一个色块并填充为橘红色作为其背光面，再去除其轮廓线，效果如图 4-90 所示。

（8）使用贝塞尔工具在正面墙壁上绘制多个色块并分别填充为白色和黑色，再去除其轮廓线，效果如图 4-91 所示。

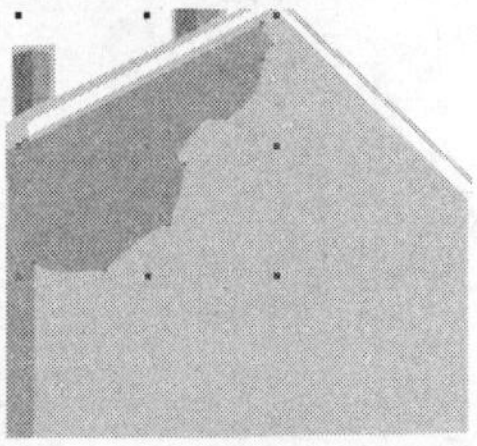

图 4-90　绘制正面墙壁背光面

图 4-91　在正面墙壁上绘制多个色块

2．绘制树木

使用贝塞尔工具绘制树木，操作步骤如下：

（1）使用贝塞尔工具在房屋左侧绘制一棵树的树冠部分，再选择工具箱中的形状工具 ，调整树冠的形状，在调色板中将其颜色由里到外分别填充为绿色■、酒绿色▨和月光绿□，再去除其轮廓线，效果如图4-92所示。

（2）使用贝塞尔工具结合形状工具在树冠下方绘制其树干，在调色板中将其颜色填充为宝石红■，再去除其轮廓线，效果如图4-93所示。

图4-92　绘制树枝

图4-93　绘制树干

（3）使用贝塞尔工具结合形状工具在树干上添加受光面，在调色板中将其颜色填充为砖红色■，再去除其轮廓线，效果如图4-94所示。

（4）使用贝塞尔工具结合形状工具在房屋前面绘制草地，在调色板中将其颜色填充为绿色，再去除其轮廓线，效果如图4-95所示。

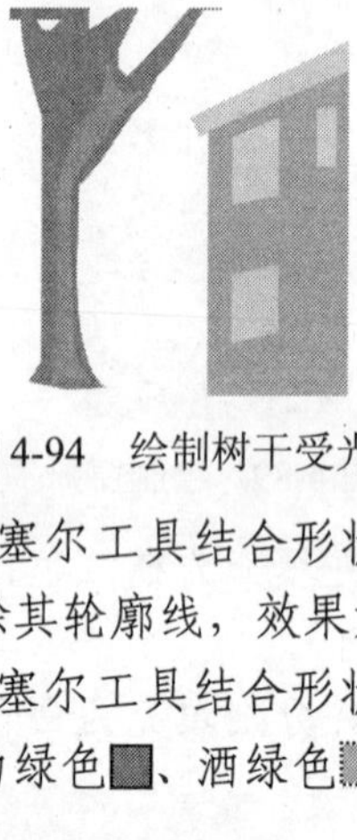

图4-94　绘制树干受光面

图4-95　绘制草地

（5）使用贝塞尔工具结合形状工具在草地上绘制草丛，在调色板中将其颜色填充为月光绿，然后去除其轮廓线，效果如图4-96所示。

（6）使用贝塞尔工具结合形状工具在草丛上添加一株小树，在调色板中将其颜色由里到外分别填充为绿色■、酒绿色▨和月光绿□，然后去除其轮廓线，效果如图4-97所示。

图4-96　绘制草丛

图4-97　绘制小树

（7）使用贝塞尔工具结合形状工具在烟囱上绘制烟雾，单击调色板中的浅蓝绿色块▒，然后去除其轮廓线，完成本例的制作。最终效果如图 4-83 所示。

4.3.2　绘制鲜花

综合利用本章和前面所学知识，绘制一朵鲜花，并为其填充颜色和绘制背景，完成后的最终效果如图 4-98 所示（立体化教学:\源文件\第 4 章\鲜花.cdr）。

图 4-98　鲜花效果

本练习可结合立体化教学中的视频演示进行学习（立体化教学:\视频演示\第 4 章\绘制鲜花.swf）。主要操作步骤如下：

（1）新建文件，在工具箱中选择矩形工具，绘制一个矩形，并为其填充紫红色。在工具箱中选择艺术笔工具，在其属性栏中单击按钮，在“喷涂”下拉列表框中选择选项。

（2）将鼠标光标移动到绘制的矩形上，绘制蒲公英图形，如图 4-99 所示。

（3）在工具箱中选择贝塞尔工具，将鼠标光标移动到页面中，绘制鲜花的花瓣。绘制完成后为花瓣填充红色，花瓣背面填充橙色，如图 4-100 所示。

（4）再使用贝塞尔工具绘制叶子和花蕊，并分别为其填充绿色和黄色，然后使用挑选工具选中绘制的花，将其移动到矩形的中间，如图 4-101 所示。

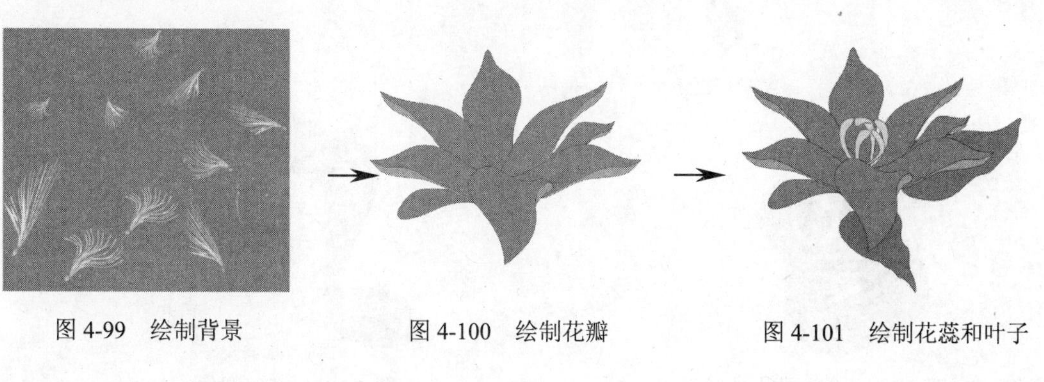

图 4-99　绘制背景　　图 4-100　绘制花瓣　　图 4-101　绘制花蕊和叶子

4.4　练习与提高

（1）使用贝塞尔工具绘制如图 4-102 所示的人物图形，再结合调色板将其填充为如图 4-103 所示的颜色效果（立体化教学:\源文件\第 4 章\填充人物图形.cdr）。

提示：使用贝塞尔工具结合形状工具绘制人物的轮廓形状，依次绘制人物的脸部、颈部、额头的短发和头上的长发轮廓线，再在调色板中选择颜色进行填充。其中，头发的颜色为宝石红并去除轮廓线，脸部和颈部颜色为沙黄色，嘴唇填充为橘红色和红色。本练习可结合立体化教学中的视频演示进行学习（立体化教学:\视频演示\第 4 章\绘制人物.swf）。

图 4-102　为人物绘制轮廓

图 4-103　为人物上色

（2）使用钢笔工具结合形状工具绘制一把吉他，并使用调色板为其填充颜色。其中，吉他的鼓部分和最上方的部分填充为红色，吉他柄填充为黄色，效果如图 4-104 所示（立体化教学:\源文件\第 4 章\填充吉他.cdr）。

（3）使用贝塞尔工具绘制一个音符并为其填充红色，效果如图 4-105 所示（立体化教学:\源文件\第 4 章\音符.cdr）。

图 4-104　绘制的吉他效果

图 4-105　音符图像

经验技巧　总结 CorelDRAW 中绘制图形的技巧

本章主要介绍了绘制图形的方法，要想在作品中绘制出条理清晰的图形或加快制图的速度，课后还必须学习和总结一些提高绘图效率的方法。这里总结以下几点供读者参考和探索：

- 使用贝塞尔工具能绘制千变万化的效果，在制作特殊图形时经常被使用到，用户需熟练掌握它的使用方法。
- 使用艺术笔工具在制作图像背景时很有用，合理利用艺术笔的 5 种模式可以加快完成作品的时间。
- 在制作某些商品的平面展开图时，使用度量工具能加快标注单位和长度的工作。
- 在制作流程图时，为了增强效果，使用线条或一些特殊符号可加强流程步骤感以方便浏览者了解流程。

第 5 章 编辑多个对象

学习目标

- ☑ 使用“对齐与分布”对话框对齐图形
- ☑ 掌握焊接、修剪和相交图形的方法
- ☑ 掌握锁定和解锁图形的方法
- ☑ 使用修剪、旋转和移动图形顺序的方法制作警示标志
- ☑ 使用修剪、后减前和镜像等方法制作中国元素图像
- ☑ 综合利用镜像和取消群组等知识制作鞭炮

目标任务&项目案例

结合图形

对齐图形

制作中国元素图像

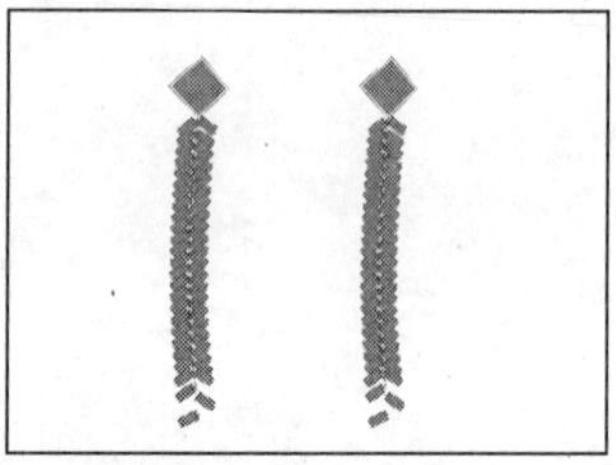

制作鞭炮

制作标志

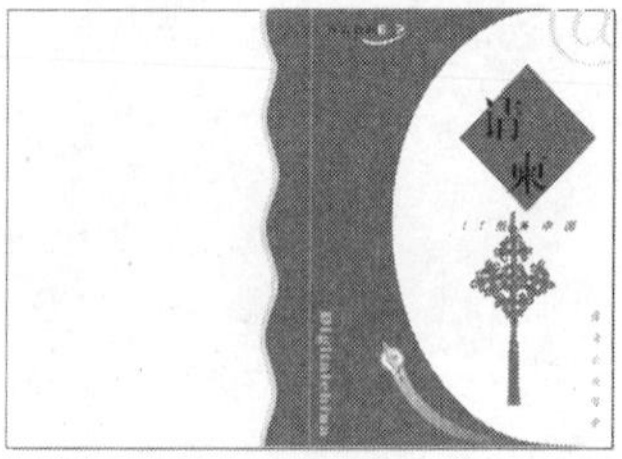

制作邀请函

为了使图形对象更加炫丽，使用 CorelDRAW 对图形对象进行编辑是必不可少的操作。制作上述实例主要用到了“造形”泊坞窗和“对齐与分布”对话框。本章将具体讲解使用“造形”泊坞窗、“对齐与分布”对话框、对象的群组、对象的解组、锁定对象和解锁对象等编辑对象的方法。

5.1　多个对象的组织

在绘制完图形后，可使用 CorelDRAW 中提供的对齐、分布及排列等功能将多个图形对象以一定的规律进行对齐、分布和排列。

5.1.1　对齐多个图形对象

对齐多个图形对象是指将多个图形对象以一个参照对象进行对齐，如以一个图形的上边、下边或中心等对齐，可以通过使用“对齐与分布”对话框和工具属性栏两种方式来实现该操作。下面将分别进行介绍。

1．使用“对齐与分布”对话框

使用“对齐与分布”对话框对齐图形，需先打开该对话框。其方法是：选择“排列/对齐和分布/对齐和分布”命令，打开“对齐与分布”对话框，选择“对齐”选项卡，如图 5-1 所示。

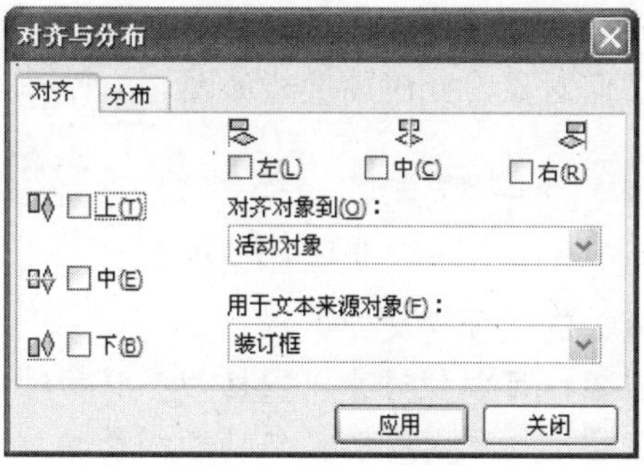

图 5-1　“对齐”选项卡

对话框中各个选项的含义如下。

- 上(T) **复选框**：可以使所选对象的顶端对齐在同一水平线上。
- 中(E) **复选框**：可以使所选对象的中心对齐在同一水平线上。
- 下(B) **复选框**：可以使所选对象的底端对齐在同一水平线上。
- 左(L) **复选框**：可以使所选对象的左边对齐在同一垂直线上。
- 中(C) **复选框**：可以使所选对象的中心对齐在同一垂直线上。
- 右(R) **复选框**：可以使所选对象的右边对齐在同一垂直线上。
- **“对齐对象到”下拉列表框**：在该下拉列表框中选择多个图形对象要对齐的参照对象。
- **“用于文本来源对象”下拉列表框**：将多个图形对齐文本的基点。

【例 5-1】　使用“对齐与分布”对话框将“图标.cdr”图像文件中的对象呈“中下”样式对齐。

（1）打开“图标.cdr”图像文件（立体化教学:\实例素材\第 5 章\图标.cdr），使用挑选工具选中所有对象，如图 5-2 所示。

（2）选择“排列/对齐和分布/对齐和分布”命令，打开“对齐与分布”对话框，选择“对齐”选项卡，选中所需的复选框，如选中 ☑下(B) 和 ☑中(C) 复选框，如图 5-3 所示。

（3）单击 应用(A) 按钮，再单击 关闭 按钮关闭该对话框，效果如图 5-4 所示。

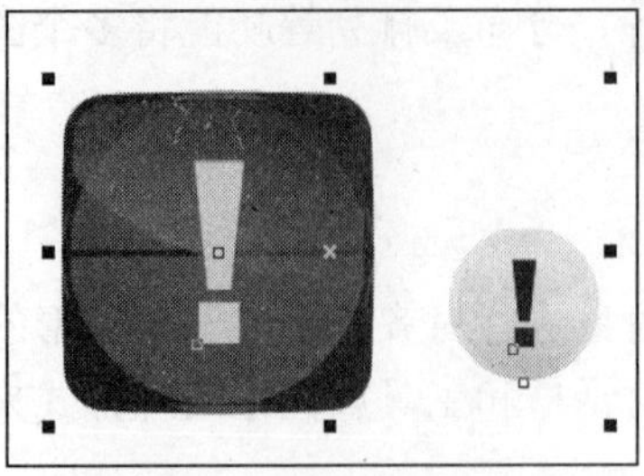

图 5-2　打开图像

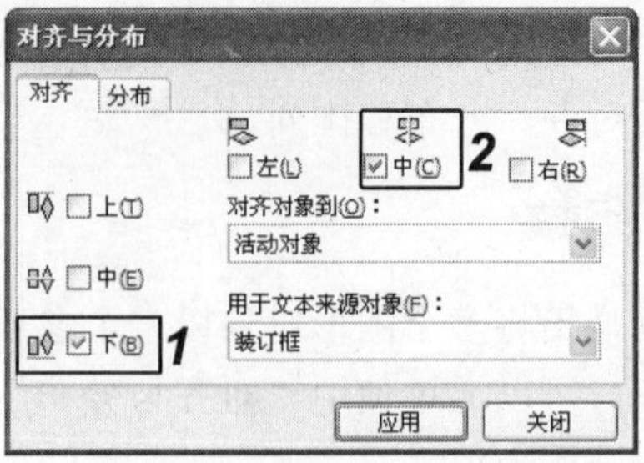

图 5-3　“对齐与分布”对话框

图 5-4　最终效果

提示：

选中多个图形对象，再单击属性栏中的“对齐和属性”按钮也可以打开“对齐与分布”对话框。

2．使用属性栏

使用属性栏也可以对齐多个图形对象。其方法是：在绘图页面中使用挑选工具单击任意空白处，确定没有选中任何对象，此时属性栏如图 5-5 所示。

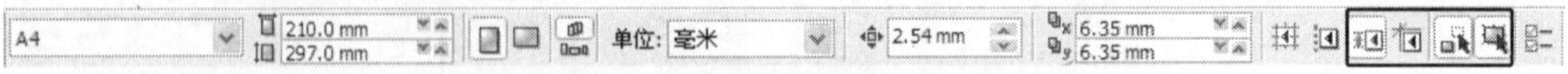

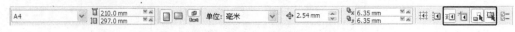

图 5-5　挑选工具属性栏

其中与对齐图形对象有关的选项含义如下。

- **“贴齐网格”按钮**：可以使对象以网格为参照物对齐。
- **“贴齐辅助线”按钮**：可以将对象向辅助线移动，当到达辅助线时，图形对象将自动对齐最近的辅助线。
- **“贴齐对象”按钮**：可以使对象对齐指定的对象。
- **“动态导线”按钮**：在移动图形到特殊角度时，将出现蓝色的虚线框。

技巧：

当不再使用当前所选按钮时，可以再次单击所选按钮取消按钮的选择。

【例 5-2】　当前工具为挑选工具时单击“贴齐辅助线”按钮，使用矩形工具绘制一个和页面相同大小的矩形，再从标尺上拖出 4 条水平和垂直的辅助线，将矩形缩放到辅助线内。

（1）当前工具为挑选工具时单击“贴齐辅助线”按钮，双击工具箱中的矩形工具，创建一个和页面相同大小的矩形，将鼠标光标移到标尺上按住不放并向矩形拖动，拖出 4 条辅助线，如图 5-6 所示。

（2）将鼠标光标移到矩形的左上角，再向右下角拖动，如图 5-7 所示，当到达第一个水平和垂直辅助线的交点时释放鼠标，缩放的矩形效果如图 5-8 所示。

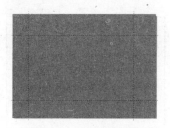

图 5-6　添加辅助线

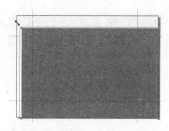

图 5-7　向右下角拖动鼠标

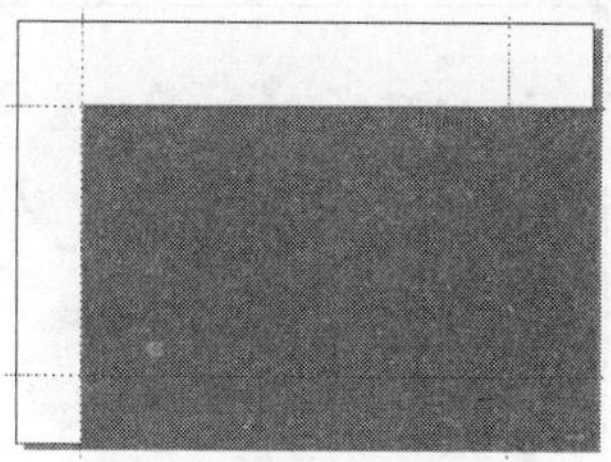

图 5-8　缩放的矩形效果

5.1.2　分布多个图形对象

在对多个图形进行分布时，用户也可使用“对齐与分布”对话框进行设置。其方法是：选择“排列/对齐和分布/对齐和分布”命令，打开“对齐与分布”对话框，选择“分布”选项卡，如图 5-9 所示。

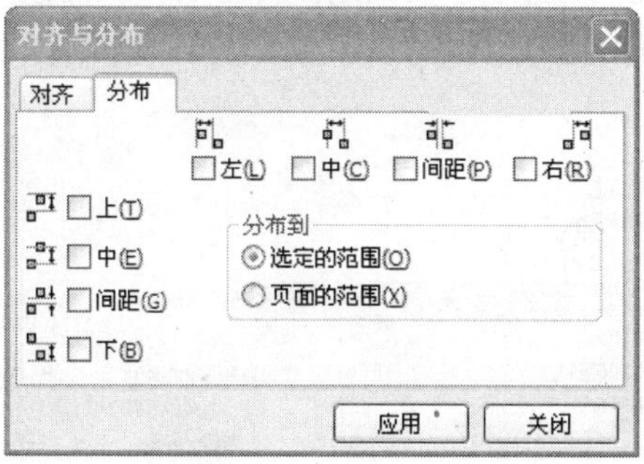

图 5-9　“分布”选项卡

对话框中各个选项的含义如下：

- 左边竖列 4 个复选框用于控制分布的基准等间距位置，包括“上”、“中”、“间距”和“下”4 种方式，用于控制图形的水平分布位置。
- 横排 4 个复选框用于控制分布的基准等间距位置，包括“左”、“中”、“间距”和“右”4 种方式，用于控制图形的垂直分布位置。
- “分布到”栏用于设置图形分布的参考范围，但必须和竖列或横排结合使用，否则操作无效。

【例 5-3】　使用“对齐与分布”对话框中的“分布”选项卡，将“标志.cdr”图形文件呈“中中”样式显示。

（1）打开“标志.cdr”图像文件（立体化教学:\实例素材\第 5 章\标志.cdr），使用挑选工具选择需要分布的图形，如图 5-10 所示。

（2）选择“排列/对齐和分布/对齐和分布”命令，打开“对齐与分布”对话框，选择“分布”选项卡。

（3）选中 ☑中(E) 和 ☑中(C) 复选框，并在“分布到”栏中选中 ◉选定的范围(O) 单选按钮，如图 5-11 所示。

（4）单击 应用(A) 按钮，图形分布效果如图 5-12 所示，再单击 关闭 按钮关闭对话框。

图 5-10　选中对象

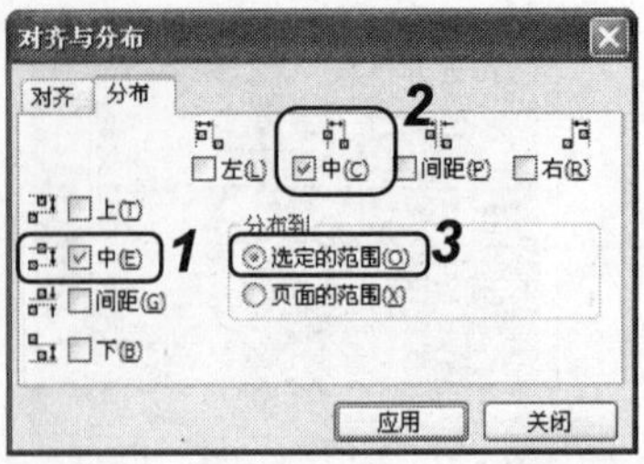

图 5-11　“对齐与分布”对话框

图 5-12　图形分布效果

5.1.3　排列多个图形对象

在 CorelDRAW X3 中，图形对象的顺序是由创建对象的先后次序决定的，最先绘制的对象位于最下层，最后绘制的对象位于最上层。CorelDRAW 提供了排列图形对象的功能，通过改变对象之间的排列顺序可改变对象的层次关系，从而改变整个图形的效果。其方法是：选中需要改变排列顺序的图形对象，再选择“排列/顺序”菜单中的相应命令即可，如图 5-13 所示。

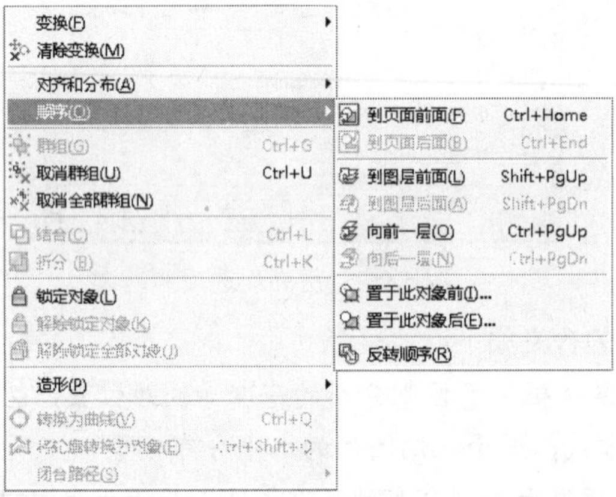

图 5-13　“顺序”子菜单

各命令含义如下。

- **到页面前面**：将选中对象放置在所有对象最上方。
- **到页面后面**：将选中对象放置在所有对象最下方。
- **到图层前面**：将选中对象放到该图层的最上方。
- **到图层后面**：将选中对象放到该图层的最下方。
- **向前一层**：将选中对象向上移动一层。
- **向后一层**：将选中对象向下移动一层。
- **置于此对象前**：将选中对象放到指定对象的上一层。
- **置于此对象后**：将选中对象放到指定对象的下一层。

提示：

在选中对象后单击属性栏中的按钮或按钮，可以将对象移动到最前面或最后面。另外，将所有的图形选中，再选择“排列/顺序/反转顺序”命令，可以颠倒图形对象的顺序。

5.1.4 结合及拆分图形对象

结合图形对象是指将多个对象结合为一个单独的对象，对象结合后，原有属性将随最后一个选中对象的属性而改变，若是用框选方式选中对象，则所有对象的属性与最先创建对象的属性一致。下面将讲解结合及拆分图形对象的方法。

1．结合图形对象

结合对象操作与群组操作类似。当结合的对象有重叠，且重叠处的对象为偶数时，结合对象后，重叠的部分将产生空洞。结合对象的方法有以下几种：

- 选中多个对象后，直接单击属性栏中的“结合”按钮。
- 选中多个对象后，选择“排列/结合”命令。
- 在选中的多个对象上单击鼠标右键，在弹出的快捷菜单中选择“结合”命令。

选中如图 5-14 所示的两个对象，选择“排列/结合”命令，结合后的效果如图 5-15 所示。

图 5-14　结合前的效果

图 5-15　结合后的效果

提示：

结合对象与群组对象不同的是：群组对象内每个对象依然相对独立，保留着原有的属性，如颜色、形状等；而结合的对象将成为一个新的整体，不再具有原有的属性。只有单独的多个对象才能结合，群组对象不能结合。

2．拆分图形对象

结合后的对象还可以根据需要将其进行拆分，“拆分”命令必须在有对象被结合后才被激活。拆分图形对象的方法有以下几种：

- 选中结合的对象后，直接单击属性栏中的“拆分”按钮。
- 选中结合的对象后，选择“排列/拆分”命令。
- 在选中的结合对象上单击鼠标右键，在弹出的快捷菜单中选择“拆分”命令。

选中执行结合操作后的图像，如图 5-16 所示，再选择“排列/拆分”命令，拆分后的效果如图 5-17 所示。

提示：

拆分后的对象不能回到原来的样子，只能恢复成单个对象。

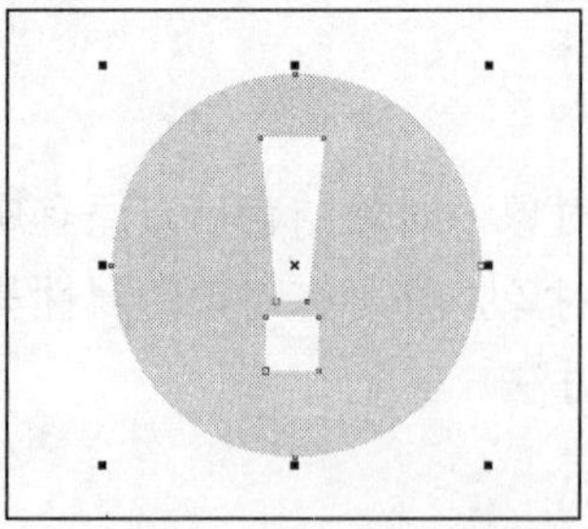

图 5-16 选中拆分对象

图 5-17 拆分对象后的效果

5.1.5 应用举例——警示标志

使用矩形工具、椭圆工具和“结合”命令绘制一个警示标志，效果如图 5-18 所示（立体化教学:\源文件\第 5 章\警示标志.cdr）。

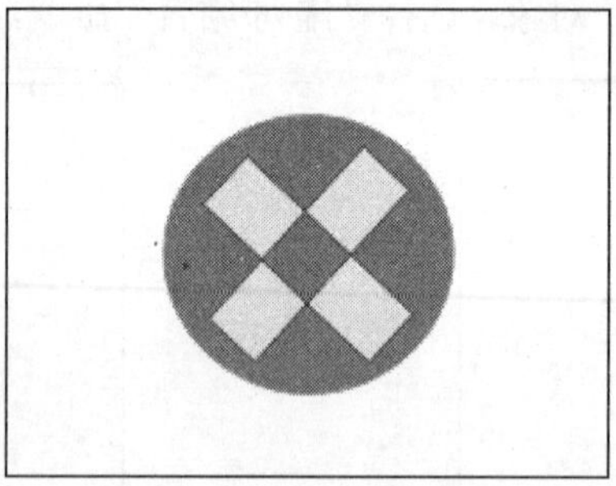

图 5-18 警示标志效果

操作步骤如下：

（1）选择“文件/新建”命令；新建一个文件。

（2）在工具箱中选择矩形工具，使用鼠标在绘图区绘制一个矩形，并为其填充黄色，如图 5-19 所示。

（3）再次使用矩形工具，在之前绘制的矩形上绘制一个矩形，如图 5-20 所示。

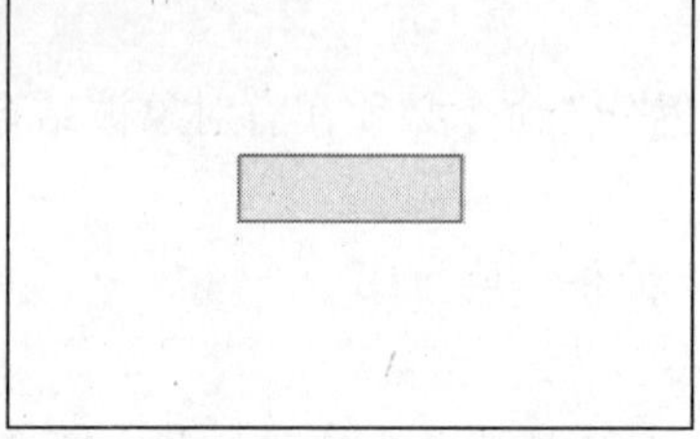

图 5-19 绘制一个矩形

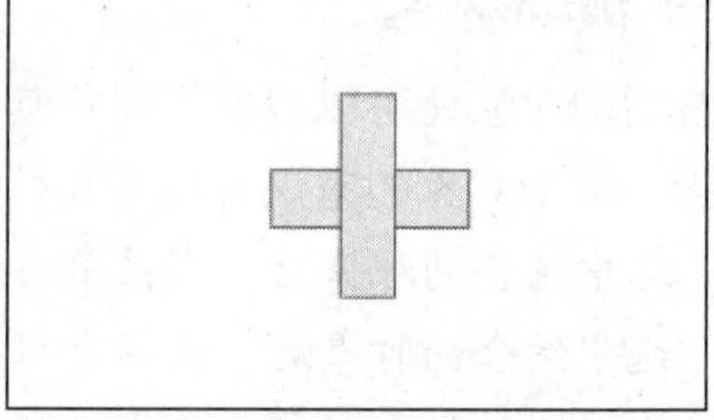

图 5-20 再次绘制一个矩形

（4）在工具箱中选择挑选工具，选中绘制的两个矩形，在属性栏中单击“结合”按钮，并旋转图像，如图 5-21 所示。

（5）在工具箱中选择椭圆工具，在按住 Shift 键的同时，拖动鼠标绘制一个正圆，并为其填充灰色。

（6）右击绘制的正圆，在弹出的快捷菜单中选择“到图层后面”命令，将其放置在两个矩形后面并调整正圆的位置，如图 5-22 所示。

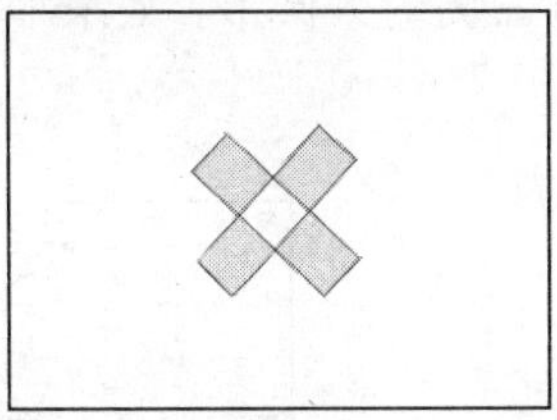

图 5-21　结合图形并旋转图形

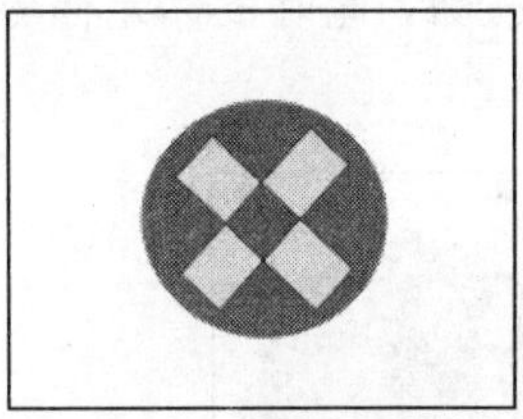

图 5-22　排列正圆

5.2　焊接、修剪与相交图形

CorelDRAW 可以通过对多个图形对象进行焊接、相交和修剪生成新的图形，这些操作为用户创建更多的形状提供了方便。选中多个图形对象后，再选择“排列/造形”命令，在弹出的子菜单中选择所需的命令即可执行相应的操作。

5.2.1　焊接图形对象

焊接图形对象是指将多个相互重叠或分离的对象结合生成一个新的图形对象。该新图形使用被焊接对象的边界为其轮廓。对于重叠的对象，创建的对象将只有一个轮廓；对于分离的对象，将形成一个“焊接群组”，相当于一个单一的对象。焊接图形对象的方法是：选中需焊接的图形，选择“窗口/泊坞窗/造形”命令，打开“造形”泊坞窗，在下拉列表框中选择“焊接”选项并进行设置，如图 5-23 所示。

图 5-23　“造形”泊坞窗

泊坞窗中各选项含义如下。

- ☑来源对象 复选框：选中该复选框，可在焊接后保留目标对象的副本。
- ☑目标对象 复选框：选中该复选框，可在焊接后保留来源对象的副本。

【例 5-4】　创建并选中需要焊接的两个大、小圆图形，将其焊接成一个新的图形。

（1）创建并选中如图 5-24 所示的两个大、小圆图形。

（2）选择“窗口/泊坞窗/造形”命令，打开如图 5-25 所示的“造形”泊坞窗，在下拉列表框中选择“焊接”选项。

（3）在“保留原件”栏中选择所要保留的对象，如选中☑来源对象复选框，再单击 焊接到 按钮，此时鼠标光标变为形状，再单击左侧的大圆形，效果如图 5-26 所示。

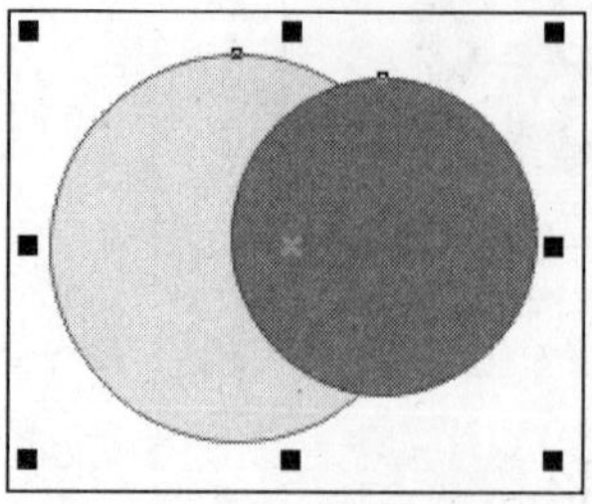

图 5-24　两个大小圆图形

图 5-25　“造形”泊坞窗

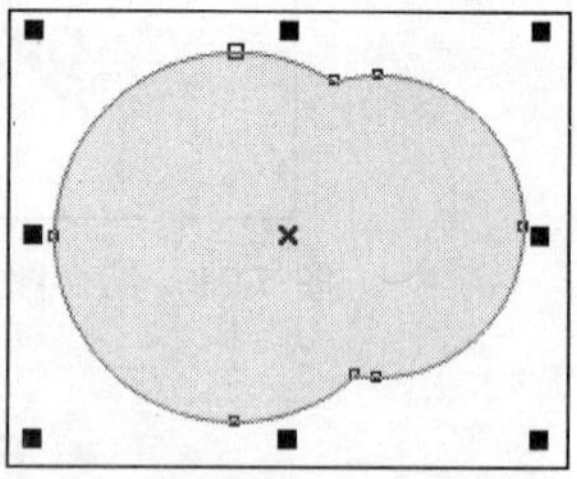

图 5-26　焊接两个圆图形效果

（4）使用挑选工具将新生成的图形移开，可以查看到其下方保留的小圆，如图 5-27 所示。若在选中☑来源对象复选框后，再单击 焊接到 按钮，此时鼠标光标变为形状，再单击右侧的小圆图形，新对象的颜色属性将采用目标对象的属性，效果如图 5-28 所示。

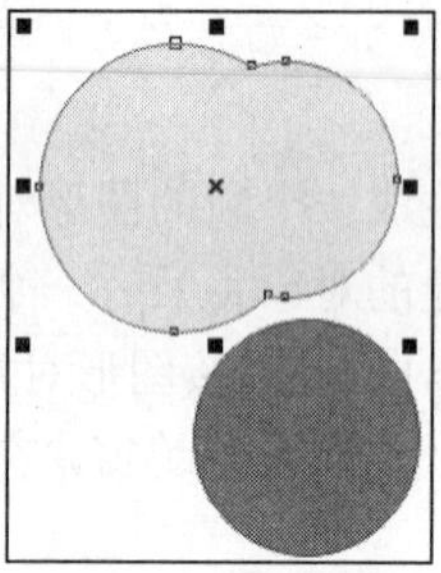

图 5-27　保留的小圆

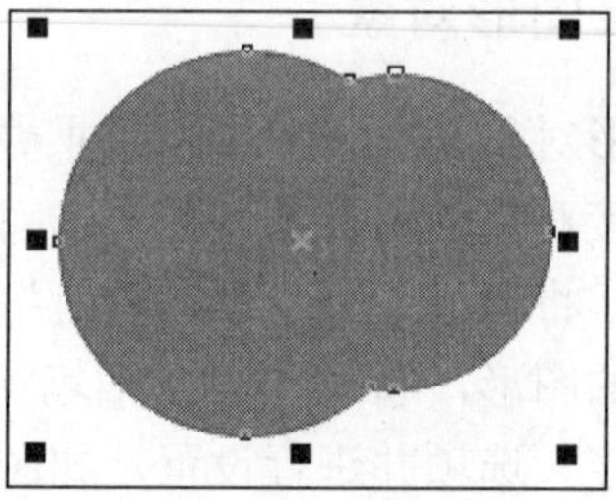

图 5-28　新对象的颜色效果

提示：

通过单击属性栏中的按钮可以快捷地焊接多个选中的对象。执行此操作后，焊接对象和目标对象都将不会保留。若用框选方式选中对象，最先创建的对象为目标对象，其他的均为来源对象；用点选方式选中对象，最后一个点选对象将为目标对象，其他的均为来源对象。

5.2.2　修剪图形对象

修剪图形对象是将被修剪的对象覆盖或被其他对象覆盖的部分清除所产生的新对象。新对象的属性与目标对象一致。其使用方法是：选中需修剪的图形，选择“窗口/泊坞窗/造形”命令，打开“造形”泊坞窗，在下拉列表框中选择“修剪”选项并进行设置。

【例 5-5】　选中图形，使用“造形”泊坞窗对其进行修剪。

（1）选中需要修剪的对象，如选中如图 5-29 所示的人物和椭圆图形。

（2）在“造形”泊坞窗的下拉列表框中选择“修剪”选项，此时的“造形”泊坞窗如图 5-30 所示。

（3）在此取消选中☑来源对象复选框，单击 修剪 按钮，此时光标变为形状，再单击目标对象，完成修剪操作，效果如图 5-31 所示。

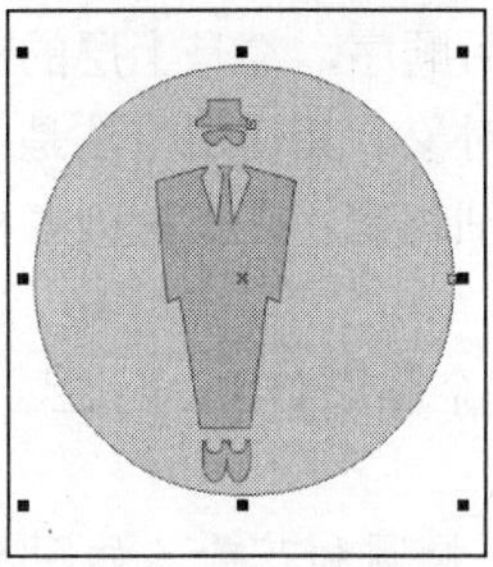

图 5-29　选中人物和椭圆图形

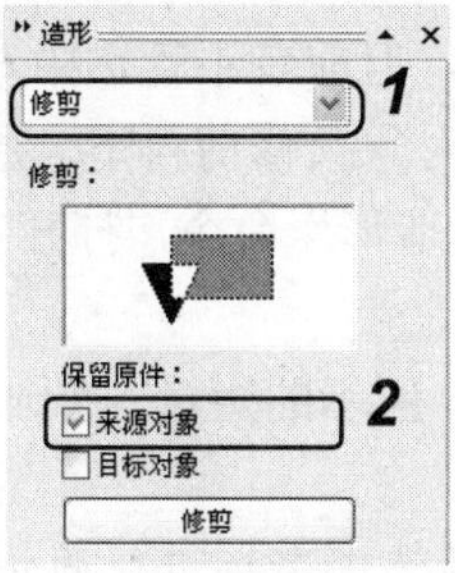

图 5-30　“造形”泊坞窗

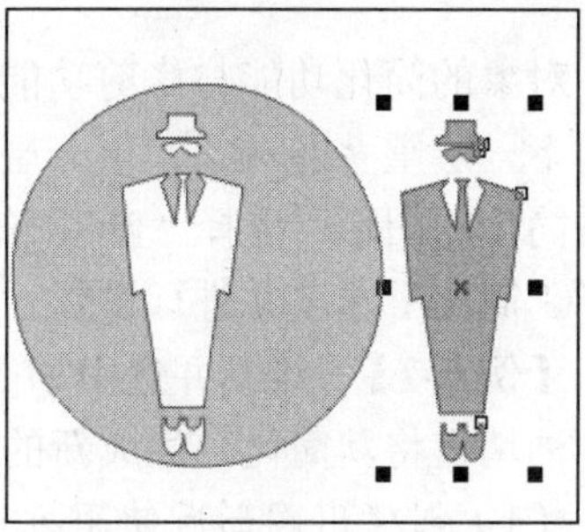

图 5-31　图形的修剪效果

提示：

选中多个图形后，直接单击属性栏中的按钮也可以执行修剪操作，且不保留目标对象和来源对象。若目标对象和来源对象没有重叠部分，则不能进行修剪操作。

5.2.3　相交图形对象

相交是指通过两个或多个彼此重叠的公共部分的取舍来创建新对象。新对象的尺寸和形状与重叠区域完全相同，其属性取决于目标对象。其使用方法是：选中需相交的图形，选择“窗口/泊坞窗/造形”命令，打开“造形”泊坞窗，在下拉列表框中选择“相交”选项并进行设置。

【例 5-6】　将蜘蛛和网图形进行相交操作。

（1）选中需要相交的对象，如图 5-32 所示。

（2）打开“造形”泊坞窗，在下拉列表框中选择“相交”选项，如图 5-33 所示。

（3）分别取消选中 □来源对象 和 □目标对象 复选框，单击 相交 按钮，此时光标变为形状，再单击蜘蛛对象，效果如图 5-34 所示。

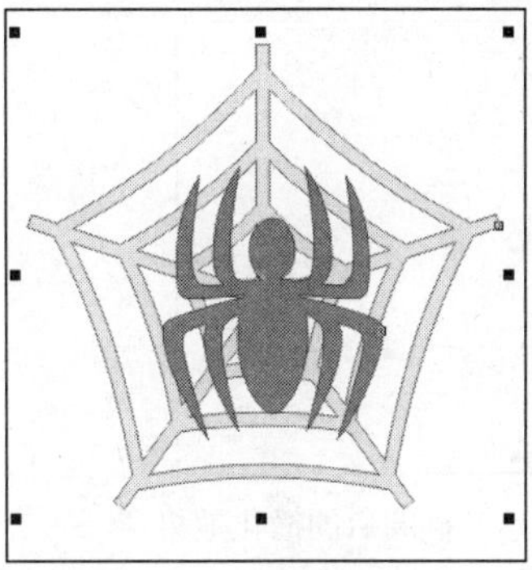

图 5-32　选中蜘蛛和网图形

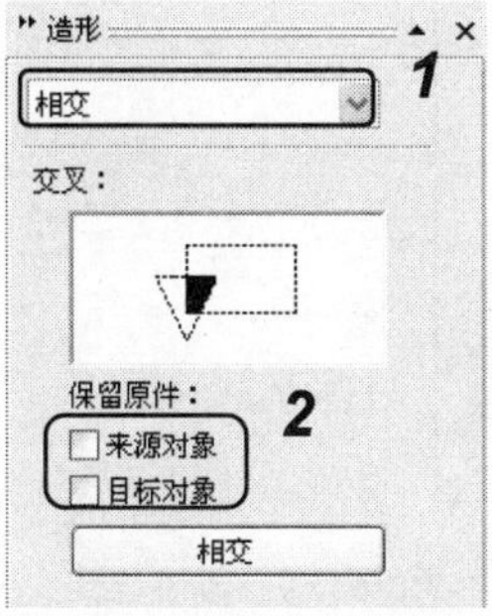

图 5-33　“造形”泊坞窗

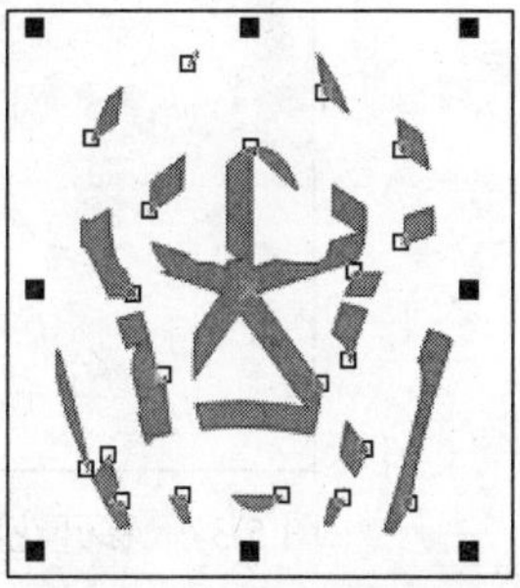

图 5-34　图形的相交效果

技巧：

选中多个图形后，直接单击属性栏中的按钮也可以执行相交操作，但不保留目标对象和来源对象。另外，不相重叠的对象不能进行相交操作。

5.2.4 简化对象

对象的简化功能与修剪功能相似，但前者不管选中对象的先后顺序，都是上层的对象修剪下一层重叠的对象，下一层中的对象又修剪再下一层重叠的对象。其使用方法是：选中需简化的图形，选择“窗口/泊坞窗/造形”命令，打开“造形”泊坞窗，在下拉列表框中选择“简化”选项并进行设置。

【例 5-7】 绘制并选中如图 5-35 所示的矩形、椭圆和花瓣 3 个图形对象，再通过“造形”泊坞窗将其简化，生成新的图形。

（1）创建出图形后使用挑选工具选中需要进行简化的矩形、椭圆和花瓣，如图 5-35 所示。

（2）选择“窗口/泊坞窗/造形”命令，打开“造形”泊坞窗，在下拉列表框中选择“简化”选项，如图 5-36 所示。

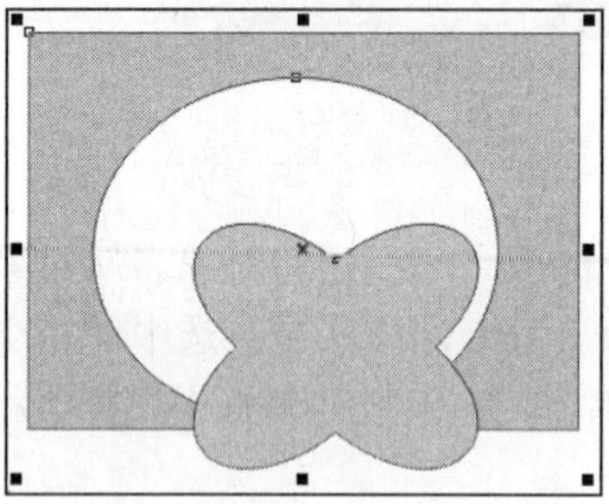

图 5-35 选中 3 个图形

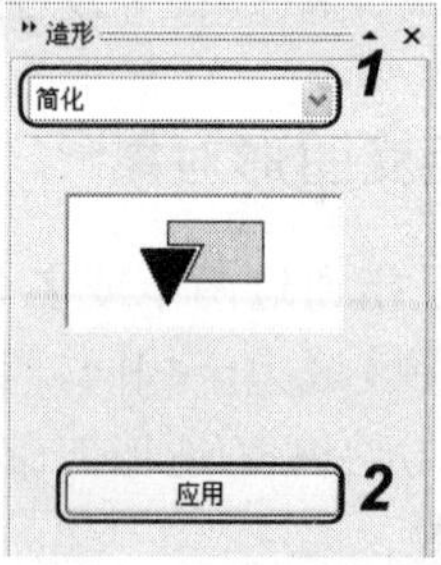

图 5-36 “造形”泊坞窗

（3）单击 应用 按钮，再使用鼠标将上面的花瓣图形选中并移动一段距离，可以看出它将下面的椭圆修剪了，如图 5-37 所示。

（4）使用鼠标将椭圆图形选中并移动一段距离，可以看出它将下面的矩形修剪了，效果如图 5-38 所示。

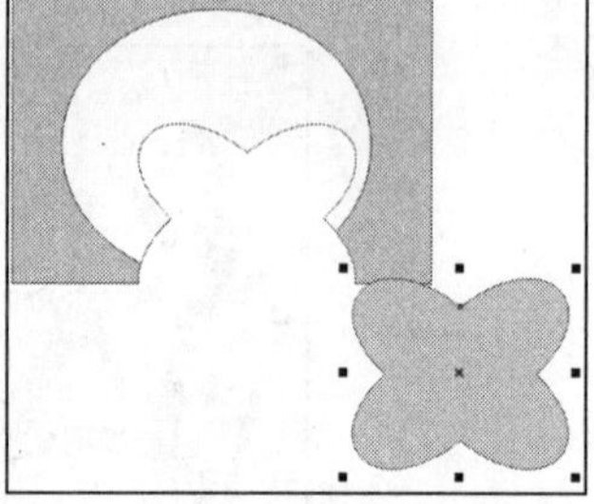

图 5-37 移开花瓣后的简化效果

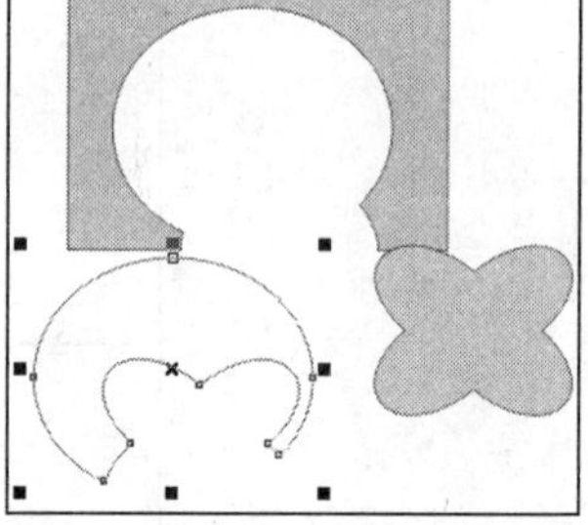

图 5-38 移开椭圆后的简化效果

5.2.5 前减后

前减后与简化对象的功能相似，只是选中的图形必须是交叉排列的才能进行该操作。执行前减后操作后，最上层的对象将被其下的对象修剪，修剪后只保留修剪生成最上层的对象。其使用方法是：选中需前减后的图形，选择“窗口/泊坞窗/造形”命令，打开“造形”

泊坞窗，在下拉列表框中选择“前减后”选项并进行设置。

【例 5-8】　绘制并选中如图 5-39 所示的矩形和花瓣图形对象，使用“造形”泊坞窗将其进行前减后操作。

（1）创建出图形后使用挑选工具选中如图 5-39 所示的矩形和花瓣两个相重叠的图形对象。

（2）选择“窗口/泊坞窗/造形”命令，打开“造形”泊坞窗，在下拉列表框中选择“前减后”选项，如图 5-40 所示。单击应用按钮后，效果如图 5-41 所示。

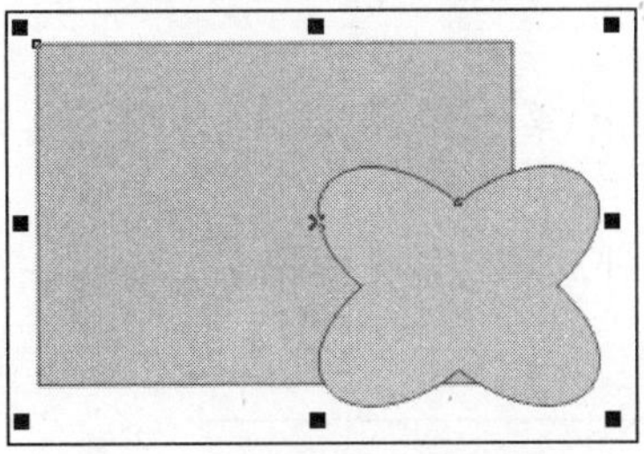

图 5-39　选中两个相重叠的图形对象

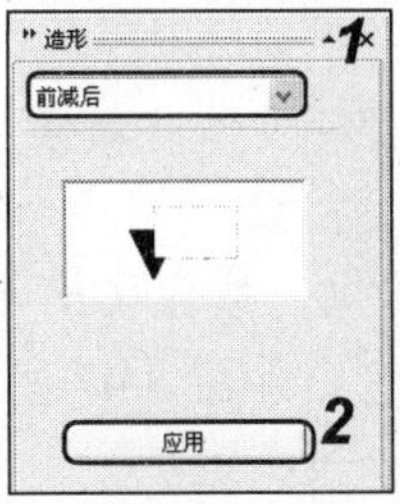

图 5-40　“造形”泊坞窗

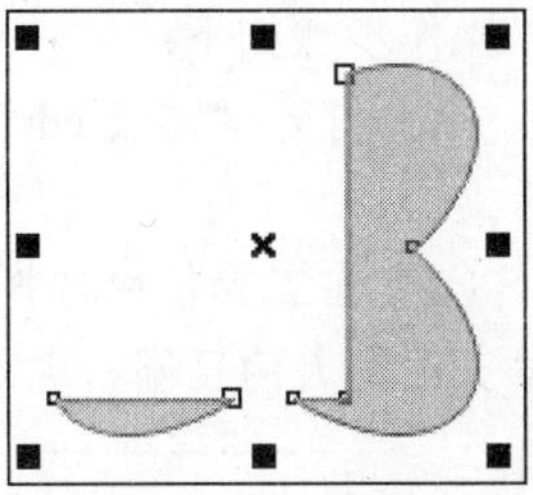

图 5-41　对象的“前减后”效果

5.2.6　后减前

后减前是前减后的反向操作，即最下面的对象被上面的对象修剪，修剪后只保留修剪生成的对象。其使用方法是：选中需后减前的图形，选择“窗口/泊坞窗/造形”命令，打开“造形”泊坞窗，在下拉列表框中选择“后减前”选项并进行设置。

【例 5-9】　绘制并选中如图 5-42 所示的两个相重叠的图形对象，使用“造形”泊坞窗将其进行“后减前”操作。

（1）创建出图形后使用挑选工具选中两个相重叠的图形对象，如图 5-42 所示。

（2）在“造形”泊坞窗的下拉列表框中选择“后减前”选项，如图 5-43 所示。再单击应用按钮，即可完成对象的后减前操作，效果如图 5-44 所示。

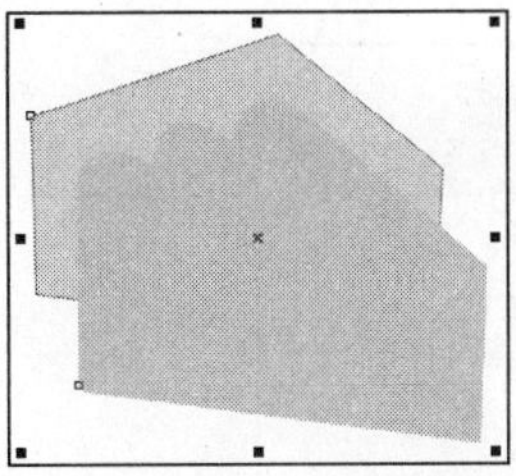

图 5-42　选中图像

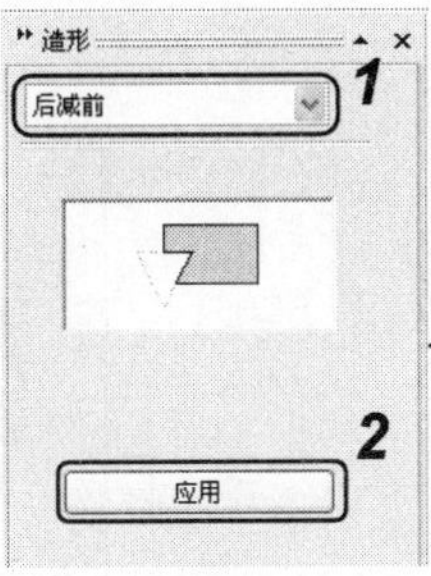

图 5-43　“造形”泊坞窗

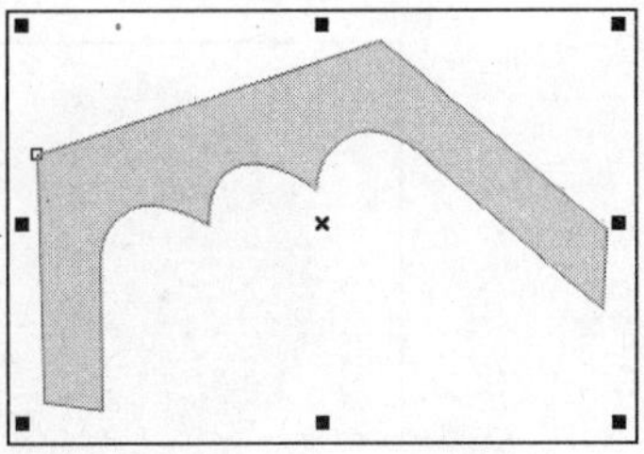

图 5-44　对象的“后减前”效果

5.2.7　应用举例——制作中国元素图像

使用“造形”泊坞窗制作中国元素图像，效果如图 5-45 所示（立体化教学:\源文件\第 5 章\祥云.cdr）。

图 5-45　中国元素图像效果

操作步骤如下：

（1）打开“祥云.cdr”图像文件（立体化教学:\实例素材\第 5 章\祥云.cdr），如图 5-46 所示。

（2）在工具箱中选择椭圆工具，按住 Ctrl 键的同时，使用鼠标在绘图区绘制一个比祥云图案大的正圆，并填充为红色，如图 5-47 所示。

图 5-46　打开图像

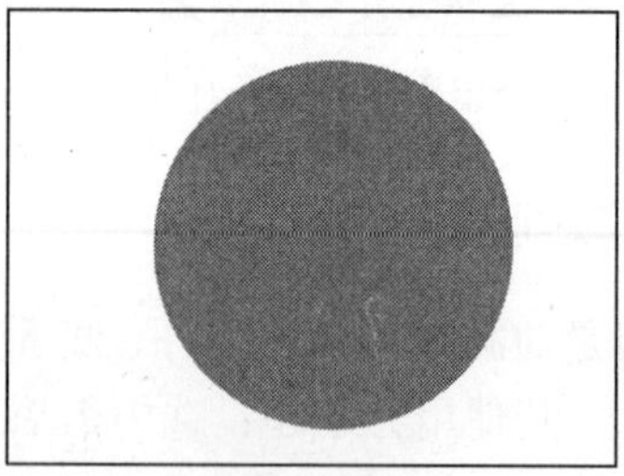

图 5-47　绘制一个正圆

（3）在工具箱中选择挑选工具，选中祥云图形，按 Ctrl+PageUp 键，将祥云图像移到正圆中间上方，如图 5-48 所示。

（4）选择“窗口/泊坞窗/造形”命令，打开“造形”泊坞窗，在下拉列表框中选择“后减前”选项。

（5）选中正圆和祥云图像，在“造形”泊坞窗中单击 应用 按钮，效果如图 5-49 所示。

图 5-48　调整图形位置

图 5-49　修剪图形

（6）在工具箱中选择矩形工具，使用鼠标在图像上绘制一个矩形，如图 5-50 所示。

（7）打开“造形”泊坞窗，在下拉列表框中选择“修剪”选项，并选中 ☑来源对象 复选框。

(8) 使用挑选工具选择矩形和正圆，在“造形”泊坞窗中单击修剪按钮，再在页面中单击圆形图形，效果如图 5-51 所示。

图 5-50　绘制矩形

图 5-51　修剪图形

(9) 删除矩形，如图 5-52 所示。选中被修剪的图形并按 Ctrl+C 键复制图形，再按 Ctrl+V 键粘贴图形。选中被粘贴的图形，并在属性栏中单击按钮，使用方向键将复制的图形移动到如图 5-53 所示的位置。

图 5-52　删除矩形

图 5-53　镜像图形

5.3　锁定和解锁图形对象

当完成一个图形的绘制后，可以将其锁定，以免被误操作影响。当再次对其进行编辑时，再对其进行解锁。下面将讲解锁定和解锁图形对象的方法。

5.3.1　锁定图形对象

锁定图形对象可以将一个或多个图形对象固定在当前的位置上，在没有对其进行解锁前，用户无法对其进行修改，这是防止失误操作的有效手段之一。锁定图形对象的方法是：使用挑选工具选择需要锁定的图形，如选中人物的头发，如图 5-54 所示，再选择“排列/锁定对象”命令即可将图形锁定。锁定对象后原来的黑色控制方块将变成锁形，如图 5-55 所示，此时人物的头发将无法进行移动和旋转等操作。

技巧：

使用挑选工具选中需要锁定的图形后，单击鼠标右键，在弹出的快捷菜单中选择“锁定对象”命令也可锁定图形。

图 5-54　选中人物的头发

图 5-55　锁定人物的头发

5.3.2　解锁图形对象

当需要对锁定的图形对象进行编辑时，就需要对其进行解锁操作。解锁图形对象的方法是：使用挑选工具选中被锁定的图形，选择“排列/解除锁定对象”命令，即可将图形对象解锁。若有多个图形被锁定，则可选择“排列/全部对象解锁”命令，一次解除所有图形的锁定。

技巧：

选择被锁定的图形后，单击鼠标右键，在弹出的快捷菜单中选择“对象解锁”命令，可将图形对象解锁。

5.3.3　群组图形对象

在一个比较复杂的图形文件中，一般由多个图形对象组成，此时可以将其中一些相关联的图形进行群组，以便于整体的移动、旋转和填充等操作。

群组图形对象可以按层次来进行，可以将相联系的图形进行群组，也可以将群组的图形再与其他的图形进行群组。群组对象的方法有以下 4 种：

- 选中多个对象后，单击属性栏中的按钮。
- 选中多个对象后，选择“排列/群组”命令。
- 选中多个对象后，按 Ctrl+G 键。
- 在选中的对象上单击鼠标右键，在弹出的快捷菜单中选择“群组”命令。

注意：

将对象群组后，其原有属性不会改变，但群组后所执行的操作会影响到每一个对象。

5.3.4　取消图形对象的群组

若想对已群组的图形单独编辑，就需将群组的图形取消组合。取消图形对象群组的方法有以下 4 种：

- 选中群组的多个对象，再选择“排列/取消组合”命令。
- 在选中的群组对象上单击鼠标右键，在弹出的快捷菜单中选择“取消组合”或“取消全部组合”命令。

- 选中多个对象后，单击属性栏中的按钮或按钮。
- 选中多个对象后，按 Ctrl+U 键。

【例 5-10】　将“人物.cdr”图像文件（立体化教学:\实例素材\第 5 章\人物.cdr）中的脸部图形进行群组，再将脸部和头发进行群组。

（1）使用挑选工具框选人物脸部的所有图形，再单击属性栏中的按钮，将其群组，如图 5-56 所示。

（2）选中人物脸部，再加选人物头发，单击属性栏中的按钮，将脸部与头发群组，如图 5-57 所示。

（3）选中人物头发和脸部任意一个群组图形，都能选中头发和脸部，使用鼠标将人物头发向右移动一段距离，效果如图 5-58 所示。

图 5-56　群组脸部的所有图形

图 5-57　群组脸部和头发

图 5-58　移动人物头发和脸部的位置

技巧：

选中人物头发，单击属性栏中的按钮，可以解除头发和脸部的群组；若单击按钮，则可解除所有图形的群组。

提示：

按住 Alt 键在图像中取样后，在本图像窗口或其他图像窗口中拖动鼠标可以复制一个对象或多个对象。

5.3.5　对象管理器的使用

使用对象管理器可以对页面中的图形进行显示、隐藏或新建图层等操作，下面将分别进行讲解。

打开一个图形文件，再选择“工具/对象管理器”命令，打开“对象管理器”泊坞窗，如图 5-59 所示。其中各参数功能介绍如下。

- 图标：用于显示或隐藏图层。
- 图标：用于打印或禁止打印图层内的图形。
- 图标：用于编辑或禁止编辑图层。
- 图标：用于定义图层的代表色。双击该图标可以打开调色板，从中可以重新定义图层的代表色。

- 按钮：用于新建一个图层。

如果要删除某个图层，可在该图层上单击鼠标右键，在弹出的快捷菜单中选择“删除”命令，如图 5-60 所示，此时该图层中的图形将全部被删除。

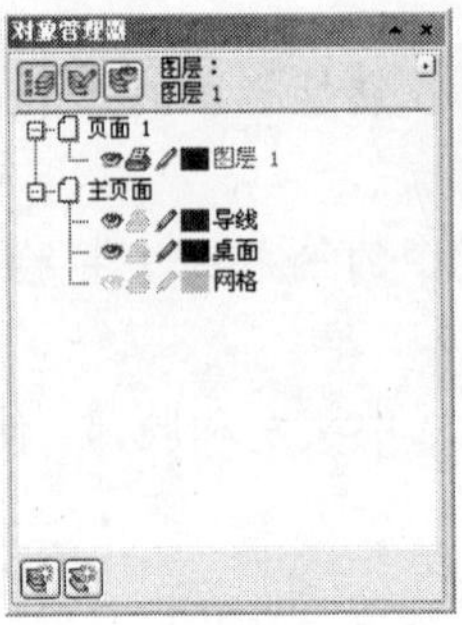

图 5-59 “对象管理器”泊坞窗

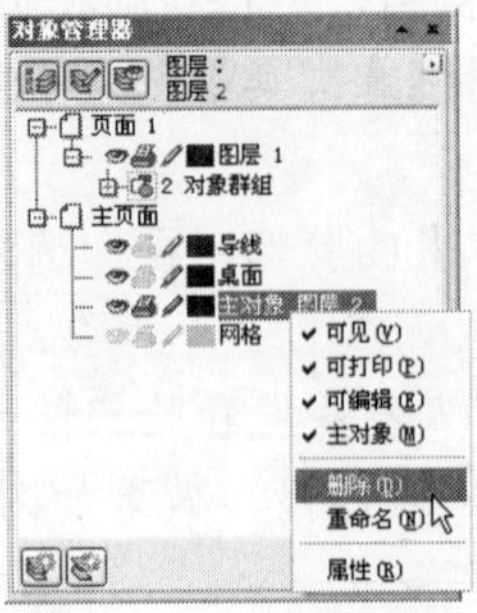

图 5-60 删除图层

提示：

选中要删除的图层，再单击“对象管理器”泊坞窗右下角的按钮，也可将该图层内的内容删除。

在“对象管理器”泊坞窗中拖动所需的图层，即可进行该图层的移动操作。如单击图层 1，拖动该图层内的椭圆到图层 2 上，如图 5-61 所示；再松开鼠标，就将椭圆移到了图层 2 中，如图 5-62 所示。

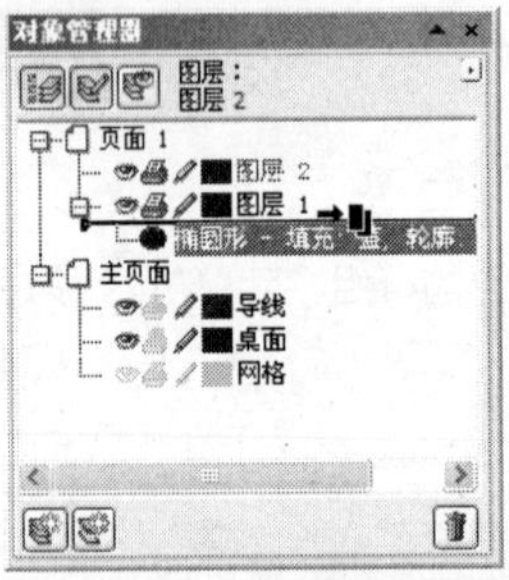

图 5-61 拖动椭圆到图层 2 上

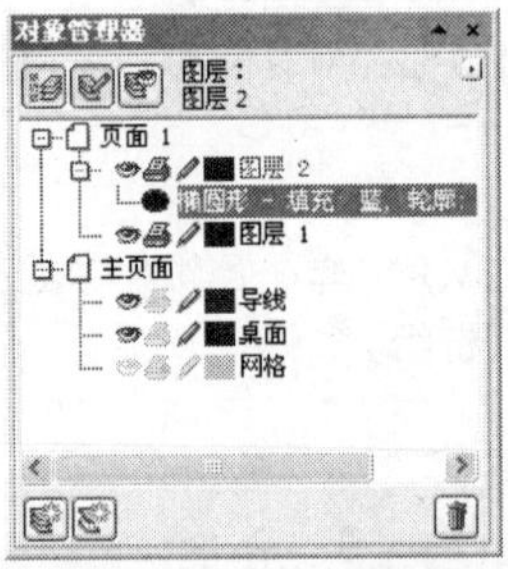

图 5-62 将椭圆移到图层 2 中

5.3.6 应用举例——编辑对齐物体图形

先取消图形群组，使用“对齐与分布”对话框将图形对齐后再进行锁定操作，其效果如图 5-63 所示（立体化教学:\源文件\第 5 章\物品.cdr）。

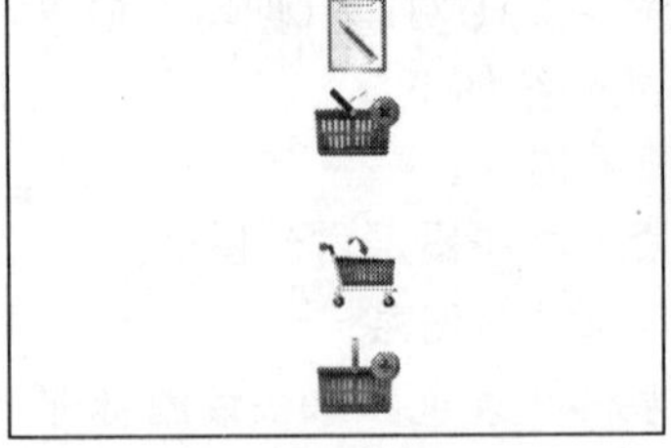

图 5-63 最终效果

操作步骤如下：

（1）打开“物品.cdr”图像文件（立体化教学:\实例素材\第 5 章\物品.cdr），如图 5-64 所示。

（2）使用挑选工具选中所有图像，再在属性栏中单击按钮，取消群组。

（3）选择“排列/对齐和分布/对齐和分布”命令，打开“对齐与分布”对话框，选择“对齐”选项卡，并选中☑中(C)复选框，单击 应用 按钮，再单击 关闭 按钮，如图 5-65 所示。

（4）使用挑选工具选中所有图形，再单击鼠标右键，在弹出的快捷菜单中选择“锁定对象”命令，完成后的效果如图 5-66 所示。

图 5-64　打开图像

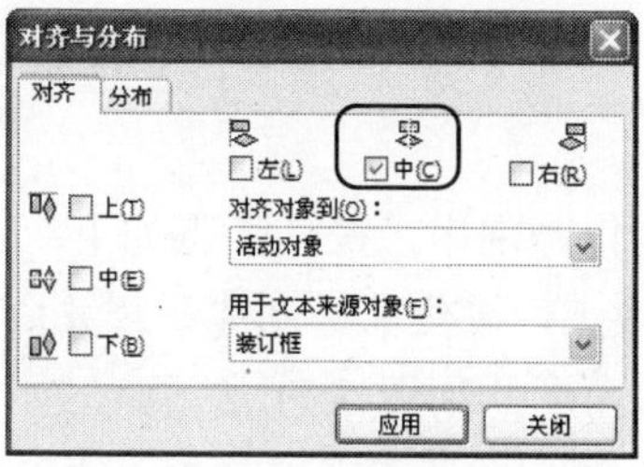

图 5-65　设置对齐方式

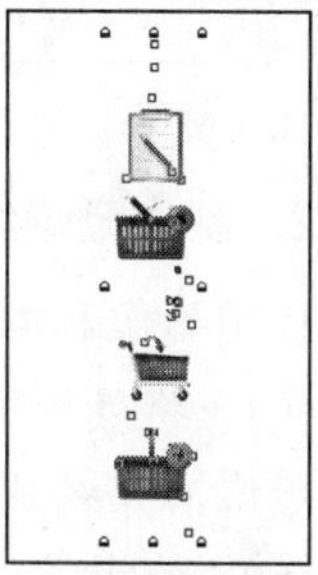
图 5-66　锁定图形

5.4　上机及项目实训

5.4.1　制作鞭炮

本次实训将绘制一个鞭炮，将其填充为红色和黄色，再将其复制制作出一串鞭炮，其最终效果如图 5-67 所示（立体化教学:\源文件\第 5 章\制作鞭炮.cdr）。

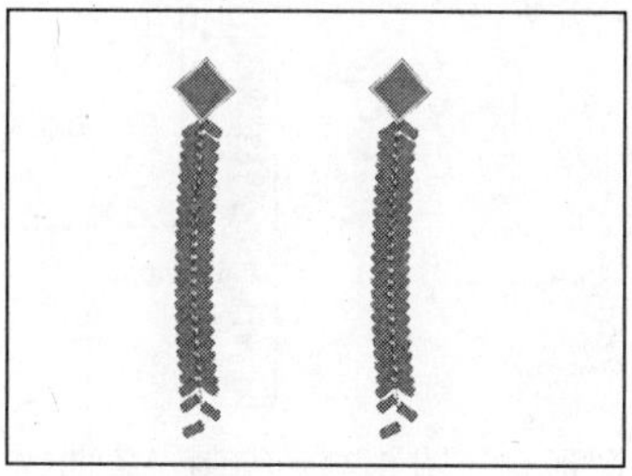
图 5-67　鞭炮最终效果

1．绘制单个鞭炮

使用贝塞尔工具绘制鞭炮，操作步骤如下：

（1）使用贝塞尔工具结合形状工具绘制一个四方形，在调色板中将其填充为黄色，如图 5-68 所示。

（2）复制一个四方形，按住 Shift 键不放拖动鼠标，将其等比例缩小，再填充为红色，效果如图 5-69 所示。

（3）使用贝塞尔工具结合形状工具绘制一个鞭炮，再使用渐变填充工具将鞭炮填充为从红色到深红的渐变填充，使用调色板将上下边的封闭曲线填充为红色，选中所绘制的鞭炮，单击属性栏中的按钮，将其群组，效果如图 5-70 所示。

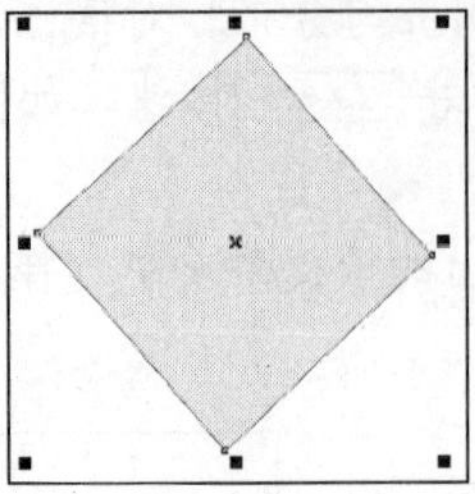

图 5-68　绘制一个四方形

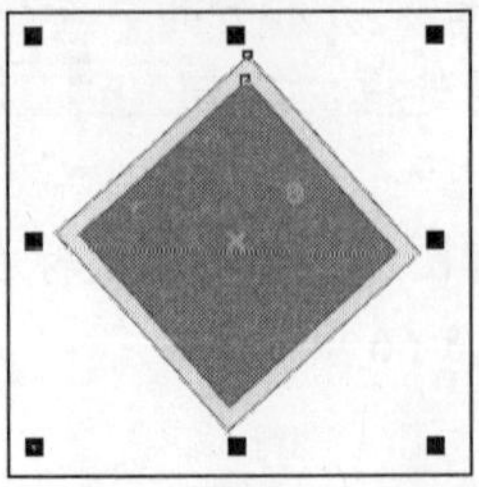

图 5-69　复制并填充颜色

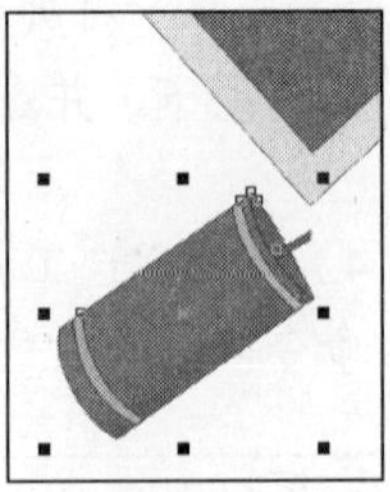

图 5-70　绘制一个鞭炮

2．制作鞭炮串

使用镜像和群组等方法制作鞭炮串，操作步骤如下：

（1）将鼠标光标移到鞭炮上，按住鼠标左键不放并向下移动，到达所需位置后，复制一个鞭炮，并将其旋转一定的角度，如图 5-71 所示。

（2）使用相同的方法，复制并旋转更多的鞭炮，使用贝塞尔工具在鞭炮的右侧绘制一条曲线，如图 5-72 所示。

（3）选中左侧上方排列紧密的鞭炮并群组，将其复制一个，并单击属性栏中的按钮，将其水平镜像，如图 5-73 所示。

（4）选中右侧镜像的鞭炮，单击属性栏中的按钮，取消群组，再分别选中鞭炮移到曲线上，完成本例的制作。

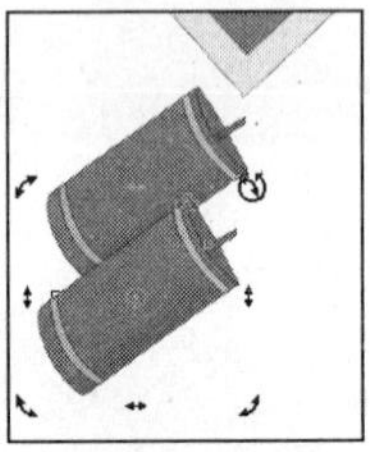

图 5-71　复制并旋转鞭炮图形

图 5-72　绘制一条曲线

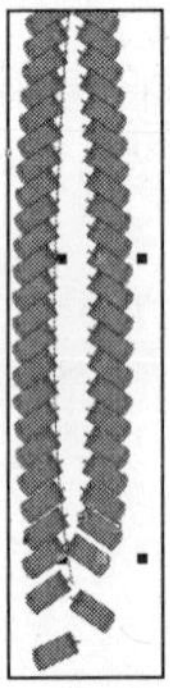

图 5-73　镜像鞭炮

5.4.2　制作标志

综合利用本章和前面所学知识，制作一个标志，完成后的最终效果如图 5-74 所示（立体化教学:\源文件\第 5 章\跃动通讯.cdr）。

本练习可结合立体化教学中的视频演示进行学习（立体化教学:\视频演示\第 5 章\制作标志.swf）。

图 5-74　标志效果

操作步骤如下：

（1）打开“跃动通讯.cdr”图像文件（立体化教学:\实例素材\第 5 章\跃动通讯.cdr），使用椭圆工具在图像上绘制一个椭圆，并填充为蓝色，如图 5-75 所示。

（2）再使用椭圆工具绘制一个小一些的椭圆，并将其移动到之前绘制的椭圆上。选中两个椭圆，选择“窗口/泊坞窗/造形”命令，打开“造形”泊坞窗，在下拉列表框中选择“后减前”选项，单击［应用］按钮，效果如图 5-76 所示。

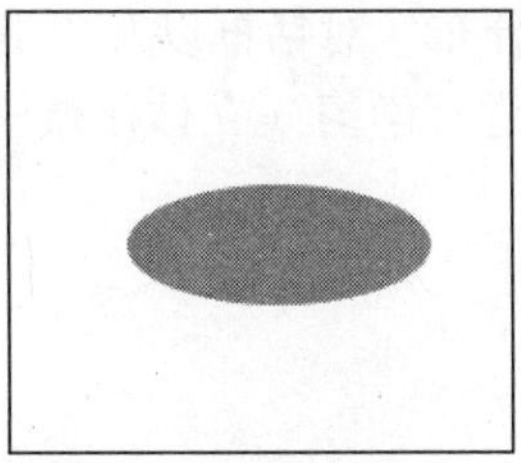

图 5-75　绘制椭圆并填充颜色

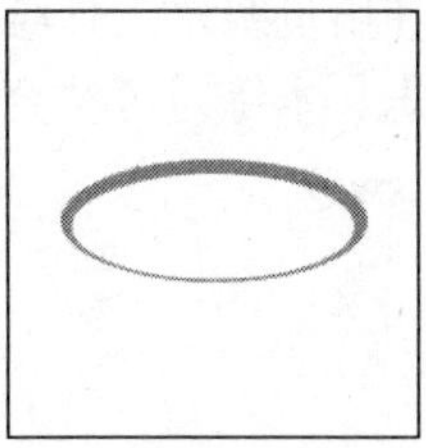

图 5-76　绘制小椭圆并执行后减前操作

（3）复制被编辑的椭圆，并将其旋转，如图 5-77 所示。选中两个椭圆，按 Ctrl+G 键群组椭圆。

（4）使用挑选工具将群组的椭圆移动到文字旁，完成标志的制作。

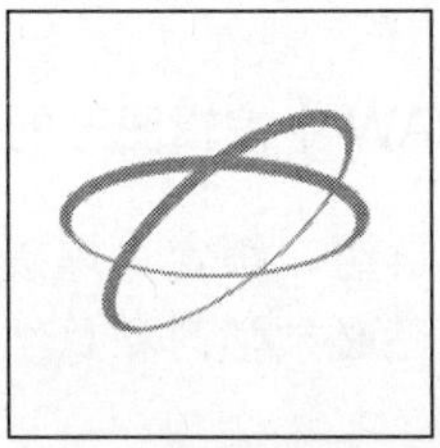

图 5-77　复制并旋转椭圆

5.5　练习与提高

（1）打开“邀请函.cdr”图像文件（立体化教学:\实例素材\第 5 章\邀请函.cdr），使用贝塞尔工具、“造形”泊坞窗、锁定对象和改变图形位置等方法制作一个邀请函，如图 5-78 所示（立体化教学:\源文件\第 5 章\邀请函.cdr）。

提示：使用贝塞尔工具结合形状工具在页面中绘制形状，再将其填充为红色，再使用“造形”泊坞窗对形状进行编辑，并将编辑后的图形锁定，最后使用矩形工具绘制一个正方形并将其放在中国结上方。

图 5-78　邀请函效果

（2）打开“地产.cdr”图像文件（立体化教学:\实例素材\第 5 章\地产.cdr），制作出如图 5-79 所示的效果（立体化教学:\源文件\第 5 章\地产.cdr）。

提示：使用贝塞尔工具绘制祥云，再使用“对齐与分布”对话框以及“造形”泊坞窗制作地产标志。本练习可结合立体化教学中的视频演示进行学习（立体化教学:\视频演示\第 5 章\地产.swf）

图 5-79　标志效果

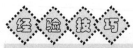

经验技巧 总结 CorelDRAW 中编辑图形的方法

本章主要介绍了图形的排列、群组、锁定、焊接和修剪操作，要想在作品中绘制出更漂亮、更丰富的图像效果，课后还必须学习和总结一些提高绘图效率的方法。这里总结以下几点供读者参考和探索：

- 在制作宣传单和手册等作品时，最好将图像的底色块锁定，以免在制作过程中经常进行调整耽误时间。
- 在制作商业作品时，一定要注意图像中图形的对齐。若图像中图形没有对齐，会使制作出的图像看起来很凌乱，且不专业。
- 调整图形的对齐方式，除使用“对齐与分布”对话框外，还可选择“排列/对齐和分布”命令，在打开的子菜单选择相应的命令进行对齐。
- 在制作标志等作品时经常会使用到“造形”泊坞窗，为了操作方便，用户一定要明白“造形”泊坞窗中各选项的含义。

第 6 章　设置图形的轮廓和样式

学习目标

- ☑ 使用填充工具填充图形
- ☑ 使用“轮廓笔”对话框和“对象属性”泊坞窗等编辑图形轮廓
- ☑ 使用“均匀填充”和“渐变填充”对话框为鲜花上色
- ☑ 使用“轮廓笔”和“复制属性”对话框绘制花枝
- ☑ 综合利用颜色的填充和图形的填充等知识填充纸扇

目标任务&项目案例

圆锥渐变效果

位图填充效果

底纹填充效果

使用轮廓笔改变图形轮廓

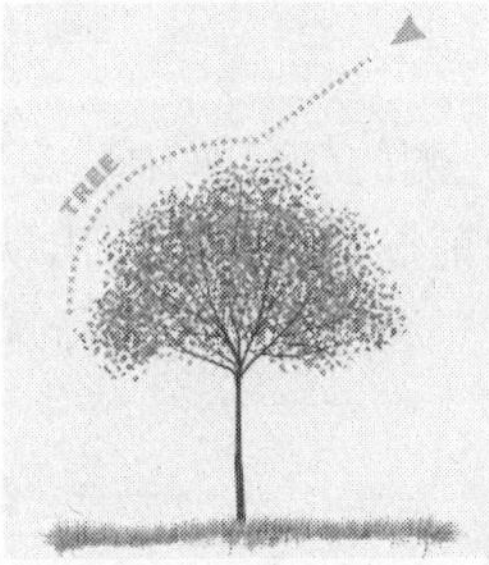

自定义箭头样式

填充纸扇

在 CorelDRAW 中图形的填充和轮廓样式的设置很重要，制作上述实例主要用到了填充工具和轮廓工具。本章将具体讲解使用“均匀填充”、“渐变填充”、“底纹填充”、“图样填充”、“交互式填充”、“轮廓笔”对话框和“对象属性”泊坞窗绘制和修饰图像的方法。

6.1 为对象填充颜色

在 CorelDRAW 中，使用填充工具可以方便地填充图形的颜色，包括均匀填充、渐变填充、图样填充、底纹填充和 PostScript 填充等，下面将分别进行讲解。

6.1.1 为对象填充实色

均匀填充是一种比较简单的单色填充方式，与调色板中的颜色相比，其颜色选择范围更加广泛，用户的自由选择性也更强。

其使用方法是：按住工具箱中的填充工具不放，在展开的工具条中选择均匀填充工具，打开“均匀填充”对话框，如图 6-1 所示。其中提供了模型、混和器和调色板 3 种调色模式，下面将分别进行讲解。

图 6-1 “均匀填充”对话框

1. 模型模式

模型模式提供了完整的色谱，在左侧的颜色框中单击鼠标可以选择颜色，也可以在右侧“组件”栏中设置需要的颜色值。当前选择的颜色将出现在右侧的“参考”栏中，“旧的”选项显示了上一次选择的颜色，“新建”选项则显示了新选择的颜色。

技巧：

单击“名称”下拉列表框右侧的按钮，在弹出的下拉列表中可以通过颜色名称来选择所需的颜色。另外，如果想将设置的颜色保留下来以备后用，单击颜色框下方的加到调色板(A)按钮，即可将颜色添加到调色板中。

【例 6-1】 使用“均匀填充”对话框中的模型模式将星形填充为红色。

（1）绘制并使用挑选工具选中星形，如图 6-2 所示。

（2）在工具箱中按住填充工具不放，在展开的工具条中选择均匀填充工具，打开“均匀填充”对话框。

（3）单击“模型”下拉列表框右侧的按钮，在弹出的颜色模式下拉列表中选择 CMYK

选项。

（4）使用鼠标光标在颜色框中单击右上角的颜色，该颜色的填充值会出现在“组件”栏中（C：0、M：100、Y：95、K：0），如图 6-3 所示，再单击确定(O)按钮即可将星形填充为红色，效果如图 6-4 所示。

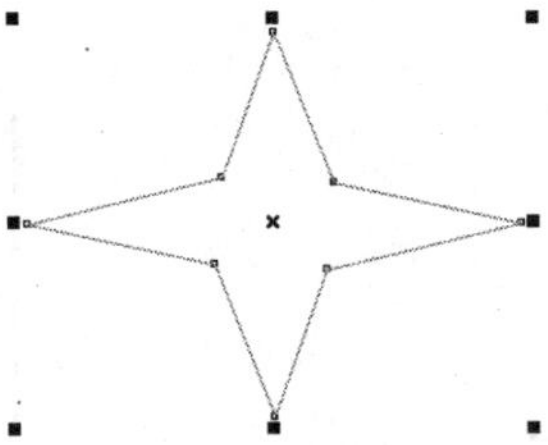

图 6-2　选中星形

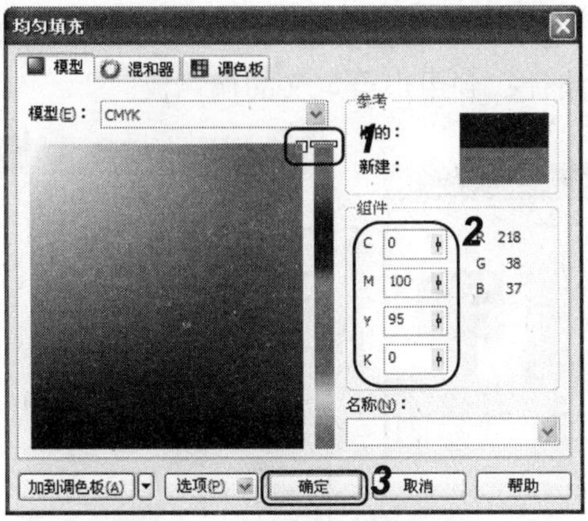

图 6-3　“均匀填充”对话框

图 6-4　星形填充效果

注意：

使用鼠标光标可以在颜色框中选取颜色，但其颜色值不是很准确，若要求所选颜色准确，可在“组件”栏中直接输入数值。另外，对于一些比较常用的颜色要熟记其 CMYK 值，如白（C：0、M：0、Y：0、K：0）、黑（C：0、M：0、Y：0、K：100）、红（C：0、M：100、Y：100、K：0）、黄（C：0、M：0、Y：100、K：0）等。

2．混和器模式

在“均匀填充”对话框中选择“混和器”选项卡，如图 6-5 所示。将进入混和器模式，该模式的主要功能是通过组合其他颜色来生成新的颜色，通过旋转色环或从“色度”下拉列表框中选择颜色形状样式，单击色环下方的颜色块可以选择所需的颜色，拖动“大小”滑块可以调整颜色的数量，使用“变化”下拉列表框可调整颜色的色调。

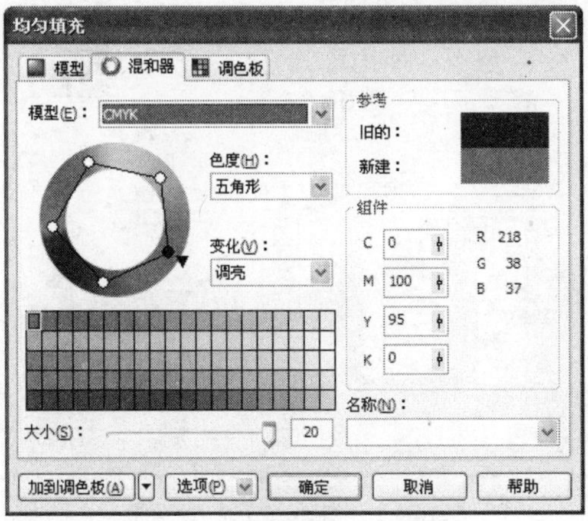

图 6-5　“混和器”选项卡

3．调色板模式

在“均匀填充”对话框中选择“调色板”选项卡，如图 6-6 所示。将进入调色板模式，该模式的主要功能是通过选择 CorelDRAW X3 中现有的颜色来填充图形。

单击“调色板”下拉列表框右侧的按钮，在弹出的下拉列表中可选择需要的调色板，选择“默认 RGB 调色板”选项。单击按钮，将打开如图 6-7 所示的“打开调色板”对话框，在其中可以通过设置路径找到用户自定义的调色板。

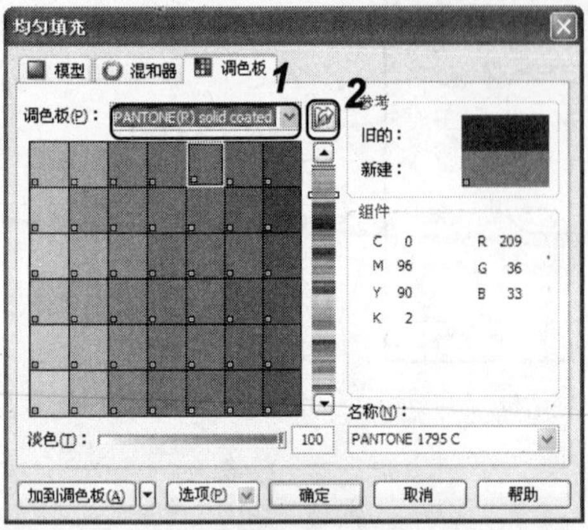

图 6-6 “调色板”选项卡

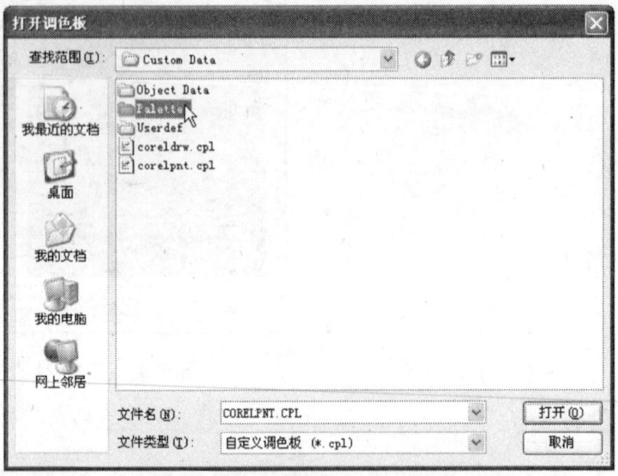

图 6-7 “打开调色板”对话框

6.1.2 为对象填充渐变

渐变填充可以使图形呈现出从一种颜色到另一种或多种颜色渐变的过渡效果，与均匀填充相比，渐变填充更能体现图形的立体效果。其方法是：选择需要填充的图形，按住工具箱中的填充工具不放，在展开的工具条中选择渐变填充工具，打开如图 6-8 所示的“渐变填充”对话框。

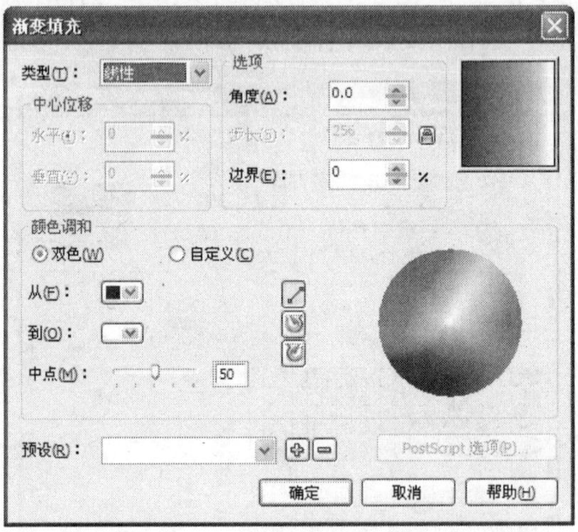

图 6-8 “渐变填充”对话框

其各参数含义如下。

- **“类型”下拉列表框**：列出了 CorelDRAW X3 提供的“线性”、“射线”、“圆锥”和“方角”4 种渐变类型。
- **“颜色调和”栏**：可以选择渐变填充的方式，若选中◎双色(W)单选按钮，则可在其下方的“从”和“到”颜色框中选择两种颜色进行渐变填充；若选中◎自定义(C)单选按钮，则在下方的渐变框中可进行多种颜色的自定义填充。
- **“角度”数值框**：可以设置渐变填充的角度值。
- **“步长”数值框**：可以输入数值来确定渐变的层次，但是必须先单击其右侧的按钮，使之处于开启状态。
- **“边界”数值框**：可以设置渐变色两边颜色的宽度。

1．线性渐变

线性渐变填充是两种或多种颜色之间的直线渐变填充效果，在“渐变填充”对话框的“类型”下拉列表框中选择“线性”选项，即可以用线性渐变方式填充图形。其中双色线性渐变的操作比较简便，这里以自定义线性渐变为例讲解线性渐变的操作方法。

【例 6-2】　使用线性渐变填充方式将图像填充为从黄色到绿色、角度为 33 的渐变效果。

（1）打开“猪.cdr”图像文件（立体化教学:\实例素材\第 6 章\猪.cdr），如图 6-9 所示。使用挑选工具选中需要填充的图形，选择工具箱中的填充工具，并在其展开的工具条中选择渐变填充工具，打开“渐变填充”对话框。

（2）选中◎自定义(C)单选按钮，在下方的“渐变颜色”设置框中，单击左侧的黑色小方块■，再在右侧的颜色框中单击沙黄色色块，如图 6-10 所示。

图 6-9　“猪”图形

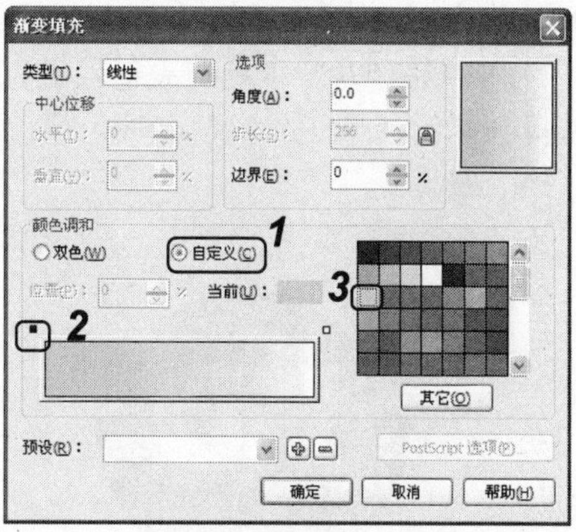

图 6-10　设置“渐变颜色”

（3）将“渐变颜色”设置框右侧的颜色设置为绿色，如图 6-11 所示。设置“角度”数值框为 33，单击确定(O)按钮，完成后的效果如图 6-12 所示（立体化教学:\源文件\第 6 章\猪.cdr）。

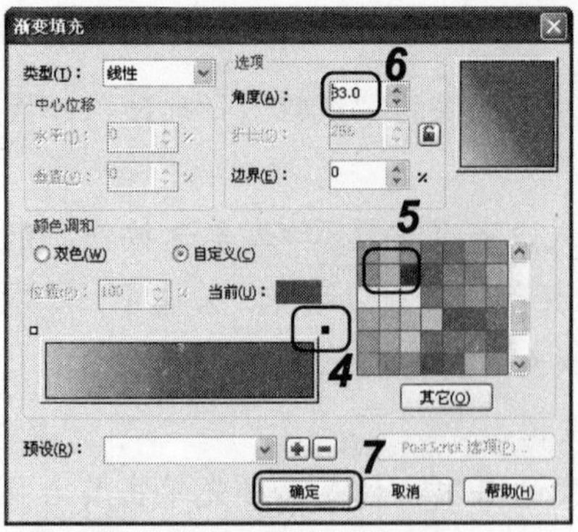

图 6-11　设置另一个渐变色

图 6-12　设置渐变色

提示：

若颜色框中的颜色不能满足用户的需要，可以单击其下方的 其它(O)... 按钮，在打开的“选择颜色”对话框中设置需要的颜色。另外，在“预设”下拉列表框中还提供了多种预设的渐变方式，用户可根据需要进行选择。

2．射线渐变

射线渐变填充是以一点为中心，向四周放射的一种渐变方式，适用于创建球体的特殊效果。

【例 6-3】 选中太阳图形，使用射线渐变填充方式将其填充为从蓝色到白色的渐变效果。

（1）打开“射线渐变.cdr”图像文件（立体化教学:\实例素材\第 6 章\射线渐变.cdr），如图 6-13 所示。使用挑选工具选中需要进行射线填充的蓝色圆圈。

（2）打开“渐变填充”对话框，在“类型”下拉列表框中选择“射线”选项，再选中 双色(W) 单选按钮。

（3）单击“从”下拉列表框右侧的 按钮，在弹出的颜色框中单击蓝色色块，如图 6-14 所示。

图 6-13　选中图形

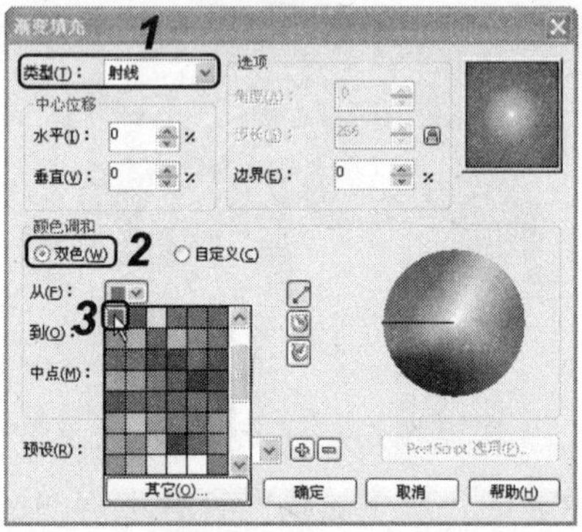

图 6-14　选择“从”下拉列表框的颜色

（4）单击“到”下拉列表框右侧的 按钮，在弹出的颜色框中单击白色色块，设置“中点”为 9，如图 6-15 所示。单击 确定 按钮，为太阳图形填充颜色后的效果如图 6-16

所示（立体化教学:\源文件\第 6 章\射线渐变.cdr）。

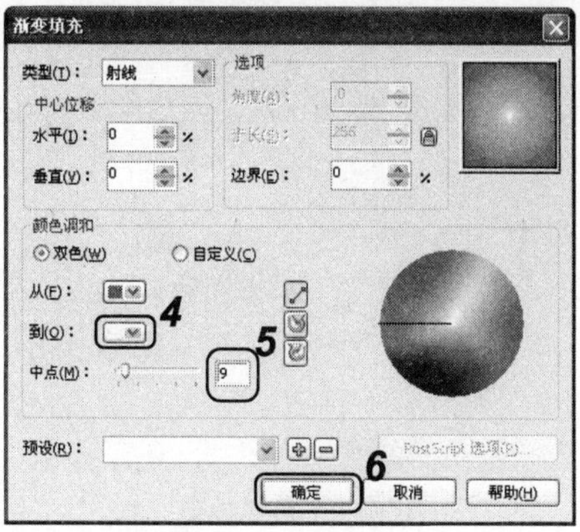

图 6-15 设置渐变中点

图 6-16 图形填充效果

3．圆锥渐变

圆锥渐变填充可为图形创造出圆锥形的放射效果。其方法是选中需要填充的图形，再打开"渐变填充"对话框，在"类型"下拉列表框中选择"圆锥"选项，再设置其颜色即可。

【例 6-4】 为图像绘制背景，使用"渐变填充"对话框将其填充为多种颜色的圆锥渐变效果。

（1）打开"蝴蝶.cdr"图像文件（立体化教学:\实例素材\第 6 章\蝴蝶.cdr），如图 6-17 所示。使用挑选工具选中图像背景，打开"渐变填充"对话框，在"类型"下拉列表框中选择"圆锥"选项。

（2）选中 ◎自定义(C) 单选按钮，在"颜色渐变"设置框中单击左边的黑色小方块，再在右侧的颜色栏中单击橙红色色块 ▓，如图 6-18 所示。

图 6-17 打开"蝴蝶"图像

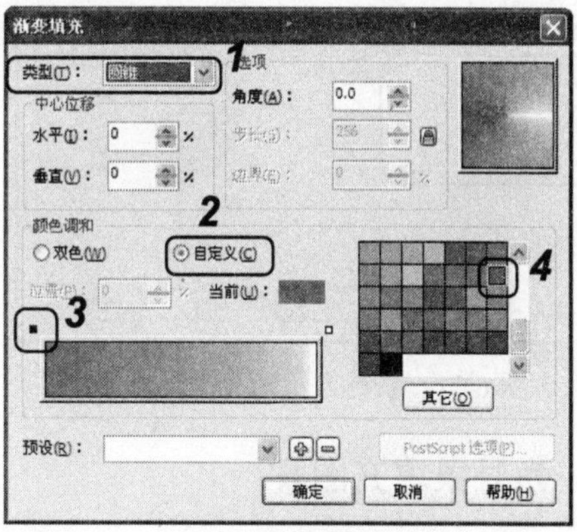

图 6-18 设置颜色

（3）在"颜色渐变"设置框色条中间双击增加一个颜色点，再在右侧的颜色栏中选择黄色 ▢，并在"位置"数值框中输入"65"，如图 6-19 所示。

（4）单击 确定 按钮，为背景填充颜色后的效果如图 6-20 所示（立体化教学:\源文件\第 6 章\蝴蝶.cdr）。

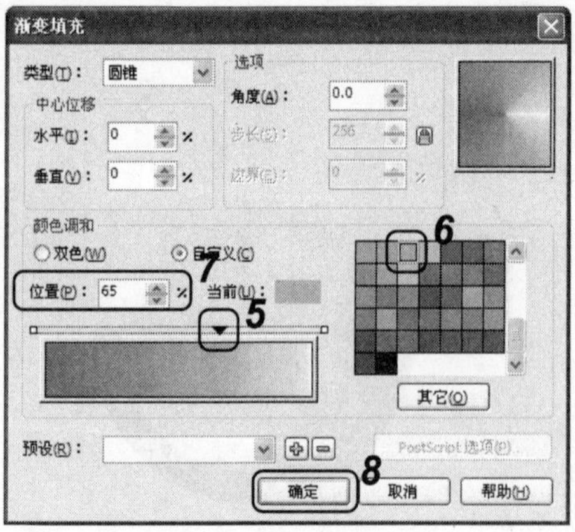

图 6-19　设置中间点颜色

图 6-20　最终效果

4．方角渐变

方角渐变填充可以创建出一种类似四边形轮廓向外扩散的渐变效果。其使用方法是：使用挑选工具选中需渐变的图形，打开“渐变填充”对话框，在“类型”下拉列表框中选择“方角”选项，在“从”下拉列表框中选择填充的外围颜色，在“到”下拉列表框中选择填充的中心颜色，再使用鼠标拖动“中点”滑块，如图 6-21 所示；单击确定按钮，矩形的填充效果如图 6-22 所示。

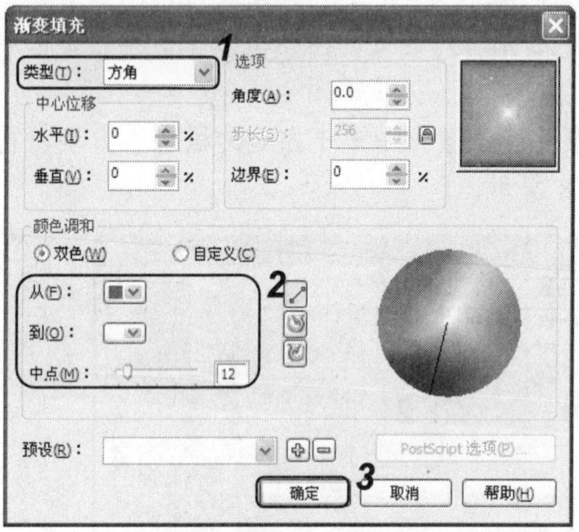

图 6-21　设置方角渐变填充

图 6-22　矩形的填充效果

6.1.3　为对象填充图案

图样填充与均匀填充和渐变填充不同，它可以将预设的图案按平铺的方式进行填充。选中一个图形，按住工具箱中的填充工具不放，在其展开的工具条中选择图样填充工具，打开“图样填充”对话框，如图 6-23 所示。其中提供了双色、全色和位图 3 种图样填充类型，下面将进行详细讲解。

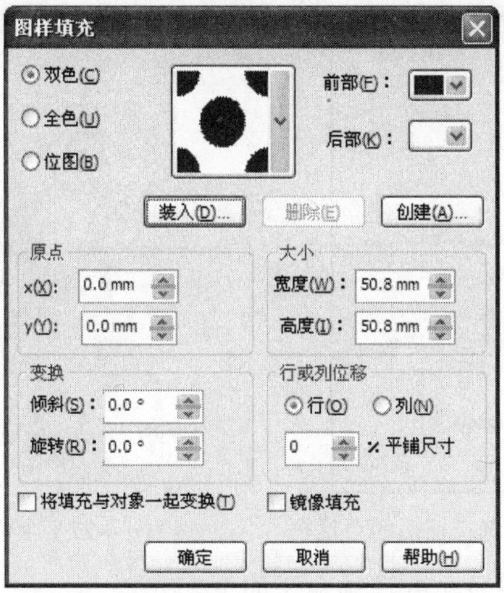

图 6-23　“图样填充”对话框

1. 双色填充

在“图样填充”对话框中选中 双色(C) 单选按钮，在“图案类型”下拉列表框中可以任选一种样式。单击 装入(D)... 按钮，将打开“导入”对话框，如图 6-24 所示，在其中可以选择所需的图样样式，单击 导入 按钮，将其添加到图样预览框中。

如果预设的图案不能满足需要，可单击“图样填充”对话框中的 创建(A)... 按钮，打开“双色图案编辑器”对话框，如图 6-25 所示。使用鼠标在网格上按住并拖绘所需的图形样式，单击 确定 按钮即可将绘制的图形添加到图样预览框中。

图 6-24　“导入”对话框

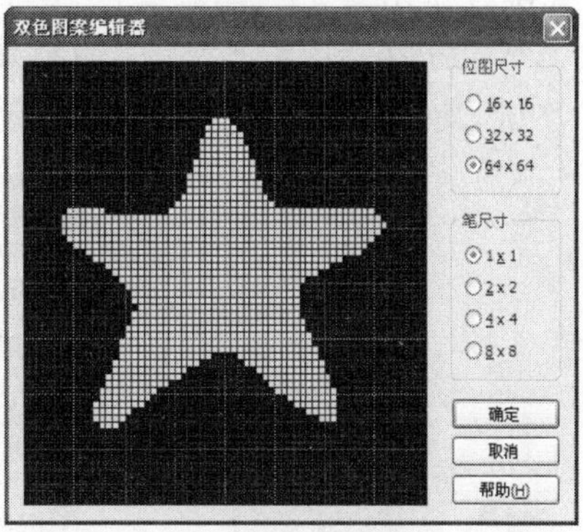

图 6-25　“双色图案编辑器”对话框

2. 全色填充

全色填充是使用矢量图来填充图形，与双色填充相比，全色填充的颜色更加丰富。在“图样填充”对话框中选中 全色(U) 单选按钮，如图 6-26 所示。如图 6-27 所示为进行全色填充后的矩形效果。

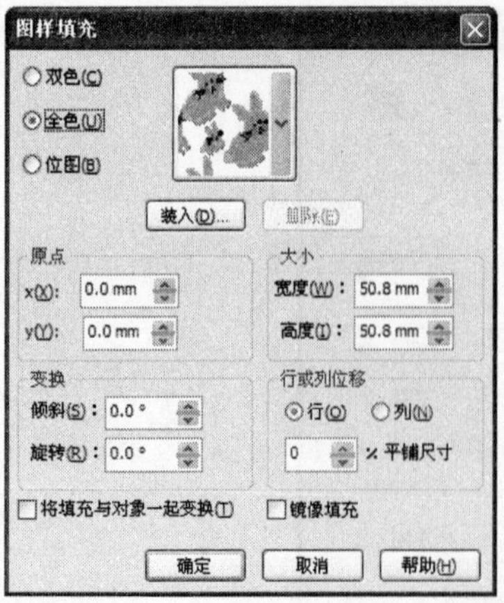

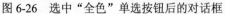

图 6-26　选中“全色”单选按钮后的对话框

图 6-27　全色填充的矩形效果

“图样填充”对话框中各主要选项含义如下。

- “原点”栏：可设置图样在图形中的位置。
- “大小”栏：可设置图案的大小。
- “变换”栏：可设置图案进行倾斜和旋转的程度。

3．位图填充

使用位图填充可将电脑中已有的图片作为图样填充到图形中，从而增加图形的美观程度。

【例 6-5】 对“枫叶.cdr”图像文件进行位图填充。

（1）打开“枫叶.cdr”图像文件（立体化教学:\实例素材\第 6 章\枫叶.cdr），如图 6-28 所示。使用挑选工具选中枫叶图形，打开“图样填充”对话框，选中位图(B)单选按钮，如图 6-29 所示。

（2）在“图案类型”下拉列表框中选择倒数第 8 个图样，并在“旋转”数值框中输入“90”，最后单击确定按钮，填充效果如图 6-30 所示（立体化教学:\源文件\第 6 章\枫叶.cdr）。

图 6-28　打开图形

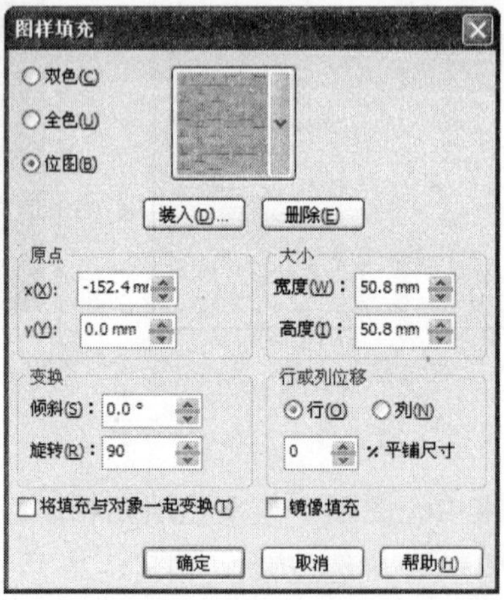

图 6-29　设置填充效果

图 6-30　最终效果

6.1.4　使用滴管和颜料桶工具

滴管和颜料桶工具是相互结合运用的工具，主要是先通过滴管工具来吸取所需的任意颜色，它只能获取基本色，再使用颜料桶工具将滴管工具所获取的颜色填充到图形对象中。

其使用方法是：选择工具箱中的滴管工具，将鼠标光标移到需要的颜色处，当鼠标光标呈形状显示时，单击鼠标吸取颜色，如图 6-31 所示；再选择工具箱中的颜料桶工具，将鼠标光标移到需要填充的图形上，当鼠标光标呈形状显示时，如图 6-32 所示；单击鼠标，即可将滴管工具吸取的颜色填充到图形中，效果如图 6-33 所示。

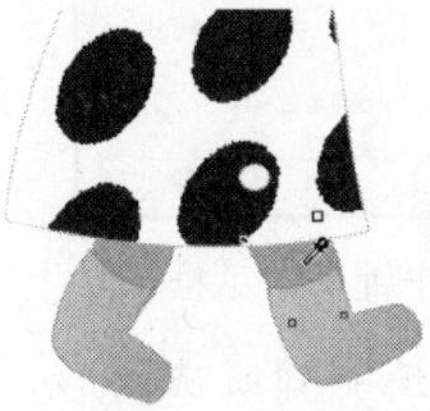

图 6-31　吸取颜色

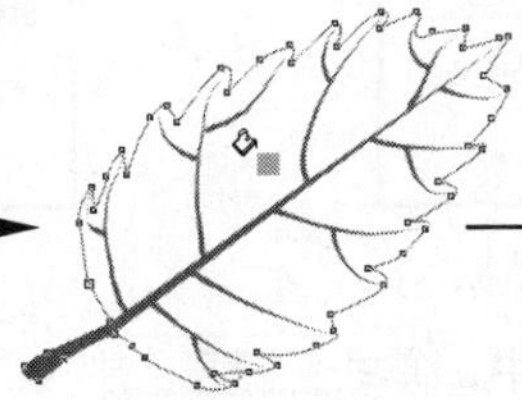

图 6-32　选择需填充的图形

图 6-33　填充图形效果

6.1.5　为对象填充底纹

底纹填充与图样填充相似，它是使用随机产生的图案和对象提供的天然材料的外观来进行填充。

【例 6-6】　使用挑选工具选中电池图形，打开“底纹填充”对话框，为其进行底纹填充。

（1）打开“电池.cdr”图像文件（立体化教学:\实例素材\第 6 章\电池.cdr），如图 6-34 所示。使用挑选工具选中电池图形，按住工具箱中的填充工具不放，在展开的工具条中选择底纹填充工具，打开“底纹填充”对话框。

（2）在“底纹库”下拉列表框中选择“样本 5”选项，在“底纹列表”列表框中选择“缤纷彩块”选项，如图 6-35 所示。

图 6-34　打开图形

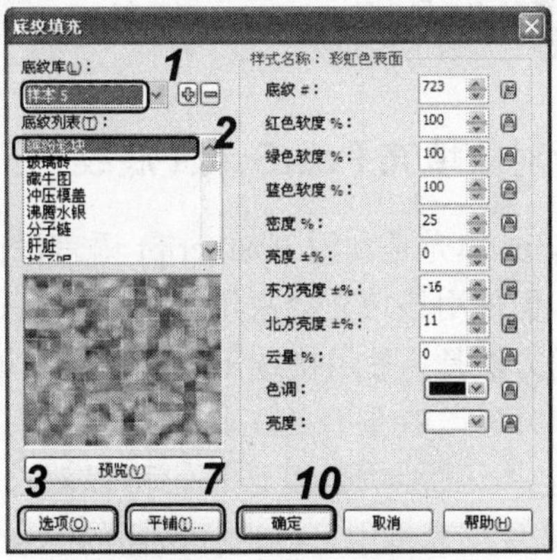

图 6-35　选择填充图形

（3）单击 选项(O)... 按钮将打开“底纹选项”对话框，设置“位图分辨率”和“最大平铺宽度”为 300 和 2049，如图 6-36 所示。设置完成后单击确定按钮，返回“底纹填充”对话框。

（4）单击平铺(I)...按钮将打开“平铺”对话框，设置“宽度”和“高度”为 500.0mm，如图 6-37 所示。设置完成后单击确定按钮，返回“底纹填充”对话框。

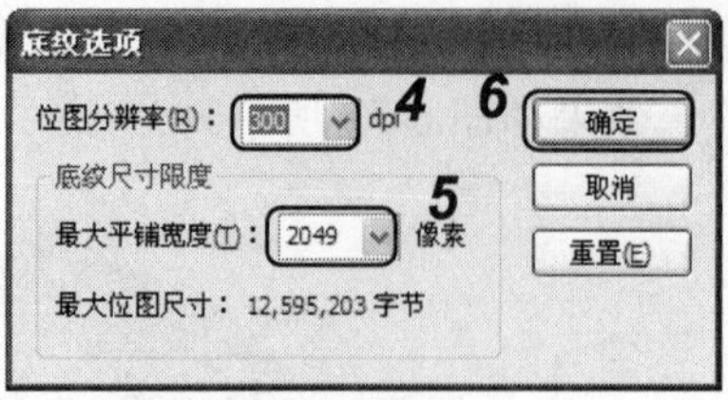

图 6-36 “底纹选项”对话框

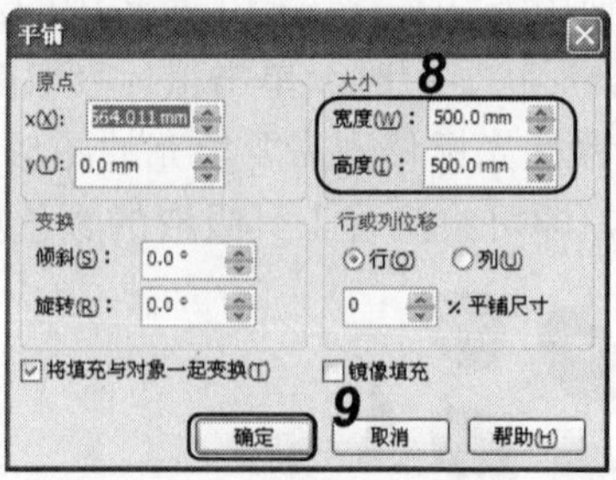

图 6-37 “平铺”对话框

（5）在“底纹填充”对话框中，单击确定按钮即可将底纹填充到所选图形上，效果如图 6-38 所示（立体化教学:\源文件\第 6 章\电池.cdr）。

图 6-38 底纹填充效果

提示：

在“底纹填充”对话框中，每单击一次预览(V)按钮，由于底纹的不同位置变化，都可在预览框中观察到底纹的相应变化。

6.1.6 为对象填充 PostScript 底纹

PostScript 填充是利用 PostScript 语言设计的一种图样填充方式，它是建立在数学公式基础上的，但使用该填充会占用较多的系统资源，一般不常用。

其使用方法是：使用挑选工具选中需要填充的图形，如图 6-39 所示；按住工具箱中的填充工具不放，在展开的工具条中选择 PostScript 填充工具，打开“PostScript 底纹”对话框，选中☑预览填充(P)复选框，可以对选择的 PostScript 底纹进行预览，在左上方的 PostScript 底纹列表框中可以选择所需的 PostScript 底纹，在“参数”栏中可以设置底纹的“频度”和“行宽”，如图 6-40 所示；单击确定按钮即可将 PostScript 底纹填充到图像中，效果如图 6-41 所示。

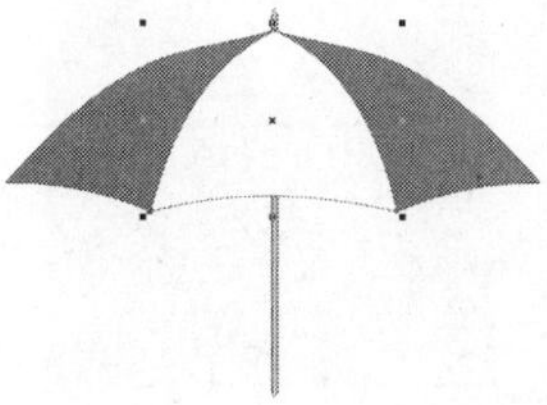

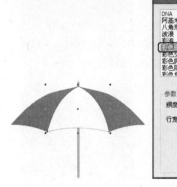

图 6-39　选中图形

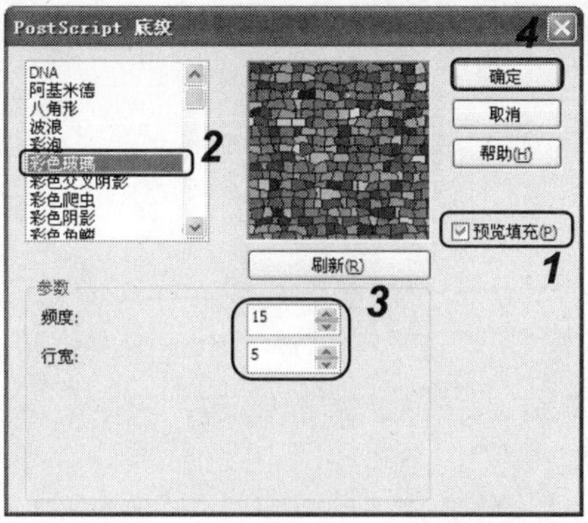

图 6-40　“PostScript 底纹”对话框

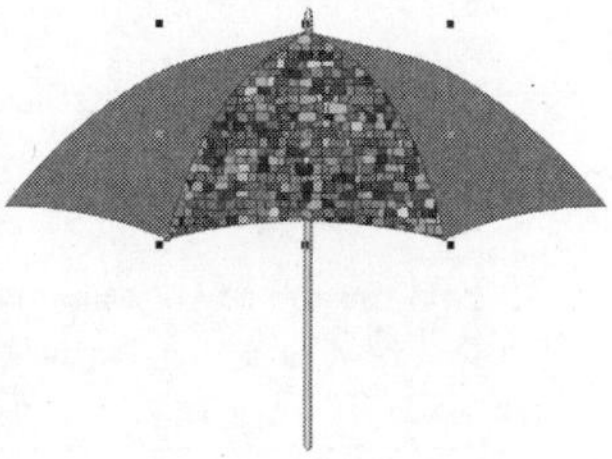

图 6-41　填充效果

6.1.7　使用交互式填充工具

使用交互式填充工具可以填充图形的单色或渐变颜色，其作用与填充工具相似，但操作方法不同，它不仅可以使用鼠标操作，也可以利用其属性栏实现。

【例 6-7】　使用交互式填充工具为图像添加渐变色。

（1）打开“精灵.cdr”图像文件（立体化教学:\实例素材\第 6 章\精灵.cdr），如图 6-42 所示。选中需要填充的图形，在工具箱中选择交互式填充工具，在其属性栏的“填充类型”下拉列表框中选择“射线”选项，如图 6-43 所示。

图 6-42　打开图像

图 6-43　交互式填充工具属性栏

（2）在下拉列表框中设置前景色为红色，在下拉列表框中设置最终效果为黄色，如图 6-44 所示。图形效果如图 6-45 所示。

（3）在属性栏中单击按钮，在“渐变步长值”数值框 256 中输入“8”，设置填充的层次，效果如图 6-46 所示（立体化教学:\源文件\第 6 章\精灵.cdr）。

提示：

在交互式填充工具的属性栏中，在 50 % 数值框中可以设置填充中点的位置，在 25.0 20 % 数值框中可以设置填充效果的倾斜角度和填充长度。

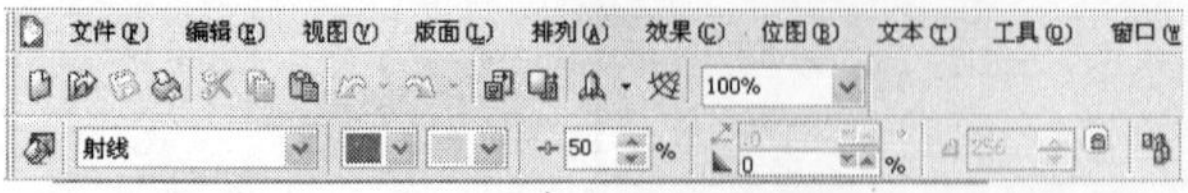

图 6-44　设置渐变色

图 6-45　设置渐变色后的效果

图 6-46　最终效果

6.1.8　应用举例——为鲜花上色

下面使用填充工具在如图 6-47 所示图像（立体化教学:\实例素材\第 6 章\鲜花.cdr）的基础上填充颜色，填充后的效果如图 6-48 所示（立体化教学:\源文件\第 6 章\鲜花.cdr）。其中花瓣颜色以橘红色为主色调，花茎和叶子以绿色为主色调。

图 6-47　原图

图 6-48　上色效果

操作步骤如下：

（1）打开“鲜花.cdr”图像文件，在工具箱中选择挑选工具，选中鲜花图形中需要填充颜色的部分，先选中左侧花朵中的大花瓣，如图 6-49 所示。

（2）按住工具箱中的填充工具不放，在展开的工具条中选择均匀填充工具，打开“均匀填充”对话框，使用鼠标光标在颜色框中单击，选中所需的颜色，如图 6-50 所示。

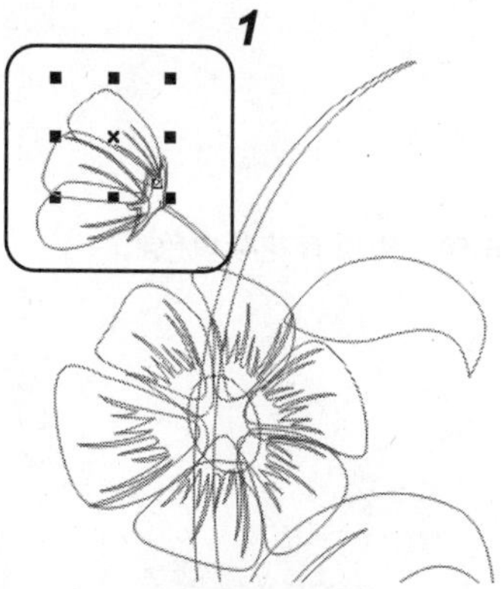

图 6-49　选中左侧花朵中的大花瓣

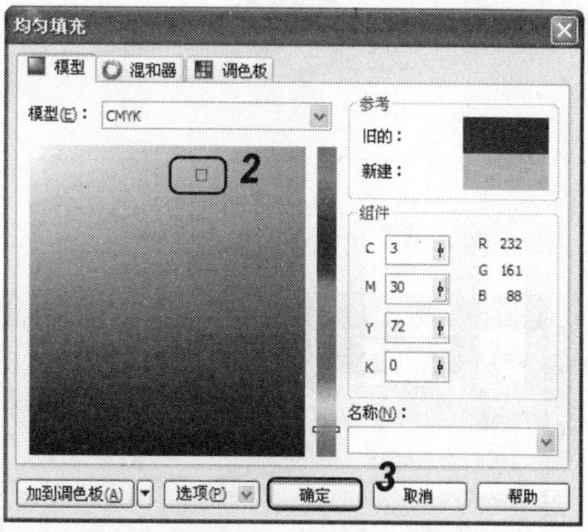

图 6-50　设置填充色

（3）单击确定(O)按钮，即可将大花瓣填充为橙色，如图 6-51 所示。

（4）使用挑选工具选中花瓣内的褶皱，再打开“均匀填充”对话框，在颜色框中选择比花瓣稍浅一些的颜色，如图 6-52 所示。

图 6-51　将大花瓣填充为橙色

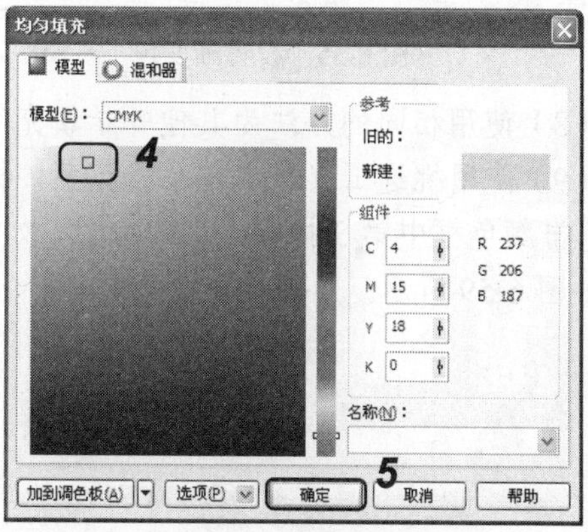

图 6-52　设置填充色

（5）单击确定(O)按钮，效果如图 6-53 所示。使用相同的方法为其他花瓣填充颜色，效果如图 6-54 所示。

（6）使用挑选工具选中叶子，按住工具箱中的填充工具不放，在展开的工具条中选择渐变填充工具，打开“渐变填充”对话框，在“类型”下拉列表框中选择“线性”选项。

（7）选中⊙双色(W)单选按钮，在“从”下拉列表框中选择绿色，在“到”下拉列表框中选择黄色，设置“中点”为 22、“角度”和“边界”分别为 15.0 和 5，单击确定按钮，如图 6-55 所示。填充后的效果如图 6-56 所示。

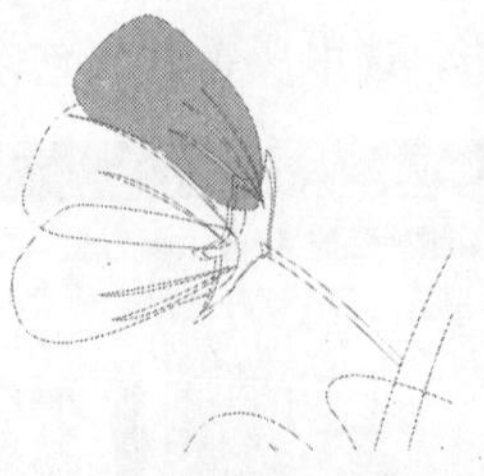

图 6-53　填充中花瓣为浅橙色

图 6-54　为所有花朵填色

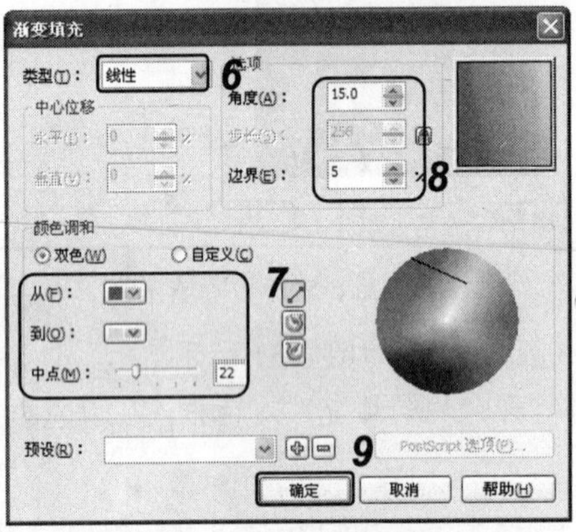

图 6-55　设置渐变色

图 6-56　填充效果

（8）使用相同的方法为其他叶子填充颜色，效果如图 6-57 所示。

（9）使用挑选工具选中花朵的花茎，打开“均匀填充”对话框，选择“混和器”选项卡，单击颜色框中第 3 排第 1 列的绿色，如图 6-58 所示。单击 确定(O) 按钮，填充颜色后的效果如图 6-59 所示。

图 6-57　填充其余叶子

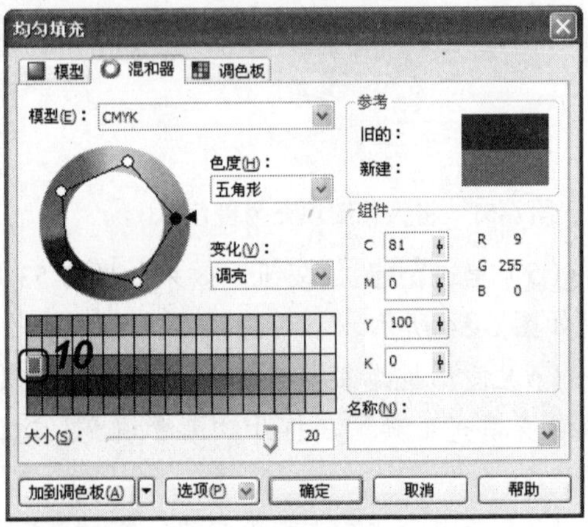

图 6-58　设置填充色

（10）使用相同的方法，为未填色的区域填色，效果如图 6-60 所示。

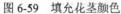

图 6-59　填充化茎颜色

图 6-60　最终效果

6.2　设置轮廓和样式

在 CorelDRAW 中，每个图形刚绘制成时都自动带有轮廓线，默认状态下图形对象的轮廓线为黑色，会影响一些图形的美观效果，而通过设置图形的轮廓颜色和样式，可以使绘制的图形与其他图形融合在一起。用户可以根据需要设置不同的轮廓线样式。

6.2.1　使用“轮廓笔”对话框编辑图形轮廓

使用“轮廓笔”对话框可以方便地设置图形对象的轮廓宽度和颜色等，减少制图的时间。

选择工具箱中的轮廓工具，可以打开轮廓工具工具条，如图 6-61 所示。

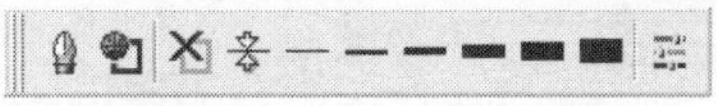

图 6-61　轮廓工具工具条

各工具的含义如下。

- **轮廓笔对话框工具**：选择该工具可以打开“轮廓笔”对话框。
- **轮廓颜色对话框工具**：选择该工具可以打开“轮廓色”对话框。
- **无轮廓工具**：可以去除图形对象的轮廓线。
- **细线轮廓工具**：将选中的对象设置为宽度为“发丝”的轮廓。
- **1/2 点轮廓工具**：可以将选中的对象轮廓宽度设置为 0.176mm。
- **1 点轮廓工具**：可以将选中的对象轮廓宽度设置为 0.353mm。
- **2 点轮廓工具**：可以将选中的对象轮廓宽度设置为 0.706mm。
- **8 点轮廓工具**：可以将选中的对象轮廓宽度设置为 2.822mm。
- **16 点轮廓工具（中粗）**：可以将选中的对象轮廓宽度设置为 5.644mm。
- **24 点轮廓工具（粗）**：可以将选中的对象轮廓宽度设置为 8.467mm。
- **颜色泊坞窗工具**：单击该按钮，可以打开如图 6-62 所示的“颜色”泊坞窗来设置轮廓的颜色。

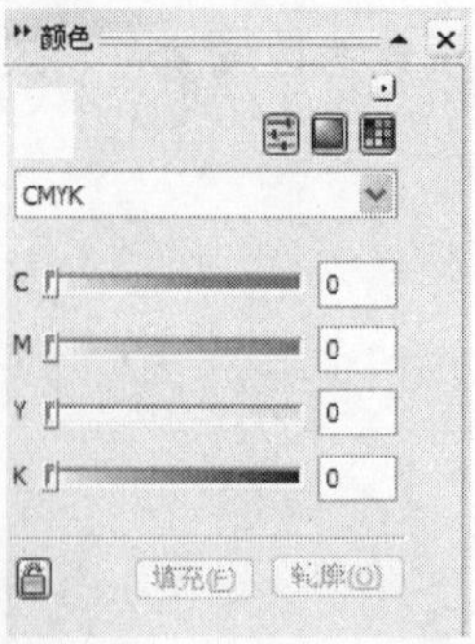

图 6-62　“颜色”泊坞窗

【例 6-8】　打开“回收标志.cdr”，再使用“轮廓笔”对话框将其轮廓线设置为 0.5mm。

（1）打开“回收标志.cdr”图像文件（立体化教学:\实例素材\第 6 章\回收标志.cdr），使用挑选工具选中需要编辑轮廓颜色的图形对象，如图 6-63 所示。

（2）按住工具箱中的轮廓工具不放，在展开的工具条中选择轮廓画笔对话框工具，打开“轮廓笔”对话框。

（3）在“宽度”下拉列表框中选择所需的轮廓宽度，也可直接在其中输入所需的轮廓宽度，如输入“2.0mm”，在右侧的“单位”下拉列表框中选择所需的单位，如选择“毫米”选项，如图 6-64 所示。

（4）单击 确定 按钮，应用设置的轮廓宽度，效果如图 6-65 所示（立体化教学:\源文件\第 6 章\回收标志.cdr）。

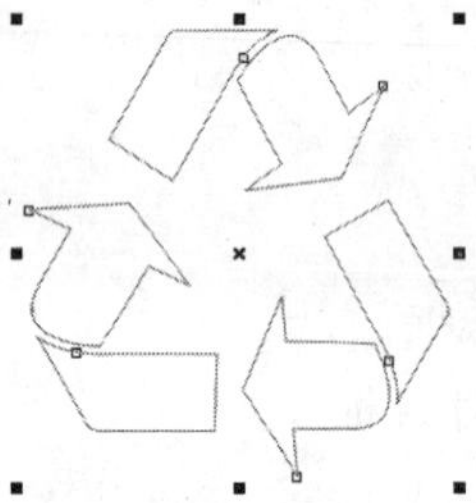

图 6-63　选择图形

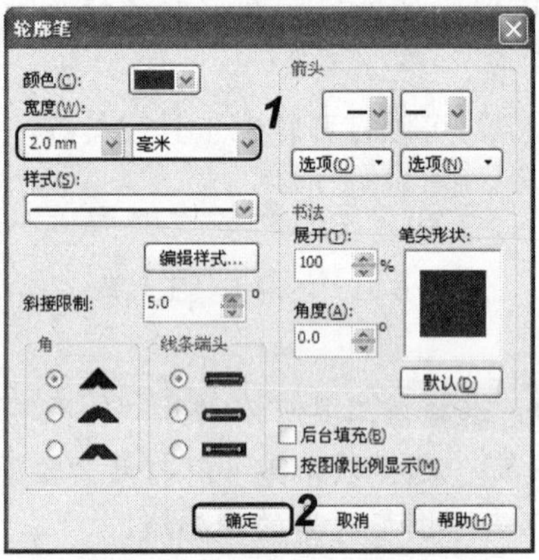

图 6-64　“轮廓笔”对话框

图 6-65　轮廓效果

6.2.2　使用“对象属性”泊坞窗编辑图形轮廓

除了使用“轮廓笔”对话框外，使用“对象属性”泊坞窗也可以编辑图形的轮廓。

其使用方法是：使用挑选工具选中需编辑的图形，如图 6-66 所示；单击鼠标右键，在弹出的快捷菜单中选择“属性”命令，打开如图 6-67 所示的“对象属性”泊坞窗；单击“轮廓”按钮，在“宽度”下拉列表框中选择 1.4mm 线型，再在“颜色”下拉列表框中选择橘红色；单击 应用(A) 按钮，即可将该颜色应用到图形的轮廓，如图 6-68 所示。

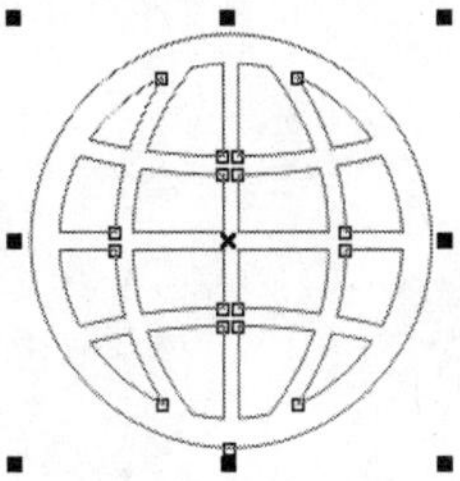

图 6-66　选择对象

图 6-67　“对象属性”泊坞窗

图 6-68　编辑后的效果

6.2.3　设置轮廓的线端和箭头样式

在 CorelDRAW 中创建的图形对象的轮廓分为封闭和未封闭两种类型。由于封闭的图形没有线端，所以设置轮廓的线端和箭头样式只能针对没有封闭的图形对象。

设置未封闭曲线的轮廓线端和箭头样式，可以通过属性栏和“轮廓笔”对话框来实现，下面分别进行讲解。

1．通过属性栏

通过属性栏设置未封闭曲线的轮廓线端的方法是：先选中需要设置轮廓线端的对象，然后在属性栏选择起始箭头和轮廓样式。

【例 6-9】　通过属性栏设置所选轮廓的线端样式。

（1）打开“花儿.cdr”图像文件（立体化教学:\实例素材\第 6 章\花儿.cdr)，使用挑选工具选择右边的曲线，如图 6-69 所示。

（2）在属性栏中单击“终止箭头选择器”下拉列表框右侧的按钮，在弹出的下拉列表中选择箭头样式，效果如图 6-70 所示。

图 6-69　选择右边的曲线

图 6-70　应用终止箭头的效果

（3）单击“轮廓样式选择器”下拉列表框右侧的按钮，在弹出的下拉列表中选择样式，然后在“轮廓宽度”下拉列表框中选择 1.0mm 选项。

（4）使用挑选工具选择左边的曲线，如图 6-71 所示。单击“起始箭头选择器”下拉列表框右侧的按钮，在弹出的下拉列表中选择曲线起始的箭头样式，然后使用鼠标右键单击调色板中的浅蓝绿色色块，设置后的曲线轮廓效果如图 6-72 所示（立体化教学:\源文件\第 6 章\花儿.cdr）。

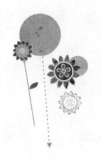

图 6-71　选择左边的曲线

图 6-72　曲线的轮廓效果

提示：

设置轮廓的线端和箭头样式只适用于未闭合的曲线，对于闭合图形没有作用。

2．通过“轮廓笔”对话框

通过“轮廓笔”对话框也可以设置未封闭图形的轮廓线端样式，其设置也更加细致。其方法是：使用挑选工具选中图形对象，再打开“轮廓笔”对话框，在其中设置箭头样式及各参数。

【例 6-10】　使用挑选工具选中需编辑的曲线对象，再打开“轮廓笔”对话框，从中设置图形的轮廓线端样式。

（1）打开“笑脸.cdr”图像文件（立体化教学:\实例素材\第 6 章\笑脸.cdr），使用挑选工具选中嘴巴，如图 6-73 所示。

（2）在工具箱中按住轮廓工具不放，在展开的工具条中选择轮廓画笔对话框工具，打开“轮廓笔”对话框。

（3）在“样式”下拉列表框中选择样式，在“箭头”栏中可以根据需要选择线条起始和终止的箭头样式，如图 6-74 所示，效果如图 6-75 所示。

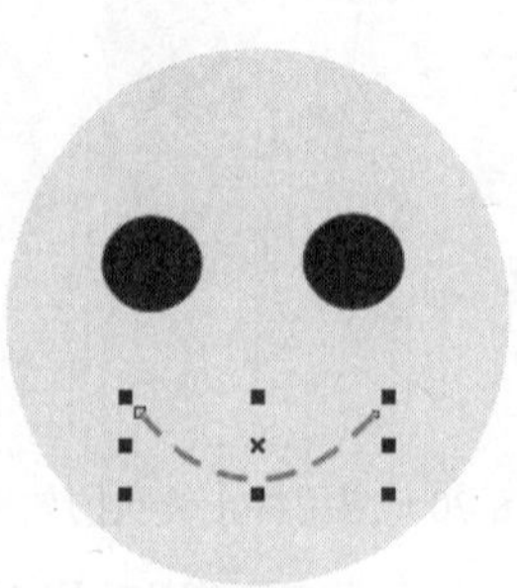

图 6-73　选中一条曲线

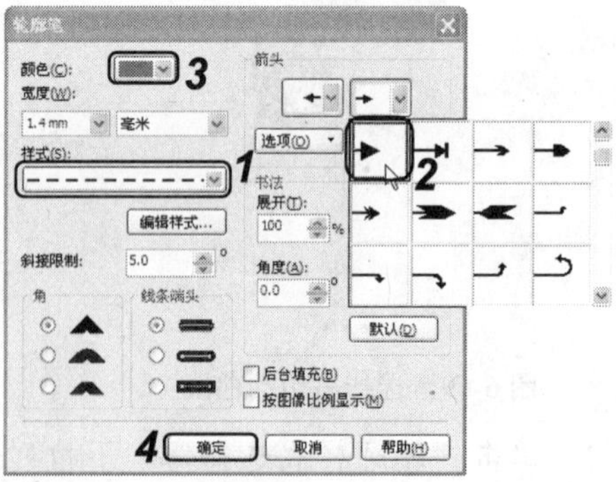

图 6-74　选择线条起始和终点箭头样式

（4）在“颜色”下拉列表框中选择黑色，再单击 确定 按钮，曲线的轮廓箭头样式效果如图 6-76 所示（立体化教学:\源文件\第 6 章\笑脸.cdr）。

图 6-75　曲线的轮廓笔效果

图 6-76　最终效果

注意：

对于封闭的图形对象，通过“轮廓笔”对话框中的“角”栏可以设置对象的拐角样式，它们分别是“尖角”、“圆角”和“平角”。

6.2.4　自定义箭头样式

用户在 CorelDRAW X3 中除了可以选择预设的箭头样式外，还可根据需要对已有的箭头样式进行编辑，生成新的箭头样式。其方法是：选中需要重新设置箭头样式的对象，在“轮廓笔”对话框中设置新的箭头样式即可。

【例 6-11】　选中图形中的箭头样式对象，使用“轮廓笔”对话框对其箭头样式重新设置。

（1）打开“树.cdr”图像文件（立体化教学:\实例素材\第 6 章\树.cdr），使用挑选工具选中需要设置箭头样式的图形对象，如图 6-77 所示。

（2）打开“轮廓笔”对话框，单击“箭头”栏下方右侧的 选项(N) 按钮，在弹出的菜单中选择“新建”命令，如图 6-78 所示。

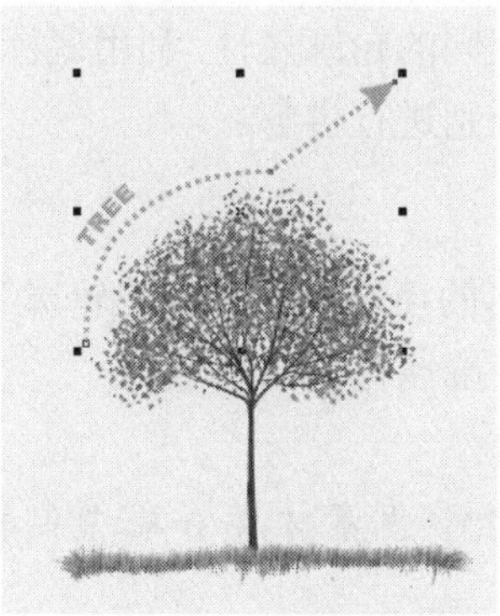

图 6-77　选中图形

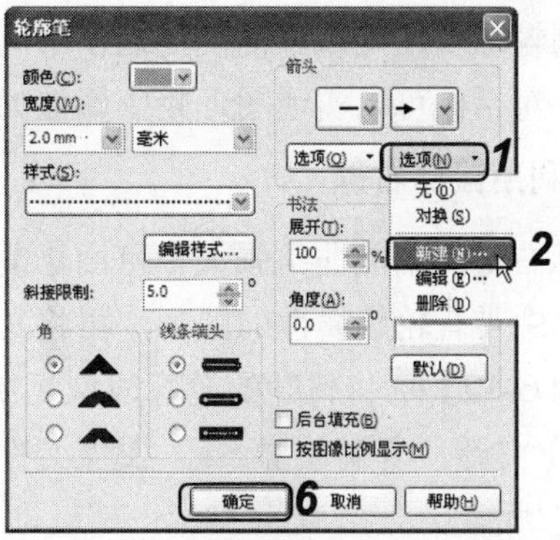

图 6-78　选择“新建”命令

（3）打开“编辑箭头尖”对话框，单击 反射在 X 中(R) 按钮可以将箭头水平翻转，如图 6-79 所示。

（4）在左侧的预览框中拖动手柄和空心节点可对箭头进行缩放或更改位置操作，依次单击 确定 按钮，设置后图形的箭头效果如图 6-80 所示（立体化教学:\源文件\第 6 章\树.cdr）。

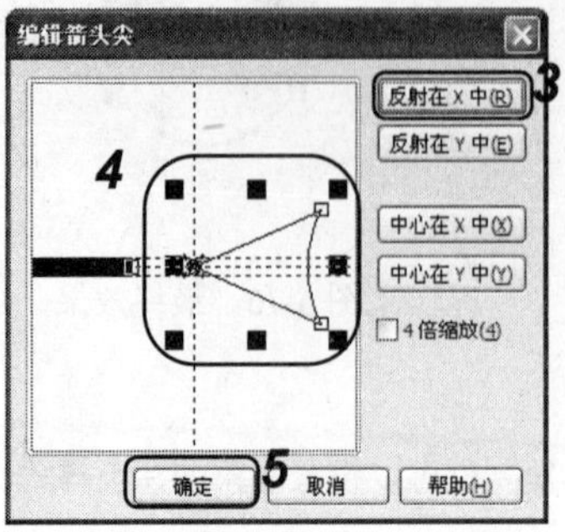

图 6-79 “编辑箭头尖”对话框

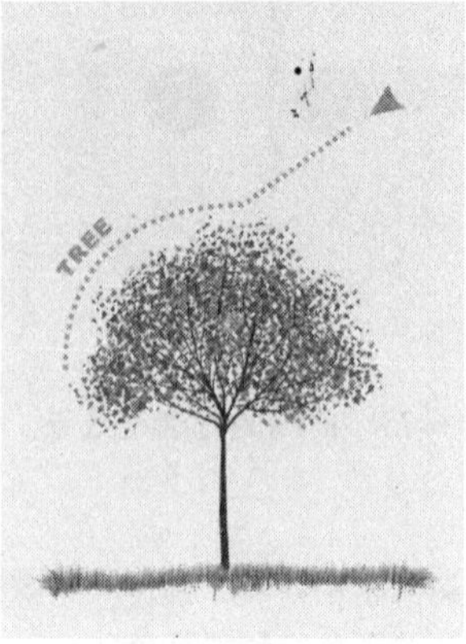

图 6-80 图形的箭头效果

提示：

在“编辑箭头尖”对话框中，单击 反射在 Y 中(E) 按钮可使箭头以水平线旋转箭头方向，单击 中心在 X 中(X) 按钮可使箭头的中心点居中于原点，单击 中心在 Y 中(Y) 按钮可使箭头中心点垂直居中于直线上，选中 ☑4 倍缩放(4) 复选框，可以将箭头放大 4 倍进行查看、编辑。

提示：

选择“工具/新建/箭头”命令，也可以新建一种箭头样式。

6.2.5 复制轮廓属性

当用户需要将绘制的图形轮廓属性设置为与其他图形的轮廓属性相同时，则可以将图形的轮廓进行复制，从而提高工作效率。

复制轮廓属性可以方便快捷地使不同的图形具有相同的轮廓属性，利用鼠标右键或“复制属性”对话框可以实现图形轮廓属性的复制，下面分别进行讲解。

1. 利用鼠标右键

鼠标右键的功能非常强大，可用于复制图形、图形的填充颜色和图形轮廓等。其方法是：先选中带有轮廓属性的图形，再将其复制到需要轮廓属性的图形上。

【例 6-12】 将树叶的轮廓线型复制到松树图形上。

（1）打开“复制轮廓.cdr”图像文件（立体化教学:\实例素材\第 6 章\复制轮廓.cdr），如图 6-81 所示。

（2）在树叶图形上按住鼠标右键不放并将其拖动到松树上要复制轮廓属性的对象上，此时鼠标光标变成⊕形状，如图 6-82 所示。

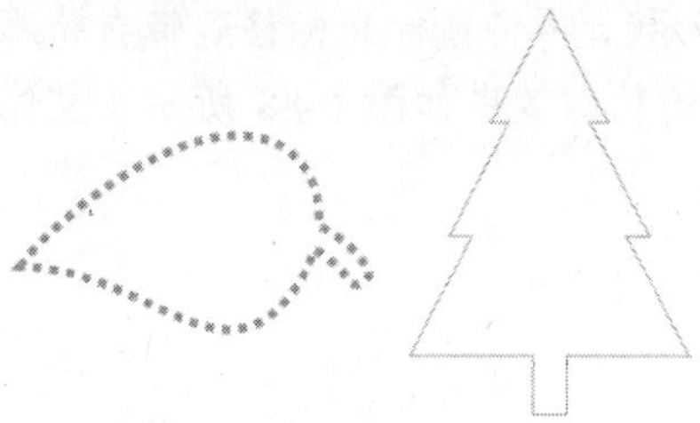

图 6-81　打开图像

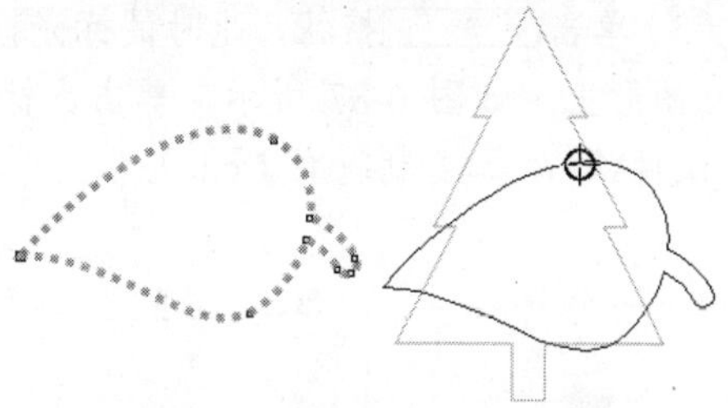

图 6-82　拖动到需要复制的对象上

（3）释放鼠标，在弹出的快捷菜单中选择“复制轮廓”命令，如图 6-83 所示，即可将树叶图形对象的轮廓复制到松树对象上，如图 6-84 所示（立体化教学:\源文件\第 6 章\复制轮廓.cdr）。

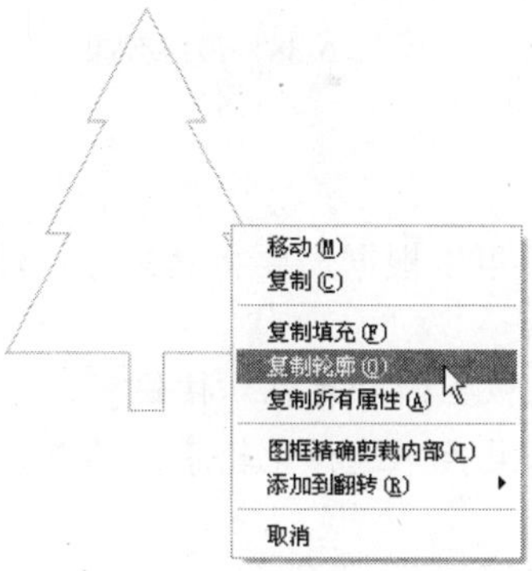

图 6-83　选择“复制轮廓”命令

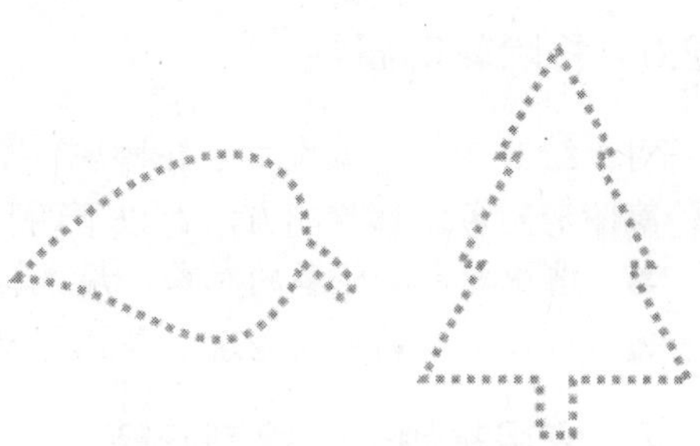

图 6-84　复制轮廓后的效果

2. 利用“复制属性”对话框

利用“复制属性”对话框复制图形轮廓属性，要先选中需要复制轮廓的图形，再使用鼠标单击带有轮廓属性的图形。

【例 6-13】　利用“复制属性”对话框将树叶的轮廓属性复制到松树上。

（1）打开“复制轮廓.cdr”图像文件（立体化教学:\实例素材\第 6 章\复制轮廓.cdr），选中需要复制轮廓的松树图形，如图 6-85 所示。

（2）选择“编辑/复制属性自”命令，打开“复制属性”对话框，选中☑轮廓笔(P)和☑轮廓色(C)复选框，如图 6-86 所示。

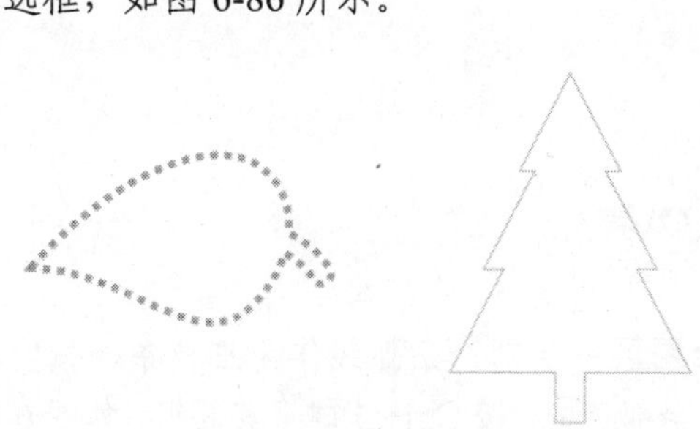

图 6-85　打开图形

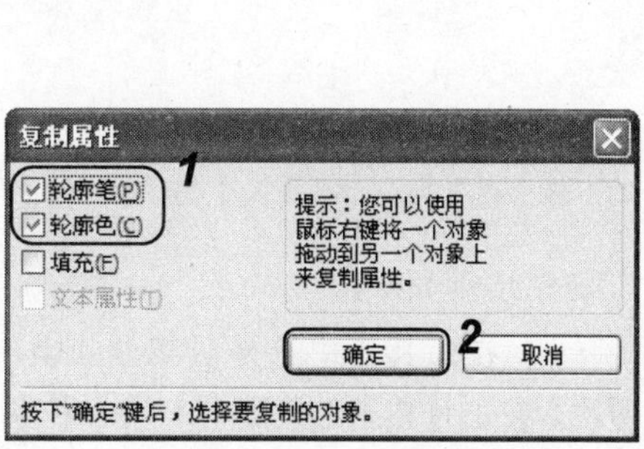

图 6-86　“复制属性”对话框

（3）单击[确定]按钮，此时鼠标光标变为➡形状，再将鼠标光标移到带有轮廓属性的树叶图形上，如图 6-87 所示，单击鼠标后，松树的轮廓效果如图 6-88 所示（立体化教学:\源文件\第 6 章\复制轮廓 1.cdr）。

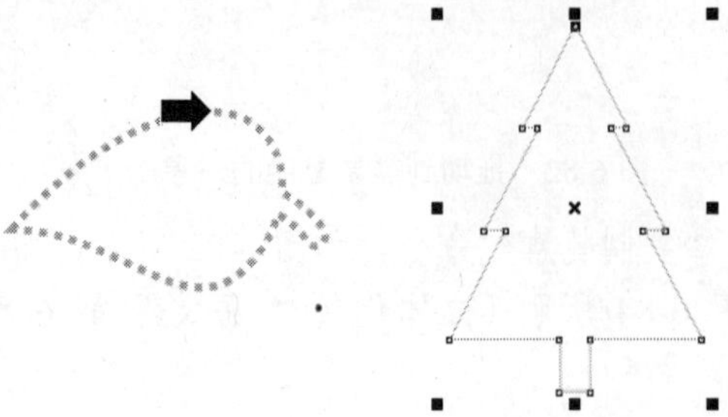

图 6-87　将鼠标移到带有轮廓属性的图形上

图 6-88　最终效果

6.2.6　移除轮廓属性

对于绘制的图形或设置了轮廓属性后的图形对象，可以根据需要将其去除，使其变成无轮廓图形对象。移除的方法有以下两种：

- 选中要移除轮廓的对象，用鼠标右键单击调色板上的“无色”按钮☒。
- 按住工具箱中的轮廓工具不放，在展开的工具条中选择无轮廓工具✕。

6.2.7　应用举例——绘制花枝

使用复制轮廓、填充颜色、“轮廓笔”对话框和贝塞尔工具等绘制花枝，完成效果如图 6-89 所示（立体化教学:\源文件\第 6 章\绘制花枝.cdr）。本例将使用贝塞尔工具绘制花枝和花朵，并将花朵的轮廓线去除，再将花茎填充为绿色并设置轮廓宽度。

图 6-89　最终效果

操作步骤如下：

（1）在工具箱中选择贝塞尔工具，在绘图区中绘制一条弧线作为主枝条，按空格键两次，在主枝条上继续绘制一些小枝条，将枝条全部选中，按 Ctrl+G 键将其群组，如图 6-90 所示。

（2）选中枝条，打开“轮廓笔”对话框，将其颜色填充值设置为（C：37、M：0、Y：46、K：36），在“宽度”数值框中输入“1.0mm”，如图 6-91 所示。

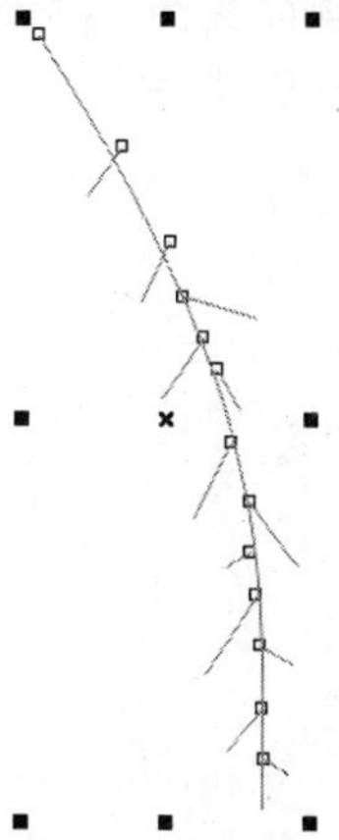

图 6-90　绘制枝条

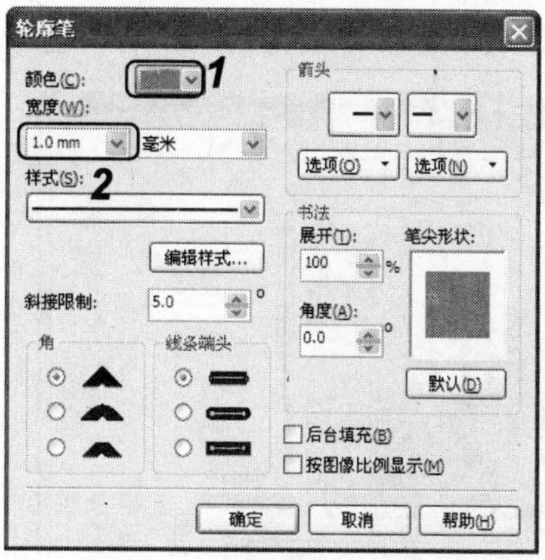

图 6-91　编辑枝条轮廓

（3）选中枝条，将其复制一个并移至花枝的右边，并缩小至适当大小作为枝条。

（4）使用贝塞尔工具在花枝的左上方绘制两条曲线，再在工具箱中选择形状工具，结合属性栏上的“曲线”按钮，调整其形状，并将其群组，效果如图 6-92 所示。

（5）选中曲线，选择“编辑/复制属性自”命令，打开“复制属性”对话框，其参数设置如图 6-93 所示。

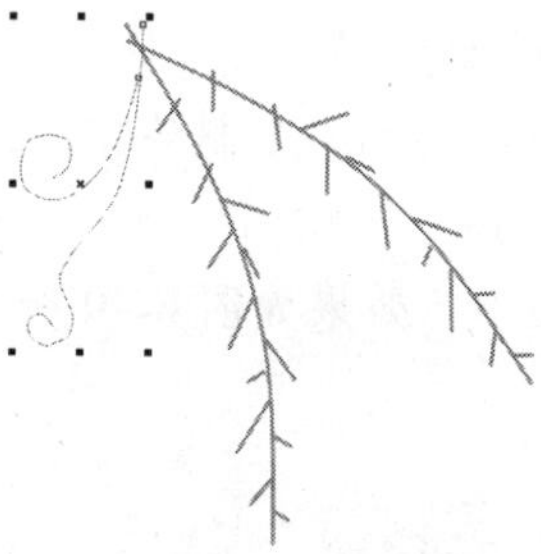

图 6-92　绘制两条曲线

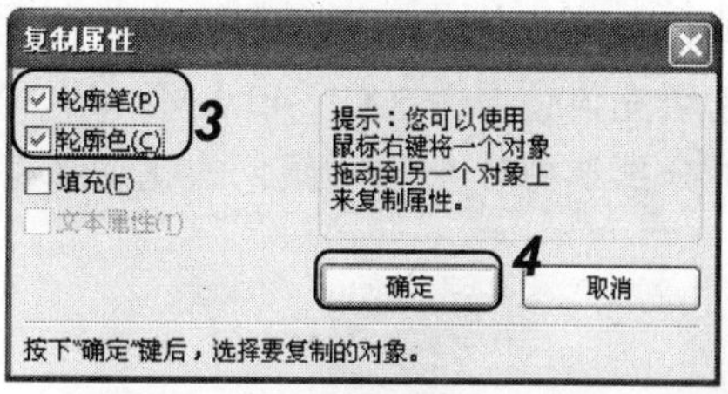

图 6-93　“复制属性”对话框

（6）单击确定按钮，效果如图 6-94 所示。

（7）使用贝塞尔工具结合形状工具绘制一条封闭的曲线作为花瓣，如图 6-95 所示。

图 6-94　复制枝条属性

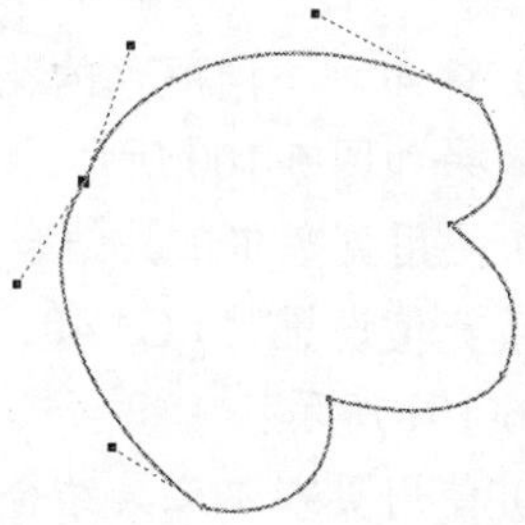

图 6-95　绘制一条封闭的曲线

（8）选中花瓣，打开“均匀填充”对话框，将颜色填充为粉红色，填充值设置为（C: 0、M: 40、Y: 0、K: 0），单击确定按钮，如图6-96所示。

（9）选择工具箱中的交互式填充工具，在属性栏的“填充类型”下拉列表框中选择“线性”选项，将鼠标在花瓣上拉动调整其渐变效果，如图6-97所示。

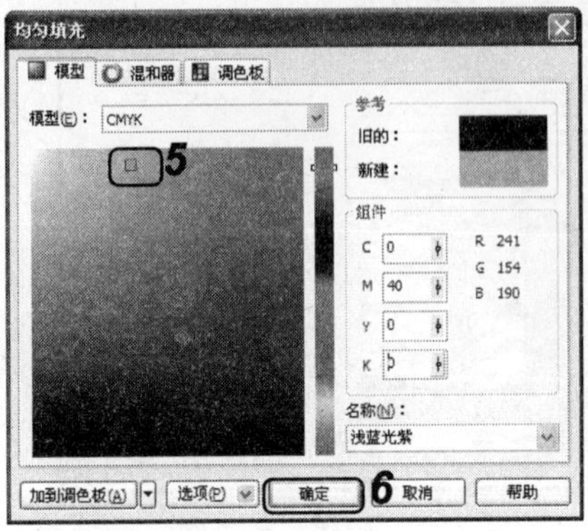

图6-96 “均匀填充”对话框

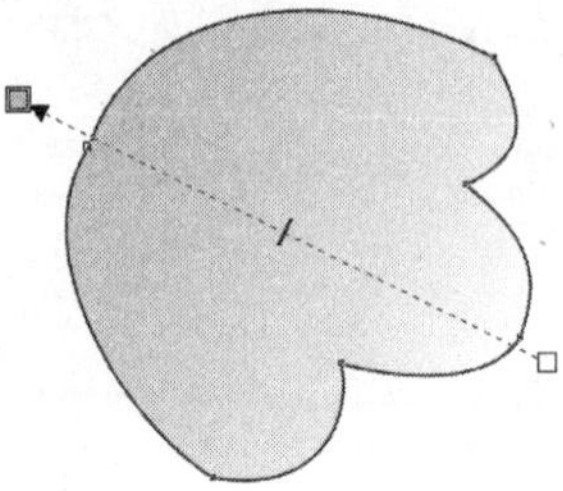

图6-97 花瓣的填充效果

（10）选中粉红色的花瓣，去除其轮廓线，再按小键盘上的“+”键，将其复制一个，选中复制的花瓣，在属性栏上单击按钮，将其水平镜像，使用交互式填充工具单击复制的花瓣，在属性栏上将右边的颜色填充值设置为（C: 20、M: 80、Y: 0、K: 0），效果如图6-98所示。

（11）选中粉红色的花瓣，按小键盘上的“+”键，将其再复制一个，在属性栏上将其颜色填充为蓝色，填充值设置为（C: 60、M: 40、Y: 0、K: 0）。

（12）将粉红色的花瓣再复制一个，使用交互式填充工具单击复制的花瓣，在属性栏上将其颜色填充值设置为（C: 40、M: 40、Y: 0、K: 0）。

（13）分别选中4个不同颜色的花瓣并将其移至枝条上，效果如图6-99所示。

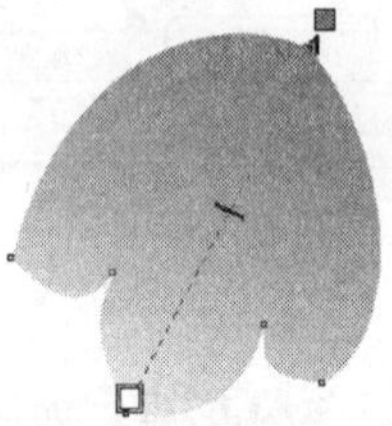

图6-98 复制粉红色的花瓣

图6-99 将花瓣移至枝条上

（14）将4种不同颜色的花瓣复制并旋转不同的角度，将其缩放到适当的大小再移至枝条上，效果如图6-100所示。

（15）使用贝塞尔工具结合形状工具在花枝上绘制一条叶茎，打开“轮廓笔”对话框，将其颜色填充值设置为（C: 40、M: 0、Y: 20、K: 40），在“宽度”数值框中输入“1.1mm”，效果如图6-101所示。

（16）使用贝塞尔工具结合形状工具在叶茎上绘制叶子和叶脉的轮廓，在属性栏上将其轮廓宽度设置为0.4mm，并将其群组，效果如图6-102所示。

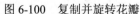

图 6-100 复制并旋转花瓣

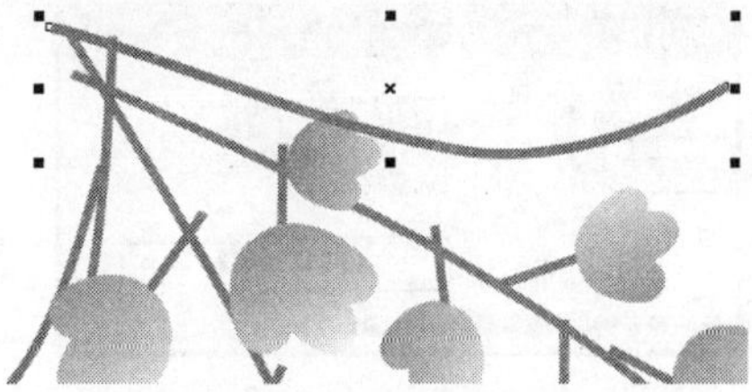

图 6-101 绘制叶茎

（17）选中叶子和叶脉轮廓，打开"轮廓笔"对话框，将其颜色填充值设为（C: 20、M: 0、Y: 40、K: 20），效果如图 6-103 所示。

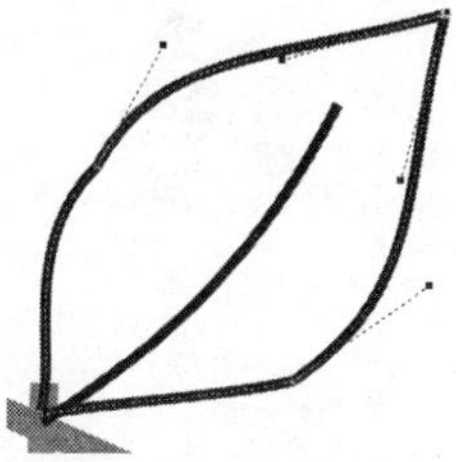

图 6-102 绘制叶子

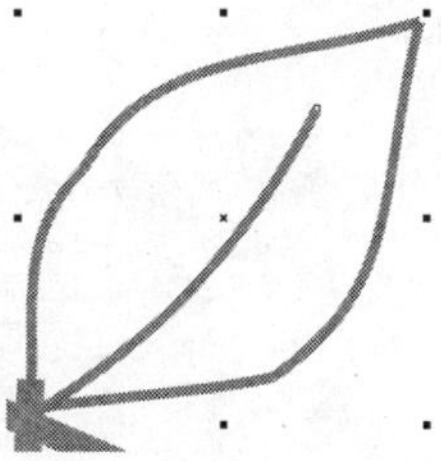

图 6-103 填充叶子和叶脉轮廓

（18）选中叶子，选择工具箱中的渐变填充工具 ，打开"渐变填充"对话框，将"从"右边的颜色填充值设置为（C: 20、M: 0、Y: 60、K: 0），将"到"右边的颜色填充值设置为（C: 60、M: 0、Y: 60、K: 20），单击 确定 按钮，效果如图 6-104 所示。

（19）选中叶子，将其复制一个，并单击属性栏上的 按钮，将其垂直镜像，将其再单击一次，将旋转中心点移至最上方并使用鼠标将其旋转一定角度，效果如图 6-105 所示的。

（20）使用贝塞尔工具结合形状工具再绘制一片叶子，将其选中并群组，效果如图 6-106 所示。

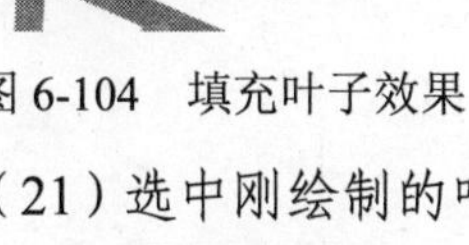

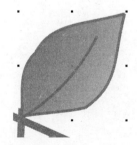

图 6-104 填充叶子效果

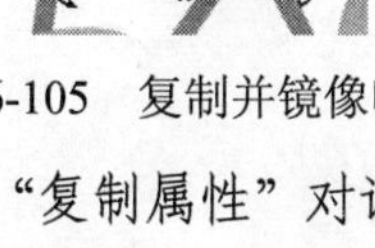

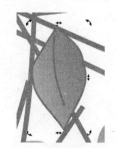

图 6-105 复制并镜像叶子

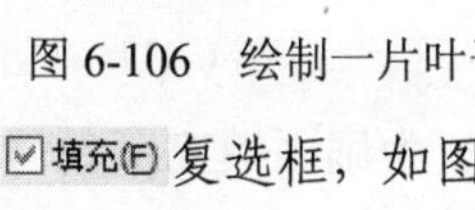

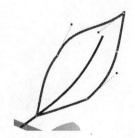

图 6-106 绘制一片叶子

（21）选中刚绘制的叶子，打开"复制属性"对话框，选中 ☑填充(F) 复选框，如图 6-107 所示。单击 确定 按钮，再单击左边的叶子，效果如图 6-108 所示。

（22）同样，绘制其他的叶子并使用"复制属性"命令为其复制渐变颜色，效果如图 6-109 所示。选中叶子，按住 Shift 键，再依次单击其他的叶子，将其群组。

图 6-107 “复制属性”对话框

图 6-108 叶子的填充效果

（23）分别选中叶子和花枝，并将其分别复制并旋转一定的角度，再将两者群组作为小花枝，效果如图 6-110 所示。

图 6-109 绘制其他的叶子

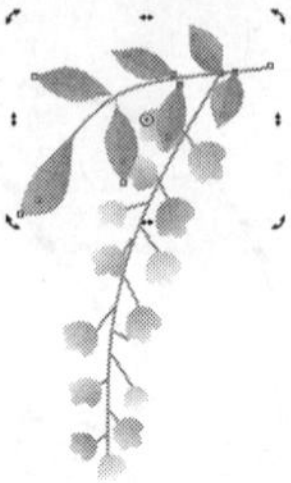

图 6-110 绘制小花枝

6.3 上机及项目实训

6.3.1 绘制纸扇

本次实训将打开“纸扇.wmf”图像文件（立体化教学:\实例素材\第 6 章\纸扇.wmf），如图 6-111 所示，使用填充工具填充其颜色，使图像更加美观，填充后的效果如图 6-112 所示（立体化教学:\源文件\第 6 章\纸扇.cdr）。

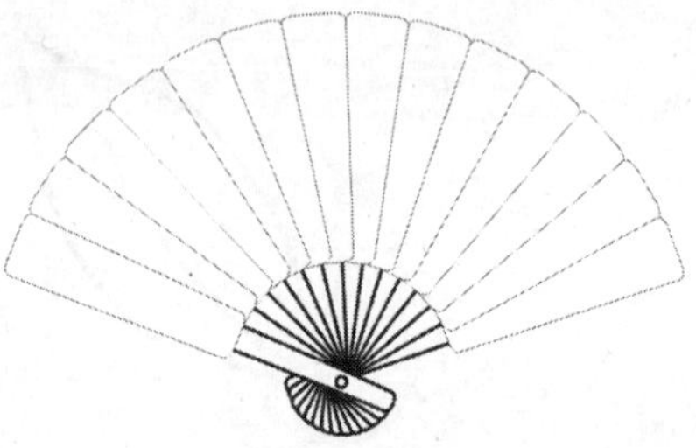

图 6-111 填充前

图 6-112 填充后

1. 为扇面填充颜色

使用“渐变填充”对话框为扇面填充颜色，操作步骤如下：

（1）打开“纸扇.wmf”图像文件，在工具箱中选择挑选工具，选中纸扇最左边的扇面，如图 6-113 所示。

（2）按住工具箱中的填充工具不放，在展开的工具条中选择标准填充工具，打开“渐变填充”对话框，在“类型”下拉列表框中选择“线性”选项，设置从朦胧绿到白色的渐变填充，并设置“角度”、“边界”分别为 68.3、38，如图 6-114 所示。

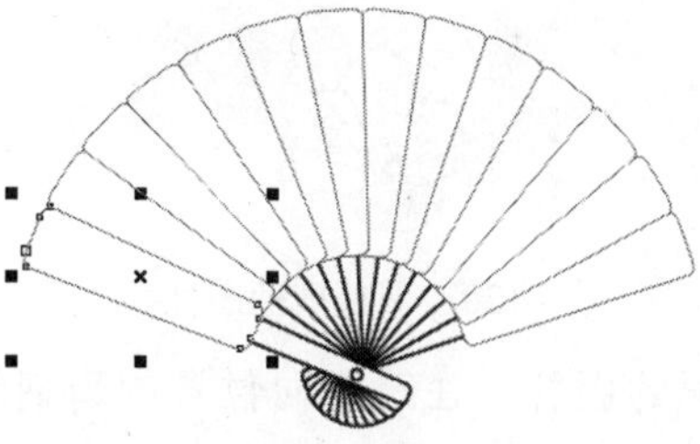

图 6-113　选中花扇最左边的扇面

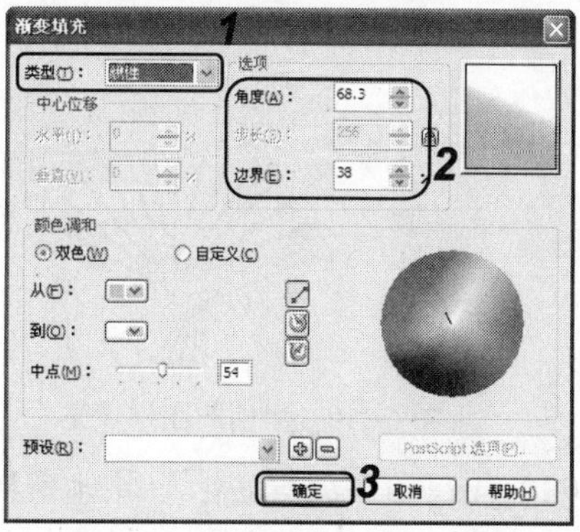

图 6-114　“渐变填充”对话框

（3）单击确定按钮，最左侧的扇面的填充效果如图 6-115 所示。使用相同的方法，填充其他扇面的颜色，再选中所有的扇面，去除其轮廓线，效果如图 6-116 所示。

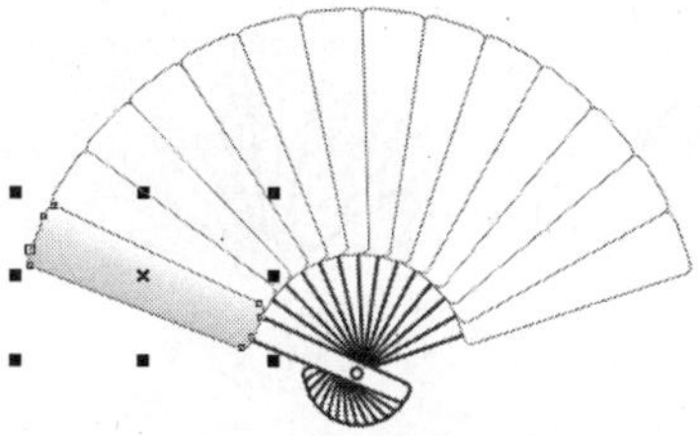

图 6-115　扇面的填充效果

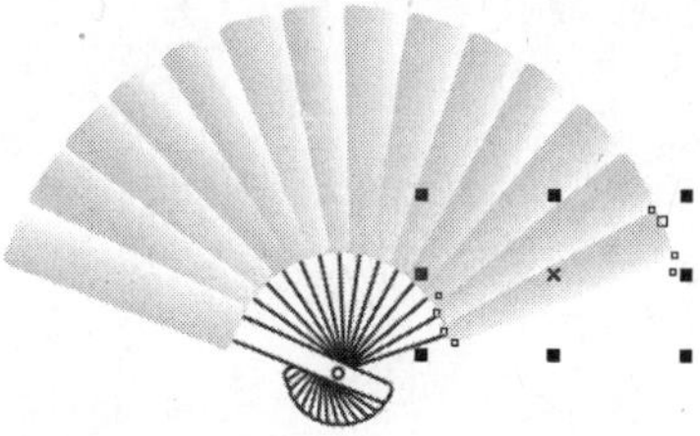

图 6-116　所有扇面的填充效果

2. 为扇柄填充颜色

使用“渐变填充”对话框为扇面填充颜色，操作步骤如下：

（1）使用挑选工具选中扇柄，如图 6-117 所示。选择工具箱中的图样填充工具，打开“图样填充”对话框，选中位图(B)单选按钮，在“图案类型”下拉列表中选择木纹图样，如图 6-118 所示。

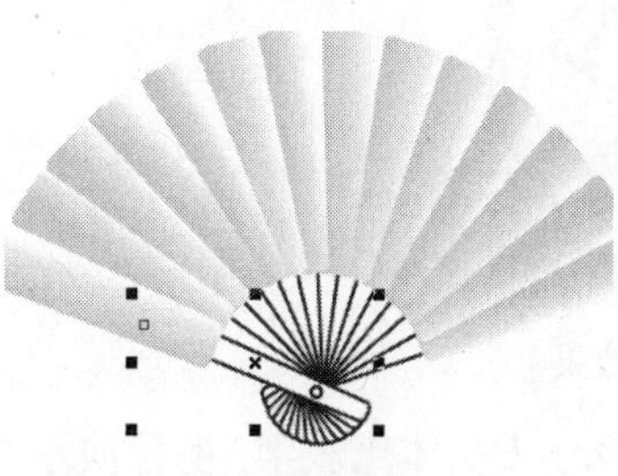

图 6-117　选中扇柄

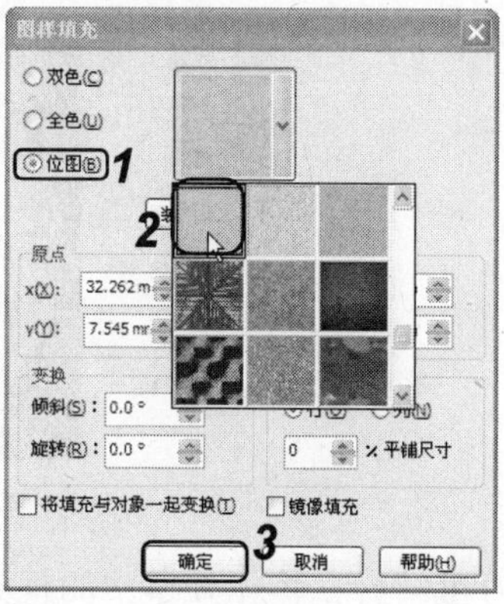

图 6-118　“图样填充”对话框

（2）单击确定按钮，填充效果如图 6-119 所示。选择工具箱中的交互填充工具，再单击扇柄，出现控制条后拖动其中的□节点，使其纹理顺着扇柄轮廓，效果如图 6-120 所示。

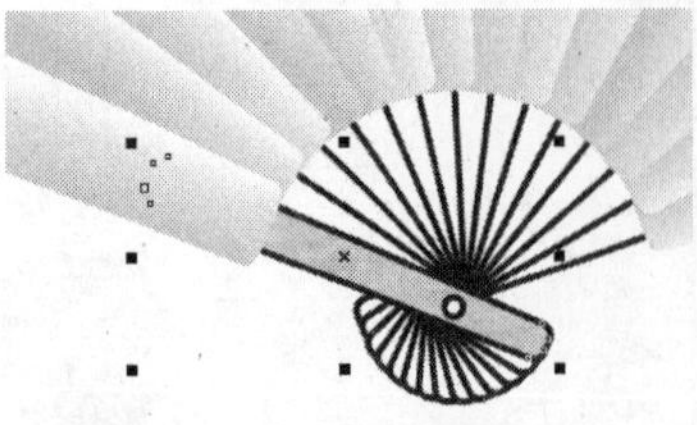
图 6-119　扇柄的图样填充

图 6-120　调整扇柄图样

（3）使用相同的方法，为其他扇柄填充为相同的图样，注意不同位置的扇柄纹理方向不同，效果如图 6-121 所示。

（4）使用挑选工具选中最左侧的扇柄，使用鼠标右键单击调色板中的白色色块□，将其轮廓色填充为白色，效果如图 6-122 所示。

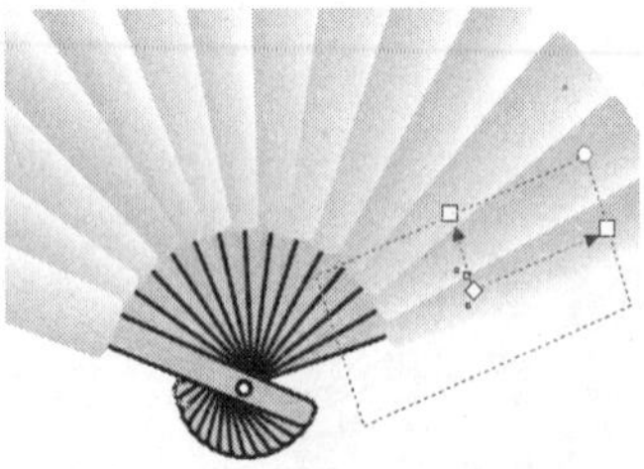
图 6-121　填充其他的扇柄

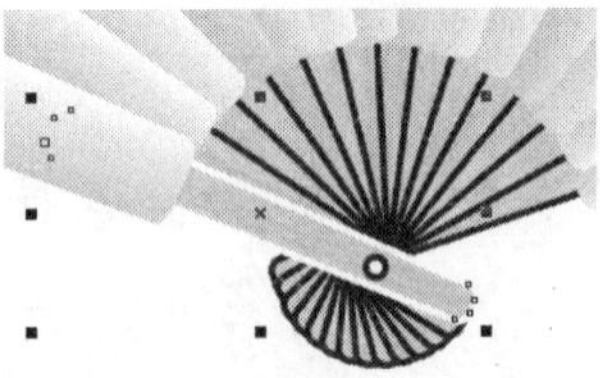
图 6-122　填充扇形轮廓色

（5）将其他的扇柄轮廓填充为白色，再将扇柄上正圆的轮廓填充为薄荷绿，完成本例的制作。

6.3.2 为按钮上色

综合利用本章和前面所学知识，为一个播放器的按钮填充颜色，完成后的最终效果如图 6-123 所示（立体化教学:\源文件\第 6 章\按钮.cdr）。

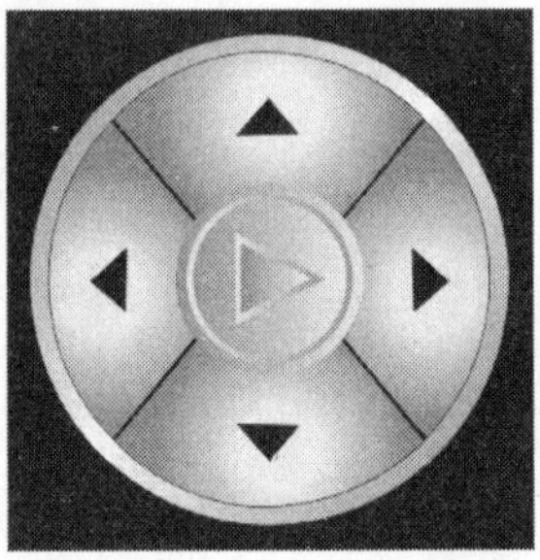
图 6-123　最终效果

本练习可结合立体化教学中的视频演示进行学习（立体化教学:\视频演示\第 6 章\按钮.swf）。主要操作步骤如下：

（1）打开“按钮.cdr”图像文件（立体化教学:\实例素材\第 6 章\按钮.cdr），在工具箱中选择挑选工具，选中按钮中最外层的圆环图形，如图 6-124 所示。

（2）打开“渐变填充”对话框，将圆环的颜色设置为从橘红色到白色的线性渐变填充，并将渐变角度设置为-45°，如图 6-125 所示。

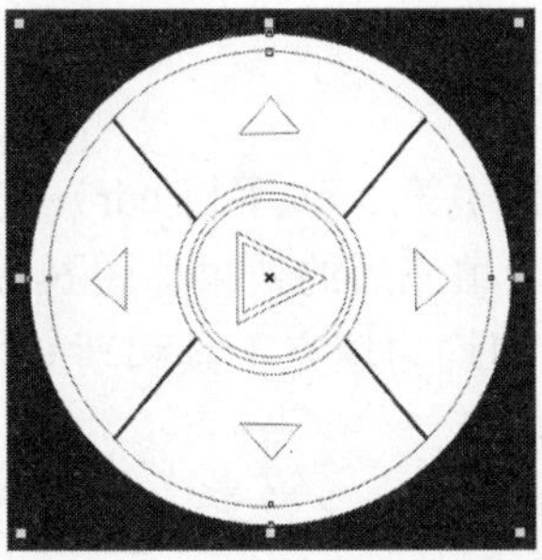

图 6-124　选中按钮最外的圆环

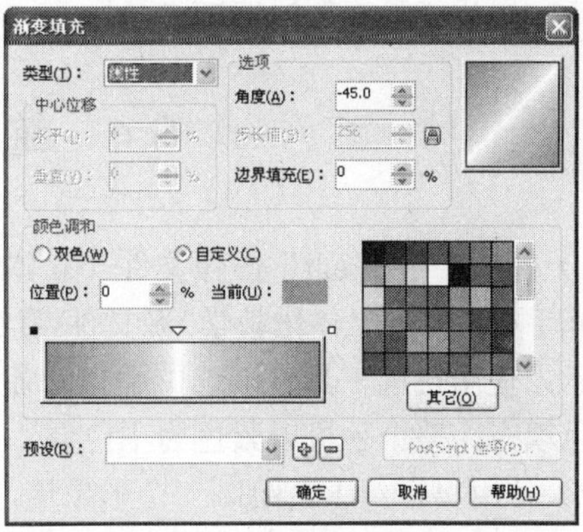

图 6-125　设置渐变填充

（3）单击确定按钮，为最外层的圆环填充渐变颜色，效果如图 6-126 所示。

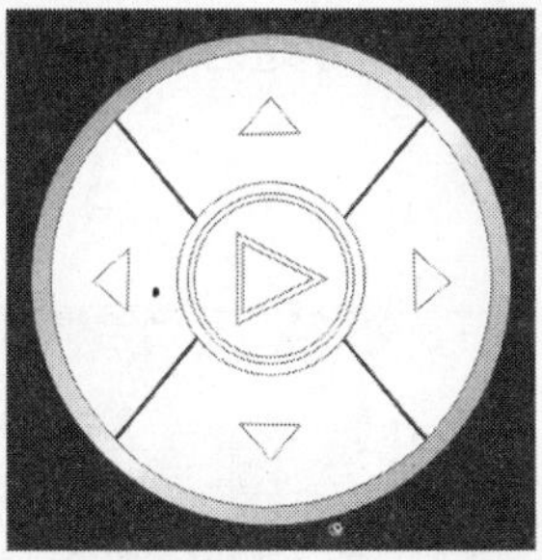

图 6-126　为最外层的圆环填充渐变颜色

（4）使用挑选工具选中圆环内的扇形，打开“渐变填充”对话框，在“类型”下拉列表框中选择“射线”选项，再选中自定义(C)单选按钮，将颜色设置为从橘红色到白色的渐变填充，单击确定按钮。

（5）使用相同的方法，对其他的扇形进行颜色填充，再根据其不同位置，在“渐变填充”对话框的预览框中调整中点的位置，并单击确定按钮。

（6）分别选中扇形中的 4 个三角形，再单击调色板中的黑色色块，将其填充为黑色。

（7）选中扇形内的小圆环，打开“渐变填充”对话框，在“类型”下拉列表框中选择“线性”选项，选中双色(W)单选按钮，将颜色设置为从橘红色到白色的渐变填充，角度设置为 0°。

（8）单击确定按钮，为小圆环填充颜色，再去除其轮廓线。再选中小圆环内的正圆，打开“渐变填充”对话框，填充与之前相同的颜色，将角度设置为-180°，并去除其轮廓线。

（9）选中三角形外的正圆，打开“渐变填充”对话框，填充与小圆环相同的渐变颜色，再去除其轮廓线。

（10）选中大三角形，打开“渐变填充”对话框，填充与小圆环内正圆相同的渐变填充颜色，再去除其轮廓线。

（11）选中小三角形，填充与大三角形相同的颜色，将其角度设置为 0°，然后去除其轮廓线，完成播放器按钮的颜色填充。

6.4 练习与提高

（1）打开“手机.cdr”图像文件（立体化教学:\实例素材\第 6 章\手机.cdr），使用填充工具填充手机图形（立体化教学:\源文件\第 6 章\手机.cdr），填充后的效果如图 6-127 所示。

提示：使用挑选工具分别选中手机的各个部分，再使用均匀填充工具和渐变填充工具进行颜色填充，整个手机以紫色为主色调。

（2）使用贝塞尔工具绘制一个形象墙，再填充其颜色（立体化教学:\源文件\第 6 章\形象墙.cdr），其效果如图 6-128 所示。

提示：使用挑选工具分别选中形象墙的各个部分，再用均匀填充工具和渐变填充工具进行颜色填充，其中墙体为 20%黑到白色的渐变填充，墙体上方和下方的颜色以橘红色为主。本练习可结合立体化教学中的视频演示进行学习（立体化教学:\视频演示\第 6 章\填充形象墙.swf）。

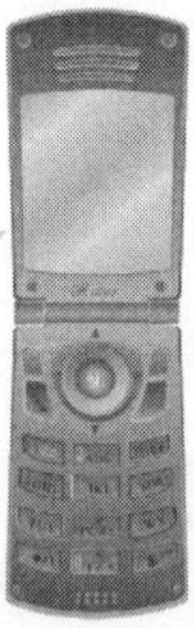

图 6-127　填充手机效果

图 6-128　填充形象墙效果

（3）使用椭圆工具、贝塞尔工具、填充工具和“造形”泊坞窗绘制一个爱心基金会标志（立体化教学:\源文件\第 6 章\爱心基金会标志.cdr），其效果如图 6-129 所示。

图 6-129　爱心基金会标志

提示：使用贝塞尔曲线绘制出心形和心形上的线条，并使用“造形”泊坞窗对它们进行编辑，打开“均匀填充”对话框进行填充。最后使用椭圆工具绘制两个椭圆，并对它们的边缘进行填充。

（4）使用贝塞尔工具、轮廓工具和填充工具绘制两个水杯（立体化教学:\源文件\第 6 章\水杯.cdr)，其效果如图 6-130 所示。

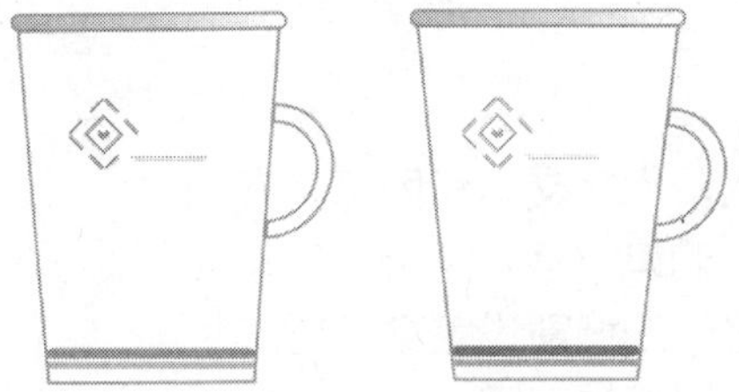

图 6-130　绘制水杯

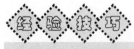

经验技巧　总结图像填充及轮廓设置技巧

本章主要介绍了图像的填充以及图形轮廓和样式的设置操作，要想在作品中绘制出更漂亮、更丰富的图像效果，课后还必须学习和总结相关的技巧。这里总结以下几点供读者参考和探索：

- 绘制复杂的图形时，绘制完最后的图形后再对图形统一设置轮廓，以免重复设置轮廓而降低工作效率。
- 使用底纹填充能得到很多漂亮的图形，用户在制作特殊效果时，不妨多尝试几种底纹效果。
- 使用交互式工具能增强图形的韵律感，在制作一些节奏强的设计时经常会使用到。
- 改变线端样式不会改变线条的形状和占用空间的大小，如果图形的轮廓线比较细，设置线条样式后需要放大图像才能看到线端的样式效果，打印后也可看到效果。

第 7 章　处 理 文 本

学习目标

☑ 使用文本工具输入美术字文本和段落文本
☑ 使用“插入字符”泊坞窗插入字符
☑ 使用“字符格式化”泊坞窗设置文本格式
☑ 将文字转化为曲线以编辑文字
☑ 使用文本工具为包装加入文字
☑ 综合利用交互式填充工具、贝塞尔工具、文本工具等制作儿童海报

目标任务&项目案例

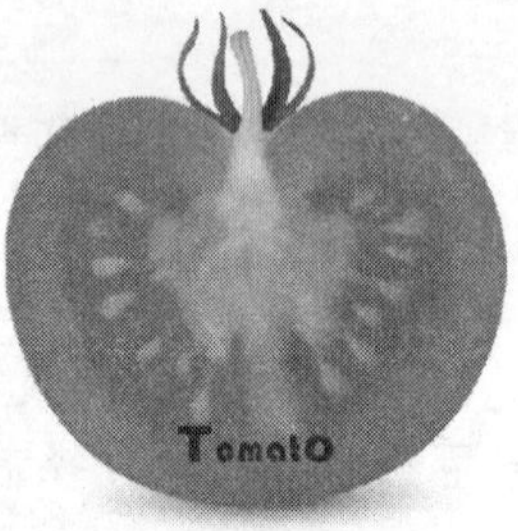

设置文字

制作宣传单

制作日历

制作海报

制作名片

书籍封面

在 CorelDRAW 中插入文字是图形制作时经常用到的操作，制作上述实例主要用到了文本工具、矩形工具、贝塞尔工具。本章将具体讲解使用文本工具、文字输入、设置文本格式等修饰图像的方法。

7.1　输入文本

文字是图形含义的延伸，一幅好的图形如果没有文字说明，也不算是一幅完整的图形。文字在平面设计中的用途广泛，它是平面设计中相当重要的组成部分。

在 CorelDRAW 中，文本对象分为美术字文本和段落文本两种类型。两者都可通过文本工具输入，但在输入方法上却不同。美术字文本可以方便地进行颜色填充、添加阴影和不透明度等特殊效果，而段落文本一般用于文字的排版，不能添加特殊效果，但两者之间可以相互转换编辑，下面将分别进行讲解。

7.1.1　输入美术字文本

美术字文本适用于制作少量的文本对象，是 CorelDRAW 中比较常用的文本输入方式。CorelDRAW 也可以将美术字文本转换为曲线图形，进而可以对其进行变形编辑，还可以为其添加各种文字特效。

【例 7-1】　打开图像，使用文本工具在页面中输入“Summer has come”文本，并在属性栏中设置其字体和字号。

（1）打开“夏天.cdr”图像文件（立体化教学:\实例素材\第 7 章\夏天.cdr），在工具箱中选择文本工具，将鼠标光标移到页面右下角并单击，出现插入点。

（2）输入文本内容“Summer has come”，如图 7-1 所示。

（3）在工具箱中选择挑选工具，选中文本，设置文本格式为“宋体”、18pt，如图 7-2 所示（立体化教学:\源文件\第 7 章\夏天.cdr）。

图 7-1　插入光标

图 7-2　输入并设置文本

7.1.2　输入段落文本

段落文本也需要使用文本工具输入，多用于编辑大量的文字对象。它与 Word 等软件中的文本框很相似，并且有自动换行的功能，也可以将文本分栏排列。

在制作图形文件时，当需要输入较多的文本时，就可通过文本工具输入段落文本，还可进行相应的格式设置。

其方法是：在工具箱中选择文本工具，在页面中需要输入文字的位置按住鼠标左键不放并拖动，当到达所需位置后释放鼠标，将出现一个矩形文本框，如图 7-3 所示。在文本框左上角闪烁的光标后输入所需文本，段落文本的效果如图 7-4 所示。

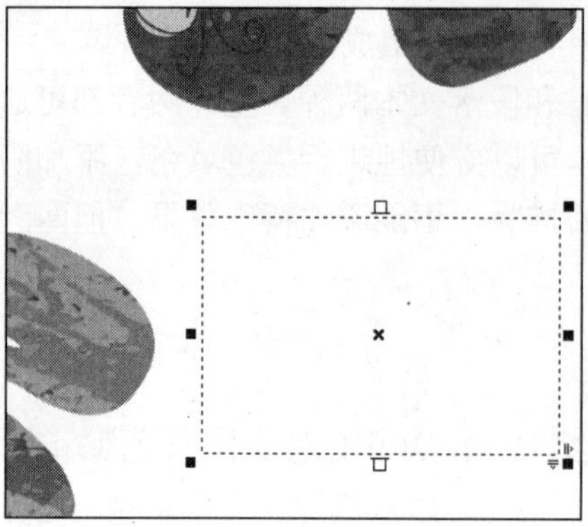

图 7-3　拖绘出文本框

图 7-4　输入段落文本

技巧：

在 CorelDRAW 中，可通过剪贴板输入美术字文本和段落文本。其方法是：在其他软件中选择文本，按 Ctrl+C 键，再切换到 CorelDRAW 中，使用文本工具在页面中拖出一个文本框，再按 Ctrl+V 键，在打开的“导入/粘贴文本”对话框中选中所需的单选按钮，单击确定(O)按钮即可。

提示：

用户可随时根据需要拖动段落文本框四周的黑色小方块来调整文本框的大小。

7.1.3　设置文本的排列方向

如果输入的文本不是需要的方向，可根据需要随时转换文本的排列方向。其方法是：使用文本工具输入横向的文本并设置其字体和字号，如图 7-5 所示；在属性栏中单击“将文本更改为垂直方向”按钮，可将其垂直排列，如图 7-6 所示；若再次单击“将文本更改为水平方向”按钮，又可以将其转换为水平排列。

图 7-5　输入文本

图 7-6　将水平排列的文本转换成垂直排列

7.1.4　美术字文本和段落文本的相互转换

在实际操作过程中，根据需要可将美术字文本和段落文本相互转换。其方法是：先使用挑选工具选中需要转换的文本对象，再选择“文本/转换到段落文本”命令或“文本/转换到美术字文本”命令。如图 7-7 所示为美术字文本，图 7-8 所示为将美术字文本转换成段落文本后的效果。

图 7-7　美术字文本

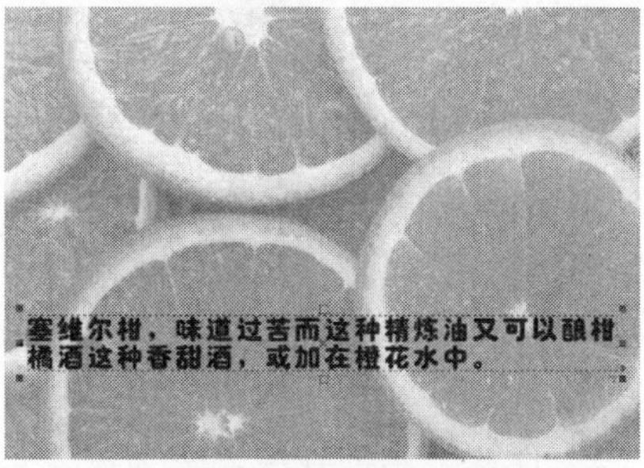

图 7-8　美术字文本转换成段落文本

提示：

选中文本对象后，按 Ctrl+F8 键，也可在美术字文本和段落文本间转换。另外，美术字文本转换成段落文本后不再是图形对象，所以不能为其添加特殊效果，而段落文本转换成美术字文本后，将会失去段落文本的缩进格式。

7.1.5　应用举例——为“手提袋平面图”加入文字

使用文字工具为“手提袋平面图.cdr”图像文件添加文字，效果如图 7-9 所示（立体化教学:\源文件\第 7 章\手提袋平面图.cdr）。

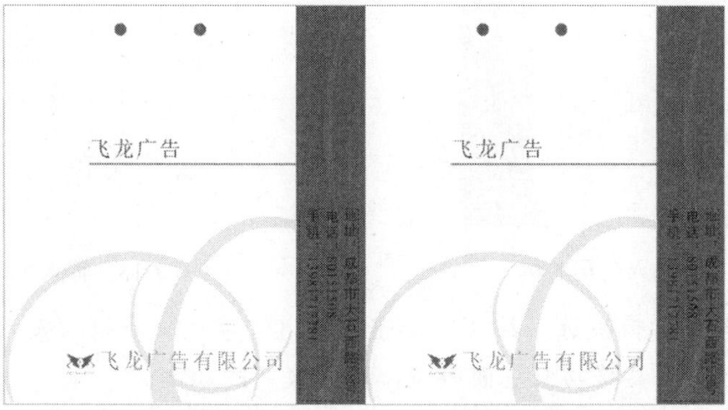

图 7-9　最终效果

操作步骤如下：

（1）打开“手提袋平面图.cdr”图像文件（立体化教学:\实例素材\第 7 章\手提袋平面图.cdr），如图 7-10 所示。在工具箱中选择文本工具，将鼠标移动到图像左边的直线上单击。

（2）出现插入点后，输入“飞龙广告”文本，如图 7-11 所示。

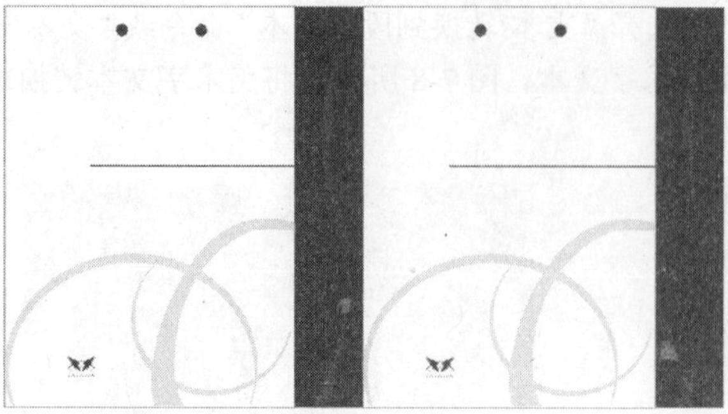

图 7-10　打开图像

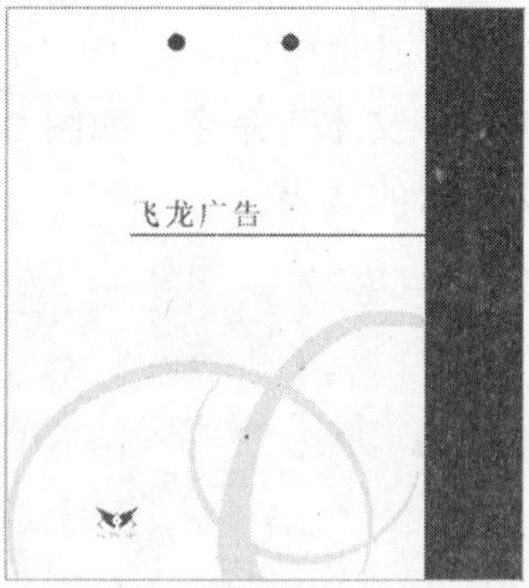

图 7-11　输入文字

（3）将鼠标光标移动到页面下方的标志旁单击，输入“飞龙广告有限公司”文本。在工具箱中选择挑选工具，选中刚输入的文本并使用鼠标在颜色条中单击海绿色色块，如图 7-12 所示。

（4）在工具箱中选择文本工具，并在其属性栏中单击按钮。

（5）在页面右下方按住鼠标左键不放并拖动，将出现一个矩形文本框，在其中输入相应文本，如图 7-13 所示。

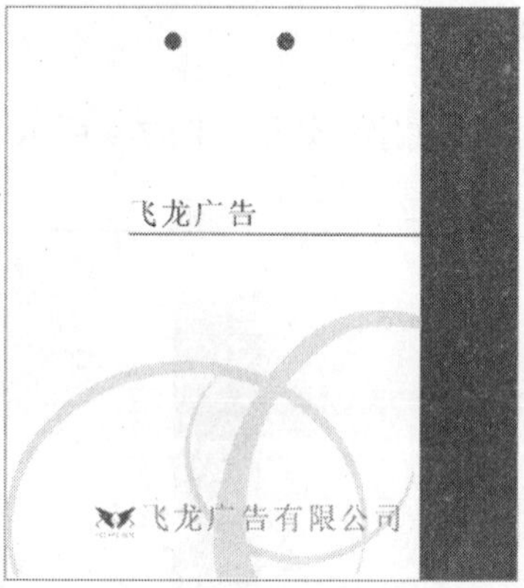

图 7-12　输入公司名称

图 7-13　输入公司信息

（6）在工具箱中选择挑选工具，单击刚输入文字的文本框，按 Ctrl+C 键复制，再按 Ctrl+V 键粘贴，并将其移动到页面右边，完成文字的添加。

7.2　设置文本格式

对输入的美术字文本或段落文本，可以根据需要设置其文本格式，包括设置文本的字体、字号、间距、为文本添加划线、将文本转换为上标或下标以及将文本转换为曲线等，下面将分别进行讲解。

7.2.1　设置字体和字号

设置字体和字号的操作方法非常简单，可以通过文本工具属性栏或“字符格式化”泊坞窗来实现，下面将分别进行讲解。

1．通过文本工具属性栏

通过文本工具属性栏设置文本的字体和字号，是最为常用的一种操作方法。

【例 7-2】　使用挑选工具选中需要设置的文本，并对文字进行编辑。

（1）打开“番茄.cdr”图像文件（立体化教学:\实例素材\第 7 章\番茄.cdr），如图 7-14 所示。使用挑选工具选中需要设置格式的文本。

（2）在属性栏中单击“字体”下拉列表框 Batang 右侧的下拉按钮，在弹出的下拉列表中选择 Arial Black 选项。

（3）单击属性栏中“字体大小”下拉列表框 24 pt 右侧的下拉按钮，在弹出的下拉列表中选择 48pt 选项，如图 7-15 所示。

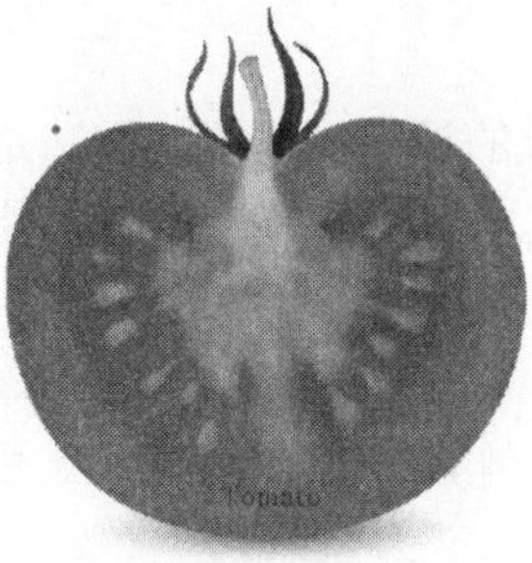

图 7-14　打开图像

图 7-15　使用属性栏设置文字

（4）在工具箱中选择文本工具，在第一个 o 字母的左侧单击鼠标并按住鼠标左键不放向右拖动，此时文本出现一个灰色矩形区域，当鼠标光标到达 t 的右侧时释放鼠标，选择 omat 4 个字母，如图 7-16 所示。在属性栏的“字体”下拉列表框中选择“华文琥珀”选项，在“字体大小”下拉列表框中选择 36pt 选项，效果如图 7-17 所示。

图 7-16　选中字母

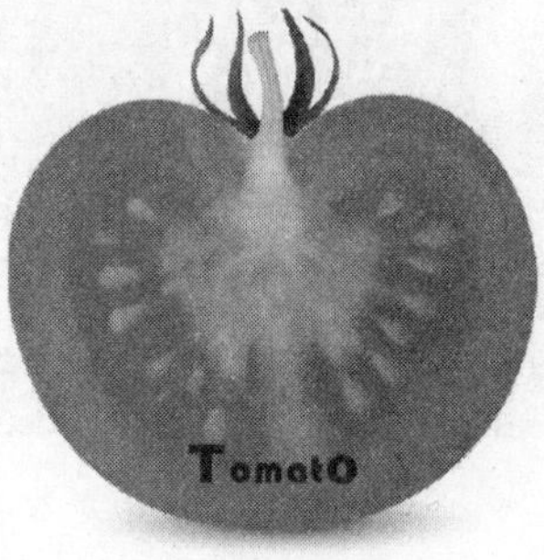

图 7-17　设置后的效果

（5）在工具箱中选择挑选工具，再次选中 omat 4 个字母，在调色板中单击灰色色块□，效果如图 7-18 所示（立体化教学:\源文件\第 7 章\番茄.cdr）。

图 7-18　填充文本颜色后的效果

技巧：

设置文本字号时，可以直接在“字体大小”下拉列表框中输入所需的字体大小数值，也可以使用挑选工具将其选择后再根据需要进行缩放。

2．通过“字符格式化”泊坞窗

在“字符格式化”泊坞窗中可以对文本进行更加细致的设置，设置的方法是：用挑选工具选中文本对象，再打开“字符格式化”泊坞窗，在其中可以设置字体和字号等内容。

【例 7-3】　使用挑选工具选择需要设置的文本，在打开的“字符格式化”泊坞窗中设置文本的字体和字号。

（1）打开“咖啡豆.cdr”图像文件（立体化教学:\实例素材\第 7 章\咖啡豆.cdr），如图 7-19 所示。

（2）使用挑选工具选择文本对象，选择“文本/字符格式化”命令，打开“字符格式化”泊坞窗，在“字体”下拉列表框选择“方正粗活意简体”选项，在“字体大小”下拉列表框中选择 40.0pt 选项，如图 7-20 所示。

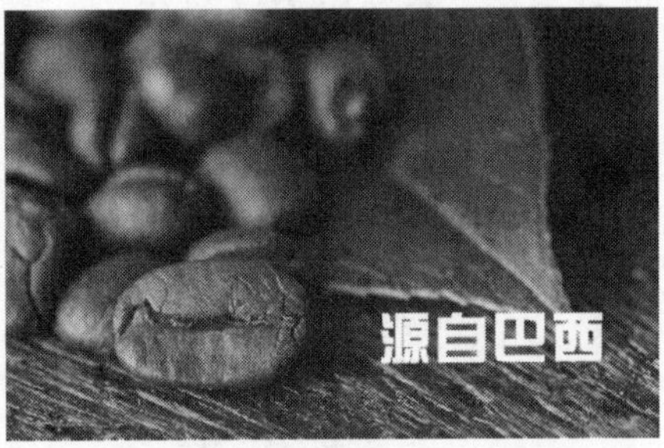

图 7-19　选中文本

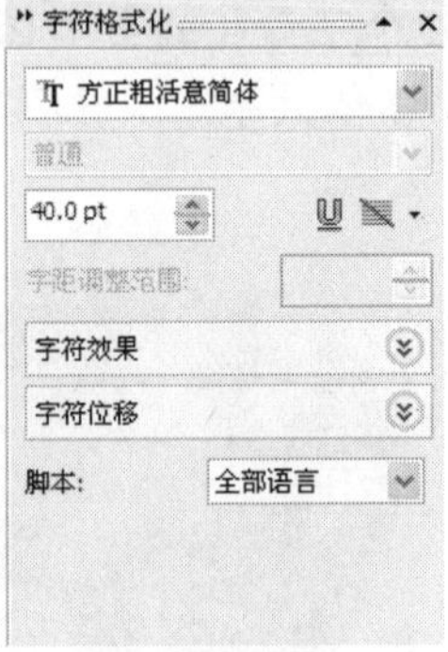

图 7-20　“字符格式化”泊坞窗

（3）设置完成后即可在页面中看到效果，如图 7-21 所示（立体化教学:\源文件\第 7 章\

咖啡豆.cdr）。

图 7-21　设置后的效果

技巧：

使用挑选工具选择文字后，单击属性栏中的按钮或按 Ctrl+T 键，都可打开“字符格式化”泊坞窗。

7.2.2　设置文本间距

如果输入的文本排列过紧或过松，可以重新设置其间距或行距。通过形状工具和“段落格式化”泊坞窗两种方法可以方便地调整文本的间距或行距，下面将分别进行讲解。

1. 通过形状工具

使用形状工具可以方便且直观地设置美术字文本的字符间距，还可以调整段落文本的字符间距和行距，它是调整文本间距或行距的主要方法。

【例 7-4】　使用形状工具拖动文本框右下角的图标，改变字符的间距，再拖动文本框左下角的图标，改变文本的行距。

（1）打开“海滩派对.cdr”图像文件（立体化教学:\实例素材\第 7 章\海滩派对.cdr），如图 7-22 所示。在工具箱中选择形状工具，此时文本下方将出现白色的编辑节点，如图 7-23 所示。

图 7-22　打开图像

图 7-23　出现编辑节点

（2）用鼠标拖动文本框右下角的⊪图标，向左拖动减少字符的间距。

（3）用鼠标拖动文本框左下角的≑图标，向下拖动增加文本的行距，其效果如图 7-24 所示。

（4）按住 Shift 键的同时，单击第一、二个文字左下角的节点，然后拖动鼠标将选中的文字向上移动，如图 7-25 所示。

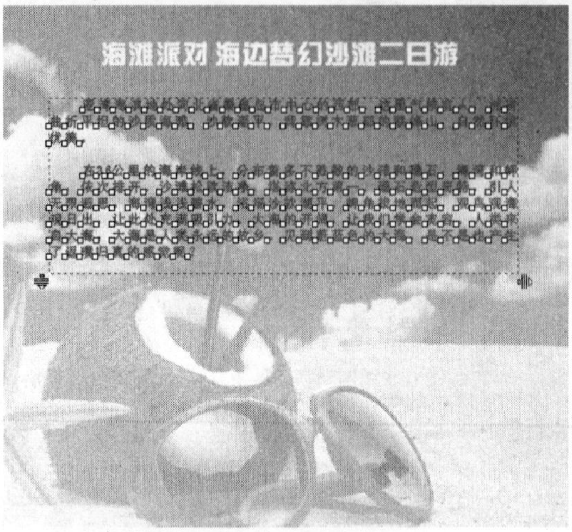

图 7-24　调整字间距和行距

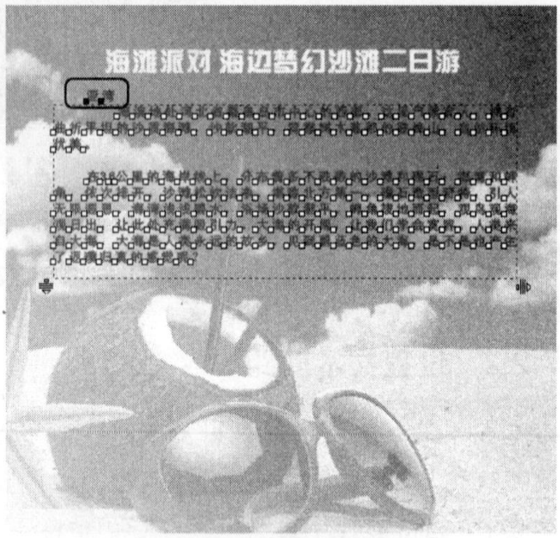

图 7-25　调整文字的位置

（5）选中第二段第一个文字左下角的节点，在属性栏中将其字体设置为“汉仪丫丫体简”，字体大小设置为 24pt，再填充为红色，效果如图 7-26 所示（立体化教学:\源文件\第 7 章\海滩派对.cdr）。

图 7-26　最终效果

2. 通过“段落格式化”泊坞窗

除了使用形状工具设置文本间距外，还可通过“段落格式化”泊坞窗设置文本字符的间距或行距，且其选项更加细致。

【例 7-5】　使用挑选工具选中需要设置的文本，在打开的“段落格式化”泊坞窗中设置文本的间距和文本的行距。

（1）打开“海滩派对.cdr”图像文件（立体化教学:\实例素材\第 7 章\海滩派对.cdr），使用挑选工具选择需要设置的文本，如图 7-27 所示。

（2）选择“文本/段落格式化”命令，打开“段落格式化”泊坞窗，单击“间距”选项右边的按钮，展开“间距”选项。

（3）在“间距”选项中分别设置“行”、“字符”、“字”等参数为 160.0%、87.0%、100.0%，如图 7-28 所示。

图 7-27　选中文本

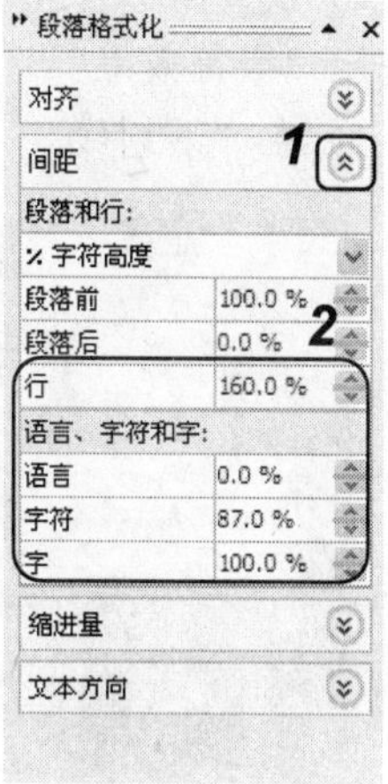

图 7-28　“段落格式化”泊坞窗

（4）设置完成后即可在页面中查看增大行距后的效果，如图 7-29 所示（立体化教学:\源文件\第 7 章\海滩派对 1.cdr）。

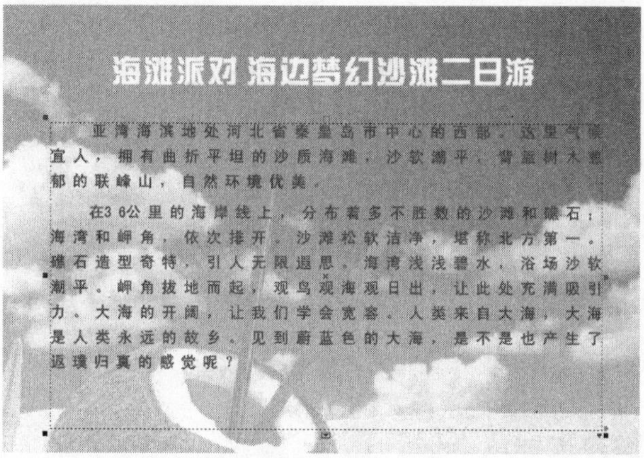

图 7-29　增大行距的效果

提示：

如果增大了段落文本中的字符间距或行距，部分文字可能会不可见，这时只需将文本框的宽度或高度拉大即可。

7.2.3 为文本添加划线

有时根据需要，可以为文本添加下划线、删除线和上划线，使要强调的文本突出显示。

【例 7-6】 使用文本工具选择需要设置划线的文本，打开“字符格式化”泊坞窗，分别为其添加下划线。

（1）打开“设置划线.cdr”图像文件（立体化教学:\实例素材\第 7 章\设置划线.cdr），使用挑选工具选中需要设置的文本，如图 7-30 所示。

（2）按 Ctrl+T 键，打开“字符格式化”泊坞窗，单击“字符效果”选项右边的⊗按钮，展开“字符效果”选项。

（3）在“下划线”下拉列表框中选择“双细字”选项，如图 7-31 所示。

图 7-30 选中文本

图 7-31 设置下划线

（4）设置完成后即可在页面中查看效果，如图 7-32 所示（立体化教学:\源文件\第 7 章\设置划线.cdr）。

图 7-32 设置后的效果

7.2.4 将文本转换为上标或下标

在 CorelDRAW 中，可以将文本转换为上标或下标应用于公式运算，如数字中的平方符号和化学符号等。

【例 7-7】 使用文本工具输入一个数学符号，再将其表示为一个数学公式。

（1）使用文本工具在页面上输入文本，再使用文本工具选中需要设置为上标的文本，如图 7-33 所示。

（2）按 Ctrl+T 键，打开“字符格式化”泊坞窗，在“位置”下拉列表框中选择“上标”选项，如图 7-34 所示。设置后的效果如图 7-35 所示。

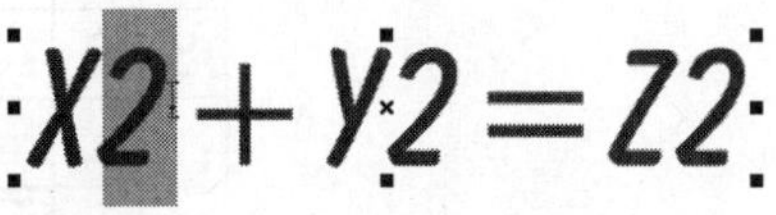

图 7-33　选中需设置为上标的文字

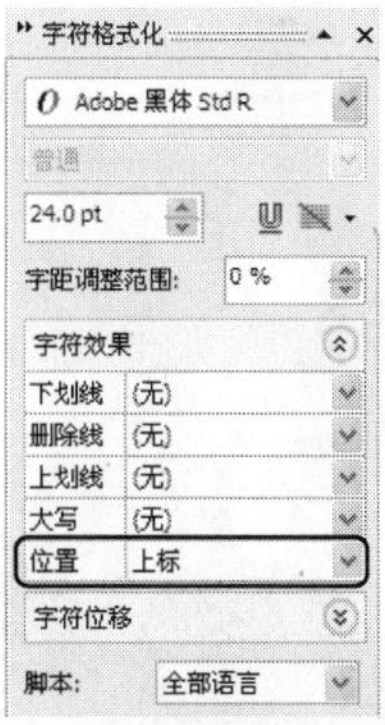

图 7-34　“字符格式化”对话框

（3）再使用文本工具选中其他需要设置为上标的文本，并将其设置为上标，效果如图 7-36 所示。

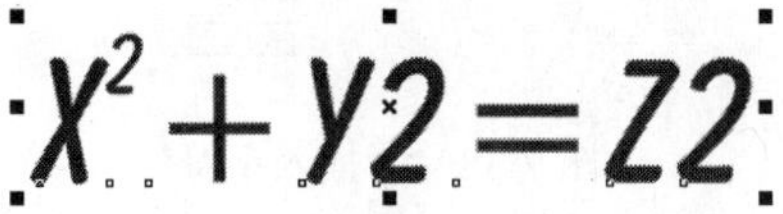

图 7-35　设置为上标后的效果

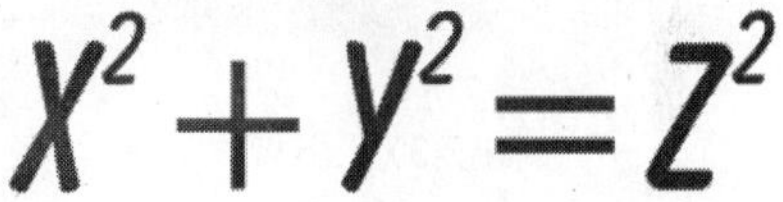

图 7-36　上标效果

技巧：

也可使用形状工具选择需要设置的文本，然后单击属性栏中的“上标”按钮x^2或“下标”按钮x_2设置文本的上标或下标。

7.2.5　添加文本符号

在文本中添加文本符号可以修饰文本。其方法是：用文本工具在绘图页面中需要插入符号的位置单击鼠标，此时会出现一个文本插入点，再打开“插入字符”泊坞窗，在其中选择所需的文本符号即可。

【例 7-8】　使用文本工具在绘图页面中需要插入符号的位置单击鼠标，在打开的“插入字符”泊坞窗中选择“字体”和“代码页”下拉列表框中相应的选项，插入所需的文本符号。

（1）打开“番茄.cdr”图像文件（立体化教学:\实例素材\第 7 章\番茄.cdr），使用文本工具在绘图页面中需要插入符号的位置单击鼠标，此时会出现文本插入点，如图 7-37 所示。

（2）选择“文本/插入符号字符”命令，打开“插入字符”泊坞窗。

（3）在“字体”下拉列表框中选择“黑体”选项，在“代码页”下拉列表框中选择“20936（简体中文 GB2312）”选项，在符号选择框中选择@选项，如图 7-38 所示。

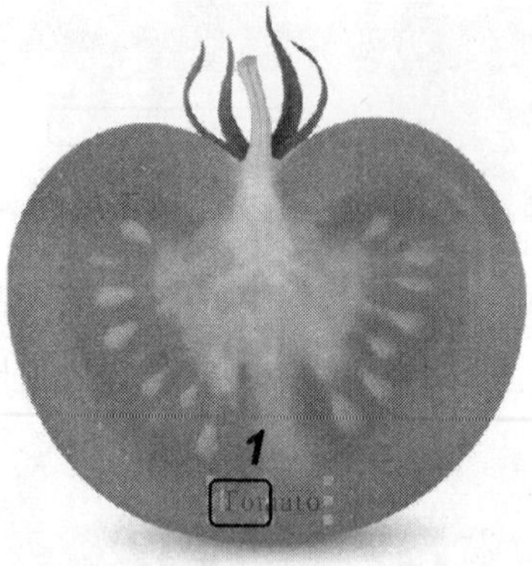

图 7-37　出现文本插入点

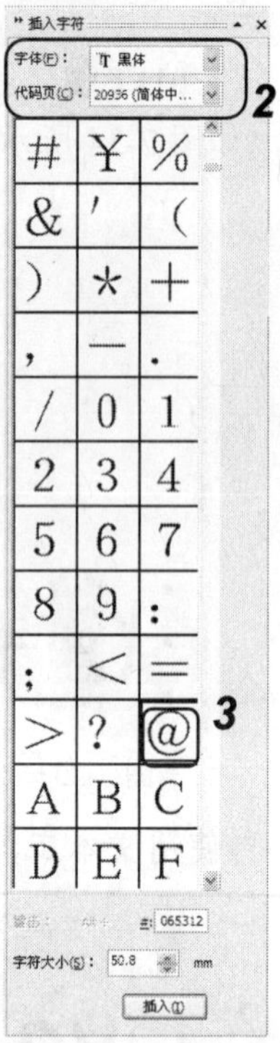

图 7-38　“插入字符”泊坞窗

（4）单击插入(I)按钮，即可在页面中查看插入的符号，如图 7-39 所示（立体化教学:\源文件\第 7 章\番茄 1.cdr）。

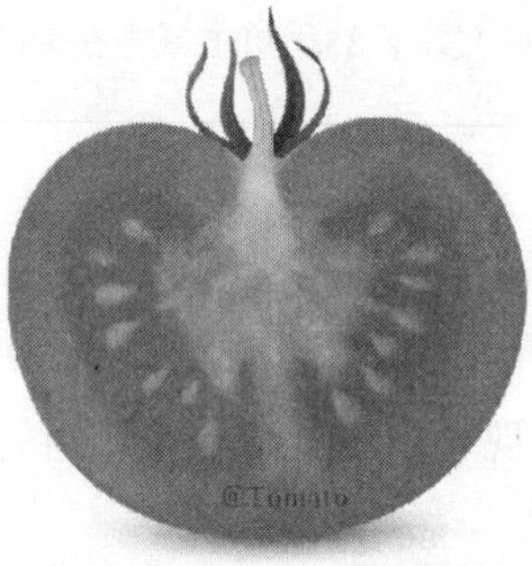

图 7-39　插入符号后的效果

提示：

在文本中插入符号时，符号的大小会自动匹配文本的字体大小。

7.2.6　添加图形符号

为了节省绘制时间，提高工作效率，可以在 CorelDRAW 中添加常用的图形符号。

【例 7-9】　打开“插入字符”泊坞窗，选择“字体”和“代码页”下拉列表框中的相应选项，然后在页面中插入所需的图形符号。

（1）选择“文本/插入符号字符”命令或按 Ctrl+F11 键，打开“插入字符”泊坞窗。

（2）在“字体”下拉列表框中选择 Webdings 选项，在“代码页”下拉列表框中选择“20936（简体中文 GB2312）”选项，如图 7-40 所示。

（3）在符号选择框中选择选项，单击插入(I)按钮，然后在调色板中将其填充为灰色，效果如图 7-41 所示。

图 7-40　“插入字符”泊坞窗

图 7-41　插入符号后效果

7.2.7　将文本转换为曲线图形

为了制作各种美观的文本效果，可将文本属性的美术字文本和段落文本转换为曲线。转换后文本不能再修改其字体和字号，但它具有了曲线图形的属性，可以对其节点进行曲线编辑。

【例 7-10】　使用挑选工具选中需要转换的美术字文本，将其转换为曲线，再使用形状工具调整其形状。

（1）打开“鲜花.cdr”图像文件（立体化教学:\实例素材\第 7 章\鲜花.cdr），如图 7-42 所示。

（2）使用挑选工具选中需要转换的美术字文本。选择“排列/转换成曲线”命令，将文本转换为曲线，再使用形状工具选中文本，效果如图 7-43 所示。

图 7-42　打开图像

图 7-43　转换为曲线的文字效果

（3）使用形状工具对文字的节点进行删除，并选中节点调整其形状，效果如图 7-44 所示（立体化教学:\源文件\第 7 章\鲜花.cdr）。

图 7-44　编辑文字形状后的效果

7.2.8　应用举例——制作宣传单

打开“宣传单.cdr”图像文件（立体化教学:\实例素材\第 7 章\宣传单.cdr）编辑文字，并添加文本符号，设置字符间距和行距等，效果如图 7-45 所示（立体化教学:\源文件\第 7 章\宣传单.cdr）。

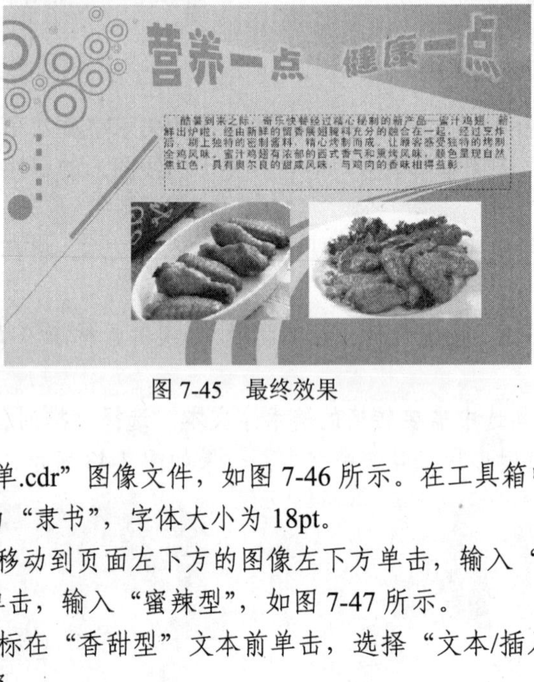

图 7-45　最终效果

操作步骤如下：

（1）打开“宣传单.cdr”图像文件，如图 7-46 所示。在工具箱中选择文本工具，在属性栏中设置其字体为“隶书”，字体大小为 18pt。

（2）将鼠标光标移动到页面左下方的图像左下方单击，输入“香甜型”，再将鼠标光标移动到图像右下方单击，输入“蜜辣型”，如图 7-47 所示。

（3）使用鼠标光标在“香甜型”文本前单击，选择“文本/插入符号字符”命令，打开“插入字符”泊坞窗。

（4）在“字体”下拉列表框中选择 Webdings 选项，在“代码页”下拉列表框中选择“20936（简体中文 GB2312）”选项，在符号选择框中选择◉选项，如图 7-48 所示。

（5）单击插入(I)按钮将该符号插入。使用相同的方法在“蜜辣型”文本前插入图形符号，如图 7-49 所示。

图 7-46　打开图像

图 7-47　输入文字

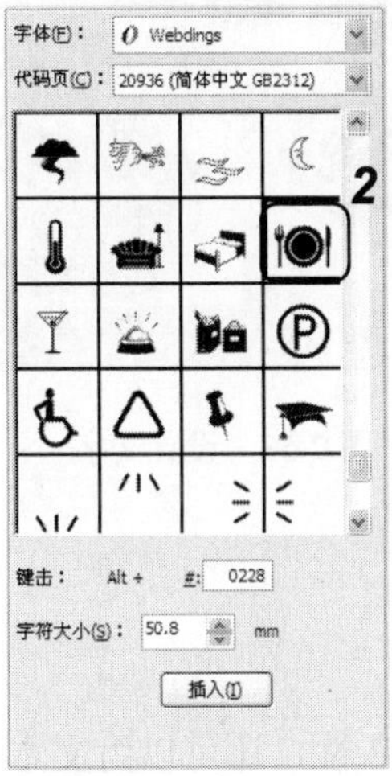

图 7-48　选择图形

图 7-49　插入图形符号

（6）选中页面中的商品广告词，如图 7-50 所示。再选择“文本/段落格式化”命令，打开“段落格式化”泊坞窗，单击“间距”选项右边的按钮，展开“间距”选项。

（7）在“间距”选项中设置“行”为 105.0%，如图 7-51 所示。

图 7-50　选中文本

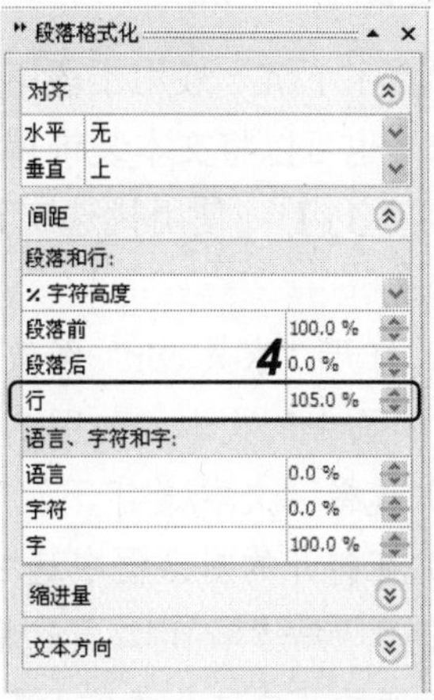

图 7-51　设置行间距

（8）在工具箱中选择形状工具，按住 Shift 键的同时使用鼠标光标单击选中商品广告词的前两个文字，如图 7-52 所示。

（9）在属性栏中设置字体为“汉仪中圆简”，字体大小为 18pt，并使用鼠标单击颜色栏中的绿色色块，为选中的文字填充绿色，如图 7-53 所示。

图 7-52　选中文字

图 7-53　设置文字

7.3　为文本添加效果

在实际操作中，为了使版面更加丰富，阅读时更加有趣味性，还可以为文本添加首字下沉、添加项目符号、设置内置文本和使文本适合路径等效果。

7.3.1　设置首字下沉和项目符号

下面将分别进行讲解为文本设置首字下沉或添加项目符号的方法。

1. 设置首字下沉

设置首字下沉一般用于段落文本的第一个字，这样可在视觉上形成强烈的吸引力，在画面版式上也可以将文本装饰得错落有致。

【例 7-11】　使用挑选工具选择文字，打开“首字下沉”对话框，在其中设置首字下沉。

（1）打开“家具.cdr”图像文件（立体化教学:\实例素材\第 7 章\家具.cdr），使用挑选工具选中页面中的文本，如图 7-54 所示。

（2）选择“文本/首字下沉”命令，打开“首字下沉”对话框。

（3）在打开的对话框中选中 ☑使用首字下沉(U) 复选框，在“下沉行数”数值框中输入“3”，并选中 ☑首字下沉使用悬挂式缩进(E) 复选框，最后单击 确定 按钮，如图 7-55 所示。设置后的效果如图 7-56 所示（立体化教学:\源文件\第 7 章\家具.cdr）。

提示：

在“首字下沉”对话框中的“下沉行数”数值框中可设置首字的下沉量，在“首字下沉后的空格”数值框中可以设置距文本的距离，单击 预览(P) 按钮，可以在不关闭“首字下沉”对话框的情况下预览到设置后的效果。在为段落文字设置首字下沉时，需保证段落前无空格，否则设置完成后，段落文字的第一个文字将不会被设置为首字下沉。

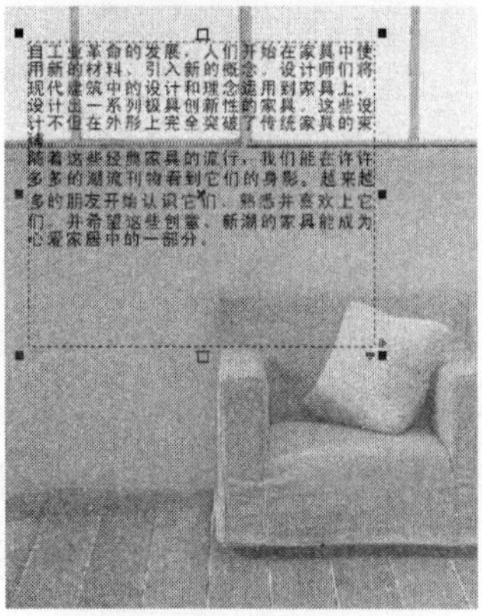

图 7-54　选中段落文本

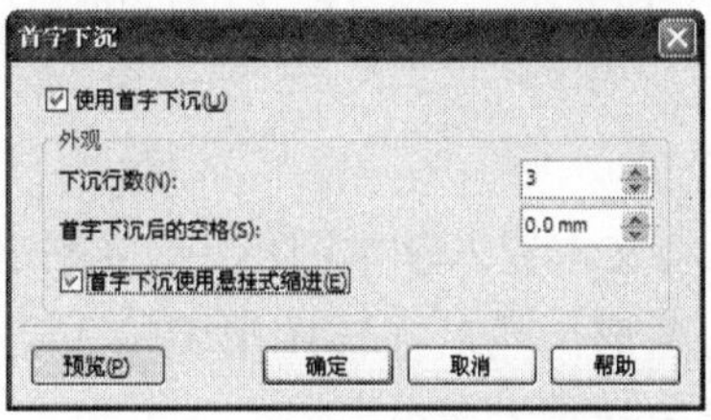

图 7-55　“首字下沉”对话框

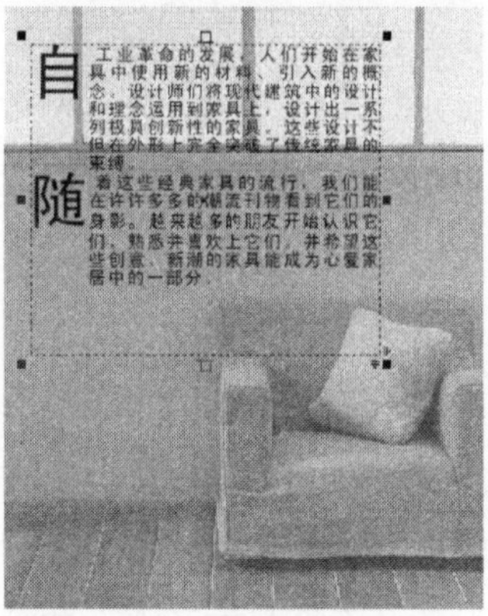

图 7-56　设置后的效果

2. 设置项目符号

设置项目符号可以在美术字文本或段落文本中添加各种特殊的符号，起到装饰文本的作用。

【例 7-12】　选择需要添加项目符号的两段段落文本，打开“项目符号”对话框，为其添加项目符号。

（1）打开“家具.cdr”图像文件（立体化教学:\实例素材\第 7 章\家具.cdr），使用挑选工具选中要添加项目符号的两段段落文本，如图 7-57 所示。

（2）选择“文本/项目符号”命令，打开“项目符号”对话框。

（3）在打开的对话框中，选中 ☑使用项目符号(U) 复选框，在“字体”下拉列表框中选择 Wingdings 选项。

（4）在“符号”下拉列表框中选择⬋选项，在“到文本的项目符号”数值框中输入“2.5mm”，如图 7-58 所示。

（5）单击 确定 按钮，应用项目符号，效果如图 7-59 所示（立体化教学:\源文件\第 7 章\家具 1.cdr）。

提示：

在“项目符号”对话框的“大小”和“基线位移”数值框中，可设置符号的大小和符号从基线位移的距离。

技巧：

设置项目符号后，如果要将其他位置的文字作为下一段的开头，则在该文字的前面单击鼠标，再按 Enter 键，所设置的项目符号将自动添加在新段落的前面。

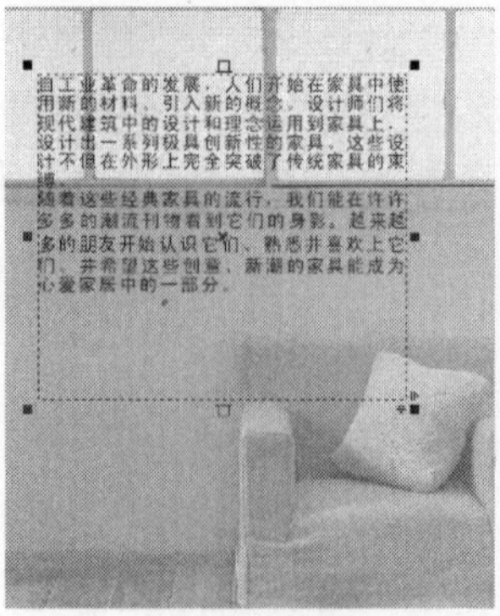

图 7-57　选中段落文本

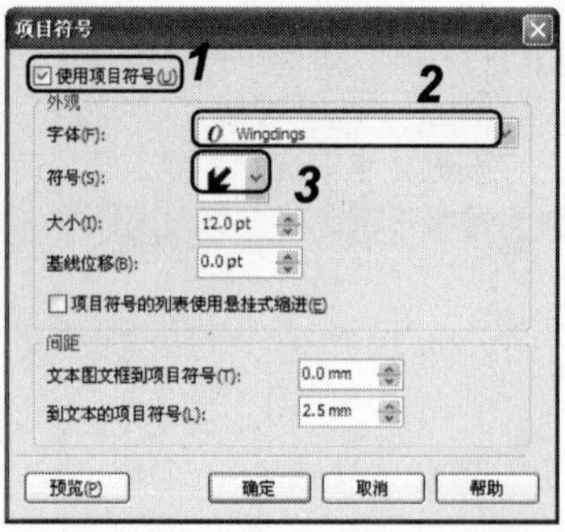

图 7-58　“项目符号”对话框

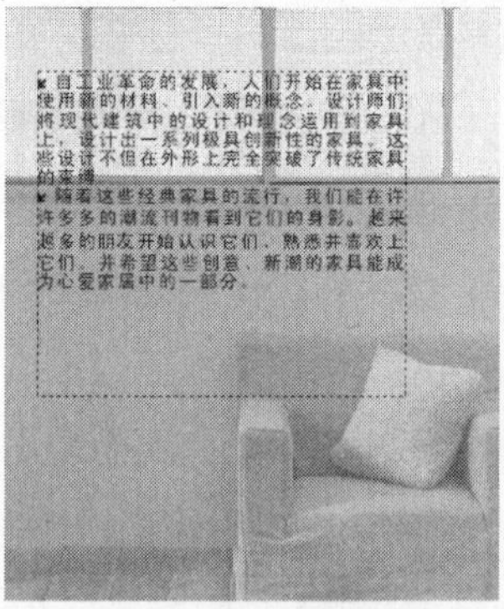

图 7-59　设置后的效果

7.3.2　设置内置文本

在 CorelDRAW 中，可以将文本置入基本图形中，制作出图形文本。其方法是：使用绘图工具在页面中绘制需要的图形，然后在该图形中输入文本，并选择“文本/段落文本框/按文本框显示文本”命令设置其文本效果。

【例 7-13】　打开图像并输入文本，并使文本置于椭圆左侧位置。

（1）打开“叶子.cdr”图像文件（立体化教学:\实例素材\第 7 章\叶子.cdr），如图 7-60 所示。

（2）在工具箱中选择文本工具，将鼠标光标移到树叶图形上，当其变为形状时单击鼠标，确定插入点的起点，如图 7-61 所示。

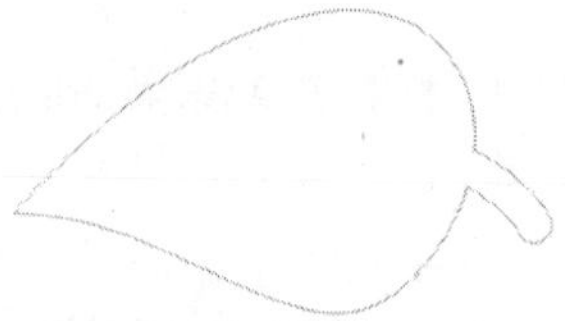

图 7-60　打开图像文件

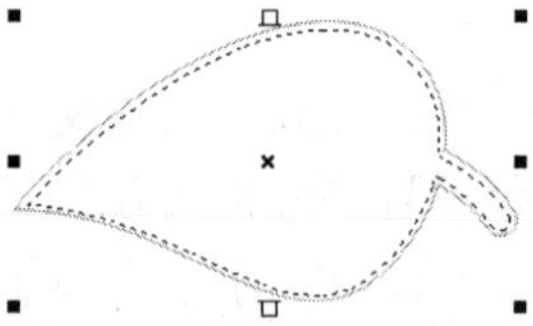

图 7-61　确定插入点的起点

（3）在插入点输入所需的文本，效果如图 7-62 所示。文本置入图形后，选择“文本/段落文本框/按文本框显示文本”命令，可以使文本和图形基本适配，效果如图 7-63 所示（立体化教学:\源文件\第 7 章\叶子.cdr）。

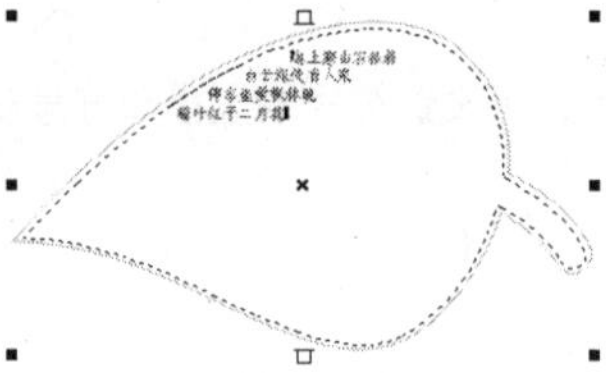

图 7-62　输入所需的文本

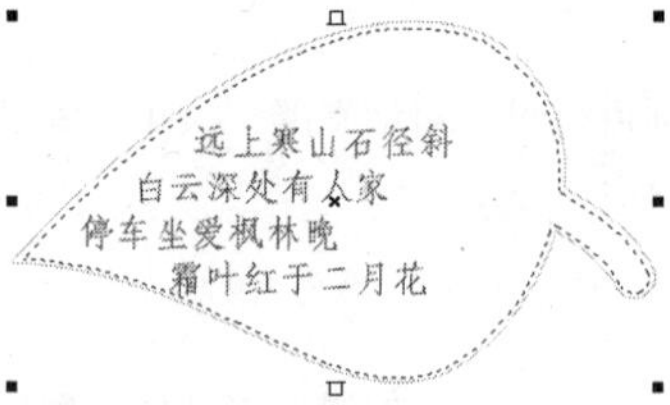

图 7-63　按文本框显示文本

提示：

使用鼠标右键选择要置入的文本，将其移到图形上，当鼠标光标变为⊕形状时释放鼠标，弹出快捷菜单，从中选择“内置文本”命令也可将文本置入图形中。

7.3.3　使文本适合路径

通过使文本适合路径可以将文本置入绘制的曲线或图形上，形成特殊的曲线或图形文字效果。

1．使文本适合路径

美术字文本和段落文本都可以适合路径。可以先创建文本，再将文本置入路径上，也可以先绘制路径，再在路径上输入所需的文字。

【例 7-14】　在图形上输入所需的文本，并设置文本的属性。

（1）打开“风车.cdr”图像文件（立体化教学:\实例素材\第 7 章\风车.cdr），使用文本工具在页面中输入一段文字，如图 7-64 所示，再选中文本，选择“文本/使文本适合路径”命令，此时鼠标光标变为➡形状，再将鼠标光标移到图形上，如图 7-65 所示。

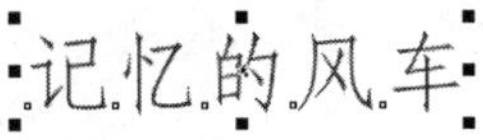

图 7-64　输入一段文字

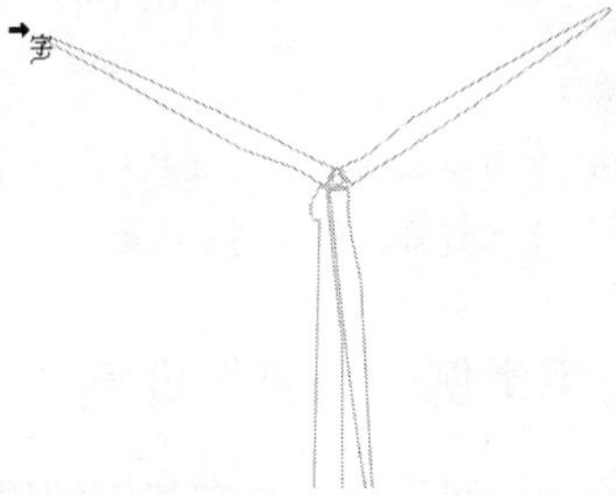

图 7-65　将鼠标光标移到图形上

（2）单击鼠标，将文字置入图形上，效果如图 7-66 所示。使用挑选工具选中文本，在属性栏中将其字体设置为“汉仪竹节体简”，字体大小为 36pt，效果如图 7-67 所示（立体化教学:\源文件\第 7 章\风车.cdr）。

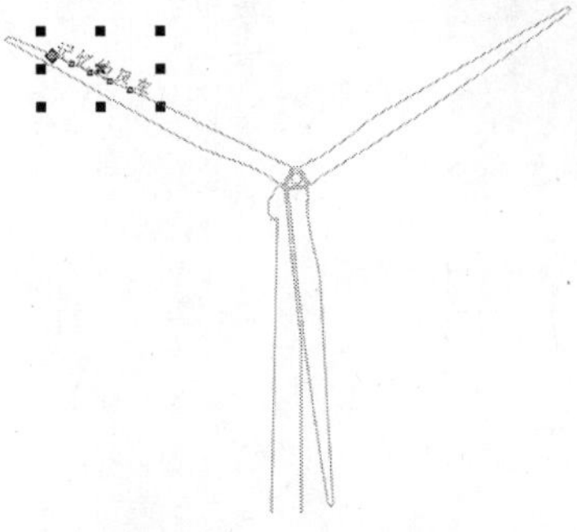

图 7-66　置入图形的文本效果

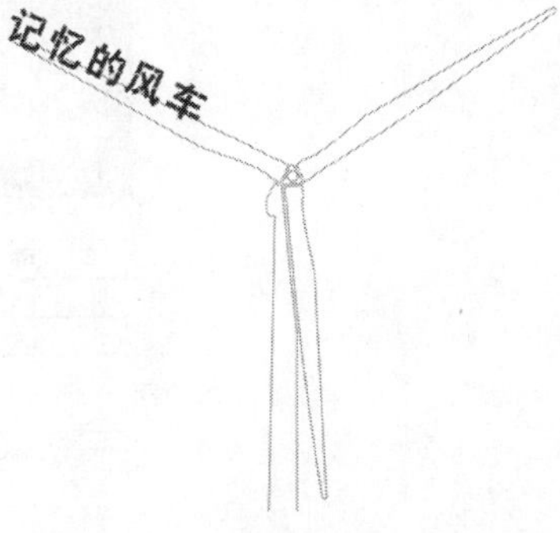

图 7-67　设置文本属性效果

技巧：

可以先创建路径，再选择“文本/使文本适合路径”命令，再选择工具箱中的文本工具，然后在路径上单击鼠标并输入文本。

2．修改路径上的文本样式

对于创建了路径的文本，还可对其进行编辑修改，如设置排列方向、文字垂直放置的方式以及文本起点和终点的位置等，以满足不同的需要。

使用挑选工具选中一个含有路径的文本，其属性栏如图 7-68 所示。其中各选项含义如下。

- **“文字方向”下拉列表框**：用于设置文字的排列方向。
- **“与路径距离”数值框**：用于设置文本与路径的距离。
- **“水平偏移”数值框**：用于设置文本的水平偏移距离。
- **“镜像文本”栏**：在该栏中单击按钮，可沿路径水平方向翻转文字；单击按钮，可沿路径垂直方向翻转文字。

图 7-68　含有路径的文本的属性栏

技巧：

使用形状工具选中附着文字的路径后，再用挑选工具选择路径，再在工具箱中选择挑选工具，即可将路径与文本分开，也可将其删除。

7.3.4　应用举例——制作日历

下面绘制一张日历，并在其中编辑文字，效果如图 7-69 所示（立体化教学:\源文件\第 7 章\日历.cdr）。

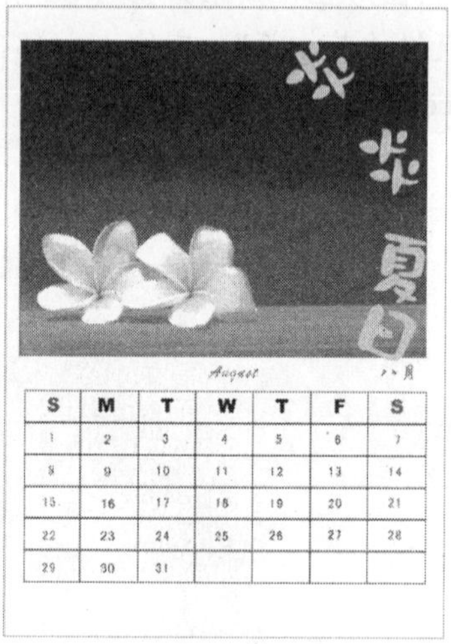

图 7-69　日历效果

操作步骤如下：

（1）新建一个图形，使用矩形工具在绘图区中绘制日历的大体形状，如图 7-70 所示。

（2）在工具箱中选择图纸工具，在属性栏的“图纸行和列数”数值框中分别输入“7”和“6”，在日历的右下角拖绘出一个网格图形，如图 7-71 所示。

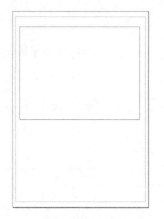

图 7-70　绘制日历形状

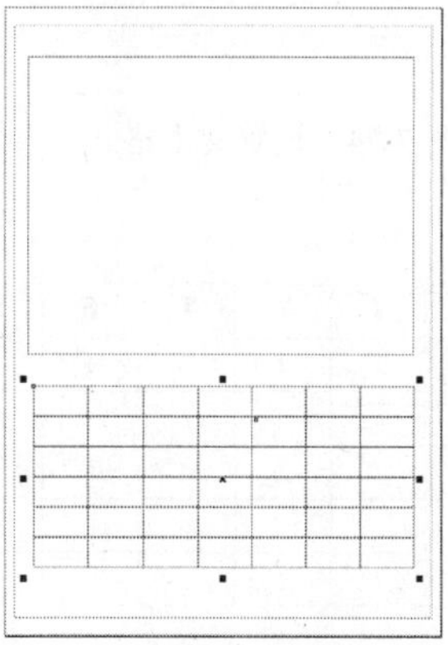

图 7-71　绘制网格

（3）使用文本工具在网格图形的第一行分别输入“S”、“M”、“T”、“W”、“T”、“F”、“S”，在工具箱中选择挑选工具，并选中文本，再设置字体为 Arial Black，字体大小为 24pt，如图 7-72 所示。

（4）选择文本两端的 S，单击调色板中的红色色块，将其填充为红色，如图 7-73 所示。

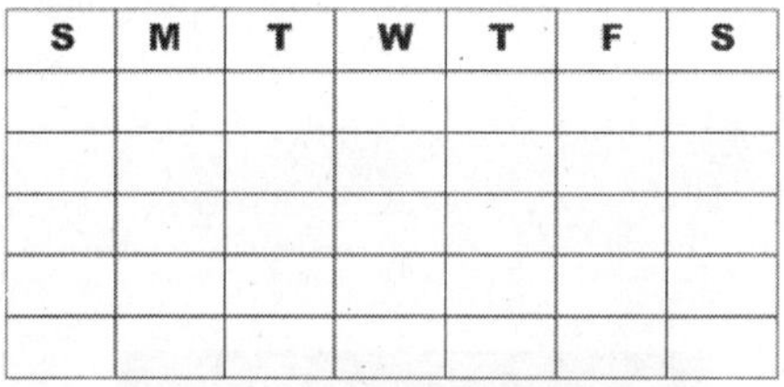

图 7-72　设置字体

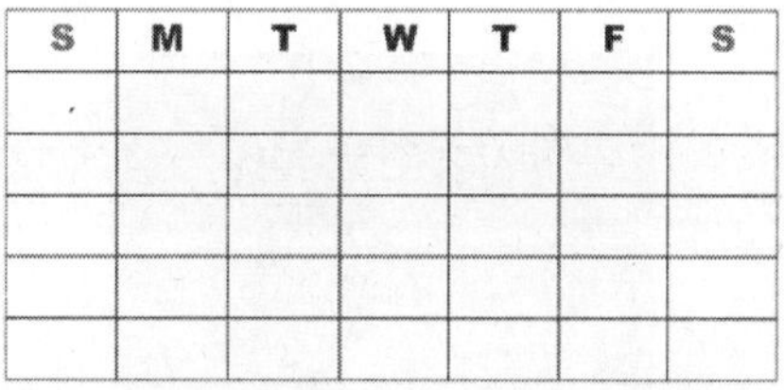

图 7-73　设置字体颜色

（5）使用文本工具，输入如图 7-74 所示的文本，使用相同的方法将其字体设置为“黑体”，字体大小为 16pt。

（6）选择形状工具，使用鼠标光标拖动文本左下角的控制柄，调整其行距，使数字在网格中间。

（7）切换为挑选工具，此时文本为选中状态，在调色板中单击红色色块，将其填充为红色，如图 7-75 所示。

（8）使用相同的方法输入日历中的其他数字，中间 5 列数字为黑色，最后一列为红色，效果如图 7-76 所示。

（9）使用文本工具在网格上方输入日历的月份，字体设置为“华文行楷”，颜色设置为“50%黑”，如图 7-77 所示。

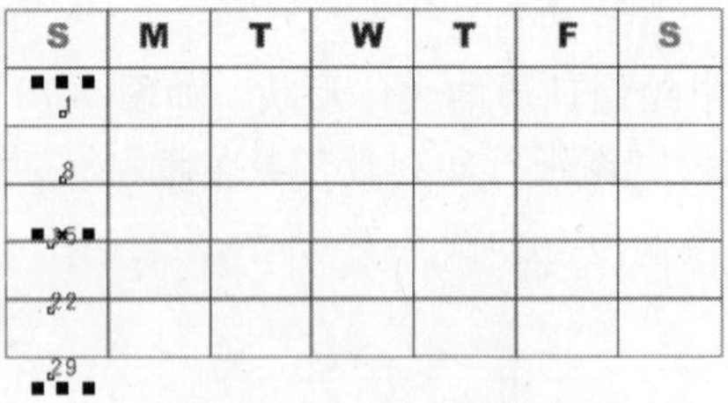

S	M	T	W	T	F	S
1						
8						
15						
22						
29						

图 7-74　设置文本格式

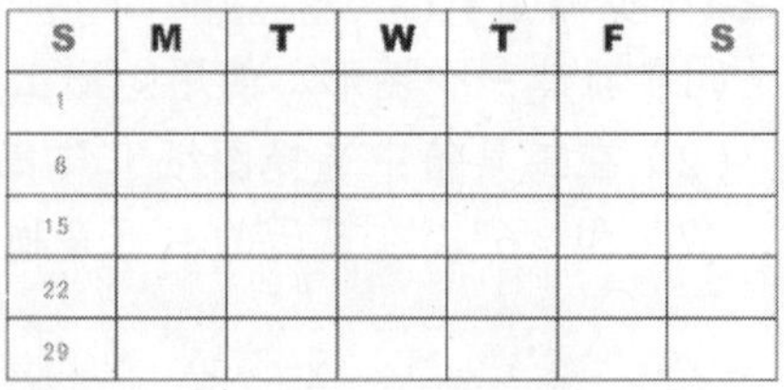

S	M	T	W	T	F	S
1						
8						
15						
22						
29						

图 7-75　设置字体颜色

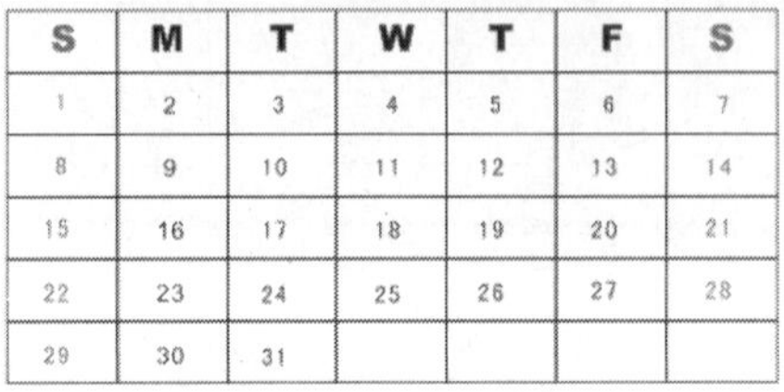

S	M	T	W	T	F	S
1	2	3	4	5	6	7
8	9	10	11	12	13	14
15	16	17	18	19	20	21
22	23	24	25	26	27	28
29	30	31				

图 7-76　输入所有日期

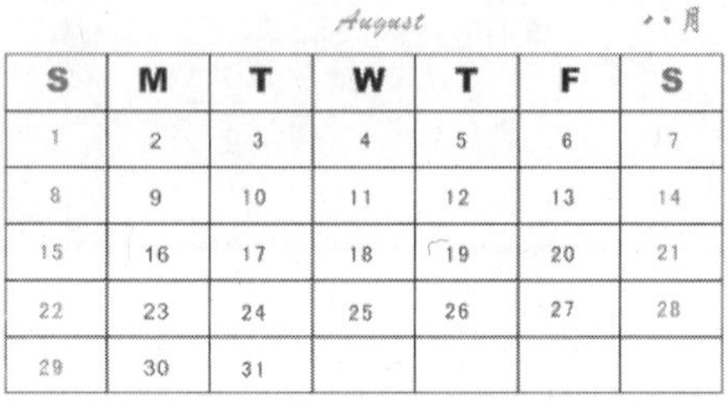

S	M	T	W	T	F	S
1	2	3	4	5	6	7
8	9	10	11	12	13	14
15	16	17	18	19	20	21
22	23	24	25	26	27	28
29	30	31				

图 7-77　输入日历的月份

（10）选择“文件/导入”命令，在打开的“导入”对话框中选择“夏日.jpg”图像文件（立体化教学:\实例素材\第 7 章\夏日.jpg），对其大小进行调整后移到如图 7-78 所示的位置。

（11）在工具箱中选择钢笔工具，将鼠标光标移动到图像中绘制一条曲线，如图 7-79 所示。

图 7-78　导入图像

图 7-79　绘制曲线

（12）在图像中输入文本“炎炎夏日”，将字体设置为“华康墨字体”，字体大小设置为 100pt，颜色设置为黄色，如图 7-80 所示。

（13）选中文本，选择“文本/使文本适合路径”命令，鼠标光标变为➡形状，再将鼠标光标移到图形上，在属性栏中单击和按钮，调整字体的方向和距离，如图 7-81 所示。

图 7-80　输入文字

图 7-81　调整字体

（14）在工具箱中选择形状工具，使用鼠标拖动文本左下角的控制柄，调整其行距。

（15）在工具箱中选择形状工具，使用鼠标单击路径，再在工具箱中选择挑选工具，按 Delete 键将路径删除。

7.4　上机及项目实训

7.4.1　制作海报

本次实训将制作一个童谣海报，主要内容是宣传教育局举办的一次儿童活动，其最终效果如图 7-82 所示（立体化教学:\源文件\第 7 章\制作海报.cdr）。

图 7-82　海报效果

1. 制作海报背景

制作海报背景，先使用矩形工具绘制矩形并进行填充，再导入相关的卡通图形。操作步骤如下：

（1）新建一个图形文件，将页面的宽度和高度分别设置为 182mm 和 270mm，在工具箱中选择矩形工具，在页面中绘制一个矩形，并将其填充为浅黄色，效果如图 7-83 所示。

（2）选择工具箱中的交互式填充工具，在其属性栏的“类型”下拉列表框中选择“射线”选项，再使用鼠标拖动控制柄上的滑条，调整填充范围的大小，如图 7-84 所示。

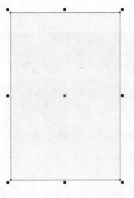

图 7-83　创建并填充矩形

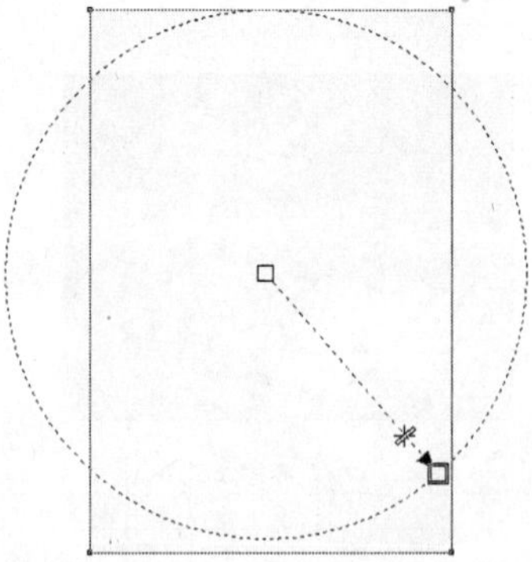

图 7-84　填充矩形

（3）在工具箱中选择贝塞尔工具，结合形状工具在矩形上方绘制一个封闭的曲线，并填充为月光绿色，使用鼠标右击调色板中的☒按钮，去除其轮廓线，效果如图 7-85 所示。

（4）使用矩形工具在背景下方绘制一个矩形，并填充为酒绿色，效果如图 7-86 所示。

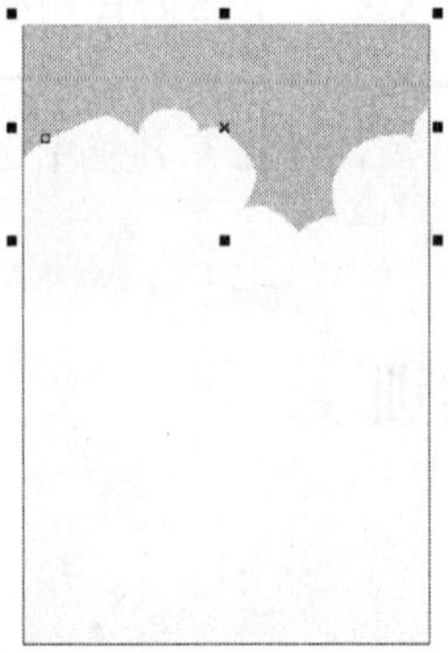

图 7-85　绘制并填充曲线

图 7-86　绘制并填充矩形

（5）单击属性栏中的按钮，导入“背影图形.wmf”图像文件（立体化教学:\实例素材\第 7 章\背影图形.wmf），如图 7-87 所示；将卡通图形移到背景中的适当位置并调整其大小，如图 7-88 所示。

图 7-87　导入一个背影图形

图 7-88　放置背影图形的位置

（6）导入“侧面卡通图形.wmf”图像文件（立体化教学:\实例素材\第 7 章\侧面卡通图形.wmf)，如图 7-89 所示；将卡通图形移到背景中的适当位置并调整其大小，如图 7-90 所示。

（7）使用贝塞尔工具并结合形状工具在背景上添加花瓣，将其颜色分别填充为绿松石色、薄荷绿色和粉色等，并去除其轮廓线，效果如图 7-91 所示。

图 7-89　导入图形

图 7-90　放置侧面图形的位置

图 7-91　绘制并填充花瓣

2．添加文字内容

在制作完海报背景后，下面为其添加相应的文字内容，并进行编辑操作等。操作步骤如下：

（1）在工具箱中选择文本工具，将鼠标光标移到海报左上角并单击，当出现文本插入点后输入“童谣”文本；选择工具箱中的挑选工具，再在属性栏中将其字体设置为“方正琥珀简体”，字体大小设置为 49pt，效果如图 7-92 所示。

（2）选中“童谣”文本，选择“排列/转换为曲线”命令，将汉字转换为曲线，再选择“排列/拆分曲线”命令，将汉字中封闭的部分拆分出来，如图 7-93 所示。

图 7-92　输入“童谣”文字并设置字体格式

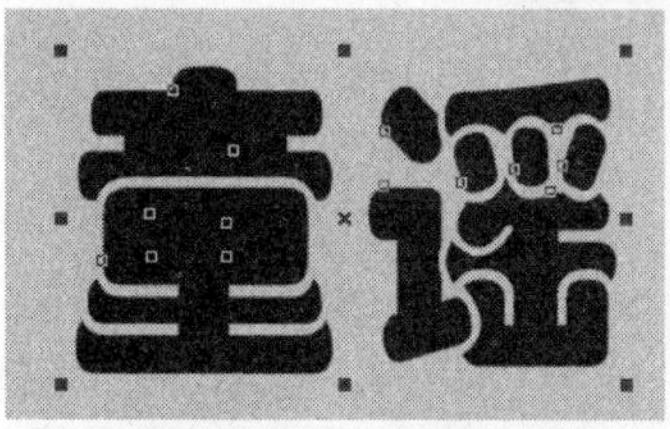

图 7-93　拆分“童谣”汉字

（3）使用挑选工具从背景外向“童”字内拖动，当框中“童”字出现重叠部分时释放鼠标，如图 7-94 所示。再单击调色板中的黄色色块，将重叠部分填充为黄色，再按 Shift+PageUp 键，将其移到最上面，效果如图 7-95 所示。

图 7-94　框中“童”字的重叠部分

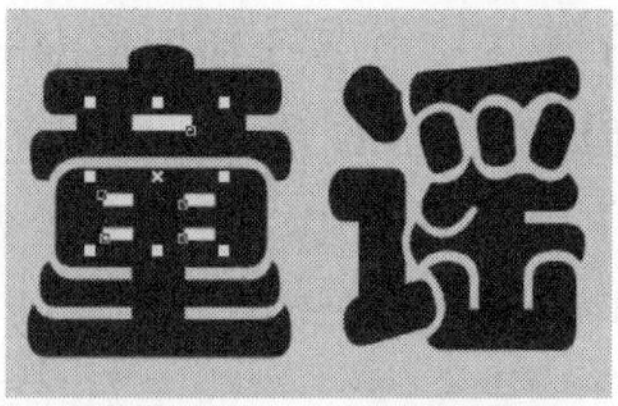

图 7-95　填充并移动重叠部分

（4）选中“谣”字，将其向下移动一段距离，如图 7-96 所示。再选中“童”字，使用形状工具选中上方的节点进行调整，如图 7-97 所示。

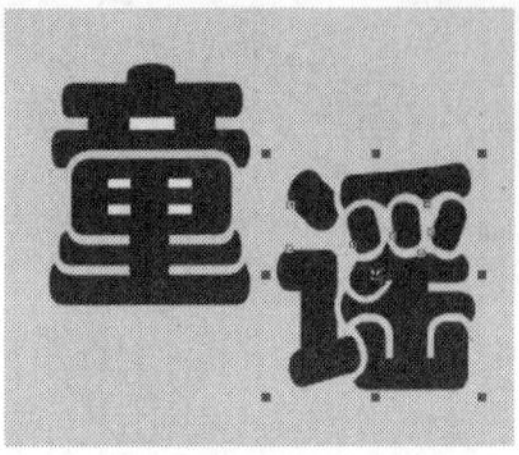

图 7-96　将“谣”字向下移动

图 7-97　调整“童”字形状

（5）使用形状工具调整“谣”字的形状，然后选中拆分的汉字并将其填充为红色和青色，效果如图 7-98 所示。

（6）使用文本工具在“童谣”的右侧输入标语，设置为“汉仪雪君体简”字体，并调整字体大小，如图 7-99 所示。

图 7-98　填充“谣”字颜色

图 7-99　输入标语

（7）使用形状工具选中标语，再拖动其下方的节点，调整标语的字符间距，如图 7-100 所示，再将其填充为白色，效果如图 7-101 所示。

图 7-100　调整标语的字符间距

图 7-101　填充标语颜色

（8）选中标语，按小键盘中的“+”键，复制标语，稍作移动后单击调色板中的绿色色块■，按 Ctrl+PageDown 键，将其移到白色标语的下方，效果如图 7-102 所示。

图 7-102　复制并调整标语位置

（9）使用文本工具在背影图形的上方输入活动地点，并将其字体设置为“汉仪黑棋体简”和“方正大黑简体”，调整其字号，填充颜色为紫色和青色，效果如图 7-103 所示。

（10）使用文本工具在背景的下方矩形上输入活动内容，将其字体设置为“汉仪黑棋体简”，并填充为白色，效果如图 7-104 所示。再使用文本工具在背景的右下方输入举办单位，将其字体设置为“方正大宋简体”，并填充为白色，完成本例的制作。

图 7-103　输入活动地点

图 7-104　输入活动内容

7.4.2　制作杂志内页

综合利用本章和前面所学知识，为一本杂志制作内页，完成后的最终效果如图 7-105 所示（立体化教学:\源文件\第 7 章\杂志内页.cdr）。

图 7-105　杂志内页效果

本练习可结合立体化教学中的视频演示进行学习（立体化教学:\视频演示\第 7 章\制作杂志内页.swf）。

操作步骤如下：

（1）新建文件，选择“文件/导入”命令，在打开的“导入”对话框中选择导入“背景.psd”图像文件。

（2）调整导入图像的大小，再在工具箱中选择裁剪工具，对多余的部分进行裁剪，效果如图 7-106 所示。

（3）在工具箱中选择矩形工具，使用鼠标在页面下方和上方绘制一个矩形，在调色板中单击橘红色色块，并去除轮廓线。

（4）在工具箱中选择文本工具，在其属性栏中设置字体为“黑体”、字体大小为 16pt。

（5）选择形状工具，使用鼠标拖动文本左下角的控制柄，调整其行距，如图 7-107 所示。

（6）在工具箱中选择文本工具，在其属性栏中设置字体为 Arial、字体大小为 24pt，使用鼠标在页面右上方的橙红色矩形中单击，输入“069”。

（7）将鼠标光标移动到刚输入的“0”数字前面，选择“文本/插入符号字符”命令，在打开的“插入符号”泊坞窗中的“字体”下拉列表框中选择 Webdings 选项，在其下方的符号选择框中选择选项，再单击插入(I)按钮。

（8）在工具箱中选择文本工具，将字体设置为“汉仪海韵体简”，字体大小设置为 39pt，使用鼠标在页面上单击，输入“营养丰富的番茄”。

（9）在工具箱中使用贝塞尔工具，在页面上方绘制一条曲线。选中刚输入的文字，选择“文本/使文本适合路径”命令，鼠标光标变为➡形状，再将鼠标光标移到绘制的曲线上，如图 7-108 所示。

（10）使用形状工具选中曲线，再选择挑选工具，按 Delete 键删除曲线，完成“杂志内页”的制作。

图 7-106　导入并裁剪素材

图 7-107　输入文字并编辑

图 7-108　使文本适合路径

7.5　练习与提高

（1）使用矩形工具、渐变填充工具、贝塞尔工具和文本工具绘制如图 7-109 所示的圣诞节贺卡效果（立体化教学:\源文件\第 7 章\圣诞贺卡.cdr)。

提示：画面中的英文字母是先使用贝塞尔工具绘制一条曲线，再将输入的英文字母置于曲线上的效果。本练习可结合立体化教学中的视频演示进行学习（立体化教学:\视频演示\第 7 章\圣诞贺卡.swf)。

（2） 新建文件，制作出如图 7-110 所示的效果（立体化教学:\源文件\第 7 章\书籍封面.cdr)。

提示：导入立体化教学中的素材文件（立体化教学:\实例素材\第 7 章\封面文件夹\)，再使用螺纹工具绘制螺纹，输入美术字文本，并使美术字文本沿螺纹进行排列。

图 7-109　圣诞节贺卡效果

图 7-110　书籍封面

（3）运用文本工具和矩形工具制作如图 7-111 所示的名片效果（立体化教学:\源文件\第 7 章\名片.cdr)。

提示：只有先将文字转换为曲线后才能将文字使用“造形”泊坞窗进行编辑。

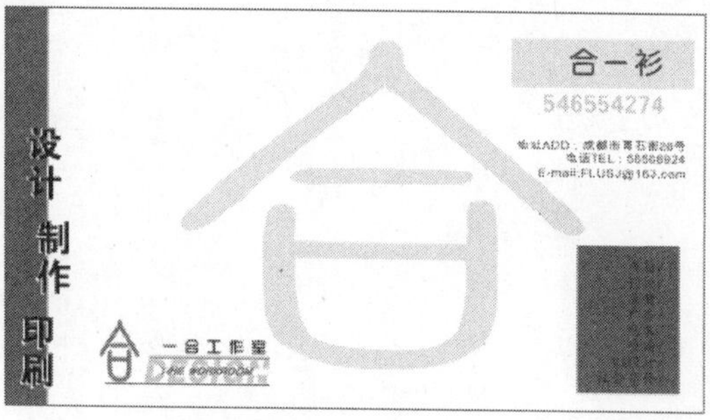

图 7-111　名片效果

经验技巧 总结 CorelDRAW 中使用文本的技巧

本章主要介绍了文本的处理操作，要想在作品中绘制出更漂亮、更丰富的图像效果，课后还必须学习和总结一些使用技巧。这里总结以下几点供读者参考和探索：

- CorelDRAW 中自带的字体并不多，为了制作出更加美观的版式，需在网络上多收集一些字体并下载。
- 为了在不同的电脑中查看制作出的效果，最好将所有文字都转化为曲线。否则可能会因为其他电脑上没有安装文件中使用的字体而出现影响图像效果的情况。
- 在进行版式设计时，最好使用多种字体并设置不同的字体大小，以错落有致地展示主题。
- 常用的杂志、报纸上的正文字体大小一般为 8pt 左右，特殊情况如老年人的读物可将正文字体大小设置为 12pt 左右。

第 8 章　为矢量图添加特殊效果

学习目标

- ☑ 使用交互式调和工具、交互式轮廓图工具为图形添加效果
- ☑ 使用交互式封套工具、交互式阴影工具为图形添加效果
- ☑ 使用交互式透明工具、交互式扭曲工具为图形添加效果
- ☑ 使用"添加透视"命令添加特殊效果
- ☑ 使用椭圆工具、交互式透明工具、交互式封套工具绘制玻璃按钮
- ☑ 综合利用矩形工具、贝塞尔工具、交互式透明工具制作歌单

目标任务&项目案例

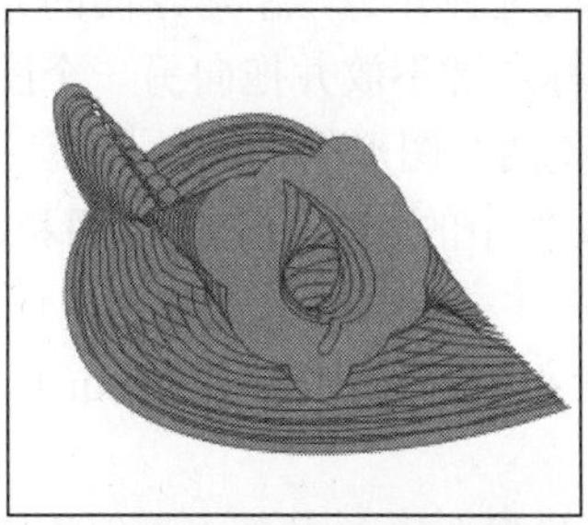
使用交互式调和工具后的图形

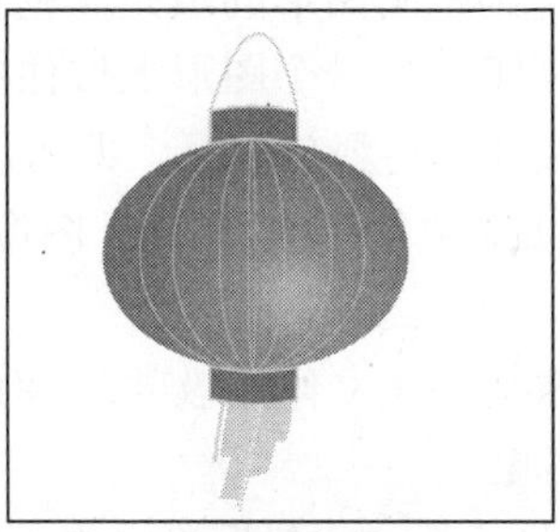
绘制灯笼

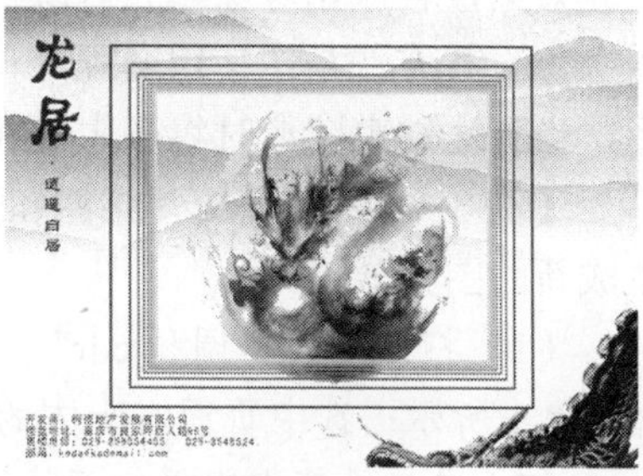

制作地产广告

绘制玻璃按钮

为图形添加立体效果

绘制鲜花

在 CorelDRAW 中可以为矢量图添加多种多样的特殊效果。制作上述实例主要用到了交互式调和工具、交互式立体工具和交互式透明工具等。本章将具体讲解使用这些工具以及"添加透视"命令来绘制和修饰矢量图的方法。

8.1 为图形创建调和效果

在 CorelDRAW 中创建的矢量图形的形式通常比较单一，可以通过各种交互式工具为图形添加调和、变形、阴影和透明度等特殊效果。

调和是将两个或多个图形通过一定方式连接起来，形成这些图形的渐变效果，包括图形形状和轮廓颜色的调和。

在进行图形对象的交互式调和之前，应该先了解以下几个调和概念。

- **步长**：可以设置两个原始对象之间的对象的个数。
- **间距**：多个图形对象之间的间隔。步长越大，间距越小，则中间对象越接近，调和效果越平滑。
- **渐变加速**：对中间对象进行不均匀处理，包括图形轮廓和填充。

8.1.1 简单调和

简单调和也称为直线调和，是通过交互式调和工具在多个图形之间拖动而形成的渐变调和效果，若原始对象填充有颜色，则中间图形的填充颜色自动选择介于两个对象间的光谱颜色。其方法是：使用交互式调和工具在一个图形上按住鼠标左键不放并拖向另一个图形，当到达结束图形时将产生调和虚线，再释放鼠标，即可创建两个图形的调和效果。

【例 8-1】 使用交互式调和工具对“简单调和.cdr”图像文件中的两个图形进行调和，生成新的图案效果。

（1）打开“简单调和.cdr”图像文件（立体化教学:\实例素材\第 8 章\简单调和.cdr），如图 8-1 所示。选中页面右上方的图像。

（2）在工具箱中选择交互式调和工具，然后单击右上方的调和原始对象，按住鼠标左键不放拖动光标到左下方的结束对象，此时将出现调和虚线，其状态如图 8-2 所示，释放鼠标，调和效果如图 8-3 所示。

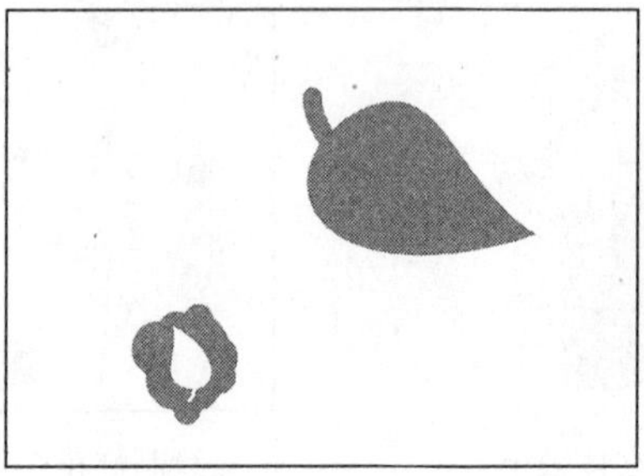

图 8-1 打开图像

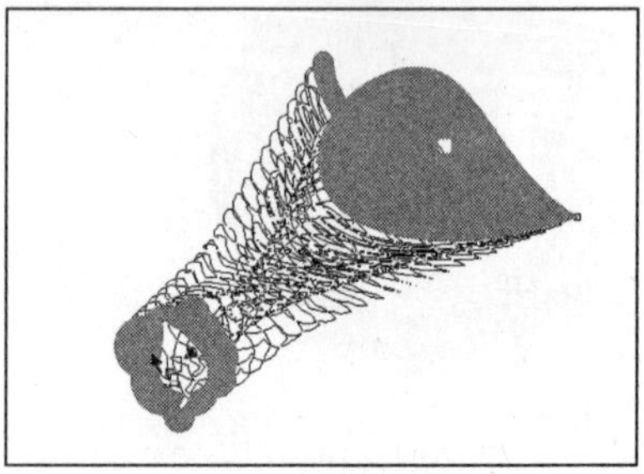

图 8-2 调和图像

（3）按住 Shift 键的同时，使用挑选工具选中两个原始对象，然后选择“排列/对齐和分布/对齐和分布”命令，在打开的“对齐与分布”对话框中选中 ☑中(C) 和 ☑中(E) 复选框，如图 8-4 所示。

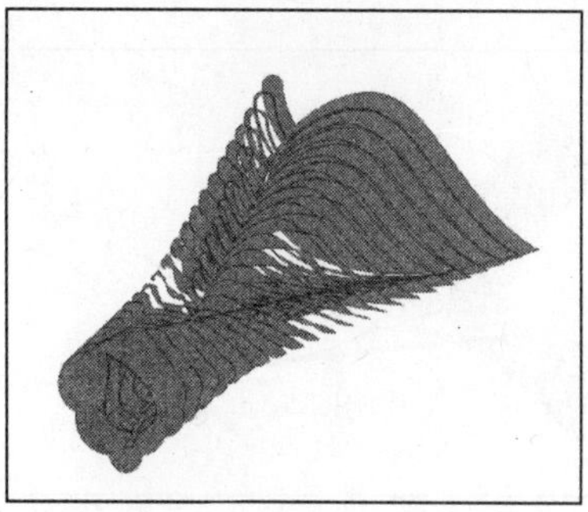

图 8-3　使用调和后的效果

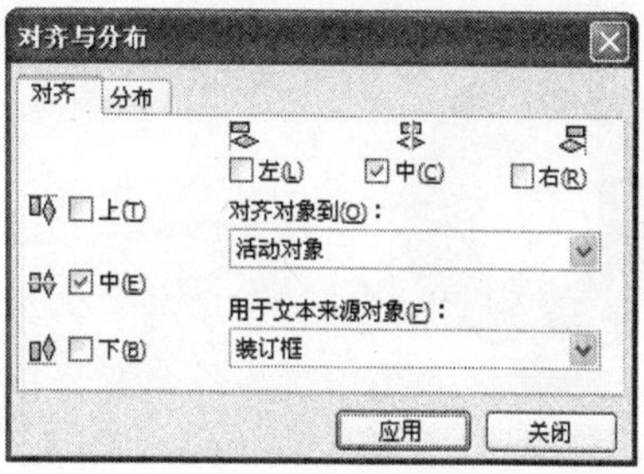

图 8-4　设置“对齐与分布”对话框

（4）完成后先单击 应用 按钮，再单击 关闭 按钮，最终效果如图 8-5 所示（立体化教学:\源文件\第 8 章\简单调和.cdr）。

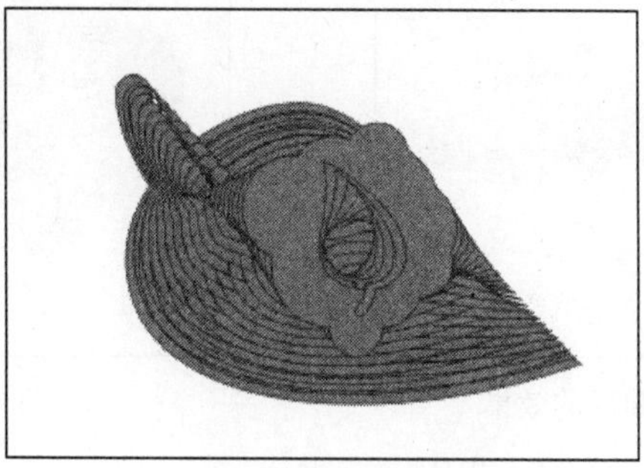

图 8-5　设置对齐后的效果

提示：

在调和图形的操作过程中，无论是从起始对象拖动到结束对象还是从结束对象拖动到起始对象，其结果都是一样的。

8.1.2　沿手绘调和

多个图形的调和可以是直线调和，也可以根据需要沿手绘路径进行调和以满足不同的需要。其方法是：使用交互式调和工具从起始图形拖向结束图形的同时，按住 Alt 键拖绘所需的路径，当出现调和虚线时释放鼠标即可。

【例 8-2】　对“沿手绘调和.cdr”图像文件中的图形进行手绘路径调和。

（1）打开“沿手绘调和.cdr”图像文件（立体化教学:\实例素材\第 8 章\沿手绘调和.cdr），如图 8-6 所示。

（2）在工具箱中选择交互式调和工具，按住 Alt 键的同时，在左边的图形上按住鼠标左键，并向右边的图形上拖动，此时会出现调和虚线，如图 8-7 所示，释放鼠标左键，效果如图 8-8 所示。

（3）使用挑选工具选中所有的图形，单击调色板中的☒按钮，去除其轮廓线生成新图形，效果如图 8-9 所示（立体化教学:\源文件\第 8 章\沿手绘调和.cdr）。

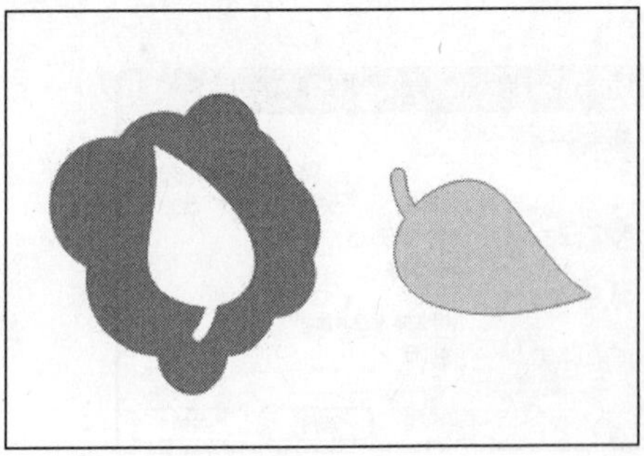

图 8-6　打开图形

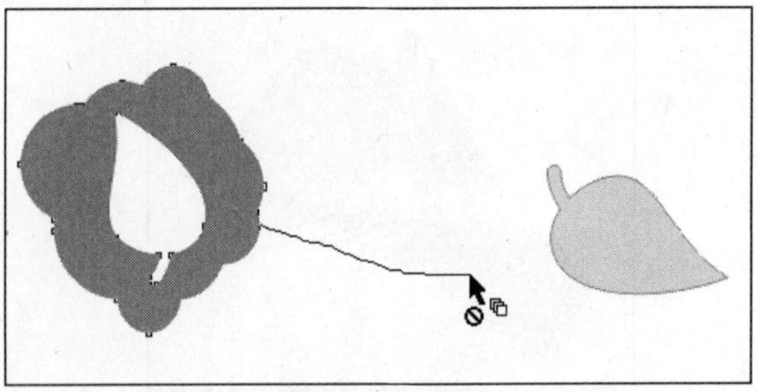

图 8-7　绘制路径

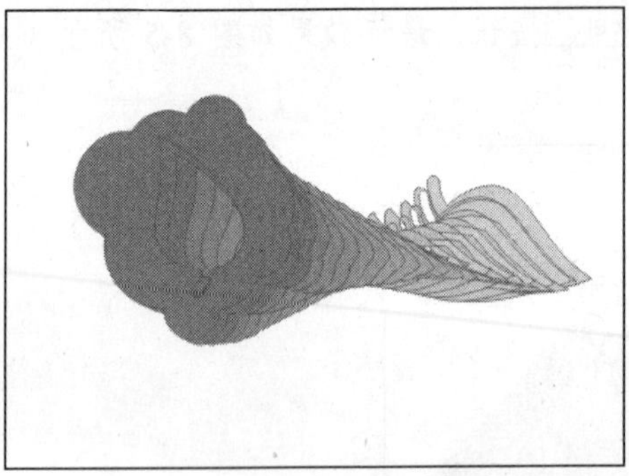

图 8-8　使用路径调和后的效果

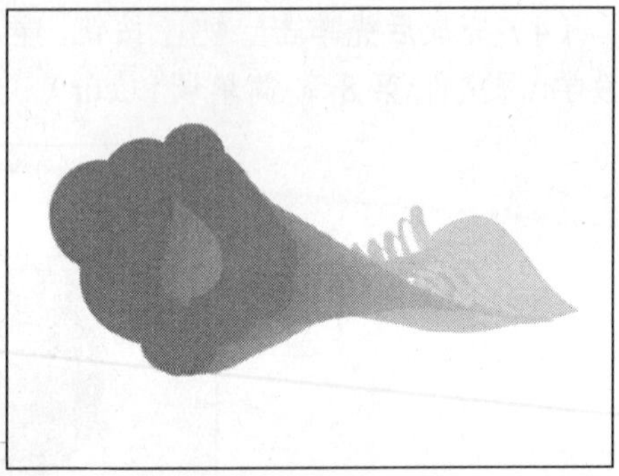

图 8-9　去除轮廓线

提示：

如果用户在创建调和时光标变成形状，表示此时不能创建调和。

8.1.3　使用调和效果适应路径

对于创建的调和效果，还可以将其适应路径。其方法是：使用绘图工具绘制所需的图形或曲线路径，再选中创建的调和效果，在交互式调和工具的属性栏中选择“新路径”选项，再用鼠标单击绘制的图形或曲线路径即可。

【例 8-3】　打开“水果.cdr”图像文件，使用矩形工具绘制一个矩形，再使用交互式调和工具选中调和对象，将其适应到矩形图形上。

（1）打开“水果.cdr”图像文件（立体化教学:\实例素材\第 8 章\水果.cdr），并使用矩形工具在图像上绘制一个矩形，如图 8-10 所示。

（2）将之前制作的“沿手绘调和.cdr”图像文件打开，并将其复制到“水果.cdr”图像文件中。

（3）使用交互式调和工具，选择如图 8-9 所示的图形，单击属性栏中的按钮，在弹出的面板中选择“新路径”选项。

（4）当鼠标光标变为形状时，将其移到矩形上，如图 8-11 所示。

（5）单击鼠标，将“水果”图形适应于矩形边框上，效果如图 8-12 所示。调整路径上的黑色三角形调整效果，如图 8-13 所示（立体化教学:\源文件\第 8 章\水果.cdr）。

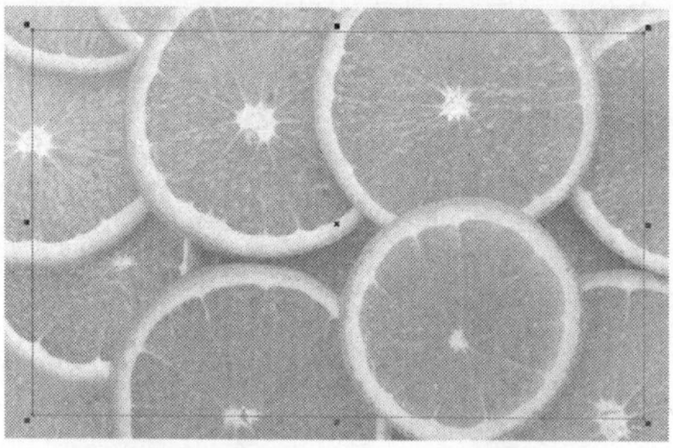

图 8-10　绘制一个矩形

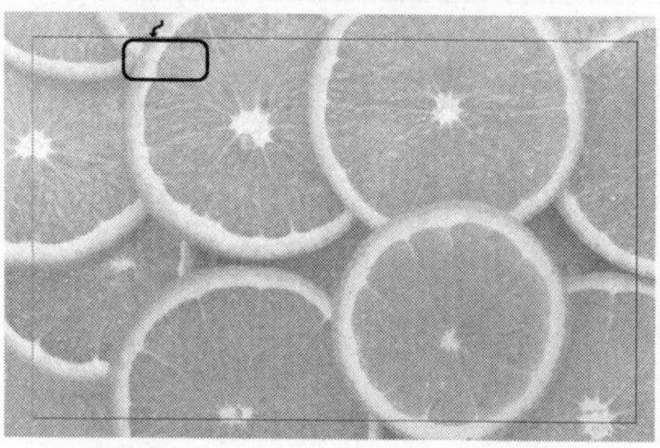

图 8-11　将鼠标光标移到矩形上

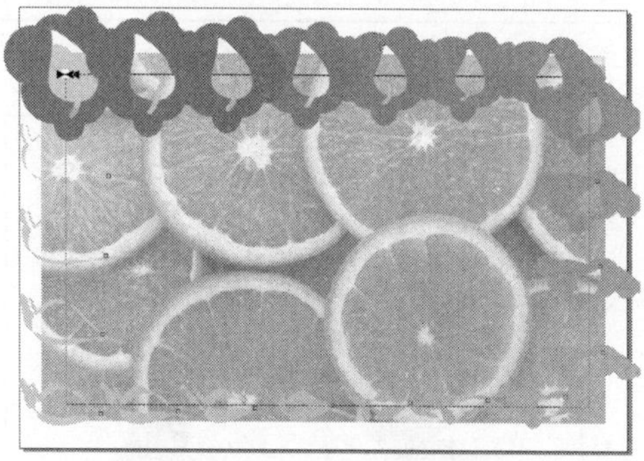

图 8-12　图形的适合路径效果

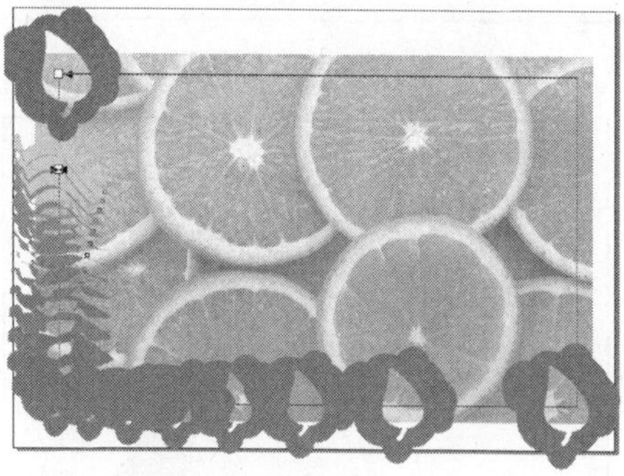

图 8-13　调整后的效果

提示：

如果要使调和效果从路径中分离，则单击属性栏中的按钮，在弹出的面板中选择“拆分”选项即可。调和从路径分离后自动回到沿直线路径调和。

8.1.4　复合调和

两个以上的图形可以相互创建调和，称之为复合调和。其方法是：先绘制或选中多个图形中的任意两个，并使用交互式调和工具进行调和，然后再将调和后最上面的图形和其他图形进行调和。

【例 8-4】　打开“复合调和.cdr”图像文件，使用交互式调和工具将三者进行调和操作。

（1）打开“复合调和.cdr”图像文件（立体化教学:\实例素材\第 8 章\复合调和.cdr)，如图 8-14 所示。

（2）使用交互式调和工具在需要创建调和的图形上按住鼠标左键不放，并向右侧图形上拖动，再释放鼠标，效果如图 8-15 所示。

（3）使用交互式调和工具在右侧的图形上按住鼠标左键不放，并拖向左侧的图形，效果如图 8-16 所示。

（4）使用交互式调和工具在最左侧的图形上按住鼠标左键不放，并拖向最上面的图形，效果如图 8-17 所示（立体化教学:\源文件\第 8 章\复合调和.cdr）。

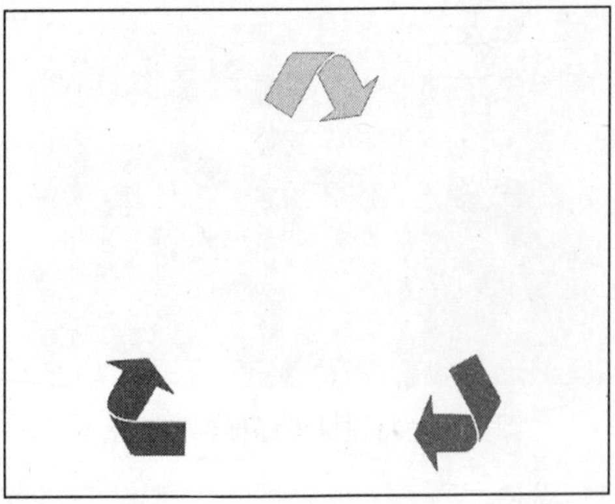

图 8-14　打开图形

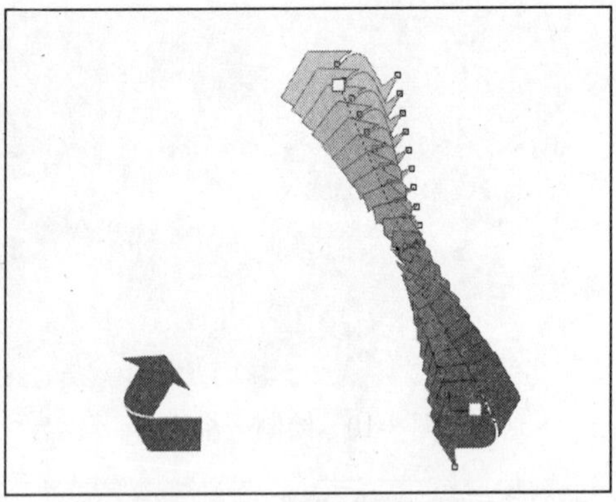

图 8-15　调和右下角的图形

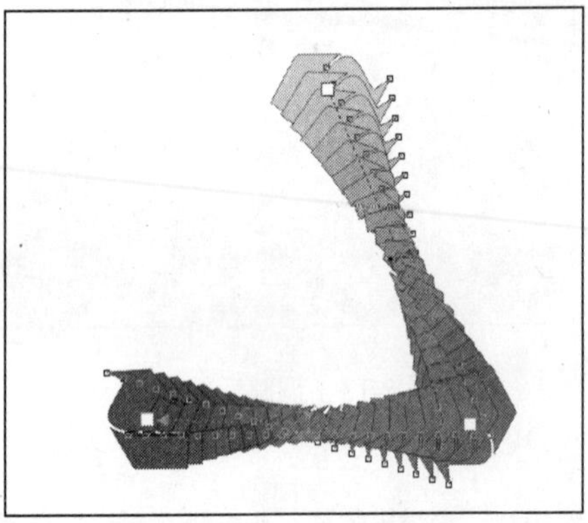

图 8-16　调和左下角的图形

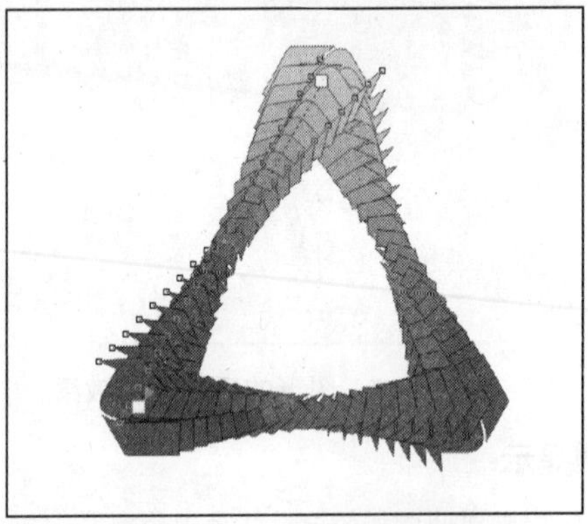

图 8-17　图形的复合调和效果

提示：

图形之间的复合调和只能在起始图形或结束图形之间进行，而不能在调和的渐变过程中的图形之间进行。

8.1.5　修改调和效果

使用交互式调和工具创建出调和图形之后，其属性栏如图 8-18 所示。在该属性栏中可以根据需要选择图形的调和方向、保存用户设置的调和方式、调和级数、调和对象的旋转、调和颜色的路径、调和图形的偏向以及调和的路径等。下面将分别进行讲解。

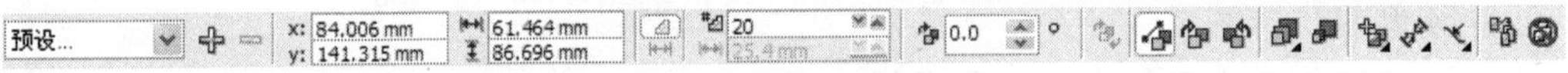

图 8-18　交互式调和工具的属性栏

1. 选择预设的调和方式

CorelDRAW 提供了许多预设的调和方式，可以根据需要进行选择。其方法是：使用交互式调和工具选中一个已创建好的调和对象，如图 8-19 所示；在交互式调和工具的属性栏的“预设”下拉列表框中选择所需的调和方式，如图 8-20 所示；最终效果如图 8-21 所示。

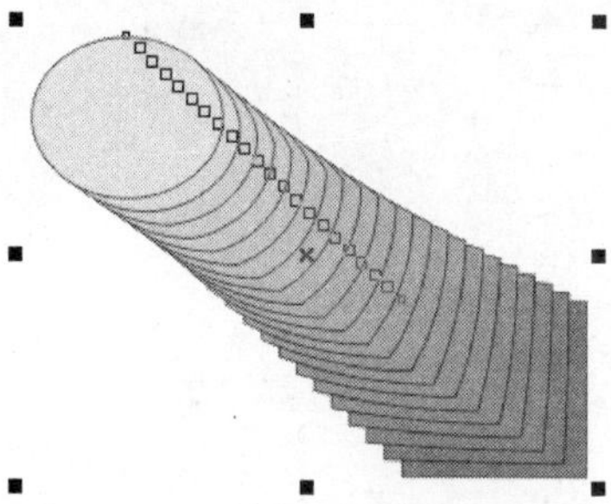

图 8-19　选中创建好的调和对象

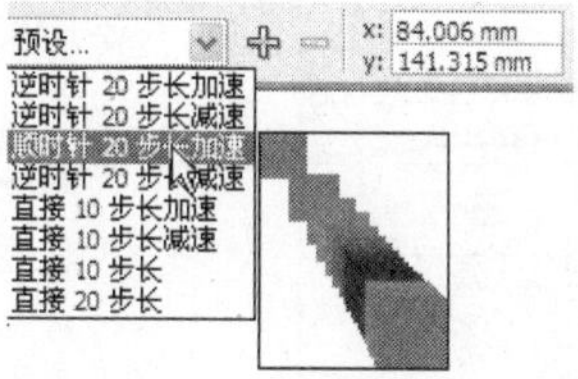

图 8-20　选择预设调和方式

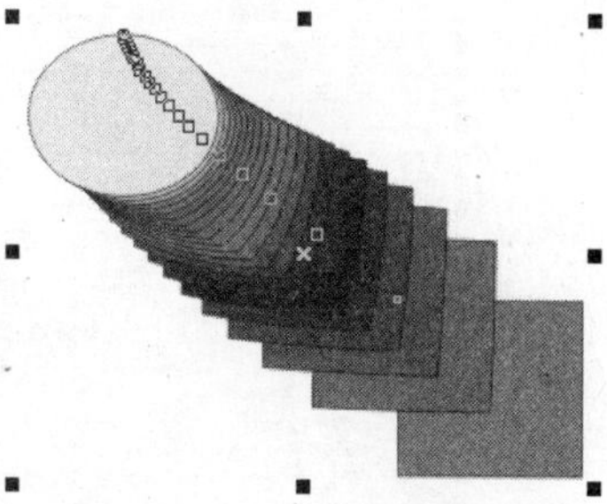

图 8-21　图形的预设调和效果

2．设置调和级数

调和级数是指两个创建了调和的图形之间的调和图形的数量。在创建好图形的调和效果后，在属性栏中可以方便地设置调和级数。

【例 8-5】 打开“设置调和级数.cdr”图像文件，使用交互式调和工具选中调和效果，在属性栏中将其调和级数设置为 5。

（1）打开“设置调和级数.cdr”图像文件（立体化教学:\实例素材\第 8 章\设置调和级数.cdr），使用交互式调和工具选中创建好的调和对象，如图 8-22 所示。

（2）在属性栏中的调和级数设置框 20 中输入“5”，图形的调和效果如图 8-23 所示（立体化教学:\源文件\第 8 章\设置调和级数.cdr）。

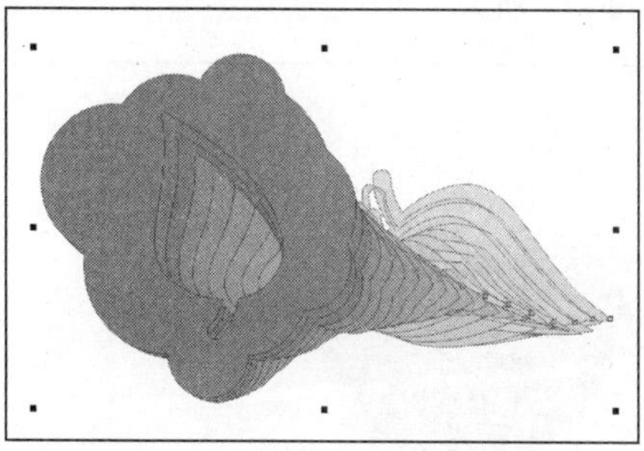

图 8-22　选中创建好的调和对象

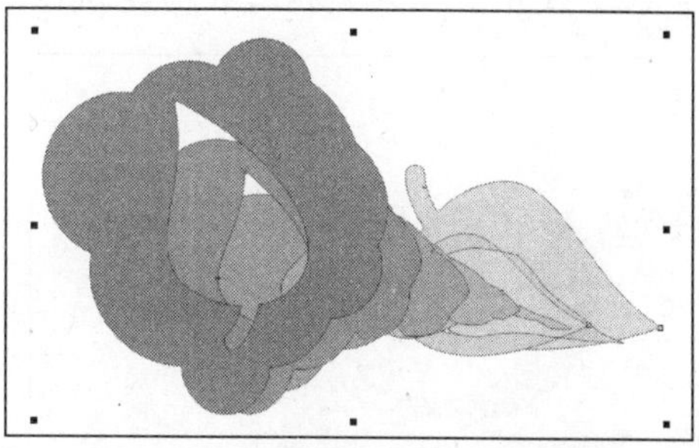

图 8-23　设置调和级数后的图形效果

注意：

默认状态下，图形的调和级数为 20，实际应用中可以先创建调和再设置级数，也可以先设置级数再创建调和。

3．设置调和图形的旋转

对于创建的调和效果，可根据需要在属性栏中的“调和方向”数值框中输入数值，将调和效果沿图形的中心或调和路径的中心进行旋转，这种旋转只限于直线调和图形，而且旋转的只是调和图形之间的图形，起始图形和结束图形均不变。

设置方法是：使用交互式调和工具选中如图 8-24 所示的调和效果，在属性栏中的“调和方向”数值框 0.0 中输入所需的数值，如输入“90.0”，即可使调和沿图形各自的中心旋转，效果如图 8-25 所示。

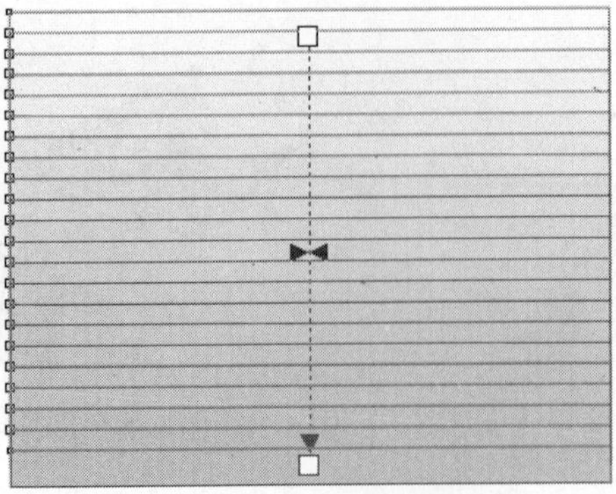

图 8-24　选中调和图形

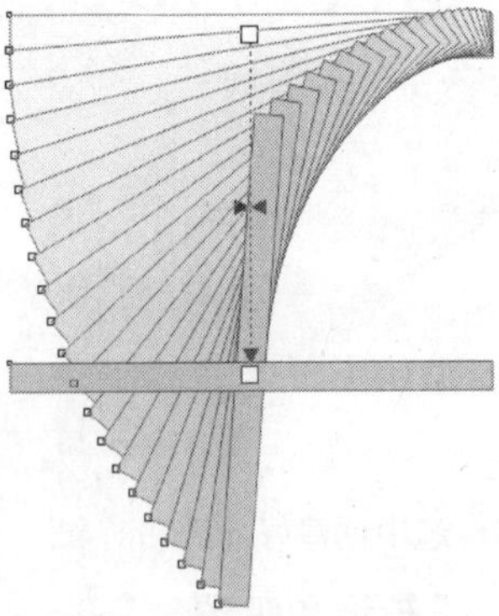

图 8-25　图形的调和旋转效果

4．设置对象和颜色加速

创建的调和图形的形状和颜色效果可能不符合需要，此时可以使用“对象和颜色加速”面板来对其效果进行调节。

【例 8-6】　打开“设置对象和颜色加速.cdr”图像文件，使用交互式调和工具对图像进行调和，再通过对象和颜色加速面板对其过渡效果进行调节。

（1）打开“设置对象和颜色加速.cdr”图像文件（立体化教学:\实例素材\第 8 章\设置对象和颜色加速.cdr），选中左下方的图形，如图 8-26 所示。

（2）使用交互式调和工具创建调和效果，如图 8-27 所示。

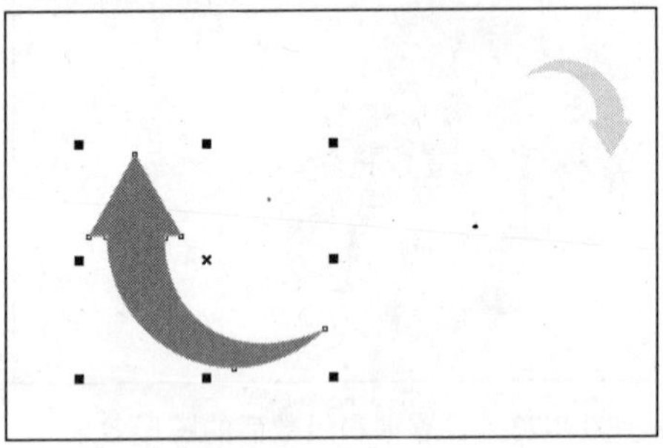

图 8-26　在星形上按住鼠标不放

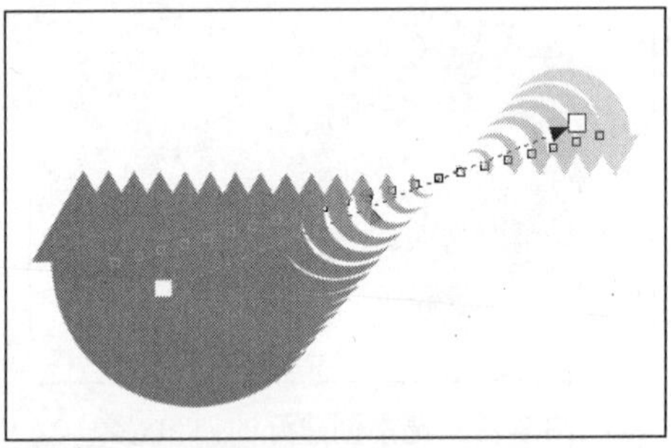

图 8-27　创建星形和矩形的调和效果

（3）在其属性栏中单击“对象和颜色加速”按钮，打开“对象和颜色加速”面板，单击按钮，再将鼠标光标移到颜色滑条上并拖动，如图 8-28 所示，图形的调和效果如图 8-29 所示（立体化教学:\源文件\第 8 章\设置对象和颜色加速.cdr）。

5．杂项调和选项

在 CorelDRAW 中可以把一个调和拆分成几个调和，也可把几个调和组合成一个调和。

使用杂项调和选项拆分调和对象的方法是：使用交互式调和工具选中如图 8-30 所示的调和对象，单击属性栏中的“杂项调和选项”按钮，在打开的面板中选择“拆分”选项，如图 8-31 所示。此时鼠标光标将变为形状，再单击要拆分的调和对象，效果如图 8-32 所示。

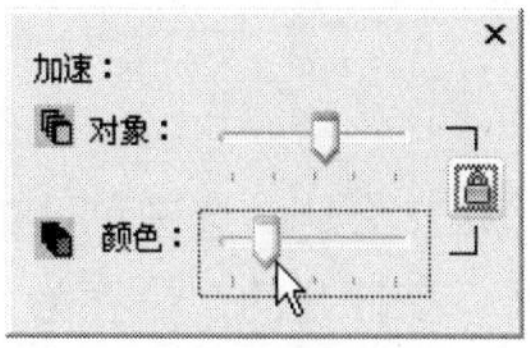

图 8-28　“对象和颜色加速”面板

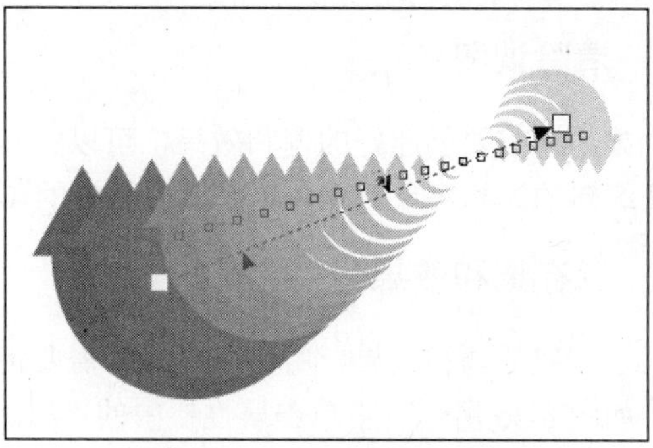

图 8-29　调整后的图形调和效果

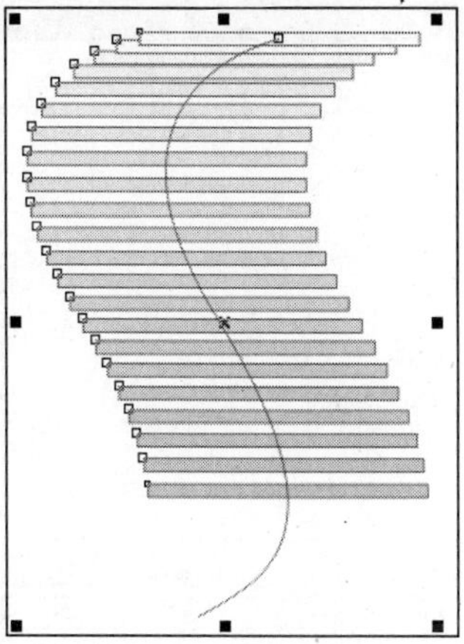

图 8-30　选中调和对象

图 8-31　“杂项调和选项”面板

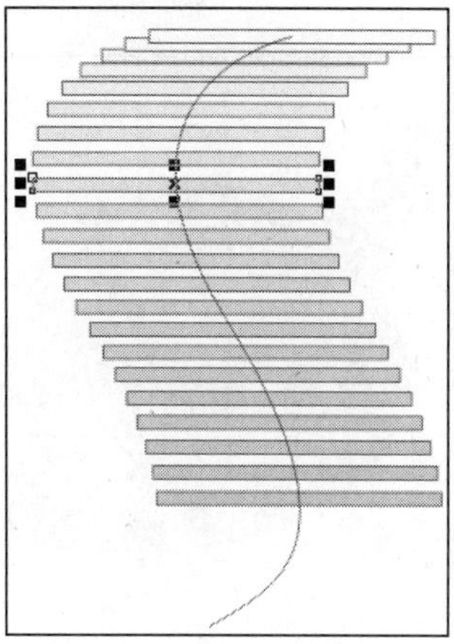

图 8-32　拆分调和对象效果

在“杂项调和选项”面板中选中☑沿全路径调和复选框，可将调和效果填满整个路径，如图 8-33 所示；选中☑旋转全部对象复选框，可将调和图形进行旋转，如图 8-34 所示。

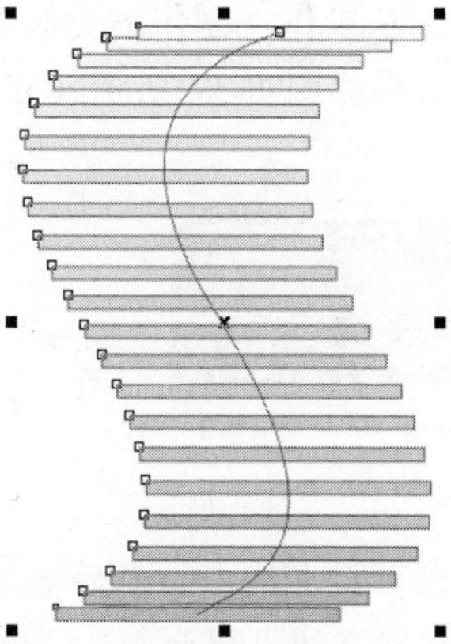

图 8-33　将调和效果填满整个路径

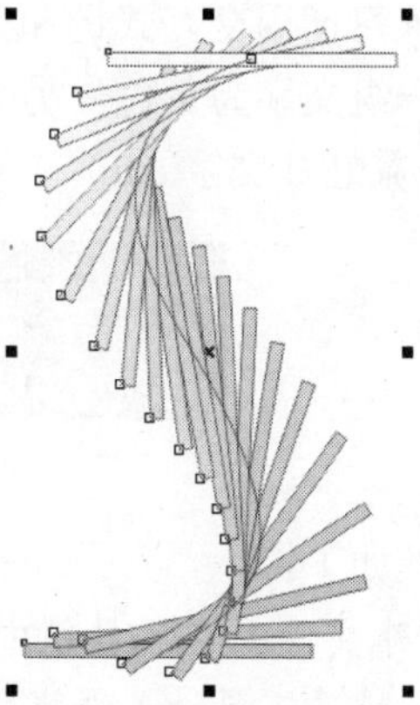

图 8-34　将调和图形进行旋转

注意：

不能在紧挨起始对象或结束对象的位置拆分调和的图形对象。

8.1.6 清除调和

如果不再需要创建好的调和效果，可以将其清除。其方法是：使用交互式调和工具选中需要编辑的调和对象，再单击其属性栏中的按钮即可。

8.1.7 保存调和效果

对于创建的调和效果，用户可以根据需要将其进行保存。其方法是：选中创建的调和效果，如图 8-35 所示。再单击属性栏中的“添加预设”按钮，在打开的“另存为”对话框中选择保存路径并为调和效果命名，再单击保存(S)按钮，如图 8-36 所示。

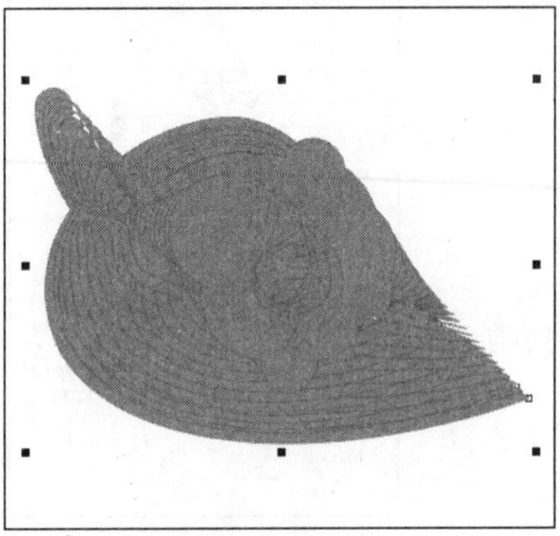

图 8-35 选中调和图形

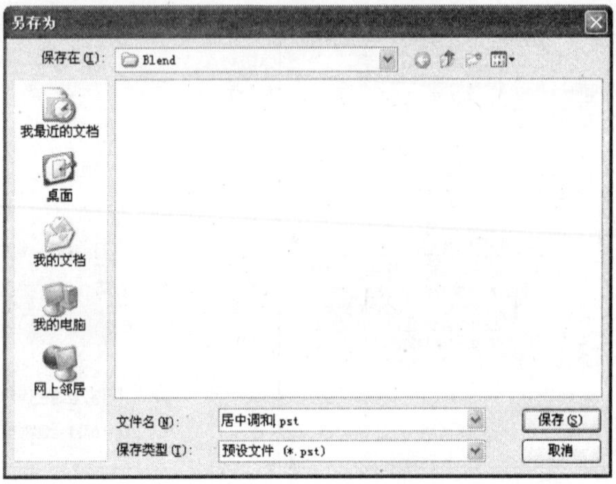

图 8-36 “另存为”对话框

8.1.8 应用举例——制作霓虹灯文字

下面将练习使用交互式调和工具对两组文字进行调和操作，制作出类似霓虹灯效果的文字，要求一组文字为黄色，另一组文字为黑色，其效果如图 8-37 所示（立体化教学:\源文件\第 8 章\霓虹灯文字.cdr）。

图 8-37 霓虹灯文字效果

操作步骤如下：

（1）新建文件，在工具箱中选择文字工具，在页面上单击，然后输入文字。再在工具箱中选择挑选工具，选择文字后在属性栏中将文字字体设置为“汉仪粗黑简”，将字号设置为 60，再按 Enter 键，如图 8-38 所示。

（2）使用挑选工具选择文字，在调色板上单击黄色色块，为文字填充上黄色，效果如图 8-39 所示。

图 8-38　输入并设置文字

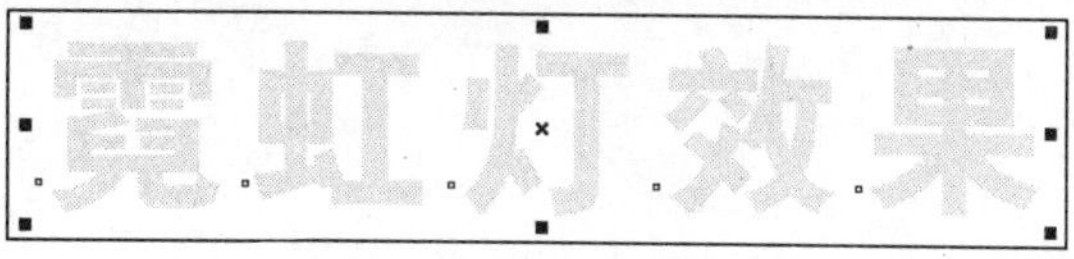

图 8-39　填充文字颜色

（3）选中文字，按数字键盘上的“+”键，复制出一个与原文字相重叠的文字。

（4）选中上面的文字，将其移至黄色文字的下方，再在调色板上单击红色色块，将其填充为红色，如图 8-40 所示。

（5）选中黄色文字，按住工具箱中的轮廓工具不放，在其展开的工具条中选择轮廓画笔对话框工具，打开“轮廓笔”对话框，在其中设置颜色和宽度等参数，如图 8-41 所示。

图 8-40　复制并填充文字

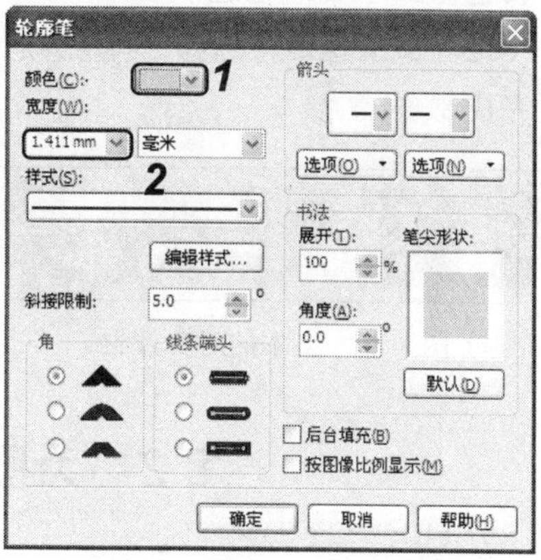

图 8-41　“轮廓笔”对话框

（6）单击确定按钮，效果如图 8-42 所示。

（7）为文字制作调和效果。选中红色文字，在工具箱中选择交互式调和工具，在红色文字上按住鼠标左键并拖至黄色文字上，效果如图 8-43 所示。

图 8-42　为文本添加轮廓效果

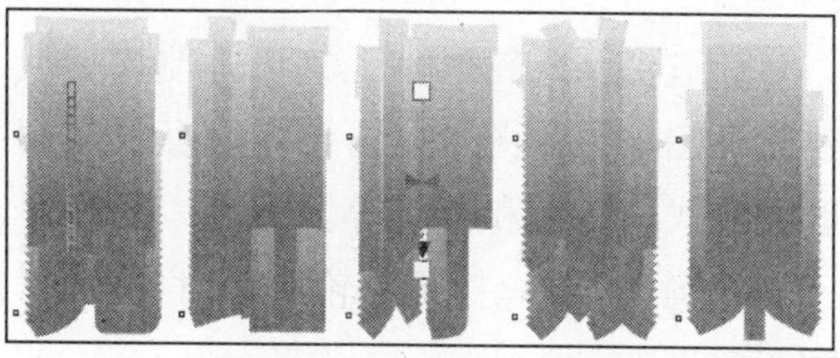

图 8-43　为文字作调和效果

（8）在其属性栏中单击按钮，打开“对象和颜色加速”面板，拖动滑块调整调和效果，如图 8-44 所示。

（9）在工具箱中选择挑选工具，选中红色文字，按住 Shift 键的同时单击黄色文字，选择“排列/对齐和分布/对齐和分布”命令，打开“对齐与分布”对话框，进行如图 8-45 所示的设置。

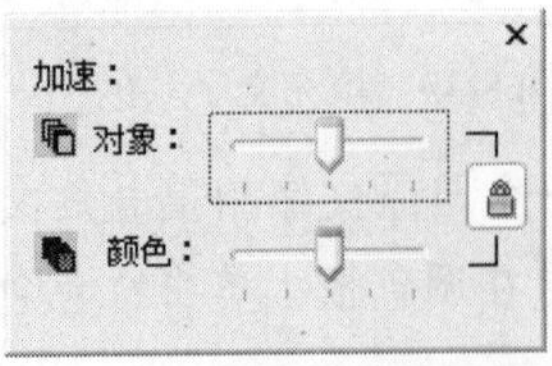

图 8-44　设置“对象和颜色加速”面板

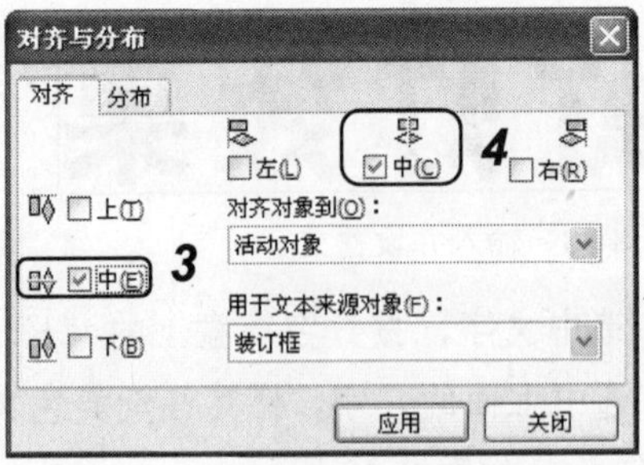

图 8-45　“对齐与分布”对话框

（10）单击[应用(A)]按钮，再单击[关闭]按钮，效果如图 8-46 所示。

（11）在工具箱中选择矩形工具，在文字上面创建一个矩形，使其将文字完全框住，并在调色板上单击黑色色块■，如图 8-47 所示。

（12）选中矩形，选择“排列/顺序/到页面后面”命令，再将文本对齐于矩形的中心位置，完成制作。

图 8-46　文本的对齐效果

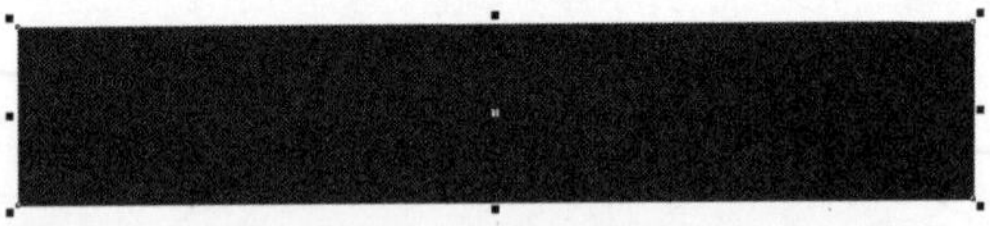

图 8-47　绘制矩形

8.2　为图形创建轮廓图效果

为绘制的图形添加轮廓图效果，可以使图形呈现出从内到外的放射层次效果，其放射中心是图形的中心，包括向中心、向内和向外轮廓化 3 种方式。下面将讲解图形轮廓图的创建方法。

8.2.1　轮廓化对象

通过交互式轮廓图工具可方便快捷地为图形创建轮廓图效果。其方法是：选中需要创建轮廓图效果的图形，再使用交互式轮廓图工具在图形上拖动，在其属性栏中可以设置轮廓图样式、颜色和偏移等。

【例 8-7】　打开“轮廓化对象.cdr”图像文件，再使用交互式轮廓图工具为其添加轮廓图效果。

（1）打开“轮廓化对象.cdr”图像文件（立体化教学:\实例素材\第 8 章\轮廓化对象.cdr），如图 8-48 所示。

（2）在工具箱中选择交互式轮廓图工具，将鼠标光标移到图形上，按住鼠标左键并拖动，如图 8-49 所示。释放鼠标，最终效果如图 8-50 所示（立体化教学:\源文件\第 8 章\轮廓化对象.cdr）。

图 8-48　打开图像

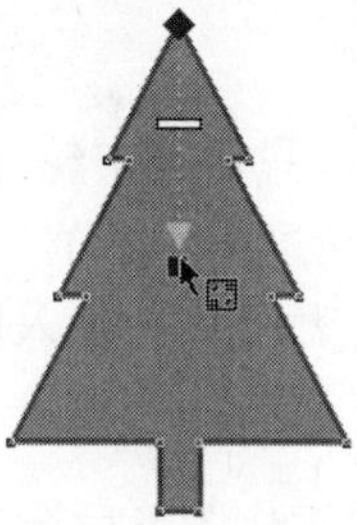

图 8-49　在图形上拖动鼠标

图 8-50　创建的轮廓化效果

8.2.2　修改轮廓图效果

通过交互式轮廓图工具的属性栏和“轮廓图”泊坞窗可以调整轮廓化图形的效果，包括轮廓化方式、轮廓图步数以及轮廓化颜色渐变等。

1．通过属性栏修改轮廓图属性

通过交互式轮廓图工具的属性栏可以方便快捷地修改图形的轮廓图效果。其方法是：选中需要添加轮廓图效果的图形，在其属性栏中进行相关的设置。选中已轮廓化的对象，其属性栏如图 8-51 所示。

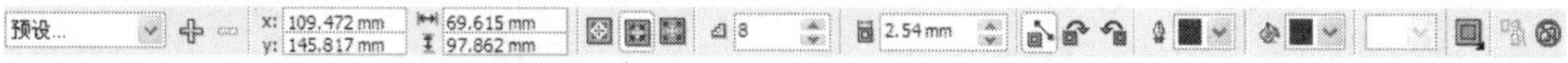

图 8-51　交互式轮廓图工具的属性栏

属性栏中各选项的含义如下。

- **“预设”下拉列表框**：在其中用户可以选择所需的预设轮廓图方式。
- 、、**按钮**：在默认状态下，图形显示为向中心的轮廓化效果，单击按钮，图形将以向内轮廓化显示，单击按钮，图形将向外轮廓化显示。
- **“轮廓图步数”数值框**：当图形为向外轮廓化方式时，属性栏中的“轮廓图步数”数值框才能被激活，在其中可以设置图形轮廓图的步数，即图形的轮廓层次数。
- **“轮廓图偏移”数值框**：在该数值框中可以设置图形轮廓效果中层次的距离。
- 、、**按钮**：可选择线形轮廓图颜色方式、顺时针的颜色方式和逆时针的颜色方式。
- **“轮廓色”下拉列表框**：可以设置图形轮廓图的轮廓颜色。
- **“填充色”下拉列表框**：可以设置图形轮廓内部的填充颜色。
- **“对象和颜色加速”按钮**：单击该按钮，将打开“对象和颜色加速”面板。在面板中拖动对象或颜色滑块，可以改变图形向外放射的范围大小。

2．通过“轮廓图”泊坞窗修改轮廓图属性

通过“轮廓图”泊坞窗也可对图形的轮廓图效果进行修改。其方法是：选中需要修改轮廓图效果的图形，再打开“轮廓图”泊坞窗，在其中分别设置轮廓图步长值、轮廓线颜色和轮廓图加速等参数。

1）设置轮廓图步长值

若需改变轮廓化图形的位置和步数，只需选中轮廓化图形后选择“窗口/泊坞窗/轮廓图”命令，打开“轮廓图”泊坞窗，单击“轮廓图步长值”按钮，选中◎向中心、◎向内或◎向外单选按钮后，再在“偏移”和“步长”数值框中输入所需的数值即可，如图 8-52 所示。

2）轮廓线颜色

若需改变轮廓线颜色，只需选中轮廓化图形后选择“窗口/泊坞窗/轮廓图”命令，打开“轮廓图”泊坞窗，单击“轮廓线颜色”按钮，从中选择渐变方式并设置渐变颜色即可，如图 8-53 所示。

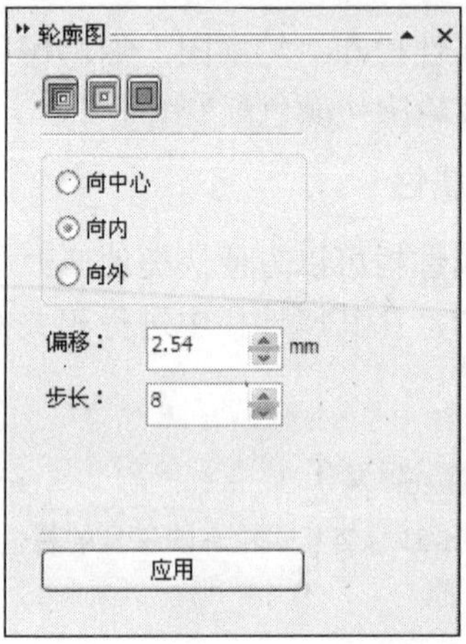

图 8-52　设置轮廓图步长值

3）轮廓图加速

调整图形的形状和颜色效果，只需选中轮廓化图形后选择“窗口/泊坞窗/轮廓图”命令，打开“轮廓图”泊坞窗，单击“对象和颜色加速”按钮，再使用鼠标拖动“对象加速”或“颜色加速”滑块，调整图形轮廓图的范围即可，如图 8-54 所示。

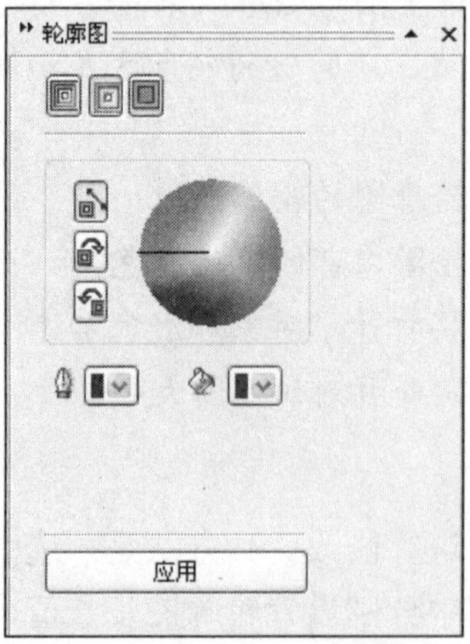

图 8-53　设置轮廓线颜色

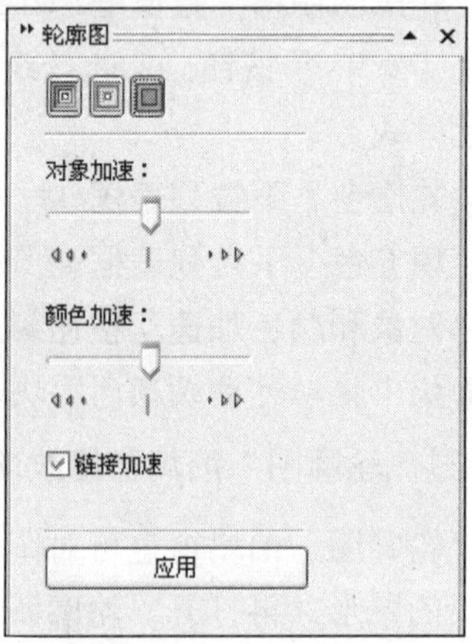

图 8-54　设置轮廓图加速

8.2.3　保存交互式轮廓效果

和调和图形一样，对于创建的图形轮廓图效果，也可将其保存，以便日后调用。其方法是：使用交互式轮廓工具选中创建的交互式轮廓效果，单击属性栏中的✚按钮，打开如图 8-55 所示的“另存为”对话框，选择要保存的路径，并为轮廓图命名，然后单击保存(S)按钮。

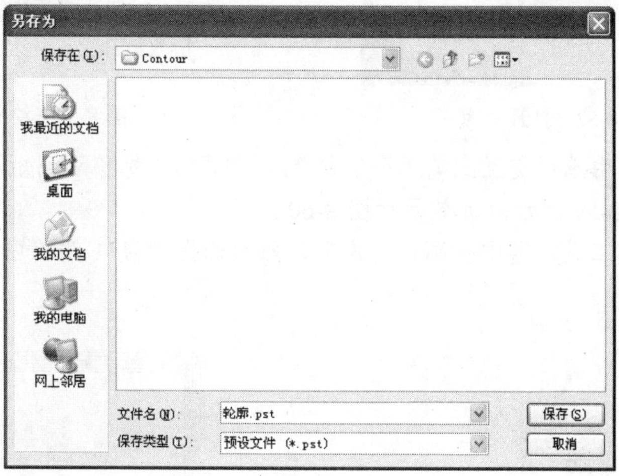

图 8-55　“另存为”对话框

8.2.4　应用举例——制作地产广告

使用交互式轮廓图工具、“轮廓图”泊坞窗和文字工具，制作地产广告，其效果如图 8-56 所示（立体化教学:\源文件\第 8 章\地产广告.cdr）。

图 8-56　地产广告效果

操作步骤如下：

（1）打开“地产广告.cdr”图像文件（立体化教学:\实例素材\第 8 章\地产广告.cdr），如图 8-57 所示。

（2）在工具箱中选择矩形工具□，使用鼠标在页面上绘制一个矩形，并设置其轮廓宽度为 1.0mm，如图 8-58 所示。

图 8-57　打开图像

图 8-58　绘制矩形

（3）在工具箱中选择交互式轮廓图工具，将鼠标光标移动到矩形框上方的框线上，并向下拖动，如图 8-59 所示。其效果如图 8-60 所示。

（4）使用挑选工具，选中轮廓化的矩形，然后选择“窗口/泊坞窗/轮廓图”命令，打开“轮廓图”泊坞窗。

图 8-59　使用交互式轮廓图工具

图 8-60　使用工具后的效果

（5）在“轮廓图”泊坞窗中，单击“轮廓图步长值”按钮，设置“偏移”为 3.0、“步长”为 7，如图 8-61 所示。

（6）在“轮廓图”泊坞窗中，单击“轮廓线颜色”按钮，再单击“逆时针路径”按钮，在下拉列表框中选择“黄色”选项，如图 8-62 所示。

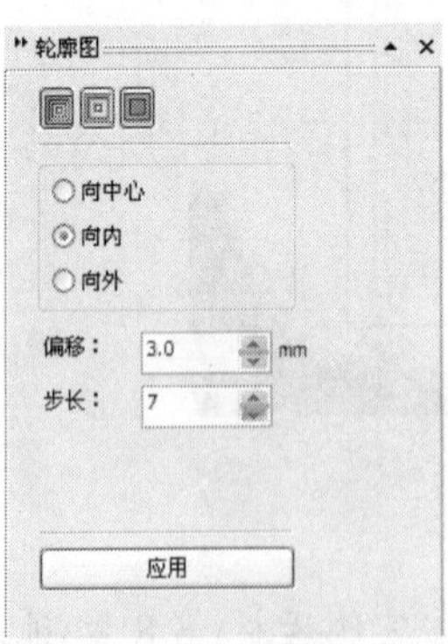

图 8-61　设置轮廓图步长值

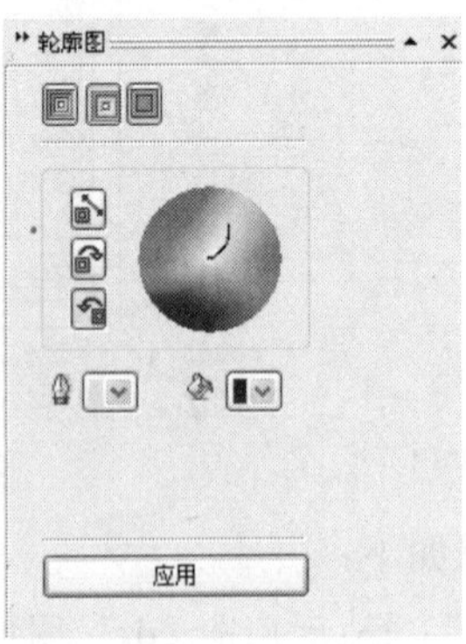

图 8-62　设置轮廓线颜色

（7）在“轮廓图”泊坞窗中，单击“对象和颜色加速”按钮，取消选中 □链接加速复选框，并调整“对象加速”和“颜色加速”滑块，如图 8-63 所示。单击 应用 按钮后效果如图 8-64 所示。

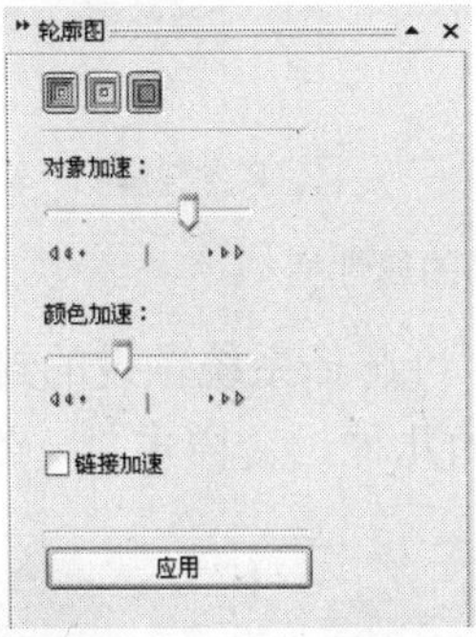

图 8-63　设置轮廓图加速

图 8-64　设置后的效果

（8）在工具箱中选择文本工具，在图像左上角输入文本“龙居”，然后在其属性栏中单击按钮，并设置字体为“汉仪雁翔体简”，字体大小为 72pt。

（9）在“龙居”下面输入“·逍遥自居”，然后设置其字体为“汉仪中隶书简”，字体大小为 24pt，如图 8-65 所示。

（10）将鼠标光标移动到图像左下角并单击，出现插入点后，单击文本工具属性栏中的按钮，设置字体为“黑体”，字体大小为 14pt，然后输入如图 8-66 所示的文本，完成地产广告的制作。

图 8-65　输入文本

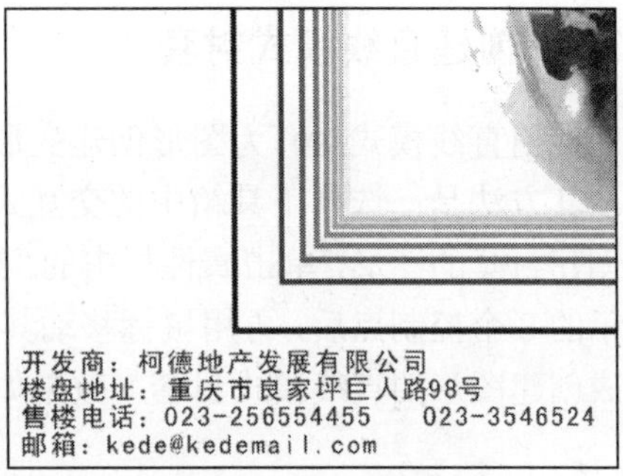

图 8-66　继续输入文字

8.3　为图形创建封套变形效果

交互式封套工具是一种可以将图形整体进行平滑变形的工具，它可以对 CorelDRAW 中创建的图形、符号、位图和文本等创建变形。下面将讲解和封套变形相关的操作。

8.3.1　预设封套

选择工具箱中的交互式封套工具，选中如图 8-67 所示的图形，其属性栏如图 8-68 所示。其中的一部分按钮与形状工具的属性栏相同，其使用方法也相似。

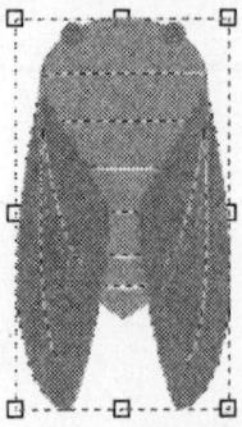

图 8-67　选中图形

图 8-68　交互式封套工具的属性栏

在交互式封套工具属性栏的“预设”下拉列表框中，可选择系统预设的封套样式，并能即时地查看到封套的效果。如图 8-69 所示为“预设”的几种封套样式。

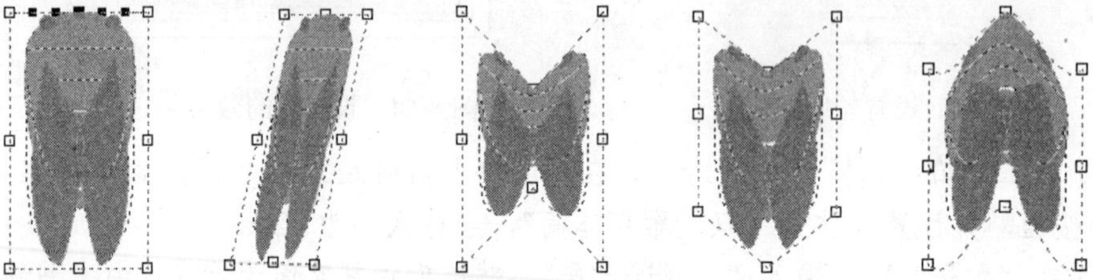

图 8-69　图形的几种“预设”封套样式

提示：

属性栏中的“添加节点”按钮用于为当前编辑的对象添加节点；“删除节点”按钮用于删除当前选择的节点。

8.3.2　创建直线模式封套

使用直线模式封套为图形创建变形封套的边缘线为直线。

其方法是：选择工具箱中的交互式封套工具，当鼠标光标变成形状时，再单击需要创建封套的图形，单击属性栏中的“封套的直线模式”按钮，当其四周出现了如图 8-70 所示的 8 个控制点后，再用鼠标移动其中的节点，如图 8-71 所示，到所需效果时释放鼠标，完成创建图形的直线模式封套，效果如图 8-72 所示。

图 8-70　单击需要创建封套的图形

图 8-71　移动其中的节点

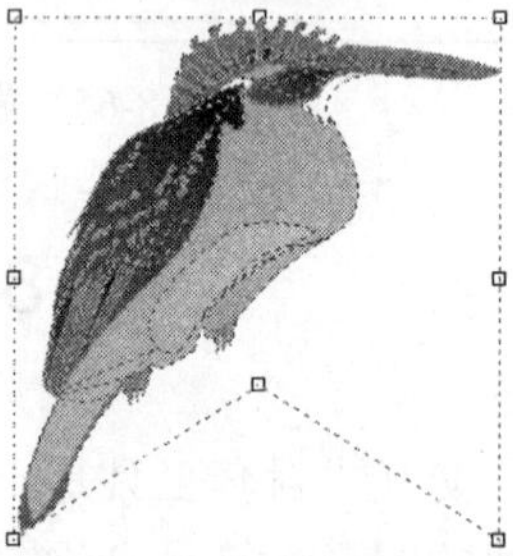

图 8-72　图形的直线模式封套效果

8.3.3　创建单弧模式封套

单弧模式封套可以将图形的一边创建为弧形效果，使对象呈现为凹面结构或凸面结构的外观。其操作方法和创建直线模式封套相似。

在工具箱中选择交互式封套工具，当鼠标光标变成形状时，再单击需调整的图形；单击属性栏中的“封套的单弧模式”按钮，当图形的四周出现了 8 个控制点后，将鼠标光标移到需要移动的节点上并按住左键拖动，如图 8-73 所示；到所需效果时释放鼠标，完成创建图形的单弧模式封套，效果如图 8-74 所示。

图 8-73　将鼠标光标移到节点上并拖动

图 8-74　图形的单弧模式封套效果

8.3.4　创建双弧模式封套

使用双弧模式封套可以将图形创建为一边或多边带 S 形的封套，同时可为封套添加一个弧形封套。

在工具箱中选择交互式封套工具，当光标变成形状时，用鼠标单击需编辑的图形；单击工具属性栏中的“封套的双弧模式”按钮，当图形的四周出现 8 个控制点时，使用鼠标移动需要调节的节点，如图 8-75 所示；图形双弧模式封套效果如图 8-76 所示。

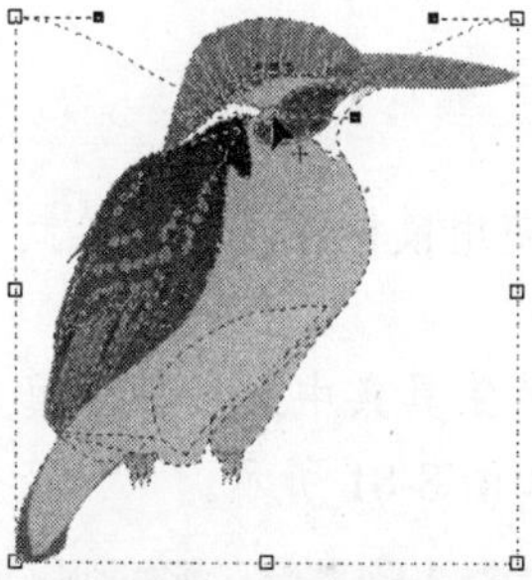
图 8-75　用鼠标移动需要调节的节点

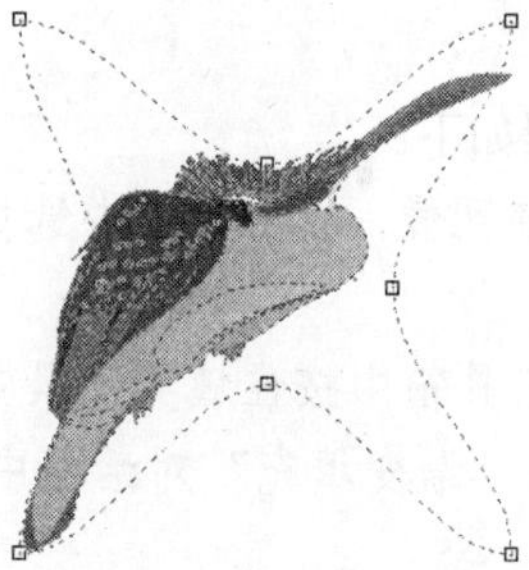
图 8-76　图形的双弧模式封套效果

提示：

双弧模式封套创建的图形边缘是凹凸形边缘，单弧模式封套创建的图形边缘是向一个方向的弧形。

8.3.5　创建非强制模式封套

还可根据需要创建不受限制的任意形式封套效果，而且通过属性栏中、、、、、、按钮，可改变节点的属性以及添加和删除节点。

使用交互式封套工具单击需编辑的图形，单击属性栏中的“封套的非强制模式”按钮，当图形的四周出现了 8 个控制点时，使用鼠标单击控制点，再单击属性栏中的按钮，为其添加节点，如图 8-77 所示；再使用鼠标移动节点位置，效果如图 8-78 所示。

图 8-77　为曲线添加节点

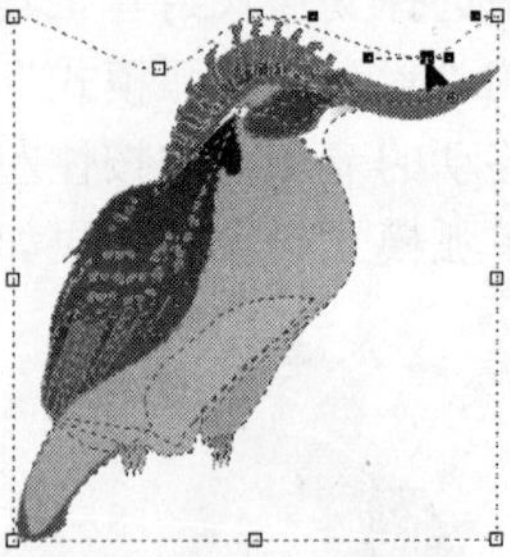

图 8-78　图形的非强制模式封套效果

8.3.6　应用举例——绘制灯笼

使用交互式封套工具、椭圆形工具和“渐变填充”对话框等，绘制灯笼，其效果如图 8-79 所示（立体化教学:\源文件\第 8 章\灯笼.cdr）。

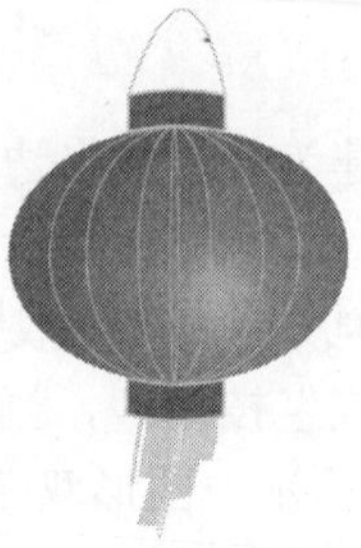

图 8-79　最终效果

操作步骤如下：

（1）新建图像，在工具箱中选择椭圆形工具，使用鼠标在页面中绘制一个椭圆，如图 8-80 所示。

（2）在工具箱中按住填充工具不放，在其展开的工具条中选择渐变填充对话框工具，在打开的“渐变填充”对话框中设置相应参数，如图 8-81 所示。

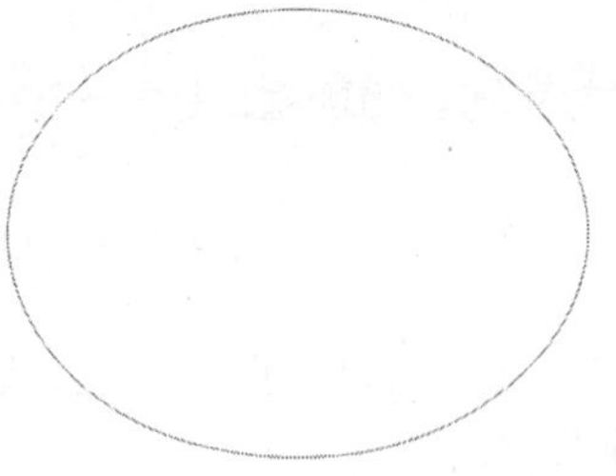

图 8-80　绘制椭圆

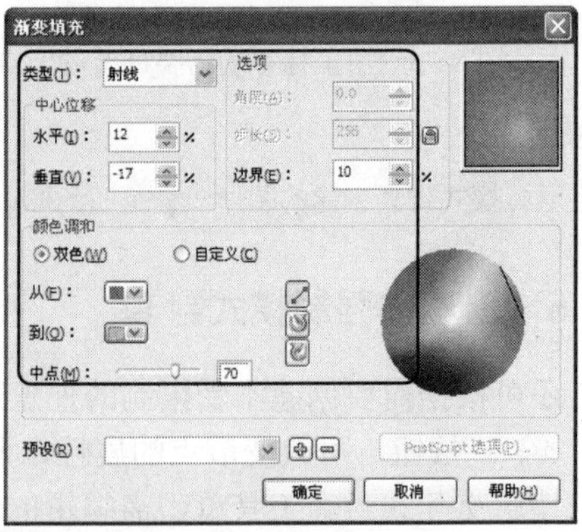

图 8-81　设置渐变色

（3）去掉椭圆轮廓线，再在工具箱中选择椭圆工具，使用鼠标在椭圆中再绘制一个椭圆，并在其属性栏中设置“轮廓宽度”为 0.7mm，在调色板中使用鼠标右击桃黄色色块，如图 8-82 所示。

（4）使用相同的方法，绘制如图 8-83 所示的骨架。

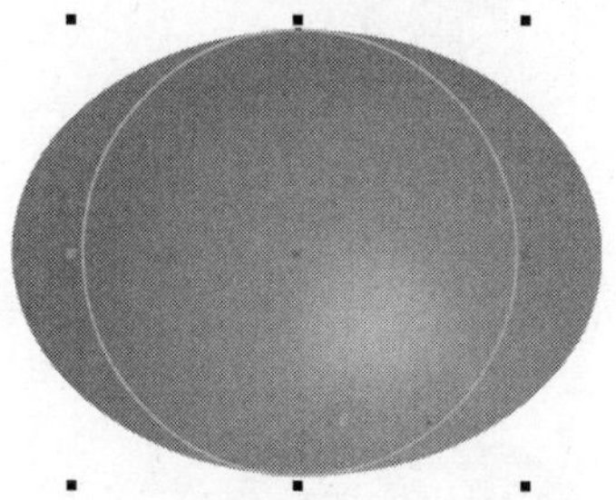
图 8-82　绘制椭圆

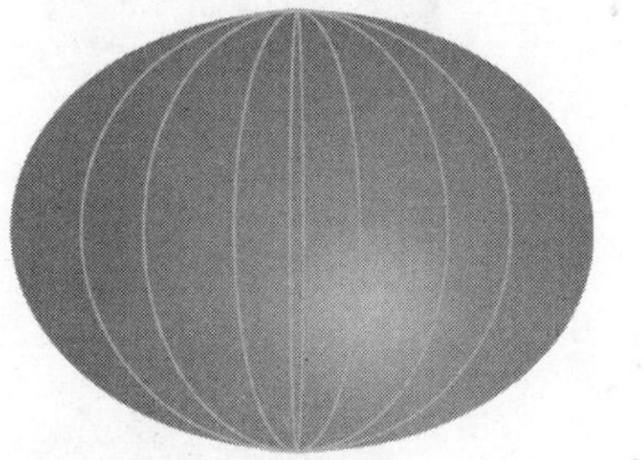
图 8-83　绘制灯笼骨架

（5）在工具箱中选择矩形工具，在页面中绘制一个矩形。

（6）在其属性栏中设置“轮廓宽度”为 1.0mm，在调色板中使用鼠标左键单击红色色块，再使用鼠标右键单击黄色色块，效果如图 8-84 所示。

（7）在工具箱中选择交互式封套工具，使用鼠标拖动矩形上的节点，调整矩形形状，如图 8-85 所示。

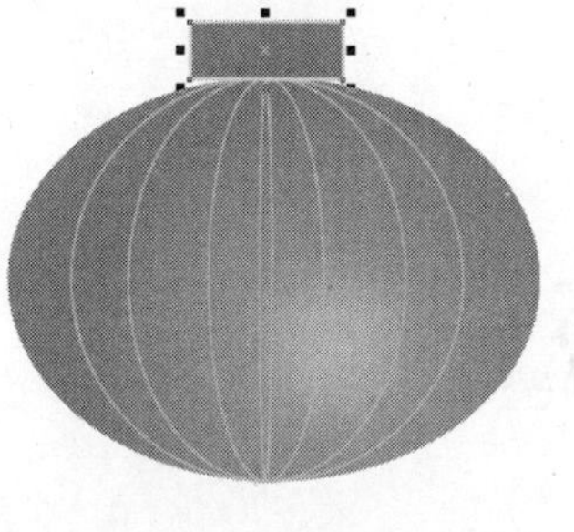
图 8-84　绘制矩形

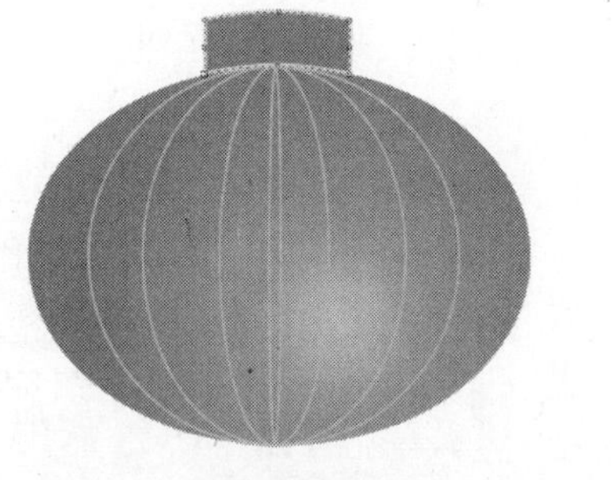
图 8-85　使用交互式封套工具

（8）在工具箱中选择挑选工具，选中矩形，按 Ctrl+C 键复制矩形，再按 Ctrl+V 键粘贴矩形，在其属性栏中单击“镜像”按钮，镜像矩形，并将矩形移动到灯笼下方，如图 8-86 所示。

（9）使用矩形工具在灯笼下方绘制一排长度、宽度不一的矩形，并填充颜色为黄色，效果如图 8-87 所示。

（10）使用挑选工具选中绘制的灯穗，按 Ctrl+G 键将其群组，再按 Shift+PageDown 键将群组的图形向下移一层，如图 8-88 所示。

（11）在工具箱中选择交互式封套工具，使用鼠标拖动灯穗上的节点，改变其形状，如图 8-89 所示。

（12）在工具箱中选择贝塞尔工具，在灯笼上方使用鼠标单击并拖动，为灯笼绘制提手，如图 8-90 所示。

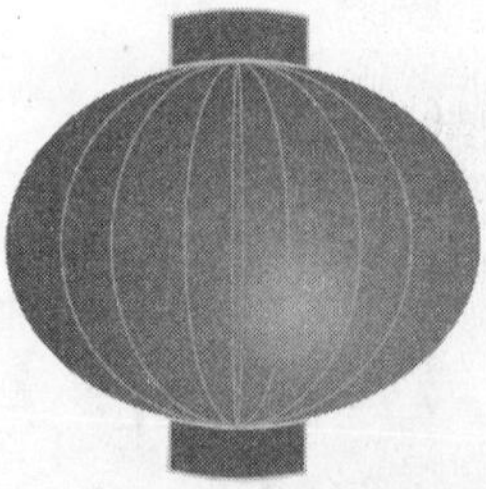

图 8-86　镜像图形

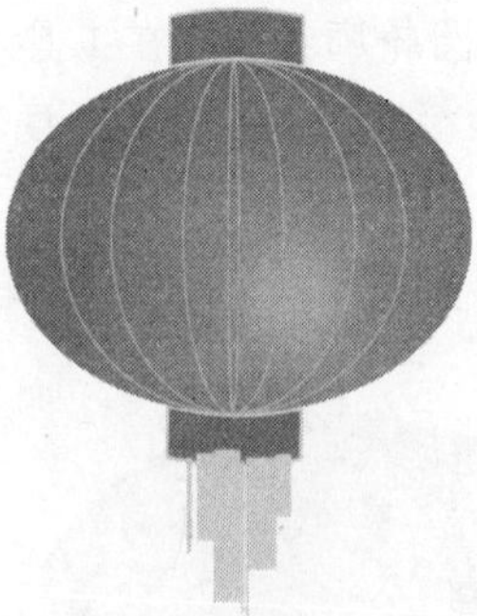

图 8-87　绘制灯穗

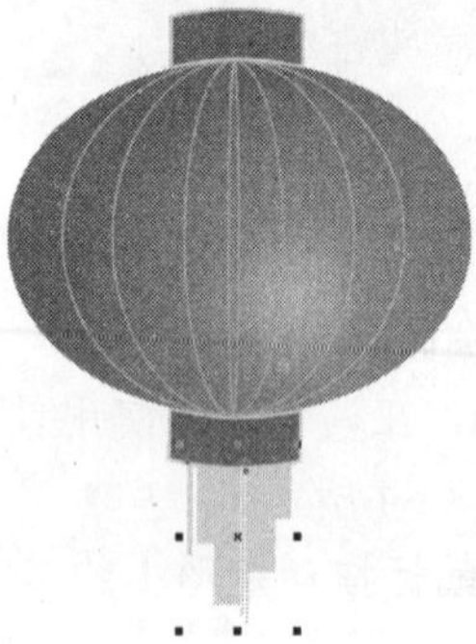

图 8-88　群组灯穗

图 8-89　调整灯穗

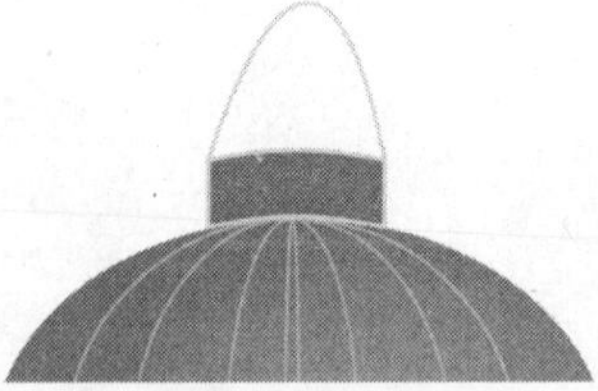

图 8-90　绘制提手

8.4　为图形创建阴影效果

在 CorelDRAW 中，使用交互式阴影工具可以为图形添加阴影效果，通过其属性栏还可以设置阴影的角度、透明度及阴影羽化和颜色等。下面将分别讲解设置它们的方法。

8.4.1　为图形添加阴影

使用交互式阴影工具可以方便地为图形添加阴影效果，其方法是：使用交互式阴影工具选中需要创建阴影的图形，再在图形上合适的位置按住鼠标左键并拖动，到达所需位置后释放鼠标即可。

【例 8-8】　使用交互式阴影工具选中图形，为其添加阴影效果。

（1）打开“标志.cdr”图像文件（立体化教学:\实例素材\第 8 章\标志.cdr），如图 8-91

所示。

（2）使用挑选工具将标志选中，按 Ctrl+G 键群组图形。

（3）在工具箱中选择交互式阴影工具，当光标变成形状时，将其移动到图形左侧，按住鼠标左键不放并向右拖动一段距离，如图 8-92 所示。

（4）到达所需位置后释放鼠标，标志图形的阴影效果如图 8-93 所示（立体化教学:\源文件\第 8 章\标志.cdr）。

图 8-91　打开图像

图 8-92　创建标志的阴影

图 8-93　标志的阴影效果

提示：

按下鼠标的位置是阴影和原始图形的交汇点，释放鼠标的位置是阴影的结束位置。

8.4.2　图形阴影的修改和编辑

对于创建的图形阴影，可在属性栏中对其阴影的角度、方向、边缘和明暗程度进行设置。其修改方法是：在工具箱中选择交互式阴影工具，再选择需修改的图形，然后在属性栏中进行设置。

交互式阴影工具的属性栏如图 8-94 所示，其各参数含义如下。

图 8-94　交互式阴影工具的属性栏

- **“阴影角度”数值框**：在其中输入数值，可以设置交互式阴影的角度。
- **“阴影的不透明”数值框**：在其中输入数值，可以设置交互式阴影的透明度。
- **“阴影边缘羽化”数值框**：在其中输入数值，可以设置图形阴影的边缘羽化程度。
- **“阴影羽化方向”按钮**：单击该按钮，在打开的“羽化方向”面板中单击所需的羽化方向按钮，可以设置阴影的方向。
- **“阴影羽化边缘”按钮**：单击该按钮，在打开的“羽化边缘”面板中单击所需的羽化方向按钮，可以设置阴影的方向。
- **“阴影颜色”下拉列表框**：在下拉列表框中可设置阴影的颜色。

8.4.3　清除图形的阴影

若要将为图形创建的阴影与图形分离开，则使用交互式阴影工具选中带有阴影的图形，再单击属性栏中的按钮，或在阴影上单击鼠标右键，从弹出的快捷菜单中选择“拆分阴影群组”命令即可。

8.4.4 应用举例——制作吉他光晕

下面将练习绘制吉他光晕，再使用交互式阴影工具为其添加黑色的阴影效果，最终效果如图 8-95 所示（立体化教学:\源文件\第 8 章\吉他光晕.cdr）。

图 8-95 吉他图形阴影效果

操作步骤如下：

（1）新建文件，使用贝塞尔工具结合形状工具绘制吉他鼓的轮廓，如图 8-96 所示。

（2）使用挑选工具选中吉他鼓，按住工具箱中的填充工具不放，在其展开的工具条中选择底纹填充工具，在打开的“底纹填充”对话框中进行设置，如图 8-97 所示，完成设置后单击确定按钮。

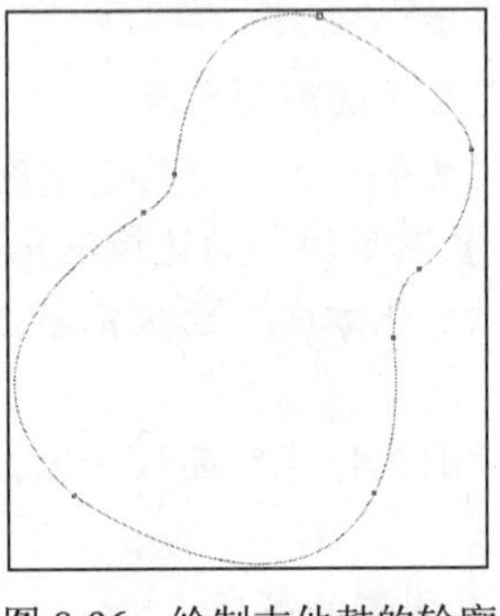

图 8-96 绘制吉他鼓的轮廓

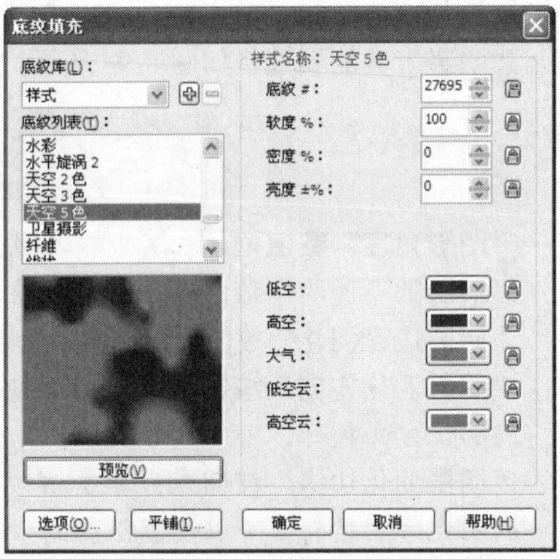

图 8-97 “底纹填充”对话框

（3）在工具箱中选择交互式填充工具，使用鼠标单击吉他鼓，调整其两边的箭头以调整填充效果，效果如图 8-98 所示。

（4）使用挑选工具选中吉他鼓，按小键盘上的“+”键，在原位置上复制出一个与原图相重叠的吉他鼓，再将其向右上方移动，选中上面的吉他鼓，按住 Shift 键，再单击下面的吉他鼓，在属性栏上单击按钮将其群组，效果如图 8-99 所示。

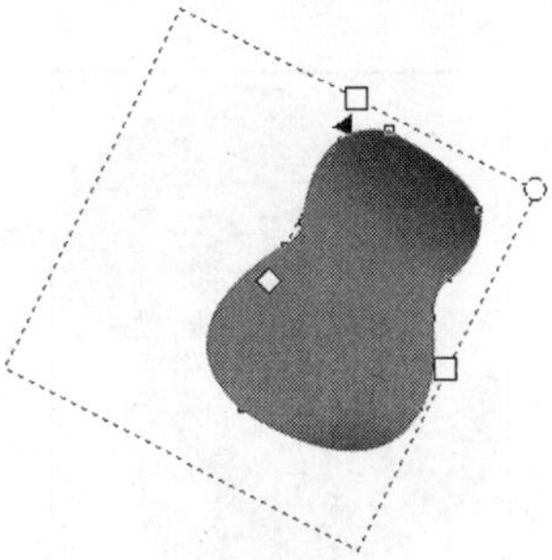

图 8-98　填充吉他鼓的效果

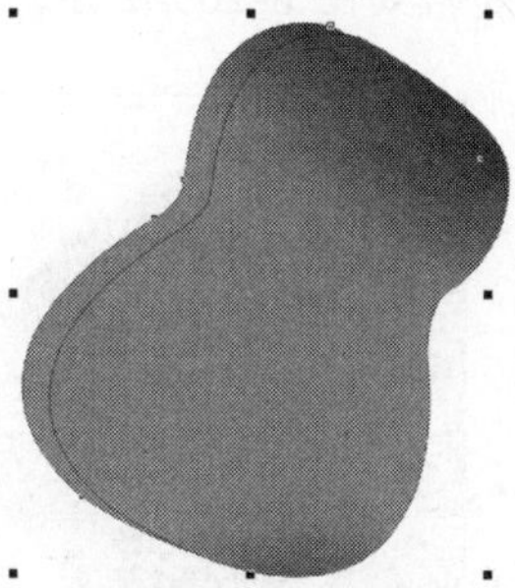

图 8-99　复制并移动吉他鼓

（5）在工具箱中选择矩形工具，在吉他鼓上绘制一个矩形，并使用鼠标单击调色板中的黑色色块■，将其填充为黑色，效果如图 8-100 所示。

（6）单击绘制的黑色矩形两次，将鼠标移至其右上角并向下拖动鼠标，将其旋转一定角度，效果如图 8-101 所示。

（7）使用矩形工具在黑色矩形上绘制一个矩形，并在调色板上单击黄色色块□，旋转一定角度使其与黑色矩形相平行，并将两个矩形选中后群组，效果如图 8-102 所示。

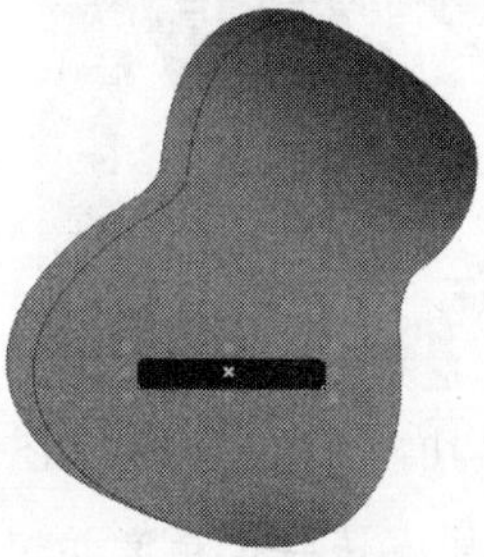

图 8-100　绘制矩形

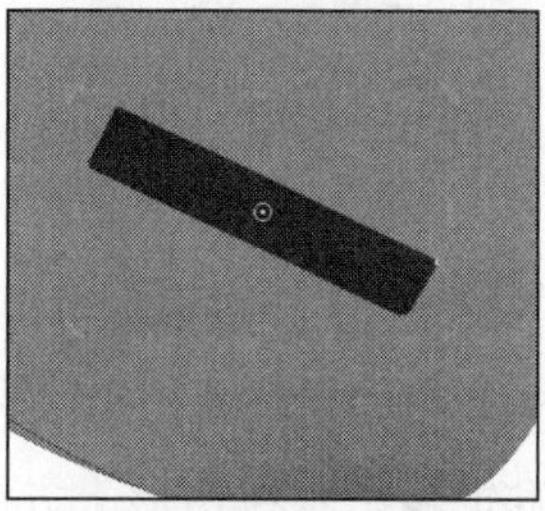

图 8-101　旋转矩形

（8）选择工具箱中的椭圆工具，按住 Ctrl 键，在吉他鼓的上方绘制一个正圆，如图 8-103 所示。

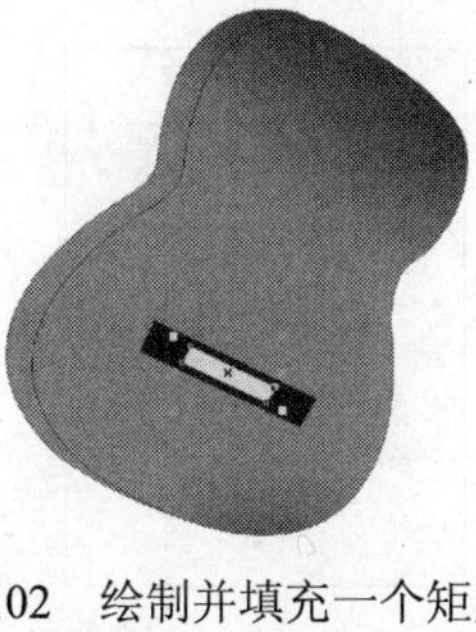

图 8-102　绘制并填充一个矩形

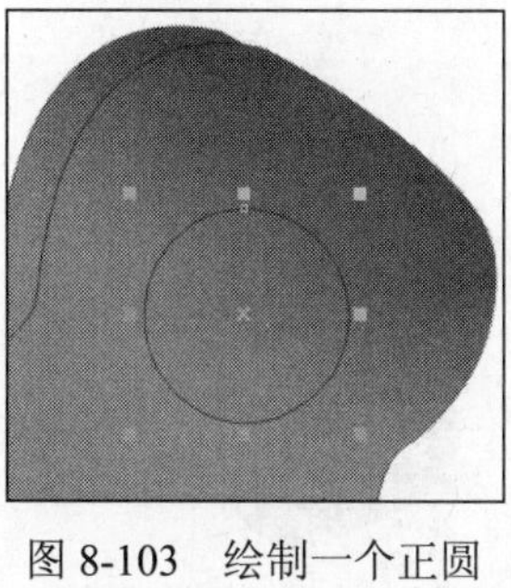

图 8-103　绘制一个正圆

（9）选中正圆，按住 Shift 键，将鼠标移至正圆的控制点上，并向其中心拖动鼠标，在适当位置单击鼠标右键，将正圆等比例复制一个小正圆，效果如图 8-104 所示。

（10）选中两个正圆，再单击属性栏上的按钮，将两者结合。

（11）选中正圆，并将其填充为黄色，再使用鼠标右键单击调色板上的☒按钮，去除其轮廓线，效果如图 8-105 所示。

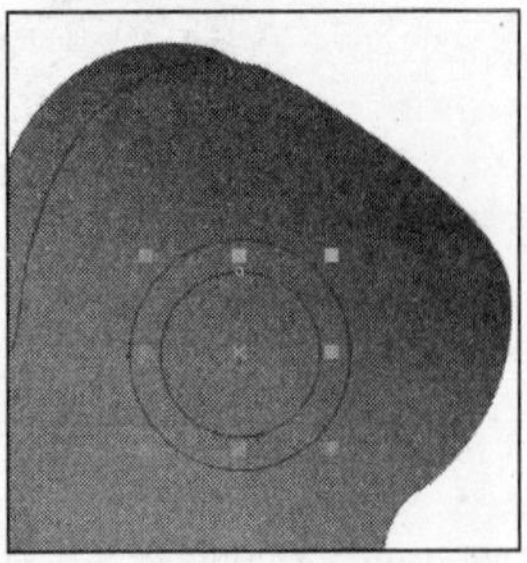
图 8-104　复制出一个小正圆

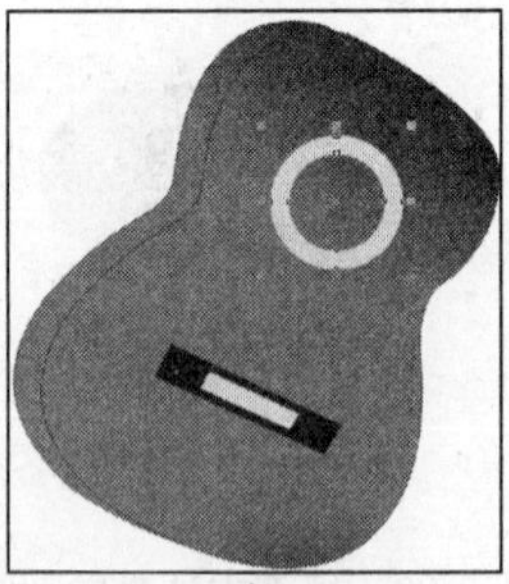
图 8-105　结合并填充两个圆

（12）使用椭圆工具在图 8-106 所示的正圆内再绘制一个正圆，再使用矩形工具在正圆上方绘制一个矩形，并在其属性栏上单击○按钮，旋转其角度。

（13）选中矩形和正圆，在属性栏上单击◻按钮，将两者焊接，并将其填充为黑色，效果如图 8-107 所示。

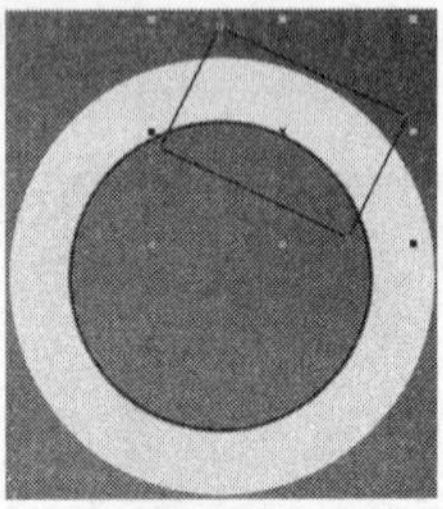
图 8-106　绘制一个正圆和矩形

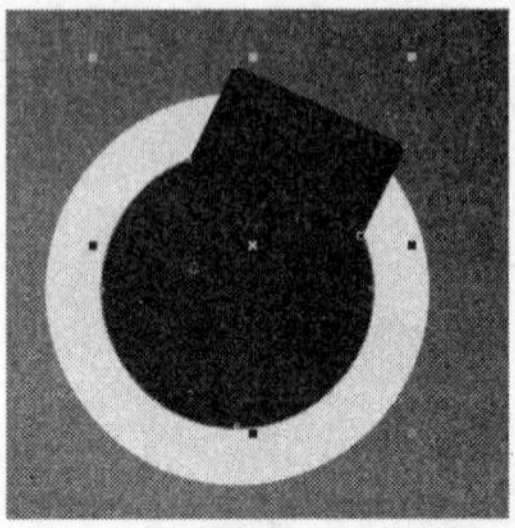
图 8-107　焊接正圆和矩形

（14）使用矩形工具在图形上方绘制一个弦柄，将其旋转一定角度并填充为黄色，如图 8-108 所示。

（15）使用矩形工具在弦柄上方绘制一个弦头，并按 Ctrl+Q 键将其转换成曲线，然后使用矩形工具调整其形状，再将其填充为红色，去除轮廓线，效果如图 8-109 所示。

图 8-108　绘制一个弦柄

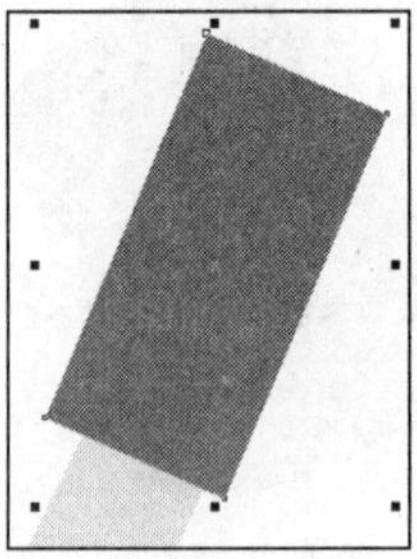
图 8-109　绘制一个弦头

（16）使用形状工具分别在弦头左上角、左下角及右下角的两边双击曲线，分别为各角增加两个节点，如图 8-110 所示。

（17）使用形状工具分别选中弦头左上角、左下角及右下角的节点并将其删除，效果如图 8-111 所示。

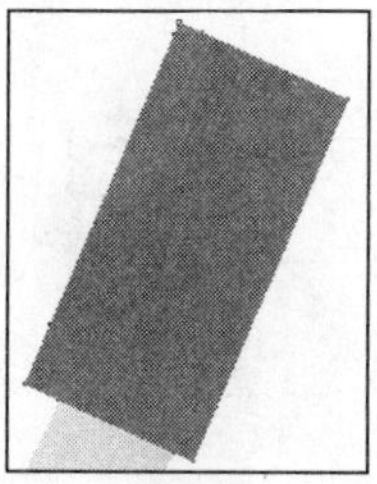

图 8-110　增加两个节点

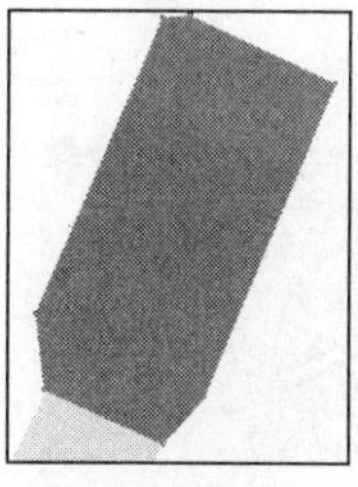

图 8-111　删除节点

（18）使用贝塞尔工具在弦头的左边绘制一个圆形，再使用形状工具调整其形状，效果如图 8-112 所示。

（19）选中刚绘制的图形，在调色板上单击青色色块，将其填充为青色，并去除轮廓线，效果如图 8-113 所示。

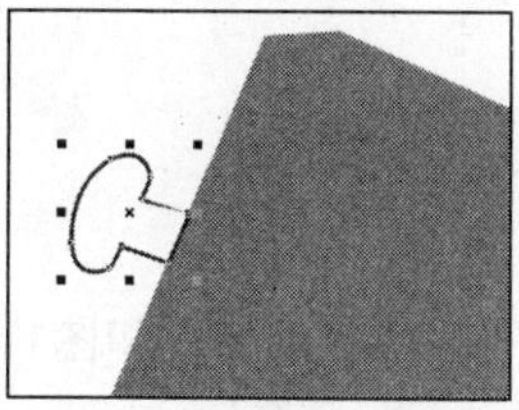

图 8-112　绘制按钮

图 8-113　填充按钮

（20）将调整好的图形向上移动至适当位置后，将其复制两个，并分别移动到合适的位置，如图 8-114 所示。

（21）使用矩形工具在弦头的右边绘制一个矩形，并将其旋转一定角度，再填充为青色，效果如图 8-115 所示。

（22）使用相同的方法，将矩形复制两个，并移至如图 8-116 所示的位置，然后将绘制的吉他全部选中，在属性栏上单击按钮，将其群组。

图 8-114　复制按钮

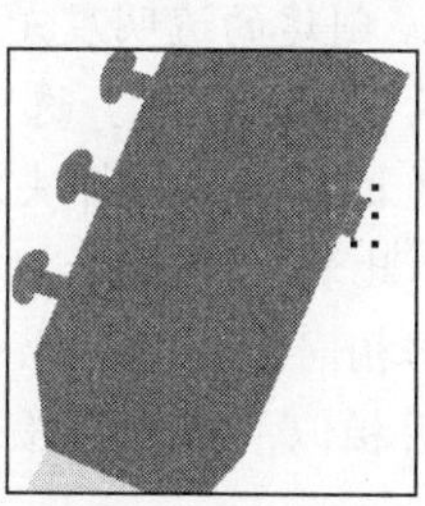

图 8-115　绘制一个矩形

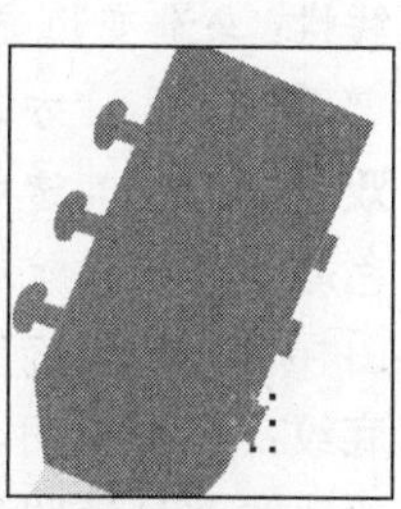

图 8-116　复制矩形

（23）在工具箱中选择交互式阴影工具，按住 Ctrl 键，将鼠标从左边向右边拖动，当光标到达右边合适位置时释放鼠标，效果如图 8-117 所示。

（24）在属性栏的“阴影不透明”数值框中输入“100”，使吉他图形的阴影效果如图 8-118 所示。

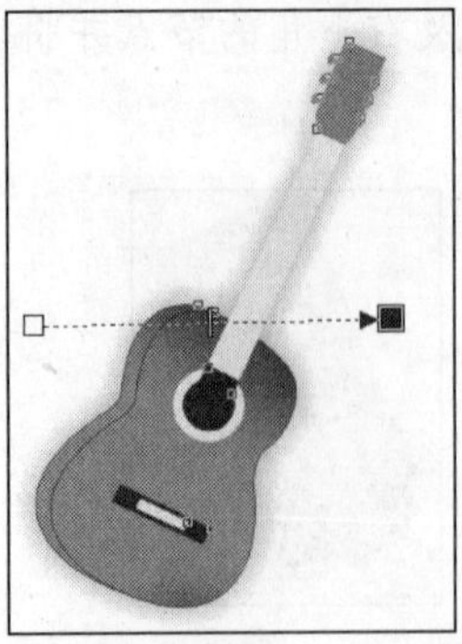

图 8-117　为吉他图形添加阴影效果

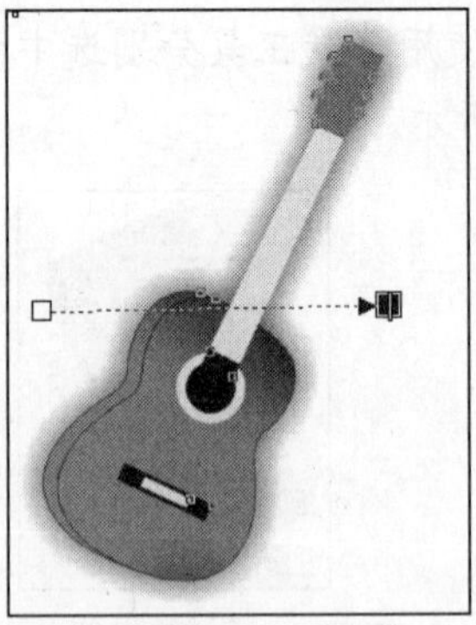

图 8-118　设置吉他图形的不透明度

（25）在吉他图形的阴影上单击鼠标右键，在弹出的快捷菜单中选择“拆分 阴影群组”命令。

（26）使用挑选工具选中吉他图形的阴影，将其向左侧移动一段距离，并向左倾斜一定角度，然后和吉他图形进行群组，完成本例的制作。

8.5　为图形创建透明对象效果

使用交互式透明工具可以将图形的颜色变浅，制作出标准、渐变和图样等方式的透明效果，常用于制作复杂图形文件的背景或底纹。

8.5.1　创建交互式透明效果

在工具箱中选择交互式透明工具，再选中一个图形，单击属性栏中“透明度类型”下拉列表框无右侧的按钮，即可在弹出的下拉列表中选择相应的透明效果。其中主要选项含义如下。

- **无**：选择该类型，可以将图形的透明效果取消，恢复图形的原图效果。
- **标准**：使用这种类型将为图形添加一个均匀的透明效果。
- **线性**：与渐变填充效果类似，创建的透明度是由强到弱逐渐变化的。此外，“射线”、“圆锥”和“方角”选项效果和“线性”选项透明效果基本相同。
- **双色图样**：其透明效果是通过所选的图样决定的，颜色越深的地方就越透明，颜色越浅的地方就越不透明。此外，“全色”、“位图图样”选项的透明效果和“双色图样”选项的透明效果基本相同。
- **底纹**：底纹透明与图样透明相似，其透明效果取决于选中的底纹，底纹颜色越深的地方就越透明。

8.5.2　交互式透明效果的编辑

使用交互式透明工具可以方便地为图形创建出各种透明效果。其方法是：使用交互式透明工具选中图形，在其属性栏中的“透明度类型”下拉列表框中选择所需的透明类型，再在图形上拖动鼠标创建所需的透明效果。

【例 8-9】 选择“警示.cdr”图像文件，再使用交互式透明工具将矩形设置为线性透明效果。

（1）打开“警示.cdr”图像文件（立体化教学:\实例素材\第 8 章\警示.cdr），选中如图 8-119 所示的图形，在工具箱中选择交互式透明工具。

（2）在其属性栏的“透明度类型”下拉列表框中选择“线性”选项，这时矩形上出现一个透明度控制柄，如图 8-120 所示。

（3）使用鼠标将透明度控制柄中的白色节点移到矩形的下方，再将黑色节点移到矩形的上方，调整矩形的透明度方向，其效果如图 8-121 所示（立体化教学:\源文件\第 8 章\警示.cdr）。

图 8-119　选中图形

图 8-120　矩形的“线性”透明效果

图 8-121　调整后的效果

提示：

将透明度控制柄中的滑块向黑色节点移动，图形的透明效果越不明显；向白色节点移动，图形的透明效果越明显。

8.5.3　其他类型的交互式透明效果

在属性栏中的“透明度类型”下拉列表框中选择不同的类型，其属性栏也不相同，其中线性、射线、圆锥和方角透明类型的属性栏相似。如选择“标准”选项，其属性栏如图 8-122 所示。

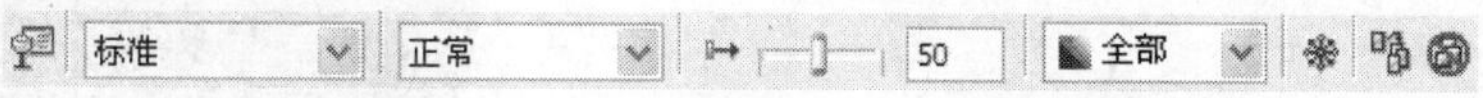

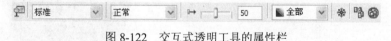

图 8-122　交互式透明工具的属性栏

工具属性栏中部分选项含义如下。

- **“透明度操作”下拉列表框**：在该下拉列表框中可选择所需的样式，将图形应用不同的透明样式。
- **“开始透明度”数值框**：在其中输入数值，可以设置图形透明度的开始位置。
- **“透明度目标”下拉列表框**：在该下拉列表框中可以选择将图形透明度应用到填充、轮廓或全部。
- **“复制透明度属性”按钮**：单击该按钮可以将一个图形的透明效果复制到另一个图形上。

8.5.4 清除透明效果

若要清除透明效果，只需在工具箱中选择交互式透明工具，单击需要清除透明效果的图形对象，然后单击其属性栏中的“清除透明度”按钮即可。清除图形的透明效果不会将对象原来的填充颜色清除。

8.5.5 应用举例——绘制玻璃按钮

下面将使用椭圆工具、交互式封套工具和交互式透明工具等，制作玻璃按钮，最终效果如图 8-123 所示（立体化教学:\源文件\第 8 章\玻璃按钮.cdr）。

图 8-123　玻璃按钮效果

操作步骤如下：

（1）新建文件，在工具箱中选择椭圆工具，在页面中绘制一个正圆，填充为灰色，并去除轮廓线，如图 8-124 所示。

（2）使用挑选工具选中正圆，按 Ctrl+C 键复制正圆，再按 Ctrl+V 键粘贴正圆，将正圆填充为紫色，然后在按住 Shift 键的同时，将复制的紫色正圆缩小，效果如图 8-125 所示。

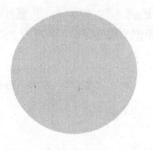

图 8-124　绘制正圆

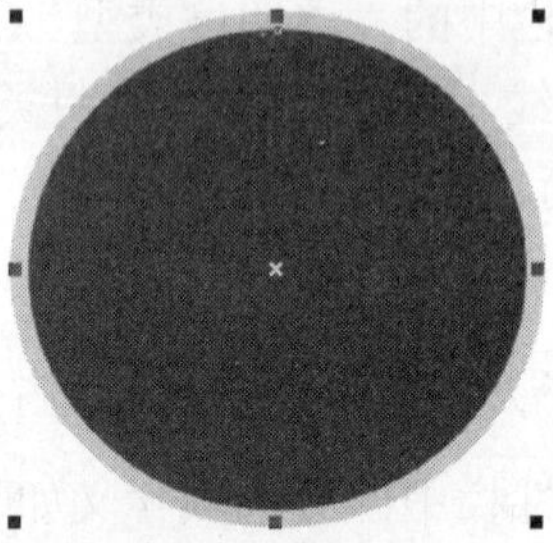

图 8-125　复制并缩小正圆

（3）在工具箱中选择交互式透明工具，将鼠标移动到紫色正圆上并按住鼠标左键不放向右拖动，效果如图 8-126 所示。

（4）再次使用挑选工具选中紫色的正圆，使用相同的方法复制粘贴正圆，在调色板中使用鼠标左键单击蓝色色块，使用鼠标右键单击白色色块，并在属性栏中设置“轮廓宽度”为 2.0 mm。

（5）在按住 Shift 键的同时，拖动缩小蓝色正圆，如图 8-127 所示。

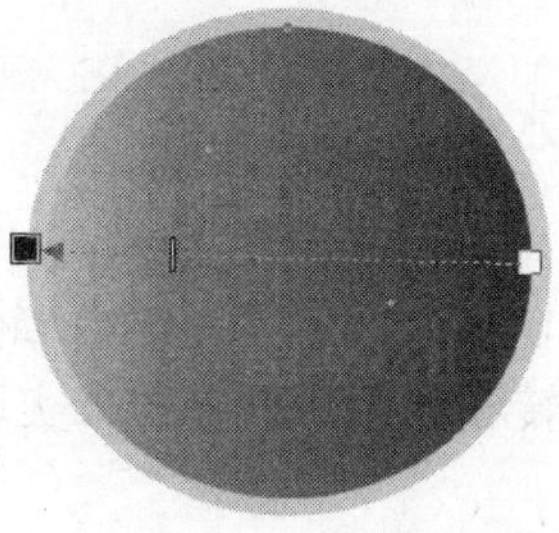

图 8-126　设置透明效果

图 8-127　复制并缩小正圆

（6）在工具箱中选择交互式透明工具，在其属性栏中单击按钮，取消蓝色正圆的透明效果，按住鼠标左键从左向右拖动，效果如图 8-128 所示。

（7）在工具箱中选择椭圆工具，使用鼠标在页面中绘制一个椭圆并填充为白色，如图 8-129 所示。

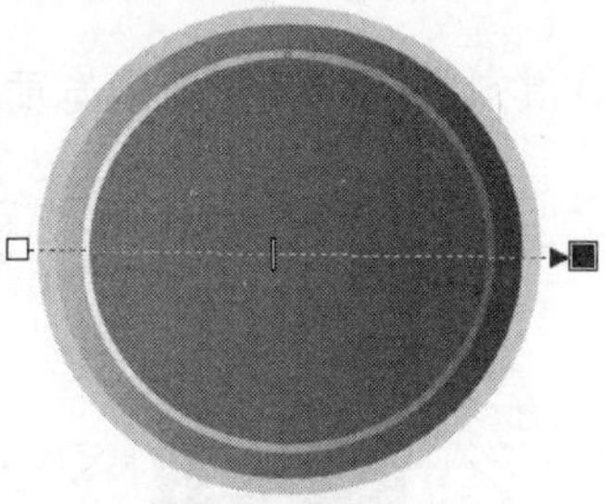

图 8-128　设置透明效果

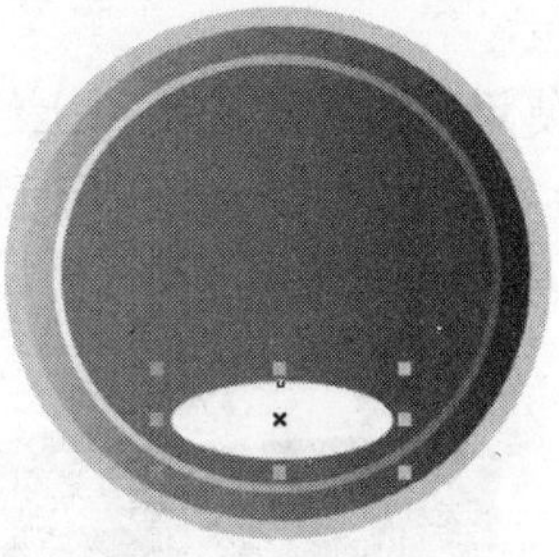

图 8-129　绘制椭圆

（8）在工具箱中选择交互式封套工具，使用鼠标调整椭圆四周的控制柄改变椭圆形状，效果如图 8-130 所示。

（9）在工具箱中选择交互式透明工具，使用鼠标从下向上拖动，效果如图 8-131 所示。

图 8-130　编辑椭圆

图 8-131　设置透明效果

（10）在工具箱中选择文本工具，在其属性栏中设置字体为 Arial Black，字体大小为 80pt，然后将鼠标移动到按钮中间并单击，输入“Play”文本，完成制作。

8.6　为图形创建立体化效果

使用交互式立体工具为图形创建立体化效果，可以使平面的图形具有强烈的透视感和立体感。图形的立体化效果是利用三维空间的立体旋转和光源照射方式来实现的。

8.6.1　为图形创建立体化效果

使用交互式立体工具可以为图形创建立体化效果。其方法是：选择交互式立体工具后，在需要创建立体效果的图形上拖动鼠标即可。

【例 8-10】　打开“打火机.cdr”图像文件，并绘制一个矩形，然后使用交互式立体工具在需要创建立体效果的图形上拖动，创建图形的立体效果。

（1）打开“打火机.cdr”图像文件（立体化教学:\实例素材\第 8 章\打火机.cdr），如图 8-132 所示。

（2）使用矩形工具在页面上绘制一个矩形，在其属性栏中设置轮廓宽度为 1.0 mm，旋转角度为 45°，如图 8-133 所示。

图 8-132　打开图像

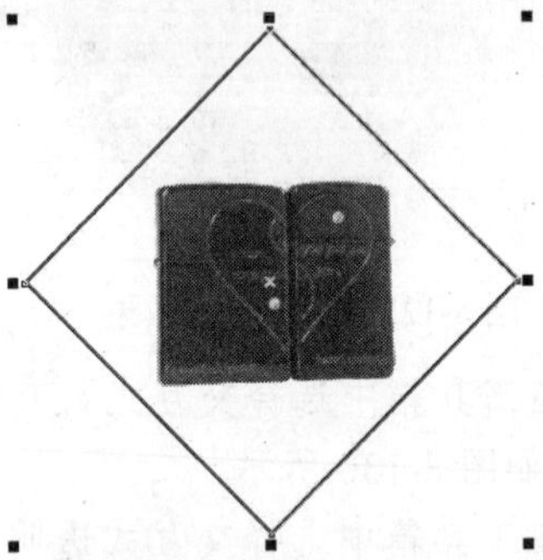

图 8-133　绘制矩形

（3）在工具箱中选择交互式立体工具，当鼠标光标变成形状时，将其移到矩形上并按住鼠标左键不放向下拖动，如图 8-134 所示。

（4）到适当位置后释放鼠标，矩形的立体效果如图 8-135 所示（立体化教学:\源文件\第 8 章\打火机.cdr）。

图 8-134　创建矩形的立体化

图 8-135　最终效果

8.6.2　设置立体化效果的类型和深度

对于创建的立体图形，可根据需要设置其类型和深度，使图形的立体感更强。其方法是：在工具箱中选择交互式立体工具，当鼠标光标变成形状时，选中需调整的立体图形，并在其属性栏中进行设置。

交互式立体工具的属性栏如图 8-136 所示，其各项参数含义如下。

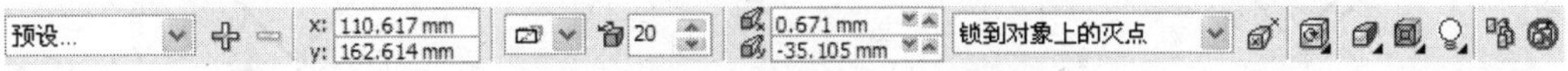

图 8-136　交互式立体工具的属性栏

- **“预设”下拉列表框**：在其中可以选择所需图形的立体预设效果。
- **“立体化类型”下拉列表框**：在该下拉列表框中可以选择图形立体化的类型。
- **“深度”数值框**：在其中可设置图形立体化的深度。

8.6.3　设置图形立体化的灭点

图形立体化的灭点是指图形立体效果的透视消失点。在创建的立体图形中都有✕图标，该图标用于控制立体化灭点。

在其属性栏中设置图形立体化的灭点的方法是：选择工具箱中的交互式立体工具，选择需要设置灭点的图形，在其属性栏中的“灭点坐标”数值框中设置图形的灭点坐标，控制图形的灭点，然后在“灭点属性”下拉列表框中选择灭点的属性。

其中“灭点属性”下拉列表框中的选项含义如下。

- **锁到对象上的灭点**：可以将灭点锁定到物体上，灭点会随物体位置的移动而移动。
- **锁到页面上的灭点**：可以将灭点锁定到页面上，灭点不会随物体位置的移动而移动，物体移动，立体效果也相应变化。
- **复制灭点**：可以在立体化物体之间复制灭点。
- **共享灭点**：可以使多个立体化物体具有共同的灭点，即所有的立体化图形只有一个灭点，如对这个灭点进行操作，其他图形都将发生变化。

提示：

单击属性栏中的按钮可使图形的灭点位置为页面的坐标原点，而且该按钮将变成按钮。

8.6.4　设置立体化的旋转

如果在使用交互式立体工具绘制立体效果后，对立体效果的角度不满，可在其属性栏中设置图形立体化的旋转效果。

其方法是：使用交互式立体工具，选择需设置立体化旋转效果的图形，如图 8-137 所示；再单击属性栏中的“立体的方向”按钮，打开“立体化旋转”面板，如图 8-138 所示；在该面板中使用手形光标移动转轮控制立体化的旋转，如图 8-139 所示。

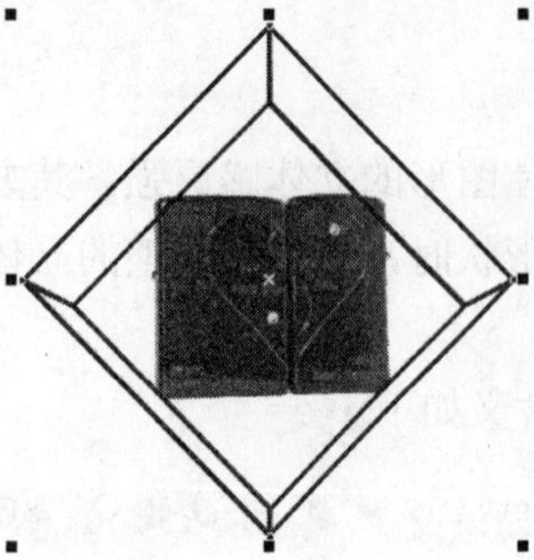

图 8-137　选中图像

图 8-138　设置“立体化旋转”面板

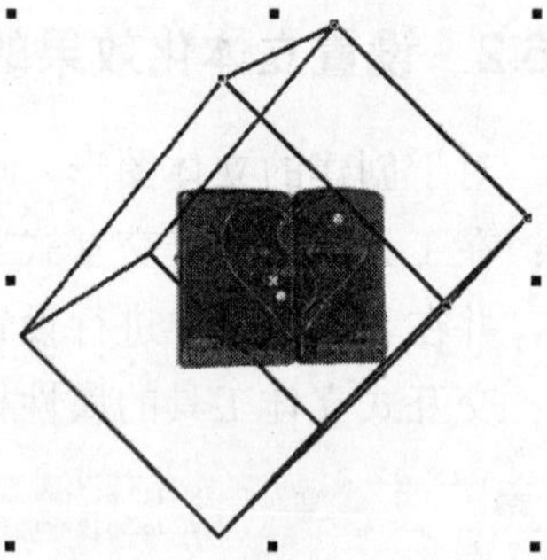

图 8-139　旋转后的立体效果

提示：

在“立体化旋转”面板中，单击左下角的按钮可使图形回到旋转设置之前的状态。单击右下角的按钮可以打开“旋转值数值”面板，在其中输入数值可以精确控制旋转角度。

8.6.5　填充立体化对象

通过交互式立体工具的属性栏还可以设置立体化对象的颜色填充。其方法是：使用交互式立体工具选中如图 8-140 所示的立体图形；在其属性栏中单击“颜色”按钮，打开如图 8-141 所示的“立体化填充”面板；在其中选择填充的类型并设置颜色，效果如图 8-142 所示。

若选中 ☑覆盖式填充 复选框，则原始图形和立体化图形将作为一个对象被填充，否则将作为两个不同的对象进行填充；若图形有斜角，则可以启用按钮编辑立体化图形的斜角。

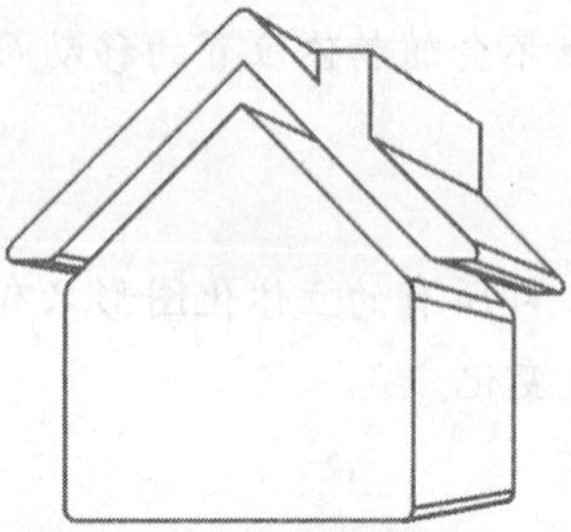

图 8-140　原始效果

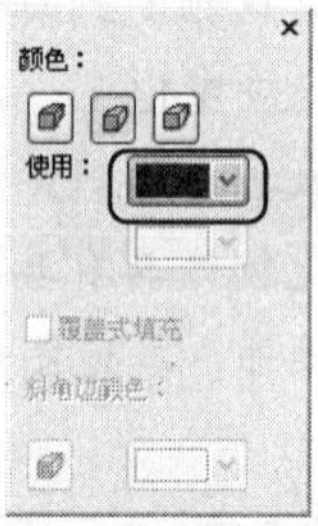

图 8-141　“立体化填充”面板

图 8-142　最终效果

提示：

在“立体化填充”面板中单击“对象的填充”按钮，可使对象的立体化部分应用对象的填充颜色；单击“纯色填充”按钮，可以在颜色框中选择所需的颜色作为对象的立体颜色；单击“渐变填充”按钮，可以在“从”和“到”颜色下拉列表框中选择所需的颜色作为图形立体部分的渐变填充。

8.6.6　设置立体化图形的斜角

通过交互式立体工具的属性栏可为立体化图形添加修饰角。其方法是：使用交互式立体工具，选中如图 8-143 所示的立体化图形；在其属性栏中单击“斜角修饰边”按钮，打开如图 8-144 所示的“立体化斜角设置”面板；在该面板中选中☑使用斜角修饰边复选框，图形将被添加修饰角，如图 8-145 所示。

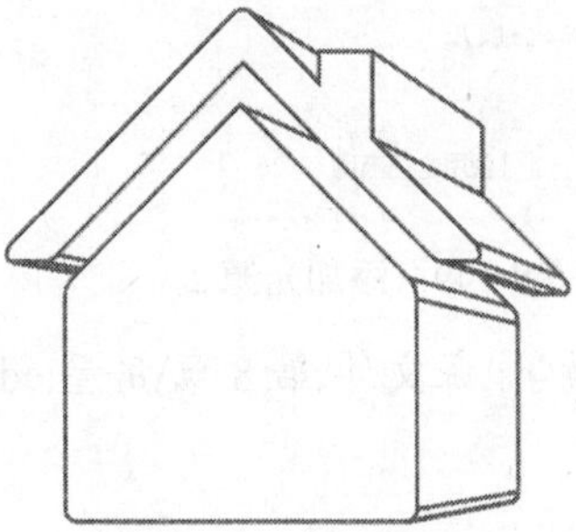

图 8-143　原始图形

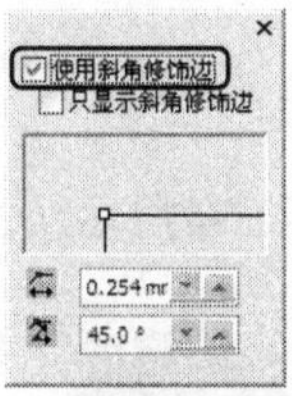

图 8-144　“立体化斜角设置”面板

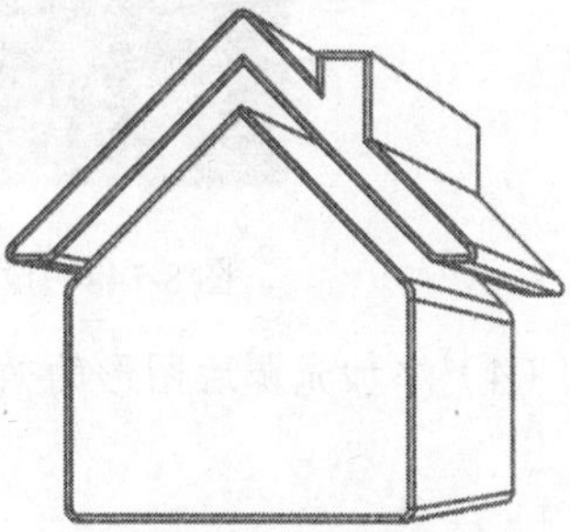

图 8-145　最终效果

技巧：

用户还可在“立体化斜面设置”面板中，通过输入数值或移动编辑节点来控制斜角的程度。

8.6.7　为立体图形添加光源

在交互式立体工具的属性栏中还可以为立体图形添加光源。其方法是：使用交互式立体工具选中立体图形，单击属性栏中的“照明”按钮，然后在打开的面板中使用鼠标添加所需的光源即可。

【例 8-11】　打开“房屋.cdr”图像文件，使用交互式立体化工具选中立体图形，打开“照明”面板，在其中添加所需的光源。

（1）打开“房屋.cdr”图像文件（立体化教学:\实例素材\第 8 章\房屋.cdr），使用交互式立体工具选中如图 8-146 所示的立体图形。

（2）在其属性栏中单击“照明”按钮，在打开的 “照明”面板中单击按钮，在右侧的窗口中将添加一个“光源 1”，如图 8-147 所示。

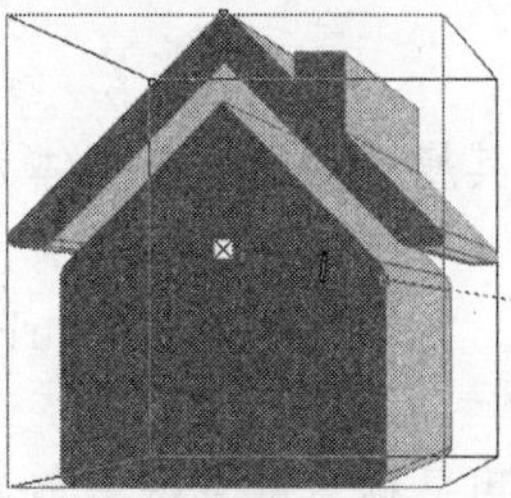

图 8-146　选中图形

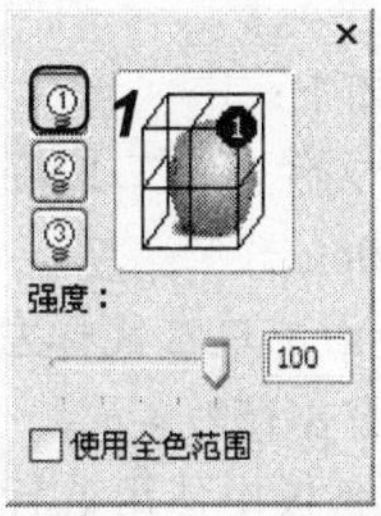

图 8-147　添加光源 1

（3）添加光源后图形效果如图 8-148 所示，单击“照明”面板中的按钮，将在光源 1 上重叠添加一个“光源 2”，使用鼠标将其选中并移到所需的位置上，如图 8-149 所示。

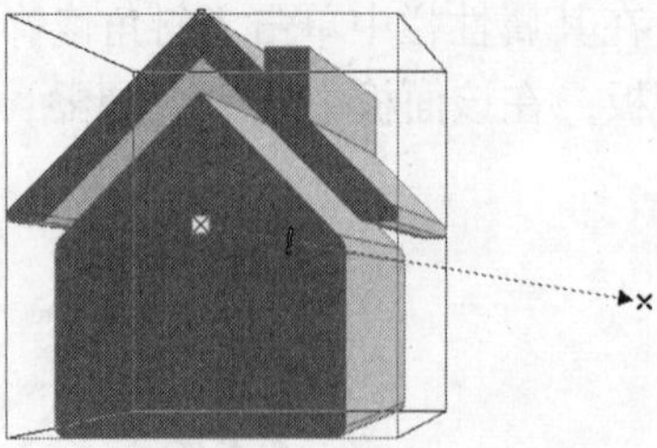

图 8-148　设置后的效果

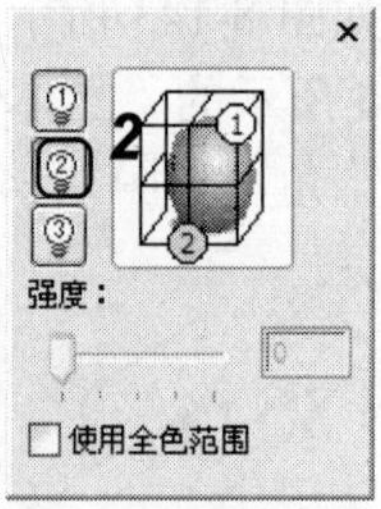

图 8-149　添加光源 2

（4）添加光源后图形的效果如图 8-150 所示（立体化教学:\源文件\第 8 章\房屋.cdr）。

图 8-150　最终效果

8.6.8　应用举例——制作 3D 效果字

下面将使用文本工具、交互式立体工具等制作 3D 效果字，最终效果如图 8-151 所示（立体化教学:\源文件\第 8 章\3D 效果字.cdr）。

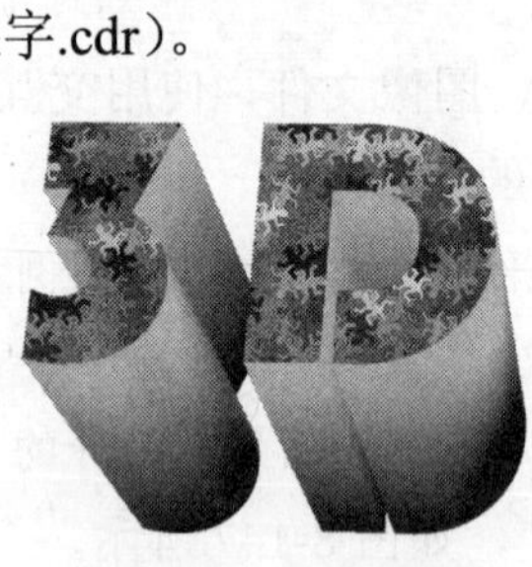

图 8-151　最终效果

操作步骤如下：

（1）新建文件，在工具箱中选择文本工具字，在其属性栏中设置字体为“华文琥珀”，字体大小为 270pt。

（2）在页面中单击鼠标左键，出现插入点后输入“3D”文本，按 Ctrl+Q 键将文本转化为曲线，如图 8-152 所示。

（3）在调色板中使用鼠标左键单击黄色色块，使用鼠标右键单击黑色色块，将图形设置为黄色填充黑色轮廓。

（4）在工具箱中选择交互式立体工具，使用鼠标向右下方拖动制作立体效果，如图 8-153 所示。

（5）在交互式立体工具的属性栏中，单击按钮，在打开的“立体化填充”面板中，单击按钮，并在“从”下拉列表框中选择“深黄”选项，在“到”下拉列表框中选择“黑色”选项，如图 8-154 所示。效果如图 8-155 所示。

图 8-152　将文字转化为曲线

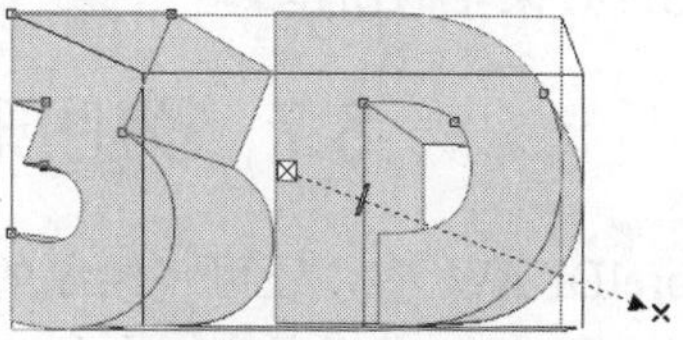

图 8-153　设置立体效果

图 8-154　设置填充颜色

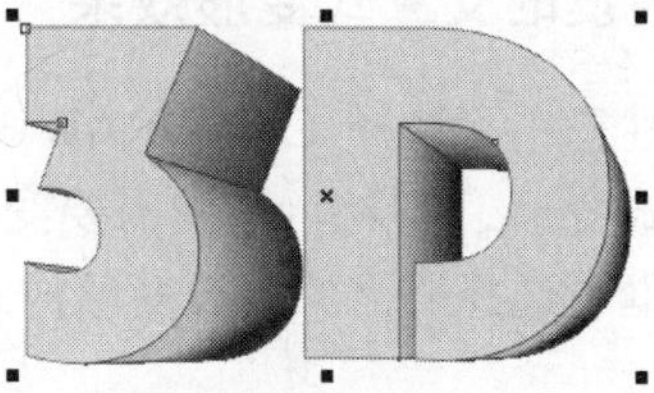

图 8-155　设置后的效果

（6）在交互式立体工具的属性栏中单击按钮，在打开的“立体化旋转”面板中使用手形光标移动转轮，如图 8-156 所示。完成旋转后的效果如图 8-157 所示。

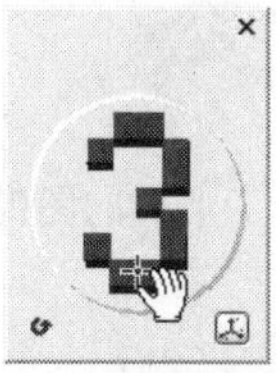

图 8-156　设置旋转

图 8-157　设置后的效果

（7）在工具箱中按住填充工具不放，在其展开的工具条中选择 PostScript 填充对话框工具，打开“PostScript 底纹”对话框，在其中选中☑预览填充(P)复选框。

（8）在该对话框的底纹样式列表框中选择“彩色爬虫”选项，并设置“频度”和“行宽”分别为 4、8，单击确定按钮，如图 8-158 所示。

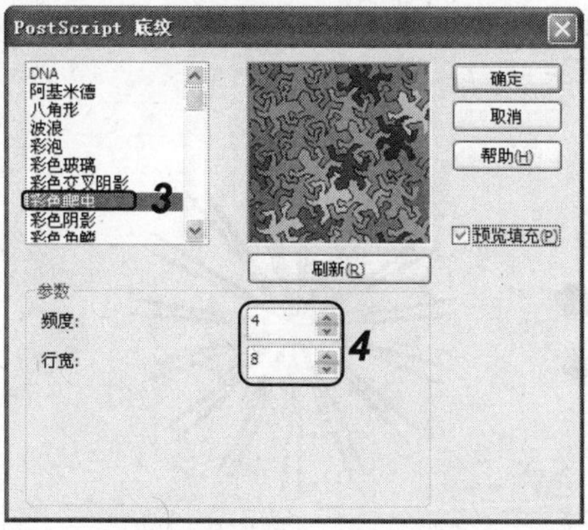

图 8-158　设置填充样式

（9）使用挑选工具选中图形，使用鼠标右键单击调色板中的☒按钮为图形去掉轮廓线，完成 3D 效果字的制作。

8.7 为图形创建扭曲变形效果

在 CorelDRAW 中，还可将绘制的图形进行变形处理，以创建多样化的外形效果。使用交互式变形工具可以对图形对象外形进行扭曲变形，包括推拉变形、拉链变形和扭曲变形 3 种方式。

8.7.1 预设的交互式变形效果

在属性栏中可选择 CorelDRAW 提供的预设交互式变形效果。其方法是：在工具箱中选择交互式变形工具，选中需要变形的图形，如图 8-159 所示；在其属性栏的“预设”下拉列表框中选择所需的预设变形样式，如选择“推拉 1”选项，效果如图 8-160 所示。

图 8-159 选中图形

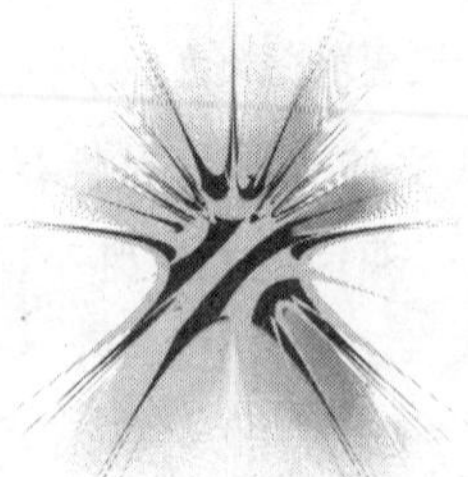

图 8-160 设置变形后的图像

8.7.2 交互式推拉变形

交互式推拉变形是通过推、拉两个变形方向进行变形的。“推”指将变形图形的中心节点推离变形；“拉”指将变形图形的相关节点拉近变形图形的中心。其方法是：在工具箱中选择交互式变形工具，选中如图 8-161 所示的图形，在其属性栏中单击“推拉变形”按钮，当鼠标光标变成形状时拖动即可。

将鼠标光标移动到图形上，按住鼠标左键不放，向右拖动，执行“推”的变形操作，效果如图 8-162 所示。若想将原图形进行“拉”变形操作，则将鼠标光标移到原图形上并向左拖动，效果如图 8-163 所示。

图 8-161 选中图像

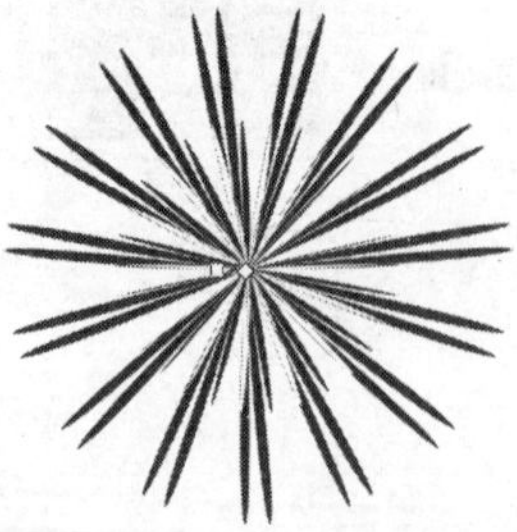

图 8-162 “推”的效果

图 8-163 “拉”的效果

8.7.3　交互式拉链变形

交互式拉链变形工具可将图形创建出类似齿轮状的外形轮廓。其方法是：使用交互式变形工具选中如图 8-164 所示的图形，再单击其属性栏中的“交互式拉链变形”按钮，最后使用鼠标光标在需变形的图形上拖动，效果如图 8-165 所示。

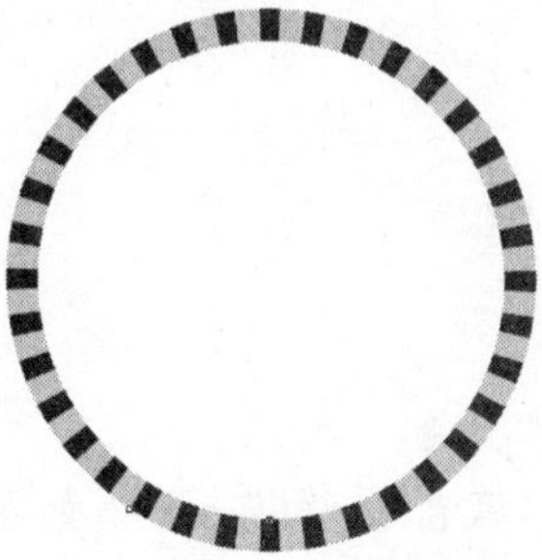

图 8-164　选中图像

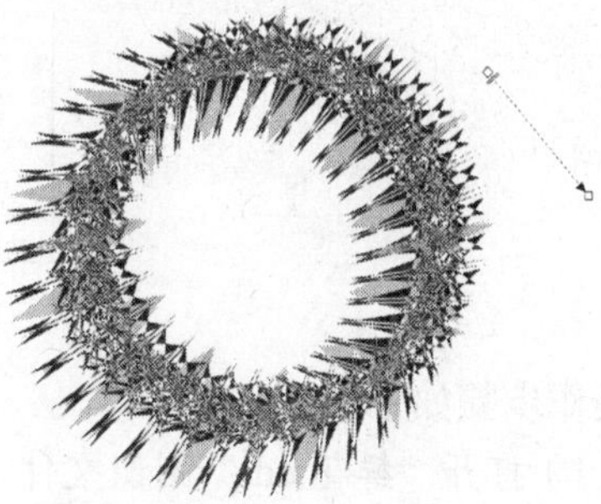

图 8-165　使用后的效果

8.7.4　交互式扭曲变形

使用交互式扭曲变形工具可将图形创建出围绕一点旋转的扭曲变形效果。其方法是：使用交互式变形工具选中如图 8-166 所示的图形，再单击其属性栏中的“扭曲变形”按钮，当鼠标光标变成形状时，按住鼠标左键并拖动图形沿顺时针或逆时针旋转，其效果如图 8-167 所示。

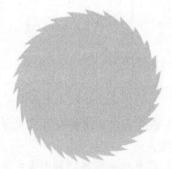

图 8-166　选中图形

图 8-167　使用后的效果

8.7.5　清除扭曲变形效果

根据需要也可清除图形的扭曲变形效果。其方法是：使用交互式变形工具选中要清除扭曲效果的对象，然后单击属性栏上的“清除变形”按钮即可。

8.7.6　应用举例——绘制鲜花

使用交互式变形工具、矩形工具和椭圆工具等绘制鲜花，其效果如图 8-168 所示（立体化教学:\源文件\第 8 章\鲜花.cdr）。

图 8-168　最终效果

操作步骤如下：

（1）打开“鲜花.cdr”图像文件（立体化教学:\实例素材\第 8 章\鲜花.cdr），如图 8-169 所示。

（2）在工具箱中选择椭圆工具，在页面中绘制一个圆形，如图 8-170 所示。

图 8-169　打开图像

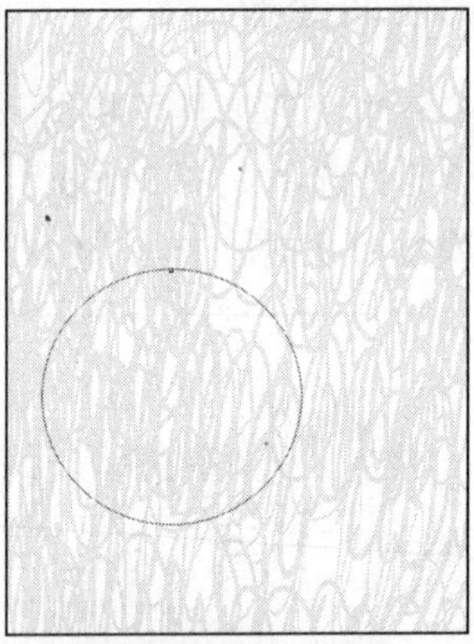

图 8-170　绘制圆形

（3）在工具箱中选择交互式变形工具，在其属性栏的“预设”下拉列表框中选择“扭曲 1”选项。

（4）将鼠标光标移动到图像中间的箭头中，按住鼠标向右拖动，当图形变为树芽形时，释放鼠标；使用挑选工具选中树芽，调整其大小并为其填充绿色，如图 8-171 所示。

（5）在工具箱中选择椭圆工具，使用鼠标在页面上绘制一个椭圆。在工具箱中选择交互式变形工具，在其属性栏的“预设”下拉列表框中选择“扭曲 2”选项。

（6）将鼠标光标移动到图像中间的箭头中，按住鼠标向右拖动，当图形变为树芽形时，释放鼠标，并为绘制的树芽填充绿色，效果如图 8-172 所示。

（7）使用相同的方法，在页面上绘制其他树芽，如图 8-173 所示。

（8）在工具箱中选择贝塞尔工具，使用鼠标在页面上绘制一个树叶，并为其填充绿色，然后复制树叶，将树叶移动到树芽上，如图 8-174 所示。

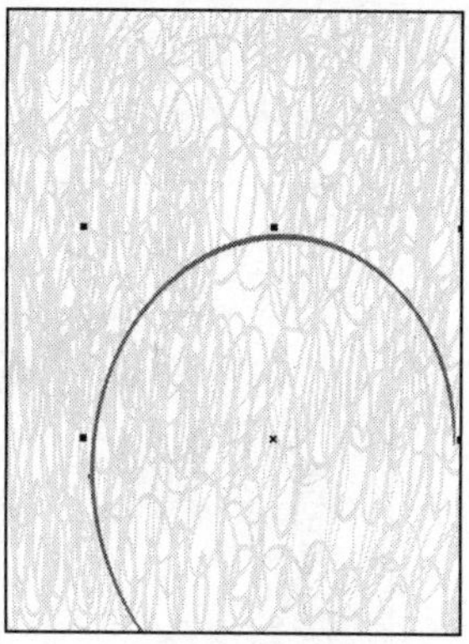
图 8-171　绘制树芽

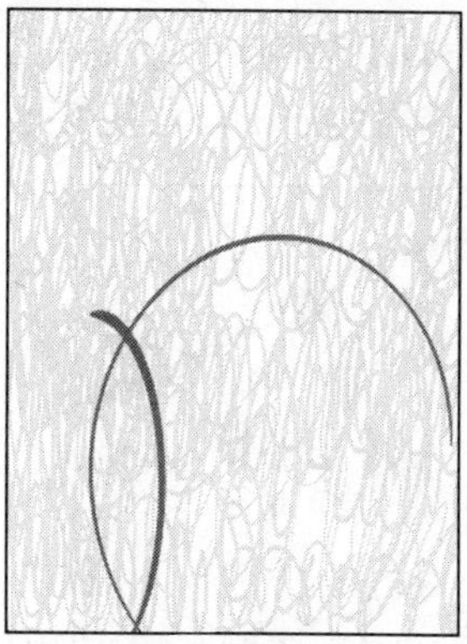
图 8-172　继续绘制树芽

图 8-173　为图形添加树芽

图 8-174　绘制并添加树叶

（9）在工具箱中选择矩形工具，使用鼠标在页面中绘制 9 个相同的矩形，并使用挑选工具将它们选中，按 Ctrl+G 键群组图形，如图 8-175 所示。

（10）在工具箱中选择交互式变形工具，在其属性栏的“预设”下拉列表框中选择“推拉 4”选项，将鼠标光标移动到图形中白色的方块中，并向左拖动，效果如图 8-176 所示。

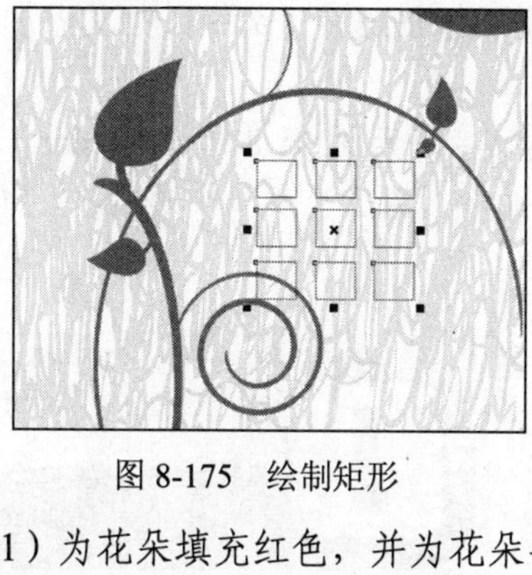
图 8-175　绘制矩形

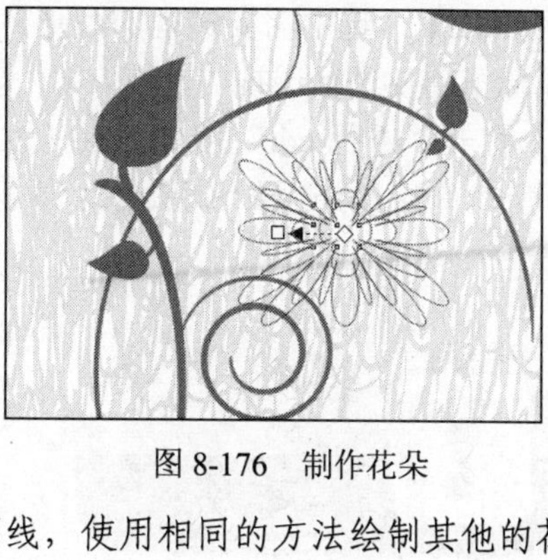
图 8-176　制作花朵

（11）为花朵填充红色，并为花朵去除轮廓线，使用相同的方法绘制其他的花朵，如图 8-177 所示。

（12）在工具箱中选择交互式封套工具，当鼠标光标变成形状时，单击需编辑的花图形，然后移动花中心的 4 个角调整并编辑图形，如图 8-178 所示。

（13）使用相同的方法，调整其他花朵的外观，完成鲜花的绘制。

图 8-177　添加花朵

图 8-178　调整花朵

8.8　为图形创建透视效果

透视效果是通过加长或缩短图形对象的一侧或两侧创建出来的一种空间变形，从而形成对象在一个方向从视图中向后退去的效果。

8.8.1　创建单点透视和双点透视

透视有“单点透视”和“双点透视”两种，根据实际情况不同可自行选择透视方法，它们的含义分别如下。

- **单点透视**：改变对象一条边的长度，使对象沿视图的一个方向进行后退。其表现范围较广，适合表现严肃、正规的空间效果。
- **双点透视**：可以改变对象两条边的长度，从而使对象沿视图的两个方向后退，其表现方式较为活泼。

【例 8-12】　选中需要透视的图形，选择“效果/添加透视”命令，为其添加透视框，再使用鼠标拖动要进行透视的节点。

（1）打开“透视.cdr”图像文件（立体化教学:\实例素材\第 8 章\透视.cdr），选中如图 8-179 所示的图形，选择“效果/添加透视”命令，此时对象上出现一个透视框，如图 8-180 所示。

图 8-179　选中图形

图 8-180　为文本图形添加透视框

（2）使用鼠标将左边的节点向右拖移，效果如图 8-181 所示；再使用鼠标将右边的节点向左拖动，效果如图 8-182 所示（立体化教学:\源文件\第 8 章\透视.cdr）。

图 8-181　调整左边的节点

图 8-182　调整右边的节点

技巧：

按住 Ctrl 键的同时水平或垂直拖动其中的一个节点可添加单点透视。若按住 Shift+Ctrl 键的同时拖动节点，则相对的节点将沿相反的方向移到相同距离。

8.8.2　移除透视对象的透视效果

移除透视对象的透视效果的方法是：选中要移除透视效果的透视对象，选择“效果/清除透视点”命令即可。

8.8.3　应用举例——制作图书标志

下面将使用“添加透视”命令、交互式透视工具和封套工具等制作图书标志，最终效果如图 8-183 所示（立体化教学:\源文件\第 8 章\图书标志.cdr）。

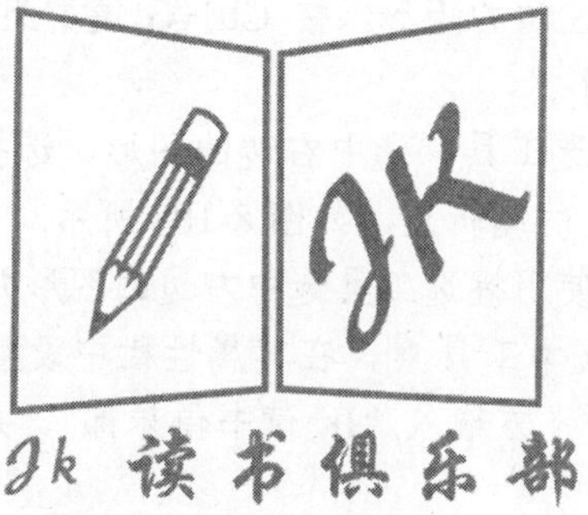

图 8-183　最终效果

操作步骤如下：

（1）新建文件，选择“文本/插入符号字符”命令，打开“插入字符”泊坞窗，在“字体”下拉列表框中选择“汉仪行楷简”选项，在符号选择框中选择J和K选项，将它们插入到页面中，如图 8-184 所示。

（2）使用挑选工具选中插入的符号，将其填充为青色，并去除轮廓线。

（3）在工具箱中选择矩形工具，使用鼠标在页面上绘制一个矩形，并在其属性栏中设置“轮廓宽度”为 2.0mm，设置轮廓线为青色；按 Ctrl+C 键复制矩形，再按 Ctrl+V 粘贴矩形，将复制的矩形移动到原来矩形的左边，如图 8-185 所示。

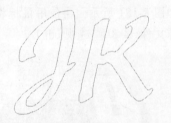

图 8-184　插入的符号

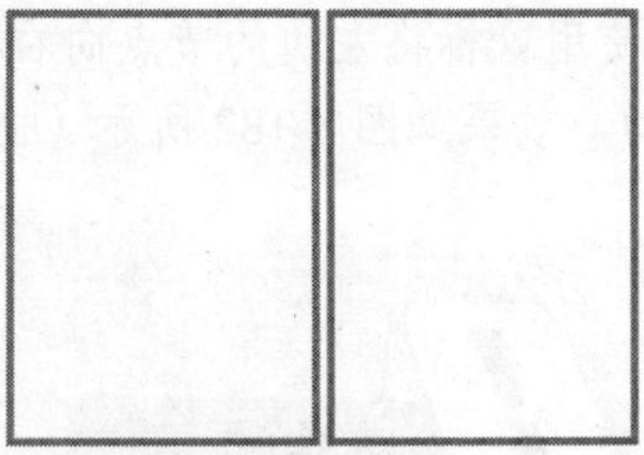

图 8-185　复制矩形

（4）将之前插入的符号移动到右边的矩形框中，并将插入的符号旋转为如图 8-186 所示。

（5）在“插入字符”泊坞窗的“字体”下拉列表框中选择 Wingdings 选项，在符号选择框中选择选项，单击按钮。

（6）将选择的符号插入到页面中，并将其填充为青色，然后将插入的符号移动到左边的矩形中，如图 8-187 所示。

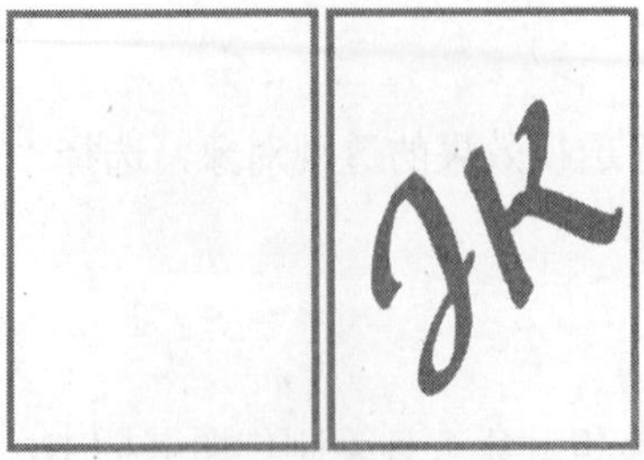

图 8-186　将符号移动到矩形中

图 8-187　插入符号

（7）使用挑选工具选中左边的矩形，按 Ctrl+G 键群组图形；使用挑选工具选中右边的矩形，按 Ctrl+G 键群组图形。

（8）在工具箱中选择挑选工具，选中右边的图形，选择“效果/添加透视”命令，当出现透视框后调整图形 4 个角的编辑点，如图 8-188 所示。

（9）使用相同的方法，使用挑选工具选中左边的图形并进行编辑。

（10）在工具箱中选择文本工具，在其属性栏中设置“字体”为“汉仪行楷简”、“字体大小”为 72pt，在图形下方输入“JK 读书俱乐部”，并将其填充为蓝色，如图 8-189 所示。

图 8-188　调整透视图像

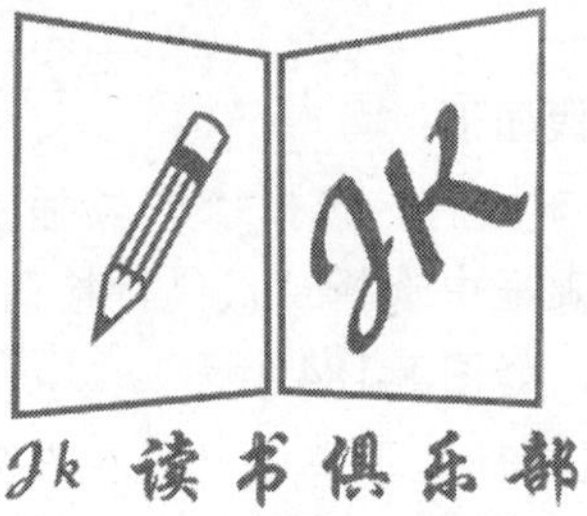

图 8-189　输入文字

8.9　上机及项目实训

8.9.1　制作一个歌单

本次实训将制作一个歌单，其效果如图 8-190 所示（立体化教学:\源文件\第 8 章\歌单.cdr）。该歌单的制作将使用到矩形工具、轮廓笔工具、交互式透明工具、“对齐与分布”对话框和文本工具等。

图 8-190　歌单效果

操作步骤如下：

（1）使用矩形工具在页面中绘制一个矩形，在属性栏中将其“宽度”和“高度”分别设置为 89mm 和 132mm，并填充颜色为深黄色。

（2）选中矩形，打开“轮廓笔”对话框，将轮廓颜色设置为深黄色，将轮廓宽度设置为 0.5mm，如图 8-191 所示，单击确定按钮，矩形的填充效果如图 8-192 所示。

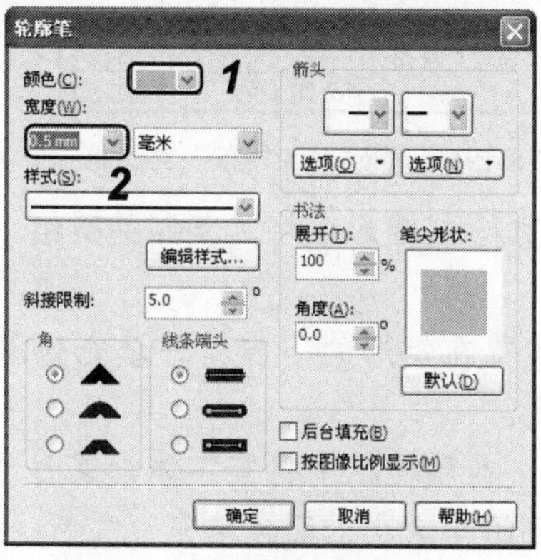

图 8-191　“轮廓笔”对话框

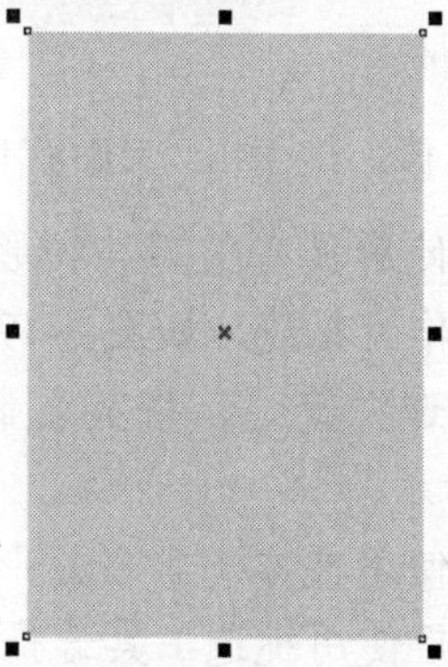

图 8-192　矩形的填充效果

（3）选择工具箱中的交互式透明工具，在矩形上方按住鼠标左键不放，并向下方拖动，创建其透明效果，然后在其属性栏的“透明度目标”下拉列表框中选择“填充”选项，效果如图 8-193 所示。

（4）选择“文件/导入”命令，在打开的“导入”对话框中选择“雪山.wmf”图像文件（立体化教学:\实例素材\第 8 章\雪山.wmf），如图 8-194 所示。将其移到矩形上面，再使用交互式透明工具为其创建透明效果，如图 8-195 所示。

图 8-193　矩形的透明效果

图 8-194　导入“雪山”图像

（5）选中雪山图形，再选中矩形，选择“排列/对齐和分布/对齐和分布”命令，打开“对齐与分布”对话框，选中☑中(C)复选框，其他设置如图 8-196 所示，单击应用(A)按钮，将雪山图形与矩形的中间位置对齐，单击关闭按钮关闭该对话框。

图 8-195　为雪山图形添加不透明效果

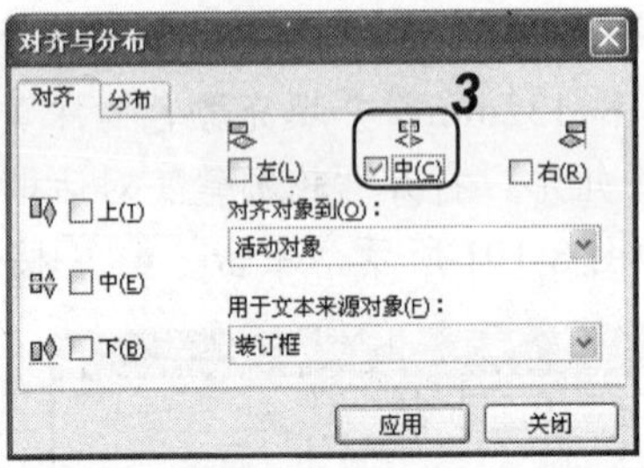

图 8-196　“对齐与分布”对话框

（6）使用贝塞尔工具和形状工具在矩形上方绘制图形，将其复制并群组，然后填充为白色，作为花边，如图 8-197 所示。

（7）选中花边，将其复制并镜像，然后放置在矩形的下方，并填充为深黄色，如图 8-198 所示。

（8）使用文本工具在矩形的上方输入歌名，在属性栏中将其字体设置为“方正草金简体”，然后使用挑选工具选择歌名，将其调整到适当大小，颜色填充为红色，如图 8-199 所示。

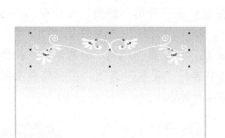

图 8-197　绘制花边

图 8-198　复制镜像花边

（9）使用文本工具在歌名的下方输入歌词，并将其字体设置为“汉仪丫丫体简”，字体大小设置为 11pt，完成“歌单”的制作，如图 8-200 所示。

图 8-199　输入歌名

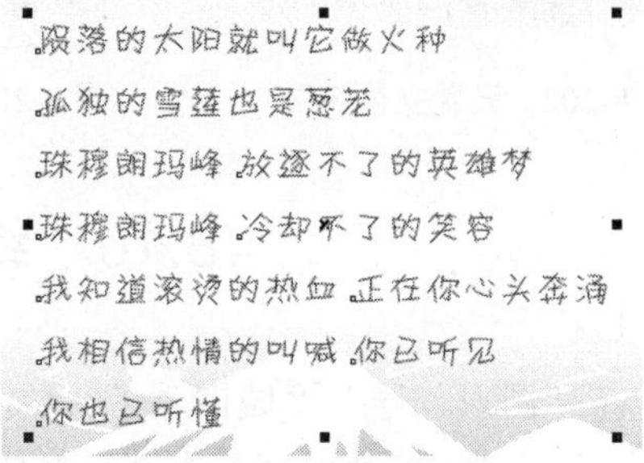

陨落的太阳就叫它做火种
孤独的雪莲也是葱茏
珠穆朗玛峰 放逐不了的英雄梦
珠穆朗玛峰 冷却不了的笑容
我知道滚烫的热血 正在你心头奔涌
我相信热情的叫喊 你已听见
你也已听懂

图 8-200　输入歌词

8.9.2　制作 3D 问号

综合利用本章和前面所学知识，制作一个 3D 问号，完成后的最终效果如图 8-201 所示（立体化教学:\源文件\第 8 章\3D 问号.cdr）。

图 8-201　最终效果

本练习可结合立体化教学中的视频演示进行学习（立体化教学:\视频演示\第 8 章\制作 3D 问号.swf）。主要操作步骤如下：

（1）新建文件，在工具箱中选择文本工具，在其属性栏中设置字体为 Arial Black，字体大小为 500pt，然后在页面上输入“？”，并为其填充红色。

（2）在工具箱中选择交互式立体工具，选中问号，拖动鼠标向右移动，为问号添加立体效果，如图 8-202 所示。

（3）在交互式工具的属性栏中单击按钮，在打开的“照明”面板中，单击按钮为图形添加光源，如图 8-203 所示。

（4）在工具箱中选择交互式轮廓图工具，在其属性栏的“轮廓色”下拉列表框中选择“红色”选项，在“填充色”下拉列表框中选择“黄色”选项，在“轮廓图偏移”数值框中输入“4.5mm”，完成后的效果如图 8-204 所示。

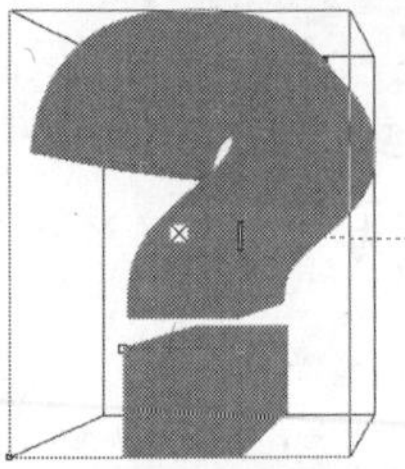
图 8-202　设置立体效果

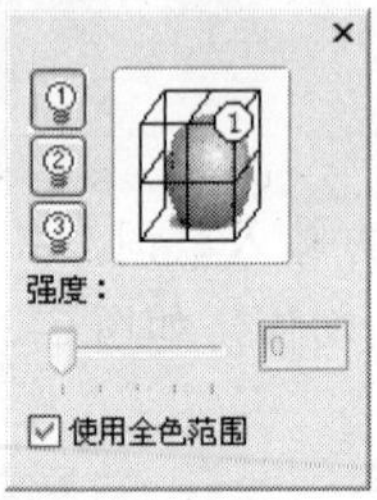

图 8-203　设置光源

图 8-204　设置交互式轮廓

8.10　练习与提高

（1）新建图形，导入“城市.jpg”、“写意.jpg”图像文件（立体化教学:\实例素材\第 8 章\城市.jpg、写意.jpg），使用交互式透明工具制作一个书籍封面，其效果如图 8-205 所示（立体化教学:\源文件\第 8 章\书籍封面.cdr）。要求其宽度和高度分别为 221mm 和 150mm。

提示：使用矩形工具绘制封面，再导入“城市.jpg”和“写意.jpg”图像文件，并使用交互式透明工具创建其透明效果，最后使用文本工具在相应位置输入文字并设置其属性。

图 8-205　书籍封面效果

（2）新建文件，使用椭圆工具、交互式立体工具和交互式透明工具等制作放大镜，如图 8-206 所示（立体化教学:\源文件\第 8 章\放大镜.cdr）。

提示：使用椭圆工具绘制镜框和镜柄；使用交互式立体工具将镜框立体化；使用交互式透明工具制作镜面，将其转曲后调整其外形。

图 8-206　放大镜效果

（3）新建图形，导入“手机.png”图像文件（立体化教学:\实例素材\第 8 章\手机.png），使用交互式工具制作如图 8-207 所示的图形（立体化教学:\源文件\第 8 章\手机.cdr）。

提示：首先绘制一个矩形，并填充为蓝色，然后使用“射线”型渐变，导入“手机.png”图像文件，复制后镜像手机，并对复制出的手机使用“线性”渐变，然后移动位置，完成制作。本练习可结合立体化教学中的视频演示进行学习（立体化教学:\视频演示\第 8 章\手机.swf）。

图 8-207　手机效果图

（4）使用贝塞尔工具绘制一个齿轮，并填充为灰色，再使用交互式阴影工具进行编辑，如图 8-208 所示（立体化教学:\源文件\第 8 章\齿轮.cdr）。

图 8-208　绘制齿轮

经验技巧 总结 CorelDRAW 中为矢量图添加特殊效果的技巧

本章主要介绍了为矢量图添加特殊效果，要想在作品中绘制出更漂亮、更丰富的图像效果，课后还必须学习和总结一些技巧。这里总结以下几点供读者参考和探索：

- 大量使用交互式透明工具，可以制作出绚丽多彩的图形效果。但与此同时会增加电脑的运算量，从而影响处理图形的速度。
- 若需要制作科技类的图形，可使用交互式调和工具制作大量的调和线条，再使用交互式透明工具增加图像效果。
- 在制作具有动感效果的图形时，使用交互式立体工具也是不错的选择。
- 绘制图形后，使用“添加透视”命令，以及增加一些立体元素都可以增强图形的层次立体感。

第9章　处理位图

学习目标

☑ 将矢量图转换为位图
☑ 使用形状工具和命令裁剪图像
☑ 通过命令调整图像颜色
☑ 通过命令为图像添加特殊效果
☑ 使用矩形工具、“虚光”对话框和文本工具制作图书封面
☑ 综合利用“卷页”对话框、交互式透明工具、交互式阴影工具制作手册内页

目标任务&项目案例

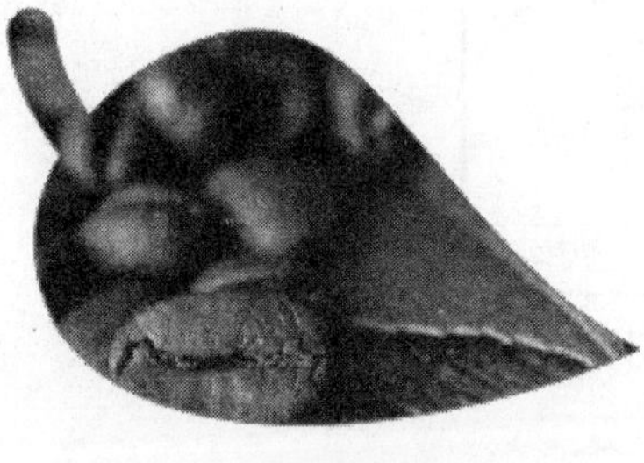
裁剪图像

产品手册封面

调整鲜花颜色

楼书折页广告

图书封面

茶文化手册内页

在 CorelDRAW 中处理位图可制作出很多独特的艺术效果，制作上述实例主要运用到将矢量图转换为位图、裁剪图像、使用“效果/调整”命令和使用效果组来修饰图像的方法。

9.1　位图的基本处理方法

在 CorelDRAW 中不仅可以进行矢量图的绘制和编辑，还可以导入位图进行编辑和修改，从而满足用户更多的图像效果需求。如将矢量图转换为位图、转换位图的颜色模式、抠取位图和裁剪位图等，下面将分别讲解其操作方法。

9.1.1　将矢量图转换为位图

在 CorelDRAW 中可以将矢量图转换为位图，从而进行一些位图操作。将矢量图转换为位图的方法是：选中需要转换为位图的矢量图形，再选择"位图/转换为位图"命令，打开"转换为位图"对话框，如图 9-1 所示，在其中进行设置即可完成操作。

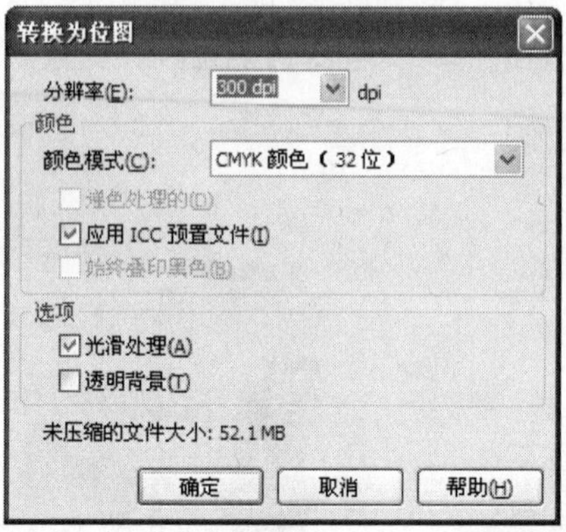

图 9-1　"转换为位图"对话框

对话框中各选项含义如下。

- ➥　**"分辨率"下拉列表框**：用于设置转换为位图后的图像分辨率。
- ➥　**"颜色模式"下拉列表框**：用于设置转换为位图后图形的颜色模式。
- ➥　☑光滑处理(A)**复选框**：选中该复选框，可以去除位图中一些在低分辨率时参差不齐的边缘。
- ➥　☑透明背景(T)**复选框**：当 CorelDRAW 把矢量图转换成位图时，默认状态下为白色背景。若选中该复选框，就可以将位图的背景设为透明色。

【例 9-1】　选中如图 9-2 所示矩形中的酒杯图形文件，再打开"转换为位图"对话框，从中选择所需的选项，将其转换为位图。

（1）打开"将矢量图转换为位图.cdr"图像文件（立体化教学:\实例素材\第 9 章\将矢量图转换为位图.cdr），使用挑选工具选中要转换的部分，如图 9-2 所示。

（2）选择"位图/转换为位图"命令，打开"转换为位图"对话框，在"颜色模式"下拉列表框中选择"CMYK 颜色（32 位）"选项，并选中☑光滑处理(A)复选框，如图 9-3 所示。

（3）单击　确定　按钮，完成图像的转换。转换为位图后的图像带有一块白色的矩形背景，效果如图 9-4 所示（立体化教学:\源文件\第 9 章\将矢量图转换为位图.cdr）。

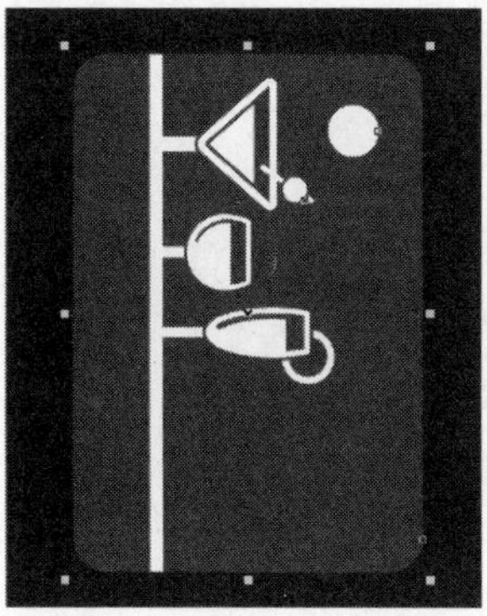

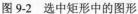

图 9-2　选中矩形中的图形

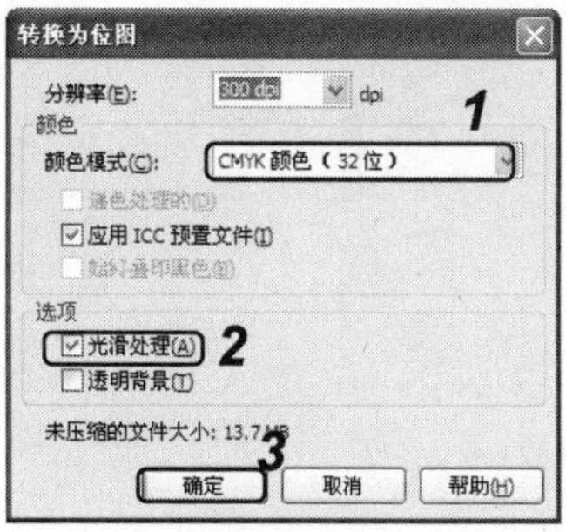

图 9-3　“转换为位图”对话框

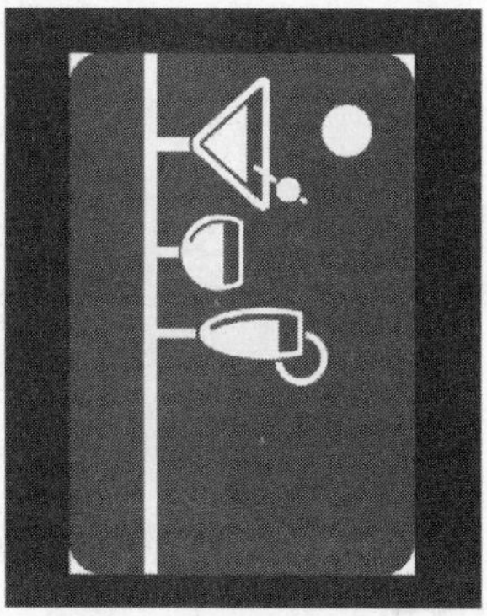

图 9-4　转换后的图像

提示：

若要将转换为位图的背景白色去掉，可在“转换为位图”对话框中选中 ☑透明背景(T) 复选框。

9.1.2　转换位图的颜色模式

CorelDRAW 允许用户将位图转换为多种颜色模式。其方法是：选中需要转换颜色模式的图像，如图 9-5 所示；选择“位图/模式”命令，在弹出的子菜单中列举了 7 种颜色模式，如图 9-6 所示；在其中选择需要的颜色模式，如“灰度”，最终效果如图 9-7 所示。

图 9-5　选中图像

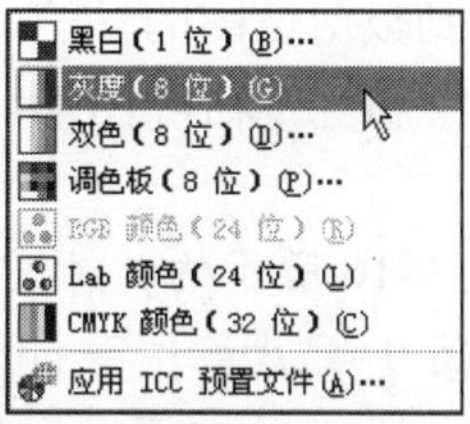

图 9-6　选择颜色模式

图 9-7　最终效果

提示：

“调色板”模式在减小文件大小的同时力求保持色调逼真度，十分适合在屏幕上显示；另外，若位图是 CMYK 颜色模式，则子菜单中的“CMYK 颜色（32 位）”命令将不可用。

9.1.3　裁剪位图

无论是导入的位图还是通过 CorelDRAW 转换而成的位图，都可以进行裁剪。使用形状工具和“放置在容器中”命令都可以实现位图的裁剪，下面分别进行介绍。

1. 使用形状工具裁剪位图

使用形状工具可以方便快捷地裁剪位图，其方法与编辑矢量图相同，只需使用形状工具将需要裁剪的位图选中，如图 9-8 所示，并向位图的内部拖动即可进行裁剪，如图 9-9

所示。

图 9-8　选中图像

图 9-9　裁剪图像

提示：

编辑完成后使用挑选工具也可完成位图的裁剪，若以后想要还原位图（即取消裁剪效果），只需要使用形状工具将位图的 4 个原始顶点拖到原来的位置，并选中其余的节点，按 Delete 键将其删除即可。

技巧：

如果不想再将裁剪的图像还原，则选择“位图/裁剪位图”命令或单击属性栏中的按钮即可完成位图的裁剪。

2．通过命令裁剪位图

通过“放置在容器中”命令也可以完成位图的裁剪。其方法是：选中要进行裁剪的位图，选择“效果/图框精确剪裁/放置在容器中”命令，再使用鼠标光标单击要将位图置入的图形，即可将位图置入图形中，达到裁剪位图的目的。

【例 9-2】　使用贝塞尔工具绘制一个树叶图形，再将选中的图像置入其中，并调整其在树叶图形中的位置。

（1）使用贝塞尔工具绘制如图 9-10 所示的树叶图形，绘制完成后打开“裁剪位图.cdr”图像文件（立体化教学:\实例素材\第 9 章\裁剪位图.cdr）。

（2）在工具箱中选择挑选工具，选中打开的“裁剪位图.cdr”图像，如图 9-11 所示。

（3）选择“效果/图框精确剪裁/放置在容器中”命令，当鼠标光标变成➡形状时，单击树叶图形轮廓，如图 9-12 所示。

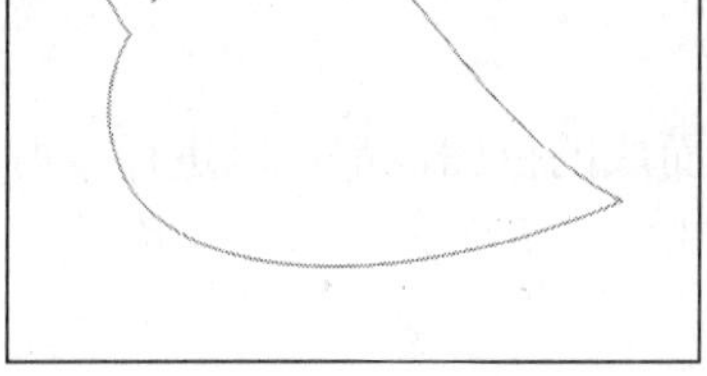

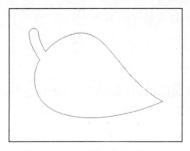

图 9-10　绘制一个树叶图形

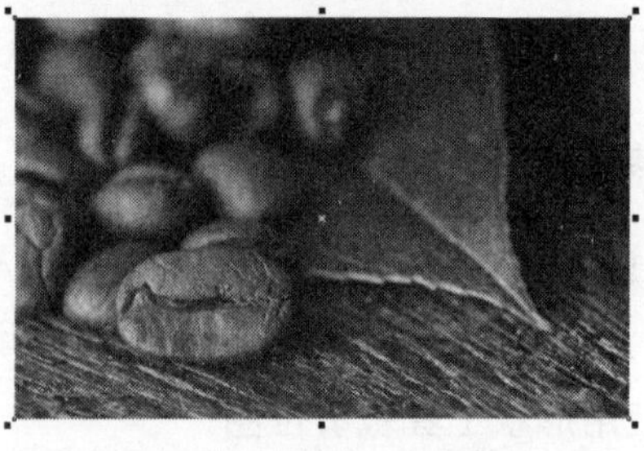

图 9-11　选中需要裁剪的图形

（4）在树叶图形上单击鼠标右键，在弹出的快捷菜单中选择“编辑内容”命令，移动图像调整图形的显示部分。

（5）调整图形后，再次单击图形，在弹出的快捷菜单中选择“结束编辑”命令，最终效果如图 9-13 所示（立体化教学:\源文件\第 9 章\裁剪位图.cdr）。

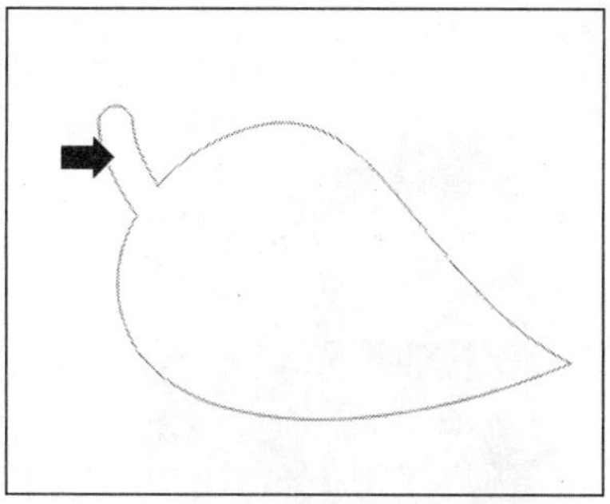

图 9-12　选择需填充到的图形

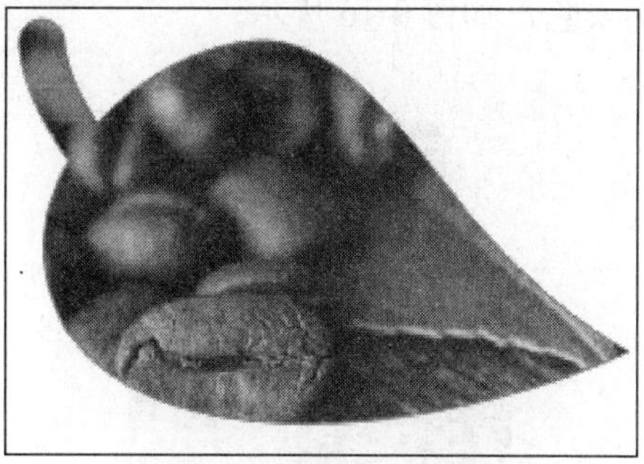

图 9-13　裁剪后的效果

技巧：

如果不再需要图形中的位图，则可以选择“效果/图框精确剪裁/提取内容”命令，将其提取出来，也就是取消位图的裁剪。

提示：

只有封闭图形才能置入位图，否则系统将在后面的操作中自动封闭图形。另外，可以将位图放置在任何封闭容器中，如椭圆、矩形、星形等形状图形。

9.1.4　应用举例——编辑家具公司产品手册封面

新建文件，将“家具”文件夹中的图形导入到 CorelDRAW 中进行编辑，完成后效果如图 9-14 所示（立体化教学:\源文件\第 9 章\家具公司产品手册封面.cdr）。

图 9-14　最终效果

操作步骤如下：

（1）新建文件，选择“文件/导入”命令，在打开的对话框中选择“家具”文件夹（立体化教学:\实例素材\第 9 章\家具\）。

（2）将“家具 1.jpg”、“家具 2.jpg”、“家具 3.jpg”、“家具 4.jpg”、“家具 5.jpg”和“家具 6.jpg”图像文件导入到新建的文件中，并调整它们的大小和位置，如图 9-15 所示。

（3）在工具箱中选择矩形工具，使用鼠标在图像左上角的空白处绘制一个矩形并填充为灰色，如图 9-16 所示。

图 9-15　导入图像

图 9-16　绘制并填充矩形

（4）在工具箱中选择文本工具，再在其属性栏中设置“字体”为“汉仪中隶书简”，“字体大小”为 36pt。将鼠标光标移动到灰色矩形上单击，输入“为你带来精致生活”，并为文本填充橘红色。

（5）再选择文本工具，在其属性栏中设置“字体”为“华文细黑”，“字体大小”为 16pt，输入“简约家私”，为文本填充白色，如图 9-17 所示。

（6）使用挑选工具选中页面左上角的一张图像，选择“位图/模式/CMYK 颜色（32 位）”命令，在打开的“将位图转换为 CMYK 模式”提示对话框中单击确定按钮。

（7）使用相同方法将所有图像都转化为 CMYK 模式。

（8）再次选择“文件/导入”命令，在打开的“导入”对话框中选择“家具 7.jpg”图像文件。

（9）将图像导入到页面中后，在工具箱中选择钢笔工具，使用鼠标在导入的图像上沿沙发的边缘绘制一个闭合路径，如图 9-18 所示。

图 9-17　输入文本

图 9-18　绘制闭合路径

（10）使用挑选工具，选中刚导入的“家具 7”图像，再选择“效果/图框精确剪裁/放置在容器中”命令，当鼠标光标变成➡形状时，将鼠标移动到绘制的路径上单击，效果如图 9-19 所示。

（11）在图像上单击鼠标右键，在弹出的快捷菜单中选择“选择锁定画框精确裁剪的内容”命令，在键盘上按方向键，调整图形的显示区域，效果如图 9-20 所示。

图 9-19　裁剪图像

图 9-20　调整显示区域

（12）再次在图形上单击鼠标右键，在弹出的快捷菜单中选择“选择锁定画框精确裁剪的内容”命令，使用鼠标右键单击调色板中的☒按钮，为图像去除轮廓线。

（13）使用挑选工具选中裁剪后的图像，并将其缩小，然后移动到绘制的灰色矩形中。

9.2　调整位图颜色

在位图颜色不符合用户的需要时，可以对其进行调整。CorelDRAW X3 提供了多种颜色调整命令，选择一个位图，再选择“效果/调整”命令，其子菜单中包括“高反差”、“局部平衡”、“取样/目标平衡”、“调合曲线”、“亮度/对比度/强度”、“颜色平衡”、“伽玛值”、“色度/饱和度/亮度”、“所选颜色”、“替换颜色”和“取消饱和”等命令，下面将分别介绍。

9.2.1　高反差

使用“高反差”命令可通过拖动高反差滑块来调整位图的明暗部颜色。

【例 9-3】　使用挑选工具选中需编辑的图像，再打开“高反差”对话框，调整其明暗度。

（1）打开“高反差.cdr”图像文件（立体化教学:\实例素材\第 9 章\高反差.cdr），使用挑选工具选中需要调整的图形，如图 9-21 所示。

（2）选择“效果/调整/高反差”命令，打开“高反差”对话框，在“色频”下拉列表框中选择“红色通道”选项，在“伽玛值调整”栏的数值框中输入“2.10”，如图 9-22 所示。

（3）单击 选项(T)... 按钮，将打开“自动调整范围”对话框，在“黑色限定”数值框中输入“0.05”，在“白色限定”数值框中输入“0.5”，调整像素的色彩范围，如图 9-23 所示。

（4）依次单击 确定 按钮，调整后的效果如图 9-24 所示（立体化教学:\源文件\第 9 章\高反差.cdr）。

图 9-21　选中图像

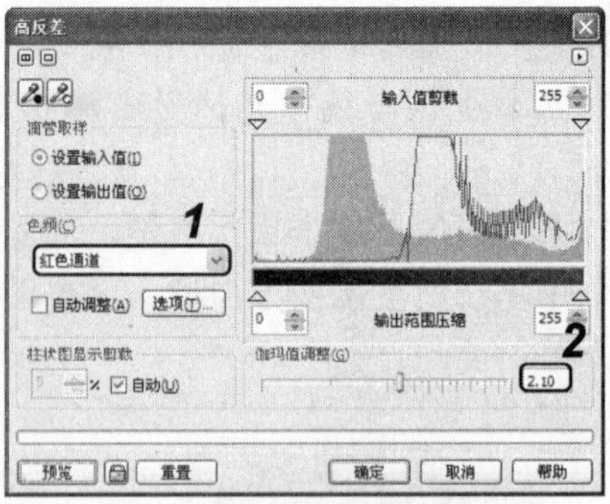

图 9-22　“高反差”对话框

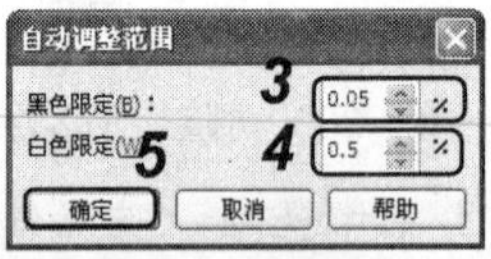

图 9-23　设置图像色泽

图 9-24　调整后的图形

提示：

在“高反差”对话框中，“输入值剪裁”栏下左边的滑块控制暗部颜色反差，右边的滑块控制亮部颜色反差。“输出范围压缩”栏下左边滑块控制暗部颜色反差，右边的滑块控制亮部颜色反差。如果要更改所做的设置，只需单击 重置 按钮即可让所有设置恢复原状，回到对话框刚打开时的状态。

9.2.2　局部平衡

局部平衡是指通过改变图像各颜色边缘的对比度来调整图像的暗部和亮部细节。

【例 9-4】　使用挑选工具选中需编辑的图像，再打开“局部平衡”对话框，调整其局部平衡效果。

（1）打开“局部平衡.cdr”图像文件（立体化教学:\实例素材\第 9 章\局部平衡.cdr），使用挑选工具选中需编辑的图像，如图 9-25 所示，再选择“效果/调整/局部平衡”命令，打开“局部平衡”对话框，如图 9-26 所示。

（2）使用鼠标拖动“宽度”和“高度”滑块或直接在右侧数值框中输入数值，单击 确定 按钮，位图效果如图 9-27 所示（立体化教学:\源文件\第 9 章\局部平衡.cdr）。

图 9-25　选中图像

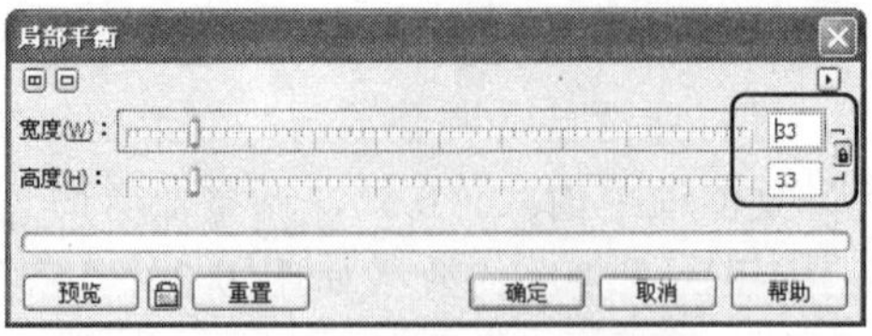

图 9-26　“局部平衡”对话框

图 9-27　最终效果

9.2.3　取样/目标平衡

使用“取样/目标平衡”命令可通过直接从图像中提取颜色样品来调整图像。

【例 9-5】　使用挑选工具选中需编辑的图像，再打开“样本/目标平衡”对话框，调整其颜色。

（1）打开“取样目标平衡.cdr”图像文件（立体化教学:\实例素材\第 9 章\取样目标平衡.cdr），如图 9-28 所示。使用挑选工具选中图像，选择“效果/调整/取样/目标平衡”命令，打开“样本/目标平衡”对话框。

（2）在“样本/目标平衡”对话框中的“通道”下拉列表框中选择“绿色通道”选项，单击“示例”栏左侧的按钮，此时鼠标光标将变为形状，用滴管在图像绿色处单击吸取颜色，如图 9-29 所示。

图 9-28　选中图像

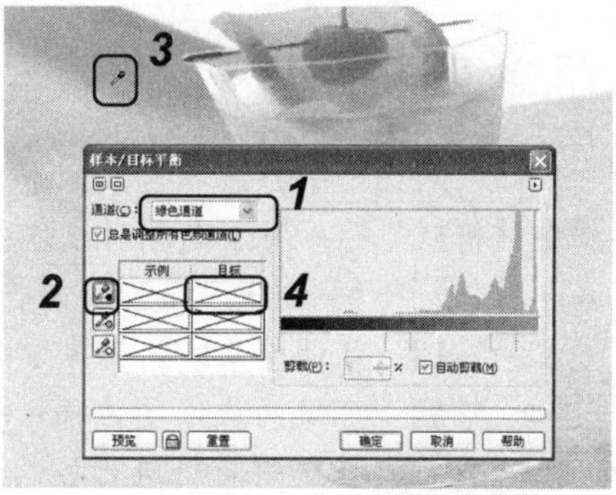

图 9-29　选择颜色

（3）再使用鼠标单击“样本/目标平衡”对话框中“目标”栏下的色块，在打开的“选择颜色”对话框中设置颜色为 R：203、G：227、B：22，如图 9-30 所示。依次单击 确定 按钮，最终效果如图 9-31 所示（立体化教学:\源文件\第 9 章\取样目标平衡.cdr）。

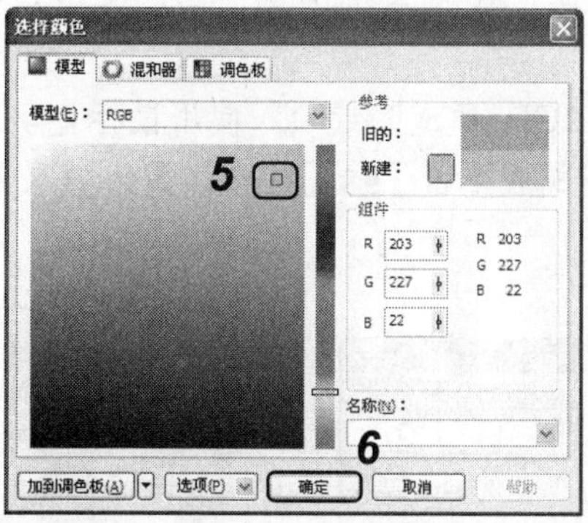

图 9-30　“选择颜色”对话框

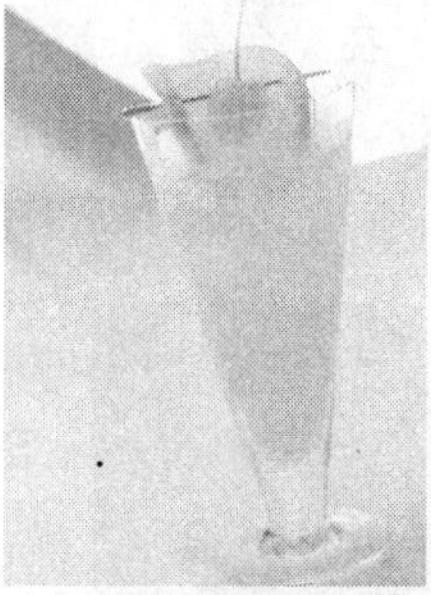

图 9-31　最终效果

提示：

若在“样本/目标平衡”对话框中选中 ☑ 总是调整所有色频通道(L) 复选框，则调整的即便是单个通道也将应用到整个通道。

9.2.4 调合曲线

使用“调合曲线”命令可以精确地设置图像的颜色。其方法是：选中需要调整的位图，再打开如图 9-32 所示的“调合曲线”对话框，使用鼠标拖动曲线框中的曲线即可调整图像的颜色。

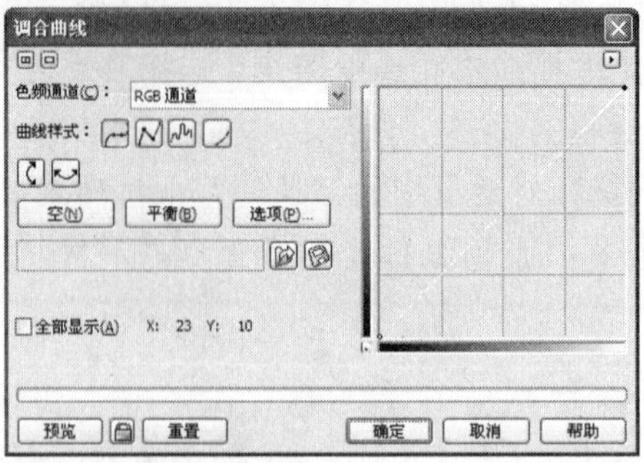

图 9-32 “调合曲线”对话框

“调合曲线”对话框中各选项含义如下。

- “曲线样式”栏：用于选择曲线方式，其中包括“单曲线方式”按钮、“直线方式”按钮、“手绘线方式”按钮和“伽玛方式”按钮。
- 和按钮：可调整曲线的镜像方向。
- 空(N)按钮：可使曲线恢复为初始状态。
- 平衡(B)按钮：系统将自动进行控制。
- 按钮：可以打开预设的曲线样式。
- 按钮：可以将设置的曲线效果保存下来。

【例 9-6】 使用挑选工具选中需编辑的图像，再打开“调合曲线”对话框调整其颜色。

（1）打开“调整曲线.cdr”图像文件（立体化教学:\实例素材\第 9 章\调整曲线.cdr），使用挑选工具选中图形，如图 9-33 所示，再选择“效果/调整/调合曲线”命令，打开“调合曲线”对话框。

（2）在“色频通道”下拉列表框中选择“RGB 通道”选项，使用鼠标拖动对话框右边的曲线，调整图像颜色，如图 9-34 所示。完成后单击确定按钮，最终效果如图 9-35 所示（立体化教学:\源文件\第 9 章\调整曲线.cdr）。

图 9-33 选中图像

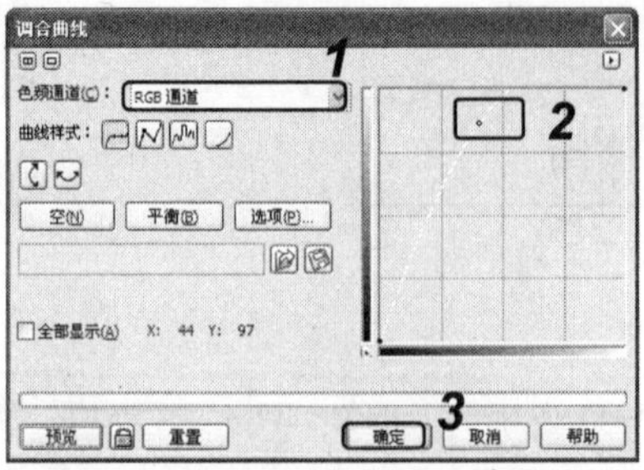

图 9-34 调整调合曲线的效果

图 9-35 最终效果

提示：

在“调合曲线”对话框中，单击 选项(P)... 按钮将打开“自动调整范围”对话框，在其中可调整像素的色泽范围。

9.2.5　亮度/对比度/强度

亮度就是一幅图的明亮程度，对比度就是一幅图中白色和黑色部分的反差，强度就是一幅图中的色彩强度。

【例 9-7】　使用挑选工具选中需编辑的图像，再打开“亮度/对比度/强度”对话框，调整其颜色。

（1）打开“亮度.cdr”图像文件（立体化教学:\实例素材\第 9 章\亮度.cdr），并使用挑选工具选中需编辑的图像，如图 9-36 所示，再选择“效果/调整/亮度/对比度/强度”命令，打开“亮度/对比度/强度”对话框。

（2）将“亮度”、“对比度”、“强度”分别设置为 28、13、18，如图 9-37 所示。单击 确定 按钮，效果如图 9-38 所示（立体化教学:\源文件\第 9 章\亮度.cdr）。

图 9-36　选中图像

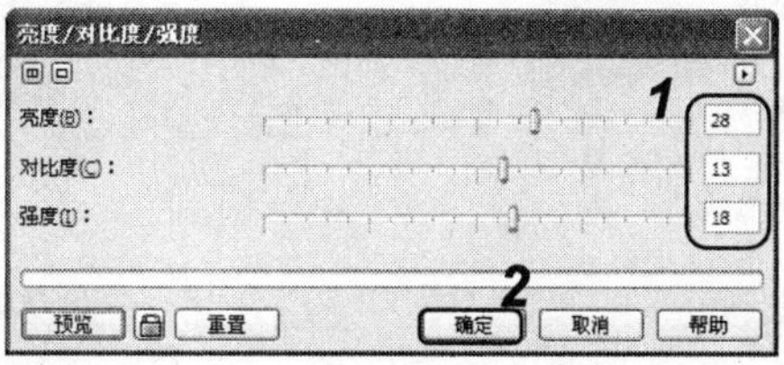

图 9-37　“亮度/对比度/强度”对话框

图 9-38　最终效果

9.2.6　颜色平衡

调整颜色平衡可以在 RGB 和 CMYK 颜色模式之间转换，对每一个控制量进行设置，常用于矫正图片的颜色。

使用挑选工具选中图形，选择“效果/调整/颜色平衡”命令，打开如图 9-39 所示的“颜色平衡”对话框。

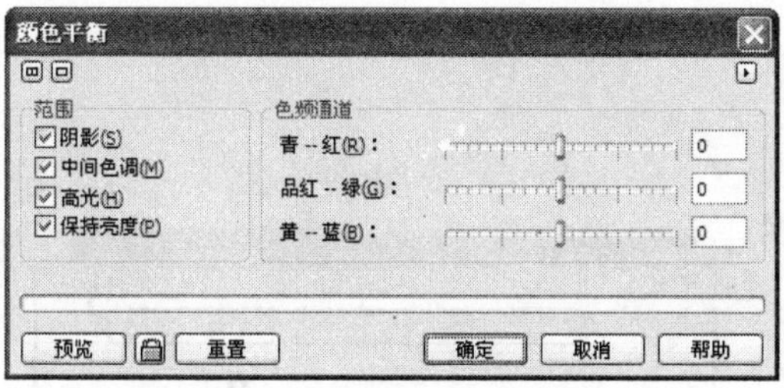

图 9-39　“颜色平衡”对话框

“颜色平衡”对话框中各选项的含义如下。

- **“青--红”数值框**：用于校正图像青色或红色不平衡，负数值添加青色，正数值添加红色。
- **“品红--绿”数值框**：用于校正图像品红色或绿色不平衡，负数值添加品红色，正数值添加绿色。
- **“黄--蓝”数值框**：用于校正图像黄色或蓝色不平衡，负数值添加黄色，正数值添加蓝色。
- ☑阴影(S) **复选框**：用于阴影区域的颜色校正，禁用不影响图形颜色。
- ☑中间色调(M) **复选框**：用于图像中间色调区域的颜色校正，禁用不影响图形颜色。
- ☑高光(H) **复选框**：用于图像高光区域的颜色校正，禁用不影响图形颜色。
- ☑保持亮度(P) **复选框**：用于校正图像色彩时不影响位图的亮度。

选中如图 9-40 所示需要调整的图形，选择“效果/调整/颜色平衡”命令，打开“颜色平衡”对话框。在其中设置各个色频通道的数值，当数值为负数时，颜色调整增加到这一颜色的补色，为正值时相反，单击 确定 按钮，得到的效果如图 9-41 所示。

图 9-40　选中图像

图 9-41　最终效果

9.2.7　伽玛值

伽玛值是一种校色方法，它主要利用人眼因相邻区域的色值不同而产生的视觉印象。其使用方法是：使用挑选工具选中需编辑的图像，如图 9-42 所示；选择“效果/调整/伽玛值”命令，打开“伽玛值”对话框，在其中移动“伽玛值”滑块调整伽玛值（值越大，中间色调越浅；值越小，中间色调越深），如图 9-43 所示；单击 确定 按钮，得到的效果如图 9-44 所示。

图 9-42　选中“马”位图

图 9-43　“伽玛值”对话框

图 9-44　“马”位图的效果

9.2.8　色度/饱和度/亮度

色度就是图像的色相，饱和度就是图像的彩度，亮度就是图像的亮度，使用“色度/饱和度/亮度”命令，通过对色度、饱和度和亮度的调整可以改变图像的颜色深浅。

使用挑选工具选中需编辑的图像，选择“效果/调整/色度/饱和度/亮度”命令，打开如图 9-45 所示的“色度/饱和度/亮度”对话框。

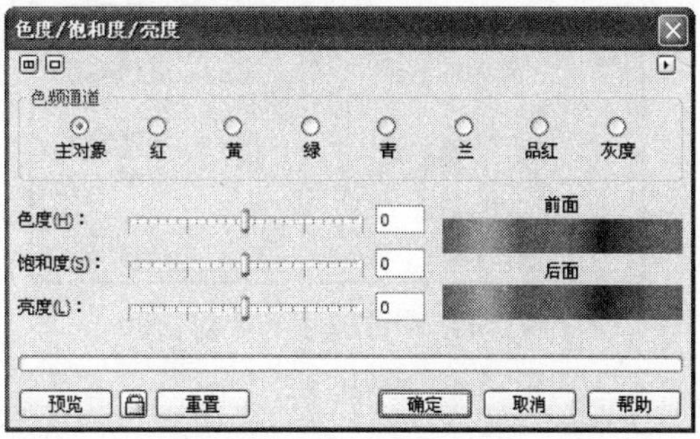

图 9-45　“色度/饱和度/亮度”对话框

“色度/饱和度/亮度”对话框中各选项的含义如下。

- **“色频通道”**栏：用于选择调整的颜色通道。
- **“色度”**栏：可以设置图像中的颜色。
- **“饱和度”**栏：可以设置图像颜色浓度。
- **“亮度”**栏：可以设置图像中黑色和白色的数量。

选中需要调整的图形，如图 9-46 所示，再选择“效果/调整/色度/饱和度/亮度”命令，打开“色度/饱和度/亮度”对话框，使用鼠标拖动“色度”、“饱和度”和“亮度”滑块，单击确定按钮，效果如图 9-47 所示。

图 9-46　选中图像

图 9-47　调整色度/饱和度/亮度的效果

9.2.9　所选颜色

所选颜色是指通过增加或减少图像中的 CMYK 值来控制图像颜色。

其方法是：使用挑选工具选中需编辑的图形，如图 9-48 所示，再选择“效果/调整/所选颜色”命令，打开如图 9-49 所示的“所选颜色”对话框，在“颜色谱”栏中选择一种颜色用于调整，使用鼠标拖动“调整”栏中的“青”、“品红”、“黄”、“黑”4 个选项可以控制位图的各个单色的颜色，“调整百分比”栏中的⊙相对(R)单选按钮表示相对百分比，⊙绝对(A)单选按钮表示绝对百分比，调整后效果如图 9-50 所示。

图 9-48　选中图像

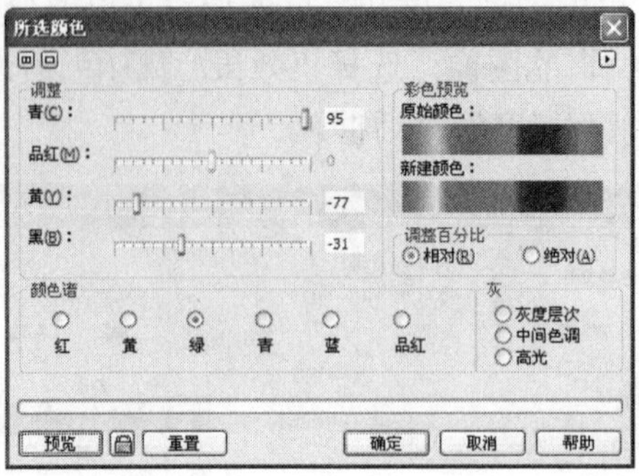

图 9-49　“所选颜色”对话框

图 9-50　最终效果

提示：

在“所选颜色”对话框中单击对话框左上角的回按钮，可在“所选颜色”对话框中预览调整颜色后的效果。

9.2.10　替换颜色

替换颜色是指从图像中吸取一种颜色，在所选区域上创建一个屏蔽，再在这个屏蔽中进行颜色调整。

其方法是：使用挑选工具选中需编辑的图形，如图 9-51 所示，再选择“效果/调整/替换颜色”命令，打开“替换颜色”对话框，单击“原颜色”下拉列表框右侧的按钮，使用鼠标在图像中选择一种颜色，如单击背景白色颜色作为需要替换的颜色，再在“新建颜色”下拉列表框中选择绿色作为替换颜色，如图 9-52 所示，最终效果如图 9-53 所示。

图 9-51　选中图像

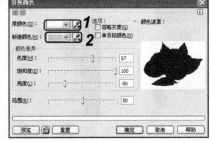

图 9-52　“替换颜色”对话框

图 9-53　替换颜色的效果

提示：

“替换颜色”对话框中的“颜色差异”栏用于调整图像色度、饱和度和亮度；“范围”栏可以控制屏蔽的大小；在“选项”栏中选中☑忽略灰阶(G)复选框，表示在颜色替换时将忽略所有灰色；选中☑单目标颜色(D)复选框，表示在当前新颜色范围内将替换所有颜色。

9.2.11　取消饱和

取消饱和可以将位图的颜色模式转换为灰度。其方法是：使用挑选工具选中需要调整的位图，选择“效果/调整/取消饱和度”命令，即可把图片转换成灰度模式。

9.2.12　应用举例——调整鲜花颜色

下面练习将一个花朵图形转换为位图，再使用“调整”命令调整其颜色，最终效果如图 9-54 所示（立体化教学:\源文件\第 9 章\花.cdr）。

图 9-54　鲜花颜色效果

操作步骤如下：

（1）打开“花.wmf”图像文件（立体化教学:\实例素材\第 9 章\花.wmf），选中鲜花图像，如图 9-55 所示。选择“位图/转换为位图”命令，打开“转换为位图”对话框，在“分辨率”下拉列表框中选择 300dpi，并选中☑透明背景(T)复选框，如图 9-56 所示。

（2）单击 确定 按钮，转换的“鲜花”图形效果如图 9-57 所示。

图 9-55　选中鲜花图形

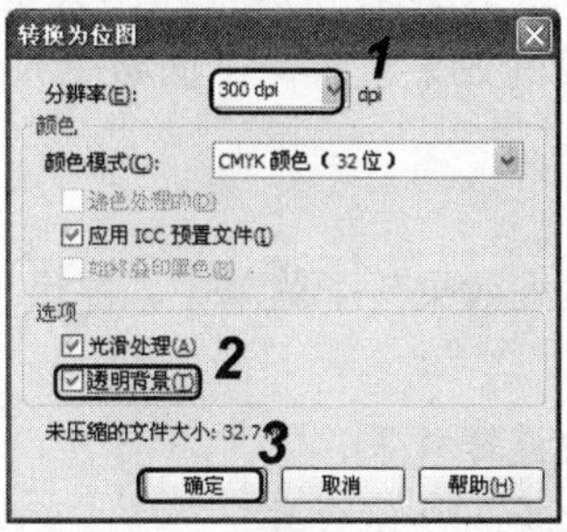

图 9-56　“转换为位图”对话框

图 9-57　鲜花的位图效果

（3）选中“鲜花”图像，选择“效果/调整/亮度/对比度/强度”命令，打开“亮度/对比度/强度”对话框，设置“亮度”、“对比度”、“强度”分别为-18、60、-12，如图 9-58 所示。单击 确定 按钮，鲜花的颜色效果如图 9-59 所示。

（4）选中鲜花图像，选择“效果/调整/替换颜色”命令，打开“替换颜色”对话框，单击“原颜色”下拉列表框右侧的按钮，在鲜花上单击紫色部分的花瓣，吸取其颜色，再在“新建颜色”下拉列表框中选择橘红色，如图 9-60 所示，最后单击 确定 按钮，完成颜色的调整。

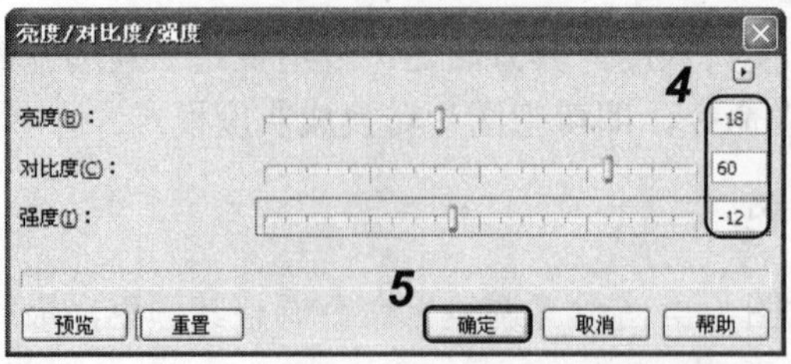

图 9-58 “亮度/对比度/强度”对话框

图 9-59 鲜花的颜色效果

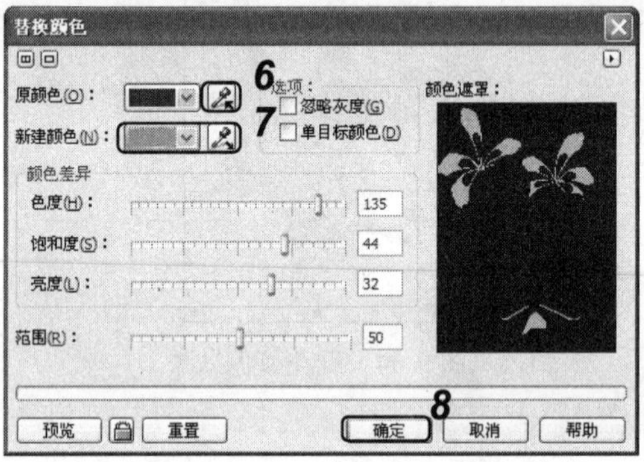

图 9-60 选择颜色

9.3 创建位图的特殊效果

在 CorelDRAW 中，可以将位图或转换成位图的矢量图进行特殊效果处理，包括三维效果组、艺术笔触效果组以及模糊效果组等，下面将分别进行讲解。

9.3.1 三维效果组

在 CorelDRAW 的“位图/三维效果”子菜单中，提供了 7 种不同的位图三维特殊效果，分别如下。

- **三维旋转**：制作立体的旋转效果。
- **柱面**：制作图片圆柱体状的立体效果。
- **浮雕**：制作浮雕效果，用户可以控制其浮雕的深度和角度。
- **卷页**：使图片的一角或多角出现卷页效果。
- **透视**：在图片上创建出透视效果。
- **挤远/挤近**：制作挤压效果，分捏合和挤压两种方式。
- **球面**：制作犹如球面一样的变形图片。

使用三维效果组的方法是：选中需编辑的图像，如图 9-61 所示；选择“位图/三维效果”命令，在打开的子菜单中选择相应命令，如图 9-62 所示为选择“浮雕”命令，打开“浮雕”对话框，设置“深度”和“层次”参数后，单击确定按钮，效果如图 9-63 所示。

图 9-61　选中图像

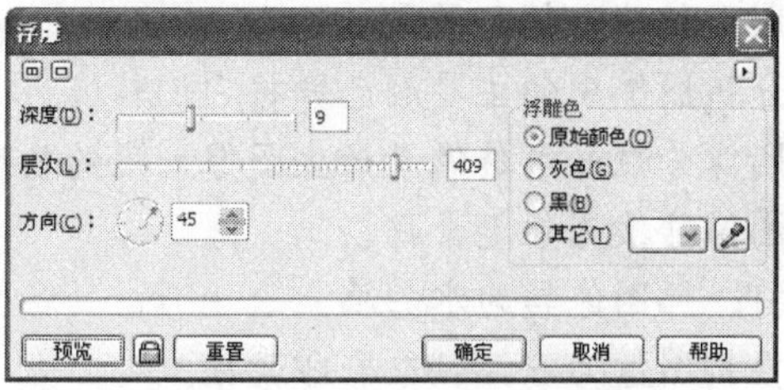

图 9-62　“浮雕”对话框

图 9-63　“浮雕”效果

其他三维特殊效果如图 9-64 所示，其创建方法与浮雕三维特殊效果相似，用户可自行练习。

三维旋转效果

柱面效果

卷页效果

透视效果

挤远/挤近效果

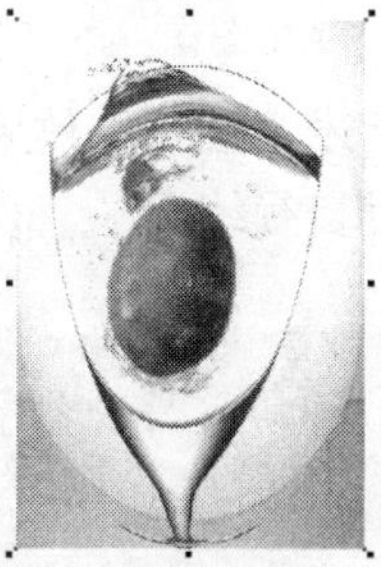

球面效果

图 9-64　其他三维特殊效果

9.3.2　艺术笔触效果组

在 CorelDRAW 的“位图/艺术笔触”子菜单中，提供了 14 种不同的艺术笔触特殊效果，分别如下。

- **炭笔画**：可用于将图像转为木炭画。
- **单色蜡笔画**：可以使用可控色蜡笔画效果。
- **蜡笔画**：可以使图像上产生分散的像素，从而得到蜡笔效果。
- **立体派**：可以群组图像中相近颜色的像素为方块。
- **印象派**：可用于将图像像素转为淡描。
- **调色刀**：可以重新分配图像中的像素，产生刀在帆布上抹过的印象。

- **彩色蜡笔画**：可以将图像转为粉笔画效果。
- **钢笔画**：可以将图像转为钢笔画效果。
- **点彩派**：可用于分析图像中的主要颜色并将它们转换为小点。
- **木版画**：可以使图像分散并层迭像素产生图像划痕的效果。
- **素描**：可用于将图像转换为铅笔素描。
- **水彩画**：可用于将一幅图像转为水彩画。
- **水印画**：可用于重构图像为一幅抽象彩印素描。
- **波纹纸画**：可以使图像看起来类似在波浪纸上绘制的一样。

使用艺术笔触效果的方法是：选中需编辑的图像，如图 9-65 所示；选择“位图/艺术笔触”命令，在打开的子菜单中选择相应命令，如图 9-66 所示为选择“炭笔画”命令，打开“炭笔画”对话框，设置“大小”和“边缘”参数后，单击[确定]按钮，效果如图 9-67 所示。

图 9-65　选中图像

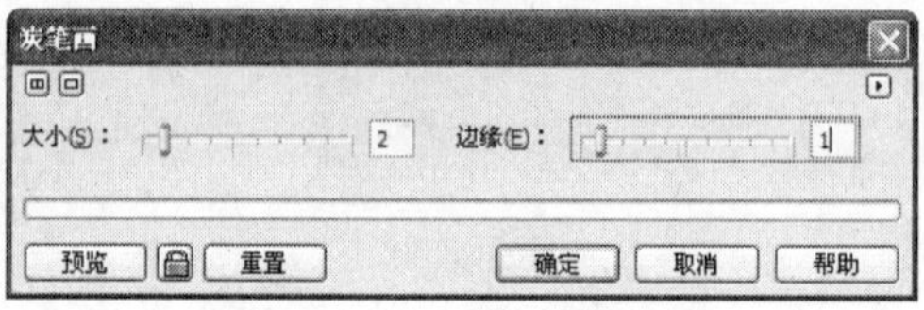

图 9-66　“炭笔画”对话框

图 9-67　最终效果

其他艺术笔触特殊效果如图 9-68 所示，其创建方法与“炭笔画”艺术笔触特殊效果相似，用户可自行练习。

单色蜡笔画效果

蜡笔画效果

立体派效果

印象派效果

调色刀效果

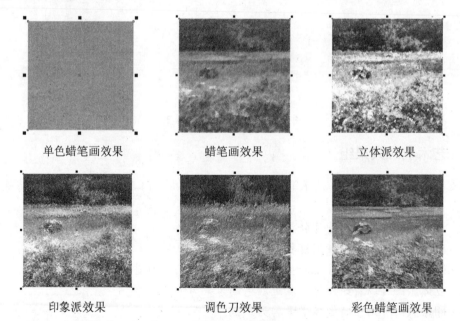

彩色蜡笔画效果

图 9-68　其他艺术笔触特殊效果

钢笔画效果

点彩派效果

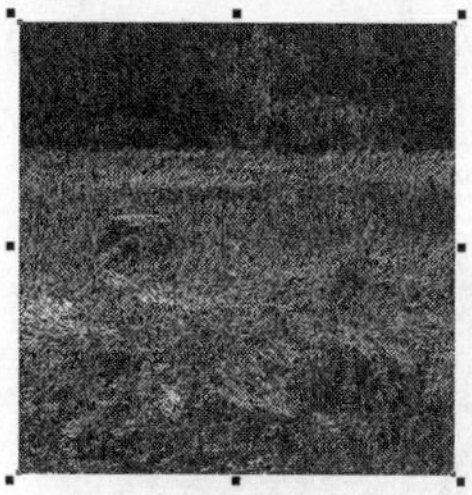

木版画效果

素描效果

水彩画效果

水印画效果

波纹纸画效果

图 9-68　其他艺术笔触特殊效果（续）

9.3.3　模糊效果组

在 CorelDRAW 的“位图/模糊”子菜单中，提供了 9 种不同的模糊特殊效果，分别如下。

- **定向平滑**：使图像中的渐变区域平滑，并且保留边缘细节和纹理。
- **高斯式模糊**：使位图按照高斯分配产生朦胧的效果。
- **锯齿状模糊**：用于在位图上散播色彩，以最小的变形产生柔和的模糊效果。
- **低通滤波器**：用于把位图中的锐边和细节移除，只剩下滑阶和低频区域。
- **动态模糊**：用于产生图像运动的幻像。
- **放射式模糊**：用于产生由中心向外框辐射的模糊效果。
- **平滑**：在邻近的像素间调和差异。
- **柔和**：用于在没有失掉重要图像细节的基础上平滑调和图像锐边。
- **缩放**：用于从中心向外模糊图像像素，与在不同焦距相机下观察物体的效果一样。

使用模糊效果组的方法是：选中需编辑的位图，如图 9-69 所示。选择“位图/模糊”命令，在打开的子菜单中选择相应命令，如图 9-70 所示为选择“动态模糊”命令，打开“动态模糊”对话框，设置“间隔”和“方向”参数后，单击 确定 按钮，效果如图 9-71 所示。

图 9-69　选中“车”位图

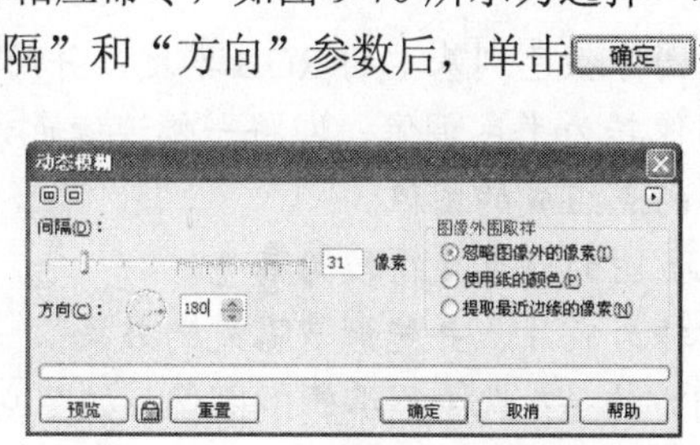

图 9-70　“动态模糊”对话框

图 9-71　最终效果

其他模糊特殊效果如图 9-72 所示，其创建方法与“动态模糊”特殊效果相似，用户可自行练习。

高斯式模糊效果

放射式模糊效果

缩放模糊效果

图 9-72 其他模糊特殊效果

9.3.4 相机效果组

相机效果可以模拟由扩散透镜的扩散过滤器产生的特殊效果。

【例 9-8】 选中需编辑的图像，打开“扩散”对话框，为其创建并设置“扩散”特殊效果。

（1）打开“相机.cdr”图像文件（立体化教学:\实例素材\第 9 章\相机.cdr），选中需编辑的图像，如图 9-73 所示。选择“位图/相机/扩散”命令，打开“扩散”对话框。

（2）在该对话框中设置“层次”为 68，如图 9-74 所示，单击 确定 按钮，效果如图 9-75 所示（立体化教学:\源文件\第 9 章\相机.cdr）。

图 9-73 选择图像

图 9-74 “扩散”对话框

图 9-75 最终效果

9.3.5 颜色转换效果组

在 CorelDRAW 的“位图/颜色转换”子菜单中，提供了 4 种不同的颜色转换特殊效果，分别如下。

- **位平面**：用于减少图像颜色到基本的 RGB 单元，并用固色不显示图像色调变化。
- **半色调**：用于使图像转为半色调像，即将一幅连续色调图像转变为一系列代表不同色调和不同大小的点组成的图像。
- **梦幻色调**：用于把位图的颜色变得较为高亮。
- **曝光**：用于将位图转为底片，并能调节曝光的效果。

使用颜色转换效果组的方法是：选中需编辑的图像，如图 9-76 所示；选择“位图/颜色转换”命令，在打开的子菜单中选择相应命令，如图 9-77 所示为选择“位平面”命令，打开“位平面”对话框，设置“红”、“绿”和“蓝”等参数后，单击 确定 按钮，效果如

图 9-78 所示。

图 9-76 选中图像

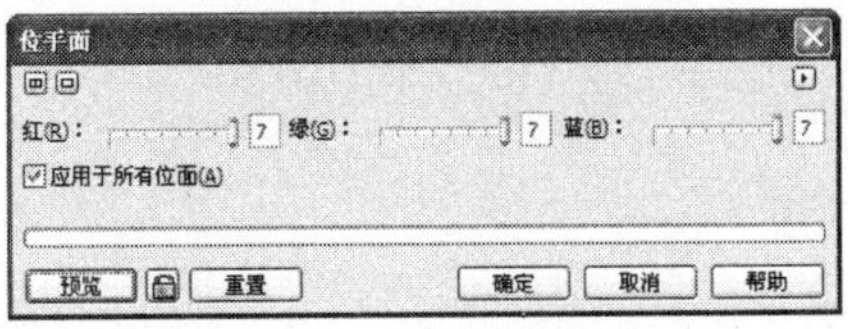

图 9-77 “位平面”对话框

图 9-78 最终效果

其他颜色转换特殊效果如图 9-79 所示，其创建方法与“位平面”特殊效果相似，用户可自行练习。

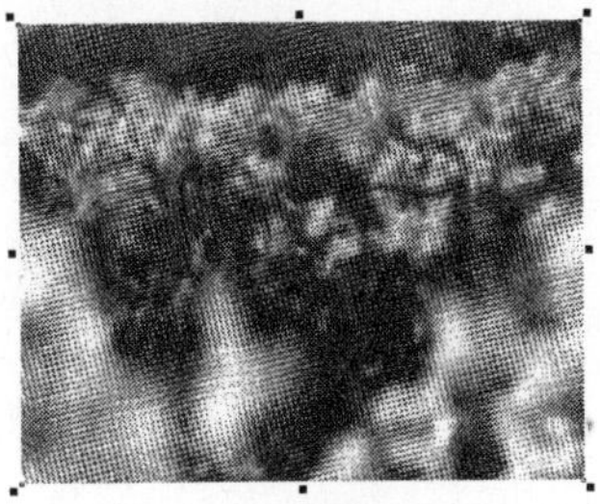

半色调效果

梦幻色调效果

曝光效果

图 9-79 其他颜色转换特殊效果

9.3.6 轮廓图效果组

在 CorelDRAW 的“位图/轮廓图”子菜单中，提供了以下 3 种不同的轮廓图特殊效果。

- **边缘检测**：用于把位图中的图像边缘检测出来，并将其转换成一条置于单色背景中的轮廓线。
- **查找边缘**：用于将对象边缘搜索出来并将其转换成软或硬的轮廓线。
- **描摹轮廓**：用于增强位图对象的边缘。

使用轮廓图效果组的方法是：选中需编辑的图像，如图 9-80 所示；选择“位图/颜色转换”命令，在打开的子菜单中选择相应命令，如图 9-81 所示为选择“边缘检测”命令，打开“边缘检测”对话框，设置“背景色”和“灵敏度”参数后，单击 确定 按钮，效果如图 9-82 所示。

图 9-80 选中图像

图 9-81 “边缘检测”对话框

图 9-82 最终效果

其他轮廓图特殊效果如图 9-83 所示，其创建方法与“边缘检测”特殊效果相似，用户可自行练习。

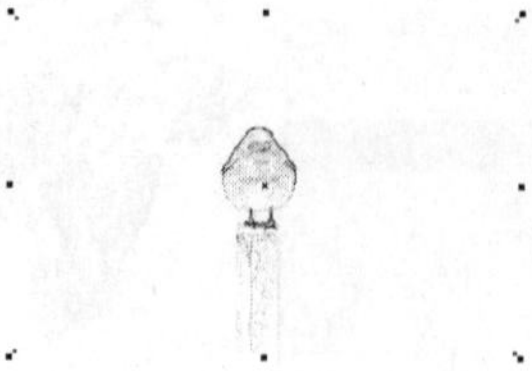

查找边缘效果

描摹轮廓效果

图 9-83　其他轮廓图特殊效果

9.3.7　创造性效果组

在 CorelDRAW 的“位图/创造性”子菜单中，提供了 14 种不同的创造性特殊效果，分别如下。

- **工艺**：采用传统的工艺项目来组织位图形状。
- **晶体化**：用于把位图转成像水晶片拼成的效果。
- **织物**：选择该命令可使图形看起来犹如在织物上一样。
- **框架**：选择该命令可用预设图框或其他图像框化位图。
- **玻璃砖**：使位图看起来跟透过一块厚玻璃块看到的效果一样。
- **儿童游戏**：用于把位图转换成丰富有趣的形状。
- **马赛克**：使位图像是由不规则的椭圆小片拼成的马赛克画一样。
- **粒子**：用于在位图上添加泡泡或星点。
- **散开**：用于使位图呈现块状外观。
- **茶色玻璃**：用于使对象如置于一块染色玻璃下一样。
- **彩色玻璃**：用于把位图转成像玻璃片拼成的效果。
- **虚光**：用于使位图被一个像框围绕着，从而产生古典镜框的效果。
- **旋涡**：用于在位图上产生绕着指定中心的风涡。
- **天气**：用于在位图中添加大气环境，如雪和雨等。

使用创造性效果组的方法是：选中需编辑的图像，如图 9-84 所示；选择“位图/创造性”命令，在打开的子菜单中选择相应命令，如图 9-85 所示为选择“工艺”命令，打开“工艺”对话框，设置“样式”、“大小”、“完成”、“亮度”和“旋转”参数后，单击确定按钮，效果如图 9-86 所示。

图 9-84　选中图像

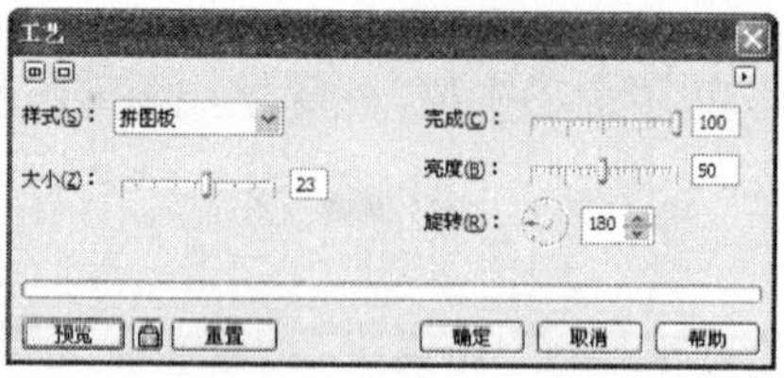

图 9-85　“工艺”对话框

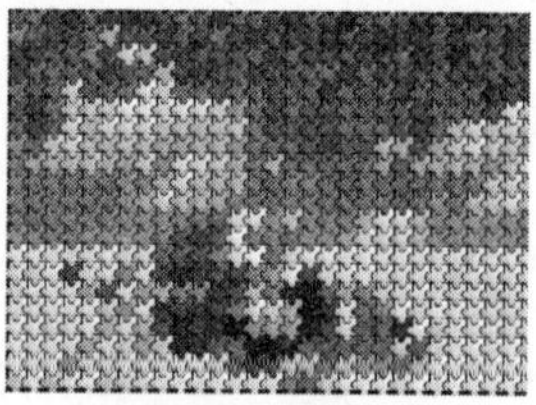

图 9-86　最终效果

其他创造性特殊效果如图 9-87 所示，其创建方法与“工艺”创造性特殊效果相似，用户可自行练习。

晶体化效果　织物效果　框架效果

玻璃砖效果　儿童游戏效果　马赛克效果

粒子效果　散开效果　茶色玻璃效果

彩色玻璃效果　虚光效果

旋涡效果　天气效果

图 9-87　其他创造性特殊效果

9.3.8 扭曲变形效果组

在 CorelDRAW 的“位图/扭曲”子菜单中提供了 10 种不同的扭曲特殊效果，分别如下。

- **块状**：用于将位图分解为一些小碎片。
- **置换**：选择该命令可通过在两幅图像间赋予颜色值，然后按照置换图像的值来改变现有的位图。
- **偏移**：选择该命令可按用户指定的值偏移整张图片，偏移后留下的空白区域可按用户意愿进行填充。
- **像素**：用于将一幅位图分成方形或矩形等像素单元，从而创建出夸张的位图外观。
- **龟纹**：选择该命令可使位图产生波浪形的变形。
- **旋涡**：用于以旋涡式样来扭曲旋转位图。
- **平铺**：用于产生一系列图像。
- **湿笔画**：选择该命令可使位图看起来像一幅尚未干透的油画。
- **涡流**：用于把流体涡流式样应用于位图。
- **风吹**：选择该命令可使位图产生一种风刮过图像的效果。

使用扭曲变形效果组的方法是：选中需编辑的图像，如图 9-88 所示；选择“位图/扭曲”命令，在打开的子菜单中选择相应命令，如图 9-89 所示为选择“块状”命令，打开“块状”对话框，设置“未定义区域”、“块宽度”、“块高度”和“最大偏移”参数后，效果如图 9-90 所示。

图 9-88　选中图像

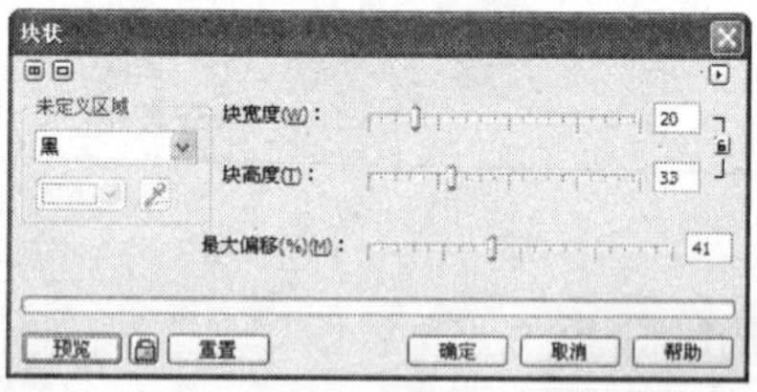

图 9-89　“块状”对话框

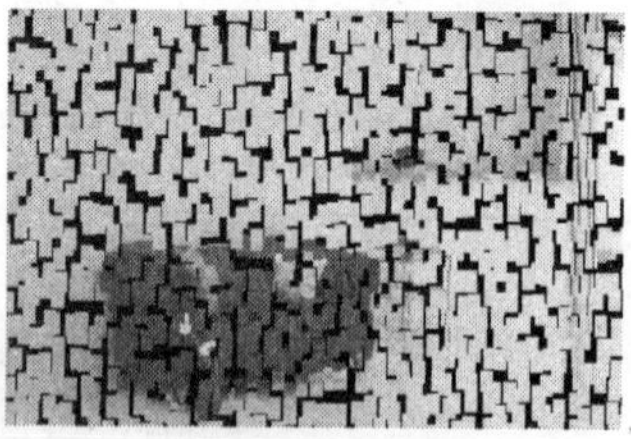

图 9-90　最终效果

其他扭曲特殊效果如图 9-91 所示，其创建方法与“块状”扭曲特殊效果相似，用户可自行练习。

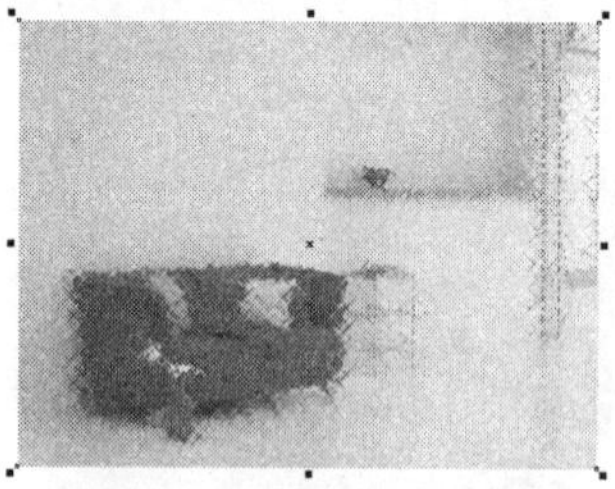

置换效果

偏移效果

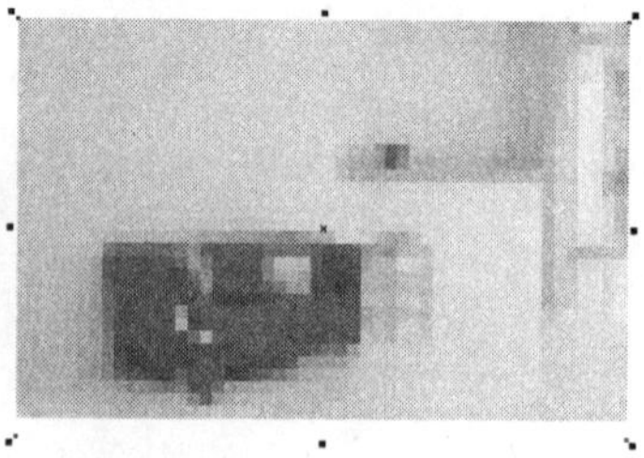

像素效果

图 9-91　其他扭曲特殊效果

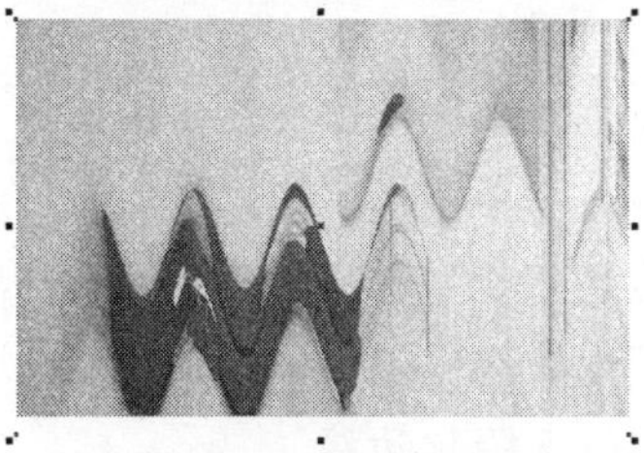
龟纹效果

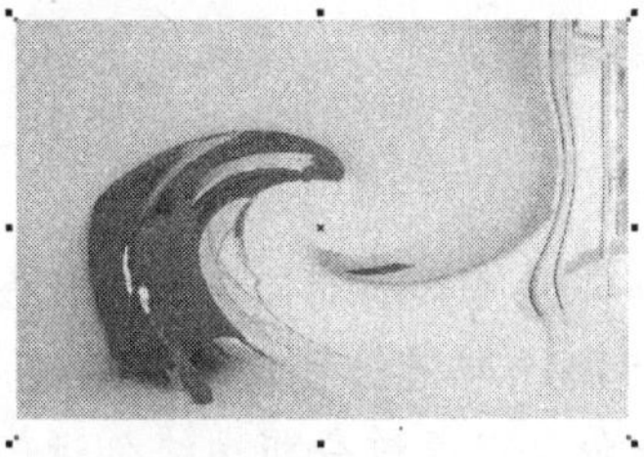
旋涡效果

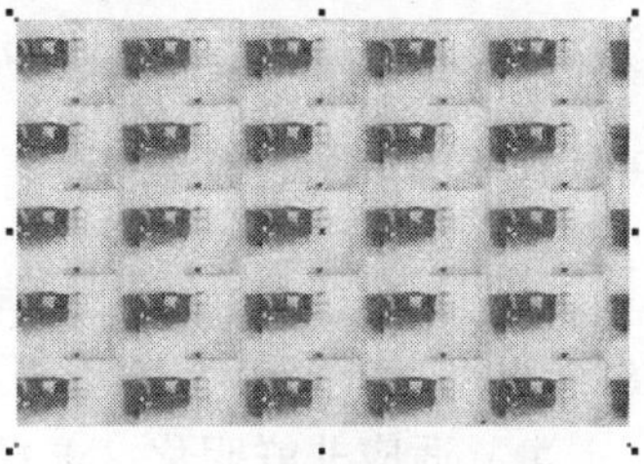
平铺效果

湿笔画效果

涡流效果

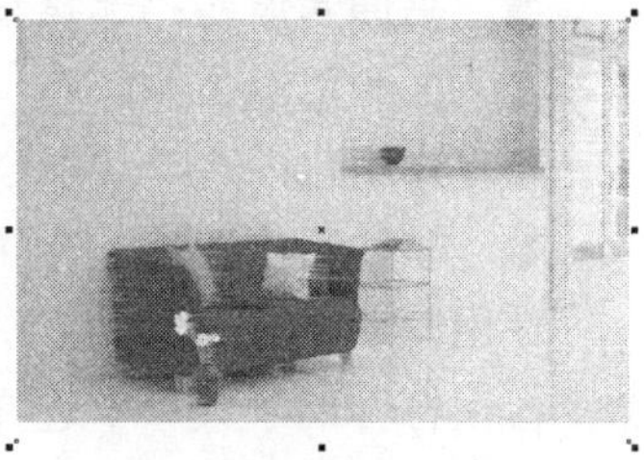
风吹效果

图 9-91　其他扭曲特殊效果（续）

9.3.9　杂点效果组

在 CorelDRAW 的“位图/杂点”子菜单中，提供了 6 种不同的杂点特殊效果，分别如下。

- **添加杂点**：用于在位图上产生颗粒状效果。
- **最大值**：选择该命令可通过其邻近像素的颜色最大值来调整其像素颜色值。
- **中值**：选择该命令可通过平均图像上的像素颜色值来除掉杂点和细节。
- **最小**：选择该命令可通过去掉图像上的像素来除掉杂点和细节。
- **去除龟纹**：用于移除图像中因两种不同频率的叠置而造成的波浪图案。
- **去除杂点**：用于软化位图。

使用杂点效果组的方法是：选中需编辑的图像，如图 9-92 所示；选择“位图/杂点”命令，在打开的子菜单中选择相应命令，如图 9-93 所示为选择“添加杂点”命令，打开“添加杂点”对话框，设置“杂点类型”、“层次”、“密度”和“颜色模式”参数后，单击 确定 按钮，最终效果如图 9-94 所示。

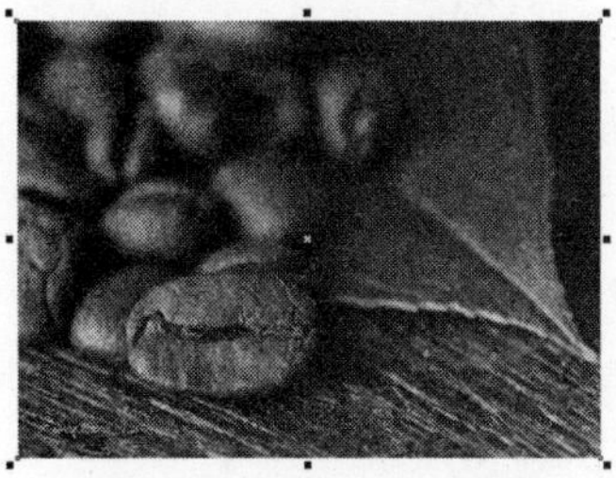
图 9-92　选中图像

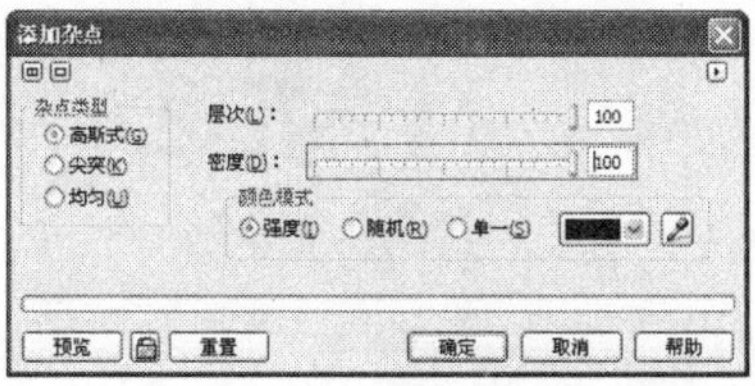

图 9-93　“添加杂点”对话框

图 9-94　最终效果

其他杂点特殊效果的创建方法与“添加杂点”特殊效果相似，但效果不是很明显，所以在此不再一一列举，用户可自行练习。

9.3.10 鲜明化效果组

鲜明化效果是指通过提高与邻近像素的对比度来强化图像边缘。在 CorelDRAW 的“位图/鲜明化”子菜单中，提供了 5 种不同的鲜明化特殊效果，分别如下。

- **适应非鲜明化**：选择该命令可通过分析边缘邻近像素值来强化边缘。
- **定向柔化**：选择该命令可分析边缘邻近像素值来确定应用高值鲜明化方向。
- **高通滤波器**：选择该命令可通过强调图像中的最亮区和明亮区来淡化和去除低频区和阴影。
- **鲜明化**：选择该命令可通过提高与邻近像素的对比度来强化图像边缘。
- **非鲜明化遮罩**：选择该命令可突出模糊区域，强调位图边缘细节。

使用鲜明化效果组的方法是：选中需编辑的图形，如图 9-95 所示；选择“位图/鲜明化”命令，在打开的子菜单中选择相应命令，如图 9-96 所示为选择“高通滤波器”命令，打开“高通滤波器”对话框，设置“百分比”和“半径”参数后，单击确定按钮，效果如图 9-97 所示。

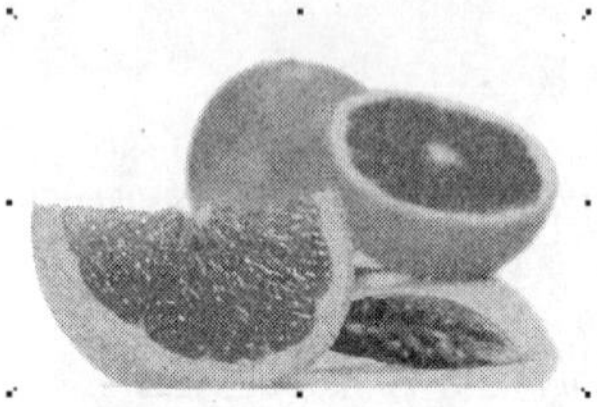

图 9-95 选中图像

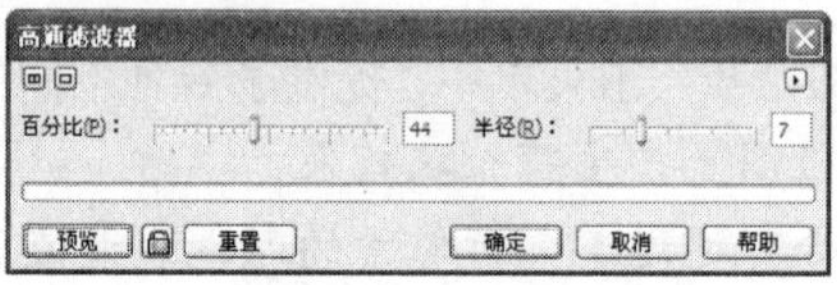

图 9-96 “高通滤波器”对话框

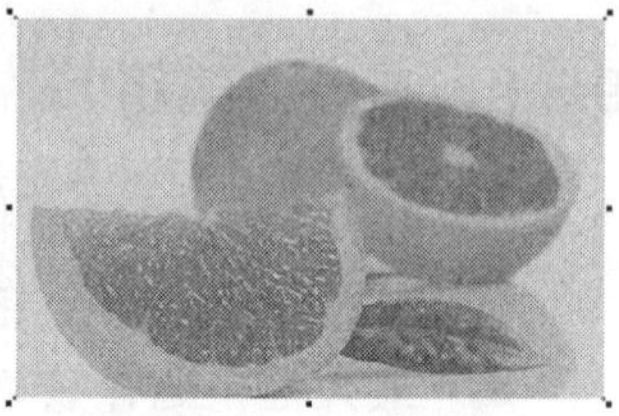

图 9-97 最终效果

其他鲜明化效果的创建方法与“高通滤波器”特殊效果相似，但效果不是很明显，所以此处不再一一列举，用户可自行练习。

9.3.11 应用举例——制作封面

下面制作一本儿童书籍的封面，其效果如图 9-98 所示（立体化教学:\源文件\第 9 章\封面.cdr）。本例主要运用矩形工具、“虚光”对话框和文本工具来实现效果。

图 9-98 封面效果

操作步骤如下：

（1）使用矩形工具在页面中绘制一个矩形，在其属性栏中设置宽度和高度分别为210mm 和 297mm，并填充为浅黄色，效果如图 9-99 所示。

（2）单击属性栏中的按钮，在打开的“导入”对话框中选择导入“风景画.jpg”图像文件（立体化教学:\实例素材\第 9 章\风景画.jpg），如图 9-100 所示。

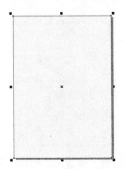

图 9-99　绘制一个矩形

图 9-100　导入“风景画”位图

（3）将“风景画”位图放置在矩形上，如图 9-101 所示。选中“风景画”位图，选择“位图/创造性/虚光”命令，打开“虚光”对话框，选中矩形(R)单选按钮，并设置“偏移”和“褪色”参数，如图 9-102 所示。单击确定按钮，效果如图 9-103 所示。

图 9-101　放置“风景画”位图的位置

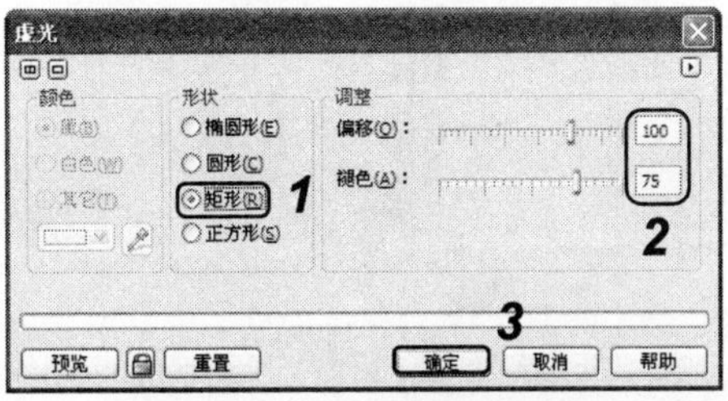

图 9-102　“虚光”对话框

（4）选中“风景画”图像，在工具箱中选择交互式透明工具，在其属性栏的“透明类型”下拉列表框中选择“标准”选项，并将其“开始透明度”设置为 36，效果如图 9-104 所示。

图 9-103　风景画 “虚光”效果

图 9-104　风景画透明效果

（5）选择“文件/导入”命令，在打开的“导入”对话框中选择导入“女孩图形.jpg”图像文件（立体化教学:\实例素材\第 9 章\女孩图形.jpg），如图 9-105 所示。将其选中并放置在矩形上，效果如图 9-106 所示。

图 9-105　导入一幅女孩图形

图 9-106　放置女孩图形在矩形上

（6）在工具箱中选择文本工具字，在女孩图形上单击鼠标输入“跟我学”，再使用挑选工具将其选中，在属性栏中将其字体设置为“方正粗宋简体”，字号设置为 96，并填充为红色，效果如图 9-107 所示。

（7）使用矩形工具在“跟我学”右侧绘制一个矩形，并填充为橘红色，再去除其轮廓线，效果如图 9-108 所示。

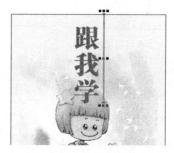

图 9-107　输入“跟我学”

图 9-108　绘制一个矩形

（8）使用文本工具在橘红色矩形的右侧输入宣传册的名称“国际少儿游乐园宣传册”，将其字体设置为“方正粗宋简体”，字号设置为 24，并填充为绿色，效果如图 9-109 所示。

（9）使用文本工具在橘红色矩形的右侧输入主题名称“花艺”，并将其字体设置为“方正大标宋简体”，字号设置为 105，效果如图 9-110 所示。

（10）使用文本工具在矩形下方输入出版单位“国际少儿游乐园宣传部”，并将其字体设置为“方正大标宋简体”，字号设置为 32，完成本例的制作。

图 9-109　输入宣传册的名称

图 9-110　输入主题名称

9.4　上机及项目实训

9.4.1　制作楼书折页广告

下面制作一份宽度和高度分别为 228mm 和 145mm 的楼书折页广告，其效果如图 9-111 所示（立体化教学:\源文件\第 9 章\楼书折页广告.cdr）。本例制作时需使用“亮度/对比度/强度”命令、“虚光”对话框以及文本工具等。

图 9-111　楼书折页广告

1. 绘制折页封面

新建一个图形文件，在属性栏中设置页面的宽度和高度，再导入并编辑鸟瞰图。操作步骤如下：

（1）新建文件，在属性栏中将页面宽度和高度分别设置为 228mm 和 145mm，双击工具箱中的矩形工具▭，创建一个与页面相同大小的矩形，如图 9-112 所示。

（2）使用矩形工具在该矩形右侧绘制一个小矩形，并填充为月光绿，效果如图 9-113 所示。

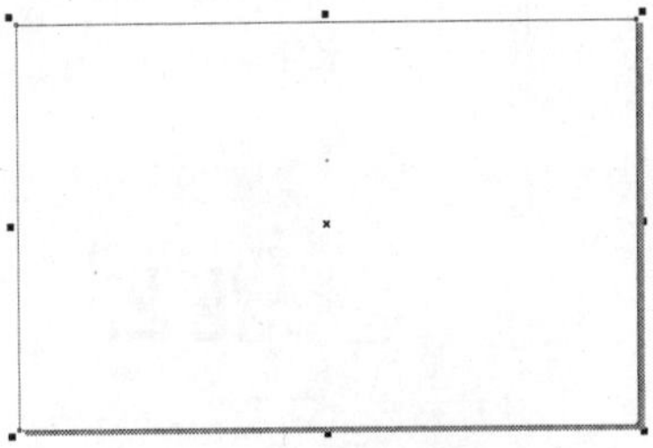

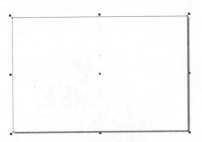

图 9-112　创建一个矩形

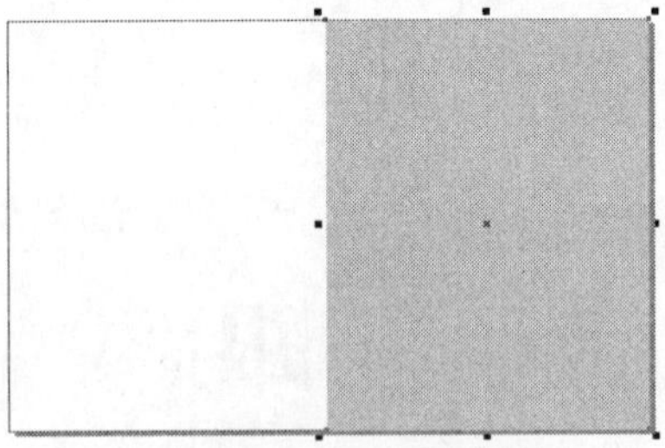

图 9-113　绘制一个小矩形

（3）单击属性栏中的按钮，在打开的“导入”对话框中选择导入“鸟瞰图.jpg”图像文件（立体化教学:\实例素材\第 9 章\鸟瞰图.jpg），如图 9-114 所示。

（4）选择“效果/调整/亮度/对比度/强度”命令，打开“亮度/对比度/强度”对话框，设置“亮度”、“对比度”和“强度”参数分别为 10、40 和 1，如图 9-115 所示，单击确定按钮，效果如图 9-116 所示。

图 9-114　导入鸟瞰图

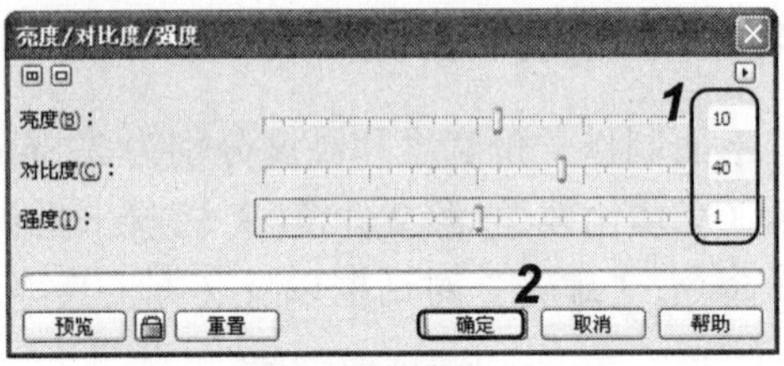

图 9-115　“亮度/对比度/强度”对话框

（5）选中“鸟瞰图”图像，选择“位图/创造性/虚光”命令，打开“虚光”对话框，选中椭圆形(E)单选按钮，设置“偏移”和“褪色”参数分别为 98 和 74，如图 9-117 所示，单击确定按钮，效果如图 9-118 所示。

图 9-116　鸟瞰图的颜色效果

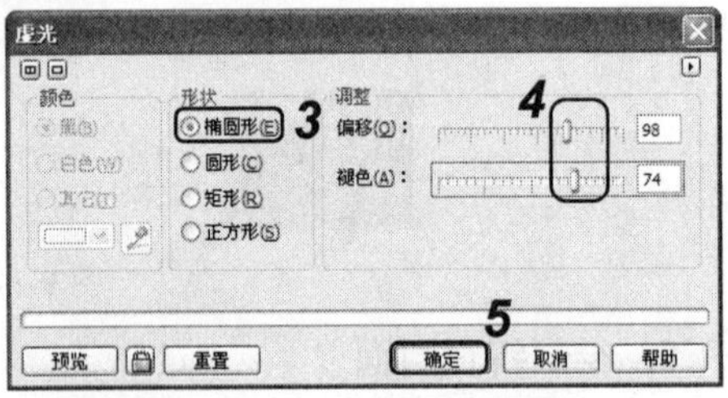

图 9-117　“虚光”对话框

（6）选中“鸟瞰图”图像，将其移动到小矩形上，如图 9-119 所示。

（7）使用椭圆工具在封面的右上角绘制一个正圆，再删除一部分曲线，然后使用文本工具输入房地产名称，组成房地产标志，并填充为白色，如图 9-120 所示。

（8）使用文本工具在封面上输入联系电话和房地产公司名称，并填充颜色，效果如图 9-121 所示。

图 9-118　鸟瞰图“虚光”效果

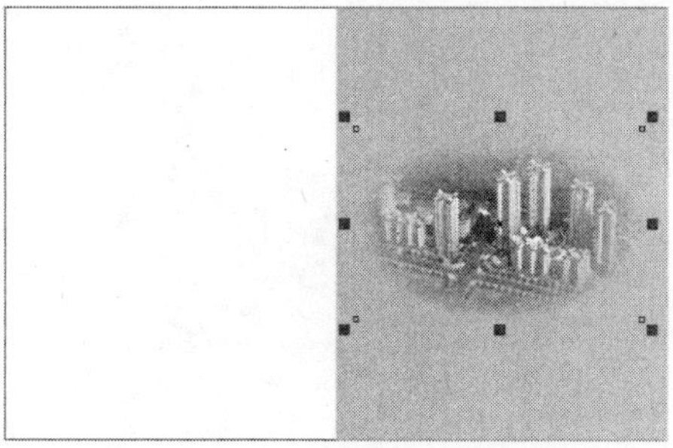

图 9-119　放置鸟瞰图的位置

图 9-120　制作房地产标志

图 9-121　输入联系电话和房地产公司名称

2．制作折页封底

绘制好楼书的封面后，再导入其他的位图，并放置在封底的不同位置上，然后输入相应的文本。操作步骤如下：

（1）单击属性栏中的按钮，分别导入“城市.jpg”、“山景.jpg”和“写意画.jpg”图像文件（立体化教学:\实例素材\第 9 章\城市.jpg、山景.jpg、写意画.jpg），分别如图 9-122、图 9-123 和图 9-124 所示。

图 9-122　导入“城市”图像

图 9-123　导入“山景”图像

（2）选中“城市”、“山景”和“写意画”图像，分别调整其大小和在封底上的位置，如图 9-125 所示。

（3）使用文本工具在封底上输入宣传语，并调整其行间距，并填充颜色，如图 9-126 所示；再在封底的右下角输入联系方式，并填充为红色，完成本例的制作。

图 9-124　导入“写意画”图像

图 9-125　调整图像在封底上的位置

图 9-126　输入宣传语

9.4.2　制作茶文化手册内页

综合利用本章和前面所学知识，制作茶文化手册内页，完成后的最终效果如图 9-127 所示（立体化教学:\源文件\第 9 章\茶文化手册内页.cdr）。

图 9-127　茶文化手册内页

本练习可结合立体化教学中的视频演示进行学习（立体化教学:\视频演示\第 9 章\茶文化手册内页.swf）。主要操作步骤如下：

（1）新建文件，选择“文件/导入”命令，在打开的“导入”对话框中选择“龙.jpg”图像文件（立体化教学:\实例素材\第 9 章\茶文化手册内页\龙.jpg），将图像导入到新建的文件中。

（2）在工具箱中选择交互式透明工具，选中“龙”图像，将鼠标从左向右拖动，效果如图 9-128 所示。

（3）选择“位图/三维效果/卷页”命令，在打开的“卷页”对话框中单击按钮，设置“宽度”和“高度”分别为 30 和 50，单击 确定 按钮。

（4）选择“文件/导入”命令，在打开的“导入”对话框中导入 1.jpg、2.jpg、3.jpg 和 4.jpg 图像文件（立体化教学:\实例素材\第 9 章\茶文化手册内页\1 ~ 4.jpg）并调整其大小，选中导入的图像，按 Ctrl+G 键群组图像。

（5）在工具箱中选择交互式阴影工具，使用鼠标从左向右拖动，制作阴影。

（6）在工具箱中选择矩形工具，在页面上绘制 4 个大小不一的矩形，并填充为绿色，如图 9-129 所示。

（7）在工具箱中选择文本工具，在其属性栏中设置“字体”为“汉仪竹节体简”，“字体大小”为 18pt，在其中输入“茶文化图册”和“精品茶具系列”，并将其填充为白色，如图 9-130 所示。

图 9-128　导入图像

图 9-129　添加阴影部分

图 9-130　添加文字

9.5　练习与提高

（1）制作一个宽为 213mm、高为 277mm 的打印机的招贴广告，其效果如图 9-131 所示（立体化教学:\源文件\第 9 章\打印机招贴广告.cdr）。

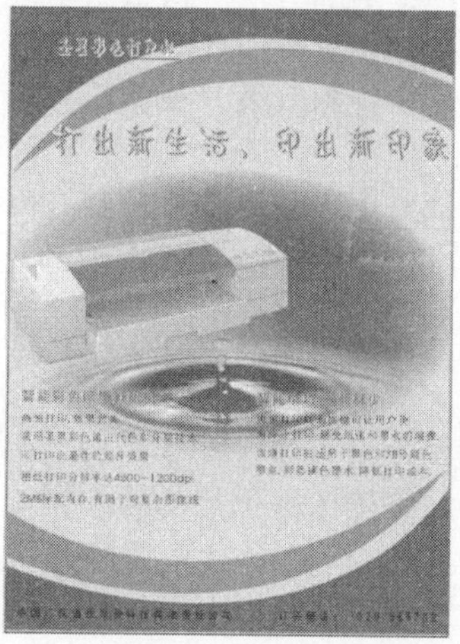

图 9-131　打印机招贴广告效果

提示：使用矩形工具和贝塞尔工具绘制招贴的背景，并填充为绿色和月光绿，再导入“背景.jpg”图像文件（立体化教学:\实例素材\第 9 章\背景.jpg），并进行“虚光”处理，然后导入“打印机.wmf”图像文件（立体化教学:\实例素材\第 9 章\打印机.wmf），放置在适当的位置，最后使用文本工具在适当的位置输入相关的文字并进行编辑。

（2）制作一个宽为 182mm、高为 235mm 的婚庆宣传海报，其效果如图 9-132 所示（立体化教学:\源文件\第 9 章\婚庆宣传海报.cdr）。

提示：导入“花.jpg”图像文件（立体化教学:\实例素材\第 9 章\花.jpg），使用形状工具剪裁其宽度和高度，再进行“标准”透明度处理，再导入“酒杯.jpg”、“玩具.jpg”和“喜.jpg”图像文件（立体化教学:\实例素材\第 9 章\酒杯.jpg、玩具.jpg、喜.jpg），放置在适当的位置，并进行位图处理，然后使用文本工具输入相关文字即可。

图 9-132　婚庆宣传海报效果

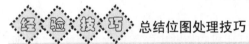

经验技巧　总结位图处理技巧

本章主要介绍了处理位图的方法，要想在作品中绘制出更漂亮、更丰富的图像效果，课后还必须学习和总结一些处理位图的方法。这里总结以下几点供读者参考和探索：

- 在实际操作时，为了制作出更好的作品效果，用户可将绘制的矢量图像转换为位图，这样可制作出更多特殊效果。但需注意的是，在将矢量图转换为位图前最好将矢量图备份。
- 使用 CorelDRAW 只能对图像的颜色进行粗略的调整。若想对图像进行更加精准的调整，可先使用 Photoshop 进行调整，再将位图导入到 CorelDRAW 中进行制作。
- 在制作背景图片时，最好将图像的颜色变淡。颜色过于丰富的背景图案会使图像看起来凌乱，不便于突出重点。
- 使用创造性效果组可制作出一些富有童趣的图；而使用艺术笔触效果组则可模拟出多种绘画风格，在将图像转化为油画或铅笔画时经常被使用到。

第 10 章　输出及打印图像

学习目标

☑ 掌握安装打印机的方法
☑ 掌握在“打印”对话框中设置打印效果的方法
☑ 掌握在打印机属性对话框中设置打印机的方法
☑ 掌握在预览窗口中设置打印效果的方法
☑ 在“打印”对话框和预览窗口中设置参数打印双折页
☑ 综合利用“打印”对话框设置并打印茶文化手册内页

目标任务&项目案例

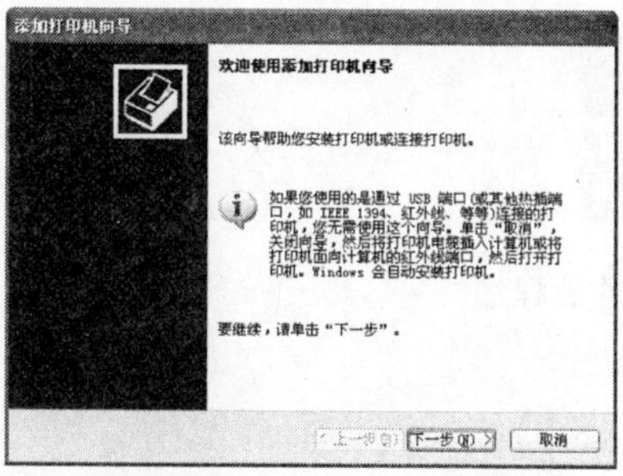

“添加打印机向导”对话框

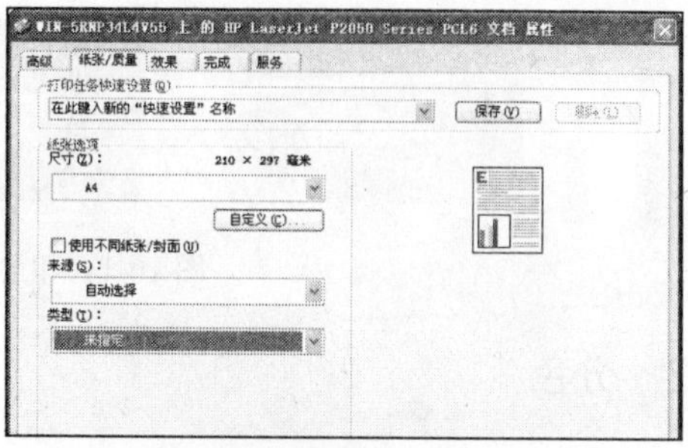

打印机属性对话框

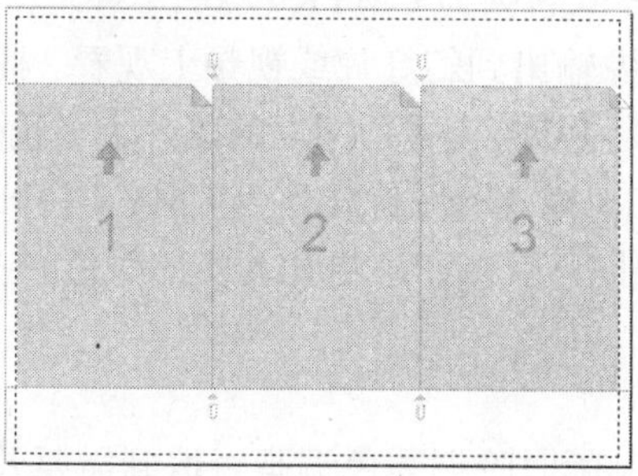

“三折卡片”预折版面效果

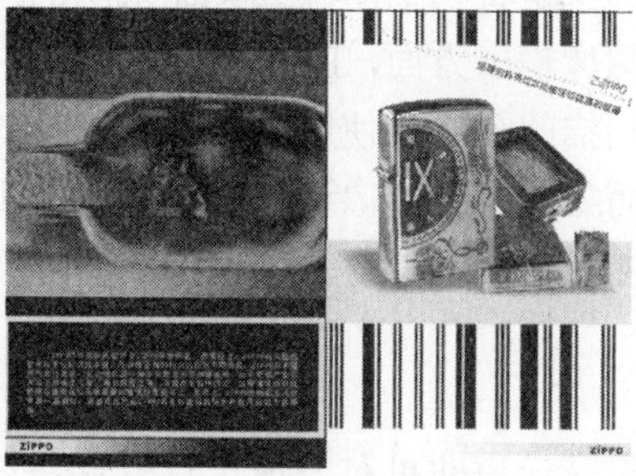
打印折页图像

如果要打印出自己所需要的图形图像，掌握各项打印设置是必不可少的技能，在 CorelDRAW 中，打印设置主要是在“打印”对话框和打印机属性对话框中进行的。本章将具体讲解使用“打印”对话框、打印机属性对话框和预览窗口来打印图像的方法。

10.1　了解印刷的相关知识

在 CorelDRAW 中，用户可以将制作好的作品通过打印机或印刷机打印输出。

用户在打印输出图形之前，必须先了解印刷的相关知识，以免造成输出的图形不符合用户的需要。下面主要讲解印前设计的工作流程、分色和打样的含义、如何控制图像质量和添加打印机的方法等。

10.1.1　印前设计的工作流程

了解印前设计的工作流程对 CorelDRAW 用户来说是相当重要的，因为只有了解工作流程后才能制作出符合要求的图形作品。印前设计工作流程如图 10-1 所示。

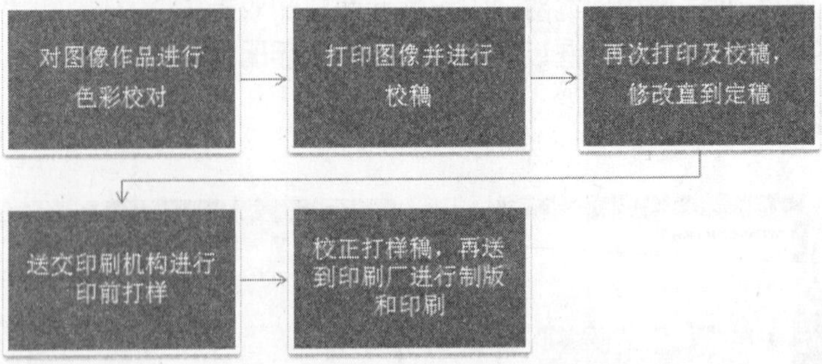

图 10-1　印前设计工作流程

10.1.2　分色

分色是将原稿上的颜色分解成黄、品红、青和黑（CMYK）4 种颜色。在印刷设计中，分色工作就是将扫描图像或其他来源的图像色彩模式转换为 CMYK 模式。

在图像输出方面，RGB 模式一般可用于将图像输出到幻灯片或视频上观看。此外，从扫描仪扫描的图像和使用数码相机拍摄的照片均为 RGB 模式，网上的图片大多也是 RGB 模式。而如果要将图像进行印刷输出，则应将 RGB 模式的图像转换为 CMYK 模式，这样所使用的颜色模式才与打印使用的 CMYK 模式相同，以打印出更加真实的颜色。

10.1.3　打样

分色完成后即可对图像进行打样，以便检验制版时阶调与色调是否达到需要效果，从而将出现的误差提供给制版，作为修正的依据，在打样校正无误后交付印刷厂进行印刷。

10.1.4　如何控制图像质量

由于电脑屏幕产生颜色的模式和打印机打印在纸上的颜色模式不同，所以用户在打印作品时会遇到电脑屏幕显示的颜色和使用打印机打印出来的颜色不完全相同的情况。根据之前所讲的知识可知，电脑屏幕上的颜色是通过 RGB 模式实现的，而打印机输出的颜色是通过 CMYK 模式实现的，所以打印机不能将屏幕上的颜色准确再现。

要使打印输出的颜色和显示屏上的颜色相近，首先应明确输出的颜色系统是 RGB 模式还是 CMYK 模式。用户在制作作品前就应选择相应的颜色模式，避免颜色模式不同而使输出的图像颜色产生误差。另外，分辨率高低也是影响图像质量的因素之一。最后，用户还要掌握彩色打印机的偏色规律，避免使用易偏色的颜色。

印刷厂一般采用胶印印刷，即将图像分解成大小不一、不连续的网点，通过这些网点传递油墨，从而达到重现图像的目的。其中对图像质量的要求非常关键，评价图像质量的内容包括以下几个方面。

- **色彩还原度**：评价印刷品的色彩好坏，不是看图形在屏幕上的颜色，而是看原稿输出在纸张中的颜色如何（用 CMYK 值表示），也就是指两种色域之间的转化及颜色数值的对应关系，并确定是否使图像显示为最佳效果。
- **图像的色调再现**：指原稿中的明暗变化与印刷出的图形明暗变化之间的对应关系，阶调复制的关键在于对各种内容的原稿作相应处理，以达到最佳复制效果。
- **清晰度的强调处理**：它是弥补连续调的原稿经挂网变成不连续的图像时所引起的边缘界线的模糊。评价清晰度的复制是指查看对于不同类型的原稿是否采用了相应的处理，以保证印刷品能达到观看的要求。
- **线条之间的区别**：指图像中点的分辨率的高低或图像细微层次的程度，图像分辨率越高，点的表现越细致。

10.1.5　添加打印机

打印机是常用的输出设备之一，在使用之前必须先安装并添加打印机的驱动程序。只有在电脑中正确配置打印机驱动程序后才能正常使用打印机。

【例 10-1】　在 Windows XP 操作系统中添加打印机。

（1）选择“开始/设置/打印机和传真”命令，打开“打印机和传真”窗口。

（2）在“打印机任务”栏中单击“添加打印机”链接，打开“添加打印机向导”对话框，如图 10-2 所示。单击 下一步(N) > 按钮，打开“本地或网络打印机”界面，选中 ⊙连接到这台计算机的本地打印机(L) 单选按钮，如图 10-3 所示。

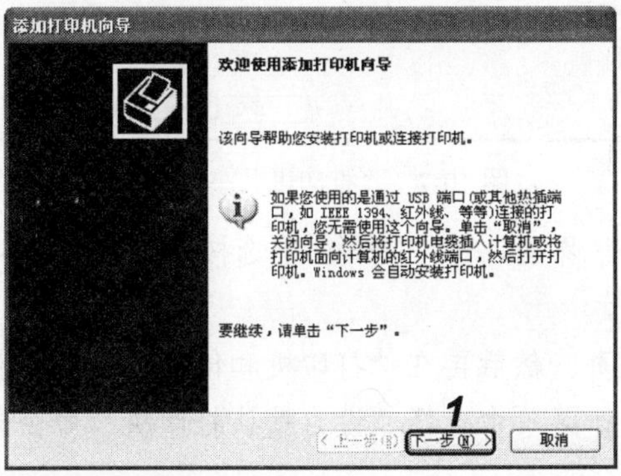

图 10-2　“添加打印机向导”对话框

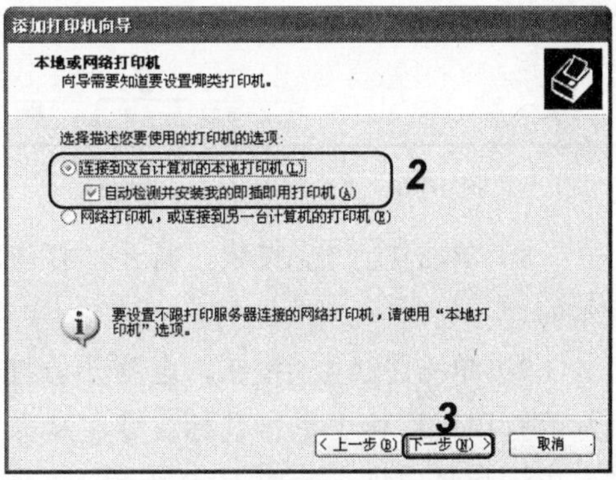

图 10-3　选择打印机类型

（3）单击下一步(N)>按钮，打开“选择打印机端口”界面，在“使用以下端口”下拉列表框中选择“LPT1:（推荐的打印机端口）”选项，如图 10-4 所示。

（4）单击下一步(N)>按钮，打开“从磁盘安装”对话框，单击浏览(B)...按钮，选择驱动程序所在的目录和文件名称，如图 10-5 所示，然后单击确定按钮。

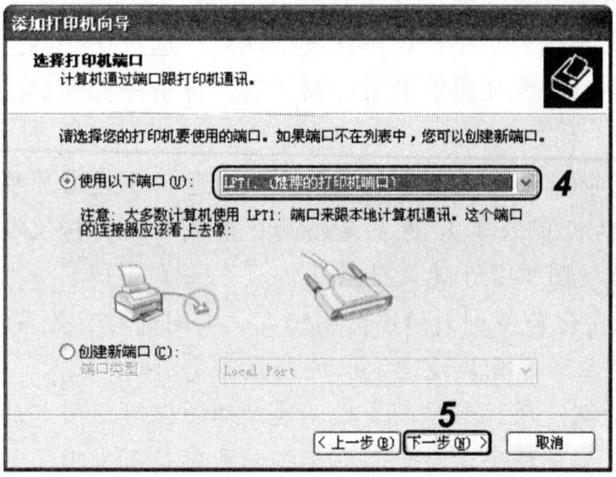

图 10-4　选择打印机端口

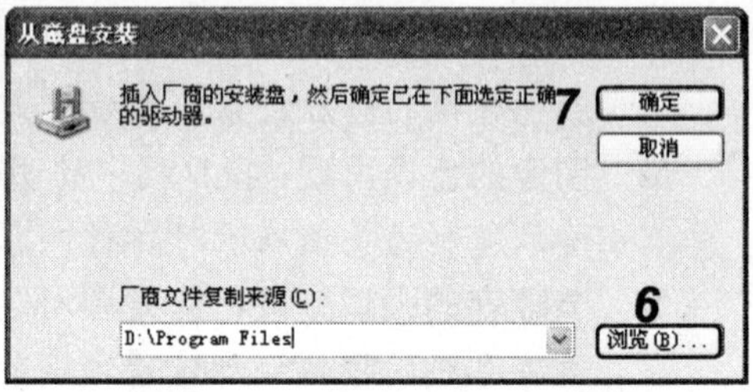

图 10-5　“从磁盘安装”对话框

（5）电脑开始复制文件，复制完成后打开如图 10-6 所示的“命名打印机”界面。

（6）在“打印机名”文本框中输入“AGFA-AccuSet v52.3”，再单击下一步(N)>按钮。

（7）打开“打印机共享”界面，在“共享名”文本框中输入“00”，如图 10-7 所示。

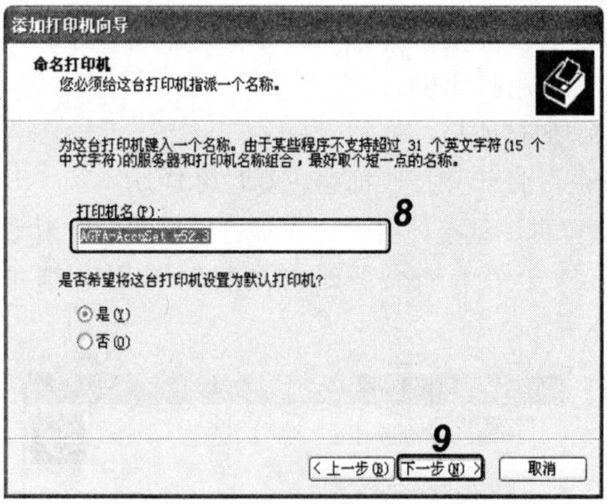

图 10-6　“命名打印机”界面

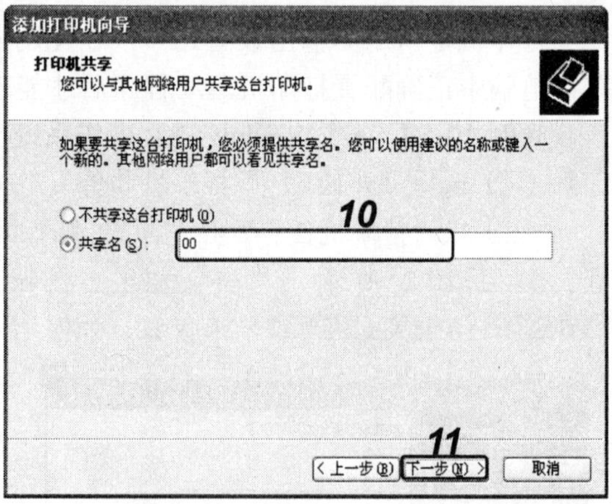

图 10-7　“打印机共享”界面

（8）单击下一步(N)>按钮，打开“打印测试页”界面，选中⊙是(Y)单选按钮，如图 10-8 所示的。

（9）单击下一步(N)>按钮，电脑开始打印测试页。然后再在“打印机和传真”窗口中新添加的打印机图标上单击鼠标右键，从弹出的快捷菜单中选择“设为默认打印机”命令即可完成添加打印机，如图 10-9 所示。

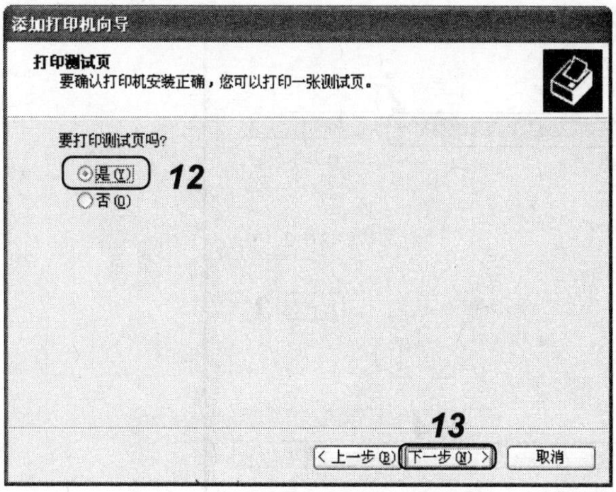

图 10-8　“打印测试页”界面

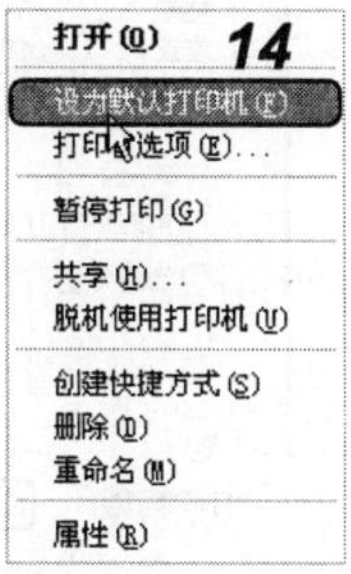

图 10-9　设为默认打印机

提示：

将打印机设置为默认打印机后，在一般情况下执行打印任务时，都会自动使用默认打印机进行打印。

注意：

在安装打印机前应先将打印机设备与电脑主机箱背后的打印机接口连接好。

10.2　图像的打印输出

用户绘制完成所需的图形后，可使用“打印”对话框设置其打印属性，包括一般设置、分色打印和打印预览等，通过打印设置可将图形根据需要打印在纸上，从而降低返工的情况。下面将分别讲解它们的设置方法。

10.2.1　一般设置

用户在 CorelDRAW 中制作完成图形后，若要将其从打印机中打印出来，则可先选中要打印的图形，再选择“文件/打印”命令或单击工具栏中的按钮，打开如图 10-10 所示的“打印”对话框，选择“常规”选项卡，即可进行打印前的一般设置，主要包括设置打印范围与打印份数，以及设置打印机属性等。

提示：

在“名称”下拉列表框中列举出了本地电脑中已安装的所有打印机，所以在进行打印前最好确定“名称”下拉列表框中的打印机是要使用的打印机。

1. 设置打印范围与打印份数

一般情况下，打印图形时首先需要明确打印机名称，再确定打印的范围与打印份数。其中，在“常规”选项卡的“名称”下拉列表框中可以选择所需的打印机，在“打印范围”栏中可以设置打印范围，在“副本”栏中可以设置打印的份数。

图 10-10 "打印"对话框

"常规"选项卡中各选项含义如下。

➥ ◉**当前文档(R) 单选按钮**：该单选按钮为默认选项，表示打印当前激活的文件。

➥ ◉**文档(D) 单选按钮**：选中该单选按钮，将列出绘图窗口中打开的所有文件，用户可从中选择需要打印的文件。

➥ ◉**当前页(U) 单选按钮**：表示只打印当前页面。

➥ ◉**选定内容(S) 单选按钮**：表示只打印选取区域内的图形。

➥ ◉**页(G)：单选按钮**：该单选按钮只有在创建两个以上的页面时才可用。用户可在其文本框中输入页面的打印范围，也可在下方的列表框中选择打印奇数页或偶数页。

➥ "**份数**" **数值框**：在"份数"数值框中可以设置打印的份数。

🔊**提示：**

在指定打印页码范围时，可以在输入的数字之间用 "-" 符号连接，以定义一个连续的页码范围，如输入 "1-3" 表示将从第 1 页打印到第 3 页。另外，可以在输入的数字之间用 "，" 符号连接，将定义单个的页面，如输入"2，4"表示打印第 2 页和第 4 页。

2. 设置打印机属性

为了打印出更好的效果，最好在打印前设置打印机属性。其方法是：在"打印"对话框的"常规"选项卡中单击 属性(P)... 按钮，打开如图 10-11 所示的打印机属性对话框，在其中设置纸张尺寸、来源和类型等。

打印机属性对话框中各选项含义如下。

➥ "**打印任务快速设置**" **下拉列表框**：可选择之前保存的打印机设置为当前设置。

➥ "**尺寸**" **下拉列表框**：可以选择预设的打印纸尺寸。

➥ "**来源**" **下拉列表框**：用于选择打印机的送纸位置。

➥ "**类型**" **下拉列表框**：用于选择打印纸的种类。

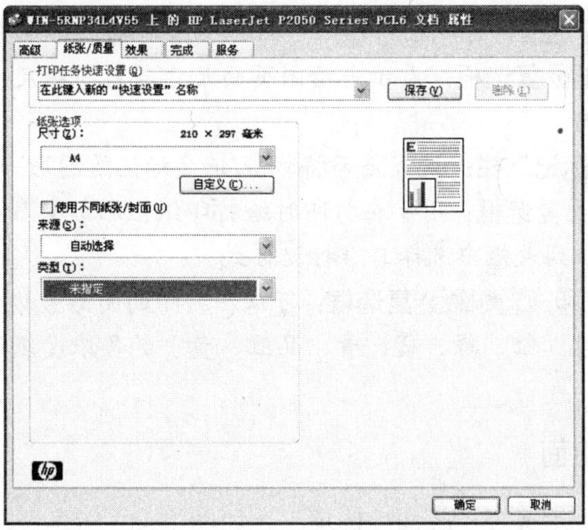

图 10-11　打印机属性对话框

注意：

不同的打印设备，其属性设置的选项可能有所不同，但基本选项都相同。

提示：

在"完成"选项卡中，可选择纸张方向，这在打印折页时经常使用到。

3. 设置预印

在"打印"对话框中选择"预印"选项卡，可以对打印细节进行设置，如图 10-12 所示。

图 10-12　"预印"选项卡

"预印"选项卡中各选项含义如下。

- ☑反显(N) **复选框**：可以打印当前图像的负片（胶片）图形。
- ☑镜像(R) **复选框**：可以打印当前图像的镜像图形。
- ☑打印文件信息(I) **复选框**：可以输入打印文件名、日期和时间等信息，打印时将在打印纸的绘图页面以外的位置打印出这些文字信息。

- ☑打印页码(P) **复选框**：可以在打印纸下面打印出页码。
- ☑在页面内的位置(O) **复选框**：表示当绘图页面尺寸与打印纸尺寸相同时，将文件信息打印在页面内。
- **“裁剪/折叠标记”栏**：设置是否将裁剪/折叠标记随图形一起打印在纸张上。
- ☑打印套准标记(G) **复选框**：用于在打印时给打印纸上添加套准标记，还可以在下方的“样式”下拉列表框中选择套准标记样式。
- ☑颜色调校栏(C) **和** ☑尺度比例(D) **复选框**：可以在打印的图形旁边打印一个色块列，并显示 6 种基本色（红、绿、蓝、青、品红、黄）的各浓度级的色块，从而验证图片的打印质量。

10.2.2 设置打印版面

在“打印”对话框中选择“版面”选项卡，如图 10-13 所示。在该选项卡中用户可以设置打印作业最终打印出来的版面，以满足装订的需要，一般用于多页面打印时。

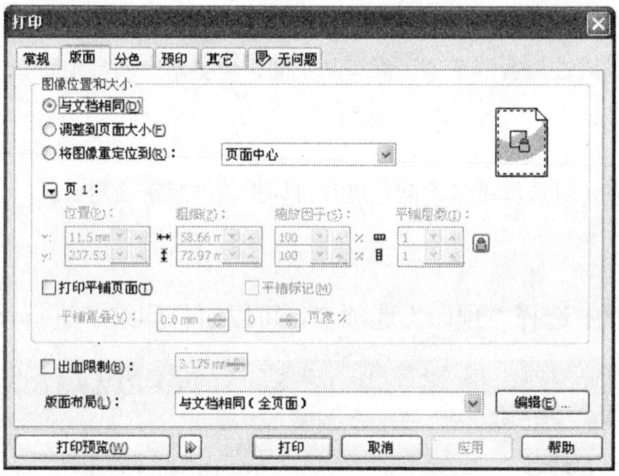

图 10-13 “版面”选项卡

“版面”选项卡中部分选项含义如下。

- ◉与文档相同(D) **单选按钮**：选中该单选按钮，表示打印出的图像与在绘图页面中绘制的结果相同。
- ◉调整到页面大小(F) **单选按钮**：选中该单选按钮，打印出的图像将放大或缩小至整个页面。
- ◉将图像重定位到(R) **单选按钮**：选中该单选按钮，可从其右侧的下拉列表框中任选一个选项来设置图像的位置，还可在“位置”、“粗细”、“缩放因子”和“平铺层数”等数值框中输入数值来精确设置图像的位置和大小。
- ☑打印平铺页面(T) **复选框**：当图像的尺寸较大，在当前设置的纸张中放置不下时，用户可以选中该复选框，即将一幅图形平铺到几张打印纸上，打印完后，再将这些打印纸拼接粘贴起来。
- **“平铺重叠”数值框**：用户可按页面宽度的百分比输入数值来设置平铺重叠部分，即用于粘贴的部分，从而保证粘贴后图形的完整性。

- ☑平铺标记(M) **复选框**：可避免打印混淆，以提高工作效率。

提示：

在设置平铺打印时，用户可从右上角的预览窗口中观察设置后的变化，再更正设置以取得最佳的打印效果。

10.2.3 设置分色打印

分色打印可将彩色图形的颜色分解成基本组成颜色，具有同一基本颜色的内容将打印到同一张纸上，不同颜色的内容打印在不同的纸上。在“打印”对话框中选择“分色”选项卡，可进行分色打印的设置，如图 10-14 所示。

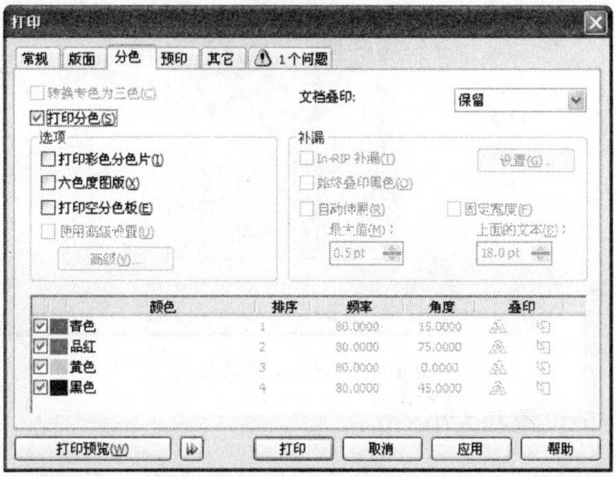

图 10-14 “分色”选项卡

“分色”选项卡中部分选项含义如下。

- ☑打印分色(S) **复选框**：选中该复选框将激活该对话框下方的分色片列表框，列表框中的 4 种分色片的复选框都处于被选中状态，表示每一个分色片都将分别打印。
- ☑六色度图版(X) **复选框**：选中该复选框将在对话框下方的分色片列表框中显示 6 色模式下的每个颜色的分色片。

提示：

在分色片列表框中的任何一个分色片上单击鼠标左键，取消分色片的选中状态，即可禁用该分色片，则在打印分色片时，将不打印被禁用的分色片。

10.2.4 打印预览

在正式打印前应先进行打印预览，以检查打印设置是否有误。在“打印”对话框中单击 打印预览(W) 按钮或选择“文件/打印预览”命令，将打开如图 10-15 所示的打印预览窗口。

1．控制打印预览视图

在打印预览窗口中可以控制打印预览视图，主要包括以下两种方法：

- 单击预览窗口的工具栏中“缩放”下拉列表框右侧的按钮，在弹出的下拉列表中选择相应的显示比例即可。
- 选择左侧工具箱中的缩放工具，可以像绘图窗口中的缩放工具一样，任意缩放视图。

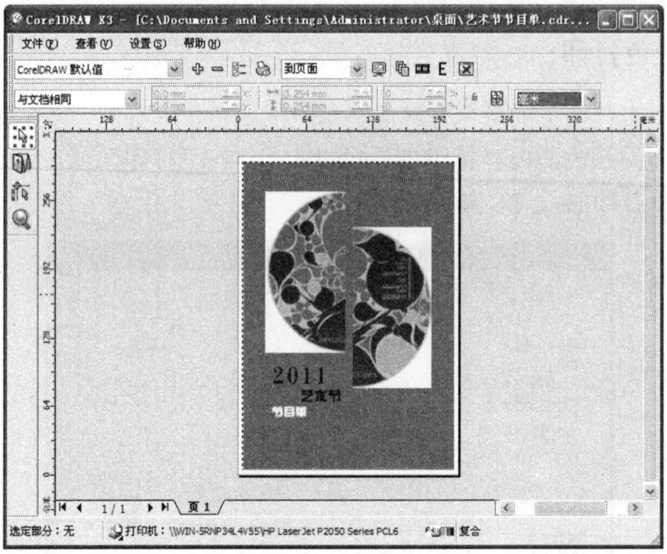

图 10-15　打印预览窗口

2．设置打印作业的位置和大小

在打印预览窗口的属性栏中显示了有关图形位置和大小的参数，通过这些参数可以设置打印作业的位置和大小。主要包括以下几个方面。

- **“页面中的图像位置”下拉列表框**：在其中可以选择所需图形的放置位置。
- **“宽度和高度”数值框**：输入数值可以精确设置图形的宽度和高度。
- **“比例因子”数值框**：输入数值可设置图像的缩放比例。
- 毫米 **下拉列表框**：用于设置测量的单位。

3．设置预折版面

在打印预览窗口选择工具箱中的版面布局工具，此时其打印预览窗口如图 10-16 所示。

单击属性栏最左边“预折版面”下拉列表框与文档相同（全页面）右侧的下拉按钮，可以在弹出的下拉列表中选择一个选项来设置图形的预折版面。如图 10-17 所示为选择“三折卡片”后的版面效果。

4．标记放置工具的设置

在工具箱中选择标记放置工具，其属性栏如图 10-18 所示。用户可通过该属性栏为打印图形添加打印标记。

各选项含义如下。

- **按钮**：单击该按钮，可以在打印作业中添加文件信息。

图 10-16　设置预折版面时的预览窗口

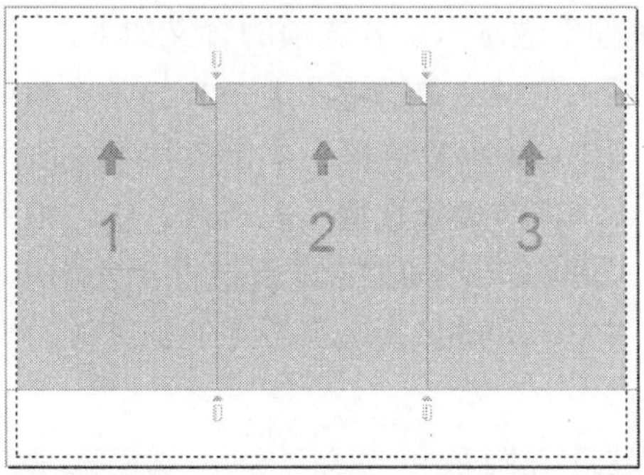

图 10-17　“三折卡片”预折版面效果

图 10-18　标记放置工具属性栏

- 按钮：单击该按钮，可以在打印作业中添加页码。
- 按钮：单击该按钮，可以给打印作业添加切口线和折页线。
- 按钮：单击该按钮，可以给打印作业添加套准标记。
- 按钮：单击该按钮，可以给打印作业添加色彩校正列。
- 按钮：单击该按钮，可以给打印作业添加浓度计比例。

选择工具箱中的工具，在页面的边缘将出现一个红色的虚线框，表示打印作业的边界。用户可以自定义打印作业的边界尺寸，方法是：将鼠标光标放置在该虚线框的水平或垂直边线上，待光标变成或形状时单击鼠标，并在垂直或水平方向上拖动鼠标，以调整打印作业的边界位置和大小。

在属性栏的 4 个编辑框中输入数值，可精确定位打印作业左边界的水平/垂直或右边界的水平/垂直坐标。

10.2.5　其他设置

在“打印”对话框中选择“其他”选项卡，如图 10-19 所示。在“校样选项”栏中选中需要的复选框，可以减少打印输出的时间，并提供优质的输出胶片。

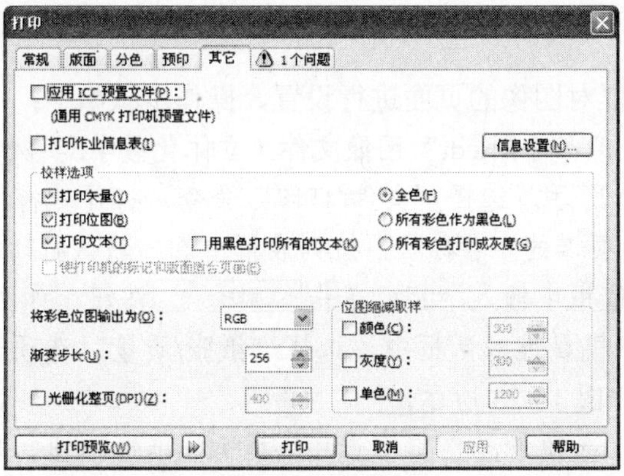

图 10-19　“其他”选项卡

“其他”选项卡中各选项的含义如下。

- ☑打印矢量(V)复选框：表示只打印文档中的矢量图形。
- ☑打印位图(B)复选框：表示只打印文档中的位图对象。
- ☑打印文本(T)复选框：表示只打印文档中的文本对象。
- ☑用黑色打印所有的文本(K)复选框：表示所有的文字都用黑色打印。该复选框只有在选中☑打印文本(T)复选框后才能被激活。

提示：

在“打印”对话框中，选择最右边的选项卡，其中显示了绘图页面中存在的打印冲突以及打印错误，以便用户及时解决打印出现的问题。

10.3 上机及项目实训

10.3.1 打印双折页

本例将设置打印 ZIPPO 图像，在打印时将设置该图像为两折页打印，效果如图 10-20 所示。

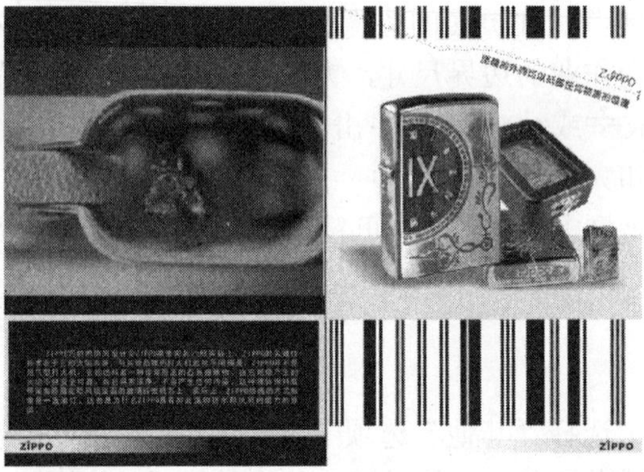

图 10-20 最终效果

1．进行页面设置

使用“打印”对话框对图像的页面进行设置，操作步骤如下：

（1）打开“ZIPPO 产品手册.cdr”图像文件（立体化教学:\实例素材\第 10 章\ZIPPO 产品手册.cdr），如图 10-21 所示。选择“文件/打印”命令，打开“打印”对话框。

（2）在“常规”选项卡的“名称”下拉列表框中选择默认打印机，选中⊙当前文档(R)单选按钮，在“份数”数值框中输入“2”，单击［属性(P)...］按钮，如图 10-22 所示。

（3）在打开的打印机属性对话框中，选择“纸张/质量”选项卡，在“尺寸”下拉列表框中选择 A5 选项，如图 10-23 所示。

（4）选择“完成”选项卡，在其中选中⊙横向(N)单选按钮，单击［确定］按钮，如图 10-24 所示。

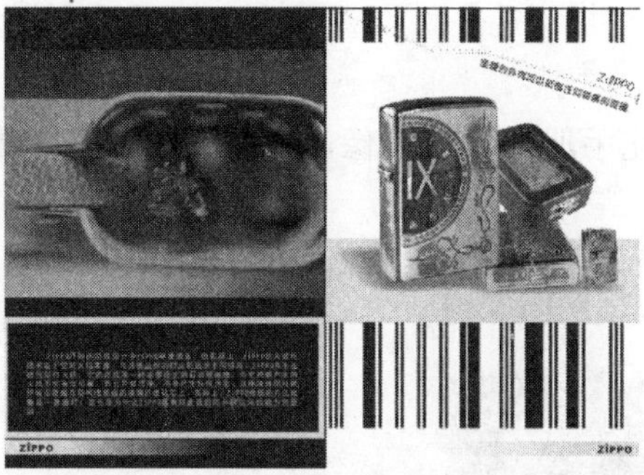

图 10-21　打开图像

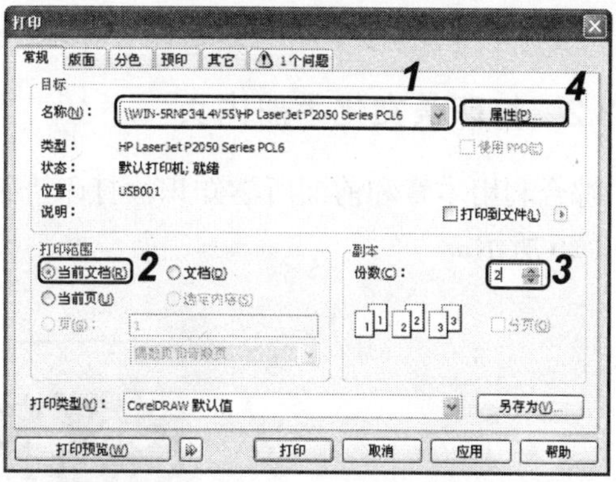

图 10-22　“打印”对话框

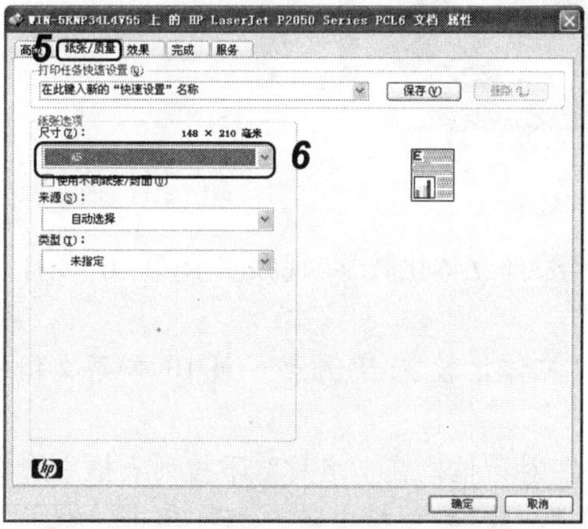

图 10-23　设置“纸张/质量”选项卡

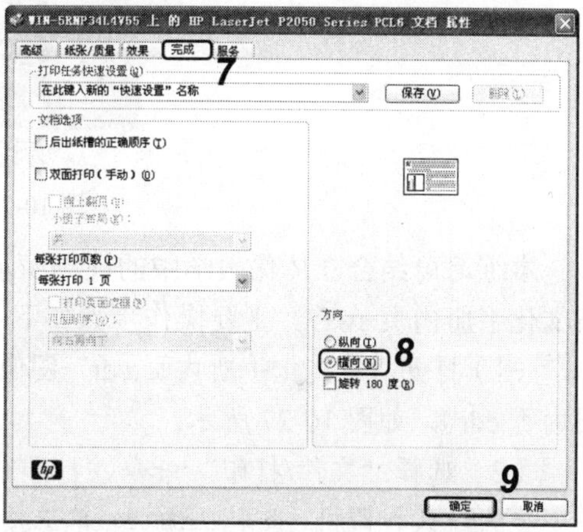

图 10-24　设置“完成”选项卡

2．设置打印预览

使用预览窗口对图像的页面进行设置，操作步骤如下：

（1）在返回的“打印”对话框中，单击 打印预览(W) 按钮，打开打印预览窗口。

（2）在预览窗口左边的工具箱中选择工具，在其属性栏的“页面中的图像位置”下拉列表框中选择“页面中心”选项，在“比例因子”数值框中输入“69”，如图 10-25 所示。

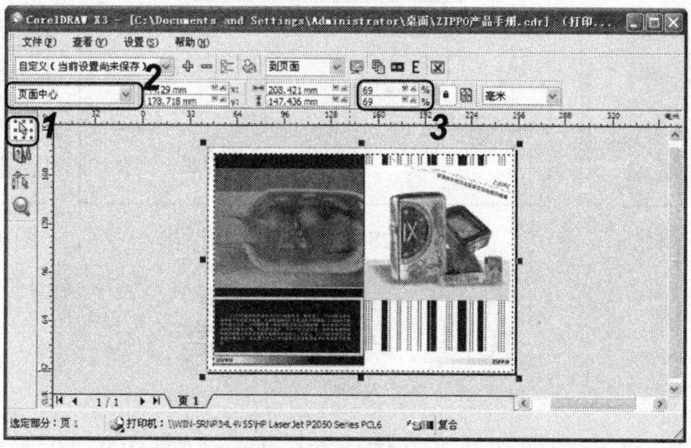

图 10-25　设置打印预览

（3）关闭预览窗口，在返回的“打印”对话框中单击 打印 按钮。

10.3.2 打印茶文化手册内页

综合利用本章和前面所学知识，打印“茶文化手册内页”图像，完成后的最终效果如图 10-26 所示。

图 10-26 最终效果

本练习可结合立体化教学中的视频演示进行学习（立体化教学:\视频演示\第 10 章\打印茶文化手册内页.swf）。主要操作步骤如下：

（1）打开“茶文化手册内页.cdr”图像文件（立体化教学:\实例素材\第 10 章\茶文化手册内页.cdr），如图 10-27 所示。

（2）选择“文件/打印”命令，打开“打印”对话框，在“名称”下拉列表框中选择已安装的默认打印机，选中 ◉当前文档(R) 单选按钮，在“份数”数值框中输入“5”，单击 属性(P)... 按钮，如图 10-28 所示。

（3）在打开的打印机属性对话框中，选择“纸张/质量”选项卡，在“尺寸”下拉列表框中选择 A5 选项，在“类型”下拉列表框中选择“卡片纸 >164g/m^2”选项，单击 确定 按钮，如图 10-29 所示。

（4）返回“打印”对话框，单击 打印 按钮。

图 10-27 打开图像

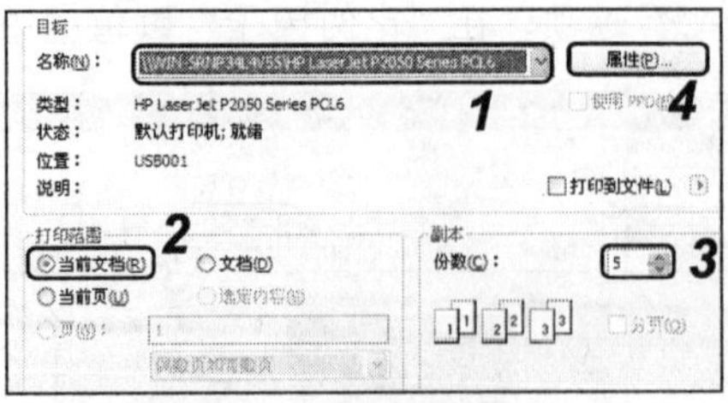

图 10-28 “打印”对话框

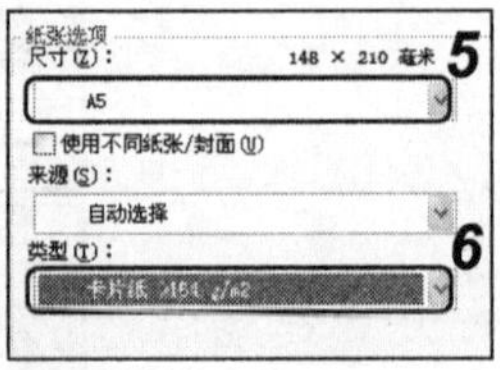

图 10-29 设置打印机

10.4 练习与提高

（1）打开“日历.cdr”图像文件（立体化教学:\实例素材\第 10 章\日历.cdr），打印整个文档，并调整打印方向以及缩放大小以确定图像能完整被打印出来。

提示：在打印机属性对话框中的“完成”选项卡中设置打印方向，在预览窗口中设置“比例因子”。

（2）打印“无忧旅游.cdr”图像文件（立体化教学:\实例素材\第 10 章\无忧旅游.cdr）。

提示：在预览窗口的“预折版面”下拉列表框中选择 2x1（2-up）选项。

经验技巧　总结 CorelDRAW 中的打印技巧

本章主要介绍了打印图像的操作，要想将图像打印出最好的效果，课后还必须学习和总结打印技巧。这里总结以下几点供读者参考和探索：

- 为了提高打印质量，在进行打印前，最好先在预览窗口中查看打印效果，然后再进行打印。
- 在打印前必须确定图像的色彩模式为 CMYK。
- 若需要在其他电脑上打印制作的图像，最好将图像内容全部转换为曲线。

第 11 章　项目设计案例

学习目标

- ☑ 制作一份具有淡雅感和观赏性的挂历
- ☑ 制作一份喜庆、大方的时尚手机招贴
- ☑ 制作一幅充满科技感的数码相机海报广告
- ☑ 练习在之前制作挂历的基础上修改制作挂历

目标任务&项目案例

挂历效果

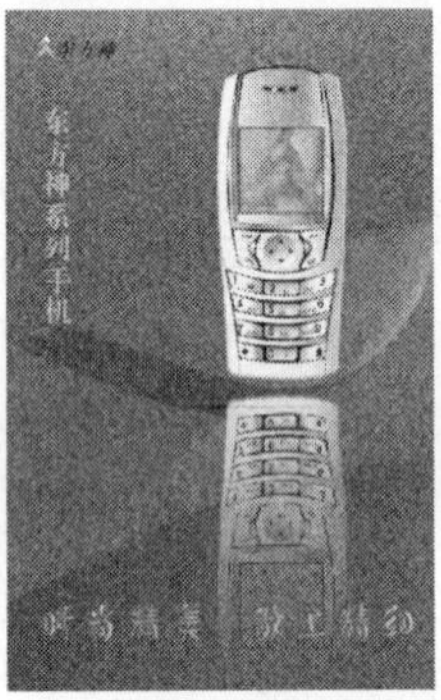

时尚手机招贴

数码相机海报

挂历修改效果

通过上述项目设计案例的制作，可以进一步巩固本书前面所学知识，并实现由软件操作知识向实际设计与制作的转化，提高大家独立完成设计任务的能力，同时学会创意与思考，以制作完成更多、更丰富和更有创意的作品。

11.1　制 作 挂 历

11.1.1　项目目标

本例将练习绘制如图 11-1 所示的挂历效果（立体化教学:\源文件\第 11 章\挂历效果.cdr）。这是一幅 5 月份的挂历，画面上方有漂亮的挂历拴口，中间是典雅的国画，下方有挂历的具体文字内容。通过本例的练习，用户可以熟练掌握矩形工具、贝塞尔工具、形状工具、填充工具、交互式阴影工具、交互式调和工具、文本工具和对齐与分布等操作方法和技巧。

图 11-1　挂历效果

11.1.2　项目分析

挂历与人们的生活息息相关，通过它可以查看相关的年月日等信息，给人们的生活带来很多便利。现在的挂历不仅制作精良，欣赏性也很强。本例的具体制作分析如下：

- 制作之前先确定挂历的尺寸、挂历主题和相关日期等信息。
- 确定画面的主色调为“绿色”，并思考图形的布局。
- 开始制作。在绘制挂历中的图案部分时，使用矩形工具绘制挂历的主体，再导入国画并进行处理，并为其绘制花边和拴口；在输入挂历文字内容时使用文本工具在挂历上输入挂历具体文字内容并填充颜色即可。

11.1.3　实现过程

根据案例制作分析，本例分为绘制挂历上的图案部分和输入挂历内容两个步骤来进行，下面将分别进行讲解。

1．绘制挂历中的图案部分

要绘制挂历，先新建一个图形文件，再设置页面尺寸，然后绘制挂历的主要图案部分。

操作步骤如下：

（1）新建一个图形文件，选择工具箱中的矩形工具 ▢，将鼠标光标移至页面中，当鼠标光标变为 ⁺▫ 形状时，按住鼠标拖动绘制一个矩形。

（2）在属性栏中设置矩形宽度和高度分别为 520.0mm、760.0mm，按 Enter 键。

（3）选择"排列/对齐和分布/在页面居中"命令，如图 11-2 所示，效果如图 11-3 所示。

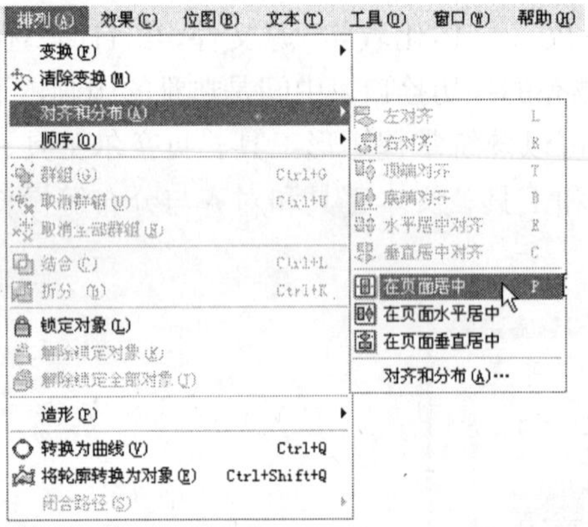

图 11-2　选择"排列/对齐和分布/在页面居中"命令

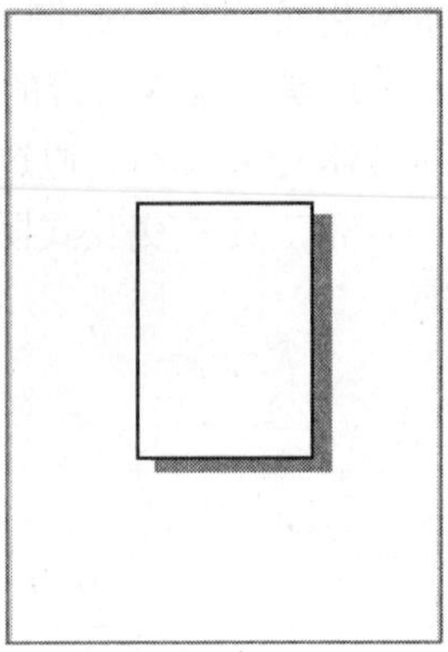

图 11-3　矩形在页面上居中

（4）按小键盘上的"+"键，复制一个小矩形，在属性栏中将其宽度改为 386.0mm，高度改为 493.0mm，按住 Shift 键的同时单击鼠标加选第一个矩形设置。

（5）选择"排列/对齐和分布/对齐和分布"命令，打开"对齐与分布"对话框，选中 ⊞ 中ⓒ 复选框，如图 11-4 所示，单击 应用(A) 按钮，再单击 关闭 按钮，效果如图 11-5 所示。

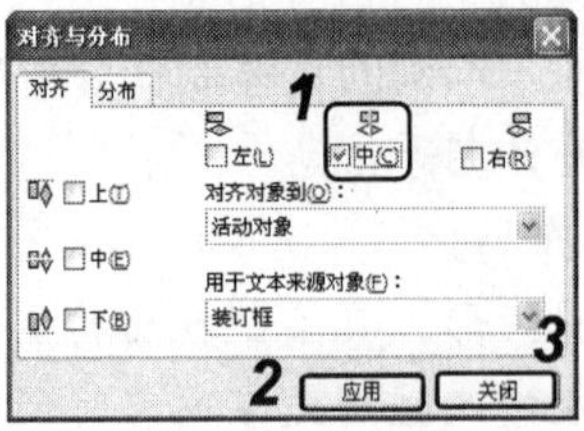

图 11-4　"对齐与分布"对话框

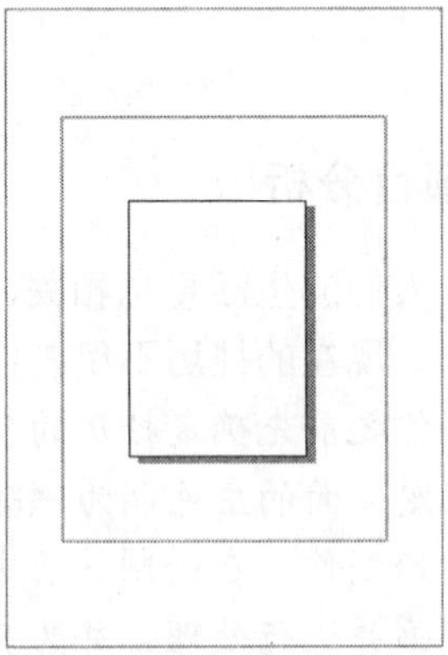

图 11-5　复制并对齐矩形

（6）选中小矩形，按住工具箱中的轮廓工具 ◻ 不放，在展开的工具条中选择轮廓画笔工具 ◻，打开"轮廓笔"对话框，将颜色填充值设置为（C: 54、M: 2、Y: 51、K: 0），设置"宽度"为 4.0mm，其他参数设置如图 11-6 所示。

（7）单击 确定(O) 按钮，效果如图 11-7 所示。

（8）选择"文件/导入"命令，打开"导入"对话框，选择"国画.jpg"图像文件（立体化教学:\实例素材\第 11 章\国画.jpg），单击 导入 按钮，此时鼠标光标变为 ⌐F004.jpg 形状，

在页面中单击鼠标，然后将图片移动到页面中间，如图 11-8 所示。

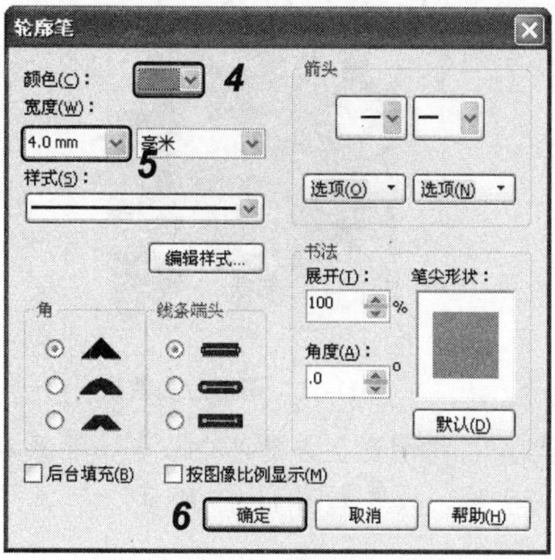

图 11-6　“轮廓笔”对话框

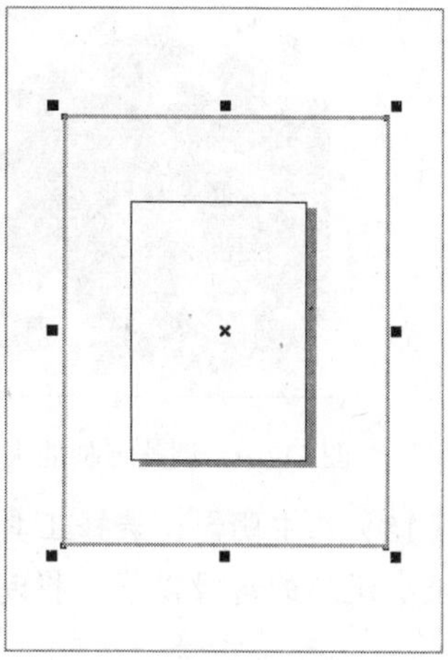

图 11-7　小矩形的轮廓效果

（9）确认国画处于选中状态，移动鼠标光标至国画的一角，当光标变为或双向箭头时，按住鼠标左键不放拖动至合适大小。

（10）选中国画，选择“效果/图框精确剪裁/放置在容器中”命令，此时鼠标光标变成形状，单击小矩形框线，效果如图 11-9 所示。

图 11-8　导入“国画”图像

图 11-9　将国画置入小矩形中

（11）选中小矩形，单击鼠标右键，在弹出的快捷菜单中选择“编辑内容”命令，调整国画的大小和位置，效果如图 11-10 所示。

（12）调整完国画之后，再单击鼠标右键，在弹出的快捷菜单中选择“结束编辑”命令，效果如图 11-11 所示。

（13）选中小矩形，在工具箱中选择交互式阴影工具，按住 Ctrl 键不放，在其左边缘按住鼠标左键向其右边缘拖动，并将阴影符号中的滑块拖至最右边，效果如图 11-12 所示。

（14）确定交互式阴影工具为选用状态，在阴影上单击鼠标右键，在弹出的快捷菜单中选择“拆分 阴影群组”命令。

图 11-10　调整国画的大小和位置

图 11-11　调整后的效果

（15）选中阴影，选择工具箱中的形状工具，将阴影上方的两个节点一并选中并向下移至小矩形的边缘以下，将超出小矩形的阴影去除，效果如图 11-13 所示。

图 11-12　创建小矩形的阴影效果

图 11-13　将超出小矩形的阴影去除

（16）使用同样的方法，移动小矩形左边的阴影，效果如图 11-14 所示。

（17）绘制花边。在工具箱中选择贝塞尔工具，在小矩形的左上方绘制一条曲线作为花边，再在工具箱中选择形状工具，调整其形状，并在属性栏上将其轮廓宽度设置为 1.411mm，填充为橘红色，效果如图 11-15 所示。

图 11-14　移除小矩形左边的阴影

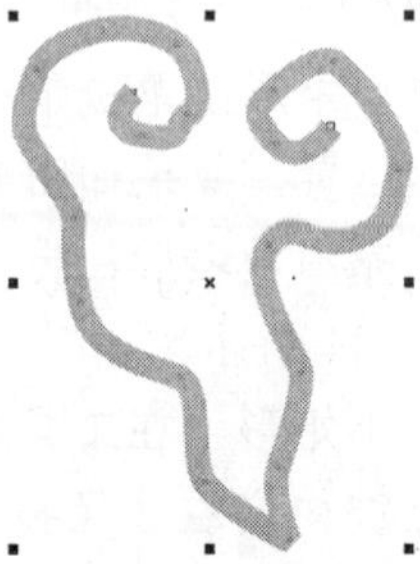

图 11-15　绘制并填充花边

（18）选中花边，按小键盘上的“+”键，将其复制一个，单击属性栏上的按钮，将其垂直镜像，效果如图 11-16 所示。

（19）选中被镜像的花边，将其移至原花边的下方并与其上边缘相交，选中两个花边，在属性栏上单击按钮，将其群组。

（20）选中花边，使用轮廓画笔工具为其填充与小矩形轮廓相同的颜色，效果如图 11-17 所示。

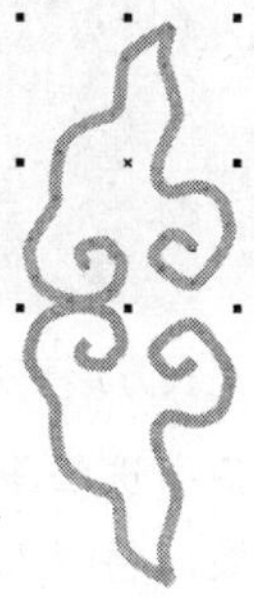

图 11-16　复制并镜像花边

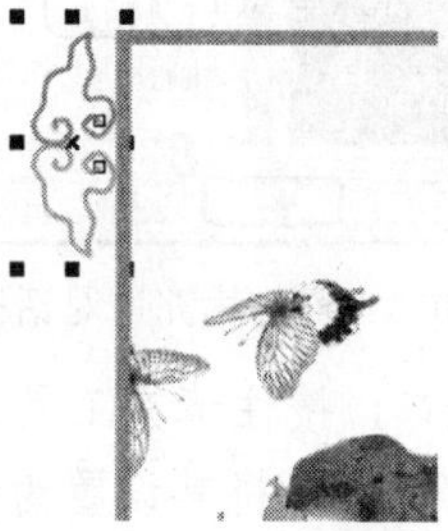

图 11-17　填充镜像的花边

（21）选中花边，按小键盘上的“+”键，将其复制一个，单击属性栏上的按钮，并按住 Shift 键不放单击小矩形，再按 T 键，使其对齐于小矩形的上边缘，选中左右两个花边，将其群组，效果如图 11-18 所示。

（22）选中左上角的花边，按小键盘上的“+”键复制花边。使用选择工具选中小矩形和刚复制的花边，按 B 键，使其对齐于小矩形的下边，效果如图 11-19 所示。

图 11-18　复制并对齐花边

图 11-19　复制花边

（23）使用矩形工具在大矩形上方绘制一个长方形，按住填充工具不放，在展开的工具条中选择均匀填充工具，打开“均匀填充”对话框，设置填充值为（C: 54、M: 2、Y: 51、K: 0），如图 11-20 所示。

（24）单击确定(O)按钮，并用鼠标右键单击调色板上☒按钮，去除轮廓线，效果如图 11-21 所示。

（25）使用贝塞尔工具结合形状工具在长方形的左边绘制挂历的拴口，如图 11-22 所示。

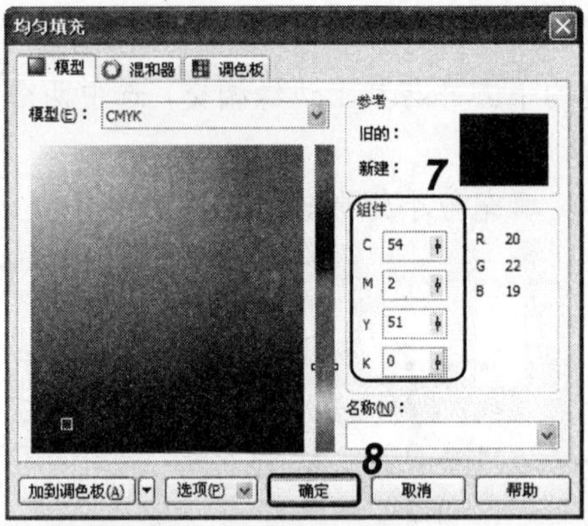

图 11-20 “均匀填充”对话框

图 11-21 填充长方形并去除轮廓线后的效果

（26）选中拴口，按住填充工具不放，在展开的工具条中选择渐变填充工具，打开“渐变填充”对话框，将其设置为月光绿到白色的渐变效果，将“从”栏中的颜色值设置为（C: 0、M: 20、Y: 60、K: 0），其他参数设置如图 11-23 所示。

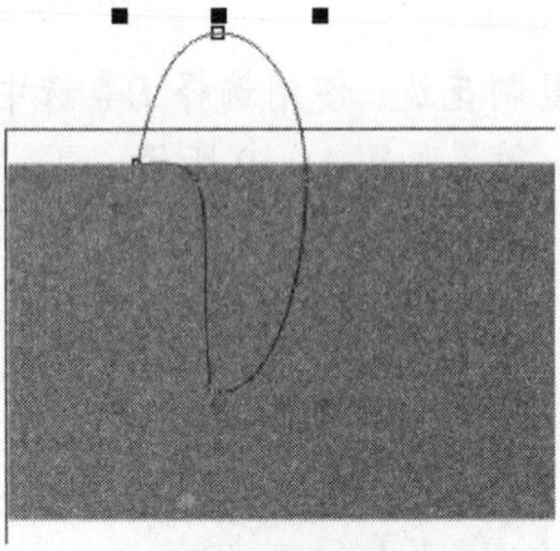

图 11-22 绘制拴口

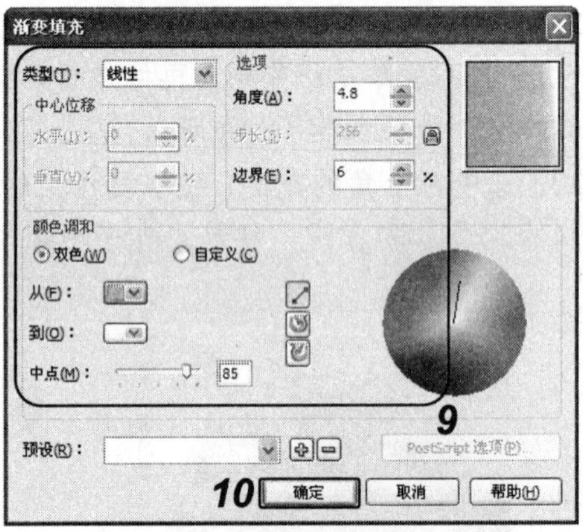

图 11-23 “渐变填充”对话框

（27）单击确定(O)按钮，并去除轮廓线，然后将其复制一个并移至长方形的右边，效果如图 11-24 所示。

（28）选中左边的拴口，在工具箱中选择交互式调和工具，在属性栏中将“调和步数”设置为 20，在左边的拴口上按住鼠标左键不放并拖到右边的拴口上松开鼠标，效果如图 11-25 所示。

（29）在交互式调和工具的属性栏中单击按钮，打开“加速”面板，拖动滑块调整调和效果，其设置如图 11-26 所示。

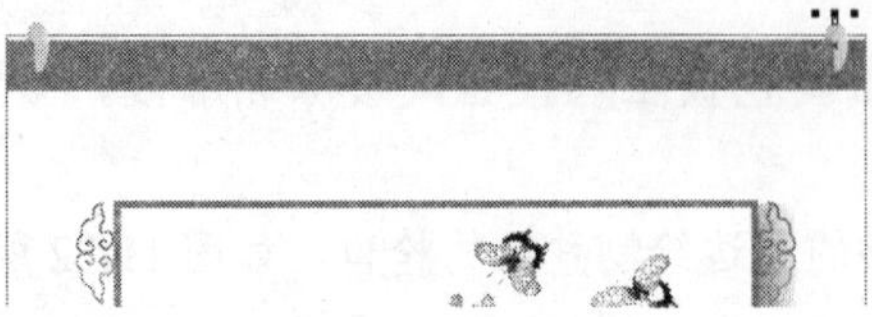

图 11-24 复制拴口

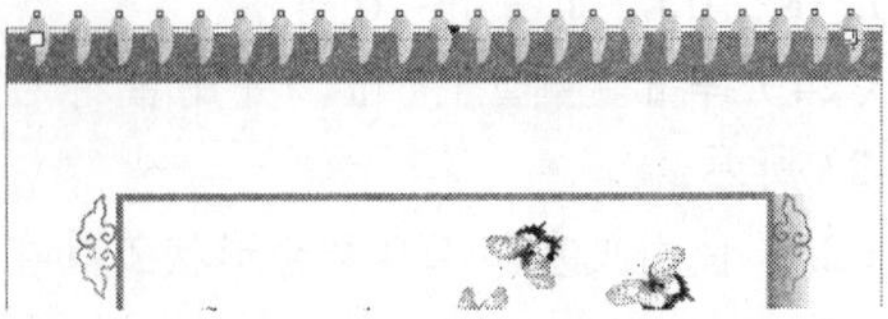

图 11-25 创建拴口的调和效果

（30）将以上绘制的挂历图案部分全部选中，并将其群组，效果如图 11-27 所示。

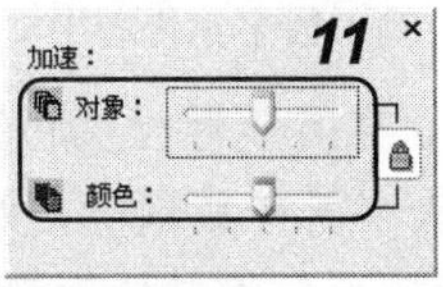

图 11-26　调整“加速”面板

图 11-27　群组挂历图案效果

2. 输入挂历内容

制作完成挂历的图案部分后，下面将输入相关的文字内容并进行编辑。

操作步骤如下：

（1）选中挂历，单击属性栏中的按钮，取消全部组合，将花鸟国画和花边全部选中并群组，将其向下移动一段距离。

（2）在工具箱中选择文本工具，在花鸟国画上方输入“经典花鸟国画”标题，在属性栏中将其字体设置为“文鼎中特广告体”，再调整文字的角度并向中心拖动以调整字体的大小，最后将其填充为红色，效果如图 11-28 所示。

（3）在国画的左上角输入月份 5，将字体设置为 Impact，并将其颜色填充为红色，用鼠标调整到适当大小，在 5 旁边输入“May”，将字母字体设置为 Binner DEE，并填充为橘红色，效果如图 11-29 所示。

图 11-28　输入标题

图 11-29　输入月份

（4）选中 5，将其复制一个，并填充为黑色，选中黑色的 5，按 Ctrl+PageDown 键，将其移至红色文字的下方，效果如图 11-30 所示。

（5）在国画的下方输入数字年份和中文年份，将数字字体设置为 PosterBodoni Win95 BT，中文字体设置为“华文琥珀”，并填充为红色，效果如图 11-31 所示。

图 11-30　调整月份效果

图 11-31　输入数字年份和中文年份

（6）在工具箱中选择图纸工具，根据挂历的内容，在其属性栏中将列和行分别设置为 20 和 3，再在底纹上拖动鼠标绘制一个网格，到适当大小时释放鼠标，如图 11-32 所示。

（7）使用挑选工具选中网格，再打开“轮廓笔”对话框，将其轮廓颜色设置为白色，轮廓宽度设置为 0.4mm，效果如图 11-33 所示。

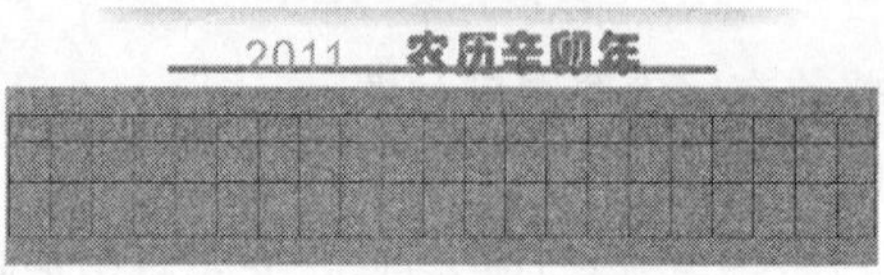

图 11-32　绘制一个网格

图 11-33　填充网格轮廓效果

（8）选中网格，再单击属性栏中的按钮，将其网格打散成独立的小网格，再根据需要拉大下面两个网格之间的距离，效果如图 11-34 所示。

图 11-34　调整网格大小效果

（9）使用文本工具在第 1 格的内容框中输入“星期日”，在属性栏中将其字体设置为“方正大黑简体”，字号设置为 16，并对齐网格的中心。

（10）按住 Ctrl 键，将“星期日”移至第 2 格内容中并单击鼠标右键，按 Ctrl+D 键 20 次，将其水平复制至其他内容框中，这样输入其他的文字时就不需要再设置字体和字号了。

（11）使用文本工具分别选中每个“星期日”文字，输入正确的星期内容，并选中其中的“星期六”和“星期日”，将其填充为白色，效果如图 11-35 所示。

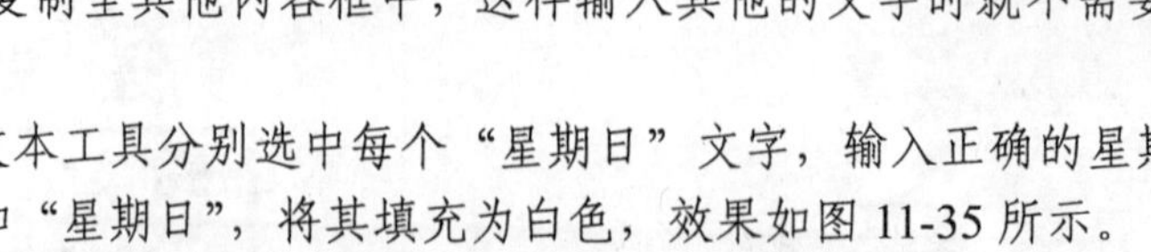

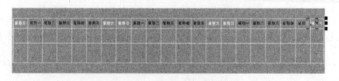

图 11-35　输入星期内容

（12）使用文本工具在所有星期的下方输入月份数字，将其字体设置为“方正大标简体”，字号设置为 14，再将数字和星期纵向对齐，效果如图 11-36 所示。

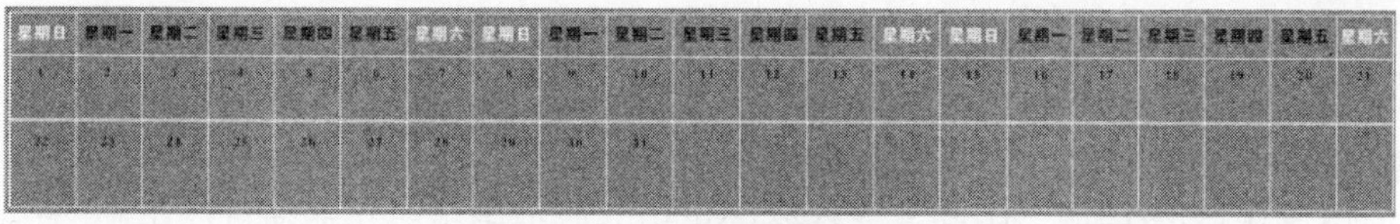

图 11-36　输入月份数字

（13）用同样的方法，使用文本工具在月份下方输入农历，并调整至与日期的中部对齐，效果如图 11-37 所示。

（14）选中“星期六”和“星期日”下的纵栏内容，在调色板上单击白色色块，将其颜色填充为白色。

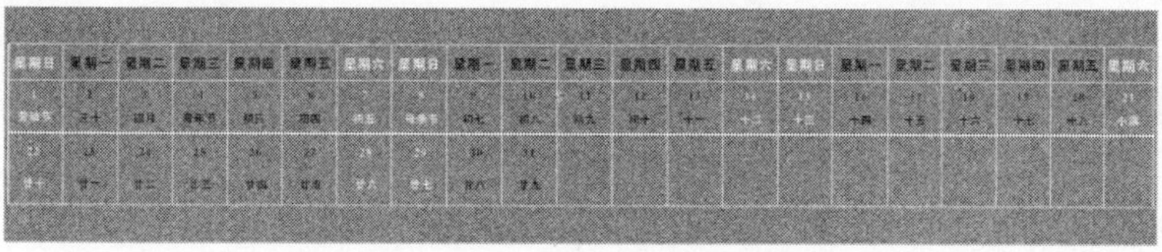

图 11-37　输入农历

11.2　制作时尚手机招贴

11.2.1　项目目标

本例将练习绘制如图 11-38 所示的时尚手机招贴效果（立体化教学:\源文件\第 11 章\时尚手机招贴.cdr）。画面中绘制的银灰色手机质感逼真、线条清晰，下方的倒影从有到无的若隐若现效果体现出产品的神秘气息，红色调的背景将手机衬托得高贵典雅，整个画面显得喜庆、大方。通过本例的练习，用户可以熟练掌握贝塞尔工具、形状工具、填充工具、交互式阴影工具、交互式调和工具、矩形工具和文本工具等的操作方法。

图 11-38　时尚手机招贴

11.2.2 项目分析

现在企业在激烈的竞争下，怎样将自身的产品进行宣传以保持不败之地，是每个企业无时无刻不在思考的问题。因此商家会经常采用一些促销手段，如通过广告中的招贴、宣传单、DM 单和打折海报等，这类作品的设计方式是类似的。本例就针对招贴的特殊性作出绘制，其具体制作分析如下：

- 确认招贴的尺寸、单面/双面、彩色或黑白印刷、招贴的文字和图片内容。
- 确定作品布局、色彩搭配以及设计元素。
- 开始制作。本例将绘制的过程分为上、中、下和添加背景 4 个大步骤来讲解：在绘制手机上部分时，使用贝塞尔工具结合形状工具绘制手机的整体轮廓，再绘制上部分的各个组成部分，然后使用渐变填充工具为其填充颜色，导入一幅图像并置入手机屏幕中；在绘制手机中间部分时，使用贝塞尔工具结合形状工具绘制中间部分的轮廓并使用渐变填充工具进行填充；在绘制手机下部分时，使用贝塞尔工具结合形状工具绘制各按键的轮廓并使用渐变填充工具进行填充，再使用文本工具在各键上输入数值和字母；添加背景部分时，导入一幅背景图像，再绘制手机的标志，使用文本工具输入相关的文字并进行编辑，完成本例的制作。

11.2.3 实现过程

本例将制作过程分为绘制手机上部分、绘制手机中间部分、绘制手机下部分和添加背景部分，下面分别进行讲解。

1．绘制手机上部分

要绘制手机，应先从绘制手机轮廓开始，下面使用贝塞尔工具、钢笔工具和形状工具绘制手机轮廓。

操作步骤如下：

（1）新建一个图形文件，在工具箱中选择贝塞尔工具，在页面中绘制手机的右轮廓，再在工具箱中选择形状工具，调整其形状，如图 11-39 所示。

（2）使用贝塞尔工具结合形状工具继续绘制手机的左轮廓，并与右轮廓相封闭，如图 13-40 所示。

图 11-39　绘制手机的右轮廓

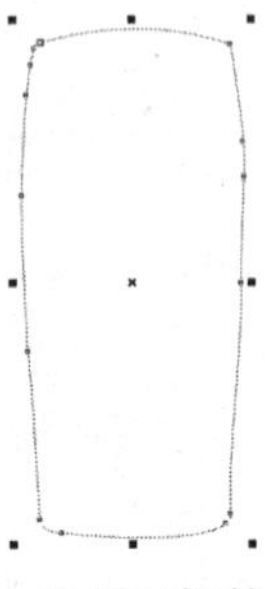

图 11-40　绘制手机的左轮廓

（3）在工具箱中选择挑选工具，选中手机轮廓，再按住工具箱中的填充工具不放，在展开的工具条中选择渐变填充工具，打开“渐变填充”对话框，选中◉自定义(C)单选按钮，设置从 10%黑到 30%黑的渐变效果，其他设置如图 11-41 所示。

（4）单击 确定 按钮，再去除其轮廓线，效果如图 11-42 所示。

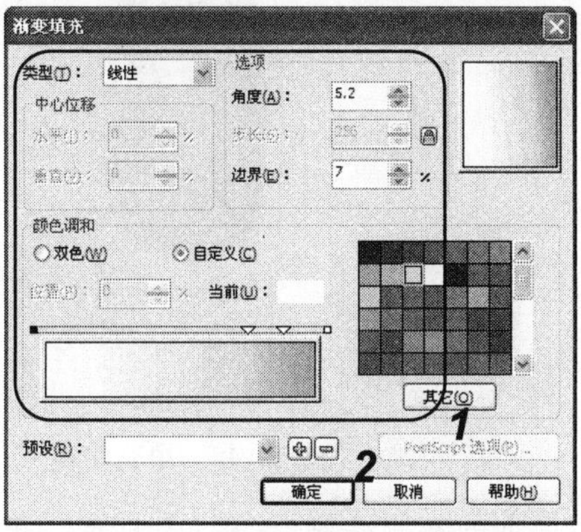

图 11-41　“渐变填充”对话框

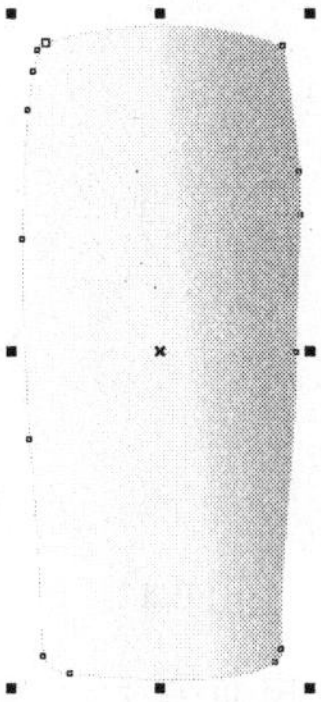

图 11-42　去除手机轮廓并填充图形

（5）将手机轮廓复制一个并将其等比例拉大，将轮廓线填充为 20%黑，如图 11-43 所示。在工具箱中选择交互式调和工具，在原手机轮廓上按住鼠标左键不放并向大手机轮廓拖动，创建调和效果，效果如图 11-44 所示。

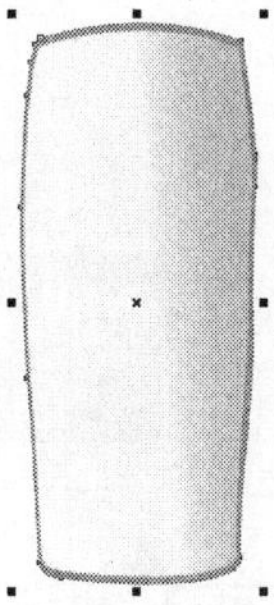

图 11-43　复制并填充手机轮廓

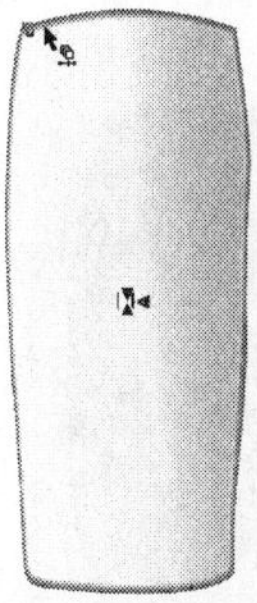

图 11-44　创建手机轮廓调和效果

（6）使用贝塞尔工具在手机的左侧绘制一条曲线，并使用形状工具调整其形状，如图 11-45 所示。再将其轮廓颜色填充为 20%黑，然后在手机轮廓右侧绘制对称的一条曲线，效果如图 11-46 所示。

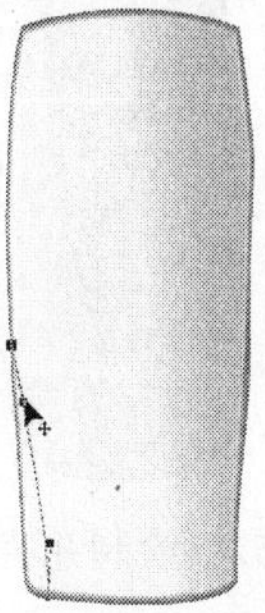

图 11-45　在手机的左侧绘制一条曲线

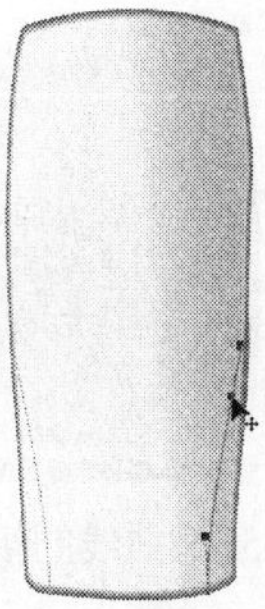

图 11-46　在手机的右侧绘制一条曲线

（7）使用贝塞尔工具结合形状工具在手机上方绘制一条封闭的曲线，如图 11-47 所示，将其填充为黑色，作为屏幕轮廓，效果如图 11-48 所示。

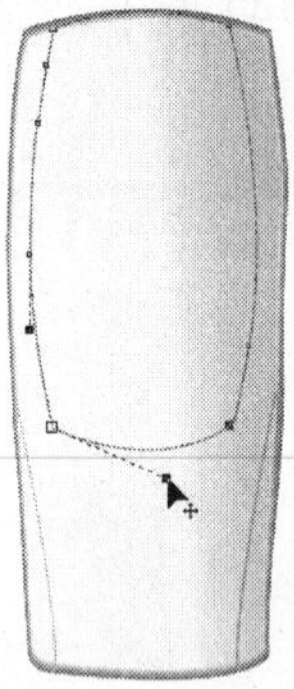

图 11-47　绘制一条曲线

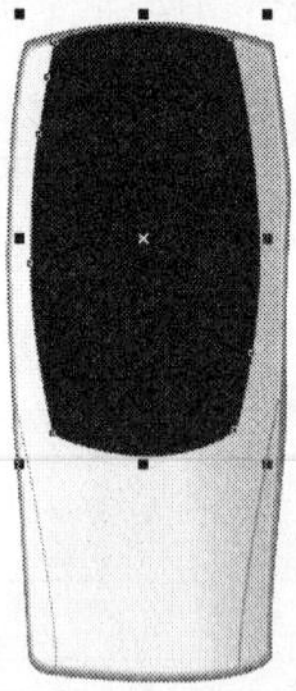

图 11-48　填充曲线

（8）使用贝塞尔工具结合形状工具沿屏幕的右侧绘制一条封闭曲线，并填充为黑色，如图 11-49 所示。

（9）在屏幕轮廓下端绘制一条曲线，再打开“渐变填充”对话框，设置从白色到 20%黑的渐变填充，如图 11-50 所示。

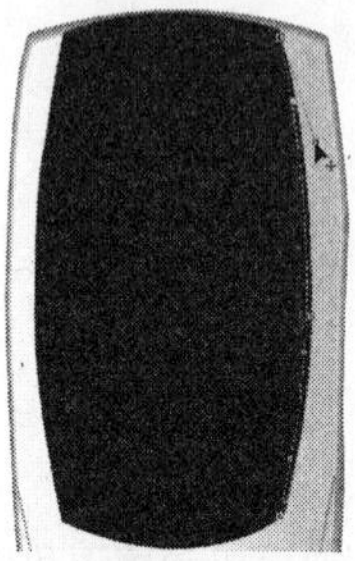

图 11-49　绘制一条封闭曲线

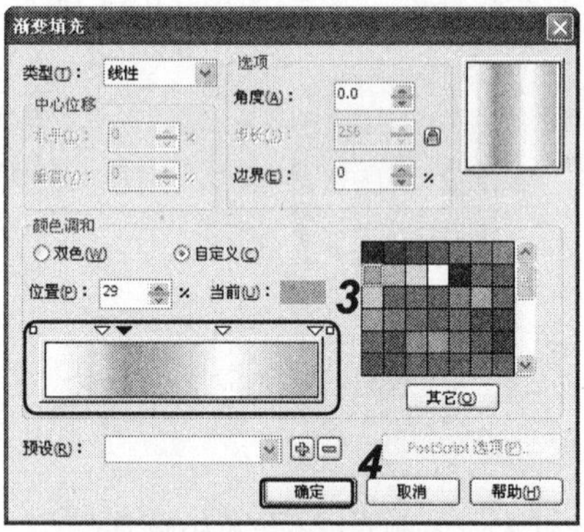

图 11-50　“渐变填充”对话框

（10）单击确定按钮，效果如图 11-51 所示。使用贝塞尔工具结合形状工具在曲线的右侧绘制一条封闭曲线并填充为 10%黑，效果如图 11-52 所示。

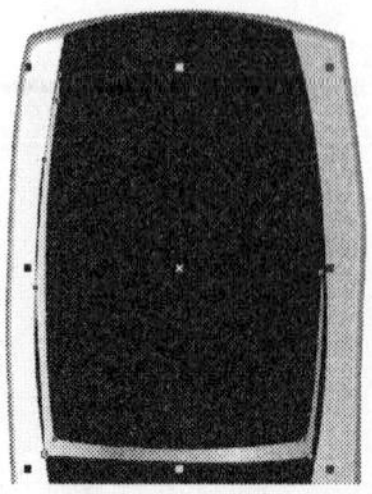

图 11-51　曲线的填充效果

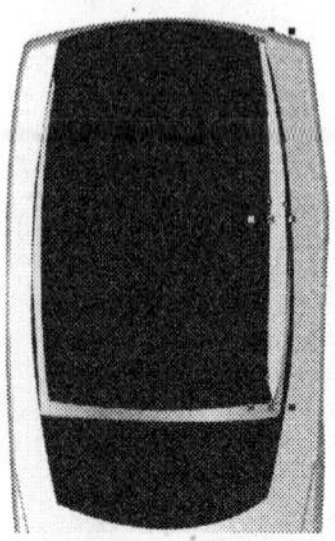

图 11-52　绘制并填充曲线

（11）使用贝塞尔工具结合形状工具在曲线的左侧绘制一条封闭曲线并填充为 10% 黑，

效果如图 11-53 所示。

（12）使用贝塞尔工具结合形状工具在左右两侧封闭曲线中间绘制一条封闭曲线，注意两者之间边缘的重叠，再打开“渐变填充”对话框，设置从白色到黑色的渐变填充，其他设置如图 11-54 所示。

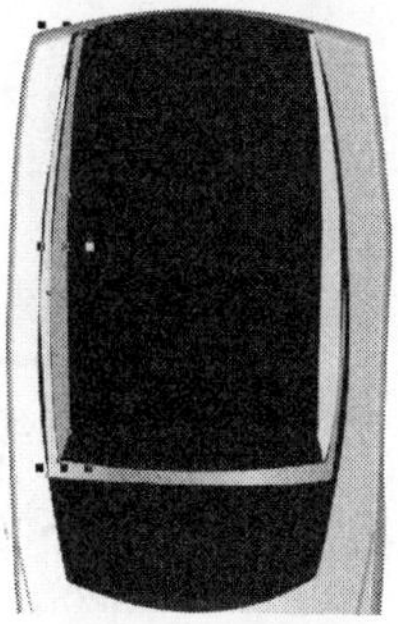

图 11-53　绘制并填充曲线

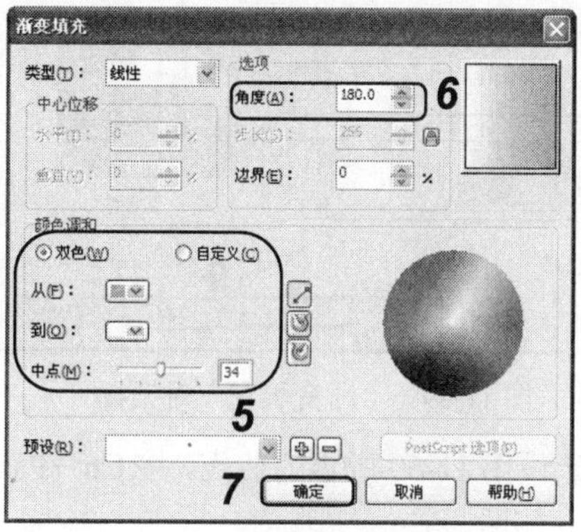

图 11-54　“渐变填充”对话框

（13）单击确定按钮，效果如图 11-55 所示。使用贝塞尔工具结合形状工具在屏幕中绘制一个听筒轮廓并填充为与图 11-55 所示曲线相同的颜色，效果如图 11-56 所示。

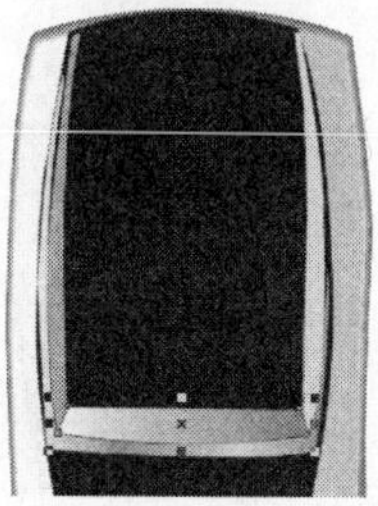

图 11-55　渐变填充后的效果

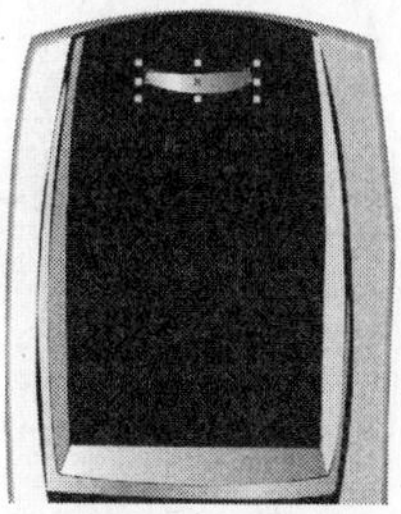

图 11-56　绘制听筒

（14）选中听筒轮廓，按住工具箱中的轮廓工具不放，在展开的工具条中选择轮廓笔对话框工具，打开“轮廓笔”对话框，在“颜色”下拉列表框中选择 20%黑，再将宽度设置为 0.7mm，效果如图 11-57 所示。

（15）使用贝塞尔工具结合形状工具在听筒上绘制 3 个封闭的曲线，并填充为黑色，效果如图 11-58 所示。

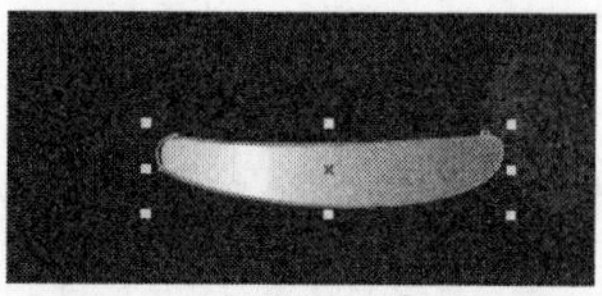

图 11-57　填充听筒轮廓

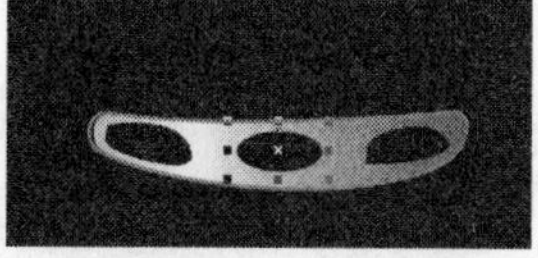

图 11-58　绘制 3 个封闭曲线

（16）在屏幕轮廓上绘制一条曲线，注意线条应与各边缘重叠，再打开“渐变填充”对话框，设置从 30%黑到白色的渐变填充，如图 11-59 所示，单击确定按钮，效果如图 11-60 所示。

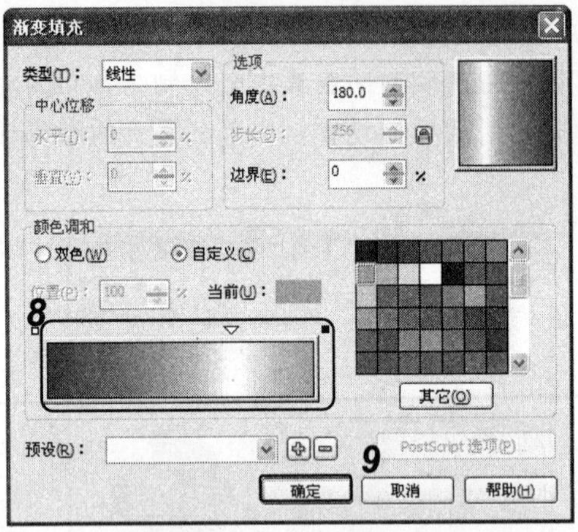

图 11-59　“渐变填充”对话框

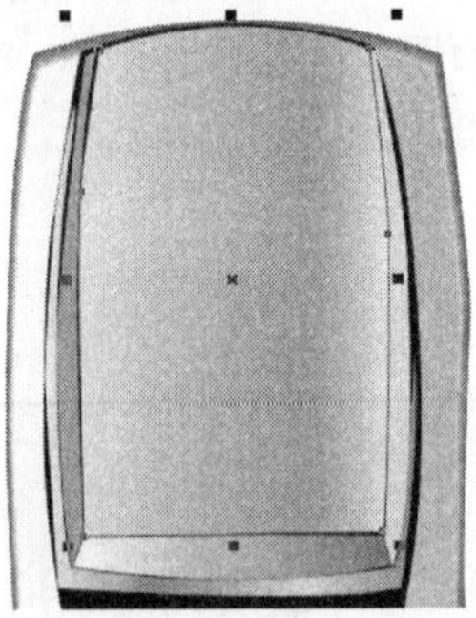

图 11-60　填充曲线效果

（17）选中图 11-60 所示的曲线，按 Ctrl+PageDown 键，将其移到听筒的下方，如图 11-61 所示。

（18）在工具箱中选择矩形工具，在图 11-61 所示的曲线上绘制一个矩形，并填充为白色，将其轮廓线设置为 0.8mm，效果如图 11-62 所示。

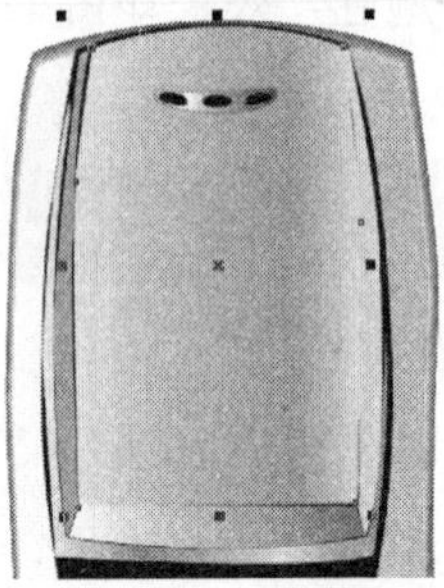

图 11-61　将曲线移到听筒的下方

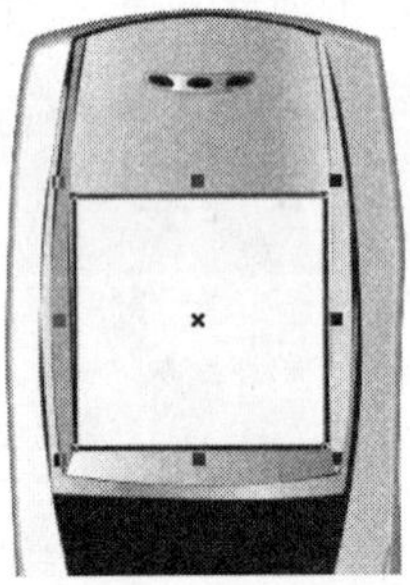

图 11-62　填充矩形

（19）单击属性栏中的按钮，导入“银杏.jpg”图像文件（立体化教学:\实例素材\第 11 章\银杏.jpg），如图 11-63 所示。缩小图像，再选择“效果/图框精确剪裁/放置在容器中”命令，将鼠标光标移到矩形上，鼠标光标变为➡形状，如图 11-64 所示。

（20）单击矩形即可将图像置入矩形中，如果对图像在矩形中的位置不满意，则可在矩形上单击鼠标右键，在弹出的快捷菜单中选择“编辑内容”命令对图像进行调整，效果如图 11-65 所示。

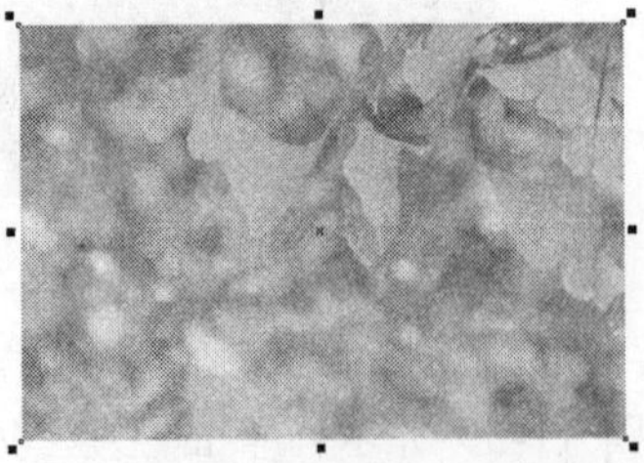

图 11-63　导入的银杏图像

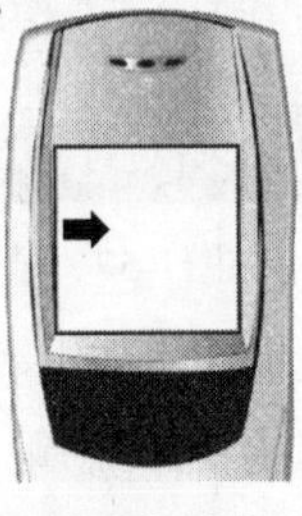

图 11-64　将鼠标光标移到矩形上

（21）在矩形中调整图像的位置和大小，当达到所需效果后再单击鼠标右键，在弹出的快捷菜单中选择“结束编辑”命令，效果如图 11-66 所示。

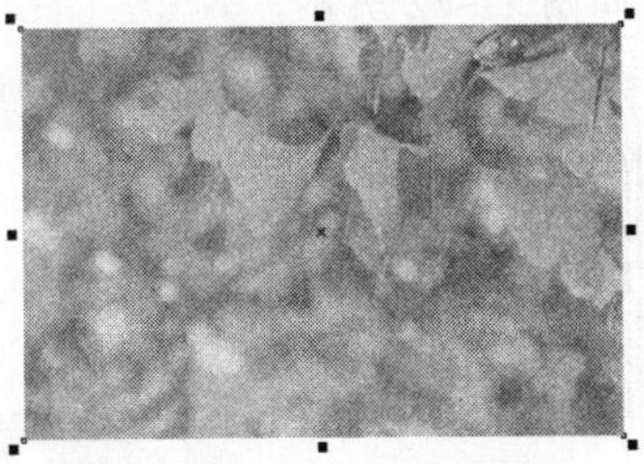

图 11-65　编辑图像

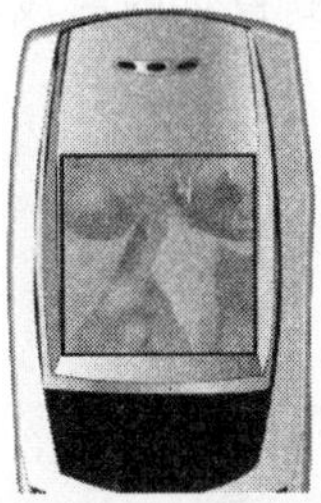

图 11-66　编辑图像效果

2. 绘制手机中间部分

绘制完手机的上部分后，下面将绘制其中间部分，主要使用贝塞尔工具、形状工具和填充工具等。

操作步骤如下：

（1）使用贝塞尔工具结合形状工具，在屏幕下端绘制一条封闭曲线，再将其填充为 10%黑，效果如图 11-67 所示。

（2）选择工具箱中的椭圆工具，在曲线上绘制一个正圆，再打开“渐变填充”对话框，设置从 20%黑到白色的渐变填充，其他设置如图 11-68 所示。

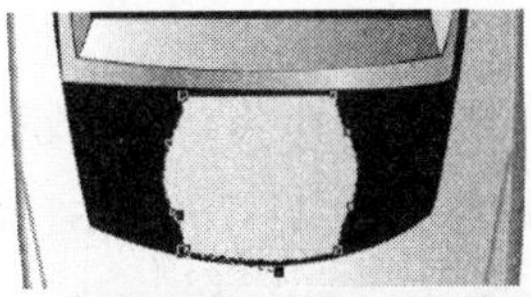

图 11-67　绘制一个封闭曲线

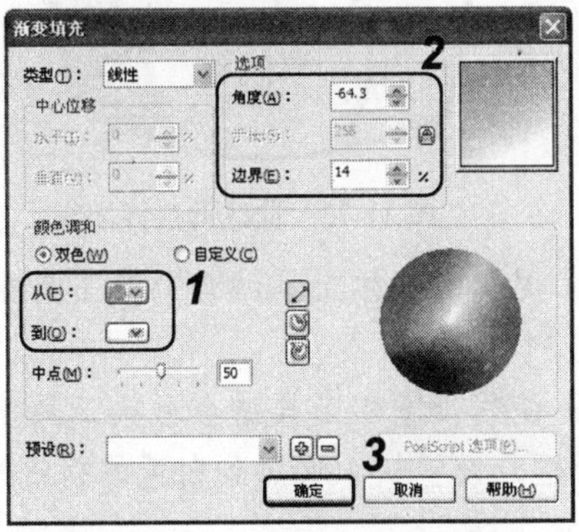

图 11-68　“渐变填充”对话框

（3）单击 确定 按钮，并去除轮廓线，效果如图 11-69 所示。使用贝塞尔工具在正圆上绘制 4 个三角形并填充为黑色，效果如图 11-70 所示。

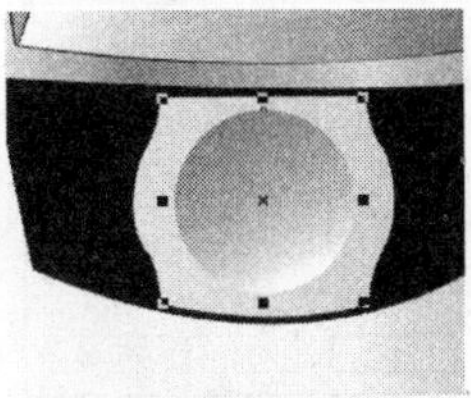

图 11-69　填充正圆

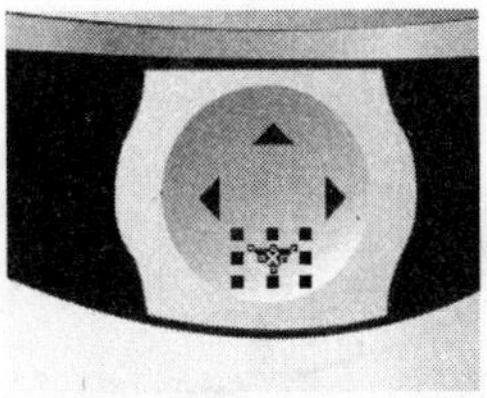

图 11-70　绘制并填充 4 个三角形

（4）使用贝塞尔工具结合形状工具在正圆左侧绘制一条封闭曲线，并填充为 10%黑，如图 11-71 所示。

（5）在图 11-71 所示曲线右侧凹进部分绘制一条曲线，再打开“渐变填充”对话框，设置从 60%黑到白色的射线渐变效果，其他设置如图 11-72 所示。

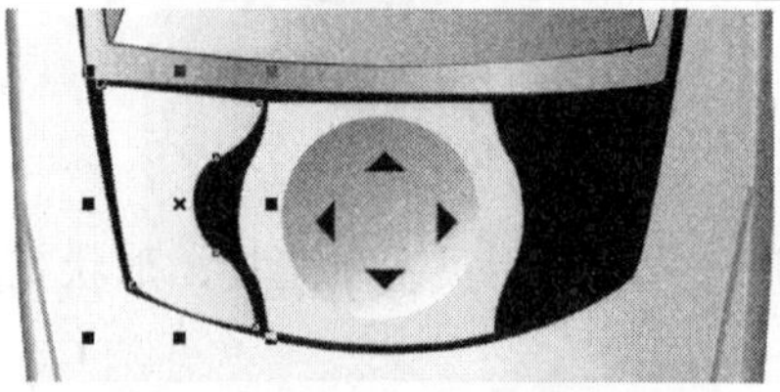

图 11-71　绘制并填充曲线

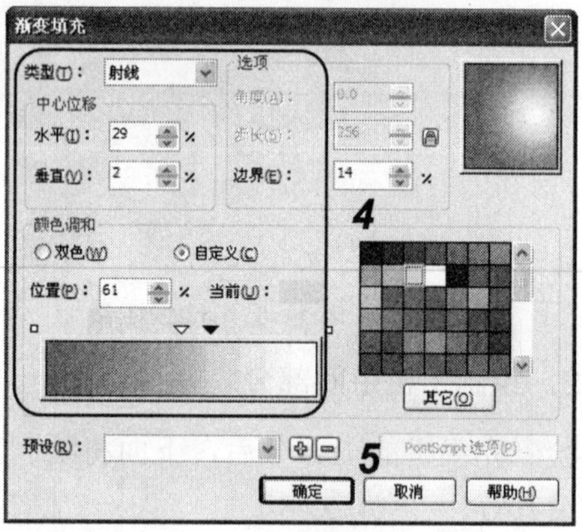

图 11-72　“渐变填充”对话框

（6）单击 确定 按钮，并去除其轮廓线，效果如图 11-73 所示。使用贝塞尔工具在左侧绘制一个标志，并填充为红色，效果如图 11-74 所示。

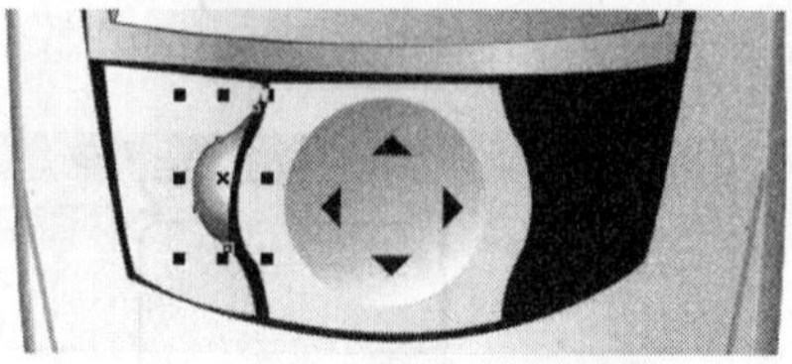

图 11-73　曲线的射线填充

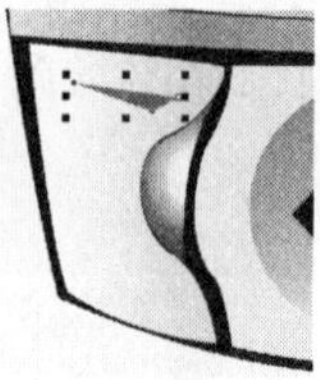

图 11-74　绘制并填充标志

（7）使用贝塞尔工具结合形状工具在红色标志下方绘制一个电话符号，并填充为绿色，如图 11-75 所示。

（8）使用贝塞尔工具结合形状工具在正圆右侧绘制一条封闭曲线，再打开“渐变填充”对话框，设置从 10%黑到白色的射线渐变效果，其他设置如图 11-76 所示。

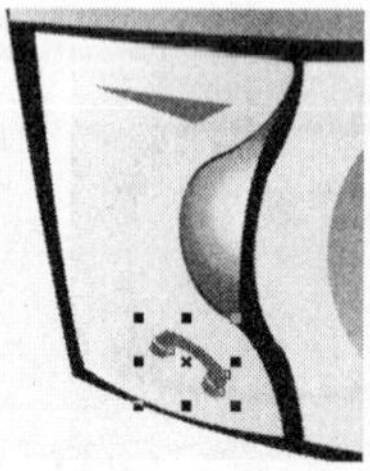

图 11-75　绘制一个电话符号

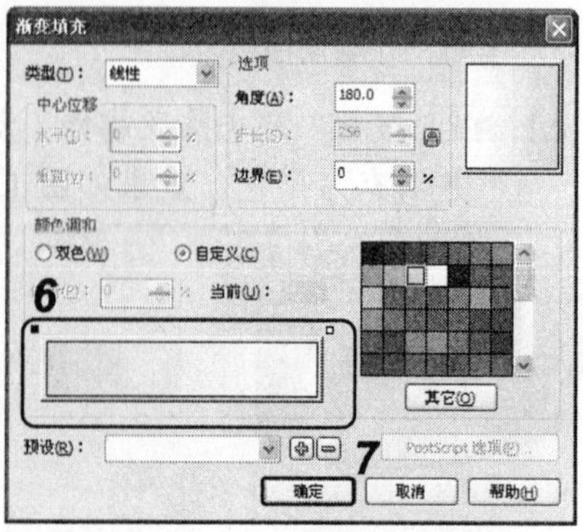

图 11-76　“渐变填充”对话框

（9）单击 确定 按钮，效果如图 11-77 所示，在右侧曲线的凹进部分绘制一条封闭曲线，并打开“渐变填充”对话框，设置从 60%黑到白色的射线渐变效果，其他设置如图 11-78 所示。

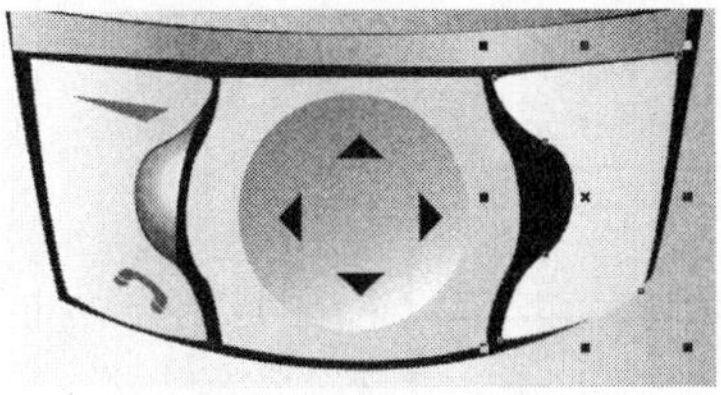

图 11-77　绘制并填充右侧曲线

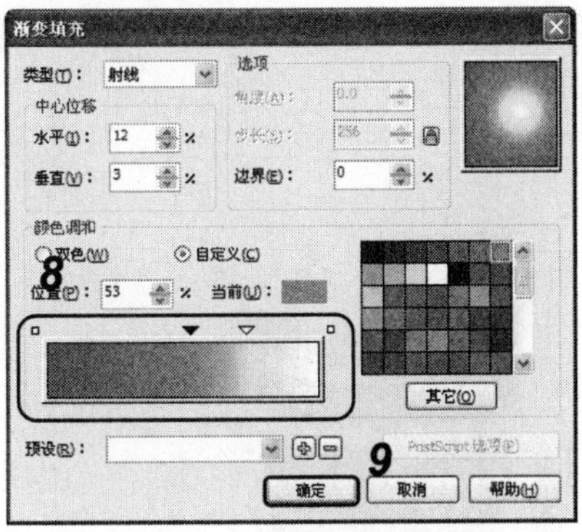

图 11-78　“渐变填充”对话框

（10）单击 确定 按钮，效果如图 11-79 所示。在右侧曲线上绘制一个三角形和电话图像，并填充为红色，效果如图 11-80 所示。

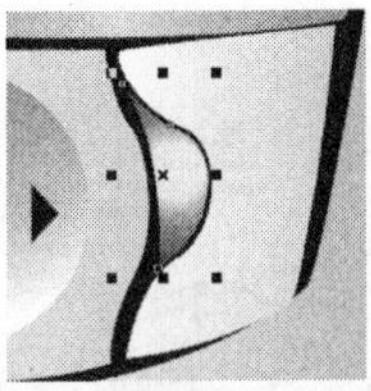

图 11-79　填充曲线效果

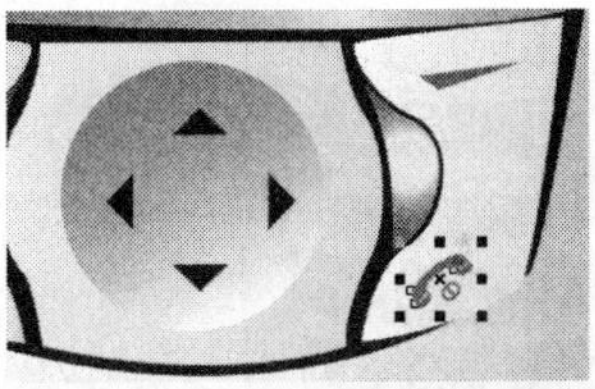

图 11-80　绘制并填充图像

3．绘制手机下部分

绘制完手机上部分和中间部分后，下面绘制其下部分。

操作步骤如下：

（1）使用贝塞尔工具结合形状工具在手机中间部分下方绘制一个曲线，并填充为黑色作为数字键的背景，如图 11-81 所示。

（2）使用贝塞尔工具结合形状工具在数字键的背景处绘制两条曲线，再打开“渐变填充”对话框，设置从白色到 20%黑的渐变填充，其他设置如图 11-82 所示。

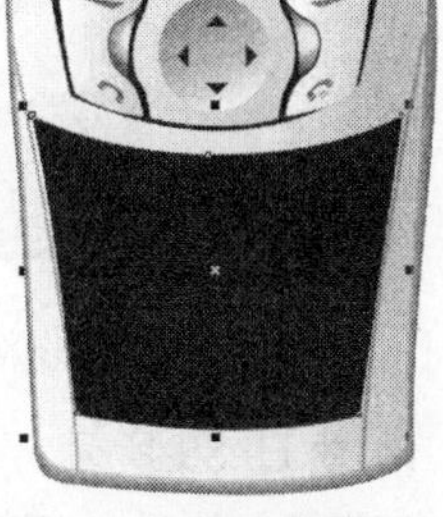

图 11-81　绘制数字键的背景

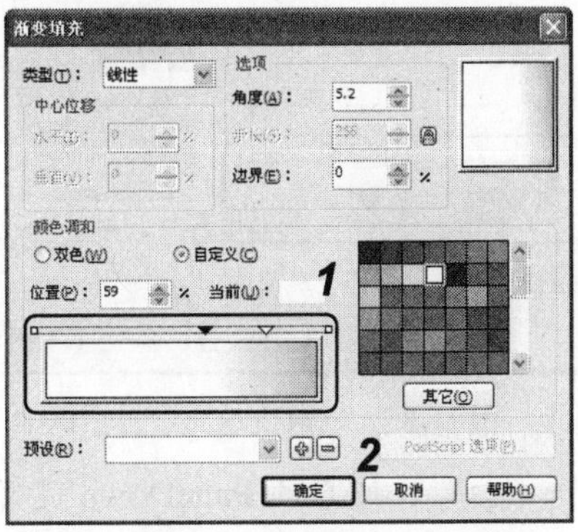

图 11-82　“渐变填充”对话框

（3）单击 确定 按钮，效果如图 11-83 所示。在数字键背景的左上角绘制 1 键，再打开“渐变填充”对话框，设置从白色到 20%黑的渐变填充，其他设置如图 11-84 所示。

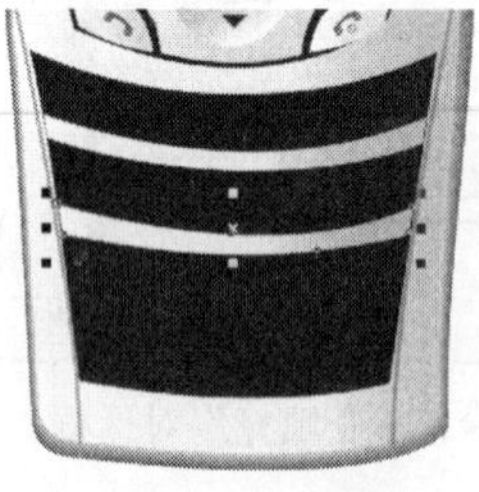

图 11-83　填充曲线

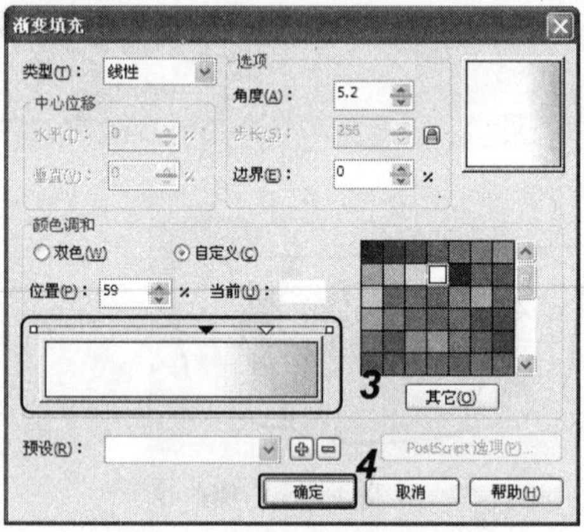

图 11-84　“渐变填充”对话框

（4）单击 确定 按钮，效果如图 11-85 所示。再绘制 1 键的投影曲线，如图 11-86 所示。

图 11-85　填充 1 键

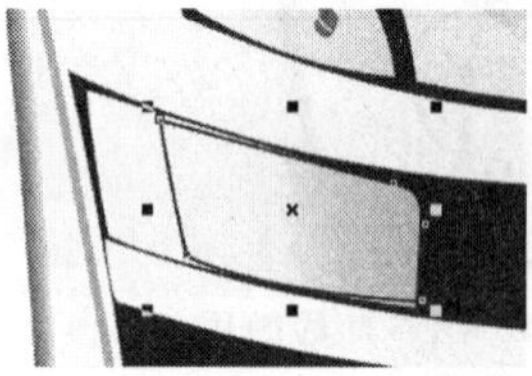

图 11-86　绘制 1 键的投影曲线

（5）选中 1 键的投影曲线，打开“渐变填充”对话框，设置从黑到 30%黑的渐变填充，如图 11-87 所示。单击 确定 按钮，并去除轮廓线，效果如图 11-88 所示。

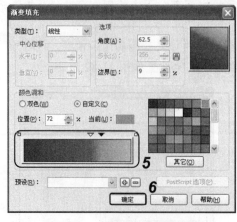

图 11-87　“渐变填充”对话框

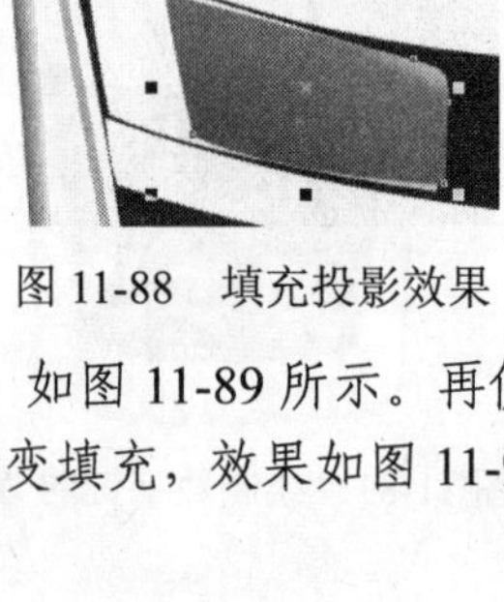

图 11-88　填充投影效果

（6）选中投影，按 Ctrl+PageDown 键将其移到下一层，如图 11-89 所示。再使用贝塞尔工具结合形状工具绘制 2 键，并填充从 20%黑到白色的渐变填充，效果如图 11-90 所示。

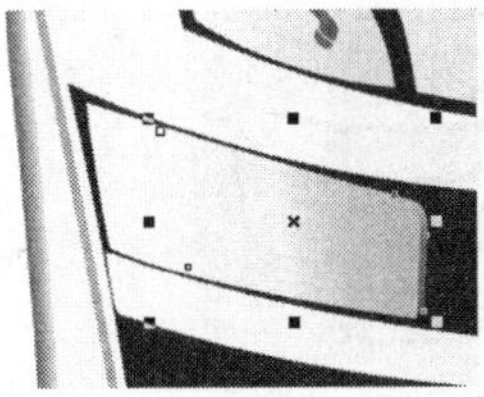

图 11-89　移动投影位置

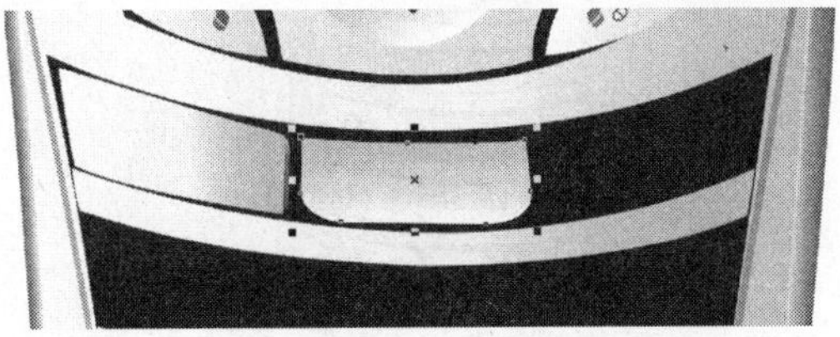

图 11-90　填充 2 键

（7）在 2 键的右侧绘制 3 键，再打开“渐变填充”对话框，设置从白色到 20%黑的渐变填充，其他设置如图 11-91 所示，单击确定按钮。

（8）使用贝塞尔工具结合形状工具绘制 3 键的投影曲线，打开“渐变填充”对话框，设置从 70%黑到 20%黑的渐变填充，其他设置如图 11-92 所示。单击确定按钮，并去除其轮廓线。

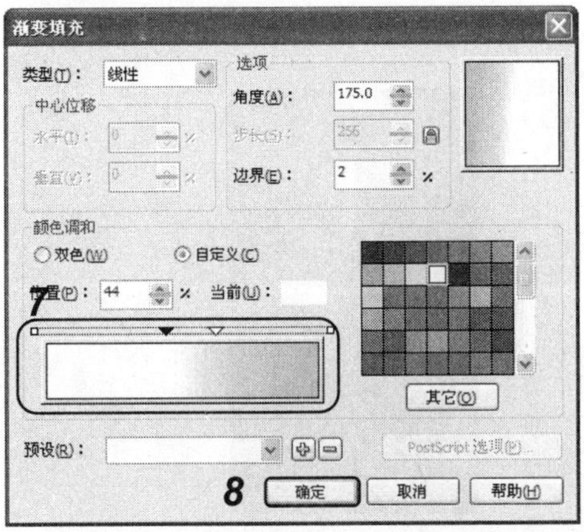

图 11-91　“渐变填充”对话框（一）

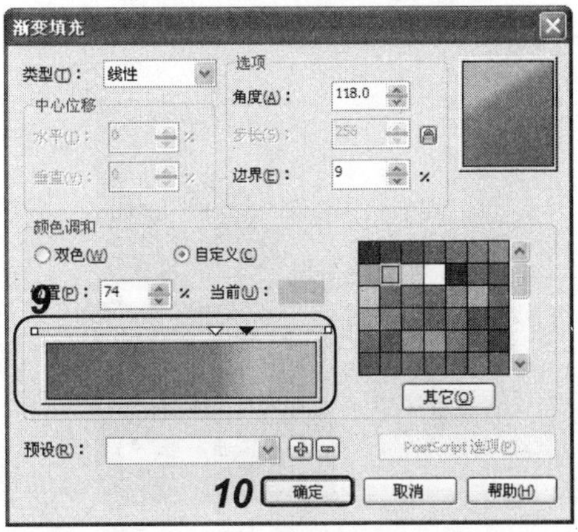

图 11-92　“渐变填充”对话框（二）

（9）选中 3 键投影曲线，按 Ctrl+PageDown 键将其移到 3 键的下方，并将其轮廓填充为 10%黑，效果如图 11-93 所示。再使用贝塞尔工具结合形状工具绘制其他的数字键并进行颜色填充，如图 11-94 所示。

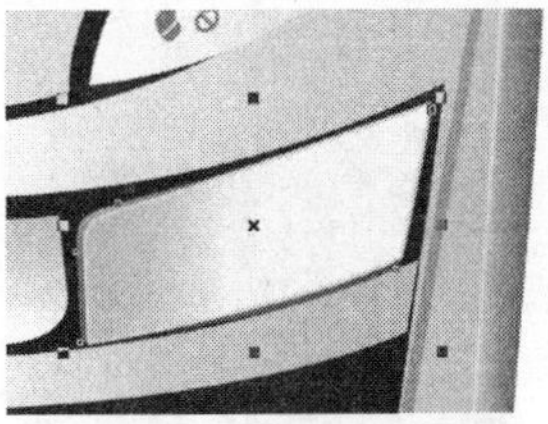

图 11-93　移动 3 键投影曲线位置

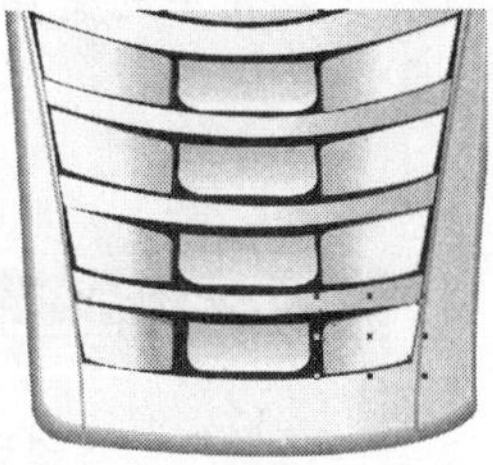

图 11-94　绘制其他的数字键

（10）在工具箱中选择文本工具，分别在绘制的数字键上输入相应的数字字母和符号，在属性栏中将字体设置为 Bank Gothic MD BT，字号设置为 7，效果如图 11-95 所示。在数字键上输入其字母和符号，在属性栏中将其字体设置为与数字相同的字体，字号设置为 4，效果如图 11-96 所示。

图 11-95　输入数字和星号

图 11-96　输入字母和符号

4．添加背景部分

手机的三大组成部分绘制完成后，下面来为其添加背景、投影和文字等装饰部分。

操作步骤如下：

（1）单击属性栏中的按钮，导入“背景.jpg”图像文件（立体化教学:\实例素材\第 11 章\背景.jpg），如图 11-97 所示。选中绘制的手机图形，按 Ctrl+G 键将其群组，再放置在背景中的适当位置，如图 11-98 所示。

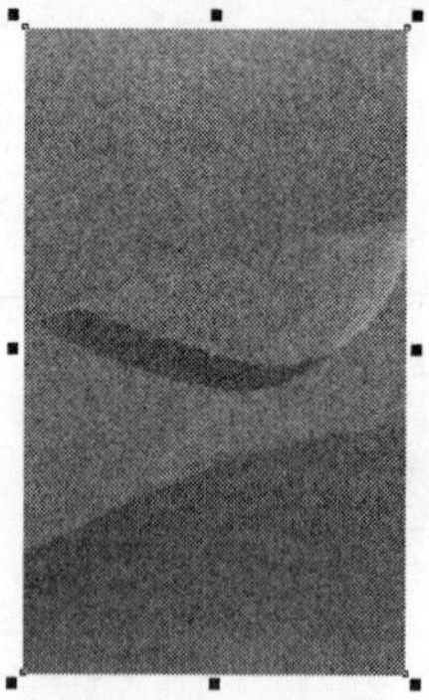

图 11-97　导入背景图像

图 11-98　放置手机到背景中

（2）将手机图形复制一个，再选择“位图/转换为位图”命令，打开“转换为位图”对话框，其设置如图 11-99 所示。

（3）单击确定按钮，单击属性栏中的按钮将其垂直镜像，效果如图 11-100 所示。

（4）选择工具箱中的交互式透明工具，按住 Ctrl 键不放，将鼠标从上向下拖动，创建手机的透明度效果。

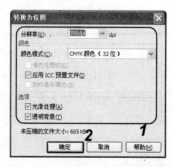

图 11-99　“转换为位图”对话框

图 11-100　手机的镜像效果

（5）使用贝塞尔工具在背景上绘制手机标志，并填充为黄色。

（6）使用文本工具在标志的左侧和下方输入手机品牌名称和系列手机名称，其中将手机品牌名称填充为黑色，字体设置为“方正大标宋简体”，字号设置为 12，系列手机名称填充为黄色，字体设置为“方正大标宋简体”，字号设置为 18，效果如图 11-101 所示。

（7）使用文本工具在手机下方输入广告语，在其属性栏中将其字体设置为“汉仪黛玉体简”，字号设置为 24，效果如图 11-102 所示。

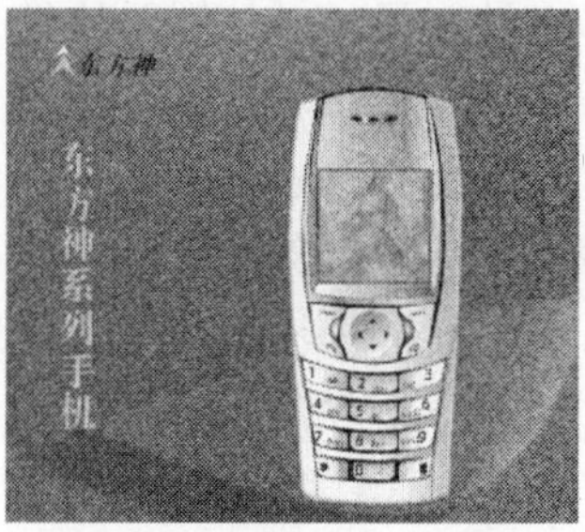

图 11-101　输入手机品牌名称

图 11-102　输入广告语

（8）选中输入的广告语，按键盘上的“+”键，复制文字，并将其填充为红色，然后使用方向键微调红色的文字，使其看上去有一定的阴影效果。

11.3　练习与提高

（1）制作一则数码相机海报广告，其效果如图 11-103 所示（立体化教学:\源文件\第 11 章\数码相机海报.cdr）。

提示：使用贝塞尔工具结合形状工具绘制相机各部分，再使用填充工具填充，然后使用矩形工具绘制背景并填充为蓝色，最后使用文本工具添加相关的文字内容。本练习可结合立体化教学中的视频演示进行学习（立体化教学:\视频演示\第 11 章\制作数码相机海报.swf）。

（2）参照本章讲解的挂历制作方法，制作如图 11-104 所示的挂历效果（立体化教学:\源文件\第 11 章\挂历修改效果.cdr）。

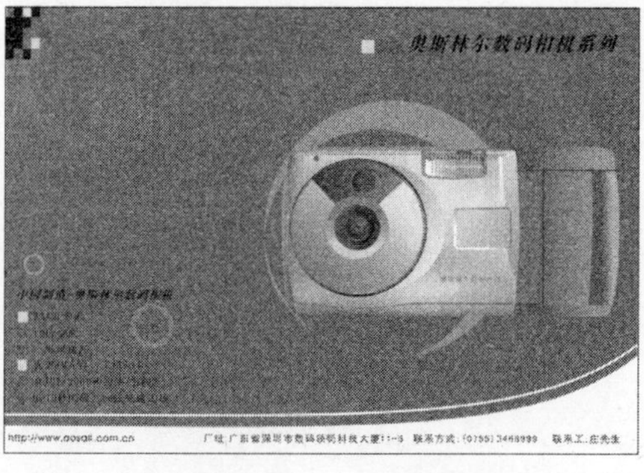

图 11-103　数码相机海报

图 11-104　挂历修改效果

提示：在如图 11-1 所示挂历的基础上，将中间的图像换一张，再将月份和月份的详细内容更换即可，用户可以从中掌握各种处理图形的方法（立体化教学:\实例素材\第 11 章\国画 1.jpg）。

经验技巧 如何使作品更具商业感和创意

在实际工作中使用 CorelDRAW 进行图像处理和平面设计时，还需要学习和总结一些行业相关知识和技能，才能制作出更具商业价值和更具创意、更具创新的作品。下面总结几点供读者参考和探索：

- 在平时多了解一些印刷品的尺寸大小、印刷效果和使用范围等相关信息。
- 充分了解客户的需求以及产品特点，这有利于作品的色彩运用。
- 掌握和了解印前处理工作流程、印前技术以及印刷材料特点，可以更好地实现作品的效果。
- 在生活和工作中随时搜集一些好的图像素材，以备设计时使用。